KAJA MALANOWSKA

Nebeltage

GOLDMANN
Lesen erleben

Kaja Malanowska

Nebeltage

Kriminalroman

Aus dem Polnischen
von Lisa Palmes

GOLDMANN

Die polnische Originalausgabe erschien 2014 unter dem Titel
»Mgła« (englischer Titel: »Fog«) bei Znak.

This publication has been supported by the ©POLAND Translation Program.

MIX
Papier aus verantwortungsvollen Quellen
FSC® C014496

Penguin Random House Verlagsgruppe FSC® N001967

1. Auflage
Deutsche Erstveröffentlichung Oktober 2021

Umschlaggestaltung: UNO Werbeagentur GmbH
Umschlagmotiv: halbe U1 (Nebel): FinePic®, München;
halbe U1 (Altstadt): gettyimages/Antagain
Redaktion: Ann-Catherine Geuder
LS · Herstellung: ik
Satz: GGP Media GmbH, Pößneck
Druck und Bindung: GGP Media GmbH, Pößneck
Printed in Germany
ISBN: 978-3-442-49118-6
www.goldmann-verlag.de

Besuchen Sie den Goldmann Verlag im Netz

Prolog

Heute Abend würde er sie wiedersehen. Zofia. Er hatte nicht mehr daran geglaubt, dass das noch passieren würde. Aber jetzt hatte sie doch wieder angerufen. Ob er heute Abend um acht zu ihr kommen könnte? Nein, hatte er gedacht. Und gesagt: »Okay.« Um es gleich darauf zu bereuen, doch da war es zu spät. Aufgewühlt hatte Zofia geklungen. Atemlos.

»Ich muss mit dir reden. Dringend ... Glaub mir, ich ... ich hätte dich nicht angerufen, wenn es nicht wirklich wichtig wäre.«

Ihre leise, dunkle Stimme machte ihn schwach, wie immer. Die sorgfältig akzentuierten Silben, die überbetonten Vokale – Zofias Aussprache klang stets etwas heiser, als säße ein kleines, flauschiges Tier in ihrem Hals und kitzelte mit seinem buschigen Schweif ihren Kehlkopf. Er spürte, wie er weich wurde ... Dann fiel ihm wieder ein, dass all diese wohlgerundeten Laute nicht mehr ihm galten. Die zarte, sanfte, immer so perfekte Zofia mit ihrer süßen Art zu sprechen – sie gehörte nicht mehr ihm. Sie nahm ihn gar nicht mehr wahr. Als wäre er Luft. Doch heute hatte sie wieder angerufen ... Warum? Was wollte sie von ihm? War etwas passiert? Wieder stieg eine kribbelnde Nervosität in ihm auf. Zofia hatte schon immer eine merkwürdig geheimnisvolle Aura umgeben. Schwer zu durchschauen. Und genau das machte sie für ihn so anziehend. Seit ihrer ersten Begegnung.

Zu den Donnerstagstreffen war sie immer als Letzte gekommen, hatte sich etwas abseits hingesetzt. An den Gesprächen beteiligte sie sich kaum und ging ohne ein Wort hinaus, ohne sich von jemandem zu verabschieden. Zuerst hatte das für Unruhe gesorgt, aber irgendwann gewöhnten sich alle an ihre stumme Anwesenheit. Manchmal stellte der Gruppenleiter ihr Fragen, auf die sie kurz und knapp Antwort gab. Bald interessierte sich keiner mehr für sie. Keiner außer ihm. Er hatte jeden Donnerstag nur auf sie gewartet. Sie verstohlen betrachtet, ihre weißen Hände, die hellbraunen, immer etwas feucht wirkenden Augen, das kastanienbraune Haar, das ihr ins Gesicht fiel. Nach einem Monat wechselte er einfach seinen Platz im Kreis, setzte sich neben sie an die Wand. Das war derselbe Tag, an dem er sich endlich traute, sie auf einen Kaffee einzuladen. Zwei Wochen später rief der Leiter sie beide zu sich. Private Kontakte untereinander seien nicht erlaubt, das wüssten sie doch. Sie sollten sich wieder getrennte Plätze suchen. Seine Stimme klang ernst, schneidend. Alle Gruppenmitglieder müssten sich streng an die Regeln halten. Dabei wandte er sich vor allem an Zofia.

»Dich beobachte ich schon seit einiger Zeit. Ich verstehe nicht, warum du überhaupt herkommst. Du solltest dir ernsthaft Gedanken machen, ob unsere Treffen einen Sinn für dich haben«, sagte er. »Sonst störst du nur die Dynamik der ganzen Gruppe.«

Zofia ließ ihn ausreden, dann holte sie Mantel und Tasche.

»Alles klar.« Sie drehte sich in der Tür noch einmal um. »Ich werde nicht mehr kommen.«

Er rannte ihr nach. Nun würde wohl auch er nicht mehr herkommen können, aber das war ihm egal.

Und so begannen die schönsten drei Monate seines Lebens.

Er ließ den Kopf sinken und zuckte zusammen, als hätte der Anblick seiner eigenen Hand ihn erschreckt. Die alten Gefühle schlugen in einer gewaltigen Woge über ihm zusammen. Drei Monate. Drei kurze, glückliche Monate, in denen er geglaubt hatte, es gäbe einen Menschen, dem er wirklich wichtig sei. Doch so plötzlich, wie es begonnen hatte, war es auch schon wieder vorbei gewesen. Nicht einmal richtig kennengelernt hatten sie sich. Er wusste so wenig über sie ... Doch er hatte sie auch nichts gefragt. Ihre Liebe sollte sich langsam entfalten, fand er, sie sollte mit der Zeit an Kraft und Schwung gewinnen. Er wollte sie nicht bedrängen, nichts beschleunigen. Erst würden sie gemeinsam in Urlaub fahren. Später würde sie ihn ihren Eltern vorstellen, dann würde er bei ihr einziehen. Sie würden die Wohnung herrichten, ein Doppelbett aufstellen ... Irgendwann eine größere Wohnung kaufen, für die Kinder ... Drei Monate lang hatte er immer größere Zukunftspläne geschmiedet, sich ruhig und zuversichtlich gefühlt. Und plötzlich war alles aus und vorbei. Zofia ging nicht mehr ans Telefon. Er fuhr hin, um zu sehen, was los war. Klopfte. Sie machte nicht auf, doch er war sich ganz sicher – sie war da, und jemand war bei ihr. Er saß auf der Treppe, hörte gedämpfte Stimmen, Schritte, der Fußboden knarrte. Da dachte er zum ersten Mal seit drei Monaten wieder an die Donnerstagstreffen, und ein Schrecken durchfuhr ihn. Er kehrte nach Hause zurück. Fuhr am nächsten Tag wieder zu ihr. Diesmal machte sie auf, ließ ihn aber nicht hinein, versperrte ihm den Weg. Jemand versteckt sich hinter ihr, fuhr es ihm durch den Kopf. Ein anderer Mann? Verzweiflung ergriff ihn, seine Knie wurden schwach, er musste sich an die Wand lehnen. Zofia sah ihn ernst an.

»Es tut mir leid«, sagte sie. »Ich weiß, ich sollte das nicht auf diese Weise machen ... Aber ...«

Vor Entsetzen blieb ihm die Luft weg. Alles um ihn herum schien sich zu drehen.

»Es ist etwas passiert«, fuhr sie mit fester Stimme fort. »Wir können uns nicht mehr treffen.«

Das war alles. Zack. Abgehackt. Wie mit dem Fallbeil. Keine Erklärungen, nichts. Einmal willigte sie noch ein, sich mit ihm zu treffen. Doch sie sagte nichts anderes als vorher: Ihr Leben habe sich verändert. Sie könnten sich nicht mehr treffen. Nun blickten ihre Augen nicht mehr sanft, sondern starrten ihn kalt an, hart. *Etwas hat sich verändert* – das konnte nur bedeuten, dass es einen anderen gab. Kein Zweifel.

Am darauffolgenden Donnerstag wollte er in den Gruppenkreis zurückkehren, doch sie nahmen ihn nicht wieder auf. Stattdessen bot ihm der Leiter Einzelsitzungen an. Er habe sich große Sorgen um ihn gemacht. Diese Beziehung und die Trennung seien ein Schock gewesen, der noch ernste Folgen haben könnte. Das Ganze habe nicht nur ihn selbst zurückgeworfen, sondern würde, wenn er jetzt zurückkäme, die Entwicklung der ganzen Gruppe beeinträchtigen. Das könne er nicht zulassen. Dann folgte eine lange Standpauke über Verantwortung, Pflichten, Verhaltensregeln, denen er am Anfang zugestimmt habe. Zum Schluss fragte der Leiter ihn über die Beziehung aus: Was hatten sie in den drei Monaten gemacht, wo hatten sie sich getroffen, worüber gesprochen? Das kam ihm merkwürdig vor, übertrieben neugierig, sogar aufdringlich – dennoch versuchte er zu antworten, so gut es ging. Viel konnte er nicht sagen. Es war, als hätte ihn ein seltsamer Gedächtnisverlust befallen.

Nichts war ihm in Erinnerung geblieben außer dem Schrecken und der Verzweiflung. Einer Verzweiflung, die sich mit der Zeit in Wut verwandelte. Wenn Zofia nicht mit ihm zusammen sein wollte oder konnte, dann sollte sie auch mit niemand anderem zusammen sein!

Aber heute hatte sie sich doch wieder gemeldet. Vielleicht wollte sie sich versöhnen? Sein Herz begann heftiger zu pochen. Zurückkommen wollte sie, wieder mit ihm zusammen sein – nachdem sie ihn erst benutzt und dann weggestoßen hatte! Was stellte sie sich eigentlich vor? Wenn er an die letzten Wochen zurückdachte, krümmte er sich fast vor Scham – sein Gebettel, die jämmerlichen Anrufe bei ihr, die verzweifelten Briefe, die durchwachten Nächte. Immer wieder hatte er versucht, an sie heranzukommen, die Nähe von vorher wiederherzustellen, die doch nicht einfach verschwunden sein konnte, wie weggeblasen ... Immer hatte er geglaubt, die rechten Worte noch zu finden, sie zu überzeugen, sie zurückzugewinnen, bis sie vor ihm stehen würde wie früher, die alte, zarte, sanfte Zofia, seine Zofia! Doch es hatte alles nichts genützt, sie war und blieb gleichgültig und fremd ...

Heftig stand er vom Stuhl auf und begann, unruhig im Zimmer auf und ab zu gehen, rang die Hände, riss sich an den Haaren. Ging zum Fenster und starrte hinaus auf die nasse, hässliche Stadt: die von Matsch und schmelzendem Schnee bedeckten Plätze, die grauen Gehsteige, die farblosen Fassaden der Wohnblocks gegenüber. Vor dem Mini Supermarkt duckten sich ein paar Leute unter ihre Regenschirme, stampften in der Kälte mit den Füßen. Wie ein Ding hatte sie ihn behandelt, wie einen leblosen Gegenstand, den man benutzen und nachher auf den Müll schmeißen konnte! Nicht wie ein lebendiges, fühlendes Wesen. Wie einen Menschen. Einen Mann, verbesserte er sich. Wieder durchquerte er das Zimmer, drehte sich an der Tür abrupt um, kehrte zum Fenster zurück. War ihr überhaupt klar, was sie ihm angetan hatte?

Den ganzen Tag über war er zappelig und nervös. Er surfte ein bisschen im Internet, schaute zwei Folgen *Brigada*, eine russische Mafiaserie. Nachmittags joggte er im Fitnessstudio eine Stunde auf dem Laufband, machte Hanteltraining und Bauchmuskelübungen. Versuchte, an nichts anderes zu denken als an Sascha, Kosmos, Ptschela und Fil, die eiskalten, stets ungerührten Serienhelden. So wie sie wollte er auch sein, mit allen Wassern gewaschen. Wieder zu Hause, holte er sich ein Tetrapack Milch aus dem Kühlschrank, setzte sich an den Küchentisch, trank mit langen Zügen direkt aus der Packung. Seine Nervosität verwandelte sich in Wut. Noch einmal rief er sich das kurze Telefongespräch ins Gedächtnis und kam zu dem Schluss, dass Zofia nicht angerufen hatte, um sich mit ihm zu versöhnen. Unsicher hatte ihre Stimme geklungen, das ja, aber nicht so, als täte ihr irgendetwas leid. Kurze, sachliche Sätze, kein »Du hast mir gefehlt« oder »Ich freue mich auf dich«. Nur ein banales »Bis dann« zum Abschied. Was für ein eiskaltes Miststück.

Sein Blick folgte einem aufsteigenden Flugzeug. Durch die dichten grauen Wolken zog sich ein fransiger Kondensstreifen.

Was konnte sie bloß von ihm wollen, fragte er sich wohl zum hundertsten Mal an diesem Tag. Egal. Jetzt war sein Moment gekommen. Jetzt war er an der Reihe. Sie hatte ihn eingeladen, nun würde sie sich schön brav anhören, was er zu sagen hatte. Er malte sich aus, wie er ihre Wohnung betrat, wie er ihr befahl, sich zu setzen, und in knappen Worten mit fester Stimme erklärte, was Sache war. Dann würde sie wohl endlich verstehen ... Und wenn sie sich weigerte, ihm zuzuhören? Dann könnte er sie schlagen. Oder sogar fesseln. Ihr den Mund mit Klebeband zukleben und zusehen, wie sie stumm weinte, hilflos, auf seine Gnade angewiesen.

Das Flugzeug stieg höher und verschwand in den Wolken.

Fast halb sieben. Er schlüpfte in seine Jacke, band sich die Turnschuhe zu, griff nach seinen Handschuhen. Zog sich die Kapuze über den Kopf. Draußen wehte ein starker, schneidender Wind. Wässriger Schnee pappte an seinen Schuhen, die sofort durchnässten. Trotzdem schlug er nicht den Weg zur Metro ein, sondern marschierte eisern die breite vierspurige Straße entlang, ohne innezuhalten oder jemandem auszuweichen – immer Zofias Gesicht vor Augen, ihren breiten Mund, die gerade Nase, den kleinen Leberfleck im Augenwinkel und ihren Blick, der ihm auswich, als sie *diese Worte* sagte. »Versteh doch endlich – ich will nichts mehr mit dir zu tun haben.« Noch immer spürte er das brennende Gefühl der Zurückweisung. Wie hatte er sich erniedrigt. Wie lächerlich hatte er sich gemacht! Er lief immer schneller, bis er schließlich rannte, getrieben von Kummer und hilfloser Wut. *»Job tvoju mat'! Srat' tebe v rot!«*, fluchte er vor sich hin wie die harten Jungs aus *Brigada*. »Fick deine Mutter! Scheiß dir in die Schnauze!«

Erst in der Dąbrowski-Straße verlangsamte er seine Schritte. Bog hinter dem Schulhof in die Einfahrt, prallte gegen einen älteren Herrn in dickem Wollmantel und Fellmütze. *»Idi na chuj!* – Verpiss dich, du alter Wichser!«, knurrte er und bahnte sich brutal den Weg, drückte den Mann gegen die Wand. Sein Atem flog, mit Mühe schnappte er nach Luft. Ihm schwirrte der Kopf. Schweißtropfen rannen in seine Augen.

Zofia kam kurz vor fünf nach Hause. Sie stellte ihre Einkaufstasche auf dem Küchentisch ab, zog die durchnässten Schuhe aus und ging, feuchte Fußabdrücke hinterlassend, ins Badezimmer. Als sie in der Wanne lag, dachte sie darüber nach, wie kompliziert ihr Leben in den letzten drei Monaten geworden war. Und wer war schuld daran, fragte sie sich, während sie den Schwamm auswrang. »Ja, wessen Schuld ist das wohl?«, wiederholte sie laut. Ich ziehe eben das Pech an wie ein Magnet. Je mehr ich jemanden mag, desto durchgeknallter ist der Typ am Ende. Aber gefalle ich aus irgendwelchen Gründen nur irren Idioten – oder suche ich sie mir selbst aus? Sie duschte sich den Schaum ab, stieg aus der Wanne und betrachtete ihr Gesicht im Spiegel. »Was soll ich jetzt tun?«, fragte sie sich. »Was soll ich jetzt bloß tun?«

Trotz aller Sorgen sah ihr Gegenüber im Spiegel weder müde noch ungepflegt aus. Zofia legte ihre Fingerspitzen an die Wangen und zog die Haut leicht nach oben Richtung Schläfen. Hob die Brauen, griff nach Puder und Wimperntusche. Kurz darauf verließ sie erfrischt das Bad. In der Küche setzte sie Tee auf, stellte zwei Tassen und einen Teller mit französischem Blätterteiggebäck auf den Tisch. Plötzlich hielt sie inne, stand einen Moment nur da und starrte auf den gedeckten Tisch, als wollte sie ein kniffliges Problem lösen. Seufzend nahm sie ihr Handy, wählte eine Nummer. Niemand hob ab. Sie versuchte es noch einmal. Wieder nichts. Beim dritten Mal sprach sie auf die Mailbox.

»Ich muss unser Treffen absagen.« Sie bemühte sich um eine tiefe Stimmlage, um entschlossener zu klingen. »Mir ist etwas Wichtiges dazwischengekommen. Tut mir sehr leid. Ich melde mich morgen.«

Unschlüssig betrachtete sie das Telefon. Ob er die Nachricht noch rechtzeitig abhören würde? Kurz stand sie da, trommelte nervös mit den Fingerspitzen auf die Fensterbank. Schließlich zuckte sie mit den Schultern und setzte sich in die Fensternische. Schon fast sieben. Sie schaute hinunter auf den kleinen Platz vor dem Haus und die von einem Holzzaun umgebene Baustelle an der Straße. Nebel hing schwer in der Luft. Auf dem dunklen Ast eines Ahornbaums hockte einsam und aufgeplustert eine Krähe. Sie musste eine klare Entscheidung treffen, die Konsequenzen genau kalkulieren. Doch es wollte ihr einfach nichts einfallen. Keine Lösung schien wirklich gut zu sein. Sie saß in der Falle, es gab keinen Ausweg. Die Krähe schüttelte den Kopf, sträubte ihr Gefieder und hüpfte seitwärts näher zum Stamm. Unten trieb der Wind einen leeren Plastikbecher durch die dunkle Straße.

Um Viertel nach sieben klingelte es an der Tür. Zofia seufzte und drückte, ohne nachzufragen, den Knopf auf der Gegensprechanlage. Dann hob sie in einem plötzlichen Impuls ihre Handtasche auf, die vor der Garderobe auf dem Boden stand, holte den Zettel mit dem Befund heraus, riss ihn auf dem Weg zum Badezimmer in kleine Fetzen und warf die Schnipsel in die Toilette.

»Ich bin im Bad!«, rief sie, als sie die Tür zuschlagen hörte. »Komme gleich!« Sie betätigte die Spülung.

Ein heftiger Schlag auf den Kopf. Noch ein Schlag und noch einer. Es tat nicht weh. Sie verspürte keine Angst. Nur eine unendliche Müdigkeit. »Wer ist da?«, wollte sie noch fragen, bevor sie wegdämmerte. Statt der Worte drang Blut aus ihrem Mund. Sie versuchte, sich umzudrehen und ihren Angreifer anzusehen, doch nur ein Ächzen kam über ihre Lippen. Dann war alles dunkel.

Um acht wehte ein scharfer Wind vom eisigen Fluss herüber. Um halb neun ließ ein Stromausfall die Laternen am Ufer erlöschen. Es wurde gänzlich finster. Nur in der Mitte der tiefdunklen Weichsel, wo die Strömung am stärksten ist, schimmerte heller der Umriss einer Eisscholle. Um neun huschten die Lichtstrahlen von Autoscheinwerfern über die Wasseroberfläche und versickerten im Nebel. Im Uferdickicht krächzte ein aufgescheuchter Vogel. Hinter der Böschung erhob sich die Stadt mit ihren Tausenden Lichtern. Über ihr wölbte sich der Nachthimmel, breit und dunkel wie ein zweiter Fluss. Vor seine samtene Schwärze schob sich langsam ein glatter, polierter Mond: Flink glitt er zwischen den Wolken hindurch.

1

Wie aus einem tiefen Brunnen hievte sie sich aus ihrem Traum empor. Schlug mühsam die Augen auf und sah, dass sie neben einem Eisbären lag. Er war nicht groß. Doch Ada wusste, dass Eisbären, wie klein sie auch sein mochten, zu den gefährlichsten Tieren der Welt gehörten. Vorsichtig drehte sie sich auf die linke Seite und stellte voller Ekel fest, dass das Laken von Kackhaufen übersät war. Offenbar hatte der Bär die ganze Nacht in ihr Bett gemacht. Sie würde sich irgendetwas einfallen lassen müssen, ein Bärenklo für ihn kaufen, im Zoohandel vielleicht ... Der Bär erhob sich schwerfällig, ließ sich vom Bett auf den Boden gleiten und begann, zwischen den Schneewehen im Zimmer herumzuschnüffeln.

»Aufstehen, Zeit fürs Frühstück!« Eine blasse Frau mit zerzaustem Haar ließ sich auf der Bettkante nieder. Sie nahm ihr Baby von der Brust und legte es zwischen die Kissen. »Meinst du, ich kann die Kleine hierlassen?«, fragte sie.

»Klar.« Ada war froh, dass Kasia die Bärenkacke auf dem Bett nicht bemerkt hatte, andernfalls hätte sie wohl kaum ihr Kind dort abgelegt. »Klar«, wiederholte sie. »Er ist sanft wie ein Lämmchen, er liebt Babys.«

In diesem Moment glaubte sie selbst, was sie sagte.

Sie schlüpften in ihre Hausschuhe, schlossen die Zimmertür hinter sich und gingen durch den schwach beleuchteten Flur,

Die Küche war schmal, dunkel und mit tomatenroten Kacheln gefliest. Ein kleines vergittertes Fenster ging auf einen umzäunten Platz hinaus. Es roch nach angebranntem Essen und muffigen Spüllappen. Kasia goss Tee in Tassen und strich Brote. Erst als sie zum Zimmer zurückgingen, fiel Ada wieder ein, dass der Bär erst gestern zwei Welpen und die Nachbarskatze verschlungen hatte. Sie ging schneller, stieß die Tür auf ... Zu spät. Der Bär lag auf dem Bett und leckte sich die Schnauze. Kein Baby zu sehen. Nur ein blutiger Fleck auf einem Kissen.

»Kasia«, flüsterte sie und packte ihre Schwester am Arm. »O mein Gott, Kasia ...«

Ihr eigener gellender Schrei riss sie aus dem Schlaf. Doch nur Filip-Oleńka saß auf ihrem Bett und maunzte. O Gott, zum Glück hat Kasia gar kein Baby, war ihr erster erleichterter Gedanke. Sie setzte sich auf, fuhr sich mit den Fingern durch das wirre Haar und streichelte Filip-Oleńka beruhigend. Dann schwang sie ihre Beine aus dem Bett und ging in die Küche, begleitet von dem Kater, der ihr dauernd vor die Füße lief. Auf der Fensterbank zeigten sich die ersten Schimmer kühlen Morgenlichts. Vor dem Haus fuhr der Müllwagen vor, hoch oben am grauen Himmel krächzten Seeschwalben. Ihre Küche sah völlig anders aus als die Küche aus dem Traum. Ein heller, sauberer, weiß gestrichener Dielenboden, hölzerne Küchenschränke, alles praktisch und platzsparend, wie aus dem IKEA-Katalog. Ada nahm zwei Eiswürfel aus dem Tiefkühlfach und rieb sie sich ausgiebig übers Gesicht. Fünf Minuten später stand sie vor dem offenen Kleiderschrank. Sorgfältig gebügelte Blusen und Hosen hingen farblich sortiert nebeneinander: beige, grau, dunkelblau, grün, wie in einer Luxusboutique. Sogar die Unterwäsche lag Kante auf Kante, bildete einen exakten weißen Stapel. Ada wählte eine eng geschnittene Jeans, ein orangefarbenes T-Shirt und einen braunen Pullover mit breitem Kragen. Rasch zog sie sich an und setzte sich vor den antik aufgemachten Frisiertisch.

Sie ging bereits auf die vierzig zu, hatte sich aber ihre schmale Figur bewahrt und bewegte sich auf eine mädchenhafte Art. Sie war daran gewöhnt, für eine Studentin gehalten zu werden – obwohl ihr Studentinnenleben jetzt schon zehn Jahre zurücklag. Und allem Anschein zum Trotz rannte die Zeit unerbittlich, hinterließ gnadenlos ihre Zeichen auf Adas hellem, zartem Gesicht, auch wenn sie trotzig darüber hinwegsah. An den Wangen wurde die Haut allmählich weicher und um das Kinn herum ein wenig schlaff. Das Strahlen der dunklen, wachen Augen hatte einem sachlich taxierenden Blick Platz gemacht, während der breite Mund, der mit seinen abwärts weisenden Winkeln eine eigentümliche, wie umgedrehte Form aufwies, zu beiden Seiten von zaghaften ersten Fältchen eingerahmt wurde. Ada holte Puder, Rouge und Wimperntusche aus der Schublade und verwandelte sich mit Hilfe einiger kurzer, energischer Pinselstriche in eine alterslose Person. Ihren dunklen, fransig geschnittenen Pony kämmte sie zur Seite, strich sich die Haare hinter die Ohren. Dann nickte sie ihrem Spiegelbild zu, als grüße sie eine entfernte Bekannte, kühl und reserviert zwar, aber doch mit dem gebotenen Respekt.

Zurück in der Küche, goss sie sich Milch in den Kaffee und setzte sich vor den dampfenden Becher. Eine Weile starrte sie auf das heller werdende Quadrat des Küchenfensters. Der Traum ließ sie nur langsam los. Immer noch war sie von einer unbestimmten Unruhe erfüllt, und gereizt versuchte sie, das Gefühl beiseitezuschieben. Der Kater maunzte in einem fort.

»Jetzt nicht!«, sagte sie laut, bemüht um einen entschiedenen Tonfall, konnte aber zugleich ein Lächeln nicht unterdrücken, als sie sah, wie das Tier von einer Pfote auf die andere trat, den Rücken bog und schmeichelnde Posen einnahm.

»Du darfst nicht so viel fressen, sonst wirst du zu dick, und das wollen wir doch nicht, oder?«, fuhr sie mit sanfterer Stimme fort und ging in den Flur.

Filip-Oleńka strich weich, aber hartnäckig um ihre Beine und versuchte, ihr den Weg abzuschneiden. Sie schob ihn beiseite und schloss energisch die Wohnungstür hinter sich. Dann eilte sie die menschenleere Filarecka-Straße hinunter.

2

Kriminalkommissar Marcin Sawicki zwang seinen altersschwachen, röhrenden Opel zu einer so abrupten Kehrtwende, dass die Reifen quietschten.

»Polizei, du Wichser!«, brüllte er den hupenden Nissan-Fahrer an, dem er in die Quere gekommen war, und bremste auf dem Gehsteig, direkt vor einem Parkverbotsschild.

»Eine Frau«, knurrte er, während er sich vom Anschnallgurt befreite. »Eine Frau!«, und schlug eine Richtung ein, die er eigentlich unter keinen Umständen einschlagen sollte – um kurz darauf die Tür von *Starbucks* aufzuziehen. Nach einem Moment des Zögerns warf er seine hehren Vorsätze über Bord, bestellte einen doppelten Espresso und einen Bagel mit Hähnchenbrust. Achtzehn Złoty. Sofort befielen ihn Gewissensbisse. Fast ein ganzer Zwanziger, dachte er mit Schrecken, während er auf seinen Kaffee wartete. Geld, das nun für immer weg war. Er versuchte zu überschlagen, wie viel er pro Monat für Snacks außer Haus ausgab, ließ es aber gleich wieder bleiben, weil ihm einfiel, dass dazu auch Zigaretten und Bier gehörten. Und an seine Schokoriegelsucht mochte er schon gar nicht denken.

Marcin Sawicki war fast einen Meter neunzig groß, aber wie er so dastand, auf die Theke gestützt, einen Ellenbogen eingeklemmt zwischen Gläsern mit braunem und weißem Zucker, und nervös eine Papierserviette mit der Aufschrift *Have a nice day* zerrupfte, wirkte er wie geschrumpft. Seine Schultern waren nach vorn gesackt, der Bauch wölbte sich, und das breite, gutmütige Gesicht trug den unglücklichen Ausdruck eines gekränkten kleinen Jungen. Er spürte, wie seine Mundwinkel zu zittern begannen.

»Esspressobagelbittesehr!«, rief die hübsche dunkelhaarige Thekenkraft im *Starbucks*-Kittel. Müden Schrittes trottete er zu einem Tisch. In der vergangenen Nacht hatte er kein Auge zugetan, sondern stundenlang vor dem Rechner gehockt und Folge um Folge einer amerikanischen Serie geguckt, sich bei den unzensierten Sexszenen einen runtergeholt und dabei der sinnlosen Hoffnung hingegeben, dass die Dunkelheit vor dem Fenster nie mehr von der Morgenröte erhellt werden würde. Trotzdem dämmerte der Morgen gnadenlos herauf, nicht rosenrot, sondern leichenbleich – und Marcin Sawicki musste sich der Wirklichkeit des Tages stellen.

Das kann ja heiter werden, dachte er und schluckte den letzten Bissen seines Bagels herunter, aus dem er vorher sorgsam den Rucola herausgezupft hatte. Er hatte nichts gegen Frauen bei der Polizei – Gott bewahre! –, als Sekretärinnen zum Beispiel, ja seinetwegen sogar als Verkehrspolitessen. Aber eine Frau als Kriminalbeamter? Als Ermittler? Vielleicht noch bei der Terrorbekämpfung ...? Er lachte bitter und trank seinen Kaffee aus. Jetzt würde er die Kleine wohl oder übel die nächsten Monate ans Händchen nehmen müssen, bis die da oben wieder aus ihrer geistigen Umnachtung auftauchten und sie woandershin versetzten. Denn dass das kein Dauerzustand werden konnte, stand ja wohl fest. Keiner, der noch alle fünf Sinne beisammenhatte, konnte eine Frau bei der Kripo einsetzen! Klar, er hatte schon von solchen Fällen gehört, Frauen als Kriminaler, einsame, frustrierte Mannweiber ohne Familie, ohne Freunde, ohne Privatleben, besessen von der Jagd auf die bösen großen Jungs, haha ... Na ja, wie man hörte, machten sie ihre Sache nicht mal so schlecht. Aber wo kämen wir da hin? Allein die Umstände, die das machen würde! Man wusste ja gar nicht mehr, wie man sich ausdrücken durfte – KripobeamtInnen, Kripobeamt*innen, ja, wie hätten es die werten Damen denn gern? Sollte es am Ende vielleicht noch »StreifenwagInnen« heißen, damit sich keiner auf den Schlips – pardon, keine auf den Seidenschal – getreten fühlte? Im Warschauer Hauptpräsidium, dem Mostowski-Palast, hatte es jedenfalls schon seit Jahren keinen weiblichen Ermittler mehr gegeben. Und das fanden auch alle gut so.

Schon neun vorbei. Er brachte seine Tasse weg. Wischte sich den Mund mit einer Serviette ab – *Wonderful coffee, wonderful life* –, erhob sich ächzend und ging. Es war der letzte Tag im Februar. Ganz Warschau erwartete gespannt den Frühling, der aber hatte es gar nicht so eilig. Eine blasse Wintersonne erhob sich über den Dächern, ließ den Schnee mit tausend Strahlen funkeln, spitz wie tausend Nadelstiche. Über den Bankowy-Platz wälzte sich ein Menschenzug in Daunenjacken und Wollmützen, die in dieser Saison auf unsagbar idiotische Weise getragen wurden, nämlich weit nach hinten gezogen bis zur Mitte des Kopfes. Marcin Sawicki kniff die Augen zusammen, seufzte leise, wünschte allen Modefreaks herzlich eine saftige Stirnhöhlenentzündung und machte sich auf zum Präsidium.

Er durchquerte die Empfangshalle, öffnete mit seiner Magnetkarte die hintere Tür, schlurfte über den Innenhof und stapfte hinauf in den zweiten Stock. Die Tür zum Sekretariat stand offen.

»Guten Morgen!« Dagmara, die Sekretärin, erwachte kurz aus ihrer Lethargie und schüttelte hinter Schreibtisch und Topffarn ihre blonde, auftoupierte Mähne. »Ist das eine Lausekälte heute, was?«, flötete sie.

»Wohl wahr«, stimmte Marcin ihr zu und rieb sich die halb erfrorenen Hände.

Sie strahlte ihn freundlich, doch bereits wieder leicht abwesend an. Er warf einen Blick auf die blaue, elefantenförmige Uhr hinter ihr an der Wand. Fast zwanzig Minuten zu spät, die Frau musste schon auf ihn warten. Vielleicht ist sie am Ende gar nicht erschienen, dachte er hoffnungsvoll. Vielleicht wollte sie doch nicht hier anfangen, oder sie war spontan anderswohin versetzt worden, zum Beispiel nach Krakau oder Olsztyn oder Białystok? Wer wusste schon, was im letzten Moment noch alles passiert war?

»Irgendwelche Nachrichten für mich?«, fragte er.

»Neeeiiiin«, antwortete Dagmara gedehnt und mit versonnenem Lächeln.

»Irgendetwas, das vielleicht wichtig sein könnte ... von heute?«, bohrte er nach.

»Neeeiiiin ...«, wiederholte sie aufreizend langsam. »Nichts.«

Aus unerfindlichen Gründen reizten ihr perfekt geschminktes Gesicht und die baumelnden, klirrenden Glasperlenohrringe Marcin heute noch mehr als sonst. Jäher Ärger stieg in ihm auf.

»Hat irgendwer nach mir gefragt? Ein bisschen Konzentration, Dagmara, wenn ich bitten darf!«, herrschte er die Sekretärin an.

Dagmara fuhr zusammen und riss in theatralischem Schrecken die Augen auf.

»Ach ja, richtig ... Der stellvertretende Direktor wartet im Besprechungssaal auf Sie. Mit irgendeiner Frau. In dem neuen Saal, weil der alte renoviert wird«, setzte sie eifrig hinzu. »Seit einem Monat.«

»Ach tatsächlich?«, zischte er durch zusammengebissene Zähne. »Das habe ich ja gar nicht mitgekriegt.«

»Ja, tatsächlich«, stimmte sie ihm heiter zu. »Oben hat es einen Rohrbruch gegeben und ...«

»Das weiß ich, Dagmara, ich weiß es! Ich arbeite auch in diesem Haus. Und es wäre mir lieber, wenn ich die wirklich wichtigen Informationen bekäme! Dafür sind Sie schließlich hier!«

»Aber es gab doch gar keine Informationen ...«, protestierte sie schwach. »Nur diese Frau war hier, zusammen mit Direktor Rogowski. Sie warten im Besprechungssaal ... In dem neuen ...«

Marcin seufzte und trottete den Flur hinunter.

Noch bevor er die Tür des neuen Besprechungssaals erreichte, tat ihm sein Ausbruch leid. Nachher werde ich mich bei Dagmara entschuldigen, nahm er sich vor und drückte die Klinke herunter.

Im Zimmer warteten zwei Personen auf ihn: eine zierliche dunkelhaarige Frau, deren Gesicht er im Augenblick nicht genau sehen konnte, und der stellvertretende Direktor der Abteilung Terrorbekämpfung und Tötungsdelikte, Artur Rogowski.

»Du bist zwanzig Minuten zu spät«, knurrte Letzterer, konnte aber dennoch seine Erleichterung nicht verbergen. Anscheinend hatte er mit der Möglichkeit gerechnet, sein Kollege würde gar nicht auftauchen. »Das hier ist Adela Rochniewicz ... Frau Rochniewicz, das ist Kriminalkommissar Marcin Sawicki.« Mit erhitztem Gesicht stand Rogowski da, in seiner fleckigen Uniformjacke, kniff die wie immer leicht geröteten Augen zusammen, räusperte sich und schnaubte laut in ein Stofftaschentuch. Offensichtlich hatte er nicht die geringste Ahnung, wie er sich verhalten sollte. So trat er nur unentschlossen von einem Fuß auf den anderen, und als die Stille im Raum peinlich zu werden drohte, brummte er: »Na, dann will ich euch jetzt mal allein lassen«, zog seine rutschende Hose höher und eilte hinaus, hustend und schniefend, was Marcin heute noch abstoßender fand als sonst.

Adela Rochniewicz saß neben der Tür. Schräge Sonnenstrahlen fielen durchs Fenster und erhellten das enge Kämmerchen mit der stolzen Bezeichnung »neuer Besprechungssaal«. An der Wand und auf dem grauen Teppichboden zitterten kleine Sonnenflecken. Leuchtende Staubkörnchen tanzten in der Luft. Doch die Frau saß im Schatten. Marcin sah nur die zarte, zerbrechlich wirkende Linie ihres Rückens und des leicht geneigten Kopfes, und dieser Anblick gab ihm für den Moment sein seelisches Gleichgewicht zurück. Festen Schrittes trat er an ihren Tisch. Teuer gekleidet war diese Frau Rochniewicz, modern, aber dezent, so als wäre das hier ein Date in einem feinen Restaurant und kein Antrittstermin im Präsidium. Sie mochte höchstens dreißig sein, hatte einen kurzen Pony und volle Lippen, die ihrem Gesicht durch ihre seltsame Form einen leicht weinerlichen Ausdruck gaben. Dennoch hatte er das vage Gefühl, dass sich hinter dieser unschuldigen, mädchenhaften Fassade noch etwas anderes verbarg. Etwas, das er auf keinen Fall unterschätzen sollte.

»Sawicki«, stellte er sich knapp vor.

»Guten Tag«, erwiderte sie.

»Entschuldigen Sie meine Verspätung«, murmelte er. »Der

Stau ... Sie wissen schon.« Er räusperte sich. »Soso, Sie möchten also bei uns arbeiten«, begann er dann behäbig und zog ein paar Blätter aus seiner Aktentasche. Es war die Kopie seines Kabelanschlussvertrags, den er vor einigen Monaten unterzeichnet hatte, doch er fühlte sich besser, wenn er irgendwelche Dokumente vor sich liegen hatte. »Gibt es außer den Informationen hier« – er tippte mit dem Finger auf das Blatt und verdeckte zugleich mit dem Ellenbogen das bunte Logo des Kabelanbieters – »noch etwas, das ich wissen sollte?«

Da sah sie ihm zum ersten Mal direkt in die Augen. Zwar lächelte sie nicht, doch ihre Mundwinkel zuckten leicht, als müsse sie ihre Erheiterung verbergen. Er biss die Zähne zusammen.

»Welche Berufserfahrungen haben Sie? Würden Sie sagen, Sie sind sofort einsatzbereit?«, fuhr er fort, obwohl sie sich noch mit keinem Wort geäußert hatte.

Sein Verhalten war mindestens lächerlich, dessen war er sich bewusst. Jetzt spielte er vor dieser fremden Frau den künftigen Vorgesetzten, obwohl sie beide haargenau wussten, dass er keinerlei Einfluss auf die Entscheidung zu ihrer Versetzung gehabt hatte. Plötzlich schien es ihm jedoch, als könnte er diese Entscheidung mit reiner Willenskraft ungeschehen machen. Als könnte er in diesem letzten Gefecht doch noch den Sieg davontragen, der Frau ihre Unterlagen wieder aushändigen, bedauernd sagen: »Tut mir sehr leid, wir haben einen besseren Kandidaten für diesen Posten gefunden. Bewerben Sie sich aber gern später noch einmal.«

»Ich bin hierher versetzt worden«, sagte sie ruhig.

»Soso, ja ... Sie suchen also Arbeit bei der Polizei. Bei der *Polizei*«, betonte er, um zu demonstrieren, wer hier am längeren Hebel saß.

»Ich suche keine Arbeit.« Adelas Tonfall war unverändert. »Ich bin dieser Abteilung zugewiesen worden.«

Sie musste doch älter als dreißig sein. Im ersten Moment hatte er sich durch ihre schlanke, mädchenhafte Figur täuschen lassen. Jetzt aber sah er deutlich die kleinen Fältchen in ihren Augenwinkeln, und auch über die Stirn zogen sich feine Linien.

»Die Arbeit bei der Polizei ist mit zahlreichen Unannehmlichkeiten verbunden«, hob er wieder an. »Besonders für Frauen. Denn sehen Sie, Frau Rochniewicz, wir arbeiten hier unter Gegebenheiten, die selbst für einen Mann im Vollbesitz seiner Kräfte äußerst schwierig sind. Es lässt sich nie vorhersagen, wann wir zum Einsatz müssen. Und ein junges Mädchen wie Sie ... Wie wollen Sie Ihre familiären Pflichten, Ehemann, Kinder, mit ...«

»Ich habe keine Kinder«, fiel sie ihm ins Wort. »Und es sind auch keine geplant.«

In ihren Worten schwang, wie er meinte, eine leise Ungeduld mit.

»Und ich mache kein Geheimnis daraus – auch wenn ich weiß, dass Sie mir diese Fragen gar nicht stellen dürften«, fuhr sie mit ruhiger Stimme fort. Ihre dunklen Augen blieben ungerührt und wach wie die eines Chirurgen. »Ich bin nicht zum Bewerbungsgespräch hier, und auch das wissen Sie ganz genau. Sie sind nicht mein Vorgesetzter, sondern mein neuer Kollege. Deswegen schlage ich vor, dass wir diese Komödie nun beenden.«

Marcins Standhaftigkeit begann zu schwinden wie Eis in der Sonne.

»Kommt ganz drauf an, wie wir uns verstehen ...«, nuschelte er.

»Das ist natürlich wahr.« Adela Rochniewicz lächelte freundlich. »Und ich hoffe, dass wir uns gut verstehen werden. Dürfte ich jetzt wohl das Präsidium sehen und den Rest unseres Teams kennenlernen?«

»Morgen.« Fast hätte er es laut ausgerufen. »Ja, morgen. Morgen ist der Erste ... Sie fangen doch erst morgen an ...«

Er wollte sich wenigstens die flüchtige Ahnung eines Sieges bewahren.

»Ada«, unterbrach sie ihn. »Ich heiße Ada.«

»Ach, natürlich ... Ada. Und ich bin Marcin«, krächzte er. »Heute wird hier renoviert, ein fürchterliches Chaos. Ein paar Jungs sind auf Einsatz ... Wir fangen also morgen an. Um acht.«

»Gut. Dann also bis morgen.« Sie stand auf, nahm ihre Tasche – und bevor er ihren Gruß erwidern konnte, war sie schon verschwunden.

Mit stumpfem Blick starrte Marcin an die Wand. Das war es schon gewesen? Alles entschieden? Sein Schicksal besiegelt? Das Gespräch hatte kaum fünf Minuten gedauert! Er war erledigt, besiegt mit einem einzigen Streich! Und das von einer winzigen, zerbrechlichen Frau, die mit ihrer schmächtigen Figur wirkte wie ein alternder Teenager. Er fuhr sich mit der Hand übers Gesicht.

Ada Rochniewicz hatte acht Jahre bei der Polizei in Wrocław gearbeitet. Das war Marcin vor gut einem Monat knapp mitgeteilt worden, zusammen mit der Ankündigung, dass sie ihm ab Anfang März zur Seite gestellt werden würde – eine Polizist*In*, Kripoermittler*In*, ha! –, und er hatte keine Chance, diese Entscheidung irgendwie rückgängig zu machen. Viel mehr als das wusste er nicht.

Anfang Februar war Rogowski nach einem Termin beim Chef zurück in ihr gemeinsames Büro gekommen und hatte sich, schnaufend und schniefend wie immer, schwer in seinen Schreibtischsessel plumpsen lassen.

»'ne Frau? Bist du dir sicher?«

»Ganz sicher. Der Alte da oben will unser Image aufpolieren. *Politisch korrekt* heißt das dann wohl.«

Marcin spürte, dass Rogowski ihm nervöse Blicke zuwarf, trotzdem tippte er beharrlich weiter. Er hatte viel zu tun, er wollte sich jetzt nicht unterhalten.

»Und?«, fragte er endlich – worauf er prompt *Delete* statt *Tab* drückte und das ganze mühevoll ausgefüllte Protokollfeld wieder löschte.

»Und ... und *du* sollst dich um sie kümmern«, sagte Rogowski etwas zu schnell.

Marcin erstarrte. Kurz saß er reglos da, den Blick auf den Bildschirm geheftet, dann haute er mit der offenen Hand auf den Tisch.

»Haben sie dir ins Hirn geschissen? Seh ich aus, als hätte ich nichts zu tun, dass ich hier den Babysitter spielen soll? Das war *deine* Idee, stimmt's? Schlag dir das mal schön wieder aus deinem Glatzkopf!«

Er schäumte vor Wut. Rogowski war zwar nur der stellvertretende Direktor, aber alle wussten, dass er inoffiziell die Funktion des Chefs innehatte. Er traf den Großteil der Entscheidungen. Marcin stand abrupt auf und verließ das Zimmer.

Am nächsten Tag, als seine Wut etwas abgekühlt war, unterhielten sie sich in Ruhe.

»Wird schon nicht so schlimm«, sagte Rogowski tröstend. »Ich habe ihre Papiere gesehen: Sie hat sich für den gehobenen

Polizeidienst qualifiziert, davor hatte sie eine Ausbildung zur Krankenschwester abgeschlossen ... Soll ein guter Ermittler sein. Hat wohl ein paar wichtige Fälle gelöst. Wird dir sicher gefallen, mit ihr zu arbeiten.«

Marcin zuckte mit den Schultern.

»Acht Jahre bei der Kripo Wrocław«, fuhr Rogowski ungerührt fort. »Überschwängliche Empfehlungsschreiben. Auszeichnung für den professionellen Einsatz bei der Zerschlagung der BAF-Gruppe.«

Von dem Fall hatte er schon gehört, erinnerte Marcin sich dunkel. Sieben Leute waren festgenommen worden und vierzig Kilo Kokain beschlagnahmt. Das Koks hatte über die deutsche Grenze geschmuggelt werden sollen.

»Allerdings ...« Jetzt klang Rogowskis Stimme schon etwas weniger überzeugt. »Nun, sie ist 2010 schon mal versetzt worden, in die Abteilung Untersuchung und Ermittlung, reine Büroarbeit ...«

Marcin hob verwundert die Brauen. Eine Tippse? Und warum schickte man sie ausgerechnet jetzt wieder zur Kripo? Wer ging denn nach zwei Jahren Sesselfurzerei zurück in den Einsatzdienst?

»Das passt nicht zusammen.«

»Ich weiß. Es sei denn ...«

»Es sei denn, irgendein hohes Tier wollte Adela Rochniewicz, die Krankenschwesterpolitesse, unbedingt hier in Warschau haben und hat die entsprechenden Strippen gezogen«, beendete er gehässig den Satz. »Hat sie einen Mann? Kinder?«

»Das Feld ›Familienstand‹ war leer.«

»Warum wundert mich das nicht?«, konterte er bissig.

Weiter hatten sie nicht darüber gesprochen, bis gestern, als Rogowski ihm gesagt hatte, er möge sich heute um neun im Präsidium einfinden und die neue Frau Kommissar*in* unter seine Fittiche nehmen.

3

Am Freitagmorgen wachte Marcin beinahe erholt auf. Sieben Stunden hatte er geschlafen, ohne ein einziges Mal aufzuwachen. Nun war es kurz nach sechs. Leise zog er sich an und beschränkte seine Morgentoilette auf ein rasches Zähneputzen. Er wollte allein und in Ruhe seinen Kaffee trinken.

Das Thermometer außen am Küchenfenster zeigte null Grad. Der Himmel war wolkenverhangen, schwere, nasse Schneeflocken taumelten herab. Um sieben weckte Marcin seine Frau und die beiden Töchter. Kurz vor acht war er schon im Präsidium. Während er den Flur entlangging, fragte er sich, ob Kriminalkommissar*in* Adela Rochniewicz wohl schon auf ihn wartete. Überpünktlichkeit war garantiert eine ihrer hervorstechenden Eigenschaften. Überpünktlichkeit, Ordnungsfimmel, Stock im Arsch. Marcin zog seine Jacke aus und sah sich unsicher im Zimmer um. Auf beiden Schreibtischen türmten sich Papiere. Im Schrank lag ein Haufen Klamotten unbekannter Herkunft, im unteren Fach ruhten ausgelatschte Schuhe. Auf der Fensterbank kümmerte ein Topfpflänzchen vor sich hin, in der dazugehörigen Gießkanne siedelten Algen. Marcin wischte mit seinem Ärmel den Staub von der Fensterbank, sammelte die Papiere von dem Schreibtisch ein, der bis gestern Rogowski gehört hatte, und warf einen vorsichtigen Blick in die Schublade: vergammeltes Butterbrot in Plastiktüte, leere Wodkaflasche.

Ada kam um drei nach acht. Kurz und fest drückte sie ihm die Hand – fast nach Männerart, schoss es Marcin durch den Kopf –, schlüpfte aus ihrer Marinejacke, zog sich die Mütze vom Kopf, eine extravagante Filzkappe mit bunter, farblich harmonierender Borte. Von welcher Kohle leistete die sich solche Klamotten? Flauschige Pullover, Röcke aus Schurwolle, elegante Lederstiefel? Die trug ja zwei volle Monatsgehälter am Leib! Während er die neue Kommissarin aus dem Augenwinkel beobachtete, dachte Marcin voller Bedauern an die grellen Billigklamotten seiner Frau.

»Komm, ich stell dich den Jungs vor.« Er zwang sich zu einem Lächeln.

Diesen Rundgang wollte er so schnell wie möglich hinter sich bringen. Voller Unbehagen führte er sie über den Flur, von einer Tür zur anderen: »Das ist Adela Rochniewicz, sie arbeitet ab heute bei uns.« Ada grüßte knapp, zurückhaltend. Ihr Gesicht trug einen kühlen, offiziellen Ausdruck. Sie wirkte vollkommen gelassen. Reagierte mit keiner Miene auf die leisen Pfiffe und verhaltenen Lacher hinter ihrem Rücken. Als sie das Großraumbüro im zweiten Stock erreichten, hoben einige Polizisten überrascht die Köpfe. Fast erschrocken sahen sie aus. Ada wirkte in dieser Umgebung so fehl am Platz wie die Queen in der Umkleide von Manchester United.

»Da hat er sich ja 'ne schöne Mimose geangelt«, brummte Kapusta, ein hellblonder Hüne mit pickligem Gesicht und geröteter Stirn. Leise sagte er es, wie zu sich selbst, trotzdem konnten ihn alle hören. Marcin biss die Zähne zusammen. Mimose! Jetzt wurde diese Flachzange glatt erfinderisch! Wer hätte gedacht, dass der Hohlschädel solche Ausdrücke überhaupt zu seinem Wortschatz zählte.

»Ein Mi-möschen!«

Unterdrücktes Prusten folgte ihnen, als sie den Raum verließen. Adas Miene blieb ungerührt.

Im Sekretariat holte Dagmara ungewohnt geschäftig einen Teller mit frischen Berlinern aus dem Kühlschrank.

»Ich wusste, dass du heute kommst, also habe ich uns das hier mitgebracht!«, zwitscherte sie. »Komm, setz dich, wir trinken erst mal einen Kaffee, ja? Wir Frauen müssen doch zusammenhalten. Sawicki und die ganzen anderen Kerle hier ...« Sie schnaubte verächtlich, als wäre er gar nicht da. »Aber du weißt ja bestimmt, wie das ist.«

Ihre dicke schwarze Wimperntusche krümelte. Unter der rosa Bluse wogten üppige Brüste. Noch bevor sie zwei Kaffeebecher auf den Tisch stellen konnte, erschien Rogowskis kahler, runder Schädel in der Tür.

»Mordfall in Mokotów. Wurde eben durchgegeben. Junges Mädel mit zerdeppertem Schädel. Ihr zwei fahrt hin. Kapusta und der Alk verhören die Jungs vom Autoschmuggel. Pawlak und ich nehmen den Alten mit nach Praga.«

»Aber sie fängt doch heute erst ...«, wagte Marcin einzuwenden.

»Umso besser, dann geht's gleich in die Vollen. Ich weiß ja nicht, wie es in Wrocław ist, aber *wir hier* starten nicht mit Kaffee und Kuchen in den Tag.«

»Mord in Mokotów?«, versuchte Marcin es noch einmal. »Können sich da nicht die Jungs vor Ort drum kümmern? Wir haben hier genug Eigenes am Hacken.«

»Sind schon da.« Rogowski hustete rasselnd. »Die Männer von der Wache Mokotów und ein Rettungswagen. Und Modzelewski«, setzte er hinzu, schnappte sich rasch einen Berliner und verschwand.

Ada hob die Brauen.

»Modzelewski ist der Staatsanwalt«, beeilte sich Dagmara zu erklären. »Der holt sich immer die Leute vom Hauptpräsidium. Bei jedem Mordfall. Das heißt also, er hat heute Dienst.«

»Und *das* heißt, wir haben Pech«, fügte Marcin hinzu.

Um kurz vor neun verließen sie das Präsidium. Es hatte aufgehört zu schneien, durch die Wolken schien eine blasse, ferne Sonne. Der Innenhof war überzogen von einer dünnen Eisschicht, auf der sich Pfützen bräunlichen Wassers gebildet hatten. Schlitternd erreichten sie Marcins alten Opel und fuhren schweigend Richtung Mokotów. Die morgendlichen Staus hatten sich aufgelöst; Blaulicht und Sirene waren nicht nötig. Vor einem vierstöckigen Altbau parkte Marcin, und durch einen schmalen Hauseingang gelangten sie in den Hinterhof. Ada spürte, wie ihre Haut im Nacken zu kribbeln begann. Sie würde in einem Mordfall ermitteln! Endlich wieder im Einsatz! Zwei Jahre war es jetzt her, dass der Unfall passiert war und ihr ganzes Leben in Wrocław auf den Kopf gestellt hatte. Zwei Jahre, die sie ausgeschlossen und von allen gemieden hinter dem Schreibtisch gehockt hatte. Jetzt ging es zurück an die Arbeit! Jetzt konnte sie endlich wieder das tun, worin sie am besten war! Das fast vergessene Gefühl elektrisierender Spannung kehrte zurück, ihre Sinne schärften sich, neue Energie durchströmte ihren Körper. Ada holte tief Luft, drängte sich an Marcin vorbei und lief als Erste die Treppe hinauf.

Auf dem Treppenabsatz zwischen zweitem und drittem Stock warteten zwei Männer, die einander ähnelten wie ein Ei dem anderen. Sie trugen identische Lederjacken, identische Hosen mit

Bügelfalte. Beide rauchten, hoben die Zigarette mit der gleichen hektischen Bewegung an die Lippen.

»Das ist das berühmt-berüchtigte Duo von Mokotów«, sagte Marcin lachend, als er Adas Erstaunen bemerkte. »Und das ist Kommissar Rochniewicz«, stellte er Ada vor.

»Hi«, sagten beide gleichzeitig.

Ada nickte knapp.

»Jetzt übernehmt also ihr.« Der linke Zwilling rieb sich zufrieden die Hände.

»Modzelewski hat schon die Biege gemacht. Ihr sollt ihm die Papiere heute Abend ins Büro bringen«, sagte der rechte. »Die Rettung war auch eben da. Nix mehr zu machen, die Kleine ist mausetot. In vierzig Minuten kommen die Rechtsmediziner. Sagen sie jedenfalls.«

»Die Leichenschlepper haben wir noch nicht gerufen«, ergänzten beide synchron und begannen, ihre Jacken zuzuknöpfen.

Von oben ertönte ein Schluchzen. Ada und Marcin schauten auf. Vor einer Wohnungstür im dritten Stock saß eine junge Frau mit zerwühltem Haar und offenem Mantel. Neben ihr lehnte ein Polizist in Uniform an der Wand und blätterte ungerührt in einem Boulevardblättchen.

»Ähm ... und das da ist Monika Lewicka. Eine Freundin der Toten«, erläuterte der rechte Zwilling.

»Sie hat den Mord gemeldet«, fügte der linke hinzu.

»Wir hauen ab«, verkündete das Duo unisono. »Frohes Schaffen!«

Wie auf Kommando drehten die beiden sich um, liefen die Treppe hinunter. Der Polizist in Uniform wollte es ihnen nachtun.

»Einen Moment noch«, hielt Ada ihn zurück. »Würden Sie der Frau bitte einen Tee holen?« Sie wies mit dem Kinn auf die schluchzende Monika Lewicka. »Unten aus der Bäckerei.«

Überrascht starrte der Mann sie an.

»Haben Sie irgendein Problem?« Ada hob die Stimme.

»Ein Problem?«

»Ein Problem«, wiederholte sie scharf. »Sie stehen hier seit einer Stunde rum und lesen Zeitung. Während diese Zeugin uns gleich umkippt. Finden Sie das normal?«

Der Polizist lief rot an.

»Also, wenn Sie jetzt bitte einen Tee holen würden ...«

»Tee? Soll ich den *selbst* bezahlen, oder was?«

Ada öffnete ihr Portemonnaie, hielt ihm zehn Złoty hin.

»Bitte sehr.«

Empört wich er zurück und öffnete den Mund, um zu protestieren, schloss ihn aber sofort wieder, als er ihre streng zusammengezogenen Brauen sah. Widerstrebend nahm er den Geldschein entgegen.

»Bitte bringen Sie den Tee erst in zwanzig Minuten, nicht früher. Und heiß muss er sein. Mit viel Zucker!«

Er nickte fügsam, sah auf seine Uhr und machte sich auf den Weg.

Marcin musste sich auf die Lippe beißen, um nicht laut aufzulachen, als er den schnauzbärtigen, breitschultrigen Schutzmann mit hochrotem Kopf abziehen sah.

»Monika Lewicka?«, wandte Ada sich an die weinende Frau. »Sie waren es, die die Polizei gerufen hat?«

»Ja«, brachte sie unter Schluchzen heraus. »Sie ist da drin ... im Badezimmer«, fügte sie mit erstickter Stimme hinzu und strich sich die feuchten Haarsträhnen aus dem verquollenen Gesicht.

Marcin stieß die angelehnte Wohnungstür auf.

»Vorsicht!«, rief Monika Lewicka. Fast wäre Marcin in eine Lache Erbrochenes getreten.

»Tut mir leid«, murmelte sie beschämt.

Ada schob Marcin sanft beiseite und machte einen großen Schritt über die Lache. Er folgte ihr. In der Badezimmertür blieb sie stehen. Er sah ihr über die Schulter, zuckte kaum merklich zurück und berührte leicht mit der Hand ihren Rücken.

Sie wandte den Kopf, ihre Blicke trafen sich. Auf dem gekachelten Fußboden lag bäuchlings eine Frau. Arme und Beine waren schlaff ausgebreitet, als wäre sie aus großer Höhe gestürzt. In ihren langen Haaren klebte Blut. Ada hockte sich neben die Tote. Ihre Miene war unergründlich, die Bewegungen geübt, stellte Marcin fest. Nicht das kleinste Zögern.

Sie streifte sich Silikonhandschuhe über. Hatte sie die etwa immer in der Jackentasche dabei, schoss es ihm durch den Kopf. In weiser Voraussicht? Vorsichtig strich Ada die verklebten Haare beiseite und betastete den Hinterkopf der Toten. Der Anblick der beiden Frauen war seltsam und irgendwie unwirklich: die eine tot, die andere lebendig, beide gleichermaßen ungerührt. Marcin untersuchte nicht zum ersten Mal einen Tatort, er war es gewohnt, übel zugerichtete Leichen zu sehen. Dennoch hätte er von seiner neuen Kollegin eine weniger routinierte Reaktion erwartet. Aber was? Weinen? Händeringen? Er wusste doch, dass sie eine erfahrene Kommissarin war …

Langsam richtete Ada sich auf.

»Ich glaube, wir sollten die Kollegen von der Spurensicherung holen«, sagte sie ruhig.

Sofort spürte sie, wie Marcin sich verkrampfte, und einen Moment lang war ihr dieser große, kräftige Mann, der sich offenbar ein wenig vor ihr fürchtete, beinahe sympathisch.

Sie kniete sich wieder neben den Leichnam. Eine junge Frau, vielleicht Mitte zwanzig. Schlank, sportlich. Ada fielen die muskulösen Waden auf. Blut war eigentlich nur wenig zu sehen, es stammte aus einer Wunde an der Schläfe. An dieser Stelle war der Schädel zertrümmert und eingedrückt. Wer auch immer ihr diesen Schlag versetzt hatte – er hatte kräftig zugehauen. Ada betrachtete das Gesicht der Toten. Die aufgerissenen Augen waren trüb und von einem gelblichen Film überzogen, Lippen und Nasenflügel bräunlich violett angelaufen. Sie hob die Bluse etwas an, um die Totenflecke zu beurteilen.

Dann stand sie auf.

»Sie ist seit mindestens vier Stunden tot«, stellte sie fest und wollte sich flink an Marcin vorbeidrücken, doch der hielt sie zurück und zeigte auf den Boden. Dicht neben der Toilette lag ein Gegenstand.

»Das muss die Tatwaffe sein ...«

»Ja.« Ada nickte nachdenklich. »Der Täter hat sie wohl einfach liegen lassen.«

Eine Zeitlang starrten sie ratlos auf den blutigen Hammer. Auf seinem Holzgriff prangte deutlich sichtbar ein Stempel: *AM-NAT Metallwaren*.

»Wie eigenartig«, sagte Ada schließlich.

Marcin riss seinen Blick von der Tatwaffe los und holte sein Handy aus der Tasche.

Während er mit den Kollegen von der Spurensicherung telefonierte, besah Ada sich das schöne, große Schlafzimmer: ein sorgfältig gemachtes Bett, ein Sessel, darauf eine zusammengefaltete karierte Decke. Unwillkürlich lächelte Ada. Sie mochte Ordnung. Mit mechanischer Handbewegung rückte sie einen schwarz-weißen Kunstdruck zurecht, der etwas schief an der Wand hing. Dann ging sie weiter in die Küche: weiße, glatte Kacheln, breiter Teakholztisch, Spüle mit abnehmbarem Wasserhahn, Spülmaschine, elektrischer Backofen ... Alles wirkte auf eine unaufdringliche Weise elegant. Erst vor Kurzem hatte Ada einen Artikel über reiche Warschauer gelesen, die sich Wohnungen in verfallenen Altbauten aus der Vorkriegszeit zulegten. Praga und Stary Mokotów wurden allmählich zu Modevierteln.

Auf dem Küchentisch stand eine Teekanne aus Porzellan mit einem handgemalten Muster aus blauen Vergissmeinnicht, daneben zwei Tassen und ein Teller mit Gebäck.

Ada kehrte ins Vorzimmer zurück. Durch die offene Wohnungstür sah sie, wie Marcin die junge Frau befragte.

»Polizei«, sagte er zu ein paar Nachbarn, die neugierig die Treppe herunterkamen. »Gehen Sie bitte in Ihre Wohnungen zurück, Sie behindern die Ermittlungen. Wenn wir Ihre Hilfe benötigen, kommen wir auf Sie zu«, fügte er in scharfem Tonfall hinzu, und sofort leerte sich das Treppenhaus.

Ada ging ins nächste Zimmer.

»Marcin!«, rief sie plötzlich. »Komm her! Ich glaube, das möchtest du sehen.«

Die einzigen Möbel in dem kleinen Raum waren ein Schreibtisch mit Laptop und großem Bildschirm, ein Sessel und eine alte Kommode. Alle Schubladen am Schreibtisch waren herausgezogen. Blätter, Schnellhefter und Pappmappen lagen verstreut auf dem Fußboden. Marcins Augen weiteten sich überrascht.

»Das kann kein normaler Einbruch gewesen sein«, sagte er. »Keine Einbruchsspuren. Computer und Tablet sind noch da. Zusammen sind die bestimmt mehrere Tausend Złoty wert.«

»In den anderen Zimmern herrscht vollkommene Ordnung«, ergänzte Ada.

»Sieht ganz danach aus, als hätte jemand etwas Bestimmtes gesucht und gewusst, wo er es finden kann … Offenbar hatte derjenige seinen eigenen Schlüssel und hat das Opfer im Badezimmer überrascht.«

»Glaube ich nicht. Ich denke, sie hat ihn selbst reingelassen. Auf jeden Fall muss sie jemanden erwartet haben. In der Küche stehen zwei leere Tassen und ein Teller mit Gebäck.«

Bald trafen die Techniker von der Spurensicherung ein. Zwei ernste Männer in Schutzanzügen wickelten Absperrband ab und betraten die Wohnung. Sie stellten Kärtchen mit Nummern neben der Leiche, dem Hammer und den Blutspuren an der Badewanne auf und machten sich daran, den Tatort zu sichern. Das Blitzlicht der Kamera flammte auf. Ada stand regungslos in der Schlafzimmertür.

»Du musst jetzt hier raus«, sagte einer der beiden zu Ada. Er hatte ein pausbäckiges Gesicht. »Wir sind in einer Stunde fertig.«

Unten fiel die Haustür zu. Man hörte, wie Schritte sich näherten. Die Treppe herauf kam ein kleiner Mann, unter seiner kurzen Daunenjacke schaute ein weißer Kittel hervor. Er wirkte eigenartig und etwas unheimlich. Kopf und Hände waren überproportional groß im Verhältnis zum Rest seines Körpers, der höchstens einen Meter fünfzig messen konnte. Ada roch Formalin und scharfen Männerschweiß. Angewidert wich sie einen

Schritt zurück. Der Mann betrat die Wohnung, warf einen Blick in die Küche und ging dann, ohne ein Wort an irgendjemanden zu verschwenden, raschen Schrittes geradewegs zum Badezimmer.

»Das ist Nekro aus der Rechtsmedizin«, flüsterte Marcin. »Dem kommt man besser nicht in die Quere, ziemlich unangenehmer Typ ...«

Nach fünf Minuten war der seltsame Zwerg zurück im Treppenhaus.

»Der hat einer den Schädel eingeschlagen, ganz klar«, sagte er. »Das kann sie nicht selbst so hingekriegt haben. Unfall war das keiner.« Er lachte mit unangenehmer Fistelstimme. »Ist mindestens vier Stunden her. So viel kann ich euch sagen. Hab jetzt keine Zeit für weitere Spielchen«, setzte er hinzu und schnaufte schwer. »Auf mich warten in der Oczko noch drei Pellen, die untersucht werden wollen. Ruft das Leichentaxi und meldet euch Montag bei mir.«

Dann ging er, ohne sich zu verabschieden. Eine beklommene Stille blieb zurück.

Monika Lewicka saß noch immer auf der Treppe. Sie weinte nicht mehr, war aber sehr bleich und zitterte, als hätte sie Schüttelfrost. Marcin berührte ihre Schulter.

»Tut mir leid, aber wir müssen Ihnen noch ein paar Fragen stellen.« Ada fiel auf, dass seine Stimme nun etwas sanfter klang. »Die ersten Stunden nach einem Mord sind die wichtigsten.«

»Okay.« Sie fing wieder an zu weinen.

»Tief durchatmen«, mischte Ada sich streng ein. »Tränen können Ihrer Freundin auch nicht mehr helfen. Aber wenn Sie sich zusammenreißen, helfen Sie uns, den Mörder zu finden.«

Monika sah sie erschrocken an, holte tief Luft und erzählte. Die ermordete junge Frau hieß Zofia Wagner. Sie war siebenundzwanzig Jahre alt, arbeitete als Grafikerin in einem Verlag. Erst vor wenigen Monaten war sie in die neue Wohnung in Mokotów gezogen.

»Sie ist meine Freundin, wir kennen uns noch aus der Grundschule«, schluchzte Monika.

In diesem Moment kam der Polizist mit dem Tee zurück.

»Zucker?«, fragte Ada, und schüttete, ohne die Antwort abzuwarten, vier Beutelchen in den Tee. »Trinken Sie das, dann kommen Sie wieder auf die Beine.«

Dankbar nahm Monika Lewicka das heiße Getränk entgegen.

»Sie hat mich gestern noch angerufen. Am frühen Nachmittag«, sprach sie stockend weiter. »Um zwei ... oder nein, vielleicht doch schon halb zwei ...«

»Schon gut, das können wir nachprüfen«, beruhigte Ada sie.

»Sie hatte schlechte Laune. Es reicht ihr jetzt, hat sie gesagt. Und dass sie sich nicht immer um andere kümmern kann, wenn sie schon mit ihrem eigenen Leben nicht klarkommt ...«

Marcin schrieb etwas in ein kleines Notizbuch, das er aus seiner Hosentasche geholt hatte.

»Ja, das hat sie gesagt: Sie kann sich nicht immer nur um andere kümmern ... Wahrscheinlich meinte sie diese Tschetscheninnen aus dem Kurs ... Oder die Putzfrau. Mit der gab es auch irgendwelche Probleme. Zofia wollte ihr kündigen. Vielleicht war sie deswegen so sauer, ich weiß es nicht ...«

»Tschetscheninnen?«

»Zofia hat bei einem Flüchtlingsverein Sprachkurse gegeben. Ehrenamtlich. *Sicherer Hort* heißt die Organisation, glaube ich. Oder nein: *Sicherer Hafen*.«

»Und was hat das mit der Putzfrau zu tun?«

»Ein Mädchen von dort muss für die ganze Familie mitverdienen. Ich glaube, sie hat noch vier Geschwister. Zofia wollte ihr nicht einfach so Geld schenken, also kam sie auf die Idee, dass sie zweimal pro Woche bei ihr putzen könnte. Auch wenn das eigentlich gar nicht nötig war.«

»Wie heißt dieses Mädchen?«

»Keine Ahnung. Vielleicht wissen das die Leute vom Verein ...«

»Hatte sie einen Schlüssel zur Wohnung?«

»Weiß ich auch nicht.«

»Na gut.« Marcin blätterte um. »Zofia hat Sie also gestern gegen zwei angerufen. Was war denn der eigentliche Grund für den Anruf?«

»Sie wollte sich mit mir treffen und reden. Wahrscheinlich über all diese Probleme. Aber ich hatte den ganzen Tag zu tun. Bei der Arbeit gab es ein wichtiges Projekt, das fertig werden musste. Also haben wir uns für heute Vormittag verabredet. Und jetzt das ...« Ihre Stimme zitterte.

»An einem normalen Werktag?«

»Ich habe keine festen Arbeitszeiten. Das Projekt habe ich ja gestern abgeschlossen. Und Zofia ist ... war ... freie Grafikerin.«

»Wann sind Sie gestern von der Arbeit gekommen?«

»Um elf Uhr abends.«

»Kann das jemand bestätigen?«

»Ja ... zwei Kollegen waren auch so lange da. Und der Pförtner natürlich. Ich bin dann gleich nach Hause gefahren. Ich wohne mit meinem Freund zusammen, den können Sie gerne fragen«, setzte sie leicht beleidigt hinzu.

»Gut. Und weiter?«

»Dann war ich heute Morgen um kurz vor acht hier. Wir wollten eigentlich joggen gehen, im Park, und danach zusammen frühstücken. Um zwölf muss ich zur Arbeit.« Sie warf reflexartig einen Blick auf die Uhr und steckte dann schnell die Hand in die Tasche. »Ich kenne den Code für den Türöffner unten, deswegen bin ich allein reingekommen. Und hier oben habe ich dann geklopft und geklopft, aber es hat keiner aufgemacht. Ich dachte, sie hätte verschlafen, deswegen habe ich versucht, sie anzurufen. Sie ging aber nicht ran. Dann schien es mir auf einmal, als ob ihr Handy drinnen klingelte. Und da habe ich ... ich habe am Türknauf gedreht, und ... und es war gar nicht abgeschlossen ...«

Monika begann wieder zu beben und brach in verzweifeltes Weinen aus. Urplötzlich schlug sie ihren Kopf gegen die Wand.

»Monika!« Diesmal war es Marcin, der scharf reagierte. »Monika, schauen Sie mich an! Ruhig atmen, hören Sie? Atmen Sie ruhig weiter ... und hören Sie auf zu flennen!«

Er fasste ihren Arm. Sie sah ihn erbost an und versuchte, sich loszureißen.

»Okay, okay. Wir sind schon fertig und lassen Sie für heute in Ruhe. Gleich können Sie nach Hause gehen. Dauert nicht mehr lange.«

»Sagen Sie uns nur noch eins: Hatte Zofia private Probleme?«

»Na ja ...« Monika wischte sich mit dem Jackenärmel die Nase. »Im Moment eigentlich nicht. Aber vor einem Jahr hat ihr Freund sich von ihr getrennt. Karol Zalewski. Das war echt schlimm. Die beiden waren seit dem Gymnasium zusammen. Sie wollten sogar heiraten, der Termin stand schon fest, da hat er plötzlich gekniffen und ist ins Priesterseminar abgehauen. Zofia ist ewig nicht darüber hinweggekommen. Hat sogar eine Therapie gemacht ... Danach ging es aber wieder. Glaube ich jedenfalls, denn vor ein paar Monaten hatte sie eine neue Beziehung. Mit so einem Hooligan ... Na ja, kein echter Hooligan natürlich, Zofia hat ihn bloß so genannt, weil er meistens in Jogginghose rumlief und ein totaler Fußballfan war. Jedenfalls hat sie ziemlich schnell wieder mit ihm Schluss gemacht. Ich habe ihn nicht mal kennengelernt. Ich weiß nur, dass er sie danach dauernd anrief, ihr nachrannte und Szenen machte. Aber jetzt hatte ich schon länger nichts mehr von ihm gehört.«

»Wo hatte sie ihn kennengelernt?«

»Weiß ich nicht. Sie hat wenig von ihm gesprochen. Sie redete nicht gern über persönliche Dinge.«

»Und wie hieß er?«

»Jurek ... Den Nachnamen weiß ich nicht.«

»Gut.« Marcin klappte sein Notizbuch zu. »Sie haben uns sehr geholfen. Den Eltern sagen wir am Nachmittag Bescheid«, wandte er sich mit gesenkter Stimme an Ada.

Monika nickte, stand auf und ging, begleitet von Ada und Marcin, mit wackligen Schritten die Treppe hinunter.

Jetzt stand ihnen noch die Befragung der Nachbarn bevor. Doch erst brauchten sie eine kurze Verschnaufpause. Im Bistro an der Ecke bestellten sie sich Kaffee in Pappbechern und gingen damit nach draußen, um etwas kühle Luft zu schnappen.

Ada setzte sich auf eine niedrige Mauer, schlug die Beine übereinander und starrte vor sich hin. Marcin lehnte neben ihr an einem Zaun. Er kramte einen Schokoriegel und eine Packung Chesterfields aus der Jackentasche. Es war kurz nach Mittag. Nebel waberte dick und schwerfällig über den Asphalt, kroch durch undichte Kellerfenster, hing wie ein schmuddeliger Schleier über den Rasenflächen. Der Schnee war fast weggetaut. Er hatte kleine, rußgeschwärzte Hügel zurückgelassen, die an den Gehsteigkanten pappten. Empfindliche Kälte drang unter die Jacken und zwickte in die Fußknöchel. Die wenigen Fußgänger beeilten sich und wichen den Hundehaufen aus, die in allen Schattierungen von Braun unter dem Schneematsch zum Vorschein kamen. Der Anblick der menschenleeren Straße deprimierte Marcin. In dieser trostlosen Steinwüste gab es rein gar nichts, was ihn auch nur für einen Moment auf andere Gedanken gebracht hätte. Er sah Zofias bläuliches, aufgequollenes Gesicht vor sich, ihre leeren, erstaunt geweiteten Augen, das trockene Blut im langen Haar. Wer trug so viel Hass mit sich herum, dass er mit derartig brutaler Gewalt zuschlug? Und warum? Seine Gedanken wanderten zu ihren Eltern ... Da stieß Ada ihn an.

»Wir müssen der Familie Bescheid sagen«, erinnerte sie ihn. Als könnte sie Gedanken gelesen.

»Ich weiß«, seufzte er. »Vielleicht schicken wir jetzt gleich jemanden hin?«

Sie schüttelte schweigend den Kopf. Er fluchte innerlich und drückte wütend seine Zigarette aus, wagte aber nicht, mit ihr zu diskutieren.

4

Das Haus in der Dąbrowski-Straße 3 hatte zehn Wohnungen, zwei in jedem Stock. Ada und Marcin teilten sich die Stockwerke auf. Ada übernahm den unteren Teil des Hauses. Im Erdgeschoss öffnete ihr niemand. Sie blieb noch eine Weile stehen und lauschte. Aus beiden Wohnungen drang kein Laut. Dafür wurde die Tür im ersten Stock rechts augenblicklich aufgerissen. Eine alte Frau streckte neugierig den Kopf heraus. Nase, Mund und Augen schienen sich in der Gesichtsmitte zusammenzudrängen, was ihr das Aussehen eines besorgten Nagetiers gab.

»Kripo Warschau.« Ada zeigte ihr die Polizeimarke. »Ich würde gerne einen Moment mit Ihnen sprechen.«

Eifrig trat die alte Frau beiseite. In ihrer Wohnung roch es nach Mottenkugeln und Bohnerwachs.

»Ich hab's ja immer gesagt, das wird noch schlimm enden, hab ich immer gesagt!«, rief sie, während sie Ada ins Wohnzimmer führte.

»Was wird schlimm enden?«

»Ist sie tot?« Die Frau versuchte nicht einmal, ihre Aufregung zu verbergen.

»Einen Moment.« Ada gab ihrer Stimme einen entschiedenen Ton. »Ich bin diejenige, die hier die Fragen stellt. Wie lautet Ihr Name?«

»Janina Sokołowska«, sprudelte die Frau hervor. Ihr lebhaftes, rosiges Gesicht war von einem Netz feiner Fältchen durchzogen. Wache Augen blitzten unter dunkel gefärbten Brauen. Auf einmal sah Ada sie dreißig, vierzig Jahre früher, ganz deutlich stand ihr das Bild vor Augen: Federnden Schrittes geht eine jüngere Janina Sokołowska zur Kirche, der Wind reißt an ihrem beigen Kleid, enthüllt straffe Waden in fleischfarbenen Strümpfen. Ihr Blick ist ernst, das Gesicht streng. Es drückt Selbstsicherheit und eine kühle Autorität aus. Ihr kleiner Sohn versucht vergeblich, mit ihr Schritt zu halten, er fasst nach ihrem wehenden Kleidersaum ...

»... wie oft habe ich es ihr gesagt, aber ihr jungen Leute wisst ja alles besser.«

Ada blickte sich im Zimmer um, suchte unwillkürlich nach einem Foto des kleinen Jungen. Doch auf der Kommode stand nur eine Tonvase mit Trockenblumen, daneben ein gerahmter Kunstdruck von van Goghs *Sonnenblumen*. Ada ließ ihren Blick wieder zu Frau Sokołowska wandern. Sie bemühte sich um Gelassenheit.

»Trotzdem lässt sich nicht leugnen, dass diese Leute gefährlich sind«, fuhr Frau Sokołowska eben fort.

»Welche Leute meinen Sie?« Ada spürte das Blut in ihren Schläfen pochen.

»Na, diese Dunklen eben. Die immer zu ihr gekommen sind. Vor allem dieses Mädchen ... das mit dem *Kopftuch*.«

»Muslime, wollen Sie sagen?«

»Ja, Muslime. Oder Kasachen, oder wie die alle heißen. Was macht das schon für einen Unterschied?«

»Wie oft sind denn diese Leute zu ihr gekommen?«

»Also, wenn Sie mich fragen ...« Janina Sokołowska richtete

Fotopapier, blickte seinem Gesprächspartner mit demselben strengen Blick entgegen. Ein paar Falten hatte er bekommen, sonst war keine Veränderung zu bemerken.

»Wissen Sie, ich mische mich da nicht ein. Ich gucke den Leuten nicht in ihre Wohnung. Was soll ich Ihnen sagen? Sie war ja eben erst eingezogen. Eine junge Frau. War fast nie zu Hause.«

»Ich habe gehört, sie soll eine tschetschenische Putzfrau gehabt haben?«

»Möglich ist alles. Woher soll ich das wissen?«

»Haben Sie gestern irgendjemand Verdächtigen hier bemerkt? War vielleicht abends jemand Unbekanntes im Hinterhof?«

»Nein«, erwiderte der ältere Herr entschieden und presste die schmalen Lippen zusammen. »Das heißt ...«

»Ja?«, ermunterte ihn Marcin. »Das ist wichtig. Ein Mordfall. Da ist jede Information wertvoll.«

»Nun ... Gestern war so ein Mann hier«, begann er zögerlich. »Ich bin im Hauseingang mit ihm zusammengestoßen, gegen acht Uhr abends muss das gewesen sein. Die Nachrichten waren eben vorbei, und ich habe noch den Müll rausgebracht. Ein Russe.«

»Ein Russe? Woher wissen Sie das?«

»Er sprach Russisch. Genauer gesagt – fluchte.«

»Sind Sie sich sicher, dass es ein Russe war?«

»Herr Kommissar«, der Mann bedachte ihn mit einem lodernden Blick. »Ich kenne diese Sprache aus dem Effeff! Schließlich habe ich meine Jugend im Sozialismus verbracht!«

»Natürlich, natürlich«, beschwichtigte ihn Marcin. »Was hat er denn genau gesagt?«

»Ich werde diese Worte nicht in den Mund nehmen! Widerlich waren sie. Vulgär.«

»Ich bitte Sie dennoch darum. Es könnte wichtig sein.«

Eisernes Schweigen.

»In Ordnung«, seufzte Marcin. »Vielleicht könnten Sie sie mir aufschreiben?«

Er reichte dem Mann einen Zettel, dann las er die säuberlich in kyrillischer Schrift aufgemalten Wörter.

»Ähem«, räusperte er sich. »Könnten Sie mir vielleicht auch noch sagen, wie dieser ... Russe aussah?«

»Sein Gesicht habe ich nicht gesehen. Er trug eine Kapuze. Und eine Sporthose mit Streifen an den Seiten. Das wäre dann alles«, vermeldete der pensionierte Soldat knapp. Mit zackiger Geste wies er Marcin den Weg zur Tür.

Sie trafen sich vor Zofia Wagners Wohnung und tauschten die Informationen aus. Außer Janina Sokołowska und dem Soldaten im Ruhestand hatten sie noch einen Taxifahrer angetroffen, der gerade seinen in der Nachtschicht versäumten Schlaf nachholte, eine junge Mutter mit Baby und zwei offenbar zusammenlebende Männer, die Marcin, ohne zu zögern und mit unverhohlener Missbilligung, als homosexuelles Pärchen identifizierte. Keiner der Befragten konnte ihnen aber etwas Interessantes über die Ermordete sagen. Nun blieb nur noch Beata aus dem vierten Stock.

Ein Mann in Wollmantel kam die Treppe herauf. Marcin kannte ihn gut: Es war Eryk Marczyński vom Boulevardblatt *Fakt*. Offenbar hatte die Presse schon Wind von der Sache bekommen.

»Wo ist die Tote?«, fragte er ohne Umschweife und holte seine Kamera aus der Tasche.

»Tut mir leid, aber wir haben keine Zeit für Gespräche«, entgegnete Marcin ihm förmlich. »Sie können uns am Nachmittag kontaktieren. Dann geben wir Ihnen alle Informationen durch. Aber jetzt haben wir wirklich zu tun.«

Er fasste Ada am Arm, zog sie hinter sich her zur Tür Nummer neun. Der Reporter gab sich nicht so leicht geschlagen und folgte ihnen.

»Eine junge Frau soll ermordet worden sein. Ein Einbruch? Irgendwelche Verdächtigen?«

Marcin seufzte.

»Herr Marczyński, Sie behindern unsere Ermittlungen«, erklärte er, mühsam beherrscht. »Bitte gehen Sie jetzt. Sonst müssen wir Sie abführen lassen. Das ist ein ernster Fall.«

Marczyński zuckte mit den Achseln, hob demonstrativ seine Kamera und blitzte ihnen aus nächster Nähe in die Augen. Dann drehte er sich um und stieg gemächlich die Treppe hinab.

»Bloß die Zeitungsfuzzis nicht verärgern«, brummte Marcin. »Befehl von ganz oben.«

Sie klopften, warteten eine Weile geduldig. Nichts geschah. Sie klopften lauter.

»Polizei!«, rief Marcin.

Schlurfende Schritte kamen langsam näher. Marcin hämmerte mit der Faust gegen die Tür. Drinnen legte offenbar jemand das Auge an den Spion. Lautes Atmen war zu hören.

»Aufmachen, Polizei!«, rief Marcin.

»Hörst du das?«, wandte er sich an Ada. »Da drin ist jemand, der nicht aufmachen will.«

Sie antwortete nicht, nickte nur. Marcin klopfte noch einmal. Die Schritte entfernten sich wieder.

»Ich breche die Tür auf«, entschied er.

Ada warf ihm einen erstaunten Blick zu.

»Ein Stockwerk tiefer ist eine Frau umgebracht worden. Das ist hier kein Kindergeburtstag!«, zischte er.

»Warte.« Sie versuchte, ihn am Arm zurückzuhalten, drehte am Türknauf.

Im selben Moment rammte Marcin die Schulter gegen die Tür, die widerstandslos aufschwang. Mit Getöse stolperte er in den dunklen Flur. Eine kleine, magere Gestalt eilte davon. Marcin wollte sie packen, verlor aber das Gleichgewicht und schlug polternd der Länge nach zu Boden. Die Gestalt kroch unbeholfen auf allen vieren weiter. Marcin sah Adas hohe Lederstiefel über sich hinwegsteigen, dann flammte das Licht auf. Fluchend kam er auf die Beine. Im Flur verstreut lagen alte Lappen und Zeitungen, es stank nach Katzenpisse. In der engen Küchennische hockte eine schmale Frau zusammengesunken auf einem Stuhl und rieb sich verwirrt die Stirn. Aus dem anderen Zimmer drang Hundegebell.

»Frau Beata?«, fragte Ada.

»Was willssu?«, fragte die Frau misstrauisch und hickste laut.

Marcin eilte in zwei Schritten herbei und packte sie wütend am Arm.

»Warum machen Sie nicht auf? Wir sind von der Polizei!«

»Und woher sssoll ich das wisssen, habt ja keine Uniform?«, lallte sie.

»Nachname?« Er schüttelte sie. »Wohnt hier sonst noch wer?«

»Mmeine Hunde un Katsssen.«

»Lass sie.« Ada zuckte mit den Schultern. »Sie ist sternhagelvoll, kann uns doch jetzt sowieso nichts sagen.«

»Dann stecken wir sie in die Ausnüchterungszelle, da wird sie schon wieder zu sich kommen!«

»Menschen ohne dringenden Tatverdacht aus ihrem eigenen Haus abzuführen ist rechtswidrig.«

»Du wirst mir nicht erzählen, wie ich bei *meinen* Ermittlungen vorzugehen habe!«

Marcin war außer sich. Er hatte sich angestellt wie ein Vollidiot! Hatte platt wie eine Flunder auf dem Boden gelegen, in der Katzenpisse – während Ada, ohne mit der Wimper zu zucken, ganz ungerührt in ihren eleganten Stiefeln über ihn hinwegstieg, als wäre er ein nutzloser Lumpen.

»Wie du meinst.« Sie wandte sich um und verließ die Wohnung.

Marcin drehte der betrunkenen Frau den Arm um. Erst wollte sie sich wehren, doch er stieß sie brutal vor sich her. Als sie zum Auto gingen, tauchte oben auf dem Balkon eine andere Frau auf. Sie sah haargenau so aus wie Beata, nur die Haare waren grau.

»Scheißbullen! Wichser! Verfluchte Arschlöcher!«, schrie sie mit erhobener Faust.

»Wer ist das?«

»Das da? Das ist mei-ne Ma-ma«, erklärte Beata mit erstaunlich klarer und deutlicher Stimme.

Marcin schob sie ins Auto und hastete zurück in den vierten Stock.

5

Als sie ins Präsidium zurückkamen, war es fast schon fünf. Ada zog ihre Jacke und die Lederhandschuhe aus, setzte sich an ihren Computer und begann, Formulare auszufüllen. Marcin hatte kein Wort mehr mit ihr gesprochen, seit sie die Wohnung Nummer neun verlassen hatten. Sie ignorierte ihn ebenfalls. Überhaupt wirkte sie abwesend, als wäre sie in Gedanken mit ganz anderen Themen als dem Mordfall beschäftigt. Er betrachtete sie verärgert. Sie tippte schnell, ohne dabei auf die Tastatur zu schauen. Das steigerte seine Wut noch. Es hielt ihm vor Augen, wie beschämend mühevoll er selbst mit beiden Zeigefingern Buchstabe für Buchstabe aneinanderreihte.

»Wenn du willst, fahre ich zu ihnen«, meldete sich Ada unvermutet zu Wort.

»Ich schaffe das schon«, brummte er. »Allein.«

»Aber wir könnten doch ...«

»Nein«, unterbrach er sie schroff. »Es hilft mir mehr, wenn du hier die Papiere ausfüllst«, setzte er etwas freundlicher hinzu. »Ich benachrichtige in der Zeit die Familie, und auf dem Rückweg rufe ich Modzelewski an. Alles Weitere besprechen wir morgen.«

Er schämte sich und wollte so schnell wie möglich aus ihrem Blickfeld verschwinden.

Unten in der Empfangshalle zog er sich ein Snickers aus dem Automaten und verschlang es gleich draußen vor dem Eingang. Dann steckte er sich eine Zigarette an und ging nach hinten zum Parkplatz. Bei einem Polizeibus standen ein paar Kollegen, deren Dienst eben zu Ende war. Eine Wodkaflasche kreiste. Der Ordnung halber hatten die Kollegen sich hinter den Wagen gestellt, gaben sich aber ansonsten keine besondere Mühe, ihr Tun zu verbergen.

»Warum haben Frauen eine Hirnwindung weniger als Pferde?«, fragte ein Wachtmeister in Zivil und reichte die Flasche an einen Kollegen weiter.

»Hm?«

»Damit sie beim Putzen nicht das Wischwasser aus dem Eimer saufen!« Er wieherte vor Lachen, die anderen stimmten johlend mit ein.

»Und kennt ihr den? Zwei Schwuchteln beim Arschficken. Sagt der eine: ›Heute musste ich zum Aidstest.‹ Fragt der andere: ›Und das sagst du mir erst jetzt?‹ ›War nur 'n Witz. Ich find's einfach geil, wenn's dir vor Schreck die Rosette zusammenzieht.‹«

»Hey, Sawicki!«, brüllte ein Polizist in Baseballjacke. »Wie geht's deinem Mi-möschen?«

»So, hat das also schon die Runde gemacht?«

Marcin lächelte gezwungen und kehrte wieder um. Er hatte keine Lust, sich dazuzugesellen. Plötzlich fühlte er sich unendlich müde. Gedankenverloren starrte er an dem wuchtigen, denkmalgeschützten Präsidiumsgebäude hinauf. Was für ein schwerer, klotziger, deprimierender Kasten. Frisch verputzt und beige gestrichen – als reiche ein hellerer Farbton, um dem alten Gemäuer neues Leben einzuhauchen und eine bessere

Stimmung in die düsteren Gänge zu bringen. Er verzog das Gesicht und ging zu seinem Opel.

Zofia Wagners Eltern wohnten am Warschauer Stadtrand, in Bielany. Ihr Einfamilienhaus zierten unzählige Erker und Veranden, und obenauf saß ein asymmetrisches Blechdach mit künstlicher Ziegelstruktur und hässlichen flachen Dachgauben. Die Mode der späten Neunziger. Damals war jeder noch so idiotische Trend aus dem Westen begeistert aufgegriffen worden – Hauptsache, er war neu.

Ein Holzzaun trennte das Grundstück von der Straße. Marcin klingelte, stellte sich durch die Gegensprechanlage vor und betrat den Garten. In der Haustür erschien ein Mann mit bordeauxroter Weste, eine zusammengerollte Zeitung und ein Brillenetui in der Hand. Seine Füße steckten in Filzpantoffeln.

»Was gibt es denn?«, rief er. »Ist etwas passiert?«

Marcin biss die Zähne zusammen und atmete tief durch. In Situationen, in denen jedem anderen die Nerven durchgegangen wären, bewahrte er ruhig Blut. Beim Anblick übel zugerichteter Leichen blieb er kalt, und nicht einmal die schlimmsten Verbrecher konnten ihm ernsthaft Angst einjagen. Doch Familien von Mordopfern die schreckliche Nachricht überbringen zu müssen, das erfüllte ihn jedes Mal wieder mit Angst und Schrecken. Im Laufe seiner zehn Kripojahre hatte er diese traurige Pflicht schon unzählige Male übernommen. Trotzdem konnte er sich nicht daran gewöhnen – an den Schmerz und die Verzweiflung, die unweigerlich auf seine Hiobsbotschaft folgten. Er sah den Mann an, der nichtsahnend vor ihm stand. Noch einen klitzekleinen Moment, noch wenige Sekunden durfte er in seiner heilen Welt verweilen. Einer Welt der gemütlichen Zeitungslektüre im sanften Lampenlicht, warme Filzpantoffeln an den Füßen ... Marcin spürte, wie es in seinen Schläfen pochte, das Atmen fiel ihm schwer. Mit schrecklicher Schärfe nahm er alle Einzelheiten wahr: die kleinen weißen Kiesel auf dem Gartenweg, die strohbedeckten Rosenbeete, den hölzernen Schuppen für Gartengeräte, den umgekippten Eimer. Auf dem Zaun ließ sich ein aufgeplusterter nasser Spatz nieder.

»Andrzej Wagner?«, hörte er sich selbst fragen. Trocken und sachlich.

»Der bin ich. Was ist denn nun passiert?«

Marcin zögerte. Liebend gern hätte er endlos lange hier gestanden, selbst bei dem kalten Schneeregen, um die Botschaft noch ein bisschen hinauszuzögern ...

»Sind Sie der Vater von Zofia Wagner?«

»Ja. Ist etwas mit ihr?« Andrzej Wagner wurde blass.

»Marcin Sawicki, Kripo Warschau. Wohnt Ihre Tochter in der Dąbrowski-Straße 3?«

»Ja! Jetzt sagen Sie mir schon, was passiert ist!« Er schrie es fast. Eine ältere Frau mit wollenem Schultertuch hastete herbei.

»Andrzej – was ist denn los? Wer ist dieser Mann?«

»Kriminalpolizei«, wiederholte Marcin. »Ich muss Ihnen leider mitteilen, dass Ihre Tochter Zofia Wagner heute Morgen tot in ihrer Wohnung in Mokotów aufgefunden wurde. Wir haben allen Grund anzunehmen, dass es sich um Mord handelt. Es tut mir sehr leid.«

Der Spatz saß auf dem Zaun. Der Eimer lag neben dem Schuppen. Vom Himmel nieselte feiner, nasser Schneeregen.

Abends um sieben rief Marcin bei Staatsanwalt Modzelewski an.

»Entschuldigen Sie, dass ich so spät noch anrufe«, sagte er. »Wir sind eben erst fertig geworden ...«

»Erst?«, kam es gönnerhaft zurück. »Ich würde ja sagen, *schon*. Der Kampf auf der Straße geht rund um die Uhr. Soldaten wie Sie sollten das eigentlich am besten wissen ... Ich sitze schließlich auch noch am Schreibtisch.«

Marcin biss die Zähne zusammen. Er war älter als sein Gesprächspartner, und er hatte viel mehr Berufserfahrung. Und außerdem nicht den geringsten Zweifel, dass er Modzelewski auch an Intelligenz weit übertraf. Trotzdem musste er die herablassende Art, mit der der Staatsanwalt alle Polizeimitarbeiter behandelte, über sich ergehen lassen, musste ohne ein Wort des Widerspruchs die idiotischsten Aufträge erledigen und demütig die Schelte schlucken, wenn Ermittlungen langwierig oder kompliziert wurden. Es war ein offenes Geheimnis, dass Modzelewski seine Stellung einzig seinem Vater verdankte. Der war in der vorigen Legislaturperiode nämlich Innenminister gewesen – und hatte seinem Söhnchen noch rasch den Staatsanwaltsposten verschafft, bevor er wegen eines riesigen Korruptionsskandals sein Amt niederlegen musste. Der Skandal drehte sich um die illegale Vergabe eines millionenschweren IT-Auftrags für das Innenministerium, und in dem ganzen Wirbel, den die Flut an Klagen und Pressemeldungen auslöste, hatten die Journalisten diesen offensichtlichen Fall von Vetternwirtschaft schlicht und einfach übersehen. Die Medienhetze auf Modzelewski senior verebbte, irgendwann verlief die Sache im Sand. Und Modzelewski junior hielt sich im Sattel – oder besser gesagt: klammerte sich irgendwie an den Sattelknauf. Zu seinem Glück hatte er schnell kapiert, worin die hohe Kunst einer guten Außenwirkung bestand: darin nämlich, alle komplizierten Aufgaben – schwierige Anträge bei Gericht, schwer erhältliche Sondergenehmigungen – einfach auf die Polizeikommissare abzuwälzen. Bei Ermittlungen befolgte er stets eine selbst aufgestellte Regel: Er mischte sich unter keinen Umständen ein – exakt bis zum vierten Tag. Ab dann machte er den Ermittlern einen derart höllischen Druck, dass die meisten Fälle nach einer Woche abgeschlossen waren. So wuchs die Zahl der aufgeklärten Verbrechen beständig. Und Modzelewskis Stellung festigte sich mit jeder veröffentlichten Statistik.

»Ein Routinefall, wie ich sehe«, befand er nun, nachdem er sich Marcins Tatortbericht angehört hatte. »Deutet alles auf einen Raubüberfall hin.«

Marcin räusperte sich alarmiert.

»Nicht unbedingt ... Die Wohnungstür ist nicht beschädigt, und in der Wohnung sind zahlreiche Wertgegenstände noch vorhanden. Es sieht so aus, als hätte die Ermordete den Täter gekannt und ihn selbst in die Wohnung gelassen. Auf jeden Fall muss sie jemanden erwartet haben: Auf dem Küchentisch standen zwei Tassen und ein Teller mit Gebäck. Die Kollegen von der Spurensicherung untersuchen die Fingerabdrücke. Außerdem haben wir am Tatort die Tatwaffe gefunden, einen Hammer. Das ist sehr eigenartig. Ich verstehe nicht, warum der Täter ihn zurückgelassen hat. So einen Hammer kann man doch leicht unter der Jacke verstecken ...«

»Alles gut und schön«, unterbrach ihn Modzelewski. »Sie reimen sich wie immer viel zu viel zusammen. Hier gibt es keinen Grund für Gedankenspielchen. Wahrscheinlich brauchte irgendein Trunkenbold aus dem Haus einfach Geld für Wodka. Die Tür stand offen, also spazierte er munter hinein, haute zu, ließ den Hammer liegen und zog weiter zum Spirituosenladen um die Ecke. Ich hoffe doch, bis Montag haben Sie den Übeltäter.«

»Aber ...«, begann Marcin.

»Was?«

»Das kann so nicht stimmen. Am Haken im Flur hing noch die Handtasche, samt Portemonnaie und EC-Karten. Die Tasche hätte so ein Trunkenbold aus dem Haus, wie Sie es sagen, doch leicht mitnehmen können. Wozu noch ins Bad gehen und die Frau umbringen? Und zu einem organisierten Raubüberfall passt das alles schon gar nicht. Diese Frau Wagner war nicht arm, das stimmt, aber sie war auch nicht so reich, dass es jemanden zu einem Mord hätte verleiten können. Der Täter hat nur die Sachen in dem einen Zimmer durchwühlt. Sieht aus, als hätte er nach etwas Bestimmtem gesucht und genau gewusst, wo er es finden würde.«

»Kommissar Sawicki.« Die Stimme im Hörer wurde schärfer. »Ich habe Sie nicht gebeten, sich einen tollen Plot für eine Krimiserie auszudenken. Ich sage es Ihnen: Dieser Fall ist durch und durch banal und gehört so schnell wie möglich abgeschlossen. Kein Grund, die Statistiken zu verderben. Am Montag erwarte ich Ihren Abschlussbericht.«

Marcin öffnete den Mund, um etwas zu erwidern, schloss ihn jedoch unverrichteter Dinge wieder. Es war zwecklos. Daher gab er nur ein unbestimmtes Brummen von sich.

»Hervorragend. Ganz ausgezeichnet«, sagte Modzelewski in jovialem Ton. »Bis Montag also.«

Marcin drehte den Zündschlüssel und fuhr nach Hause, Richtung Grochów. Er konnte Modzelewski nicht leiden. Sinnlose Diskussionen wollte er aber auch vermeiden. Noch ein Jahr, höchstens zwei musste er raus in den Einsatz. Danach stand eine Beförderung an. Gemütliche Schreibtischarbeit erwartete ihn, fern von allen Vergewaltigern, Mördern, Autodieben und dem ganzen sonstigen Pack. Sich jetzt mit dem Staatsanwalt unnötige Gefechte zu liefern hatte keinen Sinn. Er musste die Zähne zusammenbeißen und durchhalten. Und vielleicht hatte der Staatsanwalt ja sogar recht. Vielleicht war das wieder so ein typisch polnisches, primitives und vollkommen sinnloses Verbrechen. Die Frau hatte eben einfach Pech gehabt. Hatte der falschen Person die Tür aufgemacht. Und diese falsche Person war ausgesprochen mieser Laune gewesen. Hatte an akuter Geldknappheit gelitten. Trotzdem hatte sie die Handtasche übersehen und sich stattdessen einen zufällig herumliegenden Hammer geschnappt, war Zofia Wagner ins Bad gefolgt und ... Was für ein haarsträubender Unsinn!

Fast hätte er die Ausfahrt verpasst. Heftig trat er auf die Bremse und wechselte, ohne zu blinken, die Spur, der Fahrer hinter ihm hupte wütend. Marcin achtete gar nicht darauf. Je länger er nachdachte, desto größer wurde seine Unruhe. Das war ganz bestimmt kein simpler Raubüberfall gewesen. Sämtliche Fakten sprachen dagegen.

Er hielt auf dem bewachten Parkplatz vor seinem Wohnblock, stellte den Motor ab und legte die Stirn ans Steuerrad. Es gab Leute, die kamen jeden Tag voller Vorfreude nach Hause, schlossen die Wohnungstür hinter sich und sperrten alle Sorgen des Arbeitstages aus. Nicht so bei ihm – er saß hier wie festgewachsen im Auto, während er eigentlich fröhlich nach Hause eilen und den Abend mit seinen kleinen Töchtern genießen sollte. Nun kam auch schon der Parkplatzwächter näher, spähte besorgt durch die Scheibe. Unwillig nickte Marcin ihm zu.

Konnte man nicht einen Moment für sich sein, ohne gleich Misstrauen zu erregen?

So. Er würde jetzt nach oben gehen und mit den Mädchen *Mensch ärgere Dich nicht* spielen. Oder *Memory*. Dann würde er ihnen eine Gutenachtgeschichte vorlesen. Und wenn sie schliefen, würde er ein bisschen mit Olga quatschen. Vielleicht könnten sie ein Bier trinken, zusammen einen Film gucken. Er rief sich ihren Körper ins Gedächtnis – der straffe Körper einer drallen Blondine, solariumgebräunte Schenkel, die Brüste ein wenig schlaff vom Stillen, aber immer noch verführerisch genug, erste kleine Fältchen am Dekolleté ... Früher hatten sie sich doch gut verstanden. Oder wenigstens eine Menge Spaß zusammen gehabt. Dann waren die Mädchen zur Welt gekommen. Die Nachricht von der Schwangerschaft hatte ihn beide Male in einen wahren Freudentaumel versetzt. Bestimmt eine Nebenwirkung seines exzessiven Fernsehkonsums. Die amerikanischen Serien mit ihrer rosaroten Weltsicht ... Später dann, wenn er das hässliche, runzlige Neugeborene auf dem Arm hielt, hatte er es nicht fassen können, dass er der Vater dieses merkwürdigen Wesens sein sollte. Der Babysitter. Lebenslänglich. Oder wenigstens für die nächsten zwanzig Jahre ... Er machte seine Sache auch nicht besonders gut. In Hannas und Antonias Gegenwart fühlte er sich unbehaglich. Oder er langweilte sich. Wie und worüber sollte er mit ihnen reden? Also fragte er immer nur: »Was habt ihr in der Schule gemacht?«, »Wie war es im Kindergarten?« Ja, er fuhr gern mit ihnen ins Schwimmbad oder ins Kino – aber wenn sie kein konkretes Ziel vor Augen hatten, geriet er unweigerlich in Panik. Als wären die beiden Wesen von einem anderen Stern, die ganz anders dachten und fühlten als er. Und Olga, dachte er, während er zu den Fenstern ihrer Wohnung hinaufsah. Warum glaubte er immer, sie käme mit dem Muttersein besser zurecht als er mit seiner Vaterrolle? Sie hatten eben einfach keine Zeit zu reden. Manchmal gab es Wochen, ja Monate, in denen er nur ab und zu einen Abstecher nach Hause machte, um einen Happen zu essen und zu zeigen, dass er noch am Leben war. Olga meinte, er sei ein Workaholic. Süchtig nach seinem Job. Der obendrein schlecht bezahlt war. Wenn sie ihm das vorwarf, gab es jedes Mal Zank. Zweimal hatte sich der Konflikt zu einer so schlimmen Krise ausgewachsen, dass sie sich fast hätten scheiden lassen. Marcin gab sich einen Ruck. Er stieg aus dem Auto, ging auf sein Haus zu, spürte den spöttisch-mitleidigen Blick des Parkplatzwächters in seinem Rücken. An der Tür rannten ihm die Kinder entgegen. Hanna sprang ihm in die Arme, Antonia hängte sich an sein Bein. Er lächelte beklommen, versuchte, sich zu befreien. Löste vorsichtig die kleinen Hände von seinem Körper. Antonia nahm er huckepack, Hanna klemmte er sich unter den Arm, dann trug er beide Mädchen hinüber zu ihrer Mutter.

Nach dem Abendessen und einem Bier schlief er tief und fest im Fernsehsessel ein. Um vier Uhr morgens wachte er auf, in seinem eigenen Bett. Olga musste ihm geholfen haben. Dankbar betrachtete er ihre vom Schlaf gerötete Wange und den nackten Oberarm, schob die Bettdecke ein wenig beiseite, küsste das weiche, vertraute Ohr. Olga grunzte freundlich und drehte sich auf die andere Seite. Er blieb auf dem Rücken liegen, die Arme hinter dem Kopf verschränkt, und lauschte auf den gleichmäßigen, ruhigen Atem seiner Frau. Seine Gedanken wanderten zurück zu dem Gespräch mit Zofias verzweifelten Eltern.

Nina Wagner, Zofias Mutter, hatte vor Schluchzen kaum antworten können. Der Vater saß bleich neben ihr, mit abwesendem Blick, er hielt sein Brillenetui umklammert. Marcin konnte in Erfahrung bringen, dass sie ihrer Tochter vor wenigen Tagen viertausend Złoty geliehen hatten. Modzelewski sagte er nichts davon, irgendetwas hielt ihn im letzten Moment davon ab. Schließlich wäre das eine Spur gewesen, die doch auf einen Raubüberfall hingedeutet hätte.

»Sie musste ihrem Auftraggeber eine Leihgebühr für den Computer und andere Geräte bezahlen, die sie zu Hause benutzt«, erklärte Frau Wagner. »Uns hat sie versprochen, das Geld in den nächsten sechs Monaten abzuzahlen.«

Von Zofias Problemen mit diesem angeblichen Hooligan und von irgendwelchen tschetschenischen Putzfrauen wussten die Eltern nichts.

Er seufzte. Das Verhör war nicht besonders gut gelaufen. Ja, wenn er die emotionslose Frau Kommissar*in* dabeigehabt hätte, die doch jede Situation so perfekt managte ... dann hätte er vielleicht mehr aus ihnen herausbekommen. Er schnaubte. Olga schnarchte leise auf und schmatzte. Unwillkürlich fragte er sich, ob Frau Rochniewicz auch manchmal ein Schnarcher entfuhr? Jetzt war es fast fünf – und er hellwach. Er stand auf und ging ins Wohnzimmer. Kritisch ließ er den Blick über die alte Wandvertäfelung schweifen, die breite dunkelblaue Couch, die Eichenregale. All das kam ihm plötzlich schrecklich geschmacklos vor. Ach was, schlimmer noch! Armselig, hässlich, gedankenlos zusammengewürfelt ohne jedes Gespür.

Was ist denn bloß in mich gefahren, schalt er sich gleich darauf in Gedanken.

Er räumte die schmutzigen Gläser vom Couchtisch ab und trug sie in die Küche. Dann kochte er sich einen Tee. Im Flur stolperte er über eine große Leinentasche, fast wäre ihm die Teetasse heruntergefallen. Er zog den Reißverschluss der Tasche auf. Eine bonbonrosa Schachtel mit dem regenbogenfarbenen Schriftzug *My Little Pony* leuchtete ihm entgegen. Ein Geburtstagsgeschenk. Antonias sechster Geburtstag. Die Kinderparty! Das hatte er ja völlig vergessen! Er würde morgen schon vor fünf Schluss machen müssen. Zwar überließ er ungern die Ermittlungen Ada – und sei es nur für ein paar Stunden –, aber die Geburtstagsfeier seiner Tochter ging vor. Seufzend kehrte er ins Wohnzimmer zurück, schaltete den Computer an. Vor ein paar Tagen hatte er sich eine Krimiserie aus dem Internet gezogen, die würde er jetzt gucken. Er setzte die Kopfhörer auf und lehnte sich behaglich zurück. Die Handlung ging gleich voll los. Marcin starrte auf den Monitor und spürte, wie seine Laune sich sekündlich verschlechterte. Natürlich bildeten die Ermittler ein gut eingespieltes, lustiges Team. Natürlich saßen sie in einem komfortablen Büro mit modernsten Geräten. Und natürlich waren ihre Autos schnell und teuer, die neuesten Modelle. Diese Luxuswelt war doch vollkommen irreal! Zu allem Übel wurde das Dreamteam auch noch von einer Frau geleitet. Einer jungen, überaus eloquenten Frau, die den männlichen Kollegen um Längen voraus war. Natürlich! Wie sollte es auch anders sein? Genervt nahm Marcin die Kopfhörer ab und legte sie vor sich auf den Tisch. War denn die Polizei weltweit vom Frauenleiden befallen?

6

Er lag in einem fremden Bett, zwischen fremden, zerknüllten Laken. Sein Kopf dröhnte, als wollte er zerspringen. Gedämpftes Licht fiel in Streifen durch die heruntergelassenen Jalousien. Schnell kniff er die Augen wieder zu und versuchte, die Ereignisse der letzten Nacht zu rekonstruieren. Wie er kopflos, blindlings über den Gehsteig rannte. Dann mitten auf der Straße. Ein Auto hupte wie verrückt. Im dichten Nebel verlor er jedes Gefühl für Raum und Zeit. Irgendwann versagten seine Beine den Dienst, und er stürzte auf die Knie, mitten in eine tiefe Pfütze. Rappelte sich auf und rannte weiter, folgte den Straßenbahnschienen, überquerte blindlings einen belebten Platz. Niemand hatte ihn gesehen, versuchte er sich selbst zu beruhigen. Außer dem alten Mann, den er in der Hofeinfahrt angerempelt hatte. Aber er trug ja seine Kapuze, es war dunkel, und der Mann hatte ihn bestimmt nicht so genau angeschaut. Mit zitternden Händen holte er sein Handy aus der Tasche. Tot. Er schüttelte es, haute auf das Display, nichts. In seiner Verzweiflung schleuderte er das Telefon zu Boden. Erst da fiel ihm ein, dass er es ja im Fitnessstudio ausgeschaltet hatte. Etwas ruhiger hob er es wieder auf, schaltete es an. Wartete, gab die PIN-Nummer ein. Versuchte, die aufsteigende Übelkeit zu unterdrücken. Seine Finger zitterten, das Display war nass von der feuchten Luft. Er musste seine Anrufe bei Zofia löschen. Eigentlich sinnlos, das wusste er. Zofias Handy lag in ihrer Wohnung. Die Polizei würde es sowieso finden. Jetzt erschien die Anrufliste – acht verpasste Anrufe vom Nachmittag. Acht Anrufe von Zofia. Ratlos ließ er die Arme sinken. Da piepte das Mailboxsignal. »Ich muss unser Treffen absagen«, ertönte die vertraute Stimme.

In der ersten irrationalen Panik legte er wieder auf. Was sollte das heißen? Dann drang allmählich der Sinn der Nachricht zu ihm vor. Sein Atem wurde ruhiger, das Zittern ließ nach. Der Druck in seinen Schläfen löste sich, die Übelkeit verging, die Gedanken wurden wieder klar und präzise. Was für ein Wahnsinnsglück! Wenn die Polizei ihn finden würde, könnte er sich hinter Zofias Absage verstecken. Jetzt brauchte er nur noch ein Alibi für den Rest der heutigen Nacht. Er sah sich auf dem Platz um, bemerkte einen Radfahrer, der an diesem Winterabend dem Wetter trotzte, einen Lieferwagen, eine Frau mit gefleckter Dogge an der Leine. Er streckte sich, dass seine Wirbel knackten, nahm die Schultern nach hinten und steuerte entschlossen auf die Kreuzung zu. Er wusste genau, wohin er wollte. Beim Roman-Dmowski-Denkmal standen ein paar Jugendliche mit rasierten Köpfen und Tarnkleidung, weiß-rote Flaggen in den Händen. Auf dem Rasen lag ein Transparent: *Schluss mit den Schwulitäten!* Offenbar kamen sie von einer Rechten-Demo. Ein paar überquerten die Straße und gingen weiter Richtung Stadtautobahn. Er klopfte sich die nasse Hose ab, säuberte sein Gesicht und die schlammbespritzte Jacke mit einem Taschentuch, dann heftete er sich an ihre Fersen.

Er quatschte so viele Leute wie möglich an, bestellte sich Bier, gab mehrere Runden aus. Fing ein heftiges Gerangel mit einem Typen an, der ihn angerempelt hatte, als er aufs Klo wollte, wodurch die Security auf ihn aufmerksam wurde. Der Alkohol vernebelte ihm den Kopf, es tat ihm kein bisschen mehr leid, was passiert war. Fast dachte er mit Befriedigung an Zofias leblosen Körper, die schlaffen Arme und Beine in seltsam verdrehter Haltung. Geschah ihr recht.

»Ein großes Bier!«, rief er über die Theke. »Noch ein großes Bier!«

Und später war da plötzlich diese Schnecke mit dem knackigen Arsch. Gerader schwarzer Pony, Baseball-Cap, Fußballschal in den Farben von Legia Warszawa. Er griff ihr an den Po. Erst wehrte sie sich und fauchte ihn an, dann musste sie doch lachen. Wie lange und über was sie geredet hatten, wusste er jetzt, am Morgen danach, nicht mehr, nur dass ihm plötzlich aufgefallen war, dass er seit Zofia mit keiner Tussi mehr gevögelt hatte. Um zwei Uhr nachts hatte er ein Taxi bestellt und war mit dem Knackarsch irgendwo an den äußeren Rand von Ochota in ihre WG gefahren. Alles lief wie am Schnürchen, dachte er, als hätte er sich einen Plan für ein wasserdichtes Alibi zurechtgelegt.

Trotzdem steckte ihm der Schreck auch jetzt noch in den Gliedern. Wird schon alles glattgehen, sagte er sich in Gedanken. Was soll mir auch passieren? Und ging noch einmal Punkt für Punkt die Ereignisse des letzten Abends und der Nacht durch.

»Bleibst du zum Frühstück?« Der Knackarsch schaute ins Zimmer.

Sein Blick streifte ihr samtig gepudertes Dekolleté, die weichen Brüste, das Ende des schwarzen Zopfes, der über ihre rechte Schulter fiel, und plötzlich wurde ihm ganz elend. Wäre es doch Zofia gewesen, die ihn bat, zum Frühstück zu bleiben!

Die schreckliche Wahrheit, bis dahin erfolgreich verdrängt, stürzte mit voller Wucht auf ihn ein: Zofia gab es nicht mehr, sie war nur noch ein lebloser, verlassener, kalter Körper auf ebenso kalten Badezimmerfliesen. Wieder stieg Übelkeit in ihm auf. Er musste all seine Kraft zusammennehmen, um nicht loszuflennen.

»Ja, gerne.« Er zwang sich zu einem Lächeln. »Ich hab einen bombenmäßigen Kater.«

7

Sie betrat die Wohnung und stand ratlos vor einem heillosen Durcheinander, das sie – ja, sie wusste es genau – um jeden Preis in den Griff kriegen musste. Gleich hinter der Tür lehnten ein kaputtes Fahrrad und ein einzelner platter Reifen. Der schmale Flur war zugestellt mit kaputten Stühlen und löchrigen Kochtöpfen. Mit Mühe bahnte sie sich den Weg zum Zimmer auf der rechten Seite. Es war viel größer, als sie erwartet hatte. Hoch über ihrem Kopf baumelte ein Kronleuchter. Die Möbelstücke unter den Schondecken waren im Dämmerlicht lediglich plumpe graue Schatten, und die Bücher in den Regalen sahen so alt und pergamenten aus, als müssten sie bei der leisesten Berührung zu Staub zerfallen. Durch die ganze Wohnung wehte ein Hauch von Moder und Fäulnis, und Ada verspürte eine Mischung aus Ekel und seltsamer Faszination. Alles hier war seit Jahren unverändert. Dieses Zimmer musste ewig nicht mehr betreten worden sein, seit Langem hatte niemand mehr neue Möbel hineingestellt oder die alten Möbel umgestellt, hatte auf dem Sofa gesessen, Bücher aus dem Regal genommen. Vergeblich versuchte Ada, mit ihrem Blick das Halbdunkel zu durchdringen. Schließlich ging sie zum Fenster und zog die Vorhänge beiseite. Helles Tageslicht drang in den Raum und verscheuchte frech die Dunkelheit. Draußen gab es eine Rasenfläche, betonierte Pfade, einen verlassenen Sandkasten und mehrere Mülltonnen. Richtig, es ist ja nur eine ganz normale Wohnung in einem Häuserblock, erinnerte sich Ada verwundert. Aber wieso gab es hier dann vier Meter hohe Decken, einen Kristalllüster und eine Bibliothek? Gedankenverloren zupfte sie an einem Tapetenzipfel, der sich von der Wand löste, zog versehentlich zu fest und riss ein großes Stück Tapete ab. Darunter kam eine wacklige Konstruktion aus Karton und Gips zum Vorschein. Das ist ja gar keine Wohnung, das ist ein riesiger Pappkarton, durchfuhr es sie, und Panik stieg in ihr auf. Da hörte sie aus der rechten Zimmerecke ein verzweifeltes Fiepen. Hinter den Gitterstäben eines Käfigs drängten sich fünf ausgehungerte Katzen, ihr Fell war zu schmutzstarrenden Zotteln verklebt. An ihren Flanken eiterten tiefe Wunden. Zwei Tieren fehlte ein Auge. Ein Übelkeit erregender Gestank nach Verwesung ging von dem Käfig aus. Sie haben seit einem Monat kein Futter bekommen, dachte Ada entsetzt. Und kein Wasser! Seit ich sie hergebracht und sich selbst überlassen habe. Denn genau das hatte sie getan: Sie hatte den Käfig hier abgestellt, in der Hoffnung, die Viecher auf diese Weise loszuwerden. Aber sie wollten einfach nicht sterben. Und nicht nur das: Sie schienen sich noch vermehrt zu haben, denn nun krochen irgendwo von hinten weitere Katzen heran, schwarze, rote, weiße, von schwärenden Wunden übersät, mit leeren Augenhöhlen, drei Beinen, seltsam abgeknickten Schwänzen. Ich will sie nicht, dachte sie und wandte sich mit einem Ruck ab, erfüllt von Ekel. »Ich will sie nicht!«, wiederholte sie laut. Ich lasse sie einfach hier, in diesem Käfig, in diesem Pappzimmer, bis sie endlich verrecken. Gleichzeitig wusste sie, dass sie das nicht übers Herz bringen würde. Sie würde die ausgehungerte und halb verdurstete Katzenschar herauslassen müssen. Und sie dann bis ans Ende ihrer Tage am Hals haben.

Ein nagendes Hungergefühl weckte sie. Sechs Uhr früh. Gestern hatte sie außer dem Frühstück nichts gegessen. Sie warf ihren Bademantel über und ging barfuß in die Küche, tastete sich im Dunkeln zur Kühlschranktür vor und riss, auf dem Boden sitzend, eine Packung Kabanossi mit den Zähnen auf. Geräuschlos schlich Filip-Olenka von hinten heran, miaute plötzlich direkt neben ihrem Ohr. Sie zuckte zusammen, fing sich aber gleich wieder und streichelte ihn.

»Du hast ja recht. So zu essen ist keine Art.« Ada stand auf. »Vielleicht machen wir uns lieber Rührei?«

In kerzengerader Haltung, die Ellenbogen dicht am Körper, aß sie langsam und konzentriert. Das Brot hatte sie in kleine, exakte Würfel geschnitten, die sie nun jeweils mit etwas Ei und einem Stückchen Tomate auf die Gabel spießte. Zum Schluss legte sie das Besteck ordentlich neben den Teller.

»Guten Appetit«, wandte sie sich an den Kater.

Filip-Olenka, der eben den letzten Rest Eigelb vom Boden seiner Schüssel schleckte, ließ sich nicht zu einer Antwort herab.

»Guten Appetit!«, wiederholte sie lauter und setzte streng hinzu: »Du solltest deine Manieren nicht vernachlässigen. Du nicht, und ich auch nicht. Vor allem jetzt, wo wir beiden ganz allein sind ...«

Allein ... allein ... Unwillkürlich fiel ihr Blick auf die offene Tür des leeren Schlafzimmers, und plötzlich fröstelte es sie. Ich habe eine Macke, dachte sie traurig. Einen richtigen Knacks. Deswegen kann ich nicht auf andere zugehen. Deswegen mache ich jede Beziehung kaputt und jede Freundschaft, die sich anbahnen könnte. Wenn sie sich erlaubte, schwach zu sein, was sehr selten vorkam, hatte Ada das Gefühl, als versuche sie, eine leere, taube Stelle irgendwo tief in ihrem Innern zu berühren. Schmerz bereitete diese Taubheit ihr nicht, sie verspürte nur eine leise Verwunderung. Ich kann nicht nehmen, dachte sie. Ich kann nichts von anderen annehmen, um den Riss zu kitten, diesen Spalt, der immer breiter und breiter wird. Jahr um Jahr, Zentimeter um Zentimeter höhlt er mich weiter aus. Und ich kann nur tatenlos zuschauen. Die Gefühle anderer nachvollziehen, ihre Emotionen erraten und sie exakt benennen, das kann ich – nie aber gelingt es mir, diese Emotionen selbst zu empfinden. Sie stand mitten in der Küche, versuchte, das Gefühl für Raum und Zeit zurückzugewinnen. Eine wattige graue Stille senkte sich auf ihr Gesicht und ihre Schultern. Ich verschwinde, dachte sie erschrocken. Ich löse mich von innen auf ... Sie schloss die Augen, atmete tief durch die Nase ein und stieß die Luft durch den offenen Mund wieder aus. Immerhin, entschied sie, immerhin habe ich mir nichts vorzuwerfen. Wenn all das hier vorbei ist, wenn die Leere sich in mir ausgebreitet und meinen Körper ganz verschluckt hat, dann kann ich wenigstens sagen: Ich habe getan, was ich konnte. Mehr stand nicht in meiner Macht. Sie schüttelte heftig den Kopf, als wollte sie Wasser aus ihren Haaren schütteln. Jetzt mache ich mir erst mal einen starken Kaffee, dachte sie und war im selben Moment wieder in der Realität. Sie reckte sich, öffnete die Augen, stand energisch auf und wandte sich zum Herd.

Ein Kleiderschrankcheck war in jeder Lebenslage gut. Er hob verlässlich ihre Stimmung. Ada nahm einen silbernen Kaschmirschal zur Hand, stand eine Weile einfach nur da und streichelte das weiche Gewebe. Sie hatte mehrere Hundert Złoty für ihn ausgegeben, ihn aber noch nie getragen – genauso wie das

Seidenkleid mit dem tiefen Rückenausschnitt, die saphirblauen Stilettopumps und die kurze Felljacke aus Persianerimitat. Es hatte einfach noch keinen Anlass gegeben, der elegant genug gewesen wäre. Und wenn dieser Anlass einmal käme, würde sie sich wieder etwas Neues kaufen, das sie dann doch nicht trug. Diese Angewohnheit war ihre einzige Schwäche, der einzige Kratzer in ihrem ansonsten kristallklaren und glatten Lebenslauf. Ihre kleine Rache. »Wenn Sie nicht mit ihm reden wollen, dann suchen Sie sich ein anderes Ventil«, hatte der Psychologe ihr geraten. »Rächen Sie sich an ihm, lassen Sie Ihre Wut raus: Schreiben Sie an seine Frau, ohne den Brief abzuschicken, oder zeichnen Sie wenigstens eine Karikatur, verbrennen Sie sein Foto, schmeißen Sie alles weg, was Sie an ihn erinnert ... Es passiert nichts, wenn Sie einmal aus sich herausgehen und Ihren Emotionen freien Lauf lassen. Durchbrechen Sie Ihr eigenes Ideal. Das wird Ihnen helfen.«

Sie nahm eine grau-blau gepunktete Bluse vom Bügel.

»Und da habe ich mir eben ein Ventil gesucht«, murmelte sie, während sie eine Leinenhose mit breiten Taschen befühlte. »Ich glaube allerdings nicht, dass Sie sonderlich zufrieden mit mir wären, Herr Psychologe ...«

Sie zuckte mit den Achseln. Besonders viel hatte sie ohnehin nicht von ihm gehalten. Der Therapieversuch hatte in einem Fiasko geendet. Ich nehme ein buntes Tuch und die neue Jeans, entschied sie. Und dazu ein bisschen Schmuck, nicht allzu auffällig, aber edel: die schwere Silberkette und den passenden Armreif. Sie schloss den Schrank, ging in die Küche zurück. Während sie ihren Kaffee trank, versuchte sie, einen Plan für den kommenden Tag aufzustellen. Marcin Sawicki ... ihr neuer Kollege. Rothaarig, groß und stämmig, mit rundem, gutmütigem Gesicht und leicht zusammengekniffenen, wie zwinkernden Augen. Seine breiten Schultern und der muskulöse Brustkorb ließen ihn noch größer wirken, als er eigentlich war. Früher war er bestimmt recht gut aussehend gewesen, aber jetzt musste er dringend etwas abnehmen, sich die flusigen Haare schneiden lassen und seinen Dreitagebart abrasieren. Unangenehm, so ein schludriges Erscheinungsbild. Ob man wenigstens vernünftig mit ihm reden konnte? Entschlossen schob sie den Gedanken an Marcins durchgeschwitztes T-Shirt mit dem schmuddeligen Kragen beiseite. Sie musste sich zusammenreißen und gute Arbeit leisten. *Dissoziale Persönlichkeitsstörung (in Ansätzen)*, die Notiz hatte sie bei einem zufälligen Blick auf die Aufzeichnungen des Psychologen erspäht. Sie wusste, dass das nicht stimmte. Sie war nicht psychisch krank, und das war dem Psychologen ebenfalls klar, aber er hatte keine eindeutige Diagnose stellen können, was ihn offenbar fuchste. Er hatte sie nicht gemocht, sie konnte seine wachsende Abneigung gegen sie während der Sitzungen förmlich spüren. Ein anderes Mal hatte er notiert: *Überdurchschnittliche Empathiefähigkeit. Hypersensibilität.* Das passte nicht zu seiner vorherigen Diagnose. Der Mann fischte im Trüben. Sie hatte die Therapie abgebrochen. Ein halbes Jahr – verschwendet. Seitdem waren zwei Jahre vergangen. Und jetzt war sie in Warschau und hatte einen neuen Arbeitsplatz ...

Filip-Olenka schlief, lang hingestreckt auf der Fensterbank. Der Himmel über der Stadt hellte sich langsam auf. Ein feuchtkühler Morgen brach an. Ada streifte den Bademantel ab und ging ins Bad, um zu duschen.

8

Um sieben Uhr morgens verwandelte der Nieselregen sich in Schneeregen. Das Thermometer zeigte minus zwei Grad. Um halb neun machte Marcin sich auf den Weg zum Präsidium.

Vor dem Eingang stieß er auf einen großen, hageren Mann mit Lederjacke und Fußballkappe in den Farben von Legia Warszawa. Wiktor Pawlak. Der Kriminalexperte arbeitete seit sieben Jahren bei der Kripo Warschau. Er war intelligent und geistreich, hatte von ihnen allen die meisten Bekannten in der Warschauer Unterwelt, die besten Informanten und die längste Liste an aufgeklärten Fällen. Sein ganzes Leben widmete er der Arbeit, in letzter Zeit übernachtete er sogar auf dem Präsidium: In seinem Spind bewahrte er Schlafsack, Isomatte und Zahnbürste auf. Unter seinen Kollegen ging das Gerücht, die Freizeit vertriebe er sich mit der Jagd auf Kleinkriminelle, die Parkuhren an den Straßen ausräumten. Ein Hobby, eine Art Sport. Bekannt war er auch für sein Gewaltproblem. Vor zwei Jahren hatte ihn ein Geschäftsmann, der im Verdacht stand, Beziehungen zur Drogenmafia zu unterhalten, wegen Misshandlung während der Ermittlungen angezeigt. Angeblich sollte Pawlak ihm den Kiefer gebrochen und zwei Vorderzähne ausgeschlagen haben. Sogar die Zeitungen hatten darüber berichtet. Der Geschäftsmann zog allerdings seine Anzeige schnell wieder zurück, danach hörte man nichts mehr von dem Fall. Außer alldem hatte Pawlak einen ungesunden Hang zu Alkohol und käuflichem Sex. Marcin mochte ihn.

»Hi.« Er nickte dem Kollegen freundlich zu.

»Hi.« In Pawlaks Mundwinkel klemmte eine Zigarette, die er erfolglos mit einem immer wieder ausgehenden Feuerzeug anzustecken versuchte. »Ab nächste Woche heißt es: Jogging für alle. Schon gehört?«, nuschelte er.

»Was?«

»Was? Was? Das Wasser ist nass. Jeden Dienstag und Donnerstag wollen sie uns durch den Park scheuchen.«

»Durch welchen Park?«

»Was weiß denn ich ... Irgendeinen Park halt. Anordnung von oben.«

»Aber warum?«

»Hat 'ne Visitation gegeben. Vom Ministerium. Da wollte der Alte wohl den großen Macker raushängen lassen. Rogowski und ich sollten in Praga irgendwas reißen. Wróbel hat mich dann auf so 'nen kleinen Scheißer angesetzt, weiß gar nicht, was genau da Sache war, der sollte angeblich Schnee verticken oder sowas. Jedenfalls hatte er sich zu doof angestellt und die ehrenwerten Jungs von Praga gegen sich aufgebracht, die ihn nun loswerden wollten. Ich fahr also mit Rogowski und dem Alten vorneweg, die Visitation hinter uns in einem zweiten Wagen. Und da drücken sich die kleinen Scheißer schon in der Łukowska in den Hauseingängen rum, irgendwas geht von Hand zu Hand. Der Alte ist nervös geworden, als hätte er Hämorrhoiden. Wart ab, sag ich, bleib sitzen, sonst gehen sie uns noch durch die Lappen. Doch der Alte springt einfach aus dem Wagen, stürzt auf sie zu. Nach knapp fünfzig Metern geht ihm die Puste aus, er musste erst mal auf 'ner Bank verschnaufen.

Die Ticker waren natürlich über alle Berge. Tja, und nun heißt es für uns: trainieren.«

»Ich werd nicht mehr. Was für 'ne verdammte Sch...«

»Ach was, soll er 'n paarmal rennen, das bläst ihm die Flausen aus dem Kopf. Und was macht dein Mi-möschen?«

»Was weiß ich ...« Marcin trat mit der Fußspitze gegen eine vorstehende Bordsteinplatte. »Die ist 'ne komische Schnecke. Kein Wort, kein Lächeln, keine Zigaretten, und trinken tut sie bestimmt auch keinen Tropfen. Das ist keine Mimose, das ist ein beschissener Lady Terminator! Aber arbeiten kann sie«, räumte er zögernd ein, als ihm die Verhaftung von Beata und ihrer Mutter wieder einfiel. »Wir haben 'ne Pelle in Mokotów ...«, setzte er erklärend hinzu.

»Ich weiß, hat Rogowski mir gesagt. Hör mal, ich muss jetzt los. Wir sehen uns gleich um neun.«

»Hm«, brummte Marcin unwillig und trat seine Zigarette aus.

Ada trank Kaffee mit der Sekretärin Dagmara. Zwar hatte sie versucht, ungesehen an der offenen Tür vorbeizuhuschen, doch vergebens: Dagmara hatte sie wie mit Krakenarmen abgefangen und auf einem Plastikstuhl gleich neben dem Farn platziert.

»Mit Milch? Also ich nehme immer Milch. Und Zucker. Bitteren Kaffee kann ich nicht ausstehen.« Dagmara plapperte munter drauflos, verschüttete Wasser und Zucker. »Wir Mädels sollten uns sowieso zusammentun. Hier arbeiten viele von uns, weißt du? Na ja, nicht direkt bei der Kripo ... Eigentlich bis heute gar keine. Aber in der Prävention sind viele Frauen, ja, und natürlich wir hier vom Papierkram ...«

Sie verstummte und schluckte, wohl, weil sie befürchtete, zu viel zu reden. Aber schon nach zwei Sekunden ging es weiter:

»Die Bedingungen sind ja auch wirklich gut. Frühere Rente. Kinderzuschlag für Mütter. Ich hab ja keine Kinder. Obwohl ich zu gern welche hätte. Meiner ist LKW-Fahrer. Ständig unterwegs, kannst du dir ja vorstellen ... Heute hatte ich keine Lust, alleine zu Hause zu sitzen. Deswegen bin ich hier. Papiere ordnen. Obwohl ja Samstag ist ...«

Sie hielt inne. Ada hob den Kopf, doch die Sekretärin hatte nur kurz Luft geholt und fuhr mit doppelter Energie fort.

»Kinder sind was Tolles. Sie sind so ...« Dagmara überlegte kurz. »So klein eben. Wenn ich ein Kind hätte, dann müsste ich es wohl allein großziehen. Weiß nicht, ob ich das hinkriegen würde ... Und du?«

»Ich?«

»Ja. Hast du denn Kinder? Wahrscheinlich nicht, oder?«, gab sie sich selbst zur Antwort. »Die Kripofrauen haben ja meistens keine Kerle ... O mein Gott, entschuldige!«, rief sie im nächsten Moment und schlug sich die Hand vor den Mund. »Ich wollte dich nicht ...«

»Schon in Ordnung.«

Ada begann sie leidzutun. Sie spürte die Wärme und Herzlichkeit, die diese etwas distanzlose Frau in den grellen Klamotten ausstrahlte, den aufrichtigen Wunsch, Freundschaft zu schließen. In ihren Worten lag eine naive, zugewandte Neugier. Ada hatte das bemerkt, und sie wusste es zu schätzen, trotzdem konnte sie ihre wachsende Ungeduld nicht verbergen. Sie betrachtete den wippenden blondierten Schopf, die klimpernden künstlichen Wimpern und die langen Ohrgehänge mit orangefarbenen Federn ... Nicht nur mir geht sie auf die Nerven, erkannte sie plötzlich. Sie nervt alle. Und schlimmer noch: Sie weiß es. Sie hat sich einfach damit abgefunden. Auf Gehässigkeiten reagiert sie mit noch mehr Herzlichkeit. Sie ist die Freundlichkeit in Person, keine Spur von Argwohn oder bösem Willen.

»Und wie arbeitet es sich so mit Sawicki?«, fragte Dagmara mit ehrlichem Interesse. »Die Jungs hier sind schon in Ordnung. Ich kann mich nicht beklagen. Nur Sawicki ist ein bisschen brummig ... na ja, er bleibt halt lieber für sich. Und Kapusta ...«

In diesem Augenblick spähte Marcin ins Sekretariat.

»Wenn man vom Teufel spricht!«, zwitscherte Dagmara. »Ein Reporter hat angerufen. Er wollte mit Ihnen reden. Vom *Fakt* war er wohl. Ein Herr Marczyński.«

»Ach, hier bist du ...«, knurrte Marcin bei Adas Anblick. Die Sekretärin würdigte er keines Blickes. »Wir müssen uns ranhalten. Heute ist Samstag, verflucht.«

Sie hasteten den Flur entlang.

»Dieser Verein da, wie heißt er noch gleich, *Heimathafen* oder so, der hat heute bestimmt gar nicht offen.«

»*Sicherer Hafen.* Hat er doch«, widersprach Ada. »Ich habe im Internet nachgesehen. Von zwölf bis zwei gibt es heute ein Sportprogramm für Flüchtlingskinder aus Warschauer Heimen. Außerdem haben die Leute von der Spurensicherung sich gestern Abend noch gemeldet«, fuhr sie fort. »Sie haben aber kaum was gefunden. Die Tassen auf dem Tisch waren vollkommen sauber. In der Toilette schwamm ein Schnipsel von einem Rezept oder ärztlichen Attest, es ist fast nichts Lesbares mehr zu erkennen. Eine verwischte Adresse, oder besser gesagt, der Teil einer Adresse ... Zofia Wagner hat wohl am Donnerstag verschiedene Leute angerufen, fast alle Nummern ließen sich identifizieren. Eine gehört einem Mann namens Wójcik. *Jurek*

Wójcik«, setzte sie mit Nachdruck hinzu. »Sie hat ihn um elf Uhr vormittags angerufen, da haben sie einige Minuten lang gesprochen. Später hat sie es noch ein paarmal versucht, um drei, um vier und mehrmals hintereinander um kurz nach sechs, aber er ist nicht mehr ans Telefon gegangen. Der Name stimmt. Das ist bestimmt dieser Ex-Freund, der sogenannte Hooligan. Ich habe die Adresse schon rausgesucht. Er wohnt in Ursynów.«

Marcin warf ihr einen schrägen Blick zu. Verwundert stellte er fest, dass sie im linken Ohr drei Ringe trug.

»Eine andere Nummer gehört Monika Lewicka. Es stimmt, was sie sagt: Sie und Zofia Wagner haben kurz nach ein Uhr mittags telefoniert. Um kurz vor drei hat dann jemand vom Bioladen in der Puławska-Straße angerufen. Das habe ich auch schon überprüft, der Laden hat samstags und sonntags bis drei geöffnet. Und später, zwischen acht und neun, hat dann eine junge Frau angerufen. Wahrscheinlich übers Internet, denn das ist die einzige Nummer, die sich nicht identifizieren lässt. Zofia hat nicht abgehoben, die Anruferin hat auf die Mailbox gesprochen. Leider ohne ihren Namen zu nennen. Diese Nachricht hat Zofia Wagner nicht mehr abgehört, aber die andere fragte, wie das Treffen am Abend gelaufen ist. Das würde unsere Theorie bestätigen, dass Wagner Besuch erwartet hat ...«

»Bist du sehr spät hier raus?«, fragte er und spürte, dass seine Stimme schon sanfter klang.

»Nein. Ich wollte nur den Papierkram erledigt haben. Vielleicht so gegen sieben ...«

»Ich hab Rogowski gebeten, eine Versammlung einzuberufen. Wir tragen alles vor, was wir haben, vielleicht geben sie uns Rückenwind, auch wenn ich nicht allzu fest damit rechnen würde. Danach schaffen wir es noch, bei diesem Hooligan vorbeizufahren und die beiden Sufftrinen zu befragen, die ich wieder laufen lassen habe.«

»Eine Sache noch.«

»Was denn?«

»Zofia Wagner hat diesen Jurek Wójcik zum letzten Mal um kurz nach sechs angerufen. Den Anruf zwischen acht und neun hat sie nicht mehr angenommen, obwohl ihr Handy nicht ausgeschaltet war. Dann können wir wohl vorerst davon ausgehen, dass der Mord zwischen sechs und acht Uhr abends geschehen ist?«

»Hm«, brummte Marcin. »Sieht ganz danach aus.«

»Und wie war es bei den Eltern?«, fragte sie weiter, ohne ihn anzusehen.

»Schlimm«, gab er zu und berichtete Ada von dem Geld, das Zofia Wagner sich geliehen hatte. »Jetzt müssen wir Modzelewski so 'nen Wisch diktieren, dass das Gericht das Bankgeheimnis für uns aufheben soll. Was für eine Pappnase von Staatsanwalt! Hockt da bequem auf seinem Thron, weil der Papa ein Herr Minister war, aber selbst bringt er keine zwei Sätze zu Papier. Mit dem haben wir noch unsere helle Freude, wirst schon sehen ... Auf jeden Fall sollten wir jetzt schnellstens prüfen, ob die Wagner die Kohle nicht vielleicht zu Hause rumliegen hatte. Immerhin hat jemand bei ihr nach irgendwas gesucht. Und ihre Eltern habe ich heute für elf aufs Präsidium bestellt. Gestern standen sie unter Schock, man konnte kaum mit ihnen sprechen. Jetzt müssen wir sie leider noch mal genau befragen ...«

Um neun trafen sie sich im Besprechungssaal. Neun Leute, dicht gedrängt um einen kleinen Tisch: sechs Kriminalpolizisten, die beiden Techniker von der Spurensicherung und Rogowski. Es gab viel zu bereden, vor allem im Zusammenhang mit dem heißesten Fall: der Zerschlagung einer Autohehlerbande. Diesen Schmugglern von Luxusautos waren sie schon seit anderthalb Jahren auf den Fersen, und jetzt erst hatten die Ermittlungen Fahrt aufgenommen, neue Zeugen waren verhört worden und ein paar Verdächtige verhaftet. Sie waren kurz davor, den Fall erfolgreich abzuschließen. Trotzdem bat Marcin darum, zuerst den Mord in Mokotów zu besprechen. Keiner hatte etwas dagegen, also räusperte er sich und begann:

»Zofia Wagner. Siebenundzwanzig Jahre alt. Gestern tot aufgefunden in ihrer Wohnung in der Dąbrowski-Straße 3. Gemeldet wurde der Mord von einer Freundin der Toten, Monika Lewicka.«

Ada fiel auf, dass Marcin sehr langsam sprach und seine Worte mit Bedacht wählte. Beim Sprechen rieb er nervös mit den Handflächen über die Tischplatte. Er will einen guten Eindruck machen, dachte Ada. Aber auf wen? Auf mich? Oder hat er etwa Angst, dass ich ihn vor seinen Kollegen kompromittiere?

»Kommissar Adela Rochniewicz und ich waren am Tatort, um die Nachricht zu überprüfen oder Hilfe zu leisten. Bei der ersten Inaugenscheinnahme deutete alles darauf hin, dass das Mordopfer durch einen Schlag auf den Kopf getötet wurde.« Er warf den Technikern einen fragenden Blick zu.

»Ja«, bestätigte Marek Szczepaniak, ein untersetzter Mann mit grau meliertem Haar und zitternden Hängebacken. »Todesursache war ein Schlag beziehungsweise mehrere Schläge auf den Hinterkopf. Der Tod ist am Donnerstagabend eingetreten, wahrscheinlich nach acht, eine genauere Uhrzeit wissen wir noch nicht. Dafür müssen wir erst die gerichtsmedizinische Expertise abwarten. Es wäre gut, wenn jemand in die Oczko-

Straße fahren und Nekro ein wenig Feuer unterm Arsch machen könnte. Ihr wisst ja, wie er arbeitet ...«

Marcin brummte zustimmend.

»Und ansonsten: Fehlanzeige«, fuhr Szczepaniak fort. »Das Tatwerkzeug, ein Hammer, lag direkt neben der Ermordeten. Wir haben ihn gesichert und die Fingerabdrücke abgenommen. Davon gibt's 'ne ganze Menge, aber keiner passt zur Datenbank. Der Hammer ist neu, muss vor nicht allzu langer Zeit gekauft worden sein. Trägt die Aufschrift *Metallwarenhandlung AM-NAT*. Das ist eine kleine Kette mit Baumaterialien. Wird langsam, aber unaufhaltsam von den großen Baumärkten verdrängt. Das hab ich rausgefunden. In ganz Warschau gibt's noch zwei Geschäfte. Einer von uns muss hinfahren, vielleicht erinnern die sich, wem sie den Hammer verkauft haben. Und mehr haben wir nicht gefunden. Das Bad war picobello sauber, Fingerabdrücke nur von Zofia Wagner selbst. Ach ja, und dann ist da noch dieser Rezeptschnipsel. Er schwamm in der Kloschüssel.« Szczepaniak legte eine Plastiktüte mit einem nassen Papierfetzen auf den Tisch. »Lässt sich leider kaum noch was entziffern. Irgendeine Straße mit -cki am Ende, Hausnummer sieben. Keine Ahnung, ob das was zu bedeuten hat, außerdem gibt's solche Straßen wie Sand am Meer. Aber man könnte natürlich nachprüfen, ob es in irgendeiner -cki-Straße 7 zufällig eine Arztpraxis gibt.«

»Wir wissen, dass Wagner am Donnerstagabend Besuch erwartet hat«, begann Marcin wieder. »Außerdem gibt es da noch einen Ex-Freund und ein tschetschenisches Mädel, das bei ihr geputzt hat.« Er fasste kurz zusammen, was Monika Lewicka ausgesagt hatte. »Unschöne Sache«, schloss er. »Eine ordentliche junge Frau aus offenbar gut situiertem Elternhaus. Die Eltern haben ein großes Haus in Bielany und ein teures Auto. Ich habe sie überprüft: Beide sind pensionierte Hochschullehrer. Der Vater hat einen Professorentitel, arbeitete ein paar Jahre an einer Schweizer Universität – das würde ihre gute finanzielle Situation erklären.«

Ada hob den Kopf.

»Vor wenigen Tagen haben sie ihrer Tochter so mir nichts, dir nichts viertausend Złoty geliehen«, fuhr Marcin fort. »Wir warten im Moment auf Auskunft von der Bank, noch wissen wir nicht, ob Zofia das Geld überhaupt abgehoben hat. Auf jeden Fall hat derjenige, der sie umgebracht hat, in ihrer Wohnung nach etwas gesucht. Schreibtisch und Kommode waren durchwühlt, auf dem Boden lagen verschiedene Papiere.«

»Aber auch dort haben wir keine Fingerabdrücke gefunden«, warf Szczepaniak ein. »Die Schubladengriffe sehen so aus, als hätte niemand außer der Ermordeten sie angefasst. Wir haben auch die herumliegenden Papiere durchgesehen, nichts Besonderes: irgendwelche Ratschläge über gesunde Ernährung, eine Einkaufsliste, alte Mitschriften von Vorlesungen über Kunst oder Ähnliches und ein kopiertes Handbuch über Grafikprogramme.«

»Das Durcheinander deutet auf einen Einbruch hin, bei dem der Täter irgendetwas stehlen wollte«, meldete sich Kapusta zu Wort, der bis dahin schweigend an seinen Fingernägeln gekaut und die Fitzel systematisch auf den Fußboden gespuckt hatte.

»Gut und schön.« Marcin runzelte die Stirn. »Aber wenn wir von einem Einbruch ausgehen, bleiben trotzdem viele Fragen offen. Wie ist der Täter in die Wohnung gekommen? Hat er den Hammer selbst mitgebracht? Und warum hat er ihn liegen lassen? Wusste er, dass Wagner zu Hause war, und hatte den Mord von Anfang an geplant? Und weiter: Er hat nur ein einziges Zimmer durchsucht, als wollte er eine ganz bestimmte Sache finden, während er die Handtasche mit den Kreditkarten am Garderobenhaken im Flur hängen ließ. Außerdem sind viertausend auch wieder nicht übermäßig viel Geld. Es scheint doch recht unwahrscheinlich, dass jemand wegen dieser Summe einen Mord plant …«

»Was für den einen wenig ist, ist für den anderen viel«, unterbrach ihn Kapusta. »Für Flüchtlinge sind vier Tausender 'ne ordentliche Menge. Wir hatten doch vor Kurzem erst so einen Mordfall – wie war das noch? Irgendwelche weißrussischen Malocher haben einen Typen kaltgemacht, weil der tausend Złoty und 'n paar Zerquetschte dabeihatte?«

»Ja, aber das war ein ungeplanter Überfall von zwei besoffenen Idioten und keine durchdachte Operation, bei der nicht mal ein halber Fingerabdruck zurückbleibt.«

»Und wenn wir für einen Moment die Einbruchshypothese beiseitelassen?«, schaltete sich Ada ein. »Wir müssen auch andere Gründe in Erwägung ziehen. Was sehen wir, wenn wir nicht an Einbruch denken? Eine Racheaktion? Einen Streit? Vielleicht hat der Täter einfach die Kontrolle über sich verloren?«

Kapusta pfiff genervt durch die Zähne, als störe es ihn, dass sie überhaupt das Wort ergriffen hatte.

»Wir haben mehrere Hypothesen.« Marcin wollte wenigstens einige vorläufige Schlüsse ziehen. »Entweder war es ein Einbrecher, der es eilig hatte oder den etwas aufgeschreckt hat, sodass er abhauen musste, bevor er seine Tat zu Ende bringen konnte. Oder es war jemand, der nach etwas Bestimmtem suchte, es auch fand und unbemerkt wieder aus der Wohnung schlüpfte.

Oder aber es war eine Racheaktion, ein Beziehungsstreit, Mord im Affekt ...«

»Habt ihr den Computer sichergestellt?«, fragte Ada unvermittelt.

»Was?« Szczepaniak war verwundert über ihre Frage, das sah man deutlich. »Nein ... Nein, das machen wir nicht bei solchen Fällen.«

»Dann macht es jetzt«, sagte sie knapp. »Man muss Zofia Wagners Dokumente durchsehen, das Mailpasswort knacken. Außerdem wäre es gut, wenn wir in ihren Account auf Facebook, Instagram oder ähnlichen Portalen reinkämen.«

Auf Szczepaniaks Stirn schwoll eine pulsierende Ader.

»Seit wann bist du hier der Chef?«

»Das ist keine Frage der Hierarchie, sondern der Notwendigkeit«, erklärte sie ruhig.

»Ich arbeite jetzt seit zwölf Jahren in diesem Fach.« Szczepaniak lief rot an, seine Wangen bebten beängstigend. »Ich weiß, was ich tue. Und keiner wird mir hier Befehle erteilen. Glaubst du vielleicht, wir hätten hier ein Hacker-Team, das Passwörter knackt? Oder eine Direktverbindung zu den amerikanischen Servern?«

»Man kann ein Zugriffsrecht beantragen ...«

»Dann ruf doch am besten gleich bei Mark Zuckerberg persönlich an! Oder nein: Steck einfach deine Nase in deinen eigenen Kram und hör auf, mir Befehle zu erteilen.«

»Ich erteile niemandem Befehle.« Sie hob nicht einmal die Stimme, ihr Gesicht blieb ausdruckslos. »Das gehört zum ganz normalen Prozedere.«

»Habt ihr das gehört? Was quatscht die denn da? Sawicki, bestell deiner Mimose, sie soll aufpassen, was sie sagt!«

Nun war Szczepaniaks Gesicht nicht mehr rot, sondern violett.

»Reg dich ab, Szczepaniak. Sie hat ja recht«, mischte sich Rogowski ein. »Dieser Fall ist ungewöhnlich, und wir sollten ihren Computer durchkämmen, aber zuerst reden wir mit diesem Ex-Freund und der Tschetschenin. Vielleicht haben die sie ja erledigt und sind mit der Kohle abgehauen.«

»Das glaube ich nicht«, warf Wiktor Pawlak ein, während sein Blick nachdenklich über die Wände wanderte. »Das muss ein Kerl gewesen sein. Frauen töten nicht auf diese Art.«

Szczepaniak seufzte vernehmlich.

»Da war doch so ein Mann im Hofeingang, der Russisch gesprochen haben soll«, erinnerte sich Marcin. »Das könnte auf einen Tschetschenen hindeuten.«

»Aber was soll er gesagt haben?« Pawlak kaute an seinem Plastikkugelschreiber. »*Idi na chuj?* Vielleicht hat der Alte es nicht richtig gehört. Könnte ebenso gut Polnisch gewesen sein, *Idź w chuj*. Klingt fast genauso – und schon haste deinen Russki. Ich tippe auf den Ex. Schließlich hat sie ihn sitzen lassen. Da hat er rotgesehen und wollte ihr 'nen Denkzettel verpassen. Fall gelöst.«

»Mit einem Hammer?« Ada hob die Brauen.

»Alles schon da gewesen.«

»Verlassene Liebhaber rächen sich nicht auf diese Weise. Wenn sie ihre Verflossenen töten, dann so, dass die sie dabei sehen. Sie inszenieren eine Exekution und schlagen nicht überraschend von hinten zu. Das würde ihnen keine Satisfaktion verschaffen.«

»Vielleicht haben sie sich gestritten«, meinte Kapusta. »Dann ist sie ins Bad gegangen, um ihr Make-up aufzufrischen, und der

Typ war so sauer, dass er sich irgendwas Schweres gegriffen und zugehauen hat.«

»Das war kein Mord im Affekt.« Ada gab sich nicht geschlagen. »Dafür lief alles viel zu sauber ab. Der Mörder hat keinerlei Spuren hinterlassen.«

Etwas Seltsames ging hier vor sich, bemerkte Marcin. Keiner der Männer sah Ada an, ja mehr noch: Wenn sie etwas sagte, wandten alle betont gelangweilt den Kopf ab. Rogowski schnäuzte sich in sein Stofftaschentuch, Pawlak hatte den Mund zu einem schiefen Lächeln verzogen, Szczepaniak schnaufte. Der Rest wirkte wie kurz vor dem Einschlafen.

»Das ist wahr«, sprang er ihr zu seiner eigenen Überraschung bei. »Wenn dieser Ex-Macker ausgerastet wäre, dann hätte er ihr vermutlich die Nase gebrochen, aber nicht von hinten den Schädel zertrümmert. Der Täter *wollte* töten. Und wonach hat er in den Schubladen gesucht?«

»Vielleicht wusste er, wo sie ihr Geld aufbewahrte, und wollte bei der Gelegenheit noch ein hübsches Schmerzensgeld einsacken. Am besten schnappt ihr ihn euch, bringt ihn hierher in die Firma, wir wenden unsere Überredungskünste an, und dann wird der Kerl uns hübsch artig alles beichten.« Wiktor Pawlak nahm sich eines der Faltblätter, die auf dem Tisch lagen – eine Polizeibroschüre, die Metrofahrgäste vor Taschendieben warnte –, und fächelte sich damit demonstrativ Luft zu.

»Bekommen wir noch jemanden zur Unterstützung?«, fragte Marcin.

»Ich hör wohl nicht richtig!« Rogowski verdrehte theatralisch die Augen. »Glaubst du, wir haben die Zeit, hinter gehörnten Liebhabern herzujagen? Ihr seid doch schon zu zweit.«

»Und wenn es nicht der Ex-Freund war? Hier müsste schnell gehandelt werden ...«

»Brauchst du's vielleicht noch schriftlich? Wir haben über zwanzig laufende Ermittlungen, weiß der Kuckuck, wo wir anfangen sollen! Ich geb euch vier Tage für den Fall, und keine Minute länger. Szczepaniak soll den Computer hier in die Firma schaffen. Das ist alles, was ich anzubieten habe. Und das ist auch schon viel zu viel ...«

Ada und Marcin verließen die Besprechung, ohne sich noch den neuesten Stand der Ermittlungen im Fall der Autobande anzuhören. Die Zeit drängte.

»Wir brauchen einen Plan.« Marcin eilte mit langen Schritten den Korridor entlang, Ada konnte ihm kaum folgen. »Beata und ihre Mutter müssen befragt werden. Sofort. Danach kommen Wagners Eltern. Wir sollten noch vor zwei zu dem Verein fahren und diese tschetschenische Putzfrau finden. Und diesem sogenannten Hooligan müssen wir auch so schnell wie möglich einen Besuch abstatten.«

»Ich denke, wir sollten auch mit dem Priesterschüler sprechen, diesem ...«

»Karol«, fiel er ein. »Aber warum? Aus Monika Lewickas Aussagen geht hervor, dass er und die Tote sich zuletzt vor über einem Jahr gesehen haben. Das ist eine alte Geschichte.«

»Ich weiß«, stimmte sie trocken zu. »Trotzdem möchte ich mit ihm reden. Und sei es nur, weil er mehrere Monate lang der Grund für Zofia Wagners schlechten psychischen Zustand war.«

»Wie du willst. Dann verlegen wir diese Sache ganz ans Ende des Tages. Wir befragen ihn, wenn Zeit dafür ist«, beschloss er. »Das wäre dann wohl alles?«

»Du hast eben mit keinem Wort die letzte Nachricht auf Zofias Mailbox erwähnt. Die von der jungen Frau, die wissen wollte, wie das Treffen am Abend gelaufen war ...«, rief sie ihm ins Gedächtnis.

Tatsache. Marcin hielt mitten im Schritt inne. Er hatte die Mailboxnachrichten noch nicht einmal abgehört. Auch wie sie mit der Adresse auf dem abgerissenen Rezeptschnipsel verfahren wollten, hatten sie noch nicht beschlossen. Zu schnell hatten sie die Besprechung verlassen. Alles nur wegen des Streits mit Szczepaniak und dieser seltsamen Atmosphäre, die sich um Ada verbreitete.

»Ich höre die Nachricht später ab. Wir haben nur wenig Zeit. Was für ein beschissener Samstag. Um fünf muss ich zum Kindergeburtstag meiner Tochter bei McDonald's ...«

Er war gereizt und verwirrt. Adas Gegenwart nervte ihn, es fühlte sich an, als wäre er mit einer verzogenen Göre auf einem wichtigen Empfang. Er hielt an und packte sie, unerwartet für sich selbst, am Handgelenk.

»Du kannst dich nicht so benehmen«, sagte er ernst. »Du arbeitest erst seit zwei Tagen hier. Willst du es dir gleich zu Anfang mit allen verderben?«

Seine Finger um ihren Unterarm begannen zu schwitzen. Sie versuchte nicht, sich loszureißen, sondern starrte mit gleichgültigem Gesicht an ihm vorbei.

»Verderben«, sagte sie leise. »Das ist doch viel früher passiert, noch bevor ich bei euch angefangen habe. Es war schon immer hier.«

Passiert – was denn, wollte er sie fragen, sie anschreien, doch stattdessen ließ er nur ihren Arm los. Nun standen sie einander gegenüber. Sie sah ihn nicht an, weil sie – das begriff er ganz plötzlich – schon alles wusste. Und das war es, was ihn am ersten Tag erschreckt hatte, wovor sein Instinkt ihn gewarnt hatte. Auf einmal fühlte er sich nackt. Gottverdammt, was weiß sie über mich, dachte er entsetzt.

»Szczepaniak ist ein alter Wüterich«, fuhr er hastig fort. »Beachte ihn einfach nicht. Aber die anderen sind gute und erfahrene Polizisten.«

»Daran habe ich keinen Zweifel.«

»Darum geht es nicht. Du schadest dir selbst. Du verstehst nicht, was sie denken ...« Er brach ab.

»Was denken sie denn?«

»Dass du deine Nase zu hoch trägst«, schloss er wütend.

Sie erwiderte nichts. Marcin gewann langsam seine Selbstsicherheit zurück.

»Zieh deine Jacke an«, sagte er und klebte ein gelbes Zettelchen mit der Notiz »Mailbox Wagner abhören« auf seinen Schreibtisch. »Unten ist die Heizung ausgefallen, Rohrbruch. Wir befragen diese Beata, reden mit Wagners Eltern, und dann fahren wir. Heute liegt noch ein ordentlicher Batzen Arbeit vor uns.«

Fügsam machte sie kehrt. Was war denn das jetzt, fragte er sich, als er ihr zum gemeinsamen Büro folgte. Was ist da eben passiert? Was hatte er gespürt, was hatte ihn so erschreckt? Ich bin einfach müde, dachte er. Ich muss mir ein Schlafmittel verschreiben lassen, sonst bin ich bald am Ende.

9

Beatas Befragung brachte kaum Ergebnisse. Sie behauptete, vor dem Spirituosenladen zwei Tschetschenen begegnet zu sein – als sie sie aber ein wenig in die Zange nahmen, stellte sich heraus, dass sie sich nicht sicher war, ob sie die Männer am Donnerstag-, Mittwoch- oder sogar schon Dienstagabend gesehen hatte.

»Aber zwei so dunkle Typen waren das. Ganz sicher, Mann«, wiederholte sie am Ende des Verhörs im Brustton der Überzeugung. »Kann ich vielleicht 'n Schluck Wasser haben?«

Marcin wünschte sie insgeheim zum Teufel und ließ sie zusammen mit ihrer Mutter gehen. Als er sie eben hinausbegleiten wollte, klingelte das Haustelefon.

»Hier sind zwei Besucher für dich«, meldete sich der Wachtmeister am Empfang. »Herr und Frau Wagner. Sie sagen, ihr habt einen Termin.«

Zofias Eltern kamen herauf in den Vernehmungsraum und nahmen, ohne die Mäntel abzulegen, auf zwei bereitstehenden Plastikstühlen Platz. Ada bot ihnen Tee an, den sie ablehnten. Beide waren sehr bleich. Nina Wagner hatte ein verquollenes Gesicht und gerötete Augen. Ihr Mann starrte geistesabwesend in eine Zimmerecke.

»Gestern haben wir unser Gespräch nicht zu Ende geführt«, begann Marcin zögernd. »Wir müssen ein paar Dinge genau festhalten. Wann haben Sie Ihre Tochter zum letzten Mal gesehen?«

»Am Mittwochnachmittag«, antwortete die Mutter und ballte ihre zitternde Hand zur Faust.

Tränen stiegen ihr in die Augen, doch sie wischte sie schnell mit einem Taschentuch weg, das sie aus einer eleganten Handtasche mit Schnappschloss hervorholte.

»Und am Mittwoch haben Sie ihr das Geld geliehen?«

»Nein, das Geld habe ich ihr schon zwei Tage vorher überwiesen, per Onlinebanking. Am Montagmorgen. Zofia hatte uns am Sonntag beim Mittagessen nach dem Geld gefragt. Und da hatte ich den Eindruck, es sei sehr dringend.« Nina Wagner antwortete langsam und mit Bedacht.

»Also haben Sie die Ermor... Ihre Tochter«, korrigierte er sich, »in der vergangenen Woche zweimal gesehen?«

»Ja. Sie besuchte uns alle paar Tage.«

»Wirkte sie irgendwie nervös oder aufgewühlt? Verhielt sie sich anders als sonst?«

»Nein.« Die Antwort kam ohne Zögern. »Sie war genauso wie immer.«

»Wozu brauchte sie das Geld? Viertausend sind ein ziemlich hoher Betrag.«

»Ich habe es Ihnen ja schon gesagt: Unsere Tochter war Grafikerin, sie musste ihrem Auftraggeber eine Leihgebühr für verschiedene Geräte zahlen.«

»Und hat sie die Gebühr bezahlt?«

»Das weiß ich nicht.«

»Wie viel verdiente sie im Monat?«

»Ich weiß es nicht genau. Etwas über dreitausend Złoty netto ... Warum stellen Sie mir dieselben Fragen wie gestern?«, fragte sie verärgert. Ihre Stimme wurde schriller und begann gefährlich zu zittern, bevor sie brach und verstummte wie eine gerissene Saite. »Welche Bedeutung hat es schon, was sie verdiente?«, fuhr sie mit Mühe fort. »Bestimmt nicht so viel, dass jemand sie deswegen hätte umbringen wollen ... Viertausend Złoty sind ja wohl kein Betrag, für den man einen Mord begeht?«

Sie packte den Arm ihres Mannes, der überrascht zusammenfuhr und sie mit leerem Blick anstarrte. Er schien seine Frau gar nicht zu erkennen. Marcin sah Ada flehentlich an, in der Hoffnung, sie käme ihm zu Hilfe. Sie aber stand einfach da, an die Fensterbank gelehnt, und beobachtete konzentriert Zofias Eltern.

»Es tut mir sehr leid«, hob er nach einem Moment des Schweigens an. »Wir werden alles tun, was in unserer Macht steht, um den Täter zu fassen. Genau deswegen benötigen wir Klarheit über alles, was mit dem Fall zusammenhängen könnte. Und leider sind schon wegen viel kleinerer Summen Menschen umgebracht worden ...«

Er hörte selbst, wie unglaubwürdig das klang.

»Aber das Geld war doch auf der Bank! Zofia hätte nie Bargeld bei sich zu Hause herumliegen lassen.«

»Das werden wir noch überprüfen. Ich halte also fest«, begann er geduldig von Neuem, »dass Sie kein verändertes Verhalten bei Ihrer Tochter bemerkt haben?« Unwillkürlich wandte er sich nur an die Mutter.

»Nein. Es war alles wie immer.«

»Gab es irgendjemanden, der nicht gut auf Zofia zu sprechen war? Hatte sie Schulden? Oder sich mit jemandem zerstritten?«

»Nicht dass ich wüsste. Vor drei Jahren hat sie ihr Studium abgeschlossen, fand auch schnell eine gute Arbeit. Damals zog sie von zu Hause aus. Soweit ich weiß, hat sie sich immer mit allen gut verstanden, die Leute mochten sie ... bewunderten sie sogar«, ergänzte sie mit schmerzlichem Stolz. »Bei der Arbeit hat sie gleich bewiesen, was sie konnte ...«

»Eine Freundin Ihrer Tochter, Monika Lewicka, hat ausgesagt, Zofias Verlobter habe sie kurz vor der Hochzeit verlassen«, fiel er ihr ins Wort und schämte sich sogleich dafür. »Angeblich soll sie das schwer getroffen haben.«

»Das ist eine alte Geschichte.«

Wieder klang ihre Stimme verärgert.

Ada spürte instinktiv die wachsende Anspannung. Dies war ein Thema, das Zofias Mutter lieber vermieden hätte. Selbst hier bei der Kriminalpolizei und obwohl ihre Tochter ermordet worden war.

»Hat sie damals eine Therapie gemacht?«, schaltete sie sich in das Gespräch ein.

»Ja«, antwortete Nina Wagner kurz. »Aber dazu gibt es nichts mehr zu sagen. Sie hatte die Geschichte längst überwunden.«

Marcin schwieg. Ada runzelte die Stirn.

»Aber es hat sie sehr mitgenommen.«

»Sie war stark.« Frau Wagner richtete sich auf. »Stark, intelligent und mit sich selbst im Reinen. Keine Schwärmereien, keine Gefühlsduseleien. Mit kleinen Misserfolgen hielt sie sich nicht lange auf.«

Ambitionen, dachte Ada. Das war das Wort, nach dem sie gesucht hatte. Für Nina Wagner war die gelöste Verlobung eine Niederlage ihrer Tochter. Ihre mütterlichen Ambitionen gingen noch über den Tod ihrer Tochter hinaus.

»War Ihre Tochter eine gute Studentin?«, fragte sie und ignorierte Marcins erstaunten Blick.

»O ja, sie war eine hervorragende Studentin, die beste. Sie hat es beim ersten Anlauf auf die Akademie der Künste geschafft. Studienfach Grafik. Dabei ist die Konkurrenz dort so groß. Abschlussdiplom mit Auszeichnung.« Ihre Stimme brach wieder, sie unterdrückte ein Schluchzen. »Sie hat dann sofort eine Arbeit gefunden, ich habe es ja schon gesagt, das ist alles andere als leicht heute ... Und sehr hübsch war sie obendrein ...« Sie stockte. »Anders kann man es nicht sagen ...«

Ada sah den Schmerz in ihren dunklen Augen. Sie ließ die Arme sinken. Der Boden kam gefährlich näher. Lärmendes Pochen in ihren Schläfen. Tosend überschwemmte sie die bleierne Welle der Verzweiflung dieser Frau. Sie konnte sich nicht bewegen, nicht einmal atmen. Hin- und hergeworfen in ihrem Körper wehrte sie mit aller Kraft die fremden Gefühle ab, drängte sie zurück. Stieß sich ab in die ruhigen Gewässer ihrer eigenen wohltemperierten Gefühlswelt. Kurz darauf glitt sie wieder ruhig an der Oberfläche. Draußen vor dem Fenster nahm der Wind unerwartet an Stärke zu. Dunkle Wolken jagten über den Himmel, weiße Flocken wirbelten.

»Schnee«, sagte Zofias Mutter laut und ohne jeden Zusammenhang.

Ada beobachtete sie jetzt ohne die geringste Regung, als sähe sie eine Schauspielerin im Theater. Mein Mitgefühl wird ihr nicht helfen, dachte sie. Und auch sie weiß das ganz genau. Eine solche Erfahrung kann man nicht teilen. Das Bedauern, das Beileid, der gespielte Schmerz, alles, was die Außenwelt ihr bekunden würde, konnte Nina Wagner nicht berühren. In ihr klaffte eine einsame Leere. Ein schwarzes Loch, das nun offen stand, das wachsen und mit der Zeit alles um sie herum aufsaugen würde: die eleganten Damenhandtaschen, die feinen Lederhandschuhe, die Mittagessen am Sonntag, das polierte Parkett, die Freunde, ihren Mann ... und schließlich auch sie selbst ...

Irgendwo knallte eine Tür. Ein Männerlachen ertönte, rasche Schritte. Jemand eilte die Treppe hinunter.

»Sie war traurig«, meldete sich Herr Wagner unerwartet zu Wort.

Marcin fuhr zusammen. Er hatte die Anwesenheit des Vaters fast schon vergessen. Zofias Mutter blinzelte und hörte auf zu weinen. Einzig Ada wirkte nicht überrascht.

»Seit das mit Karol vorbei ist, war sie ständig traurig«, wiederholte er. »Unsere Tochter hat uns nicht viel von ihrem Leben erzählt. Und wir haben sie nicht gefragt. Sie war immer eine gute Schülerin. Hat es mit Leichtigkeit an die Universität geschafft. Dann hat sie sofort eine Arbeit gefunden. Das hat uns gereicht ...«

Er wischte sich gedankenverloren die schweißfeuchte Stirn.

»Bitte sagen Sie uns etwas mehr«, griff Ada den Faden auf. »Wie würden Sie Ihre Tochter beschreiben? War Zofia ein verschlossener Mensch?«

Frau Wagner wollte protestieren, doch ihr Mann ergriff vorher das Wort.

»Verschlossen ... das würde ich nicht sagen. Distanziert trifft es vielleicht besser ... Und, da stimme ich meiner Frau zu, sie hatte eine ungeheure Kraft und einen starken Willen. Wenn sie sich ein Ziel gesetzt hatte, arbeitete sie beharrlich darauf hin. Vor allem aber war sie vernünftig, pflichtbewusst und fleißig. Ich begreife nicht, wie so etwas geschehen konnte. Sie war niemand, der sich leichtfertig in gefährliche Situationen begab.«

»Manchmal lässt sich das nicht vermeiden ...«, warf Marcin ein.

»Was wollen Sie damit sagen?«

»Ein Einbruch. Ein Raubüberfall. Ein unglückliches Zusammentreffen. Es gibt Gefahren, die sich nicht vorhersehen lassen.«

Zofias Vater machte eine unruhige Bewegung.

»Ich habe gespürt ... Ich wollte ...« Hilflos suchte er nach dem richtigen Wort. »Sie ist unser einziges Kind, unsere Kleine ... Jetzt kann man nichts mehr tun, außer diesen Verbrecher zu schnappen. Sie müssen ihn erwischen. Sie müssen ...« Er schluchzte auf.

Ada beobachtete ihn besorgt. Er wirkte jetzt zutiefst verstört, sie fürchtete, er könnte vor ihren Augen zusammenbrechen. Doch dann holte er tief Luft und fuhr mit ruhigerer Stimme fort:

»Ich habe nie von ihr gehört, dass sie irgendwelche Feinde gehabt oder sich mit jemandem gestritten hätte. Aber seit sie ihre Therapie gemacht hatte, erzählte sie uns überhaupt nichts mehr aus ihrem Leben. Sie war die ganze Zeit wie abwesend ... Ja, das sehe ich erst jetzt ganz deutlich. Aber jetzt ist es zu spät ...«

Nina Wagner ergriff die Hand ihres Mannes. Er entzog sie ihr nicht.

»Können Sie uns noch etwas mehr über ihren Verlobten sagen?«

»Karol Zalewski. So hieß er. Ein Priester ... das heißt, noch ist er Priesterschüler. Sie haben sich vor über einem Jahr getrennt.«

»Warum?«

»Das weiß ich nicht ...«

»Niemand hat das verstanden«, mischte sich Frau Wagner ein. »Die beiden waren schon seit dem Gymnasium zusammen. Ein Herz und eine Seele. Der Hochzeitstermin stand auch schon fest. Er war immer sehr religiös, gehörte so einer Gruppierung an ... *Kinder der Immaculata* – Kinder der unbefleckten Jungfrau. Einmal hat Zofia zu mir gesagt, sie hat Angst, dass diese *Sekte* ihr Karol wegnimmt.«

»Sekte?«

»So hat sie es genannt, ja.«

Schweigen kehrte ein.

»Vor etwa anderthalb Jahren ist Karol dann auf Exerzitien gefahren. Das alles wurde von dieser ... Gruppe organisiert«, fuhr Nina Wagner fort. »Er ist allein gefahren, ohne Zofia. Ich weiß nur, dass er sich gleich danach von ihr getrennt hat und ins Priesterseminar eingetreten ist.«

»Und Zofia?«

»Erst hat sie sehr darunter gelitten. Aber dann ist sie die Sache wie immer konstruktiv angegangen. Sie hat diese Therapie begonnen. So fand sie ihr Gleichgewicht wieder. Ich habe mir keine großen Sorgen gemacht. Ich dachte, mit der Zeit würde schon alles wieder ins Lot kommen ... Und so war es doch auch?«, fragte sie mit plötzlicher Heftigkeit, als wollte sie alle Anwesenden in den Zeugenstand rufen.

Ada schwieg und starrte vor sich hin. Etwas glitt durch die stickige Luft auf sie zu, bebend, schaukelnd wie ein Boot auf unruhigen Wellen. Ein weißes Gesicht näherte sich dem ihren. Zofia Wagner sah sie flüchtig an, dann löste sie sich im Nebel auf.

»Und dieser Karol?«, wollte Marcin wissen. »Hatten die beiden danach noch Kontakt?«

Andrzej Wagner zögerte merklich.

»Wohl kaum ... Ich denke, nein. Aber sicher bin ich mir nicht.«

»Vielleicht erinnern Sie sich noch etwas genauer?«

»Einmal ... einmal war sie bei uns zum Mittagessen, und jemand rief sie an. Sie nahm ab und sagte nur: ›Ich kann jetzt nicht.‹ Dann legte sie das Handy auf den Tisch, doch bevor sie es ausschalten konnte, läutete es wieder. Ich saß neben ihr und habe auf dem Display den Namen ›Karol‹ gesehen.«

»Wann war das?«

»Ich erinnere mich nicht genau ... Moment.« Er legte einen Finger an die Schläfe. »Ja. Letzte Weihnachten muss das gewesen sein. An Heiligabend. Oder am ersten Weihnachtstag.«

Marcin nickte.

»Ich habe Ihnen diese Frage schon gestellt, aber ich muss mich noch einmal vergewissern: Jurek Wójcik, sagt Ihnen dieser Name etwas? Hat Zofia irgendwann mal erwähnt, dass sie einen neuen Freund hat?«

»Nein«, antworteten beide übereinstimmend.

»Und dieses Mädchen, das zum Putzen zu ihr kam?«

»Davon wissen wir nichts.«

»Könnte ich die Kontaktdaten von Zofias Therapeuten bekommen?«

»Natürlich ... Meine Frau hat die Nummer bestimmt irgendwo?«

»Oh, ich bin mir nicht sicher.« Sie klang ein wenig beschämt. »Ich weiß gar nicht, ob ich sie überhaupt gehabt habe. Zofia war schließlich erwachsen ... Aber ich versuche, sie herauszubekommen.«

»Gut.« Marcin erhob sich. »Vielen Dank. Das wäre dann alles für heute, wir melden uns bei Ihnen.« Er streckte die Hand aus.

Zofias Mutter packte sie heftig und öffnete den Mund, als wollte sie noch etwas sagen, drehte sich aber dann wortlos um und verließ nach ihrem Mann den Raum.

Draußen fiel dichter, pappiger Schnee. Die Scheiben des Opels beschlugen sofort, das Gebläse nützte gar nichts. Ada musste die Feuchtigkeit mit einem Tuch wegwischen. Als sie über den Bankowy-Platz fuhren, erblickte sie die Sekretärin. Dagmara stand an der Bushaltestelle, neben ihr ein groß gewachsener Mann, der sie fest an der Hand gepackt hielt. Als wäre sie ein Kleinkind, schoss es Ada durch den Kopf. Ein dummes kleines Mädchen.

Irgendetwas beunruhigte sie am Anblick dieses Paares, aber was? Bevor sie dem Gedanken weiter nachgehen konnte, stellte Marcin das Radio an und beschleunigte das Tempo; auf der Marszałkowska-Straße war nur wenig Verkehr.

»Von den Eltern haben wir nicht allzu viel erfahren. Scheint so, als hätten sie ihre eigene Tochter nicht besonders gut gekannt!«, rief Marcin ihr über die Musik hinweg zu.

»Das ist wahr«, bejahte Ada. »Ein braves, hübsches Mädchen. Mamas ganzer Stolz. Nur Einser, Diplom mit Auszeichnung, spannender, gut bezahlter Job, keine Probleme. Nur ein winziger Schatten: die geplatzte Hochzeit. Wie passt die Arbeit für einen Flüchtlingshilfe-Verein in das Ganze? Und warum wussten sie nichts von dem neuen Freund, diesem Fußballfan? Sie war ja nicht lange mit ihm zusammen, aber drei Monate waren es immerhin, wie Monika Lewicka sagte. Sie muss es mit Absicht vor ihren Eltern geheim gehalten haben, vor allem, da sie sie doch so oft besuchte ...«

»Ich glaube ...«, begann Marcin langsam. »Mir kam gerade der

Gedanke, dass sie vielleicht noch größere Geheimnisse hatte, wo sie doch so viel geheim gehalten hat ...«

»Daran habe ich auch schon gedacht.«

»Okay, was wissen wir sonst noch über sie?«

»Ihre Eltern sagen, sie war stark und konsequent. Das könnte vielleicht von Bedeutung sein.«

»Warum glaubst du das?«, fragte er verwundert.

»Ich weiß nicht.« Sie zögerte. »Ich habe da so eine seltsame Ahnung ...«

Marcin verzog das Gesicht, ohne den Blick von der Straße abzuwenden. Ada unterbrach sich mitten im Satz. Das Thema »Intuition« führte bei polizeilichen Ermittlungen meistens zu Ärger. Sie selbst vertraute zwar ihren Gefühlen mehr als den sogenannten harten Fakten, hütete sich aber wohlweislich, das gleich am Anfang einer Ermittlung preiszugeben.

»Eltern idealisieren ihre Kinder meistens. Besonders in so einer tragischen Situation«, fuhr Marcin fort. »Versuchen wir einmal, alle Gefühle, nebulösen Ahnungen und Emotionen beiseitezulassen. Was bleibt dann? Was sehen wir?«

Sie versuchte, sich zu konzentrieren.

»Ordnung«, gab er sich selbst zur Antwort, bevor Ada irgendetwas sagen konnte. »Zofia Wagner war eine Pedantin. Ich habe mir einen ihrer Küchenschränke angesehen«, dachte er laut. »Alle Gewürze hatte sie in kleine Gläser mit beschrifteten Etiketten umgefüllt. Die Beutel mit Grieß, Tee und Zucker waren sorgfältig mit Büroklammern verschlossen. Im anderen Zimmer standen alle Bücher alphabetisch geordnet im Regal. Das hat ganz sicher nicht die tschetschenische Putzfrau für sie gemacht ... Und auf der anderen Seite hat Zofia wohl kaum selbst die Papiere aus ihrem Schreibtisch und der

Kommode gezerrt, kurz bevor der Mörder kam«, schloss er seine Überlegungen.

Ada seufzte erleichtert. Langsam kamen sie auf einen gemeinsamen gedanklichen Nenner. Sie verstand genau, was Marcin meinte.

»Wir sprechen morgen noch einmal mit Monika Lewicka. Vielleicht erfahren wir noch irgendwas Konkretes. Sieht so aus, als hätte sie Zofia um einiges besser gekannt als ihre Alten.«

»Glaubst du, es war kein Einbruch?«, fragte sie.

»Das ist trotz allem nicht auszuschließen. Aber wenn es ein Einbruch war, dann wissen wir immer noch nicht, aus welchem Grund. Wir müssen uns so schnell wie möglich bei der Bank erkundigen, damit wir Montag den Kontoauszug haben. Ehrlich gesagt würde es mich nicht wundern, wenn es doch dieses tschetschenische Mädel gewesen wäre, zusammen mit irgendeinem Schlägertypen. Einen ähnlichen Fall gab's vor einem halben Jahr. Ein paar Malocher aus Weißrussland haben einen Typen plattgemacht, bei dem sie die Böden abschleifen sollten. Fünftausend Złoty haben sie ihm geklaut, Wein und zwei Dosen Bohnen ...«

Sie schwiegen. Marcin bog in die Hauptallee nach Ursynów ein, hielt an einer Ampel.

»Da ist noch etwas, das ich besorgniserregend finde«, begann Ada.

»Ja?«

»Zofia hat diese Gruppe, zu der ihr Ex-Verlobter gehört, eine Sekte genannt. Meinst du nicht, das ist ein etwas heftiger Ausdruck für eine legale Organisation, die immerhin innerhalb der katholischen Kirche tätig ist?«

»Hast recht«, sagte er. »Lass uns auch mit diesem Ex sprechen. Wir sollten allerdings das Wichtigste im Auge behalten und die Sache nicht unnötig verkomplizieren. Dieser Karol gehört zu Zofias Vergangenheit. Konzentrieren wir uns erst mal auf den Fußballtypen. Und auch diese Tschetschenin müssen wir so schnell wie möglich vom Verdacht ausschließen. Oder sie festnehmen und den Fall beenden«, setzte er energisch hinzu und trat aufs Gaspedal.

Ada antwortete nicht. Eine Weile fuhren sie schweigend vor sich hin.

»Wie lange bist du schon bei der Polizei?«, fragte sie unvermittelt.

»Lange«, sagte er seufzend. »Manchmal glaube ich, viel zu lange.«

Ein paar Minuten nach eins erreichten sie den Stadtteil Ursynów. In Wójciks Wohnung trafen sie niemanden an. Sie fragten bei den Nachbarn herum, doch keiner kannte ihn näher. Mehrmals umrundeten sie den zehnstöckigen Wohnblock, der in der Nähe der Metrostation Imielin gelegen war. Draußen war es grau und verhangen, als wäre die Sonne an diesem Tag gar nicht aufgegangen und strahlte von jenseits des Horizonts lediglich einen trüben Lichtschein ab. Marcin trat gegen eine leere Bierdose. Ratlos blieben sie vor dem Treppenaufgang stehen. Ada holte ihr Handy hervor und tippte die Nummer des Bioladens ein, führte mit gedämpfter Stimme ein kurzes Gespräch.

»Zum Bioladen müssen wir nicht fahren«, sagte sie, als sie aufgelegt hatte. »Wagner war dort Stammkundin. Letzten Dienstag hatte sie Buchweizenmehl bestellt. Sie haben sie am Donnerstag angerufen, weil die neue Lieferung gekommen war.«

Marcin klopfte sich den Schnee von den Schuhen.

»Ein Uhr«, seufzte er. »Wenn wir uns beeilen, schaffen wir's noch zu diesem Verein, danach klappt vielleicht noch ein Abstecher zur Gerichtsmedizin. Mal sehen, was Nekro zu vermelden hat.«

Schweigend stiegen sie ins Auto. Die leeren Straßen wirkten seltsam irreal. Einer der Scheibenwischer quietschte und zog Schlieren auf der Windschutzscheibe. Marcin wühlte mit der linken Hand in seiner Jackentasche und holte ein Päckchen Chesterfields hervor. Ohne Ada zu fragen, steckte er sich eine an, sog tief den Rauch ein und blies ihn wieder aus, Ada direkt ins Ohr. Sie verzog keine Miene, hustete nicht.

»Du rauchst nicht?«, fragte er und kam sich gleich darauf vor wie ein Idiot. Natürlich rauchte sie nicht, sie hatten schon zwei ganze Tage miteinander verbracht – hatte er sie auch nur einmal mit einer Zigarette gesehen? Dieses beharrliche Schweigen machte ihn ganz nervös. Normalerweise ging es ihm eher auf die Nerven, wenn Kollegen zu viel quatschten. Es machte ihn gereizt, wenn er das Gefühl hatte, sich am Small Talk beteiligen, auf Fragen antworten, auf Witze reagieren zu müssen. Er wusste, dass er als mürrischer, abweisender Eigenbrötler galt. Adas Schweigen aber erfüllte ihn mit Unbehagen. Dabei hatte er noch vor Kurzem befürchtet, sich bald tagtäglich mit einer plappernden Blondine à la Dagmara herumschlagen zu müssen. Im besten Fall hatte er noch mit einer muskelbepackten, krankhaft ehrgeizigen Lesbe mit einem Überschuss an männlichen Hormonen gerechnet. Flache Titten, Beinhaare, Damenbart. Besessen von ihrem Beruf. So waren doch die Kripofrauen angeblich: unattraktiv, unweiblich und untervögelt.

»Nein«, antwortete sie knapp.

»Und du hast auch nie geraucht?« Ungeschickt versuchte er,

das Gespräch am Laufen zu halten, während er gleichzeitig überlegte, ob Ada wohl mit jemandem vögelte.

»Nein. Nie.«

»Nicht mal mit sechzehn?«

Sie hatte bestimmt irgendeinen Typen. Oder vielleicht sogar mehrere ... bei ihrem Aussehen ...

»Nein.«

»So brav sind die Mädels also in Wrocław?«, versuchte er zu scherzen.

»Ich bin in Warschau aufgewachsen.«

Stimmt ja – er erinnerte sich an das Gespräch mit Rogowski. Vielleicht hatte sie ja einen Freund in Wrocław gehabt, sie hatten sich getrennt, und darum war sie zurückgekehrt. Heim zu Mama, lachte er hämisch in Gedanken.

»Wohnst du allein oder bei deiner Mutter?«, fragte er, um sie in Verlegenheit zu bringen.

»Meine Mutter lebt nicht mehr«, erwiderte sie ruhig, ohne in seine Richtung zu schauen. »Sie ist vor drei Jahren gestorben.«

Er bremste an einer Kreuzung. Das Auto kam auf der nassen Straße ins Schlittern und rutschte auf die Nebenfahrbahn.

»Entschuldige«, ächzte er. »Tut mir wirklich sehr leid.«

»Keine Ursache.« Sie zuckte mit den Schultern. »Ich habe sie nicht gekannt. Ich bin bei meinem Vater aufgewachsen. Bei ihm wohne ich übrigens auch nicht, falls du das wissen möchtest.«

Marcin lockerte seinen Kragen. Langsam kam er zu der Ansicht, dass das Schweigen mit Ada doch erträglicher war als das Reden.

Den Flüchtlingshilfe-Verein *Sicherer Hafen* erreichten sie um kurz vor zwei. An der Eingangstür hing ein Plakat mit lachenden Kindern unterschiedlicher Hautfarben, die ihre Arme dem unsichtbaren Fotografen entgegenstreckten. Drinnen saß eine füllige junge Frau an einem billigen Schreibtisch aus Kirschholzfurnier und blätterte in einem Ordner.

»Tut mir leid, aber heute ist zu.« Sie lächelte ihnen freundlich entgegen. »Der Anwalt und die Dolmetscherin haben montags und mittwochs Sprechstunde, von neun bis ...«

»Kripo Warschau.« Marcin zeigte ihr seine Marke. »Wir müssen Ihnen ein paar Fragen stellen.«

Ihr Lächeln erstarb.

»Bitte nehmen Sie doch Platz.« Sie klappte den Ordner zu und wies auf eine Stuhlreihe an der Wand.

»Sind Sie die Sekretärin hier?«, fragte Marcin und ließ sich breitbeinig nieder.

»Sekretärin, Vorsitzende, Ehrenamtliche – von allem ein bisschen.« Sie lächelte wieder und strich sich eine lange, wellige Haarsträhne aus dem Gesicht.

»Sagt Ihnen der Namen Wagner etwas?« Er lächelte nicht zurück, sondern sah sie finster und mit zusammengezogenen Brauen an, als wäre sie eine Schwerverbrecherin.

»Ja, natürlich, ich habe schon von der Sache gehört«, flüsterte sie.

»Nun?«

Sie sah ihn verständnislos an.

»Nun ... Was haben Sie über Frau Wagner zu sagen?«

»Ich? N-nichts«, stammelte sie. »Ich weiß nur, dass Zofia nicht mehr lebt ...«

»Sie wurde umgebracht«, unterbrach er sie. »Alle aus ihrem Umfeld sind verdächtig.«

Nun blitzte Zorn in ihren Augen auf.

»Ach ja? Heißt das, dass Sie mich verdächtigen? Und aus welchem Grund, wenn ich fragen darf?«

»Ich stelle hier die Fragen. Bitte zeigen Sie mir die Liste aller Personen, die Hilfsleistungen von Ihrem Verein bekommen.«

»Eine solche Liste gibt es nicht«, entgegnete sie mit unverhohlenem Ärger. »Und selbst wenn es sie gäbe, würde ich sie Ihnen nicht zeigen.«

»Das ist eine Straftat. Behinderung der Ermittlungen.«

»Wenn das so ist, dann möchte ich den Durchsuchungsbefehl sehen.«

Marcin lief rot an. Aus irgendeinem Grund war ihm die mollige Frau mit dem einfühlsamen Psychologinnenlächeln vom ersten Moment an unsympathisch gewesen. Er wollte ihr Angst einjagen, ihr drohen, sie in den Boden stampfen – alles zugleich.

»Wenn Sie nicht kooperieren, dann reden wir auf dem Präsidium weiter«, knurrte er.

»Mit dem größten Vergnügen«, zischte sie zurück.

»Einen Augenblick.« Ada stand auf, warf Marcin einen kalten Blick zu. »Bitte nehmen Sie es meinem Kollegen nicht übel, er ist etwas überarbeitet. Wir ermitteln in einem Mordfall, das ist psychisch sehr anstrengend, wie Sie sicher verstehen ... Obwohl die Arbeit mit Flüchtlingskindern bestimmt auch nicht leicht ist. Ich hatte hier eigentlich viele Kinder erwartet. Im Internet stand, dass heute eine Sportveranstaltung stattfindet. Und Sprachunterricht haben Sie hier, Rechtsberatung, Freizeitangebote jeden Mittwoch und Freitag ... Das ist sehr viel Arbeit, ein ambitioniertes Projekt. Und Sie organisieren das alles allein? Oh, und hier!« Sie nahm ein buntes Faltblatt vom Tisch. »Eine internationale Jugendbegegnung? Ich habe auch einmal bei so etwas mitgewirkt. Vor zwei Jahren. Da habe ich einen Selbstverteidigungs-Workshop für junge Frauen geleitet.«

»Die Kinder gehen in der Raczyńska-Straße zur Schule. Dort mieten wir die Turnhalle für unsere Veranstaltungen.« Die Frau klang etwas besänftigt.

»Das ist bestimmt nicht ganz billig, eine Turnhalle zu mieten. So ein kleiner Verein, so ein tolles Programm – kaum vorstellbar, wie Sie das alles schaffen, mit so wenig Personal. Es sind doch nur drei fest angestellte Mitarbeiter, oder? Ja, und Sie natürlich. Ich habe das im Internet nachgelesen, bevor wir hergekommen sind. Privat interessiere ich mich nämlich auch für die Arbeit mit Flüchtlingen. Eine Freundin von mir ist bei der Polnischen Humanitären Aktion, da haben sie natürlich größere Räumlichkeiten und können jedes Jahr Förderungen bei der EU beantragen. Meine Freundin hat mir gesagt, dass kleinere Organisationen es viel schwerer haben, das ist nicht ganz fair. Aber finanzielle Schwierigkeiten haben zurzeit wohl alle. Sogar wir.« Sie lächelte gewinnend. »Vor zwei Wochen gab es bei uns auf dem Präsidium einen Wasserrohrbruch, jetzt müssen die Wände neu verputzt werden, alles wird von Grund auf renoviert. Wir sitzen in eiskalten Zimmern, stellen Sie sich das vor. Und im ersten Stock steht buchstäblich das Wasser. Ach du meine Güte! Wie unaufmerksam von mir!« Sie trat rasch auf den Schreibtisch zu, streckte der Frau die Hand hin. »Adela Rochniewicz.«

»Agnieszka Jekiel.« Zögernd kehrte das Lächeln auf ihr rundliches Gesicht zurück.

Marcin saß wie erstarrt da. Nie hätte er gedacht, dass Ada in der Lage wäre, so einen Wortschwall von sich zu geben.

Ada hatte Marcin aus dem Augenwinkel beobachtet. Sein verächtlicher Gesichtsausdruck, das schiefe Lächeln ließen nichts Gutes ahnen. Mit aufreizender Langsamkeit holte er sein Notizbuch aus seiner Jackentasche. Der scharfe Geruch von Männerschweiß stieg Ada in die Nase, ein Geruch der Aggression. Seit ihrem ersten Gespräch wusste sie, dass Marcin sich in der Gegenwart von Frauen unsicher fühlte. Doch bisher schien er ihnen eher aus dem Weg zu gehen, als den Dominanten zu spielen. Warum machte ausgerechnet diese harmlose junge Frau mit ihrem breiten, glatten Gesicht und den runden Kulleraugen ihn so gereizt? Sie saß hinter ihrem Schreibtisch und sah immer noch verärgert aus. Wenn er diese Schiene weiterfuhr, würden sie kein Wort mehr aus ihr herauskriegen, nicht einmal unter raffiniertester Folter.

Ada drückte ihre mollige Hand.

»Wir wollen Sie wirklich nicht aufhalten«, fuhr sie fort. »Doch dieser Mord ist ein schreckliches Unglück, und wir müssen schnell handeln. So schnell wie möglich. Wir zählen auf Ihre Unterstützung.«

Als sie »Mord« hörte, stiegen Agnieszka Jekiel Tränen in die Augen. Sie senkte den Blick.

»Ich weiß wirklich nicht, wie ich Ihnen weiterhelfen könnte ... Ich kannte Zofia kaum. Sie hat hier zweimal wöchentlich Polnisch unterrichtet. Als Ehrenamtliche. Ich hatte nie die Zeit, mich länger mit ihr zu unterhalten. Und jetzt lebt sie nicht mehr, und es ist zu spät ...« Sie begann zu weinen.

»Es genügt, wenn Sie uns ein paar Fragen beantworten.« Ada setzte sich wieder neben Marcin. »In erster Linie interessiert uns das tschetschenische Mädchen, das bei Zofia geputzt hat.«

»Ah ... Das wissen Sie also schon?«

»Die Polizei ist ja kein Verein«, brummte Marcin. »*Wir* tun was bei unserer Arbeit ...«

Öko, schoss es Ada durch den Kopf. Das war das passende Wort. Marcin würde Agnieszka Jekiel wahrscheinlich als »Ökoschlampe« bezeichnen. Ihr frisches, rotbackiges Gesicht ohne jedes Make-up. Ihr rundlicher, weicher Körper. Das formlose Kleid – und darunter, so stellte er es sich bestimmt vor, baumelnde Brüste ohne BH, schlabbrige Baumwollunterhose, unrasierte Beine. All das wirkte wie ein rotes Tuch auf ihn.

»Wir haben die Aussage einer Freundin von Zofia Wagner«, sagte sie rasch. »Sie sagt, Zofia hat eine Frau, die sie hier bei Ihrem Verein kennenlernte, schwarz bei sich putzen lassen.«

Agnieszkas Gesicht verschloss sich.

»Das geht mich nichts an.«

»Wir brauchen die Adresse dieser Frau.« Marcins Stimme klang scharf.

»Damit kann ich Ihnen nicht weiterhelfen.«

Ada bemerkte, dass sie einen nervösen Blick auf den Ordner vor sich warf.

»Liebe Frau Jekiel«, begann sie versöhnlich. »Wir wollen niemanden in Schwierigkeiten bringen. Sollten diese Menschen illegal in Polen sein oder schwarzarbeiten, dann ist das das Problem der Ausländerbehörde. Nicht unseres. Ich gebe Ihnen mein Ehrenwort, für uns ist allein der Mordfall von Interesse. Ein furchtbares Verbrechen«, setzte sie ernst hinzu. »Vielleicht hat diese Frau irgendetwas gesehen oder gehört, das uns weiterhelfen könnte, das Zofias Eltern helfen könnte ... Bitte denken Sie auch daran.«

Jekiel zögerte merklich, schließlich schlug sie doch den Ordner auf.

Ada lächelte ihr aufmunternd zu.

»Sie heißt Madina Demilowa«, sagte sie widerwillig. »Und sie wohnt in *Haus Sonnenschein*. Das ist in Wola. Es wird von unserem Verein betrieben.«

»Ist das ein spezieller Ort?«

»Es ist eine Notunterkunft mit Einzelzimmern für bedürftige Familien. Ein Haus für Menschen, die etwas Hilfe dabei brauchen, sich in ihrem Leben zurechtzufinden. Minderjährige Mütter, Arme und Obdachlose, geflüchtete Menschen. Wir geben ihnen ein Dach überm Kopf, bieten einfache Kurse an und helfen zum Beispiel dabei, Kindergarten- oder Krippenplätze für die Kinder zu finden.«

»Vielen Dank.« Marcin nahm das Kärtchen mit der Adresse und wandte sich zum Gehen, doch Agnieszka Jekiel sprach weiter.

»Madinas Eltern sind gleich nach ihrer Entlassung aus dem Flüchtlingsheim dorthin verlegt worden. Der Vater fand keine Arbeit, die Mutter ist jetzt wieder schwanger ... Es ist ein guter Ort. Die Leute sind engagiert und interessieren sich wirklich für die Bewohner. Ich möchte ihnen keinesfalls schaden. Sie übernehmen Dinge, die eigentlich der Staat übernehmen sollte, kümmern sich um Menschen, die sonst unter einer Brücke oder im Gefängnis landen würden.«

»Unsere Ermittlungen werden ihnen nicht schaden«, beruhigte Ada sie. »Wir möchten ihnen nur ein paar Fragen stellen, nichts weiter. Außer Madina werden wir niemanden von den Bewohnern behelligen.«

Die Vereinsvorsitzende wirkte nicht überzeugt. Sie presste die Lippen zusammen und ließ resigniert die Hände sinken.

Als sie draußen waren, holte Marcin einen Schokoriegel aus seiner Jackentasche.

»Du hast eine Freundin bei der Humanitären Aktion?«, fragte er.

»Nein.« Sie sah ihn verwundert an. »Wie kommst du denn darauf?«

Um halb vier waren sie zurück auf dem Präsidium. Fast den ganzen Weg über hatten sie sich angeschwiegen. Aus Gewohnheit langte Marcin nach seinen Zigaretten. Im nächsten Moment kam ihm der Gedanke, dass die Mimose bestimmt etwas dagegen hätte, wenn er in ihrem Büro rauchte – selbst am Wochenende und bei offenem Fenster. Er warf die Schachtel auf den Schreibtisch, dabei fiel sein Blick auf das gelbe Zettelchen. Er hatte immer noch nicht Wagners Mailbox abgehört! Außerdem sollte er das Verzeichnis nach Arztpraxen an Straßen mit -cki durchforsten. Eine ätzende Arbeit, die er am liebsten irgendeinem Wachtmeister aufs Auge gedrückt hätte – aber Rogowski hatte ihnen ja niemanden zur Seite gestellt. Ach was, er würde sich morgen darum kümmern. Jetzt wollte er erst einmal den Pathologen anrufen. Nach mehrmaligem Tuten nahm der alte Herr Roman ab, der Portier und Leichenfahrer. Nekro selbst weigerte sich wohl, an den Apparat zu kommen.

»Wir ham zu tun!«, schnaufte Herr Roman in den Hörer, als hätte Marcin ihn direkt vom Seziertisch weggerissen. »Wie oft hab ich schon gesagt, dass ihr uns nich' auf die Nerven gehen sollt! Wir melden uns schon selbst bei euch. Aber nich' vor Dienstagnachmittag.«

»Wir brauchen aber dringend ...«, setzte Marcin an, doch ein trockenes Knacken in der Leitung zeigte ihm, dass die Verbindung unterbrochen war.

Er seufzte. Herr Roman war ein älterer Verwandter von Nekro, und außerdem – soweit er wusste – sein einziger Freund. Er hatte sein ganzes Leben in der Portiersloge am Eingang zur Gerichtsmedizin verbracht. Marcin glaubte manchmal, dass er nicht nur angestellt war, um die Leichen zu fahren, sondern auch, um dem Pathologen alle Fragesteller und Besucher vom Hals zu halten. Er war stinksauer. Andererseits hockte Nekro am Samstagnachmittag noch im Institut – und er saß bestimmt nicht nur seine Zeit ab. Marcin kannte ihn seit vielen Jahren. Nekro arbeitete sehr langsam, aber eben auch sehr gründlich. Er warf einen Blick auf die Uhr. Noch vierzig Minuten, dann müsste er aufbrechen zu Antonias Kindergeburtstag.

»Hör mal«, begann er und setzt sich Ada gegenüber. »Gleich um fünf fängt die Geburtstagsfeier meiner Tochter an.«

Sie nickte nur zerstreut und löste den Blick nicht vom Bildschirm.

»Diese Madina Demilowa müsste noch befragt werden ...« Er hielt inne.

»Mach ich«, antwortete sie ruhig.

Hatte sie denn gar keine Familie oder sonst irgendwelche Verpflichtungen, irgendein Leben außerhalb der Polizei? Gestern hatte sie bis um sieben gearbeitet. Und jetzt schien es sie nicht zu stören, dass heute noch eine längere Fahrt bis nach Wola vor ihr lag. In den vergangenen zwei Tagen hatte er nicht bemerkt, dass sie jemanden oder jemand sie privat angerufen hätte.

»Kommst du alleine klar? Man muss sie sich ernsthaft vorknöpfen. Nach Männerart. Treib sie in die Enge und lass sie da nicht mehr raus. Oder willst du sie besser zum Verhör herbringen? Das hat immer eine recht hilfreiche Wirkung auf die Verdächtigen ...«

Sie nickte wieder.

»Wenn du willst, machen wir das morgen gemeinsam«, setzte er hinzu.

»Kümmere du dich jetzt um deine Tochter«, erwiderte sie und hielt im Tippen inne. »Ich komme schon zurecht. Heute ist nicht mein erster Tag bei der Polizei.«

Stimmt. Das musste er sich immer wieder ins Gedächtnis rufen. Er hatte ja eine erfahrene Kriminalkommissar*in* vor sich.

»Zum Glück wartet niemand auf mich«, setzte sie hinzu, als wären seine Gedanken auf ihrem Computerbildschirm erschienen.

Er war etwas verlegen. In ihrer Stimme lag jedoch kein Fünkchen Ironie. Sie schien tatsächlich froh zu sein, ungestört länger bei der Arbeit bleiben zu können.

»Machen wir uns also einen Plan für morgen«, wechselte er rasch das Thema.

»Der morgige Tag hängt in erster Linie davon ab, wie das Gespräch mit Madina Demilowa verläuft.«

»Hm«, machte er und nickte. »Dann ruf mich doch einfach an, wenn sich irgendwas Außergewöhnliches ergibt. Falls nicht, sprechen wir uns morgen und entscheiden dann. Aber auf jeden Fall werden wir noch einmal Monika Lewicka befragen müssen«, sagte er entschiedener. »Zofia Wagner hatte einige Geheimnisse. Wir müssen rausfinden, warum sie ihre Beziehung mit diesem Wójcik und die Arbeit bei dem Verein vor ihren Eltern verheimlicht hat. Und ...« Er zögerte. »Und ob sie noch mehr zu verbergen hatte.«

»Und was machen wir mit Wójcik?«

»Weiß nicht ... Der Typ benimmt sich ziemlich komisch. Ist nie zu Hause, geht nicht ans Handy. Oder ist er übers Wochenende in die Berge gefahren und hat keinen Empfang? Weiß der Geier. Wenn er bis morgen nicht auftaucht, werden wir eine Suche einleiten müssen. Ach ja, und zu dieser Metallwarenhandlung müssen wir fahren. Vielleicht erinnert sich wirklich jemand, wer den Hammer gekauft hat. Und Wagners Auftraggeber fragen, ob sie diese Leihgebühr bezahlt hat. Dann müssen wir den Psychologen auftreiben«, zählte er mit wachsender Besorgnis auf. »Ich fürchte, am Sonntag werden wir nicht viel voranbringen. Verdammte Scheiße, was muss der sie auch so kurz vor dem Wochenende plattmachen? Modzelewski reißt mir den Kopf ab, wenn ich ihm Montag nichts liefern kann!«

Er stand auf und wollte gerade seine Jacke anziehen, als der Beamte vom Empfang anrief.

»Hier ist eine Frau, die will dich sprechen. Sagt, sie kennt dich.«

»Wie heißt sie?«, fragte Marcin mit einem Blick auf die Uhr. Zehn nach vier.

»Małgorzata Orłowska.«

Er dachte nach. Der Name kam ihm tatsächlich bekannt vor – aber woher?

»In Ordnung. Ich bin in ein paar Minuten unten. Sie soll einen Moment warten.«

Rasch steckte er seine Zigaretten ein, verabschiedete sich von Ada.

Sie nickte ihm nur abwesend zu, schon wieder voll und ganz in ihren Bericht vertieft.

Auf der Bank im Empfangsbereich saß eine Frau in offenem Mantel. Sie war um die fünfzig und ausgesprochen übergewichtig. Ihre kleinen dunklen Augen huschten unruhig hin und her wie die Äuglein eines aufgescheuchten Huhns. Marcin war sich sicher, sie nie zuvor gesehen zu haben. Und auch sie schien ihn nicht zu erkennen. Erst als er auf sie zuging, heftete sie ihren Blick auf ihn und machte eine ruckartige Bewegung, als wolle sie aufstehen.

»Kommissar Sawicki?«

»Ja, der bin ich«, erwiderte er kühl.

»Ich heiße Małgorzata Orłowska.« Sie wühlte in ihrer Handtasche. »Wir kennen uns nicht persönlich, aber früher einmal ... vor ein paar Jahren, da haben Sie meinem Mann Ihre Nummer gegeben und gesagt, wenn einmal etwas passiert, können wir uns bei Ihnen melden.« Sie reichte ihm ein cremefarbenes Kärtchen.

Ihr Gesicht hatte einen trotzigen und zugleich demütigen Ausdruck angenommen, als wolle sie zu verstehen geben, dass sie ihn äußerst ungern und nur aus einer absoluten Notlage heraus behellige. Marcin wusste schon jetzt, leicht würde sie sich nicht abwimmeln lassen. Er nahm die Visitenkarte, las: *Jakub Orłowski, Vinoprimo.* Etwas begann ihm zu dämmern, und schließlich stand ihm das Bild eines gedrungenen Mannes mit Halbglatze vor Augen. Er hatte ihn während eines verwickelten Falles kennengelernt, bei dem es um Kunstraub und Hehlerei gegangen war. Seine Weinhandlung befand sich genau neben einem Antiquariat, in dessen Hinterräumen damals illegale Geschäfte abgewickelt worden waren, und Jakub Orłowski hatte sich als wertvoller Helfer erwiesen. Ohne Proteste hatte er es den Ermittlern gestattet, sich hinten in seinem Laden einzurichten und von dort das Antiquariat im Auge zu behalten. Mit heiterer Gelassenheit hatte er ihre tagelange Anwesenheit ertragen und am Ende sogar jedem eine kleine Flasche Cidre geschenkt. Marcin hatte ihm seine Nummer gegeben und seine Hilfe zugesagt, falls er sie benötigen sollte. Er sah auf die Uhr. Es war zwanzig nach vier; eine Viertelstunde hatte er noch für Małgorzata Orłowska.

»Richtig. Ich erinnere mich an Ihren Mann«, sagte er und ließ sich neben ihr auf der Bank nieder. »Wie kann ich Ihnen helfen?«

»Ich möchte eine Vermisstenanzeige aufgeben.«

Marcin holte sein Notizbuch hervor, zückte den Bleistift.

»Wer wird vermisst?«

»Unsere Tochter«, antwortete sie mit zitternder Stimme.

Er erinnerte sich an Jakub Orłowskis freundliches, gutmütiges Gesicht. Dennoch fragte er in unverändert strengem Ton:

»Und wie kommen Sie darauf, dass Ihre Tochter verschwunden ist?«

»Wir waren verabredet, und sie ist nicht gekommen. Ich habe sie mehrmals angerufen, sie geht nicht ans Telefon. Dann bin ich hingefahren, um zu sehen, ob sie zu Hause ist, aber sie hat mir nicht aufgemacht. Und seitdem hat sie sich nicht gemeldet.«

Marcin schrieb sorgfältig mit.

»Wann haben Sie das letzte Mal mit Ihrer Tochter gesprochen?«

»Am Freitagnachmittag.«

Er hielt im Schreiben inne und hob verwundert die Brauen.

»Am gestrigen Freitag?«

»Ja.«

»Und verabredet waren Sie wann?«

»Verabredet waren wir für neun Uhr, wir wollten zusammen unseren Wochenendeinkauf machen.«

»Heute früh um neun?«

»Genau.«

»Ihre Tochter ist erwachsen? Sie wohnt allein?«, hakte Marcin nach, obgleich er die Antwort bereits kannte.

»Ja. Sie ist fünfundzwanzig.«

Langsam schloss er das Notizbuch und verstaute es in seiner Hosentasche.

»Liebe Frau Orłowska«, begann er und bemühte sich um einen ruhigen Ton. »Ich kann zu diesem Zeitpunkt leider keine Vermisstenanzeige aufnehmen.«

»Aber ich weiß, dass ihr etwas passiert ist!«, rief sie aus. »Magda würde sich niemals ohne Grund nicht melden!«

»Vielleicht ist ihr etwas dazwischengekommen, oder sie hat es einfach vergessen?«

»Ich kenne doch meine Tochter!«

Marcin seufzte.

»Haben Sie schon bei ihrem Freund nachgefragt? Bei anderen Freunden? Oder bei den Krankenhäusern? Obwohl nichts darauf hindeutet, dass ihr ein Unfall passiert ist«, setzte er eilig hinzu.

»Natürlich habe ich das getan!«

»Und?«

»Nichts. Keiner hat sie gesehen. Keiner weiß etwas.«

»In diesem Fall bleibt uns nichts, als abzuwarten.« Er schielte nervös auf die Uhr. Wäre er Jakub Orłowski nicht zu Dank verpflichtet, dann hätte er dieses durchgeknallte Weibsstück schon längst vor die Tür befördert. Wahrscheinlich ging die Tochter nicht ans Telefon, weil sie das hysterische Gekakel satthatte.

»Aber ich weiß doch, dass ihr etwas passiert ist! Ich weiß es einfach!« Sie ließ nicht locker. »Sie ist mein Kind. Bitte helfen Sie mir. Schon seit mehreren Monaten habe ich das Gefühl, dass etwas Seltsames mit ihr vorgeht. Und nun ist sie einfach verschwunden!«

Marcin dachte, dass er nun eigentlich fragen sollte, was genau sie am Verhalten ihrer Tochter beunruhigte, aber er hatte schlicht und einfach keine Zeit mehr. Es war fast zwanzig vor fünf. Er musste dringend los.

»Frau Orłowska, falls ihr tatsächlich etwas passiert sein sollte, dann wäre sowieso nicht ich der richtige Ansprechpartner. Solche Fälle bearbeitet die Polizei im Stadtteil Ihrer Tochter. Wo wohnt Magda?«

»In Mokotów.«

»Na schön«, sagte er seufzend. »Machen wir es so: Sie beruhigen sich jetzt erst einmal, fahren nach Hause und ruhen sich aus. Bis morgen ist Ihre Tochter bestimmt längst wieder aufgetaucht.«

»Aber so verlieren wir doch wertvolle Zeit ...« Frau Orłowskas Stimme klang nun hoch und schrill.

»Falls«, unterbrach er sie bestimmt, »*falls* Ihre Tochter nach achtundvierzig Stunden nicht zurück sein sollte, melden Sie sich bei der Polizeiwache in der Malczewski-Straße und rufen mich an.«

Sie öffnete den Mund.

»Dort arbeiten gute, kompetente Kollegen. Ich kenne sie seit Jahren.« Er sprach langsam und mit Nachdruck, bemüht, seine Gereiztheit zu verbergen. »Sie werden der Sache sorgfältig ...«

»Nein, das werden sie nicht«, fiel nun sie ihm ins Wort. »Ich war schon dort, um drei. Sie haben mich weggeschickt.«

»Dann versuchen Sie es bitte Montagfrüh noch einmal, und danach rufen Sie mich an«, wiederholte er und spürte, wie er langsam die Geduld verlor. »Und falls es in der Zwischenzeit notwendig werden sollte, rufe ich auch persönlich dort an. *Falls*«, betonte er. »Im Moment sieht noch nichts danach aus, als wäre Ihrer Tochter etwas Schlimmes zugestoßen.«

Sanft, aber bestimmt nahm er Frau Orłowska beim Arm und brachte sie zum Ausgang, er selbst wandte sich Richtung Innenhof. Ohne sich noch einmal umzudrehen, passierte er die Magnetschranke. Er fühlte sich müde und gestresst. Helikoptermutter, dachte er, die arme Magda muss einen schönen Zirkus mit ihr haben. Die erwachsene Tochter meldet sich ein paar Stunden nicht, und diese hysterische Pute macht gleich ganz Warschau verrückt! Er öffnete die Autotür und hielt plötzlich inne, starrte nachdenklich auf seine Schuhspitzen. Und was, wenn Orłowska doch recht hatte? Wenn ihrer Tochter wirklich etwas zugestoßen war? Dann hätten sie innerhalb weniger Tage zwei Fälle in Mokotów, bei denen es um allein lebende Frauen in ähnlichem Alter ging. Seine Erfahrung sagte ihm, dass man solche scheinbar zufälligen Übereinstimmungen nicht unbeachtet lassen sollte. Andererseits konnte im Fall von Magda Orłowska buchstäblich alles geschehen sein, rief er sich selbst zur Vernunft. Vielleicht hatte sie das Handy ausgestellt, weil ihre überbesorgte Mutter ihr auf die Nerven ging. Oder sie war im Park spazieren, und da war plötzlich der Akku leer gewesen. Oder hatte sich am Abend vorher betrunken und schlief nun, mit Stöpseln in den Ohren, ihren Rausch aus. War spontan weggefahren. Tollte mit einem neuen Lover im Bett herum. Im Moment gab es nicht den geringsten Grund zur Besorgnis, analysierte er die Lage kühl, und schon gar keine Anhaltspunkte, den Fall Orłowska mit dem Fall Wagner in Verbindung zu bringen. Er setzte sich ins Auto. Ich fange an zu fantasieren, schalt er sich in Gedanken. Statt bis spätabends unrealistische Krimiserien zu glotzen und überall rätselhafte Zusammenhänge à la Hollywood zu entdecken, sollte ich mich besser ordentlich ausschlafen und die echten Ermittlungen vorantreiben. Er verzog den Mund, als ihm auffiel, dass er sich genau das vorwarf, was Modzelewski an ihm kritisiert hatte. Als er aus der Einfahrt fuhr, sah er den Reporter Marczyński hektischen Schrittes auf das Präsidium zueilen.

»Aasgeier«, brummte er und trat eilig aufs Gaspedal.

10

Um zwanzig nach fünf war Ada fertig mit den Berichten. Sie schlüpfte in ihre Jacke und ging mit hallenden Schritten die breite, repräsentative Treppe hinunter ins Erdgeschoss. Das Präsidium war nahezu menschenleer, am späten Samstagnachmittag hatten nur noch der Portier und die Wachleute Dienst. Und Kapusta war noch da, wie sie bemerkte. Er unterhielt sich an einem Tisch in der verlassenen Kantine mit einem Mann in Zivil. Irgendwo hatte sie den Mann schon einmal gesehen, dachte Ada, aber da er schräg mit dem Rücken zu ihr saß, konnte sie ihn nicht genauer mustern. Sie trat hinaus in den Innenhof, setzte sich ins Auto. Dicker Nebel, schmuddelig wie ein angegrauter Brautschleier, hüllte die Marszałkowska-Straße ein und ballte sich in den Seitenstraßen. Eben gingen die Laternen an. In den Eiswasserpfützen spiegelten sich die bunten Lichter der Geschäfte. Die Stadt roch nach Ruß, Moder, Müdigkeit. Obwohl die trübselige Atmosphäre Warschau seit Wochen gefangen hielt, obwohl der langersehnte Frühling einfach nicht kommen wollte und der graue Himmel beharrlich Schnee oder Regen über alles und jeden ergoss, strotzte Ada vor Energie. Sie fühlte sich erleichtert und zugleich wie elektrisiert. Es war, als wäre ein lang verloren geglaubter Teil von ihr endlich an seinen Platz zurückgekehrt. Sie arbeitete. Sie tat das, was sie konnte und worin sie, da hatte sie keinen Zweifel, wirklich gut war: Sie führte Ermittlungen. Endlich wieder! Weder die unangenehme Erinnerung an die Besprechung vom Morgen noch Marcin Sawickis Launen konnten sie erschüttern. Seit Jahren hatte sie sich nicht mehr so gut gefühlt. Die Arbeit im Einsatz ist das Einzige, wofür ich geeignet bin, dachte sie, als sie Richtung Niepodległość-Allee fuhr. Und die Kriminalpolizei ist der einzige Ort, an dem ich mich nützlich machen kann. Sie brauchte wegen ihrer Rückkehr nach Warschau kein schlechtes Gewissen zu haben – auch wenn die Versetzung nicht ganz ordnungsgemäß zustande gekommen war. Ihr Vater fiel ihr ein. Sie hatten sich seit ihrem Umzug nicht mehr gesprochen. Ada verspürte wenig Lust, ihn zu sehen. Und ihm ging es wahrscheinlich ähnlich. Aber bei ihrer Schwester sollte sie sich melden. Drei Jahre war es schon her, dass sie Kasia kennengelernt hatte, und noch immer konnte sie sich nicht an die Tatsache gewöhnen, dass sie eine Halbschwester hatte. Zu lange war sie Einzelkind gewesen. Sie hatte sich vorgenommen, diese neue Sphäre ihres Lebens einer gründlichen Prüfung zu unterziehen. Morgen rufe ich sie an, entschied sie.

Haus Sonnenschein erwies sich als ein altes, zum Wohnheim umgebautes Schulgebäude, das durch einen Maschendrahtzaun von der Straße getrennt war. Ada parkte und stieg aus. Auf der betonierten Fläche vor der Ausfahrt beschleunigte ein breiter dunkelgrüner BMW zu einem halsbrecherischen Tempo, bog haarscharf vor dem Zaun ab, zog einen Schlenker, bremste abrupt und geriet in kontrolliertes Schleudern. Am Rand standen fünf dunkelhaarige Männer und beobachteten schweigend die Schlittertour. Alle hatten bärtige Gesichter und exakt konturierte schwarze Schöpfe. Außerdem trugen sie kurze Lederjacken und Sportschuhe. Wie Soldaten der Russenmafia aus den Neunzigern, dachte Ada bei sich. Etwas besorgt blickte sie sich in der ansonsten menschenleeren Straße um. Sie trug keine Waffe bei sich. Allerdings hatte sie ja auch nicht vor, ein Räubernest auszuheben, sondern besuchte nur ein Hilfezentrum für sozial benachteiligte Mitbürger. Sie streckte den Rücken und ging energischen Schrittes auf die Männer zu.

»Guten Tag«, wandte sie sich an denjenigen, der am nächsten beim Eingang stand. »Ich suche Madina Demilowa. Wohnt sie hier?«

Mit quietschenden Reifen bretterte das Auto wieder los. Der Angesprochene starrte vor sich hin, als sähe er Ada gar nicht, dann wandte er den Blick seinen Kumpels zu. Sie fühlte sich unbehaglich, wartete angespannt. Da hob einer der Männer leicht die Mundwinkel an.

»Ist möglich«, sagte er gedehnt. »Wer will wissen?«

»Die Polizei.«

Nun kam Bewegung in die Gruppe, die Männer rückten enger zusammen. Der BMW fuhr reifenquietschend im Halbkreis auf die Straße hinaus, wendete unvermutet und stoppte dann direkt neben Ada. Geräuschlos glitt die getönte Scheibe der Fahrertür herunter. Am Steuer saß ein bärtiger Mann mit tief in die Stirn gezogener Baseballkappe.

»Wie kann ich helfen?«, fragte er höflich.

Sie schluckte.

»Ich suche Madina Demilowa.«

»Tut mir leid, sie nicht mehr hier wohnt«, erklärte er. »Ganze Familie ist vor zwei Monate in Wohnung von Tschokajews umgezogen.«

»Von Tschokajews?«, fragte sie sinnloserweise.

»Da drüben.« Der Mann machte eine unbestimmte Kopfbewegung. »Sie fragen Rezeption.« Die Scheibe glitt wieder hinauf.

Auf dem Weg Richtung Schulgebäude bemerkte sie aus dem Augenwinkel eine Bewegung hinter den Männern. Sie wandte den Kopf. Auf dem Rasen, unter einer kahlen Pappel, standen, genauso düster und schweigsam wie die erwachsenen Männer, mehrere dunkelhaarige Jungs. Als Ada das Tor öffnete, spürte sie ihre misstrauischen Blicke in ihrem Rücken. Was wohl die Frauen und Mädchen gerade taten? Und durch welches Wunder konnten Sozialhilfeempfänger sich einen solchen BMW leisten? Sie überquerte ein Basketballfeld und ging auf das Gebäude zu. Unter einem Vordach aus Plexiglas brannte eine grelle Glühbirne. An die Hauswand hatte jemand einen roten Schriftzug geschmiert: *Raus mit euch aus Polen!*, und daneben einen Galgen gemalt. Drinnen in der Portiersloge saß eine verhärmte ältere Frau und versank fast in einem viel zu großen, offenbar selbst gestrickten orangefarbenen Pullover, der zeltartig von ihren Schultern herabhing. Sie trank Tee und schaute einen Film auf einem tragbaren Fernseher.

»Guten Abend.«

»Guten Abend.« Sie wandte ihren Blick nicht von der Mattscheibe.

»Polizei.« Ada zückte ihre Marke. »Ich suche Madina Demilowa.«

Nun hob die Frau erschrocken den Blick.

»Was ist passiert?«

»Nichts ist passiert. Ich muss ihr nur ein paar Routinefragen stellen. Sie hängen mit einem Fall zusammen, den ich leite. Es gibt keinen Grund zur Beunruhigung«, erklärte sie geduldig.

»Hat Madina etwas angestellt? So ein freundliches Mädchen ...«

»Es sind nur ein paar Routinefragen«, wiederholte Ada. »Bitte sagen Sie mir, wo ich sie finden kann.«

»Sie wohnt nicht mehr hier.« Die Frau wirkte ehrlich bekümmert.

»Dann bräuchte ich ihre neue Adresse.«

»Die habe ich nicht.« Ratlos hob sie die Schultern. »Die Leiterin weiß bestimmt, wo sie hingezogen ist, nur arbeitet sie heute nicht. Von den anderen ist auch niemand da. Und ich habe hier nur die Aufsicht.«

»Wann kommt denn jemand, der mehr weiß?«

»Morgen Nachmittag. Oder nein.« Sie zögerte. »Am Montag. Montag ganz sicher. Da fangen gleich morgens die Kurse an.«

»Wie ist der Name Ihrer Chefin?«

»Anita Kalinowska.«

»Und haben Sie ihre Telefonnummer?«

»Ja, die habe ich«, räumte sie ein.

»Dann geben Sie sie mir bitte.«

Das Gespräch mit der Leiterin der Unterkunft dauerte mehrere Minuten. Ada musste ihr ihre Dienstnummer und den Namen ihres Vorgesetzten durchgeben. Nach einem zähen und nicht eben angenehmen Wortwechsel bekam sie endlich die neue Wohnanschrift der Demilows.

»Wie komme ich von hier zur Górczewska-Straße?«, wandte sie sich wieder an die Aufsicht.

»Das ist gar nicht weit.« Die Frau erhob sich. »Erst rechts.« Sie wies Ada die Richtung, der weite Pulloverärmel schlackerte um ihr Handgelenk. »Dann die erste links und geradeaus weiter bis zur Ampel ...«

Der Hausflur im vierten Stock des Altbaus an der Górczewska-Straße war mit verschiedenstem Gerümpel vollgestellt – ein kleines Sofa mit Brandlöchern, Stühle mit fehlenden Beinen, Plastikeimer, Flaschen und Blumentöpfe, verrostete Gartengeräte. Neben der Wohnungstür, die sie suchte, lehnte ein bizarr verbogener Fahrradrahmen wie der leere Chitinpanzer einer Riesenheuschrecke. Daneben lag ein Stapel Zeitungen, obenauf ein löchriger Emailletopf. Von der Wand löste sich die Tapete. Ada runzelte die Stirn. Fern am Rand ihres Bewusstseins tauchte eine nebulöse Erinnerung auf. Sie wollte sie zu fassen bekommen und genauer betrachten, doch das Bild entglitt ihr wieder. Entschlossen drückte sie den Klingelknopf. Eine längere Zeit machte niemand auf. Aus der Wohnung drangen Fetzen eines Streitgesprächs oder einer lautstarken Diskussion an ihr Ohr. Die Glühbirne an der Decke flackerte wie zur Warnung und erlosch. Ada klingelte noch einmal, länger und fester. Kurz darauf drehte sich ein Schlüssel im Schloss, der Riegel wurde zurückgeschoben. In der Tür stand eine rundliche Frau in einer grauen, sackartigen Hose. Das Haar hatte sie mit einem hellblauen Tuch zurückgebunden. Sie musste ungefähr fünfzig sein.

»*Da?*«, fragte sie träge.

»Polizei.« Ada zeigte ihre Marke.

Der apathische Gesichtsausdruck der Frau wandelte sich schlagartig, ihre Augen blitzten, der Mund presste sich zu einem harten Strich zusammen. Sie wich zurück, raffte dabei ihre weite Hose zusammen, ein stark vorgewölbter Bauch zeichnete sich ab. Sie war hochschwanger, stellte Ada verblüfft fest.

»Wohnt hier Madina Demilowa?«, fragte sie.

»*Da, da …*«

»Ich würde gern mit ihr sprechen.« Sie trat über die Schwelle.

Die Frau drehte den Kopf und rief etwas über die Schulter, in einer kehligen und harten Sprache, die klang, als kämen die Wörter nicht aus ihrem Hals, sondern drängten tief aus ihrem fülligen Leib nach draußen. Ada machte einen weiteren Schritt. In der verglasten Tür zum Wohnzimmer erschien ein untersetzter dunkelhaariger Mann. Er zog seine zu weite Hose hoch, sagte ein paar scharfe, kurze Worte, ohne die beiden Frauen anzusehen, drehte sich um und verschwand. Das Gesicht der Frau wirkte nun wieder gleichgültig wie zuvor.

»Ich Madinas Mutter«, erklärte sie. »Meine Mann sagen, Sie reinkommen.«

Das Zimmer hinter der verglasten Tür wurde von einem Vorhang geteilt. Gleich neben der Tür saß der Mann auf einem ausgezogenen Schlafsofa und sah fern. Auf dem Boden kniete ein kleiner Junge und riss Seiten aus einem Bestellkatalog. Zwei dunkelhaarige, langbeinige Mädchen standen rasch vom Tisch auf und huschten hinter den Vorhang. Die gedrängt stehenden Möbel wirkten allesamt alt und ausgedient, von einer Wand blätterte der Putz, auf dem Teppich lagen verschiedene Kleidungsstücke und Plastikspielzeuge verstreut. Die Luft war abgestanden.

Nun kam ein zierliches junges Mädchen mit blassem länglichem Gesicht und großen mandelförmigen Augen hinter dem Vorhang hervor. Ihr Gesicht war fleckig, die Augen gerötet, als hätte sie länger geweint.

»Madina Demilowa?«

»Ja.« Rasch wickelte sie sich ein Tuch um den Kopf.

»Polizei. Wo könnte ich einen Moment mit Ihnen sprechen?«

»Na ... hier.« Mit dem gleichen apathischen Gesichtsausdruck wie ihre Mutter machte sie eine vage Geste.

»Wir müssen unter vier Augen reden. Gibt es hier noch ein weiteres Zimmer?«

Die junge Frau schwieg, blickte unsicher zu ihrem Vater. Ada wollte ihre Frage schon wiederholen, als Madina mit gedämpfter Stimme etwas murmelte.

»Wie bitte?«

»Die Küche«, wiederholte sie etwas lauter.

»Dann unterhalten wir uns dort.«

Ada setzte sich auf einen Stuhl zwischen der Fensterbank und der Spüle, in der sich gebrauchtes Geschirr stapelte. Madina zog sich einen Hocker unter dem Küchentisch hervor.

»Weißt du, warum ich hier bin?«

Madina zögerte einen Moment.

»Nein ...«

»Kennst du Zofia Wagner? Du hast doch bei ihr geputzt.«

Wieder brauchte sie einige Zeit, um zu antworten, als müsste sie Adas Worte erst für sich verarbeiten, in eine verständlichere Sprache umformen.

»Nein.«

»Madina!« Ada hob die Stimme. »Bitte lüg mich nicht an. Ich weiß, dass du bei Zofia Wagner gearbeitet hast. Agnieszka Jekiel hat es mir gesagt.«

Das Mädchen starrte nur mit stumpfem Blick.

»Agnieszka Jekiel. Die Frau von dem Verein, bei dem du deinen Sprachkurs gemacht hast.« Ada sprach langsam und deutlich.

Beharrliches Schweigen war die Antwort. Sie spürte, wie Ärger in ihr aufstieg.

»Madina, du musst mir die Wahrheit sagen! Wenn du nicht mitmachst, muss ich dich aufs Präsidium bringen, dort bleibst du über Nacht, und morgen früh wirst du verhört.«

Stille. Mit emotionslosem Gesicht sah Madina an ihr vorbei, als drängen Adas Worte gar nicht zu ihr vor, prallten an einer unsichtbaren Mauer ab. Oder begriff sie gar nicht, was sie fragte? Ada betrachtete sie von der Seite – leicht aufgeworfene Lippen, schräg stehende Augen, die Wimpern blau getuscht, ein verwischter Rest grellrosa Rouge auf den Wangen ...

»Ja. Ich kenne«, gestand sie endlich.

»Gut. Und du hast bei ihr geputzt?«

»Nein.« Madina schlug die Augen nieder.

»Hattest du einen Schlüssel zu ihrer Wohnung?«

»Nein.«

»Weißt du denn, dass Zofia tot ist? Sie wurde ermordet.«

Madina rührte sich nicht. Ihr Gesicht blieb so emotionslos wie zuvor, sie zuckte mit keiner Wimper, sondern starrte beharrlich zu Boden, die Hände um die Knie geklammert.

»Hör mal.« Ada rückte ihren Stuhl näher. »Was du hier tust, ist sehr dumm. Verstehst du das? Du musst meine Fragen beantworten!« Wieder wurde ihre Stimme lauter. Diese dumpfe, sinnlose Verweigerung, die ängstliche und zugleich trotzige Opferhaltung machten sie fuchsteufelswild.

Sie holte Luft, um den letzten Satz in schärferem Tonfall zu wiederholen, stieß sie aber dann nur zischend wieder aus. Eine angespannte Stille kehrte ein.

»Also gut. Dann nehme ich dich jetzt mit zur Polizei.« Sie stand auf. »Und ich rufe bei der Ausländerbehörde an. Ich bin eine Polizistin für Mordfälle.« Sie bemühte sich um eine möglichst einfache Wortwahl. »Es interessiert mich nicht, ob du legal hier bist oder ob du schwarzarbeitest. Aber wenn du mir nicht die Wahrheit sagst, werde ich bei der Ausländerbehörde anrufen. Verstehst du, was ich sage? Antworte mir!«

»Ich verstehe.« Madina umklammerte ihre Knie so fest, dass ihre Fingerknöchel weiß anliefen.

»Dann rede!«

»Aber was ich soll reden?«

Ada setzte sich wieder.

»Weißt du, dass Zofia Wagner ermordet worden ist?«

Wieder kehrte Schweigen ein. Das Mädchen rutschte unruhig auf dem Hocker herum, schließlich hob es den Kopf, seine Schultern bebten.

»Nein, ich nicht gewusst.«

Sie sagt die Wahrheit, dachte Ada. Sie hat Angst, aber vor etwas anderem. Nicht davor, eines Mordes bezichtigt zu werden ...

»Aber du hast bei ihr gearbeitet, ja?«

»Ja«, sagte sie leise.

»Wer wusste, dass du bei Zofia Wagner putzt? Deine Eltern?«

»Ja, sie wussten.«

»Noch jemand?«

Sie überlegte.

»Meine Schwestern ...«

»Gut, gut«, unterbrach Ada sie ungeduldig. »Aber außerdem? Irgendwelche Bekannten? Freunde? Dein Freund? Hast du einen Freund?«

Madina lief knallrot an.

»Nein.«

»Was – nein?«

»Nein, ich keine Freund.«

Wieder eine Lüge. Ada biss sich auf die Lippen.

»Wer wusste noch, dass du dort putzt?«

»Nur Hawa, ich glaube.«

»Hawa?«

»Sodajewa. Mein Freundin. Sie in *Haus Sonnenschein.*«

»Okay. Wie lange hast du bei Frau Wagner geputzt?«

»Drei Monaten.«

»Und jetzt putzt du nicht mehr dort?«

»Nein.«

»Wann warst du zum letzten Mal bei ihr?«

»Letzte Samstag.«

»Und warum putzt du nicht mehr für sie? Gab es einen Streit?«

Sie machte eine unruhige Bewegung.

»Nein, nicht Streit. Sie mir gesagt, sie braucht keine Putzen mehr.«

»Warum?«

»Ich weiß nicht.«

»Madina«, wiederholte Ada geduldig. »Du musst mir die Wahrheit sagen. Das ist eine ernste Sache.«

»Ja.«

»Wenn du mir nicht alles sagst, kannst du angeklagt werden. Weil man dann glaubt, du hast Zofia Wagner getötet. Dann droht dir Lebenslänglich. Weißt du, was das heißt?«

Sie schüttelte den Kopf.

»Das heißt, du kommst für den Rest deines Lebens ins Gefängnis. Bis zu deinem Tod. Ich sage das nicht, um dir Angst zu machen. So lautet die Strafe für Mord.«

Madina hob hilflos ihre Schultern, verflocht ihre Finger ineinander und ließ die Hände resigniert wieder auf die Knie sinken. Der Ärmel ihrer Bluse war hochgerutscht bis zum Ellenbogen, und Ada bemerkte fünf runde blaue Flecken. Fünf deutliche Abdrücke von Fingern.

»Ich die Geld wollte imvestieren«, sagte Madina.

»Investieren – in was?«

»Nichts. Für Leben. Wir die Geld brauchen.« Sie machte eine vage Kopfbewegung, die die ganze Enge, Hässlichkeit und Unzulänglichkeit dieser Wohnung umschrieb. »Ich sie gefragt. Immer gefragt und gefragt. Sie ist böse geworden und hat gesagt, ich gehen.«

»Was hast du am Donnerstagabend gemacht?«

»Ich in Hause.«

»Kann das jemand bestätigen?«

»Ich nicht verstehe ...?«

»War am Donnerstag noch jemand zu Hause? Deine Mutter, dein Vater?«

»*Da, da*, alle in Hause.«

Ada nahm sanft ihren Arm und schob den Ärmel weiter hoch. Etwas oberhalb der fünf blauen Abdrücke prangten drei dunkelrote Striemen. Madina riss sich los und zog rasch den Ärmel wieder herunter.

»Wer hat das gemacht?!«

»Nikto.«

»Niemand? Madina, ich arbeite bei der Polizei. Ich weiß, dass das nicht versehentlich passiert sein kann.«

»Nicht passiert. Ich gefallen, auf die Heizung.«

Ada sah sie schweigend an.

»Hör mir jetzt gut zu«, sagte sie schließlich. »Für den Moment ist alles in Ordnung. Ich glaube dir, aber du darfst jetzt nicht von hier weggehen, verstehst du? Du musst hierbleiben, für den Fall, dass wir dich noch etwas fragen wollen. Das ist wirklich sehr wichtig. Gut? *Charascho?*«

»*Charascho*«, sagte Madina gefügig.

Ada ging zurück durch den ungepflegten Hinterhof voller Gerümpel. Sie öffnete die Autotür, setzte sich auf den Fahrersitz. So saß sie eine Weile da, die Füße noch auf der Bordsteinkante, und beobachtete eine Katze, die über einen Haufen alter Ziegel spazierte. Sie war es nicht, dachte sie wieder. Madina Demilowa hatte ganz sicher nichts mit dem Mord an Zofia Wagner zu tun, davon war sie überzeugt. Dennoch umgab die ganze Familie Demilow ein scharfer Gestank der Angst, und das erfüllte Ada mit Besorgnis. Andererseits war das ja auch kein Wunder. Sie würden sich wahrscheinlich nie heimisch fühlen in Polen. Vor Adas innerem Auge erschien der aufgemalte Schriftzug an der Wand von *Haus Sonnenschein*. Langsam drehte sie sich zum Steuer, startete und fuhr los, Richtung Ursynów.

Um kurz vor neun klopfte sie an Jurek Wójciks Tür. Wie beim letzten Mal blieb alles still, und sie kehrte unverrichteter Dinge zum Auto zurück. Der Schnee fiel nun dichter, doch unter null lag die Temperatur sicher immer noch nicht, denn die großen, nassen Flocken schmolzen, sobald sie nur den Boden berührten. Ein dicker Nebel hüllte die Stadt ein und erschwerte das Atmen wie rußgeschwängerter Rauch. Über die Gehsteige voller Schneematsch eilten gekrümmte Gestalten, die meisten steuerten auf das Multikino zu; offenbar würde gleich ein Film beginnen. Ada legte ihre Stirn gegen das Steuerrad. Die Zeit verrann unbarmherzig, und sie waren noch immer kein Stück weiter. Die Spur zur tschetschenischen Putzfrau hatte sich als Sackgasse erwiesen. Madina wirkte harmlos, fast ein bisschen dümmlich – und nicht, als ob sie fähig wäre, sorgsam ein Verbrechen zu planen. Natürlich bestand die Möglichkeit, dass jemand sie benutzt hatte, um herauszufinden, wo Zofia Wagner ihr Geld aufbewahrte, und den Schlüssel nachmachen zu lassen. Doch diese Hypothese war wenig überzeugend. Was ging da vor sich in diesen Flüchtlingsfamilien, überlegte Ada. Wer hatte Madina misshandelt? Und warum? Wo waren die weiblichen Bewohner von *Haus Sonnenschein*? Trafen die Vorurteile über muslimische Männer etwa zu? Unterdrückten sie wirklich ihre Frauen und Töchter? Zwangen sie, im Haus zu bleiben? All diese Fragen waren aber hier wenig zielführend. Ada glaubte nicht, dass die Antworten darauf etwas zur Aufklärung des Falls beitragen würden.

Der Hauptverdächtige war jetzt der unauffindbare Jurek Wójcik. Sie versuchte, in Gedanken einen Plan für den morgigen Tag zu entwerfen. Möglicherweise würden sie Auskunft von der Bank erhalten, ob die überwiesenen viertausend Złoty sich noch auf Zofia Wagners Konto befanden. Aber der Psychologe war am Sonntag ganz gewiss nicht zu sprechen. Ein kleiner Baumarkt wie *AM-NAT* hatte wohl sonntags ebenfalls geschlossen. Somit würden sie nicht erfahren, wer zuletzt einen Hammer dieser Art gekauft hatte – falls die Verkäufer sich überhaupt an so ein Detail erinnerten. Was zu tun blieb, war, die Straßennamen mit -cki nach einer Arztpraxis zu durchforsten. Aber warum sollte ein lächerlicher Rezeptfetzen die Ermittlungen auf die richtige Bahn bringen? Vielleicht hatte Zofia einfach an Asthma gelitten oder an Diabetes, vielleicht war sie beim Augenarzt gewesen, um sich ein neues Brillenrezept zu holen? Ada fiel ein, dass sie Zofias Eltern nach möglichen Krankheiten ihrer Tochter hätte fragen sollen.

Urplötzlich war ihr fast übel vor Hunger und Müdigkeit. Und Filip-Oleńka wartete schon dreizehn Stunden auf sie. So lange sollte sie ihn eigentlich nicht allein lassen. Mit einem Ruck richtete sie sich auf, drehte den Zündschlüssel und fuhr zurück ins Stadtzentrum, wobei sie Ausschau nach geöffneten Lebensmittelläden hielt. Sie wollte noch etwas fürs Abendessen kaufen. Am liebsten, dachte sie, hätte sie jetzt einen Rotwein und einen frischen Salat. In der Puławska-Straße drosselte sie ihr Tempo, fuhr langsam an dem kleinen Platz bei der Dąbrowski-Straße vorbei. Beim Unia-Platz wechselte sie, von einem plötzlichen Impuls geleitet, die Spur und drehte um. Kurz darauf parkte sie vor dem Bistro, in dem Marcin und sie sich tags zuvor ihren Kaffee geholt hatten.

»Einen Espresso und zwei Lachs-Sandwiches, bitte. Oder nein.« Sie zögerte. »Lieber einen Latte macchiato. Einen großen, aber mit nur einem Espresso.«

»Kommt sofort, Frau Kommissarin«, antwortete der junge Typ hinter dem Tresen. Er trug große Tunnels in seinen Ohrläppchen.

Ada hob die Brauen.

»Sie erinnern sich an mich?«

»Ich erinnere mich an alle.« Er drehte sich um, füllte Kaffeepulver in den metallenen Siebträger. »An alle meine Kunden und Kundinnen. Ich weiß, wann sie gekommen sind, was sie bestellt haben und wann sie gegangen sind.« Zischend strömte Dampf aus der Düse. »Die Sandwiches warm?«

»Ja, bitte.«

»Zum Mitnehmen oder Hieressen?«

»Zum Mitnehmen.«

»Sie waren mit so einem rothaarigen Kollegen hier, stimmt's? So 'nem großen, breitschultrigen Typen. Ich weiß es noch genau, gestern, später Vormittag. Kaffee und ein stilles Wasser hat er bestellt. Seid ihr an dem Mordfall dran?« Er wies mit dem Kinn in Richtung von Wagners Haus. »Das arme Mädel ...«

»Kannten Sie sie?«

»Nein.« Er schüttelte den Kopf, während er fachmännisch den Kaffee in den Pappbecher rinnen ließ. »Die ist nie hier gewesen. Trotzdem sind natürlich alle geschockt, wenn so 'ne Sache in der direkten Umgebung passiert ... Das macht dann einundzwanzig fünfzig.« Er reichte ihr die Papiertüte mit den Sandwiches.

»Danke.«

»Ich hab zu danken! Kommen Sie bald mal wieder!«

Seine Oberarme zierten mehrere Tattoos. Ada lächelte anerkennend und nahm die Tüte entgegen.

Während sie die Treppe hinaufstieg, besah sie sich die Wohnungstüren: vereinsamte, schwatzhafte alte Dame, Taxifahrer, junge Frau mit Baby, Berufssoldat im Ruhestand, reiches Schwulenpärchen, Alkoholikermutter und -tochter. Was für eine schräge Mischung.

Im dritten Stock hob sie das schwarz-gelbe Absperrband an, löste vorsichtig das Polizeisiegel und öffnete die Tür mit einem Dietrich aus ihrer Tasche. Im Flur machte sie Licht, zog ihre Schuhe aus und hängte ihre Jacke an die Garderobe. Die Papiertüte mit den Sandwiches legte sie auf den Küchentisch. Fast hätte sie sich im Bad die Hände gewaschen, besann sich aber im letzten Moment und ging zur Küchenspüle zurück. Aus dem Schrank holte sie sich einen weißen kleinen Teller mit dunkelblauem Rand, goss den Kaffee in eine Tasse. Sie aß langsam, trank in kleinen Schlucken. Lauschte darauf, was die leere Wohnung, die verwaisten Gegenstände, das verlassene Besteck und Porzellangeschirr ihr zu sagen hatten ...

Wer war Zofia? Warum hatte sie ein Geheimnis aus ihrem Leben gemacht? Was genau hatte sie geheim gehalten?

Alles in ihrem Zuhause war neu, ordentlich und praktisch, war geschmackvoll und dezent arrangiert. Gewachste Parkettböden, breite steinerne Fensterbänke, sanfte Pastellfarben. Gedämpftes Licht fiel seitlich auf den Küchentisch und die Vitrine in der Ecke. Ein stärkerer Luftzug drückte die Lüftungsklappe auf. Ada erhob sich und warf einen Blick in den Kühlschrank: vegetarischer Olivenaufstrich, mehrere Sorten teurer Käse, Eier von frei laufenden Hühnern. Bis Donnerstagabend war Zofia Wagner in Sicherheit gewesen. Ihr Leben hätte auf geradem, fest vorgezeichnetem Weg verlaufen sollen, zwischen Fitnesscenter, Sonntagsbesuchen bei den Eltern, Bioladen und herausforderndem Job. Sie hätte zur passenden Zeit heiraten, zwei Kinder bekommen und sie mit Biogrießbrei und Fleisch aus Japan großziehen sollen, wo angeblich die gesündesten Kühe der Welt weideten. Wann war sie von diesem Pfad abgekommen? An welcher Stelle? Hatte sie vor ihren Eltern nur die Affäre mit dem Fußballfan verheimlicht, oder barg ihr Leben noch andere Geheimnisse? Finstere Geheimnisse? Ada wusch die Tasse ab. Stellte sie behutsam auf das Abtropfgitter, ging hinüber ins Schlafzimmer. Der schwarz-weiße Kunstdruck neigte sich wieder ein klein wenig nach rechts. Offenbar saß der Haken schief in der Wand. Das hat Zofia bestimmt gestört, dachte Ada. Sie streckte die Hand aus und rückte den Rahmen gerade. Danach legte sie sich auf das breite Bett und deckte sich mit einer Wolldecke zu.

Marcin Sawicki saß im Sessel, ein Bein über das andere gelegt, und wippte mit dem Fuß zum Rhythmus seiner Gedanken. Mal stand der Fuß sekundenlang still, um plötzlich hinabzusacken, dann wieder wippte er rasch auf und ab, rhythmisch und beständig wie ein Metronom. Er hatte keine Hose an, stellte Ada peinlich berührt fest. Ganz nackt war er nicht, er trug sein Hemd, Socken und Unterwäsche. Oder doch nicht? Unauffällig rutschte sie ein wenig näher zum Sessel. Harte, eckige Knie, ein Muttermal an der linken Wade, blasse, rötlich behaarte Oberschenkel und ... o Gott! Sie zuckte erschrocken zurück. Marcin drehte ihr ein zufriedenes Gesicht zu. Bin ich mit ihm ins Bett gegangen, fragte sie sich entsetzt. Nach der Nacht fühlte sie sich wie zerschlagen. Wie konnte das passieren? Er war hergekommen, in Zofia Wagners Wohnung. Ins Schlafzimmer.

Dort hatte er sich neben sie gelegt. Hatte sie ausgezogen, bevor sie protestieren konnte. Sie schauderte bei der Erinnerung an das, was danach geschehen war. Warum? Was war ihm bloß eingefallen? Und was sollten sie jetzt mit dieser Situation machen? Sie arbeiteten schließlich zusammen, Marcin hatte eine Frau, zwei Kinder ...

»Na, endlich wach?«, fragte er mit einem Lächeln. »Möchtest du Kaffee?«

»Was tust du hier?«, rief sie.

Er sah sie erstaunt an.

»Du hast mich doch selbst angerufen.«

Tatsächlich, dachte sie entsetzt. Sie war mitten in der Nacht aufgewacht und hatte ihn angerufen. Hatte ihn gebeten, zu ihr zu kommen. In einem dieser schlafwandlerischen Zustände, in denen sie nicht immer wusste, was sie tat. Aber warum hatte er eingewilligt? Furchtbare Gewissensbisse befielen sie. Sie fühlte, wie Panik in ihr aufstieg. Tja, was passiert ist, ist passiert, das lässt sich nicht mehr ungeschehen machen, versuchte sie sich selbst zu beruhigen. Sie war mit Marcin ins Bett gegangen. Sie hatten lange und heftig gevögelt, jetzt wusste sie es wieder, getrieben von einem eher blindwütigen als leidenschaftlichen Verlangen. Und nun saß er halb nackt vor ihr, in Zofia Wagners Sessel, und beobachtete sie amüsiert. Als wäre ihm der Ernst der Lage gar nicht klar! Er gähnte, räkelte sich wie ein zufriedener Kater und schob seine Füße in gesteppte Pantoffeln. Auf dem Boden direkt neben seinem Bein lag ein gebrauchtes Kondom. Ada schauderte und sah sich ratlos im Zimmer um. Kein Möbelstück stand mehr an seinem Platz. Marcin musste die Möbel umgestellt haben, als sie schlief. Er hatte auch die Stoffbahnen von den Fenstern gerissen und offenbar einen Eimer Wasser auf dem Fußboden ausgekippt. Der Teppich war tropfnass, vollgesogen wie ein Schwamm. Ada zog ihre Hose hoch, raffte ihren Pullover an sich und verließ fluchtartig das Zimmer. Im Flur hatte jemand die Wände mit scheußlicher Ölfarbe dunkelgrün gestrichen.

Auch die antike Vitrine in der Küche war verschwunden. Auf dem Tisch lag wild durcheinander der Inhalt der Schränke: Gewürztütchen, Gläser mit eingelegtem Obst, Dosen mit Kaffee und Tee, Nudel- und Grießpackungen ... In heller Panik versuchte Ada, die Sachen wieder in die Schränke zu stopfen. Sie wusste nicht mehr, was wohin gehörte, verschüttete Mehl und Kakaopulver, zerschlug eine Porzellanschüssel, warf einen Ständer mit Besteck um ... Schließlich gab sie es auf und lief zurück ins Schlafzimmer.

»Ich kann das nicht alles allein aufräumen, bevor sie kommt!«, schrie sie Marcin an, der immer noch entspannt im Sessel saß. »Du musst mir helfen, sie kann jeden Moment hier sein!«

»Na, und wenn schon?« Betont gelassen schlug er ein Bein übers andere.

»Kapierst du denn gar nichts?« Sie bebte vor Wut und Angst. »Wir haben doch kein Recht, in ihren Sachen zu wühlen!«

»Wenn du nur lange genug wühlst, entdeckst du bestimmt schlimme Dinge«, entgegnete er mit einem rätselhaften Lächeln.

In diesem Moment hörte Ada, wie die Wohnungstür aufgeschlossen wurde. Zofia Wagner kam nach Hause.

Rums, knallte das offene Fenster gegen den Rahmen. Die Wolldecke rutschte zu Boden. In der Wohnung war es eiskalt.

Ada fuhr auf, zog die Knie unters Kinn. Es war fast eins. Filip-Oleńka wartete seit neunzehn Stunden auf sie. Sie rieb sich die Augen, stand auf, faltete die Decke ordentlich zusammen. Zog sich im Flur Schuhe und Jacke an. Beim Hinausgehen befestigte sie das Polizeisiegel wieder ordentlich an der Tür. Dann lenkte sie ihr Auto zügig durch die leeren Straßen. Im Stadtzentrum wurde es belebter. Vor beleuchteten Clubs und Discos fuhren Taxis voller Partygänger in Feierlaune vor, und über die Bürgersteige zogen Grüppchen betrunkener, lärmender Leute. An der Oberfläche ging das Warschauer Nachtleben seinen Gang, kurzweilig, temporeich und unbeirrbar. Doch irgendwo im dichten Nebel fanden Graueltaten statt. Jemand schrie um Hilfe, ein anderer weinte in Einsamkeit, wieder ein anderer ergriff im Schutz der Dunkelheit die Flucht.

11

»Was hast du angestellt?«, brüllte er in den Hörer, während er gleichzeitig versuchte, den abgewaschenen Topf im überfüllten Schränkchen unter der Spüle zu verstauen. »Kaum verbringe ich einen Nachmittag mit meiner Familie, kriegst du es hin, die ganzen Ermittlungen zu versauen?«

»Gar nichts habe ich versaut«, erwiderte Ada ruhig und betont, als setze sie jedes Wort in Anführungszeichen.

»Du hättest sie auf die Wache bringen und ordentlich in die Zange nehmen sollen!«

»Das hätte keinen Sinn gehabt, es hätte sie nur eingeschüchtert.«

»Genau darum ging es ja, sie einzuschüchtern. Kapierst du denn gar nichts?« Marcin drückte die Tür des Schränkchens mit Gewalt zu und stellte das Wasser ab.

»Dann hätte sie uns überhaupt nichts gesagt.«

»Ja, und dir hat sie wahnsinnig brauchbare Dinge gesagt! Raffst du es nicht? Madina Demilowa und dieser Hooligan sind unsere Hauptverdächtigen!«

»Sie war es nicht.«

»Ach ja! Und woher willst du das so genau wissen?«

»Sie hat ein Alibi.«

»Von ihren Eltern und kleinen Geschwistern. Du machst wohl Witze!«

»Ich spüre, dass sie es nicht getan hat.«

»Du *spürst* es?« Er stand mitten in der Küche, das Trockentuch über die rechte Schulter geworfen. Vor Wut wollte ihm fast der Schädel platzen. »Hast du noch alle Tassen im Schrank? Du leitest Ermittlungen mit deiner *Intuition*? Vielleicht gehen wir gleich zu einer Wahrsagerin und lassen uns die Karten legen! Oder weißt du was? Ruf Modzelewski an und sag ihm, du pendelst aus, wer der Mörder ist. Er wird begeistert sein!«

»Meine Intuition hat mich noch nie getäuscht.«

Er riss sich das Trockentuch von der Schulter und schmiss es auf den Boden.

»Du hast sie gewarnt, kapiert? Und du willst eine erfahrene Ermittlerin sein!«

Ada schwieg. Marcin dämmerte, dass er zu weit gegangen war. Er war gereizt, fühlte sich wie zerschlagen. Eigentlich hätte er seinen freien Sonntag dringend gebraucht. Doch jetzt würde er seine Kräfte zusammennehmen und zur Arbeit fahren müssen. Er dachte einen Moment darüber nach, was er gehört hatte. Madinas Aussage wirkte tatsächlich nicht im Mindesten verdächtig. Wenn sie Polin wäre, hätte ich nicht so gereizt reagiert, gestand er sich ein. Ich hätte die Demilows vom Kreis der Verdächtigen ausgeschlossen, genau wie Ada. Plötzlich erfüllte ihn Scham. Sprachen da etwa ausländerfeindliche Vorurteile aus ihm?

»Hör mal, ich habe vielleicht ein bisschen überreagiert«, sagte er mit sanfterer Stimme und wollte sich schon entschuldigen, doch irgendetwas hielt ihn im letzten Moment davon ab. »Aber ich bin nach wie vor der Meinung, man hätte Madina auf die Wache mitnehmen und dortbehalten sollen, ihren Aufenthaltsstatus überprüfen und ihr mit Abschiebung drohen. Wir hätten auch die Wohnung durchkämmen und nach dem Geld suchen sollen.«

»Ich war allein und hatte keinen Durchsuchungsbefehl.«

»Es sind Flüchtlinge. Die hätten sich nicht beschwert.«

»Marcin.« Adas Stimme klang nüchtern und warnend. »Vorschriften sind Vorschriften.«

»Manche kann man auch umgehen. Tu nicht so naiv!«

»Ja? Und welche genau? Wenn wir anfangen, ohne Grundlage die Wohnungen von Flüchtlingen zu durchkämmen, was dürfen wir dann noch alles tun?«

»Hältst du dich immer an die Regeln?«

»Immer«, sagte sie, ohne nachzudenken, verbesserte sich aber gleich darauf. »Fast immer.« Ihre Stimme schwankte ein wenig.

Marcin riss erstaunt die Augen auf. Er spürte, dass er unerwartet einen Spalt gefunden hatte, einen Riss in der Mauer, die Ada umgab. Er hatte einen empfindlichen Punkt berührt.

»Wie hast du dir überhaupt diese Hausdurchsuchung vorgestellt?«, fuhr sie fort. »Du hast genau gewusst, dass ich die Wohnung im Alleingang nicht durchsuchen konnte.«

»Schon in Ordnung«, brummte er. »Jedenfalls schadet es nicht, wenn wir heute noch mal hinfahren. Zu zweit. Wenn nötig, rufen wir Modzelewski an, vielleicht können wir den Durchsuchungsbefehl auch per Telefon kriegen. Diese Blutergüsse am Arm kommen mir verdächtig vor.«

»Ich glaube nicht, dass sie etwas mit dem Fall zu tun haben.«

»Sie beweisen, dass jemand in Madinas Umgebung gewalttätig ist. Und vielleicht nicht nur gegen sie. Wir reden in der Firma weiter. Jetzt muss ich hier erst mal die Wohnung auf Vordermann bringen.« Er zögerte. »Treffen wir uns um zwölf. Schließlich ist Sonntag, da steht uns ein bisschen Entspannung zu.«

»Und die Ergebnisse der Autopsie? Haben wir da schon was?«
Marcin lachte kurz auf.

»Bei Nekro brauchen wir es gar nicht erst zu probieren. Wenn er Dienstag gesagt hat, dann heißt das Dienstag und keinen Tag früher. Ich kenne ihn gut.«

Antonia kam in die Küche, im Nachthemd und mit zwei verschiedenen Wollsocken an den Füßen. Hektisch gab Marcin ihr Zeichen, dass sie den Raum verlassen sollte. Sie ignorierte ihn, öffnete den Kühlschrank, nahm eine Packung Milch heraus und goss ein wenig in eine Plastikschüssel.

»Ich kann jetzt nicht reden«, sagte er und seufzte. »Wir sehen uns in zwei Stunden.«

Dann legte er auf, ohne Adas Antwort abzuwarten.

»Was ist denn los?«, fragte Antonia und zerdrückte einen Choco Ball zwischen ihren Fingern.

»Nichts, nichts. Nur ein Anruf von der Arbeit.«

Sie betrachtete ihn gleichgültig und tauchte ihre schokoladigen Finger in die Milch.

»Du isst wie ein Ferkel«, schnauzte er sie an. »Schütte die Dinger ordentlich in die Milch und hol dir einen Löffel.«

Antonia warf ihm einen herablassenden Blick zu und fischte sich den nächsten Choco Ball aus der Packung.

Er ließ sie in der Küche allein, duschte schnell und suchte sich ein frisches Hemd aus dem Schrank. In der Nacht war er gegen zwei Uhr plötzlich aufgewacht. Auf dem Rücken liegend, hatte er an die Decke gestarrt und den vergangenen Tag Revue passieren lassen. Denn bei Antonias Geburtstagsfeier war etwas Seltsames passiert.

Seiner Meinung nach war es sowieso nicht die beste Idee gewesen, massenhaft Geld für eine Kinderparty im Fast-

Food-Restaurant auszugeben. Als er vorgeschlagen hatte, den Geburtstag einfach zu Hause zu feiern, hatte Olga ihm geantwortet, natürlich, von ihr aus herzlich gern – wenn er die Vorbereitungen und die Bespaßung der Kinder übernähme. Er war ein wenig gekränkt gewesen. Schließlich wusste sie genau, dass er nicht backen konnte! Und dass er keine Spiele für Kindergartenkinder kannte. Außerdem arbeitete er vierzehn Stunden am Tag und hatte seit drei Wochen kein freies Wochenende mehr gehabt. Weiter hatten sie dann nicht mehr darüber gesprochen. Um Punkt fünf war er bei McDonald's gewesen. Im Geburtstagsbereich saßen schon Antonias Gäste, aufgeregt und festlich herausgeputzt, die Geschenke fest in den verschwitzten Händen. Weil es eine Überraschungsparty war, sollte das Geburtstagskind mit Mutter und großer Schwester erst fünfzehn Minuten später eintreffen. Um zehn nach fünf brachte die Bedienung die Geburtstagstorte und bunte Papphütchen. Weitere fünf Minuten verstrichen, die Kleinen hielten es kaum noch aus. Ein Junge begann, das Papier um sein Geschenk aufzureißen, ein Mädchen ließ den ersten Ballon platzen, drei andere kriegten sich kaum noch ein vor Lachen. Um fünf vor halb sechs fiel einer der kleinen Gäste hin, knallte mit dem Kopf gegen einen Stuhl und brach in lautes Geheule aus. Ein anderer haute seinen Kumpel mit der Faust auf die Nase. Wenn Olga und die Mädchen nicht innerhalb der nächsten drei Minuten kämen, hatte Marcin gedacht, würde die Situation vollends entgleisen. Doch Olga war nicht gekommen – weder in den nächsten drei Minuten noch in den darauffolgenden zwanzig. Vergeblich versuchte Marcin sie zu erreichen. Offenbar war ihr Telefon ausgeschaltet. Er probierte es wieder und wieder. Endlich hob sie ab.

»Ist was passiert?«, fragte er. »Wo seid ihr?«

»Ich hatte etwas zu erledigen«, erwiderte sie ausweichend.

»Zu erledigen?«, rief er. »Aber es ist doch Antonias Geburtstag. Hier warten alle schon auf sie!«

Er hörte, wie Olga der Atem stockte.

»O mein Gott!«, stieß sie hervor. »Das habe ich ja ganz vergessen! Sag ihnen, es tut uns furchtbar leid! Wir nehmen uns ein Taxi. In einer Viertelstunde sind wir da.«

Er war so geschockt, dass es ihm die Sprache verschlug. Vergessen? Olga hatte die Feier einfach *vergessen*?

Antonia kam mit einer Verspätung von über einer Stunde zu ihrer eigenen Geburtstagsfeier. Ein Teil der Gäste war da schon gegangen; ihre Papierhütchen lagen zertreten auf dem Boden herum. Der Rest sang *Happy Birthday* rund um eine bereits angeschnittene Geburtstagstorte. Die Kerzen wurden nicht einmal mehr angezündet. Trotzdem schienen alle glücklich und zufrieden zu sein. Quietschend vor Begeisterung riss Antonia ihre Geschenke auf. Nur Olga stand ein Stück abseits, sie war blass und stumm. Er fragte sie nicht, was eigentlich geschehen war. Dieses Gespräch wollte er lieber erst nach der Feier führen.

Die Party dauerte bis halb acht.

Schweigend setzten sie sich ins Auto. Die beiden Mädchen dösten auf dem Rücksitz vor sich hin, Olga starrte beharrlich aus dem Fenster. Zu Hause brachte sie die Mädchen ins Bett, dann ließ sie sich schwer aufs Sofa plumpsen, stützte den Kopf in die Hand. Er stand in der Tür und beobachtete sie besorgt.

»Entschuldige bitte«, sagte sie leise. »Ich komme mir so blöd vor. Ich weiß nicht, wie mir das passieren konnte.«

»Aber womit warst du denn so beschäftigt, dass du den Geburtstag deiner eigenen Tochter vergessen hast?«, fragte er heftig, als hätte er absichtlich damit gewartet, bis sie ihren Fehler eingestand.

»Keine Ahnung«, sagte sie ratlos. »Ehrlich, ich habe nichts Besonderes gemacht. Erst habe ich meinen Mantel in die Reinigung gebracht. Dann habe ich gesehen, dass der Kühlschrank fast leer war, also bin ich mit den Mädchen zum *Lidl* gefahren. Drinnen war es laut, deswegen habe ich das Telefon nicht gehört. Draußen habe ich dann deine Anrufe gesehen und dich sofort zurückgerufen ...«

»Man vergisst doch nicht den Geburtstag seines eigenen Kindes!«, beharrte er. »Einem normalen Menschen passiert sowas einfach nicht!« Er wurde lauter. »Kannst du dir überhaupt vorstellen, wie bescheuert ich mir vorkam zwischen all den quengelnden Bälgern und ihren Müttern? Und was ich mir erst für Sorgen gemacht habe? Ich dachte, euch wäre was zugestoßen!«

»Es tut mir wirklich sehr leid. Aber rückgängig machen kann ich es nun mal nicht. Und es ist ja auch nichts Schlimmes passiert. Wir sind einfach nur ein bisschen zu spät gekommen ...«

»Wie bitte? Was ... was sagst du da?« Er war so verblüfft, dass er zu stottern anfing. »Nichts Schlimmes passiert? Du hast dich vollkommen verantwortungslos verhalten!«

»Ich verhalte mich nicht verantwortungslos. Und das weißt du auch ganz genau. Ich kümmere mich den ganzen Tag um die Kinder. Dass du ausnahmsweise pünktlich beim Geburtstag warst und ich mich verspätet habe, ändert nichts an der Tatsache, dass es sonst immer umgekehrt ist.« Sie setzte sich aufrechter hin. »Ich will keinen Streit vom Zaun brechen. Was passiert ist, tut mir sehr leid und ist mir sehr peinlich, das habe ich schon gesagt. Wenn du das brauchst, entschuldige ich mich noch mal bei dir, aber für eine längere Diskussion habe ich jetzt keine

Kraft mehr. Mir tut fürchterlich der Kopf weh.« Mit diesen Worten stand sie auf und ging ins Schlafzimmer. Er traute sich nicht, sie zurückzuhalten.

Und dann war er mitten in der Nacht plötzlich aufgewacht, mit dem deutlichen Gefühl, dass hier etwas ganz und gar nicht stimmte. Unmöglich, dass Olga einfach zum Einkaufen gegangen war und den Geburtstag ihrer eigenen Tochter vergessen hatte!

»Was hat das zu bedeuten, verdammt noch mal!«, fluchte er in sich hinein. Überarbeiteten Kripobeamten konnte es vielleicht passieren, dass sie ihre Familien vernachlässigten und die Geburtstage ihrer Töchter verpassten – aber doch nicht ihren Ehefrauen, die sich schließlich die ganze Zeit um nichts anderes als den Familienkram kümmerten!

Schlaflos wälzte er sich im Bett herum, bis er schließlich hellwach war. Da stand er auf, ging ins Wohnzimmer hinüber und schaltete, wie jede Nacht, den Computer an. Irgendwann in den frühen Morgenstunden schleppte er sich wieder ins Bett und fiel in einen bleiernen Schlaf.

Aus dem riss ihn am Sonntag ein Anruf von Rogowski. Ganz in der Nähe von Warschau, in Izabelin, hätten er und seine Männer ein Versteck ausfindig gemacht, in dem geklaute Autos zerlegt und ausgeschlachtet wurden. Pawlaks V-Mann habe ausrichten lassen, dass es dort sonntagnachmittags von Helfershelfern der russischen Ankäufer nur so wimmelte. Ein ganz heißer Tipp. Heute wollte Rogowski also der Werkstatt einen Überraschungsbesuch abstatten. Dafür brauchte er Leute.

»Ich kann nicht«, wandte Marcin ein. »Du hast mir schon diesen Mord in Mokotów aufgehalst. Modzelewski will den Fall bis spätestens Dienstag abschließen. Die Mimose und ich haben noch nichts in der Hand. Einer der Verdächtigen ist wie vom Erdboden verschluckt. Wir müssen ...«

Bevor er seinen Satz beenden konnte, hatte Rogowski schon aufgelegt. Marcin knirschte mit den Zähnen. Er reckte sich und stupste Olga an.

»Wach auf.« Er wollte ihr die Decke wegziehen, doch sie grunzte nur verärgert und drehte sich auf die andere Seite. »Ich muss gleich los.«

»Ich hab immer noch Migräne«, stöhnte sie und zog sich das Kissen über den Kopf. »Kannst du mir eine Aspirin bringen?«

»Du bist doch nicht krank?«, fragte er besorgt.

»Wahrscheinlich die Frühjahrsmüdigkeit. Oder ich bin einfach erkältet ... Ich nehm eine Aspirin und schlafe noch ein bisschen.«

Er stand auf, zog sich an und schlurfte in die Küche. In der Spüle stapelte sich schmutziges Geschirr. Seufzend machte er sich an den Abwasch. Da rief Ada an. Nach dem Telefongespräch warf er noch einen Blick ins Schlafzimmer. Olga lag mit weit offenen Augen auf dem Bett und starrte an die Decke.

»Ich geh dann mal«, sagte er.

»Okay«, murmelte sie träge.

»Wenn du krank bist, rufe ich meine Eltern an, damit sie sich um die Mädchen kümmern.«

»Ich hab's dir doch schon gesagt. Ich bin nicht krank.« Sie sah ihn nicht einmal an. »Es sind nur Kopfschmerzen, nichts weiter.«

Also ging er und schloss die Tür hinter sich. Im Flur begegnete er Hanna. Sie lehnte an der Wand und starrte ihn an wie einen Außerirdischen.

»Zieh dich an. Und hilf deiner Schwester. Such ihr Hose und Pullover heraus. Ihr sollt nicht den ganzen Tag im Schlafanzug herumlungern.«

»Später. Wenn ich's nicht vergesse ...«, erwiderte sie gedehnt und versuchte, mit den Zehen einen Buntstift vom Boden aufzuheben.

»Das vergisst du bestimmt nicht. Du bist doch schon groß«, sagte er aufmunternd.

»Sie ist aber dein Kind. Deins und Mamas«, entgegnete sie trotzig.

Er sah sie erstaunt an.

»Natürlich. Aber du bist ihre große Schwester, oder?«

Hanna bückte sich, nahm den Stift mit zwei Fingern und richtete sich langsam wieder auf.

»Sie schläft doch immer nur.« Mit dem Kopf wies sie zur Schlafzimmertür. »Legt sich mitten am Tag hin und steht nicht mehr auf.«

Er runzelte die Stirn.

»Seit wann?«

»Weiß nicht. Schon lange. Darf ich fernsehen?«

»Na gut. Aber erst anziehen!«

Gehorsam wandte Hanna sich zum Bad. Marcin ging noch einmal zur Schlafzimmertür und hörte beruhigt, wie Olga drinnen das Rollo heraufzog und die Decke aufschüttelte. Er schlüpfte in seine Schuhe, warf sich seine Jacke über und hastete aus dem Haus.

Im Auto durchsuchte er seine Taschen, in der Hoffnung, noch ein paar Zigaretten zu finden, bekam aber nur ein zusammengefaltetes Blatt Papier zwischen die Finger. Ach richtig, der Alk hatte ihn ja am Freitag gebeten, sein Protokoll zu korrigieren.

»Der Alte hat sich aufgeregt, dass ich angeblich keine zwei geraden Sätze zu Papier kriege«, hatte er erklärt und war rot angelaufen. »Er sagt, die Standards bei der Polizei sind gestiegen. Aber ich hab schließlich nicht Kreatives Schreiben studiert, was regt er sich also jetzt über meinen Stil auf? Na, was soll's, du kennst dich da besser aus. Kannst du da vielleicht 'n bisschen Schliff reinbringen?«

Marcin strich das Papier glatt.

01.03.2013. Während dem polizeil. Einsatz in einer Whg. an der Krucza-Straße Nr. 17, Whg. 6, gab die vor Ort Anwesende, Fr. Justyna Borkowska, mündlich den Aufbruch ihres Ehemanns zu seinem Arbeitsplatz auf einer Baustelle nahe der Ortsch. Pruszków, am 28.02.2013 um 7.00 Uhr morgens, zu Protokoll. Die Rückkehr des oben Genannten fand um 21:45 Uhr abends am selbigen 28.02.2013 statt. Laut den Auskünften der o. g. Ehefrau, schlug der o. G. eine Fensterscheibe ein und verprügelte in weiterer Folge die o. G. mit einem Stuhl. Der o. G. befand sich in alkoholisiertem Zustand, wie die o. G. an seinem schwankenden Gang erkannte. Ein Indiz für eine Tat unter Alkoholeinfluss ist außerdem, dass der o. G. sich nach seiner Rückkehr sofort ins Bett legte, wie die o. G. angab. Am nächsten Morgen, meldete die o. G. der Polizei per Telefon, dass der Verstorbene aus bislang ungekl. Gründen nicht mehr am Leben war.

Marcin ächzte, steckte sich das Blatt wieder in die Jackentasche und drehte den Zündschlüssel.

12

Ada erwachte spät für ihre Verhältnisse. Es war fast neun, als sie Filip-Oleńka sanft vom Bett schubste. Letzte Nacht hatte der Kater sie mit vorwurfsvollem Maunzen begrüßt. Sie hatte einen Haufen wegwischen müssen, den er aus Protest direkt vor der Schlafzimmertür hinterlassen hatte. Dann gab sie ihm Futter, wechselte das Wasser aus und erlaubte ihm, sich auf ihrer Brust zusammenzurollen. Jedes Mal, wenn sie sich bewegte, hatte er ihr die Krallen seiner Vorderpfoten in den Hals gebohrt und drohend zu knurren begonnen. Keine Chance, auch nur die Position zu wechseln. Erst gegen Morgen war sie eingeschlafen. Tief und traumlos – oder wenigstens erinnerte sie sich an keinen Traum.

Sie stand auf, öffnete das Fenster. Kühle Luft drang herein. Sie holte ihr Handy aus der Tasche ihrer Jeans, die auf dem Boden lag. Dann rief sie Marcin an und berichtete ihm von dem Besuch bei Madina. Wie erwartet wurde er fuchsteufelswild. Als er aufgelegt hatte, ging sie ins Bad, hielt aber auf halbem Weg plötzlich inne. Sie rief sich Madinas Anblick ins Gedächtnis zurück, wie sie mit gesenkten Augen am Küchentisch saß, in einem ausgebeulten Kleid, rosa Plastikschlappen mit aufgedruckten Schmetterlingen an den Füßen. Vor ihrem inneren Auge sah sie die fünf kleinen, runden Blutergüsse an Madinas Unterarm. Eine Welle zornigen Mitgefühls ergriff sie. Im tiefsten Innern hoffte sie, Marcin würde sich Madinas sämtliche Familienmitglieder vorknöpfen. Würde sie mit Gewalt zum Reden bringen und ihnen das dumpfe, störrische Schweigen austreiben, das sie am Vortag so in Wut versetzt hatte. Er würde die gespielte Dummheit, die angebliche Verständnislosigkeit gnadenlos aufdecken, hinter der sich die Flüchtlinge versteckten.

Wenn Madina unschuldig war und nichts über den Mord an Zofia wusste, warum sagte sie das dann nicht einfach? Warum konnte sie sich nicht normal verhalten, wie ein vernünftiger Mensch? Ada biss sich auf die Lippen. Unschlüssig stand sie mitten im Flur. Schließlich zuckte sie mit den Schultern. Sie hatte keinen Grund, Madina Demilowa zu verdächtigen. Trotzdem sollte sie ihr auch nicht nur wegen einer unbestimmten Ahnung grenzenlos vertrauen. Ihre Intuition hatte sie in ihrem Leben schon einmal aufs Glatteis geführt ... Ada dachte an den warmen Herbstabend vor zwei Jahren zurück. Den Abend, der ihr Leben in zwei Teile gespalten hatte: *davor* und *danach*. Sie wusste, sie würde nie vergessen können. Die Zeit lief trotzdem einfach weiter. Und so hatte sie schließlich gelernt, mit der Erinnerung zu leben.

Sie putzte sich die Zähne, schlüpfte in einen baumwollenen Trainingsanzug und absolvierte vierzig Minuten lang gewissenhaft ihr Yogaprogramm. Als sie das linke Bein hob und auf dem rechten leicht schwankend das Gleichgewicht hielt, verspürte sie einen ziehenden Schmerz im Kreuz. Unangenehm berührt stellte sie wieder einmal fest, dass tatsächlich ihr vierzigster Geburtstag näher rückte. Allerdings war sie nicht runder geworden wie die meisten Frauen in ihrem Alter, sondern hatte noch abgenommen. Die Haut am Dekolleté, den Oberarmen und der Innenseite der Oberschenkel war weicher und trockener geworden, winzige Fältchen zeichneten sich ab. Keine noch so teure Creme würde den Alterungsprozess aufhalten können ...

Sie ließ das Bein wieder sinken. Ihr Blick fiel auf eine Karte, die auf der Kommode lag. Ihre Cousine, die in England lebte, gab die Geburt ihrer dritten Tochter bekannt. Rozalia, mein Gott, was für ein überkandidelter Name. Wenn sie eine Tochter hätte, dann hieße die ganz einfach Anna oder Wanda ... Die kleine Falte zwischen Adas Brauen wurde tiefer und länger, sie reichte nun von der Nasenwurzel bis zum Haaransatz. Sie würde niemals Kinder haben ... Zur Mutter oder Ehefrau eignete sie sich einfach nicht. Punkt. Sie brauchte mehr Zeit für sich als andere Menschen. Der Psychologe hätte sicher gesagt, dass sie Angst vor Nähe habe. Doch Ada wusste genau, dass das nicht stimmte. Ihr fehlte diese Nähe einfach nicht. Zu dem Schluss war sie schon vor langer Zeit gelangt. Abhängigkeit – das war das Wort, das sie suchte. Sie mochte es einfach nicht, wenn andere in irgendeiner Weise abhängig von ihr waren. Wenn andere sie brauchten. Sie wollte nicht sein wie diese gebärfreudige Cousine mit ihrem Ehemann und ihrer neugeborenen Tochter mit dem aufgeblasenen Namen. Nicht sie hatte ein Problem mit ihrer Umwelt – nein, die Umwelt wusste einfach nicht, wie sie mit ihr umgehen sollte. Als ihr das klar wurde, spürte sie, wie ihre innere Ruhe zurückkehrte.

Filip-Olenka miaute und strich um ihre Waden. Ada schüttelte die lästigen Gedanken ab. Vielleicht habe ich mir deshalb eine Katze ausgesucht und keinen Hund oder ein Zwergkaninchen, dachte sie, während sie eine Dose Katzenfutter aus dem Schrank nahm. Katzen gewöhnten sich nicht allzu sehr an die Menschen. Sie liebten sie nicht. Kümmerten sich um niemanden als um sich selbst. Gegen Filip-Olenka verlor sie regelmäßig im Wettstreit um die Unabhängigkeit. Zwar schmiegte er sich an ihre Beine, schnurrte, leckte ihre Hand, wenn sie länger nicht zu Hause gewesen war. Doch im Grunde diente dieses Verhalten nur dazu, sie zu erziehen. Damit sie genau das tat, was er wollte: Futterdosen öffnen, die Streu in der Katzentoilette wechseln, ihn hinterm Ohr kraulen. Für ihn war sie nichts als eine große Maschine, die er nur richtig bedienen musste, damit sie seine sämtlichen Katzenbedürfnisse erfüllte.

»Katerchen«, flüsterte sie. »Miez, miez ...«

Filip-Olenka leckte sich sein Maul, bedachte sie mit einem gleichgültigen Blick und strich davon, Richtung Tür.

»Komm her«, schmeichelte sie. »Geh nicht weg. Ich brauche dich doch so sehr ...«

Befriedigt stellte sie fest, dass er sie überhaupt nicht beachtete.

Sie stellte den Espressokocher auf den Herd, füllte etwas weißen Joghurt mit Trockenfrüchten in eine Schüssel, setzte sich auf die Fensterbank. Das Außenthermometer zeigte minus ein Grad. Vom Himmel rieselten winzige feste Schneeflocken. Es war jetzt kurz vor elf. Der Wind wurde stärker, wehte einen kaputten Regenschirm vom Dach des Müllhäuschens und trieb ihn die Straße hinunter. In der Küche roch es schwach nach Gewürzen. Ada spürte, wie sie wieder schläfrig wurde, sie streckte sich, schüttelte ihre Arme aus und nahm den Espressokocher von der Herdplatte. Goss den Kaffee in eine Tasse. Wischte ein paar Tropfen auf, faltete das Geschirrtuch ordentlich zusammen, schüttelte es wieder aus, hängte es zurück an den Haken. Gab sich endlich einen Ruck und wählte Kasias Nummer.

»Jep?«, meldete die sich knapp.

Ada stockte verwirrt. Sie hatte seit mehreren Monaten nicht bei ihrer Schwester angerufen.

»Ich bin es. Ada.«

»Weiß schon. Hab deine Nummer schließlich gespeichert. Obwohl ich sie eigentlich längst hätte löschen sollen ... Nimmt nur unnötig Speicherplatz weg. Wenn ich mich recht erinnere, hast du dich im November zum letzten Mal gemeldet ...«

»Ich dachte nur ...«

»Was immer du dachtest – du lagst falsch«, fiel Kasia ihr ins Wort.

Ada hörte, wie sie sich eine Zigarette ansteckte. Offensichtlich war nicht nur sie selbst nervös. Ihre Schwester blies hörbar den Rauch aus.

»Bist du schon in Warschau?«

»Ja.«

»Seit wann?«

»Seit zwei Monaten«, gab sie beschämt zu. »Ich bin nicht eher dazu gekommen, mich zu melden. Erst der Umzug, und dann ...«

»Okay, okay. Interessiert mich sowieso nicht besonders. Warum rufst du an?«

»Weil ich dachte, wir könnten uns treffen.«

»Um was zu tun?«

»Du bist schließlich meine Schwester!«

»Na und? Bisher sind wir ja auch wunderbar alleine klargekommen. Für mich sieht's ganz danach aus, als hättest zumindest du auch weiterhin kein Problem damit.«

»Also gut.« Ada holte tief Luft. »Du willst mich bestrafen, weil ich mich nicht gemeldet habe? Okay. Die Botschaft ist angekommen. Aber vielleicht treffen wir uns trotzdem?«

Ein beklommenes Schweigen kehrte ein.

»Schmiergeld«, sagte Kasia schließlich.

»Was?«

»Nun, eine Art Bestechungsgeld könnte dich in meinen Augen rehabilitieren. Oder sagen wir, ein Kredit, den du mir für eine bestimmte Zeit gewährst. Um genau zu sein: für zwei Monate.«

»In Ordnung.« Ada befand, damit gelte ihre Entschuldigung als angenommen. Ihr Atem wurde ruhiger, sie goss sich etwas Kaffee nach. »Wie viel?«

»Sechshundert.« Kasia klang verlegen. »Natürlich hätte ich mich auch so mit dir getroffen. Aber ich bin gerade finanziell im Engpass, und du genießt ja wohl noch den Geldsegen deines Vaters. Außerdem hast du sowieso viel mehr Geld als ich ...«

»Es ist wirklich kein Problem«, unterbrach Ada sie etwas zu schnell.

»Alles klar, dann Montag um acht. Nenn mir ’nen Spot.«

Ada runzelte die Stirn. Sie kannte nicht allzu viele Warschauer Cafés oder Kneipen. Schließlich war sie vor zehn Jahren nach Wrocław gezogen, und in der Zwischenzeit hatte sich in ihrer Geburtsstadt viel verändert.

»Es gibt da so ein Bistro an dem kleinen Platz bei der Dąbrowski-Straße, Ecke Puławska«, begann sie zögerlich.

»Kenn ich. Das *Press Enter*. War zwar noch nie da, können wir aber gerne ausprobieren.«

»Also dann Montag um acht?«

»Ist gebongt.«

Draußen knackte dünnes Eis unter den Füßen. Ada wischte den Schnee vom Auto, stieg ein und wartete geduldig, dass die Eisschicht auf den Scheiben taute. Doch während sie dasaß, machte sich eine merkwürdige Unruhe in ihr breit, der nebulöse Eindruck, sie habe ein wichtiges Detail übersehen. Und das dringende Gefühl, dass sie Zofia Wagners Wohnung noch einmal genau inspizieren sollte. Erfolglos versuchte sie, den Drang zu ignorieren. Sie warf einen Blick auf die Uhr. Zwanzig nach elf. Wenn sie sich beeilte, konnte sie es bis nach Mokotów schaffen und noch vor zwölf auf dem Präsidium sein. Sie gab Gas. Als sie am Bistro in der Dąbrowski-Straße vorbeieilte, winkte ihr der Typ hinter der Bar durch die Scheibe zu. Sie hätte größte Lust gehabt, hineinzugehen, einen Latte macchiato zu trinken und in Ruhe die Tätowierungen auf seinen Oberarmen zu studieren. Stattdessen überquerte sie die Straße und betrat das Wohnhaus mit der Nummer drei.

Absperrband und Polizeisiegel waren verschwunden. Offensichtlich hatten Mitarbeiter der Polizei sie frühmorgens entfernt. Die Wohnungstür sah jetzt vollkommen unberührt und harmlos aus. Ada schloss auf, drehte den Türknauf und blieb auf der Schwelle stehen. Jedes Zuhause hatte seinen unverwechselbaren Charakter, den es von seinen Bewohnern übernahm und selbst nach deren Tod noch behielt. Und diesen Charakter konnte sie erspüren. Wenn sie eine Wohnung betrat, sah sie sich um und wusste schon nach kürzester Zeit einiges über deren Besitzer. In der Luft schwebten Gedankenfetzen, der Nachhall von Gesprächen, fernes Weinen oder Lachen. All das blieb erhalten, eingeschlossen in Möbeln und Gegenständen, zurückgeworfen von Spiegeln und Fensterscheiben, verborgen in den Staubmäusen auf dem Boden. Man musste nur die Ohren spitzen. Einmal hatte sie versucht, es Norbert beizubringen, hatte ihn von Zimmer zu Zimmer geführt, den Kühlschrank und die Schränke im Bad geöffnet.

»Sieh mal«, hatte sie erklärt. »Eine billige, ausgetrocknete Wimperntusche, gebrauchte Wattebäusche, ein Fleck auf dem

Teppich und dieser schreckliche Geruch von Räucherfisch. Was sagt dir das?«

Norbert schüttelte den Kopf und lächelte betreten, wie ein verschüchtertes Kind.

»Dass hier ein Messie gewohnt hat?«

Er war ihr auf Schritt und Tritt gefolgt, wie ein treuer Hund. Am Anfang hatte sie das nervös gemacht – eine überflüssige Last, die sie über die verschlungenen Pfade der Ermittlungen mit sich herumschleppte. Als sie aber nicht mehr versuchte, ihn dazu zu bringen, so zu denken und zu handeln wie sie, stellte sie fest, dass er ein überaus fähiger Polizist war. Er arbeitete fleißig und mit Bedacht, zog logische Schlussfolgerungen und handelte schnell. Ihre Eingebungen nahm er ernst, erlaubte ihr aber nicht, sich ganz von ihnen beherrschen zu lassen. Jedes Mal, wenn sie in die irreale Welt ihrer Traumbilder und Geister abdriftete, schaffte er es, sie zurück auf den Boden der Tatsachen zu holen.

»Ada, nützt uns das irgendwas?«, fragte er dann. »Interessiert es uns wirklich, ob dieser Mann wöchentlich seine Wäsche in die Mangel gebracht hat? Selbst wenn es tatsächlich so gewesen sein sollte?«

Meistens gab sie ihm recht. Sie ergänzten sich ausgezeichnet. Ein perfektes Team. Er war der einzige ihr nahestehende Mensch, für den sie keine extremen Gefühle verspürte: Liebe oder Hass, Begehren oder Ekel. Sie beide verband echte Freundschaft. Aber dann war dieser Unfall passiert. Und jetzt musste sie allein zurechtkommen ...

In Zofia Wagners Küche herrschte Ordnung. Die Tasse, aus der Ada gestern ihren Latte macchiato getrunken hatte, stand ruhig auf dem Trockengitter. Im Badezimmer hatten Reinigungskräfte die Spuren des Verbrechens gründlich beseitigt. Kein Tropfen Blut mehr. Der Boden glänzte vor Sauberkeit. Im kleinen Zimmer waren die Schubladen nach wie vor herausgezogen, genau wie bei ihrem ersten Besuch. Erst als sie das Schlafzimmer betrat, durchfuhr sie ein Schauer, und sie sah sich aufmerksam um. Irgendetwas stimmte nicht. Irgendetwas war anders. Aber was, das hätte sie nicht sagen können. Konzentriert ging sie Punkt für Punkt durch: Die strenge schwarz-weiße Druckgrafik über dem Bett hing auch heute leicht schief, der Schrank war geschlossen, die Wolldecke lag sorgfältig zusammengefaltet auf dem Sessel. Ada runzelte die Stirn. Im Regal stapelten sich Illustrierte, daneben standen ein paar Bildbände und eine Reihe bunter Ordner. Wieder erfasste sie eine diffuse Unruhe. Sie setzte sich langsam in den Sessel und versuchte, ihr auf den Grund zu gehen, doch das unbestimmte Gefühl waberte und entglitt ihr wie Schwaden von Morgennebel. Was hätte Norbert gesagt? Sie versuchte, sich das Gesicht ihres Freundes vorzustellen, seine ruhige Stimme ins Gedächtnis zu rufen, rational und klar zu denken wie er: »Wenn dich etwas unruhig macht und deine Ahnung begründet ist, dann kehrt sie sicherlich zurück. Du musst einfach nur abwarten.« Sie sah auf ihr Handy, warf sich den Mantel über den Arm und lief zum Auto.

Das Präsidium erreichte sie um drei Minuten vor zwölf. Gerade rechtzeitig, lobte sie sich in Gedanken und streifte ohne Eile ihre Handschuhe ab. Marcin war noch nicht da. Auf der Treppe kam ihr Szczepaniak entgegen.

»Wir haben den Computer von dieser Wagner sichergestellt«,

brummte er abweisend. »Ich konnte dich gestern nirgends auffinden.« Seine Stimme klang feindselig.

»Wann denn?«

»Was – wann?«

»Wann konntest du mich nicht auffinden?«

Der Techniker dachte nach.

»Um vier«, meinte er schließlich unwillig.

»Um vier war ich in meinem Büro.«

»Nein, dort warst du nicht.«

Ada betrachtete ihn ruhig. Es hat keinen Sinn, ihn noch mehr gegen mich aufzubringen, befand sie. Es hat keinen Sinn, wenn ich mir gleich zu Anfang Feinde mache. Sie musste an Marcins Worte denken.

»Okay. Dann war ich vielleicht für einen Moment weg, um mir Essen zu holen«, lenkte sie ein. »Ich bringe nur eben meinen Mantel ins Zimmer, dann komme ich und schaue mir den Computer an.«

»Ist noch zu früh.« Zum ersten Mal sah Szczepaniak ihr direkt ins Gesicht. »Das Ding ist passwortgeschützt. Müssen wir erst mal knacken. Dauert bestimmt ein paar Tage. Aber das kriegen wir hin«, setzte er versöhnlich hinzu.

»Danke.« Sie lächelte ihn so freundlich an, wie es ihr möglich war.

Mit der Magnetkarte öffnete sie die Tür zu ihrer Abteilung. Der Flur war menschenleer, das Sekretariat geschlossen. Im Gebäude herrschte Stille, nur ein fernes Echo eiliger Schritte drang an ihr Ohr.

13

Als Marcin eintraf, beugte Ada sich gerade über einen großen Bogen Papier. In die Mitte des Blattes hatte sie in dicken Druckbuchstaben geschrieben: *Mordfall Zofia Wagner*. Vom Namen der Getöteten verliefen Pfeile zu den Namen der Zeugen. Ada kaute am Ende eines Filzstifts, sie schien sein Eintreten gar nicht zu bemerken. Während er seine Jacke auszog, beobachtete er sie aus dem Augenwinkel. Sie trug einen Wollrock mit Schottenkaros und einen dunklen, eng sitzenden Pullover. Er ertappte sich dabei, dass er interessiert die Form ihrer Brüste studierte, räusperte sich und wandte den Kopf ab.

»Die Nachricht von der Bank ist schon da«, sagte sie, ohne ihn anzusehen. »Zofia Wagner hat das Geld am Mittwochmorgen abgehoben. Glatte viertausend. Eine Leihgebühr für irgendwelche Geräte hat sie nicht überwiesen. Ich habe die Privatnummer ihres Auftraggebers herausbekommen. Er verleiht gar keine Geräte an seine Mitarbeiter, das hat er noch nie getan, und er war sehr überrascht über meine Frage. Es sieht aus, als hätte Zofia dringend Geld gebraucht. Und für ihre Eltern Popelin produziert.«

»Popelin?«, wiederholte er zerstreut. Der gestrige Streit mit Olga beschäftigte ihn noch immer. Liebend gern hätte er eine geraucht.

»Popelin, das heißt: minderwertiges Zeug, eine billige Lüge.

Ursprünglich eine Bezeichnung für einen leichten, fein gewebten Stoff. Redensart aus dem podlachischen Dialekt«, rezitierte sie wie aus einem Wörterbuch.

Marcin seufzte und verscheuchte den Gedanken an eine Zigarette.

»Also gibt es noch ein weiteres Geheimnis ...«

»Ja«, stimmte sie zu und malte ein großes Fragezeichen auf das Papier. »Wir sollten herausfinden, warum sie gelogen hat. Und wofür sie das Geld brauchte.«

»Aber vor allem, was mit diesem Geld passiert ist.«

»Eben.« Sie nickte energisch. »Deine Theorie zu Madina kann natürlich zutreffend sein. Aber mir erscheint sie etwas zu simpel.« Sie zeigte mit dem Finger auf den Pfeil, der zum Schriftzug *Familie Demilow* führte.

»Die simplen Theorien bestätigen sich häufig«, hielt er dagegen.

»Richtig«, räumte sie ein. »Ich will mich nicht mit dir streiten und möchte diese Möglichkeit keinesfalls außer Acht lassen. Sie alle ... Diese ganze Familie hat vor irgendetwas Angst.« Sie drückte die Hülle auf den Filzschreiber. »Aber nicht vor den Ermittlungen. Madina hat gelogen, weil sie schwarzarbeitet und nicht will, dass das herauskommt. Sie hat überhaupt nicht daran gedacht, dass sie unter Mordverdacht geraten könnte, wenn sie lügt.«

Er beugte sich über den Schreibtisch und fing an, ihr aufmerksamer zuzuhören.

»Vielleicht hat sie einfach nur gut gespielt?«

»Nicht mit mir.«

»Wie bitte?«

»Mich hätte sie nicht hinters Licht geführt.«

»Oho!« Er musste lachen. »Und wieso bist du dir da so sicher?«

»Weil ich weiß, was die Leute denken ... Was sie fühlen ...« Sie zog die Schulterblätter zusammen und strich sich den Pullover über den Brüsten glatt. Marcin hatte den seltsamen Eindruck, sie tue das nicht rein zufällig. Er wurde rot und räusperte sich nervös.

»Sie hat Angst vor der Polizei«, fuhr Ada ruhig fort, als bemerke sie seine Verlegenheit gar nicht. »Und vor jeder Obrigkeit. Genau wie ihre Mutter und ihr Vater. Ich habe schon bei der Ausländerbehörde angerufen. Gleich morgen früh überprüfen sie ihren Aufenthaltsstatus.« Sie schrieb *Status* auf den Papierbogen und unterstrich das Wort dick. »Meiner Meinung nach ist es das. Sie haben niemanden ermordet, es droht ihnen einfach die Abschiebung. Der Hauptverdächtige ist und bleibt dieser unauffindbare Jurek Wójcik.« Sie zeigte auf einen weiteren Pfeil.

Marcin biss die Zähne zusammen.

»Wenn wir mit dem Ganzen nicht völlig allein dastünden, könnten wir jemanden vor dem Haus postieren. Aber so, verflucht ... Sollen wir uns etwa zweiteilen, oder wie stellt Rogowski sich das vor?« Er biss sich auf die Zunge. Vor Ada sollte er nicht auf seinen besten Kollegen schimpfen. Sie war immer noch neu hier. Neu und eine Frau ...

»Wójcik hat keine feste Arbeit«, nahm sie den Faden wieder auf. »Er ist in Puławy geboren. Vielleicht wohnen seine Eltern noch dort, und er ist sie besuchen gefahren? Das müssen wir überprüfen.«

Ein zarter Duft nach Jasmin stieg ihm in die Nase. Ada schob einen Ärmel hoch, und er sah ihr schmales Handgelenk, an dem zarte Emaillereifen leise klirrten.

»Da ist noch was.«

»Ja?«

»Er ist schon zweimal straffällig geworden. Aber ich habe es noch nicht geschafft, die Akten durchzusehen, deswegen weiß ich nicht, aus welchem Grund ...«

Er hob den Kopf und fing ihren nervösen Blick auf.

»Ja«, antwortete er, obwohl sie ihm keine Frage gestellt hatte. »Er ist irgendwo dort draußen. Auf der Straße. Und er könnte gefährlich sein. Aber falls er es wirklich war, ich wiederhole: *falls*, dann lauert er mit Sicherheit irgendwo und beobachtet von seinem Versteck aus die Entwicklung der Dinge. Im Moment gibt es noch keinen Grund zur Beunruhigung.«

Schweigen kehrte ein. Ihre Gedanken trafen sich und folgten zusammen derselben Spur. Marcin wusste aus Erfahrung, wie wichtig ein solches Gefühl für gemeinsame Ermittlungen war. Zum ersten Mal sah er in Ada mehr als das gepflegte, nach teurem Parfüm duftende Mimöschen. Zum ersten Mal sah er einen Partner in ihr.

»Ich rede mit Rogowski«, entschied er schließlich. »Sie müssen uns noch jemanden zuteilen, egal wen, um die Wohnung in Ursynów zu überwachen. Und jetzt«, fuhr er energischer fort, »lass uns überlegen, was heute zu tun ist.«

»Ich habe Monika Lewicka angerufen. Sie kann sich um halb zwei mit uns treffen. Das ist in zwanzig Minuten«, sagte sie mit einem Blick auf ihr Handy.

»Fahren wir«, stimmte er zu.

»Wie war der Kindergeburtstag?«, fragte sie unerwartet und brachte ihn damit völlig aus dem Konzept.

»Gut«, brummte er. »Warum?«

»Nur so.« Sie zog ihren Mantel an und stand mit dem Rücken

zu ihm. »Wir haben ein schwieriges Gespräch vor uns. Da ist es wichtig, dass wir beide bei der Sache sind ... Ich meine, dass du dabei nicht über dein Privatleben nachgrübelst«, erklärte sie, während sie ihre Mütze aufsetzte.

Er war sprachlos, wusste nicht, ob er lachen oder sauer werden sollte.

»Ich darf denken, woran ich will«, blaffte er.

»Das weiß ich doch«, erwiderte sie ernst und schlang sich ihren Schal um den Hals. »Ich sage ja nur, dass es mir so lieber wäre.«

»Denkst du etwa nie bei Ermittlungen über persönliche Probleme nach?«

»Nie.«

»Hast du kein Leben außer der Arbeit?«

Sie wandte ihm ihr Gesicht zu.

»Nein«, antwortete sie, ohne zu zögern. »Mein familiäres und geselliges Leben ist überaus dürftig.«

Sie wirkte nicht betrübt bei diesem Bekenntnis, sondern lächelte nur heiter, als spräche sie über eine offensichtliche und überdies vollkommen unbedeutende Sache.

»Also gut«, beeilte er sich zu sagen, »befragen wir Monika Lewicka. Danach überprüfen wir Wójciks Papiere. Abends können wir dann noch in Wola bei den Demilows vorbeifahren. Das ist unser Plan.«

Mit einem fast unmerklichen Kopfnicken gab sie zu verstehen, dass sie einverstanden war.

»Ada«, stieß er hervor.

»Ja?«

»Du hast heute ordentlich was weggeschafft ...«

»Ich habe gearbeitet«, sagte sie leichthin, doch er meinte, ein leises Lächeln über ihr Gesicht huschen zu sehen.

Dieses Mal nahmen sie Adas Wagen. Sie fuhr zügig und sicher. Marcin saß auf dem Beifahrersitz und diskutierte am Telefon mit Rogowski. Er musste seine sämtlichen Überredungskünste aufwenden. Am Ende entrang er seinem Vorgesetzten die Zusage, dass ein Polizist vom Abend an Wójciks Wohnung observieren würde.

»Ab sieben«, sagte er und steckte das Handy in seine Jackentasche. »Der schnauft vielleicht in den Hörer, ich dachte, er rotzt mir gleich ins Ohr.«

Ada lachte leise. Plötzlich fiel Marcin auf, dass er sich ganz ruhig und entspannt fühlte. Sie mochte etwas seltsam sein, das ja, aber bis jetzt waren sie besser mit den Ermittlungen zurechtgekommen, als er zu hoffen gewagt hatte. Sie wirkte scharfsichtig und intelligent, und fast jedes Mal stimmte er mit ihren Schlussfolgerungen überein – außer, wenn sie wieder mit ihren »Intuitionen« anfing. Das irritierte ihn nur. Auch ihn selbst beschlichen manchmal unbestimmte Ahnungen, doch im Gegensatz zu Ada hatte er sich angewöhnt, das möglichst nicht öffentlich preiszugeben. Was zählte, waren harte Fakten, hieb- und stichfeste Beweise. Logische Gedankengänge. Andererseits glaubte er nicht, dass Adas Intuitionen den Ermittlungen schaden könnten. Sie war ein guter, erfahrener Ermittler, außerdem sah sie besser aus und roch besser als der ganze Rest der Kriminaler in seiner Abteilung. Einen kurzen Moment war er versucht, ihr von dem Streit mit Olga und der misslungenen Geburtstagsparty zu erzählen, doch dann lehnte er sich lieber zurück und schloss die Augen. Die Stille zwischen ihnen fand er schon gar nicht mehr so bedrückend.

Monika Lewicka wohnte in Powiśle, einem Stadtteil direkt an der Weichsel. Ada parkte das Auto in der Dobra-Straße. Sie stiegen aus. Der Himmel klarte auf, und sie sahen eine ferne weißliche Scheibe über der Stadt. Sonnenlicht ergoss sich über den Gehsteig, die gefrorenen Wassertropfen an den Zweigen der Bäume erstrahlten wie tausend gleißende Funken. Goldene Flecken tanzten an der Mauer. Wird es etwa tatsächlich Frühling, dachte Marcin, und unerwartet stieg Vorfreude in ihm auf. Doch gleich darauf ballten sich Wolken über der Weichsel zusammen, und Warschau versank wieder im Schatten.

Zofia Wagners Freundin stand bereits in der Tür und erwartete sie. Fast hätte Marcin sie nicht erkannt. Vor zwei Tagen war ihr Gesicht rot und verquollen gewesen, ihr Blick ziellos und abwesend, das Haar wirr. Heute hatte sie die Haare im Nacken zu einem ordentlichen Knoten festgesteckt. Sie war sogar dezent geschminkt, wie er feststellte, und an ihren Ohrläppchen glänzten Perlenohrringe.

»Guten Tag.« Mit einer einladenden Geste bat sie die beiden herein.

Ada und Marcin betraten ein kleines, hell eingerichtetes Wohnzimmer und setzten sich an den Tisch.

»Kaffee? Tee?«, fragte Monika Lewicka.

Marcin entschied sich für Kaffee, Ada lehnte dankend ab.

»Es tut uns leid, dass wir Sie noch einmal behelligen müssen«, begann sie, als Monika mit einem Tablett und zwei Tassen Kaffee aus der Küche zurückkam. »Aber wir brauchen Ihre Hilfe ...«

Sie lächelte gewinnend.

Marcin schüttete fünf Löffel Zucker in seinen Kaffee und fing etwas beschämt den verwunderten Blick der Gastgeberin auf.

»Ich habe Ihnen schon alles gesagt, was ich weiß.«

»Wir erwarten auch keine Sensationsmeldungen oder großartigen Neuigkeiten von Ihnen. Um ehrlich zu sein, möchten wir mit Ihnen reden, damit wir uns ein besseres Bild von Zofia Wagner machen können. Wir haben zwar versucht, von ihren Eltern etwas zu erfahren, aber es sieht so aus, als hätten sie ihre eigene Tochter nicht richtig gekannt ...« Ada hielt inne.

Marcin wurde klar, dass sie sich nicht sicher war, wie viel von den laufenden Ermittlungen sie preisgeben durfte. Also vollendete er den Satz für sie.

»Wagner hat viele Dinge aus ihrem Leben vor ihren Eltern geheim gehalten.«

»Ja, das stimmt allerdings«, bestätigte Monika sofort.

»Finden Sie es nicht seltsam, dass sie weder ihrer Mutter noch ihrem Vater von dem neuen Freund erzählt hat, mit dem sie immerhin drei Monate zusammen war?«

»Nein.« Monika setzte die Tasse an die Lippen. »Zofia hatte noch nie einen besonders engen Kontakt zu ihren Eltern. Sie hatten ein komisches Verhältnis zueinander.« Sie krauste ihre Nase, suchte nach dem passenden Wort. »Es war eher so eine Art ... Tauschhandel. Von dem beide Seiten ihren Nutzen hatten.«

Ada betrachtete Monika eingehend. Nicht zum ersten Mal hatte Marcin den Eindruck, sie sähe mehr als er. Mehr als einfach nur eine sportlich und kumpelhaft wirkende junge Frau, die Kaffee aus einer weißen Tasse trank. Als dringe Adas Blick tiefer vor als seiner, als nähme sie etwas wahr, das ihm selbst verborgen blieb.

»Können Sie das näher erklären?«, fragte er.

»Na ja ... Zofia war eben genau so, wie ihre Eltern es von ihr erwarteten: hübsch, intelligent, immer die besten Noten. Und im Gegenzug ließen die Eltern ihr sehr viel Freiheit. Solange sie keine Probleme machte, mischten sich nicht in ihr Leben ein. Und sie spendierten ihr eine Menge: Sprachkurse in Amerika, eine eigene Wohnung, ein Auto. Vielleicht ist es nicht ganz fair, dass ich das sage, aber für mich sah es so aus, als bezahlten sie Zofia dafür, dass sie ein braves Mädchen war, ihr Wunschkind ... Und ich glaube auch, dass Zofia das ganz genau wusste.«

Marcin trank einen Schluck Kaffee und überlegte sich die nächste Frage. Monika Lewicka hatte offenbar eine gute Beobachtungsgabe und einen scharfen Blick. Das mussten sie nutzen.

»Hat sie ihren Eltern also den neuen Freund, diesen ›Hooligan‹, verschwiegen, weil er ihr peinlich war?«

»Peinlich – nein, das glaube ich nicht. Wahrscheinlich hat sie diese Beziehung einfach nicht richtig ernst genommen. Eine kurze Affäre, ohne Zukunftsaussichten.«

Er nickte verstehend.

»Und was ist mit der Flüchtlingsarbeit? Davon wussten Herr und Frau Wagner auch nichts.«

»Ja, das ist mir klar.« Die Antwort kam prompt. »Und ich kann Ihnen auch gleich sagen, warum. Ihr Vater hätte bestimmt was dagegen gehabt. Er ist ...« Sie zögerte. »Er ist einer dieser Leute, die sagen: ›Ich habe ja wirklich nichts gegen Ausländer, aber Geschäfte würde ich mit denen auch nicht machen‹, oder: ›Es ist nun mal eine Tatsache, dass schwarze Kinder schlechter in der Schule abschneiden als weiße‹. Wenn er gewusst hätte, dass seine Tochter Flüchtlingen hilft, hätte er tausend Einwände gehabt. Zofia wollte wohl einfach Diskussionen vermeiden.«

»Ach so. Aber da gibt es noch eine andere unklare Sache ... Zofia hat sich letzten Montag viertausend Złoty von ihrer Mutter geliehen. Angeblich, weil sie eine Kaution für irgendwelches Computerzubehör an ihren Auftraggeber leisten musste. Wir sind dem nachgegangen, und es entspricht nicht der Wahrheit. Der Verlag, für den sie tätig war, verleiht keine Geräte an seine Mitarbeiter.«

Monika zog verwundert die Brauen hoch.

»Das ist ja seltsam. Sieht ihr überhaupt nicht ähnlich ... Sie hatte zwar eine kleine Macke, was ihr Privatleben betraf. Deswegen hat sie vieles geheim gehalten. Aber lügen? Niemals. Schon gar nicht, wenn es um Geld ging. Ich kenne sie schon seit Ewigkeiten. Sie war immer absolut ehrlich.«

»Das Geld hat sie dann am Mittwochmorgen von ihrem Konto abgehoben. In ihrer Wohnung haben wir es nicht gefunden, wir wissen nicht, was damit geschehen ist. Könnte es sein, dass sie es dieser tschetschenischen Putzfrau gegeben hat? Das klänge einigermaßen logisch.« Langsam und konzentriert rekonstruierte Marcin den möglichen Ablauf der Dinge, sprach eher mit sich selbst als zu Monika und Ada. »Die Flüchtlingsfamilie brauchte Geld. Wagner wollte diesen Leuten helfen. Aber weil sie selbst nicht genug hatte, lieh sie sich Geld von ihren Eltern. Und weil sie wusste, dass die Eltern freiwillig keine Tschetschenen unterstützen würden, dachte sie sich eben diese kleine elegante Lüge aus. Der Zweck heiligt die Mittel ...«

»Nein.« Monika widersprach so vehement, dass Ada und Marcin erstaunt aufsahen. »Ausgeschlossen. Zofia war absolut dagegen, jemandem einfach Geld zu geben. Das weiß ich ganz sicher. So etwas hätte sie niemals getan.«

»Aber wofür brauchte sie dann die viertausend Złoty?«

»Ich habe keine Ahnung.«

»Na gut.« Marcin trank seinen Kaffee aus und stellte die Tasse ab. Unten war ein körniger brauner Zuckerrest zurückgeblieben. Zu gern hätte er ihn mit dem Löffel herausgekratzt, aber nicht unter Adas und Monikas gnadenlosen Blicken. »Ich habe Ihnen diese Frage zwar schon gestellt, trotzdem möchte ich Sie noch einmal fragen: Wer könnte Ihrer Meinung nach Zofia Wagner umgebracht haben?«

»Ich weiß es wirklich nicht.« Monika zögerte. »Sie hatte Probleme mit diesem Hooligantypen, ja. Aber das ist schon länger her, sie sprach eigentlich gar nicht mehr von ihm. Andererseits haben wir in letzter Zeit sowieso selten miteinander gesprochen ...«

Ada hob den Kopf.

»In letzter Zeit?«, fragte sie. »Heißt das, Zofia hatte sich irgendwie verändert? Benahm sie sich anders als vorher? Wirkte sie bedrückt, beunruhigt?«

»Na ja, sie hat sich natürlich verändert, nachdem Karol mit ihr Schluss gemacht hatte. Bedrückt, ja, so könnte man es nennen. Traurig. Sie war auch vorher schon verschlossen und blieb lieber für sich, aber seit Karol in dieses Priesterseminar eingetreten war, wurde es noch extremer. Deswegen habe ich mich auch so gewundert, als sie jetzt plötzlich anrief und sich mit mir treffen wollte. Wir hatten uns einen ganzen Monat nicht gesehen, nur manchmal telefoniert oder kurze Mails geschrieben. Sie schrieb lieber Nachrichten, als sich persönlich zu sehen.«

»Und Sie haben überhaupt keine Idee, worüber sie jetzt so dringend mit Ihnen sprechen wollte?«

»Nein. Keinen blassen Schimmer.«

Marcin erhob sich.

»Danke.« Er streckte ihr die Hand hin. »Sie haben uns sehr weitergeholfen.«

Monika ergriff fest seine Hand, schüttelte sie energisch.

»Wenn noch etwas ist, rufen Sie mich an. Der Typ, der das getan hat, muss bestraft werden!«

»Das wird er ganz bestimmt«, versicherte Marcin ihr und wandte sich zum Gehen.

»Eine Sache noch«, hielt Ada ihn zurück. »Diese religiöse Gruppe, der Karol angehörte – Frau Wagner sagte, Zofia hätte sie eine *Sekte* genannt.«

»Es ist ja auch eine Sekte.« Auch hierzu hatte Monika Lewicka offenbar eine klare Meinung. »Ich hab Zofia einmal zu einem Treffen begleitet. Karol hatte sie dazu überredet. Das Treffen fand in einem Kloster in Ursynów statt, in irgendeinem ominösen Kellergewölbe. Es waren vielleicht zehn Personen da. Wir mussten uns in einen Kreis setzen, und jeder sollte etwas von sich erzählen. In der Mitte stand ein Priester und hat allen Fragen gestellt. Diese Fragen – der beste Psychologe wäre vor Neid erblasst! Ehe man sich's versah, hatte er einem die geheimsten Dinge entlockt. Total manipulativ! Zum Schluss habe ich mich tatsächlich gefühlt wie die schlimmste Sünderin. Ich hätte wirklich fast geglaubt, meine einzige Rettung wäre es, in diese Sekte einzutreten! Die *Kinder der Immaculata*. Tja. Erst nach mehreren Stunden war ich wieder ich selbst. Ich bin natürlich nie wieder hingegangen.«

»War Zofia denn religiös?«

»Früher schon. Eine Zeitlang war sie mir etwas zu extrem, da machte sie doch tatsächlich bei dieser *Pro-Life*-Bewegung mit ... Wir haben uns damals ziemlich gestritten. Dieser religiöse Fimmel ist ihr zum Glück wieder vergangen, als Karol auf die Manipulation reingefallen ist und sie wegen dieser Priester sitzen lassen hat.«

»Aber er ist doch jetzt in einem ganz normalen Priesterseminar, oder etwa nicht? Er wird ein normaler Priester in einer normalen Pfarrei, die der katholischen Kirche unterstellt ist. Oder irre ich mich?«

»Ja, aber glauben Sie denn, die *Kinder der Immaculata* hätten da nicht auch ihre Leute? Das ist eine weitverzweigte Organisation. Die sitzen in allen Strukturen der Kirche. Und natürlich wollen sie ihre eigenen Priester dort unterbringen! Deswegen haben sie sich doch Karol geschnappt und ihn manipuliert!«

Zum ersten Mal in diesem Gespräch ließ sie sich von Emotionen hinreißen. Ihre Stimme wurde lauter, die Hände zitterten. Ada beobachtete sie aufmerksam. Marcin schwieg.

»Meinen Sie, jemand aus dieser ... Gruppe könnte etwas mit Zofias Tod zu tun haben?«

Monika zögerte eine längere Weile. Sie sah nachdenklich aus.

»Nein«, sagte sie schließlich. »Das glaube ich dann doch nicht ... Sie und Karol haben sich vor mehr als einem Jahr getrennt. Und sie hatten, jedenfalls soweit ich weiß, in der ganzen Zeit auch keinen Kontakt mehr.«

Draußen war es wärmer geworden. Wolken zogen gemächlich über den Himmel, es fiel ein leichter Nieselregen. An vielen Stellen waren die alten Gehsteigplatten eingesunken. In den Vertiefungen sammelte sich das Regenwasser. Marcin blieb stehen, sah sich nach einem Lebensmittelladen um. Er musste seinen Schokoriegelvorrat auffüllen. Doch vor ihnen erstreckte sich nur eine bräunliche Rasenfläche. Am Rand der Böschung schnupperte ein Hund im Gestrüpp herum.

»Klug, die Kleine«, sagte er anerkennend. »Wenn jede Zeugenbefragung so liefe, wären wir doppelt so schnell durch mit unseren Ermittlungen.«

Langsam gingen sie zum Auto. Weit und breit kein Laden in Sicht.

»Ich habe vergessen, sie nach diesem Rezeptschnipsel zu fragen.« Ada blieb wie angewurzelt stehen und machte Anstalten umzukehren.

»Ach, lass doch«, hielt er sie zurück. »Ich glaube kaum, dass das eine besondere Bedeutung hat. Konzentrieren wir uns lieber auf diesen Wójcik. Wir müssen so schnell wie möglich seine Eltern anrufen.«

»Und die Papiere durchsehen«, stimmte Ada ihm zu.

»Ja. Das ist unser Plan für heute.«

»Szczepaniak hat Zofia Wagners Computer sichergestellt.« Ada holte den Autoschlüssel aus ihrer Tasche. »Aber wir müssen noch warten, bis die Techniker das Systempasswort geknackt haben.«

Sie schloss den Wagen auf.

»Gut«, stimmte er ihr zu. »Lohnt sich bestimmt, da mal reinzuschauen. Monika Lewicka hat doch gesagt, dass Zofia Wagner am liebsten per E-Mail kommunizierte. Vielleicht entdecken wir da was Interessantes. Wir wissen ja immer noch viel zu wenig über sie. Nur dass sie verschlossen war, ihre eigenen Wege ging und einen eigenen Kopf hatte.«

»Was mir keine Ruhe lässt, ist diese angebliche Sekte und dieser Karol. Wen wir auch fragen, überall poppt dieses Thema auf. Wie ein Springteufel. Ich denke, das heißt, wir dürfen es nicht ignorieren.«

Marcin wusste, dass sie recht hatte. Wenn bei Ermittlungen

irgendein Sachverhalt sich hartnäckig immer wieder ins Bild schob, musste man ihn genauer betrachten.

»Hör mal«, sagte er. »Diese Lewicka ist zwar nicht dumm. Aber wir dürfen auch nicht alles bedingungslos glauben, was sie sagt. Sie nimmt es diesem Karol offenbar immer noch übel, dass er ihre Freundin verlassen hat. Das wundert mich nicht, vor allem jetzt, wo Zofia so brutal umgebracht worden ist. Aber diese Geschichte von der Sekte, die sich krakenartig in der ganzen katholischen Kirche ausbreitet ... Also, ich weiß nicht ...«

Ada setzte sich, legte die Hände aufs Lenkrad. Sie seufzte tief.

»Okay, okay«, willigte er resigniert ein. »Bringen wir es hinter uns. Sobald wir zurück in der Firma sind, versuchen wir, an Karols Nummer zu kommen.«

»Ich habe gestern bei diesem Priesterseminar angerufen. Sie haben mir seine Handynummer gegeben«, bemerkte sie wie beiläufig.

»Dann ruf ihn halt an und mach ein Treffen aus«, brummte er.

Erschöpft nahm er seine Mütze ab und lehnte sich zurück. Das Hochgefühl, das ihn nach dem Gespräch mit Monika Lewicka erfüllt hatte, war wie weggeblasen. Ada drehte den Zündschlüssel, wendete mit Schwung und lenkte den Wagen Richtung Bankowy-Platz.

14

Es war kurz nach zwei, als sie den Mostowski-Palast erreichten. Auf dem Schreibtisch lag die Sonntagsausgabe eines Boulevardblättchens. Jemand hatte mit dickem Filzstift das Titelfoto umkringelt und darunter einen Mund mit herausgestreckter Zunge gemalt. Marcin beugte sich über die Zeitung. Das Foto zeigte ihn und Ada. Sie standen im Treppenhaus und glotzten mit dümmlich aufgerissenen Augen direkt in die Kamera. Wie zwei Vollidioten. Die Unterschrift zu dem Bild lautete: *Kripo Warschau in Action. Führt die heiße Spur zum Killer?* Hastig drehte er die Zeitung um. Doch Ada warf nur einen gleichgültigen Blick darauf und holte ihr Notizbuch hervor, wählte Karol Zalewskis Nummer. Er ging sofort ans Telefon, meldete sich höflich und vollkommen ruhig.

»Könnten Sie mir vielleicht erst einmal sagen, worum es geht? Ich bin jetzt doch etwas beunruhigt, wie Sie sicher verstehen – kaum zu glauben, aber die Polizei ruft nicht alle Tage bei mir an.« Er lachte.

Seine Stimme klang sorglos und unbeschwert. Offenbar wusste er noch nicht vom Tod seiner Ex-Verlobten.

»Nein«, erwiderte Ada entschieden. »Nicht am Telefon. Aber machen Sie sich keine Sorgen, es ist nur eine Routinebefragung.«

Schweigen.

»Hallo?«

»Ja ... ja, natürlich.« Jetzt klang er verunsichert, ein wenig verwundert und zugleich neugierig, aber immer noch nicht besorgt. »Wann soll ich zu Ihnen kommen?«

»So rasch wie möglich.«

»Ich könnte in der nächsten halben Stunde da sein, wenn es Ihnen passt«, erklärte er sich ohne Umschweife bereit.

»Ja, das passt gut. Bitte melden Sie sich im Hauptpräsidium unten beim Empfang. Ich komme dann herunter.«

»Alles klar.«

»Dann also auf Wiedersehen.«

Marcin saß auf der Fensterbank und starrte gedankenverloren nach draußen. Die tschetschenische Putzfrau, der Priesterschüler, der spurlos verschwundene Hooligan – all das erschien ihm mit einem Mal fern und unwichtig. Stattdessen ließ ihm Antonias geplatzte Geburtstagsparty keine Ruhe.

»Bin gleich wieder da«, sagte er und verließ das Büro.

Im sonntäglich leeren Präsidium war alles ruhig, die Räume dunkel, das Sekretariat abgeschlossen. Er holte sein Handy aus der Tasche und rief Olga an, aber sie hob nicht ab. Mit wachsender Besorgnis wählte er die Festnetznummer.

»Hallo?«, meldete sich Hannas dünne Stimme. »Wer ist da?«

»Ich bin's. Papa.« Er atmete erleichtert auf. »Gib mir mal Mama.«

»Mama schläft.«

»Sie schläft? Schon wieder?«

»Ja.«

»Habt ihr noch richtig gefrühstückt? Was ist denn los bei euch?«

»Ja, haben wir. Brot mit Rührei«, antwortete Hanna kaugummikauend. »Und jetzt gucken wir *Cartoon Network*.«

»Und was ist mit deinen Hausaufgaben?«

»Hab nichts auf.«

»Wie lange schläft Mama denn schon?«

»Weiß nicht. Noch nicht so lange. Erst kam *Johnny Bravo*, dann *Angelo*, dann *Naruto Shippuuden*, aber das ist ja eigentlich kein Cartoon ...«

»Naruto – was?«

»Shippuuden«, ergänzte sie ungeduldig. »Ist 'ne Anime-Serie.«

»Gut, gut«, sagte er und seufzte. »Ich komme, so schnell ich kann.«

»Du solltest nichts versprechen, was du dann doch nicht halten kannst«, entgegnete sie, exakt in Olgas Tonfall. »Nie bist du zu Hause.«

»Vor acht bin ich da«, erwiderte er mit zusammengebissenen Zähnen. »Und du machst jetzt sofort den Fernseher aus und setzt dich an deine Hausaufgaben!«

Karol Zalewski, der angehende Priester, war groß und schlank, hatte helle Haare und schmale Lippen, ein weiches, leicht fliehendes Kinn und struppige Augenbrauen. Er setzte sich auf den Besucherstuhl und lächelte Marcin an, der ihn gleich sympathisch fand. Erfrischend normal. Weltlich. Er hatte Talar, Priesterkragen und Leidensmiene erwartet – stattdessen saß nun ein moderner junger Mann in Cargohose und Fleecejacke vor ihm.

»Guten Tag«, begann Marcin, holte dann tief Luft und zögerte. Jetzt musste er den armen Kerl über den Tod seiner Ex-Verlobten in Kenntnis setzen. Er seufzte.

Ada sprang ihm bei.

»Wir haben Sie herbestellt, um Ihnen ein paar Fragen zu stellen. Es geht um den Tod einer Frau namens Zofia Wagner«, erklärte sie mit ruhiger Stimme. »Wir leiten die Ermittlungen in diesem Fall.«

Zalewski hob ruckartig den Kopf. Seine hellen Augen weiteten sich in fassungslosem Schrecken, gleich darauf verzog sich sein glattes, offenes Gesicht vor Schmerz und Entsetzen.

»T...Tod?«, stammelte er. »Wie ... wie kann das sein? Unmöglich!«

»Zofia Wagner wurde am vergangenen Freitagmorgen tot aufgefunden. Es tut uns sehr leid«, sagte Ada knapp. »Ich verstehe, dass das ein Schock für Sie ist. Trotzdem müssen wir Ihnen ein paar Fragen stellen.«

Karol Zalewski vergrub sein Gesicht in den Händen.

»Wann haben Sie die Verstorbene zum letzten Mal gesehen?«

Leises Schluchzen war die Antwort. Seine Schultern bebten. Ada ging zum Wasserspender.

»Trinken Sie einen Schluck.« Sie reichte ihm den Becher. »Und hier sind Taschentücher.«

Gehorsam trank Zalewski und wischte sich die Augen. Er atmete mühsam.

»Was ist ihr denn passiert?«

»Zofia Wagner wurde ermordet.« Ada setzte sich ihm gegenüber.

»Mein Gott ...« Er wurde blass. »Aber wer ... wer könnte das getan haben? Das ist doch unmöglich!«

»Wir sind mitten in den Ermittlungen.«

»Und daher müssen wir ein paar Dinge mit Ihnen klären«, mischte sich Marcin ein. »Also – wann haben Sie die Verstorbene zum letzten Mal gesehen?«

Karol richtete seinen Blick auf ihn, als habe die nüchterne Frage ihm seine Fassung zurückgegeben. Er setzte sich aufrechter hin.

»Das ist schon lange her«, sagte er dann. »Über ein Jahr. Damals haben wir uns getrennt. Ich bin ins Priesterseminar eingetreten, und sie ...«

»Ja«, unterbrach ihn Ada. »Das wissen wir bereits. Gab es denn außer Ihrer ...« Sie zögerte. »Außer Ihrer Berufung noch einen Grund, warum Sie die Verlobung mit Zofia Wagner gelöst haben?«

»Wie meinen Sie ...?«

»Haben Sie sich gestritten, waren Sie böse auf Zofia?«

»Nein. Ganz und gar nicht.«

»Hatte Zofia Sie betrogen? Belogen? Oder sich Geld von Ihnen geliehen und es nicht wieder zurückgegeben?«

»Nein.« Karol schüttelte den Kopf. »Wir haben uns getrennt, weil ich mich entschieden hatte, mein Leben Gott zu widmen und keine Familie zu gründen.«

Nun zitterten seine Lippen wieder.

»Also haben Sie Zofia Wagner zum letzten Mal vor einem Jahr gesehen«, fuhr Ada unbeirrt fort.

»Ja.«

»Das ist eine lange Zeit.«

»Ja.«

»Und danach hatten Sie überhaupt keinen Kontakt mehr? Keine Telefongespräche, keine E-Mails, nichts?«

»Nichts.«

»Bitte verzeihen Sie.« Ada notierte sich etwas in ihr Buch. »Aber dafür, dass Sie Frau Wagner so lange nicht gesehen haben, reagieren Sie ziemlich stark auf die Nachricht von ihrem Tod.«

Zalewski sah sie erstaunt an, für einen kurzen Moment pressten seine Lippen sich zu einem schmalen Strich zusammen.

»Was soll ich sagen ... Nun, eigentlich sind das meine Privatangelegenheiten. Aber ich verstehe natürlich, dass Sie mich danach fragen müssen.« Er hielt inne. »Zofia und ich hatten eine sehr enge Beziehung. Wir waren schon auf dem Gymnasium zusammen, insgesamt fast neun Jahre. Mich von ihr zu trennen ist mir nicht leichtgefallen.«

»Und da haben Sie nicht schon früher daran gedacht, sie zu heiraten? Neun Jahre sind lang.«

Er schluckte.

»Nun ja ... Erst haben wir die Schule fertig gemacht, dann das Studium. Ich bin älter als Zofia, ich habe auf sie gewartet. Dann haben wir uns auseinandergelebt. Wir hatten unterschiedliche Weltanschauungen ...«

»Inwiefern?«

»Zofia war nicht religiös.«

»Die Freundin Ihrer ehemaligen Verlobten, Monika Lewicka, ist da aber ganz anderer Meinung. Sie sagt, Zofia hat sich sogar bei der *Pro-Life*-Bewegung engagiert.«

»Das stimmt«, räumte er mit müder Stimme ein. »Aber sie war nicht wirklich religiös. Es ging ihr nur um die Tradition. Wie den meisten Katholiken in Polen, die nur aus reiner Gewohnheit in die Kirche gehen und nicht, weil sie wirklich gläubig sind. Diese Einstellung gefällt mir nicht. Deswegen habe ich das Thema Heirat vermieden. Irgendwann habe ich ihr doch einen Antrag gemacht, aber eher, weil ich nicht wusste, was ich sonst tun sollte. Das war nicht wohlüberlegt.«

Er ließ den Kopf hängen.

Marcin spürte, wie eine Welle des Mitgefühls für den ehrlichen jungen Priesterkandidaten in ihm aufstieg. Energisch unterdrückte er seine Gefühlsaufwallung.

»Sie haben also im ganzen vergangenen Jahr keinerlei Nachricht von Ihrer ehemaligen Verlobten gehabt?«, setzte er die Befragung fort. »Sie wussten nicht, wie es ihr geht, ob sie sich mit jemand Neuem trifft, wo sie arbeitet? Auch von gemeinsamen Freunden oder Bekannten haben Sie nichts über Zofia gehört?«

»Nein. Eigentlich haben wir auch keine gemeinsamen Freunde und Bekannten.« Noch immer war Zalewski kreidebleich.

»Trotzdem war das Erste, was Sie eben gesagt haben, als Sie von Zofias Tod erfuhren, ›unmöglich‹. Wie meinen Sie das?«

Der Priester zerknüllte das Papiertaschentuch in seiner Hand.

»Na, hören Sie mal.« Nun klang er eindeutig verärgert. »Sie wollen doch wohl jetzt nicht Wortklauberei betreiben? Ich glaube nicht, dass ich irgendwie seltsam oder überraschend reagiert habe. Solche Nachrichten kriegt man schließlich nicht jeden Tag.«

Marcin sah auf die Uhr. Drei vorbei. Zalewski noch länger auszuquetschen hätte wohl wenig Sinn. Auch Ada schwieg.

»Nun gut. Das wäre dann erst einmal alles. Wir melden uns bei Ihnen, falls noch Fragen auftauchen sollten.«

Zalewski stand leicht zittrig auf. Ada begleitete ihn hinaus.

»Jetzt dürften deine Zweifel wohl ausgeräumt sein?«, fragte Marcin bissig, als sie zurückkam. »Also meiner Meinung nach hat dieser bedauernswerte Kerl rein gar nichts mit Zofia Wagners Tod zu tun.«

»Nein«, gab sie zu. »Ich frage mich bloß, wie wir jetzt weitermachen sollen.«

»Wir fahren nach Wola.« Müde schloss er die Augen. »Allerdings muss ich erst mal eine rauchen und was essen. Ich geh kurz runter zum Bankowy-Platz. Bin in einer halben Stunde wieder da.«

Ob sie mit ihm essen gehen wollte, fragte er nicht. Er brauchte eine kurze Pause von ihr.

»Na schön, aber ...« Das Haustelefon unterbrach sie.

»Was gibt's?« Marcin nahm ab.

»Hier ist jemand für euch«, meldete sich der diensthabende Wachtmeister gemächlich zu Wort. »'ne neue Zeugin. Behauptet, sie hat gesehen, wie eine Frau Wagner sich mit irgendwelchen Tschetschenen gezankt hat. Keine Ahnung, ob das interessant für euch ist. Jedenfalls wartet sie hier unten bei mir.«

Überrascht blickte Marcin zu Ada.

»Was ist los?«, fragte sie.

»Eine neue Zeugin.« Er schob ruckartig seinen Stuhl zurück. »Es geht um die Tschetschenen.«

Beide rannten fast zur Eingangshalle.

15

Auf der hölzernen Bank an der Wand saß eine füllige Dame mittleren Alters. Offenbar hatte sie recht lange auf den diensthabenden Wachtmeister gewartet, denn ihren Mantel hatte sie schon ausgezogen. Ein Schal und eine weiche Angoramütze lagen ordentlich auf ihren Knien. Interessiert studierte sie eine Infobroschüre der polnischen Opferhilfe *Blaue Linie*.

»Renata Marek«, stellte sie sich vor, als Ada und Marcin auf sie zutraten. »Ich bin die Nachbarin ... Ich meine, war die Nachbarin von Zofia Wagner ... Von unten, aus dem Erdgeschoss.«

»Aha. Guten Tag. Und warum möchten Sie uns sprechen?«, fragte Marcin.

»Ich habe gehört, was passiert ist. Aber erst heute Morgen«, begann sie unsicher. »Freitag war ich nicht zu Hause. Ich war zwei Tage in Krakau, bei meiner Schwester. Sie hat Probleme mit der Wirbelsäule und braucht Hilfe. Und wenn ihr Sohn – mein Neffe – auf Dienstreise muss, und er muss ziemlich oft auf Dienstreise, dann fahre ich ...«

»Gut, gut«, unterbrach er sie ungeduldig. »Haben Sie uns etwas zum Mordfall Wagner zu sagen?«

»Ich weiß nicht, ob es wirklich von Bedeutung ist ...« Sie wirkte noch verlegener, auf ihren Wangen und ihrem Hals erschienen rote Flecken. »Am Donnerstagnachmittag habe ich meine Bettdecke zum Lüften hinausgehängt. Vor der Reise«, erklärte sie. »Deswegen stand mein Fenster offen. Ich sah zufällig, wie Frau Wagner vom Einkaufen zurückkam. Und da warteten beim Hauseingang zwei Leute auf sie, eine Frau und ein Mann. Sie standen dann zu dritt vor dem Haus und haben gestritten. Eine ganze Weile.«

Marcin horchte auf.

»Konnten Sie hören, was sie sagten?«

»Nun …« Renata Mareks Gesicht war nun gänzlich rot angelaufen. »Normalerweise belausche ich andere Menschen nicht, wissen Sie, aber weil mein Fenster ja offen stand …«

»Bitte kommen Sie mit uns nach oben«, entschied Marcin. Er führte sie durch die Magnetschranke. Zu dritt betraten sie den Vernehmungsraum.

»Bitte setzen Sie sich.« Er zeigte auf einen Stuhl. Gereizt ging er im Zimmer auf und ab.

»Sie haben also am Donnerstagnachmittag gesehen, wie Zofia Wagner sich mit zwei Personen stritt?«, begann Ada.

Renata Marek bejahte, während sie Schal und Mütze sorgfältig auf dem Tisch ablegte und glatt strich.

»Wann war das ungefähr?«

»Um Viertel vor eins.«

Marcin unterdrückte seinen Ärger und schaltete sich in die Befragung ein. »Worum ging es bei dem Streit?«

»Die beiden fragten sie nach Geld«, antwortete sie langsam, offenbar versuchte sie sich so genau wie möglich an den Gesprächsverlauf zu erinnern. »Sie waren ziemlich aufdringlich. Der junge Mann fasste Frau Wagner sogar beim Ärmel. ›Nur geliehen, nur geliehen! Ich geb es doch zurück!‹ Er sprach gut Polnisch.«

»Warum sagen Sie das?«

»Na, das war doch ein Tschetschene.«

»Woher wollen Sie das wissen, wenn er gut Polnisch sprach?«

»Er sah aus wie ein Tschetschene.«

Marcin seufzte.

»Außerdem war dieses Mädchen dabei.«

»Welches Mädchen?«

»Diese ... wie heißt sie noch gleich ... Madina. Die bei Frau Wagner geputzt hat. Ich kenne sie, denn bei mir hat sie auch einmal die Fenster geputzt«, ergänzte sie rasch. »Wissen Sie, in meinem Alter kann ich ja nicht mehr so gut ...«

»Frau Marek.« Marcin verlor die Geduld. »Ihre Fenster interessieren mich nicht. Ich möchte jetzt ganz genau von Ihnen hören, was am Donnerstag geschehen ist. Der Reihe nach. Sie haben also Ihr Bettzeug ausgelüftet und durchs Fenster gesehen, wie Frau Wagner sich mit zwei Tschetschenen gestritten hat.«

»Ja. Das heißt – gestritten vielleicht nicht direkt. Sie haben sie nur sehr bedrängt, erst noch ganz ruhig und höflich, dann lauter. Ich habe es nicht genau gehört, aber es ging wohl um eine Ausreise nach Tschetschenien? Das Mädchen, Madina, hat sogar geweint. Wütend geworden ist der junge Mann erst ganz am Ende. Er hielt Frau Wagner am Arm fest und beschimpfte sie. ›Ihr reichen Schweine‹, das sagte er.«

»Und wie hat Frau Wagner darauf reagiert?«

»Sie ist ganz ruhig geblieben. Das hat mich gewundert. Sie hat bloß ihren Arm weggezogen und so etwas gesagt wie: ›Kommt gar nicht in Frage.‹ Dann ist sie ins Haus gegangen.«

»Würden Sie den Mann wiedererkennen?«

»Natürlich. Ich habe ein sehr gutes Gedächtnis«, sagte sie stolz. »Ein fotografisches Gedächtnis! Ich konnte mir immer schon gut ...«

»Haben Sie vielen Dank, Frau Marek«, fiel Ada ihr ins Wort. »Das wäre dann alles für heute. Wir setzen uns mit Ihnen in Verbindung.«

Als sie gegangen war, kehrte Stille ein. Marcin schnaufte. Ada wusste, dass er sauer war.

»Wir müssen so schnell wie möglich nach Wola«, sagte er endlich.

»Ja«, stimmte sie zu. »Trotzdem sollten wir jetzt keine voreiligen Schlüsse ziehen ...«

Er warf ihr einen wütenden Blick zu.

»Was für Schlüsse sollen wir denn ziehen, he? Also für mich sieht die Geschichte so aus: Madina braucht dringend Kohle, weil ihr die Abschiebung droht. Wahrscheinlich will sie abhauen, noch weiter in den Westen. Sie putzt bei Wagner und weiß, dass die gerade eine größere Geldsumme von der Bank geholt hat. Deswegen fragt sie Zofia nach Geld. Die will ihr nichts geben, also kommt Madina am Donnerstag um eins zurück, mit ihrem Bruder oder Lover im Schlepptau, der Wagner unter Druck setzen soll.«

»Das war nicht ihr Bruder.«

»Woher willst du das wissen?«

»Weil Madinas Bruder zwei Jahre alt ist. Das kann er also kaum gewesen sein.«

Kurz fragte sich Marcin, ob sie es bewusst darauf anlegte, ihn aus der Fassung zu bringen.

»Jedenfalls«, nahm er den Faden wieder auf, »kommt Madina mit irgendeinem Typen zurück. Die beiden versuchen, Zofia Angst einzujagen, aber die will das Geld immer noch nicht rausrücken. Madina hat einen Schlüssel zur Wohnung. Bis zum Abend heckt sie mit ihrem Macker einen Plan aus. Der Typ geht also um acht wieder zu Wagners Haus. Im Hofeingang prallt er mit dem Ex-Soldaten zusammen. Es ist dunkel, deswegen macht er sich keine Sorgen, dass der Nachbar ihn erkannt haben könnte. Er geht in Wagners Wohnung. Zieht Wagner von hinten mit dem Hammer eins über, steckt schnell das Geld ein – Madina hat ihm gesagt, wo es liegt – und haut wieder ab. Siehst du hier irgendwelche Lücken, offenen Fragen? Ich ehrlich gesagt nicht.«

Ada schwieg.

»Also? Irgendwelche offenen Fragen?«, blaffte er.

»Nein«, musste sie zugeben. »Aber sicher sein können wir nicht, und Beweise haben wir auch keine.«

»Wir *könnten* aber Beweise haben, wenn du gestern nicht so blauäugig gewesen wärst! Wenn du diese Wohnung durchsucht hättest. Wenigstens oberflächlich. Meine *Intuition* sagt mir nämlich, dass diese Leute keinen Safe besitzen«, fügte er höhnisch hinzu. »Das Geld liegt wahrscheinlich lose in irgendeiner Schublade herum. Aber okay ... Holen wir uns eben den Durchsuchungsbefehl. Ich geh kurz eine rauchen und rufe dann bei Modzelewski an.«

Die Stimmung war umgeschlagen, plötzlich stand etwas Seltsames im Raum. Ada spürte es ganz deutlich. Und wenn sie es auch nicht genau benennen konnte, so fühlte sie sich doch getroffen. Als sie die Mappe mit den Berichten aufschlug, wusste sie es plötzlich. Es war Rivalität, gepaart mit Angst. Was Marcin ausstrahlte, war der süßlich fade, graublaue Geruch einer wachsenden Feindseligkeit. Ada arbeitete schon lange genug bei der Polizei, um zu wissen, dass die Angst der männlichen Kollegen vor fähigen Kolleginnen relativ leicht zu beschwichtigen war. Bei

Marcin war es noch leichter gegangen, als sie angenommen hatte. Nach nur zwei Tagen waren sie gut miteinander ausgekommen – ja, da war sogar noch etwas. Etwas, das über ein reibungsloses Dienstverhältnis hinausging. Als sie gemeinsam zu Monika Lewicka fuhren, hatte sie es genau gespürt. Jetzt aber war der feine, eben erst gewobene Spinnfaden ihrer Sympathie gerissen. Wahrscheinlich würde es genügen, wenn sie sich bei ihm entschuldigte. Wenn sie einräumte, einen Fehler gemacht zu haben ... Sie klappte die Mappe wieder zu. Nein, das tue ich nicht, entschied sie. Strategisch klug ging sie damit nicht vor, das war klar, aber sie wollte Marcin nicht dadurch bauchpinseln und wieder gnädig stimmen, dass sie einen Fehler eingestand, der gar kein Fehler gewesen war. Am Samstag hatte sie sich völlig korrekt verhalten. Es hatte nicht den geringsten Grund gegeben, Madina Demilowa abzuführen. Und Marcin hätte an ihrer Stelle nicht anders gehandelt – er hätte das Mädchen verhört und es anschließend aus dem Kreis der Verdächtigen ausgeschlossen. Ada unterzog ihre Gefühle einer gründlichen Analyse. Außer Stolz und der Überzeugung, im Recht zu sein, entdeckte sie noch etwas anderes: eine alles überwiegende Wissbegier, wie bei einem Kind, das die Finger nach einem verbotenen Gegenstand ausstreckt. Den unbezähmbaren Drang, die Gefühle und Reaktionen des Gegenübers auszutesten. Abwarten, beschloss sie.

Zwanzig Minuten später kam Marcin zurück. Wieder fiel sein Blick auf die Boulevardzeitung, und er fegte das Schmierblatt ärgerlich beiseite. Ein gelber Zettel leuchtete ihm entgegen. Das war es also, was ihn den ganzen Nachmittag unterschwellig nervös gemacht hatte: seine eigene Notiz. Er hatte die Nachrichten auf Zofia Wagners Mailbox immer noch nicht abgehört. Jetzt war es auch egal. Genervt riss er den Notizzettel ab, rollte ihn zwischen den Fingern zu einer festen kleinen Kugel zusammen und schmiss ihn in den Papierkorb.

»Ich habe den Durchsuchungsbefehl«, sagte er, ohne Ada anzusehen. »Ich hoffe, jetzt bist du zufrieden. Fahren wir, ich will diesen beschissenen Fall endlich abschließen. Dann hat hoffentlich auch die Diskussion über katholische Sekten ein für alle Mal ein Ende!«, setzte er boshaft hinzu.

Um kurz vor sechs parkten sie vor dem Haus der Demilows. Marcin sprang aus dem Auto, Ada folgte ihm. Im Treppenhaus war es dämmrig, nur eine einzige Glühbirne im zweiten Stock funktionierte. Die hölzernen Stufen knarrten unter ihren Schritten. Von den Wänden blätterte großflächig der Putz. Sie erreichten die Tür von Wohnung Nummer zwanzig. Marcin klingelte. Ada spürte seine Anspannung.

»Polizei! Aufmachen!«, rief er, wartete zwei Sekunden, um dann mit der Faust gegen die Tür zu donnern.

»Aufmachen! Sofort!«

Zögernd wurde die Tür geöffnet. Auf der Schwelle stand Madinas Mutter. Ihr Gesicht war bleich, die Lippen eingefallen, die Augen glanzlos und müde.

»Polizei.« Marcin zückte seine Marke, drängte sich in die Wohnung.

Ada schlüpfte hinter ihm durch die Tür.

»Name?«

»Demilowa. Tamara Demilowa.« Es klang verschreckt.

Im Wohnzimmer schlief der kleine Junge auf dem ausgezogenen Sofa. Sonst war niemand da.

»Madina – wo?«, fragte Marcin, durchsuchte den Raum hektisch mit Blicken.

»Sie weggegangen.«

»Wohin?« Seine Stimme wurde lauter.

Der Junge bewegte sich unruhig im Schlaf.

»Ich nicht weiß. Aber was passieren?«

»Hab ich gesagt, dass was passiert ist? Seit wann ist sie weg?«

»Morgen.«

»Heute Morgen? Und wann kommt sie wieder?«

»Ich nicht weiß.«

Ada schaute hinter den Vorhang, der als provisorischer Raumteiler diente. Sie durchsuchte das Bett, den offen stehenden Schrank. Marcin inspizierte währenddessen systematisch die Schrankwand. Aus einem Seitenfach holte er einen Ballen zusammengerollter Seidenstrümpfe, einen Stapel Hefte und mehrere alte Eiscremeboxen voller angebrochener Medikamentenschachteln. Staubflocken wirbelten auf, eine tote Fliege fiel zu Boden.

»Was für ein Saustall«, ächzte er. »Wie Schweine haust ihr hier, nicht wie Menschen.«

Er strahlte eine kalte Überheblichkeit aus. Ada wusste, sie würde ihn nicht aufhalten können. Madinas Mutter stand starr beim Fenster. Marcin zog die erste Schublade einer billigen Pressspankommode auf und stieß einen langen Pfiff aus. Zwischen zusammengerollten Socken lag in einer Plastiktüte ein dicker Packen Geldscheine.

»Was ist das für Geld?«, wandte er sich an Tamara Demilowa. »Wo kommt die ganze Kohle her, he?«

Die Frau antwortete nicht, machte keine Bewegung. Er zog Silikonhandschuhe an und zählte das Geld.

»Dreitausendachthundert. Hast du das alles selbst verdient? Oder Madina? Hat sie es mitgebracht?«

Ada hielt sich zurück.

»Du weißt nicht, woher die Kohle kommt? Dann sag ich's dir. Von Zofia Wagner kommt das Geld! Sie hat euch geholfen, und ihr habt sie für vier Tausender plattgemacht. Und den Beweis dafür stopft ihr zwischen eure Socken! Wo ist Madina? Mach den Mund auf!«

»Ich nicht weiß.«

»Jetzt hör mir mal gut zu! Ist dir klar, dass eine Falschaussage dich geradewegs in den Knast führt? Wo – ist – deine – Tochter?«, brüllte er.

Der kleine Junge erwachte, setzte sich auf und fing an zu weinen. Tamara Demilowa stand da wie gelähmt, hatte beide Hände schützend auf ihren vorgewölbten Bauch gelegt. Marcin bemerkte es und warf Ada einen panischen Blick zu.

»Du hast mir nicht gesagt, dass sie schwanger ist!«, zischte er ihr zu.

»Das hat nichts zu bedeuten.«

»Wie bitte?«, flüsterte er überrascht.

»Es hat nichts zu bedeuten. Eine Schwangerschaft ist ein natürlicher körperlicher Zustand.«

Einen Moment lang befürchtete er, die Situation könnte ihm entgleiten. Die schwangere Frau, das plärrende Balg und Adas seltsame Gleichgültigkeit – das war zu viel. Er seufzte und wischte sich die schweißnasse Stirn.

»Vielleicht kümmerst du dich mal um deinen Sohn«, fuhr er Tamara Demilowa an. »Du siehst doch, dass er heult.«

Zögernd ging die Frau zu ihrem Kind.

»Wann kommt Madina?«, fragte er sie noch einmal.

Tamara Demilowa antwortete nicht.

»Hör mal«, begann er etwas sanfter, als täte ihm sein Ausbruch leid. »Ich will dir keine Angst machen. Und deinem Kind auch nicht. Aber wenn du nicht weißt, woher dieses Geld kommt, musst du uns sagen, wohin Madina gegangen ist. Das ist eine ernste Sache. Die Frau, bei der deine Tochter gearbeitet hat, ist ermordet worden.«

Tamara nahm ihren Sohn auf den Arm.

»Ich nicht weiß, Herr.«

»Wer wohnt hier noch? Dein Mann?«

»Da.«

»Wann kommt er?«

»Ich nicht weiß«, wiederholte sie wie eine Aufziehpuppe.

In dem Augenblick drehte sich ein Schlüssel im Schloss. Marcin eilte zur Wohnungstür, riss sie auf. Dann hielt er überrascht inne. Draußen standen zwei kleine Mädchen und starrten ihn mit großen dunklen Augen interessiert an.

»Oooh ...«, entfuhr es ihm, doch sofort hatte er sich wieder im Griff. »Seid ihr Schwestern von Madina?«

Die Ältere, Schwarzhaarige nickte zögernd, die Jüngere, deren Haar etwas heller war und rötlich schimmerte, senkte den Kopf und starrte angestrengt auf ihre Schuhspitzen.

»Und ich bin ein Polizist.« Er lächelte. »Ihr braucht keine Angst vor mir zu haben, ich tue euch nichts.«

Die Kleinere hob den Kopf und warf ihm einen herausfordernden Blick zu. »Wir haben vor gar nichts Angst, Herr Polizist.«

Madinas Schwestern sprachen offenbar fließend Polnisch.

»So?« Langsam kehrte sein Gleichgewicht zurück. »Wenn ihr so schlau seid, dann wisst ihr doch sicher auch, wann Madina nach Hause kommt?«

»Gar nicht.« Das schwarzhaarige Mädchen zog sich mit den Zähnen den ersten Handschuh aus.

»Wie – gar nicht?«

»Gar nicht. Sie hat einen Koffer genommen und ist gegangen.«

Marcin unterdrückte einen Fluch.

»Wohin ist sie denn gegangen?«

»Das wissen wir nicht. Papa sucht schon nach ihr. Aber er findet sie ja doch nicht. Sie kann sich gut verstecken.«

»Na wunderbar. Das wird ja immer schöner!«, knurrte er und holte sein Handy aus der Tasche.

»Warte!« Ada runzelte die Stirn »Irgendetwas passt hier nicht zusammen. Madina ist weggelaufen und hat das Geld zu Hause liegen lassen? Das ergibt keinen Sinn.«

Marcin beachtete sie nicht weiter. Er ging ins Treppenhaus und wählte die Nummer des Präsidiums.

»Ich brauche jemanden zur ständigen Beobachtung eines Hauses in der Górczewska-Straße. Ihr könnt diesen Wachtmeister herschicken, der eigentlich das Haus in Ursynów überwachen sollte. Ja.« Sein Tonfall klang scharf. »So schnell wie möglich.«

Er ging hinunter in den Hinterhof. Als Ada ihm folgte, stand er an eine Garagentür gelehnt und rauchte. Über den Dächern der hohen Häuser kreisten krächzende Krähenschwärme, flatterten in chaotischer Formation Richtung Fluss. Es wurde langsam dämmrig. Zu Hunderten suchten die Vögel sich Ruheplätze im Ufergebüsch.

»Wenn du gestern einfach das getan hättest, was ich dir gesagt hatte«, begann er vorwurfsvoll, »wenn du die erstbeste Schublade aufgezogen hättest, dann könnten wir diesen Fall heute abschließen.«

»Ich versichere dir, dieses Geld beweist überhaupt nichts«,

widersprach sie. »Es steht doch jedem frei, sein Bargeld zu Hause aufzubewahren. Und das tun wohl vor allem Flüchtlinge. Glaubst du etwa, die bekämen ein Konto bei der Bank?«

Marcin spürte, wie ihm heiß wurde. Röte kroch ihm den Hals hinauf und stieg ihm ins Gesicht, breitete sich unaufhaltsam aus. Er schleuderte den Zigarettenstummel zu Boden, trat ihn heftig aus und drehte Ada brüsk den Rücken zu. Er hätte es wissen sollen. Das war doch von Anfang an klar gewesen! Niemals hätte er die Zügel aus der Hand geben, niemals hätte er zulassen dürfen, dass dieses Weibsstück eigenmächtig etwas unternahm! Arrogante, besserwisserische, machtgeile Fotze! Jetzt hielt sie sich wohl für oberschlau. Er hatte es geahnt, schon bevor er sie zum ersten Mal sah. Und jetzt bestätigten sich seine schlimmsten Befürchtungen.

»Wir übergeben das Geld den Technikern. Sie sollen nachprüfen, ob Zofia Wagners Fingerabdrücke darauf sind.« Es kostete ihn große Mühe, ruhig und beherrscht zu sprechen.

Sie stand direkt hinter ihm, kühl wie immer. Eiskalt. Er spürte ihren Blick in seinem Rücken. Und eines lag ganz sicher nicht darin – Reue. Doch genau das erwartete er von ihr: dass sie endlich ihren Fehler einräumte, dass sie klein beigab, dass sie zu Kreuze kroch. Er wartete. Und wartete. Nur um schließlich festzustellen, dass sie den längeren Atem hatte. Da drehte er sich langsam um.

»Gleich müsste jemand kommen, der die Wohnung unter Beobachtung behält. Warte du hier auf ihn und gib ihm eine Beschreibung von Madina und ihrem Vater.« Nach außen hin klang seine Stimme ganz normal. »Ich fahre jetzt nach Hause, aber per Telefon bin ich zu erreichen. Wenn etwas geschehen sollte, *irgendetwas*, dann soll man mich sofort anrufen. Morgen müssen wir diese Frau Marek aufs Präsidium bestellen und ein Phantombild von diesem Typen erstellen lassen, der mit Madina unter einer Decke steckt. Das wär's für heute von meiner Seite.«

Ohne sich noch einmal umzudrehen, ging er zu seinem Auto.

16

Am Sonntag erwachte er schon vor fünf. Eine Weile lag er einfach nur ruhig im morgendlichen Dunkel. Vom anderen Bett klang Martynas gleichmäßiger Atem herüber. Im Zimmer hing ihr Teenagergeruch, eine Mischung aus Schweiß und billigem, süßlich nach Vanille und Himbeere duftendem Puder, ein Geruch wie von Schokolade mit Fruchtcremefüllung. Plötzlich stellte er mit Schrecken fest, dass er sich nicht an das Gesicht seiner eigenen Schwester erinnern konnte. Er starrte in die violette Dunkelheit, versuchte sich angestrengt die Form ihres Mundes, ihrer Nase, ihres Kinns ins Gedächtnis zu rufen – aber alles, was er vor sich sah, war ein buntes Werbeplakat in der Unterführung bei der Metrostation Centrum, auf dem ein mandeläugiges Model Frühlingsmäntel von H&M präsentierte. Vor dem Plakat stand ein kleiner, schmächtiger Mann mit karierter Schirmmütze. An einem Band um seinen Hals hing eine Blechbüchse, deren Etikett zur Spende für die Restaurierung alter Friedhöfe aufrief. Der Mann schüttelte den Kopf wie ein Hund, der Fliegen verscheuchen will, und die Münzen schepperten in seiner Büchse. Mit einem kalten Schauer des Entsetzens bemerkte er, dass die beiden Ärmel seiner Jacke leer herunterhingen – der Büchsenmann hatte keine Arme ... Seine Schwester hustete und drehte sich auf die andere Seite. Langsam kehrte er in die Gegenwart zurück. Es war, als tauche er aus tiefem Wasser wieder auf. Das mandeläugige Model und der Mann ohne Arme verblassten. Er war in seinem alten Kinderzimmer. In seinem alten Bett. Bis zum Morgengrauen blieb noch eine Stunde. Er lag ganz still, atmete den billigen Schokoladengeruch, doch dieses andere war immer noch da. Es ging weiter und weiter. Ganz plötzlich hatte es ihn befallen. Er konnte es nicht beschreiben – und dann verstand er plötzlich, was es war. Angst.

Hastig stand er auf. Zog seine Hose an, öffnete leise die Tür, ging ins Bad. Schaufelte sich mit beiden Händen kaltes Wasser ins Gesicht.

Seit Donnerstag war alles so verflucht kompliziert geworden. Er war in Panik geraten. Hatte seinen eigenen ausgeklügelten Plan zunichtegemacht. Dabei war doch alles gelaufen wie am Schnürchen. Er hätte zur Arbeit gehen sollen. Sein Handy eingeschaltet lassen und Anrufe annehmen. Sich so benehmen wie immer, ganz normal. Als wüsste er von nichts. Keine Ahnung, dass Zofia tot war. Dann hätte die Polizei ihn bestimmt längst kontaktiert – und er hatte ja ein glaubwürdiges Alibi vorzuweisen: Zofias Absage auf seiner Mailbox. Stattdessen hatte er sich verhalten wie der letzte Idiot. Am Freitag hätte er einen Job gehabt, Zuschauerbänke aufstellen für ein Fernsehquiz. Die vom Fernsehen vergaben keine Verträge und zahlten bar auf die Hand, aber es war gutes Geld. Zwei- bis dreimal die Woche machte er den Job, das reichte für Miete und Essen. Den Job kann ich jetzt vergessen, die rufen mich bestimmt nicht mehr an, dachte er wütend. Ich bin nicht aufgetaucht – und dafür standen schon zig andere Schlange. Warum habe ich nicht einfach angerufen und gesagt, ich hätte den Rotavirus oder eine

Stirnhöhlenentzündung? Alter Schisser. Beim Anblick seines bleichen, verängstigten Spiegelbilds zog er eine verächtliche Grimasse. Dann ließ er seine Stirn gegen die kalten Fliesen über der Waschmaschine sinken.

Nach seiner Nacht mit dem Knackarsch war er am Freitag um kurz nach zwölf aufgebrochen. Ein grauer, trüber Tag. Er wusste, jetzt musste er nach Hause. Wenigstens kurz, um die Tabletten zu holen. Doch er konnte einfach nicht in den Bus steigen. Brachte es nicht über sich, die Angst wurde immer größer. Ziellos streifte er durch die Innenstadt. Manchmal hörte es kurz auf zu schneien, eine ferne, blasse Sonne kam hinter den Wolken hervor. Dann ging es ihm für einen Moment besser. Er atmete auf. Doch gleich senkte sich der bläulich graue, mit Rußpartikeln durchsetzte Nebelschleier wieder über die Stadt wie ein feuchter Lappen. Der Nebel nahm ihm jede Luft. Kälte und Nässe attackierten beißender als zuvor, und er verkrampfte sich wieder. Ging weiter, immer weiter, getrieben von einer Unruhe, die sich durch nichts besänftigen ließ. An zahllosen Schaufenstern kam er vorbei, ließ den Blick über Ledergürtel, Handschuhe, Taschen schweifen, betrachtete Basketballschuhe, grelle Werbeposter für exotische Reisen, elegante Porzellangedecke. Um zwei fand er sich beim Charles-de-Gaulle-Kreisverkehr wieder, schlüpfte unbemerkt zusammen mit einer Schulklasse ins Nationalmuseum. Zweimal durchquerte er das Erdgeschoss und den ersten Stock, setzte sich schließlich auf ein Plüschsofa und tat so, als studiere er interessiert ein großes Ölgemälde mit einem Reiter auf einem aufgebäumten Pferd.

Die Berührung kühler Finger weckte ihn auf.

»Hallo, junger Mann! Hören Sie mich?« Vor ihm stand eine Museumsangestellte in dunkelblauer Uniform. Ihre grauen Augen blickten kalt und streng. »Das ist hier keine Ruhebank!«

Er rappelte sich auf, trollte sich Richtung Ausgang. Stand ratlos einen Moment in der Halle. Seine Medikamente. Er sollte wirklich nach Hause gehen. Nun war es weit mehr als vierundzwanzig Stunden her, dass er sie zum letzten Mal genommen hat. In ein paar Stunden würde er die nachlassende Wirkung zu spüren kriegen. Wovor hatte er denn überhaupt Angst? Was gab es schon zu befürchten? Schließlich hatte er keinerlei Spuren hinterlassen. In Zofias Wohnung hat er die ganze Zeit Handschuhe getragen. Noch einmal rief er sich den Verlauf des gestrigen Abends ins Gedächtnis zurück. Und kam wieder zu dem Schluss, dass es keinen Grund zur Sorge gab. Doch die Angst wollte nicht weichen. Die Frau in der dunkelblauen Uniform betrat die Halle und warf ihm einen misstrauischen Blick zu. Er setzte seine Mütze auf, ging hinaus. Setzte seine ziellose Wanderung durch Warschaus Straßen fort. Irgendwann fiel ihm auf, dass er schneller und schneller ging. Nun rannte er fast. Das Blut pulsierte ihm in den Schläfen, auf seiner Stirn traten die Adern hervor, sein Atem wurde kürzer. Er zwang sich zur Ruhe, verlangsamte seinen Schritt, setzte sich auf eine verschneite Bank. Konzentrierte sich auf simple Dinge: einen gelben Lastwagen, den hüpfenden Krähenschwarm neben dem Mülleimer, die leere Auslage einer Bäckerei. Doch seine Gedanken entglitten ihm immer wieder. Die harmlosen Bilder verzerrten sich unheimlich, schwollen an, waberten in seinem Kopf. Die Erinnerung kehrte zurück, so heftig, dass ihm der Atem stockte. Sollten das etwa schon Absetzungssymptome sein? So schnell? Er zählte nach. Vor sieben Stunden hätte er seine Tabletten nehmen müssen. Diese Zeitspanne war noch zu kurz für solche Erscheinungen. Trotzdem fühlte er sich schrecklich – verängstigt bis ins Mark, vollkommen orientierungslos. Die Straße erstreckte sich vor ihm, endlos lang, dunkelgrau glänzend wie die Haut eines Wals. Vom Fluss her wehte ein schneidender Wind. Er wusste, dass er nicht zurück in seine Wohnung konnte. Er konnte einfach nicht ... Es war bestimmt schon mehrere Stunden her, seit er sich vom Knackarsch verabschiedet hatte. Er musste kilometerweit gelaufen sein. Und nun war er wieder in der Innenstadt, fast beim Zentralbahnhof. Er hob den Kopf. Plötzlich wusste er, was er tun würde.

Der nächste Zug nach Puławy ging in zwei Stunden. Wenn er den nähme, wäre er noch vor elf Uhr abends bei seinen Eltern. Meistens kündigte er seine Besuche nicht an, deswegen würden sie sich schon nicht allzu sehr wundern. Er würde ihnen einfach sagen, er habe sich eine Woche freigenommen. Und sei dann auf die Idee gekommen, sie zu besuchen. Seine Mutter würde sich bestimmt freuen, da würde sie ihm keine weiteren Fragen stellen. Und von den anderen war nichts zu befürchten, sein Vater und seine Schwester hatten ohnehin nie Fragen an ihn.

Zwei Stunden. Genug Zeit, sich auf die Fahrt vorzubereiten. Er ging in ein Sportgeschäft im Einkaufszentrum, gab dreihundert Złoty für eine Umhängetasche, einen Trainingsanzug, drei weiße T-Shirts und Unterwäsche aus. Kaufte sich in einer Drogerie Zahnbürste und Deo, schlang einen Hamburger bei McDonald's herunter. Dann setzte er sich in ein Internetcafé, suchte nach Meldungen von der Polizei. Nirgendwo wurde ein Mord in Mokotów erwähnt. Erleichterung durchströmte ihn. Er schaltete sein Handy ein, wartete. Keine Anrufe in Abwesenheit. Niemand hatte versucht, ihn zu erreichen. Also wusste die

Polizei noch gar nichts von seiner Existenz. Oder vielleicht hatte man ja Zofias Leiche noch nicht einmal gefunden! Er atmete auf. Die Angst, die kribblige Nervosität ließen ein wenig nach. Schwungvoll warf er sich die Tasche über die Schulter, fuhr mit der Rolltreppe hinauf zu Bahnsteig zwei.

Der Zug nach Puławy war fast leer. Er ließ sich auf einen Sitz plumpsen, zog die Schuhe aus, legte die Füße auf den Sitz gegenüber. Versuchte, an gar nichts zu denken. Nicht an Zofia, nicht an die letzte Nacht, nicht an sein Alibi. Gleich bin ich da, sagte er sich vor wie ein Mantra. Noch eine Stunde, noch vierzig Minuten ...

Um zehn war er in Puławy. Am Bahnhof nahm er sich ein Taxi, zahlte zehn Minuten später und stieg vor dem Haus seiner Eltern aus. Stand eine Weile einfach da, im Dunkeln, betrachtete den kleinen eingezäunten Vorgarten. Hier hatte sich seit Jahren nichts geändert – genau das hatte er erwartet, und genau das kam ihm immer so seltsam vor. Unwirklich. Auch jetzt. Seine Mutter, sein Vater, seine kleine Schwester, sie gehörten zu einer anderen Welt, zu einer anderen Zeit, in der alles so einfach war, so simpel, und immer demselben Rhythmus folgte. Hier würde er zur Ruhe finden, das wusste er.

Er legte die Hand auf die rostige Klinke des Gartentors. Der Garten. Zu dieser Jahreszeit lag er nackt und schutzlos da in seiner Hässlichkeit. Ein rechteckiges Stück Erde im gelblichen Laternenlicht, steif ragten die Stängel der zurückgeschnittenen Rosen aus der Erde. Er öffnete das Tor, ging über den Betonplattenpfad zur schweren hölzernen Tür. Drückte auf den Klingelknopf. Kurz darauf flutete helles Licht den kleinen Hausflur.

»Ach, du bist es, Jurek.« Sein Vater wirkte nicht im Geringsten überrascht. Als hätte er ihn erwartet. »Komm rein, wir haben noch nicht zu Abend gegessen.« Er drehte sich um, rief in den Flur: »Grażyna! Jurek ist da!« Seine Stimme klang völlig normal.

Der Samstag verlief einigermaßen ruhig. Er stand spät auf, machte sich im Haus nützlich, half seinem Vater, den Keller aufzuräumen. Nach dem Mittagessen ging er mit dem Hund spazieren. Auf dem Weg zum nahe gelegenen Wäldchen wurde das Tageslicht immer greller. Jeder Laut dröhnte unerträglich in seinen Ohren. Das Motorengeräusch eines Traktors auf dem Feld trieb ihm fast die Tränen in die Augen. Abends störten ihn dann sogar die Stimmen seiner Eltern, die leise Musik aus dem Radio. Er wusste, was das hieß. In der Hoffnung, dass es am nächsten Morgen wieder vorbei sein würde, ging er früh zu Bett. Doch diese Hoffnung erwies sich als trügerisch.

Und nun, am Sonntagmorgen, saß er hier in aller Herrgottsfrühe auf dem Badewannenrand im rosa-gelben Badezimmer seiner Eltern, und die ganze mühsam errungene Ruhe war wie weggeblasen. Vorsichtig lauschte er in sich hinein. Die Angst war immer noch da. Und jetzt, wo er sie anzusehen wagte, kehrte sie mit doppelter Kraft zurück – als hätte sie nur darauf gewartet, aus den dunklen Ecken seiner Psyche hervorzubrechen und ihn zu überrollen. Dazu kam, dass er seine Tabletten seit nunmehr drei Tagen nicht genommen hatte. Ihm war übel, es knackte und dröhnte in seinen Ohren. Ein dumpfer Schmerz saß hinter seinen Augen. Trotzdem war er froh, dass er die Medikamente in Warschau gelassen hatte. Er musste herausfinden, was er wirklich nach Zofias Tod empfand, er musste sich seinen Emotionen stellen. Den Tatsachen ins Auge sehen, allein, ohne pharmakologische Unterstützung. Er schaltete sein Handy ein. Es piepte mehrmals. Vier Anrufe in Abwesenheit. Am Samstag. Unbekannte Nummer. Die Polizei, dachte er. Ihm wurde kalt. Mit zitternden Fingern wählte er die Mailbox an. Eine Kommissarin Rochniewicz hatte ihm aufs Band gesprochen: »Bitte melden Sie sich umgehend im Hauptpräsidium Warschau. Wir benötigen Ihre Aussage in einem aktuellen Fall.« Er legte auf. Schwindel befiel ihn. Schwarze Pünktchen kreisten vor seinen Augen, das Atmen fiel ihm schwer. Morgen, dachte er. Gleich morgen gehe ich hin. Ich mache meine Aussage, und dann hat der ganze Spuk hier endlich ein Ende.

17

Als ihr Diensthandy klingelte, hatte Ada gerade ihren Computer angestellt, um die Berichte zu vervollständigen. Eine Stunde zuvor war ein Auto mit zwei uniformierten Polizeibeamten vor dem Haus der Demilows vorgefahren. Sie hatte ihnen beschrieben, wie Madina aussah, dann hatte sie sich ein Taxi zum Mostowski-Palast gerufen. Die Fahrt kostete mehr als dreißig Złoty. Das rief ihr ins Gedächtnis, wie sehr ihre Finanzen unter dem Umzug nach Warschau und der Einrichtung ihrer neuen Wohnung gelitten hatten – und nun, als das Telefon klingelte, dachte sie daran, dass es bald wieder Zeit für einen dieser Besuche wäre, auf die sie so überhaupt keine Lust verspürte. Die Alternative wäre gewesen, dass sie ihren Lebensstandard erheblich senkte. Doch diese Möglichkeit zog sie nicht ernsthaft in Betracht.

»Hallo«, brummte sie zerstreut.

»Hier ist Jurek Wójcik«, meldete sich eine leise Stimme. »Ich habe eben Ihre Nachricht gehört ...«

Schlagartig war sie hellwach.

»Kriminalkommissarin Adela Rochniewicz. Gut, dass Sie sich zurückmelden. Bitte kommen Sie schnellstmöglich aufs Präsidium. Wir müssen dringend mit Ihnen sprechen.«

»Warum denn?«

»Wir haben ein paar Fragen an Sie.«

»Was für Fragen?«

»Das erfahren Sie, wenn Sie hier sind«, erwiderte sie scharf.

»Okay«, sagte er gefügig. »Wann soll ich zu Ihnen kommen?«

Ada runzelte die Stirn. Die meisten Leute waren erstaunt, wenn sie sie aufs Präsidium bestellte. Sie fragten mehrmals nach und versuchten, doch noch herauszufinden, warum die Kripo anrief. Oder sie überlegten erst noch eine Weile, bevor sie zusagten. Jurek Wójcik aber hatte eingewilligt, ohne zu zögern. Als wüsste er nur zu gut, warum sie ihn einbestellte.

»Bitte kommen Sie jetzt gleich.«

»Jetzt gleich?«, fragte er verwundert.

»Ja. Jetzt.«

»Das ... ähm ... wird etwas schwierig ...«

Es klang mechanisch, als wäre er unkonzentriert oder abgelenkt.

»... ähm, schwierig, ja ...«

»Wie darf ich das verstehen?«

»Ich ... ähm, ich bin in Puławy. Der letzte Zug nach Warschau ist vor zehn Minuten abgefahren. Und ein Auto habe ich nicht.«

Ada biss sich auf die Unterlippe.

»Warum haben Sie sich dann nicht früher zurückgemeldet? Ich habe Ihnen doch schon gestern die Nachricht hinterlassen.«

»Der Empfang hier ist schlecht. Man muss aus dem Haus gehen, um die Mailbox abzuhören.«

»Und Sie sind nicht aus dem Haus gegangen?«

»Nein. Ich wollte mich von der Hektik in Warschau erholen.«

»Gut, dann erwarte ich Sie morgen Vormittag zwischen neun und elf. Wann geht der erste Zug?«

»Das schaffe ich. Kein Problem.«

»Nun, das will ich hoffen. Andernfalls muss ich davon ausgehen, dass Sie die Befragung absichtlich zu vermeiden versuchen. Sollte ich diesen Eindruck bekommen, wende ich mich an die Staatsanwaltschaft und hole mir einen Vorführungsbefehl. Und das möchten Sie lieber vermeiden, glauben Sie mir.«

»Ich glaube Ihnen.«

Sie legte das Handy beiseite. Wójcik wusste von dem Mord an Zofia Wagner, dessen war sie sich sicher. Aber offenbar wollte er es nicht zugeben. Seine Ex-Freundin war umgebracht worden. Da wäre es doch normal gewesen, wenn er auf Neuigkeiten gebrannt hätte – wie die Ermittlungen liefen, ob sie dem Mörder schon auf der Spur waren ... Stattdessen hatte er sich verkrochen und spielte den Ahnungslosen. Das sah ganz danach aus, als hätte er etwas zu verbergen. Andererseits, überlegte sie weiter, konnte es natürlich auch sein, dass er erst in dem Boulevardblättchen von heute von dem Mord gelesen hatte. Dann stand er vielleicht noch unter Schock. Hatte die Nachricht noch gar nicht an sich rangelassen. Sie warf einen Blick auf die Zeitung, die neben ihr auf dem Schreibtisch lag. Da fiel ihr plötzlich etwas ein. Gestern Abend hatte sie doch Kapusta in der leeren Kantine sitzen sehen, zusammen mit einem Mann, der ihr irgendwie bekannt vorkam. Jetzt wusste sie wieder, wo sie ihm begegnet war ... Sie stand auf, zerknüllte die Zeitung, warf sie in den Papierkorb und nahm Jurek Wójciks Akte zur Hand.

Sie enthielt Unterlagen über zwei Vorfälle. Ohne besonderes Interesse überflog sie den Bericht über ein Handgemenge mit einem Fahrkartenkontrolleur. Erst der zweite Bericht ließ sie genauer hinsehen: Vor ein paar Jahren hatte Jurek Wójcik einen älteren Schulkameraden krankenhausreif geschlagen und war daraufhin festgenommen worden. Es hatte ihm Jugendhaft gedroht – und er wäre mit Sicherheit auch in der Haftanstalt gelandet, wenn es ein Strafverfahren gegeben hätte. Doch dazu kam es nicht. Die Eltern des Schulkameraden nahmen die Beschuldigungen unerwartet zurück. Zu dem Vorfall war es in einem Gymnasium in Puławy gekommen. Aus den hastig hingekritzelten Berichten ging hervor, dass ein paar Siebtklässler nach dem Unterricht noch im Klassenraum geblieben waren, um ein Rollenspiel zu spielen. Um acht Uhr abends war der ältere Schüler dazugestoßen. Was er um diese Zeit in der Schule gesucht hatte, war unklar geblieben. Überraschend war dann Jurek Wójcik hinter ihm aufgetaucht und hatte ihm eine Flasche auf dem Kopf zertrümmert. Beim Verhör hatte Wójcik ausgesagt, er habe die jüngeren Schüler vor dem älteren beschützen wollen. Einen Grund dafür hatte er nicht angegeben. Zusätzlich belasteten ihn aber die Lehrer mit ihren Aussagen: Wójcik sei ein verschlossener, schwieriger Schüler. Bereits vorher habe er sich mehrmals aggressiv gegen ältere Schulkameraden und den Sportlehrer verhalten. Als die Eltern des verletzten anderen Schülers ihre Beschuldigungen nach einer Woche fallen ließen, hatte der Jugendrichter entschieden, dass der Aufenthalt in einer geschlossenen Anstalt sich negativ auf Jurek Wójciks Persönlichkeit auswirken würde. Der Fall wurde ad acta gelegt. Die Dokumentation bestand in ein paar chaotischen, nicht chronologisch geordneten Berichten und unvollendeten Zeugenaussagen. Wójcik war zur Strafe von der Schule verwiesen worden. Er hatte dann ein Abendgymnasium besucht. Doch etwas Interessantes fand Ada noch: An einen der Berichte war ein vorläufiges psychologisches Gutachten angeheftet. *Schwierige Pubertät*, las sie. *Emotional instabiler Patient mit Depressionsneigung. Ausgeprägte Schuldgefühle. Neigung zu überhöhtem Verantwortungsgefühl. Verdacht auf bipolare affektive Persönlichkeitsstörung. Eine weitere Beobachtung wäre angeraten.*

Sie runzelte die Stirn. Das psychologische Gutachten widersprach der Einschätzung der Lehrer. *Ausgeprägte Schuldgefühle ...* Sie versuchte, sich zu konzentrieren und die eben erhaltenen Informationen in einen logischen Zusammenhang mit dem jetzigen Fall zu bringen. Vor wenigen Jahren hatte Jurek Wójcik einen Schulkameraden mit einem Schlag auf den Hinterkopf ins Krankenhaus gebracht. An einem ähnlichen Schlag war nun Zofia Wagner gestorben. Diese Übereinstimmung durfte man nicht außer Acht lassen. Andererseits hatte Wójcik vorher immer nur Männer angegriffen, die stärker waren als er. *Aggressiv gegen ältere Schulkameraden und den Sportlehrer.* Hätte er eine schwächere und obendrein wehrlose Frau angegriffen? Und was genau war damals in der Schule passiert? Warum hatte er sich auf den älteren Schüler gestürzt? Ada legte die Akte beiseite und beugte sich über ihre Computertastatur. *Bipolare Störung*, tippte sie in die Suchzeile ein.

Eine bipolare affektive Persönlichkeitsstörung ist eine chronische psychische Störung, die sich auf das Wohlbefinden und Verhalten des Erkrankten auswirkt. Typisch sind abwechselnd auftretende manische und depressive Phasen, las sie auf der Website des Warschauer Instituts für Psychiatrie und Neurologie. *Bei besonders extremen Stimmungsschwankungen können sich auch psychotische Erscheinungen einstellen. In den depressiven Phasen leidet der Erkrankte an übermäßigen Schuldgefühlen und einem mangelnden Ich-Bewusstsein. Das kann so weit gehen, dass der Erkrankte glaubt, nicht zu existieren. Auch Halluzinationen sind möglich. Dann hört oder sieht der Betroffene Menschen, die gar nicht da sind.*

Den nächsten Absatz überflog sie nur, suchte mit den Augen nach einem Hinweis auf Gewalttätigkeit. Im allerletzten Textteil fand sie ihn:

In gewissen Fällen ist eine Klinikeinweisung unerlässlich: wenn der Erkrankte aufgrund seiner Krankheitssymptome seine Gesundheit oder sein Leben bzw. die körperliche Unversehrtheit anderer Menschen gefährdet.

Ada vergrub ihr Gesicht in den Händen und dachte nach. In den letzten Stunden hatten die Ermittlungen eine unerwartete Wende genommen. Madinas Verschwinden und das Geld in der Kommodenschublade der Demilows waren Indizien für eine Täterschaft der Flüchtlinge. Jurek Wójcik dagegen war vom Hauptverdächtigen zu einem eher unbedeutenden Zeugen geworden. Ada fand Marcins Schlussfolgerungen logisch, zugleich aber sagte ihr eine innere Stimme, dass sie die anderen Spuren nicht vernachlässigen sollten.

18

Es war fast schon zwölf, als sie in die schmale Zufahrt zu ihrer Wohnsiedlung einbog. Sie fuhr langsam, sah sich nach einem freien Parkplatz um. Deswegen bemerkte sie die Gestalt erst gar nicht, die, im Schatten des grellen Scheinwerferlichts nur schemenhaft zu erkennen, unten vor ihrer Haustür wartete. Der stämmige, untersetzte Mann stand mit dem Rücken gegen die Wand gelehnt. Gesicht und Schultern lagen im Dunkeln. Dennoch erkannte Ada ihn sofort. Ihr erster Impuls war, umzudrehen und zum Präsidium zurückzufahren. Doch er hatte sie schon bemerkt, stieß sich von der Wand ab und hob grüßend die Hand. Ada stellte den Motor ab. Langsam sammelte sie ihre Handtasche, die Akte mit den Ermittlungsunterlagen und einen Sack Katzenstreu von der Rückbank des Autos ein. Der Mann stand nun im hellen Lichtkegel einer Straßenlaterne. Sein rundes Gesicht war glatt rasiert. Ada fühlte, wie Ärger in ihr aufstieg. Sie hatte ihn doch mehrmals gebeten, nicht unangekündigt vorbeizukommen!

»Hallo.« Er umarmte sie und versuchte, sie auf die Wange zu küssen.

»Lass das.« Sie wand sich aus seiner Umarmung.

»Was hast du denn?«, fragte er so verwundert, dass sie ihm sein Erstaunen im ersten Moment fast glaubte.

Dann packte sie die Wut. Eine so heftige, jähe Wut, dass sie, die kühle, kontrollierte Ada, die doch ihre Gefühle immer fest im Griff hatte, sich ihrer nicht erwehren konnte.

»Ja, schnallst du denn gar nichts?«, schrie sie ihn an. »Wie oft soll ich es dir noch sagen?« Hysterisch und schrill hallte ihre Stimme durch die nächtliche Straße. Sie wusste, wie albern sie klang, trotzdem konnte sie sich nicht beherrschen. »Du hast mir doch versprochen, auf keinen Fall herzukommen!«

Über sein Gesicht glitt kaum merklich ein Schatten.

»Ich habe doch angerufen ...«

»Davon weiß ich nichts.«

»Weil du nicht ans Handy gehst.«

Hektisch holte sie ihr Telefon hervor und zog erstaunt die Brauen hoch. Tatsächlich. Drei Anrufe in Abwesenheit. Offenbar war sie so vertieft in Wójciks Akte gewesen, dass sie das Klingeln überhört hatte. Ihre Wut verrauchte. Stattdessen krampfte sich ihr Herz zusammen. Warum tat er das? Warum konnte er sie nicht einfach in Ruhe lassen? Wenn er aufhören würde, sie ständig anzurufen und sich aufzudrängen, könnte sie wenigstens versuchen zu vergessen ... Mit klammen Fingern suchte sie in ihrer Handtasche nach dem Hausschlüssel. Sie spürte, dass ihr Gesicht brannte. Wie sehr sie ihn auch verabscheute – er tat ihr trotzdem noch immer leid.

»Du verstehst einfach gar nichts. Du willst es nicht verstehen!«, sagte sie heftig, und unvermittelt ergriff sie eine seltsame Hochstimmung. »Ein einziger Schritt von mir, ein einziges Wort, und deine Karriere, dein ganzes Leben liegen in Trümmern.« Sie lachte, doch es klang nicht fröhlich.

Schweigen kehrte ein. Finster maßen sie einander mit Blicken.

Es ist immer dasselbe. Immer dieselbe Geschichte. Er will,

dass ich mich schuldig fühle, dachte sie. Schuldig für alles, was zwischen uns vorgefallen ist.

Er streckte die Hand aus, berührte ihren Arm. Hastig wich sie zurück. Der Schlüssel fiel ihr scheppernd herunter. Rasch bückte sie sich und schloss fest die Hand um das kühle Metall.

»Ich wollte dir nur etwas zeigen«, sagte er, als bemerke er gar nicht, wie aufgewühlt sie war.

»Um Mitternacht?«

»Ja, denn es ist etwas sehr Wichtiges.«

»Du kommst nicht in meine Wohnung!«

»Ich hatte auch nicht vor, mit raufzugehen«, erwiderte er so gleichgültig, dass es ihr einen Stich versetzte. »Lass uns ein bisschen spazieren gehen.«

»Kommt nicht in Frage.«

»Nur ein kleines Stück«, drängte er. »Bis zu der Kirche dort drüben.«

Statt einer Antwort drehte sie sich um und tippte den Code in die Gegensprechanlage ein. Es summte. Sie legte eine Hand auf den Türgriff.

»Es hat etwas mit deinen Ermittlungen zu tun«, fügte er eilig hinzu.

»Du hast die Akte gelesen?« Sie schrie es fast.

Wieder stieg Wut in ihr auf. Sie hätte ihn erwürgen können. Je verzweifelter sie versuchte, ihn fernzuhalten, desto hartnäckiger verlangte er Einlass in ihr Leben, drängte sich durch jede Ritze, die sie nicht rechtzeitig verschloss.

»Du musst dir etwas ansehen.« Er ließ nicht locker.

Langsam nahm sie die Hand vom Türgriff. Er war immer noch ihr Vater. Und er war ein erfahrener Kriminalpolizist.

»Wie du meinst«, willigte sie zögernd ein.

Sie überquerten die Straße, gingen auf die Kirche zu. Die Tür zum Seitenschiff war nur angelehnt. Ihr Vater betrat die Kirche zuerst, ging festen Schrittes nach vorn bis zum Altar. Beim Tabernakel blieb er stehen, drehte sich um und packte sie mit eisernem Griff am Arm.

»Hast du wirklich geglaubt, ich lasse dich einen Muslim heiraten?«, stieß er zwischen zusammengebissenen Zähnen hervor. Seine Stimme klang verändert, fremd. Bevor sie etwas sagen konnte, eilte er mit langen Schritten in die Sakristei und knallte die Tür hinter sich zu.

Sie betrachtete ihren Unterarm. Wo er sie festgehalten hatte, prangten fünf dunkle Flecke. Fünf deutliche runde Abdrücke. Plötzlich spürte sie, wie eine schneidende Kälte von unten heraufstieg. Sie blickte an sich hinab. Ihre Beine steckten bis zu den Oberschenkeln in einem eiskalten, träge schwappenden Brei voller Algen. Sie konnte nichts erkennen, hatte aber das sichere Gefühl, dass sich etwas Lebendiges unter der Wasseroberfläche verbarg. Etwas, mit dem sie auf keinen Fall nähere Bekanntschaft machen wollte. Ein länglicher Schatten glitt an ihr vorbei und schlängelte sich weiter bis zum Taufbecken. Sie rührte sich nicht. Hoffte, dass das Wesen sie nicht bemerken würde. Langsam, ganz langsam watete sie auf die Kirchenbänke zu. Wenn sie die erste Reihe erreichte, könnte sie auf die Rückenlehne steigen und so, von Lehne zu Lehne, aus der Kirche entkommen. Vorsichtig streckte sie eine Hand aus. Noch zwei Schritte. Ein Schritt ... Da drang ein süßlicher, Übelkeit erregender Geruch in ihre Nase. Verwesungsgeruch. Etwas Glitschiges streifte ihren Oberschenkel. Verzweifelt warf sie sich nach vorn. Ein letzter Schritt noch! ... Zu spät. Etwas ruckte, zerrte an ihrem Bein. Sie packte die Lehne der Bank und zog den blutigen, abgerissenen Stumpf aus dem Wasser.

Ada fuhr auf und schnappte panisch nach Luft. Sie schleuderte die Decke beiseite, packte ihr taubes Bein, massierte die Wade. Filip-Oleńka, der davon aufgewacht war, warf ihr einen vorwurfsvollen Blick zu und sprang zu Boden. Ada beugte und streckte ihre Zehen. Kribbelnd kehrte das Blut in die Adern zurück. Trotzdem fühlte sie sich nicht besser. Ihr Kopf schmerzte, ihre Lippen waren trocken und gesprungen. Sie hasste diese Träume von ihrem Vater. Hinterrücks, gegen ihren Willen zerrten sie aus den Tiefen ihres Unterbewusstseins eine schmerzhafte Wahrheit ans Tageslicht. Sie fühlte sich entblößt, hilflos und lächerlich. In ihren Albträumen bahnte sich das Unterbewusste einen Weg an die Oberfläche, wie eine Sumpfkreatur, die ihre abstoßende Fratze aus dem triefenden Schlamm nach oben reckte.

Ihr Vater würde nie im Leben um Mitternacht vor ihrer Tür auf sie warten. Er wusste gar nichts von ihrer Wut auf ihn. Und ihr Mitleid brauchte er schon gar nicht. Zum Glück arbeitet er in Wirklichkeit gar nicht bei der Kripo, dachte sie erleichtert. Wie weit sein Einfluss und seine Beziehungen auch reichten – Einblick in ihre Ermittlungsakten würde er niemals haben. Seufzend stand sie auf, um sich ein Glas Wasser aus der Küche zu holen. Am Fenster blieb sie abrupt stehen. In ihrem Traum war noch etwas anderes vorgekommen. Etwas Wichtiges. Sie zog das Rollo hoch. Auf der Straßenseite gegenüber stand ein kleiner Lebensmittelkiosk. Über seinem Eingang leuchtete ein Neonschild. Vor dem Metallzaun um ihn herum standen, diszipliniert aufgereiht, ein paar kümmerliche Bäumchen. Die Kirche aus dem Traum war verschwunden.

19

Vor dem Betonwohnblock an der Bełska-Straße 12 klappte Mikołaj Zalewski seinen nassen Regenschirm zusammen. Er tippte den Code in die Gegensprechanlage ein, wartete auf den Summton, drückte die Tür auf und ließ seiner Frau Iza den Vortritt. Aus dem Hausflur wehte ihnen ein Geruch nach feuchtem Putz und menschlichem Urin entgegen. Iza hielt einen Strauß Tausendschönchen in der Hand. Raschen Schrittes ging sie an ihm vorbei, den Kopf gesenkt. Als sie auf den Aufzug warteten, der sich knarrend und rumpelnd von oben näherte, sprachen sie kein Wort, sondern starrten nur stumm auf einen hingeschmierten Schriftzug an der Wand: *Reiß dir die Sackhaare raus, alter Wixer*.

Die Familientreffen, die sich, wie es das Ritual wollte, alle paar Monate wiederholten, endeten unweigerlich in einem Riesenkrach. Jedes Mal kehrten sie völlig zerstritten nach Hause zurück – nicht nur mit Mikołajs Mutter und seinen zwei jüngeren Brüdern, sondern auch untereinander. Mikołaj konnte sich kaum mehr erinnern, dass es einmal eine Zeit gegeben hatte, in der er sich mit seinen Brüdern gut verstand, in der das Verhältnis zu seiner Mutter nicht eisig gewesen war. Ausgeschlossen fühlte er sich seit dem Gymnasium, seit der Zeit, als sein Vater starb. Und er meinte zu wissen, was der Grund war, auch wenn es ihm nie jemand direkt gesagt hatte. Keiner aus seiner Familie äußerte jemals Vorwürfe oder forderte etwas von ihm. Trotzdem hatte er keinen Zweifel, was er tun müsste, um die Situation zu ändern. Und er wusste auch, dass seine Familie wusste, dass er es wusste. Seit Jahren verharrten sie so, in verbissenem Groll, wie Schachspieler, die nicht wahrhaben wollten, dass die Partie mit einem Patt geendet hatte. Zwischen ihm und seiner Mutter war mit der Zeit eine dicke Mauer der Feindseligkeit in die Höhe gewachsen. Als seine Brüder erwachsen wurden, hatten sie sich entscheiden müssen. Kompromisse duldete ihre Mutter nicht. Und so war er, Mikołaj, ausgeschlossen worden. Nicht vollkommen ausgestoßen oder aus dem Gedächtnis gelöscht, eher beiseitegeschoben. Langsam, Zentimeter für Zentimeter aus der Familie gedrängt. Seine Matura war noch bemerkt worden – alle fragten ihn nach seinem Notendurchschnitt, gratulierten sogar, doch die Aufnahme auf die Universität hatte niemanden mehr interessiert. Ebenso wenig sein Studienabschluss und die Doktorarbeit. Niemand fragte ihn nach seiner Arbeit im Labor, nach seinen Forschungsergebnissen, wissenschaftlichen Publikationen. Was ihn aber am meisten schmerzte, war, dass seine Verlobung und Hochzeit mit Iza ignoriert worden waren. Seine Mutter und seine Brüder hatten ihm klar zu verstehen gegeben, dass sie weltliche Zeremonien nicht anerkannten. Dass sie das Leben in Sünde, für das er sich entschieden hatte, indem er auf die kirchliche Trauung verzichtete, hart verurteilten. Mikołaj wusste nicht, ob sie hinter seinem Rücken über ihn redeten. Fest stand: Ihr Vorgehen wirkte erstaunlich abgesprochen. Außer an Namenstagen und an Weihnachten taten sie konsequent so, als existiere er nicht. Was sie aber nicht übersehen konnten, war, dass er, der älteste Zalewski-Sohn, immer noch da war. Dass er sich in ihrer Nähe hielt, egal, wie systematisch sie auch versuchen mochten, die Familie von ihm zu bereinigen. Gegen jeden gesunden Menschenverstand kam er immer wieder, unbeirrbar und zerstörerisch wie ein von unsicherer Hand geworfener Bumerang. Je seltener sie ihn einluden, desto öfter tauchte er bei ihnen auf. Je deutlicher sie ihn ablehnten, desto hartnäckiger belagerte er ihre Türen.

Der Aufzug ächzte und hielt im sechsten Stock. Iza tippte Mikołajs Schulter an.

»Ihr Geburtstag, ja?«, vergewisserte sie sich.

»Namenstag. Mutter feiert nur religiöse Feste.«

»Und warum sind Namenstage religiös und Geburtstage nicht?«

»Das erkläre ich dir später.« Er seufzte und drückte auf die Klingel.

Helena Zalewska, seine Mutter, öffnete die Tür. Sie trug ein graues Wollkostüm mit weißer Bluse. Am Blazer steckte eine große Bernsteinbrosche.

»Ich hoffe, ihr seid hungrig?« Mit einer Handbewegung bat sie die beiden herein. »Piotr hat einen Salat gemacht und Toast mit Pesto«, zählte sie auf, während sie den Blumenstrauß von Iza entgegennahm. »Wir warten nur noch auf Karol. Dann gibt es Quiche. Ich habe sie selbst gebacken ...«

»Was du nicht sagst.« Mikołaj wollte ihr die Hand geben, worauf seine Mutter in einem technisch überaus raffinierten Manöver den Kopf schräg legte und ihm die Wange hinhielt, aber gleichzeitig einen halben Schritt zurücktrat. Dadurch sah es so aus, als warte sie auf einen Begrüßungskuss, stehe aber zu weit entfernt, sodass Mikołaj nur laut in die Luft schmatzte.

»Na, dann lass uns jetzt essen gehen. Mal sehen, was du Schönes fabriziert hast«, brummte er verlegen und legte den Arm um seine Mutter, die ihm diesmal nicht auswich und sich ins Wohnzimmer führen ließ.

Dort saß schon sein jüngster Bruder. Mikołaj sah ihn von der Seite und blinzelte überrascht. Im ersten Moment glaubte er, Karol vor sich zu sehen. Karol und Piotr waren sich verblüffend ähnlich, nur dass Karol bereits ein deutlich sichtbares Netz von Lachfältchen um die Augen hatte, während der schlanke und schmale Piotr mit seinem glatten Gesicht nicht älter als zwanzig wirkte. Noch deutlicher trat die Ähnlichkeit zutage, seit der jüngste Bruder angefangen hatte, den Kleidungsstil und das Verhalten des mittleren nachzuahmen. Als ihr Vater vor fünfzehn Jahren gestorben war, hatte Karol – und nicht der ältere Mikołaj – die Vaterrolle für Piotr übernommen. Seinem Ratschlag war Piotr gefolgt, als er sich für das katholische Gymnasium und im Anschluss daran für ein Philosophiestudium an der katholischen Kardinal-Wyższyński-Universität entschied. Piotr hörte dieselbe Musik wie Karol, las die gleichen Bücher, und die meisten seiner Äußerungen endeten mit der Bemerkung: »Das findet Karol übrigens auch.« In letzter Zeit hatte er sogar begonnen, beim Sprechen Karols Tonfall nachzuahmen.

Heute trug Piotr eine dunkle Anzughose mit Bügelfalten, einen Wollpullover und ein schwarzes Sakko. Er sah aus, als käme er geradewegs aus dem Priesterseminar. Nur das Kollar fehlte.

»Respekt!«, sagte Mikołaj scherzend. »Ich hätte dich fast mit Karol verwechselt. Ein Schwarzrock in der Familie reicht doch wohl?«

Piotr stand eilig auf. Es folgte eine lautstarke Begrüßung mit kernigem Händedruck.

»Wie geht's?«, fragte Mikołaj.

»Ganz gut. Und euch?«

»Wir haben uns gerade einen besseren Computer gekauft und ...«

»Ach ja, ich wollte dir was erzählen«, unterbrach ihn Piotr. »Ich habe in der *Welt der Wissenschaft* einen Artikel gelesen. Angeblich soll es winzig kleine Organismen geben, die sich von anorganischer Materie ernähren. Archäonen heißen sie. Wusstest du das?«

»Sicher, sicher.« Mikołaj nickte verwirrt. »Aber dieser Computer, der könnte dich interessieren. Er hat eine Grafikkarte, die ...«

»Diese Archäonen leben in heißen Quellen. Und wenn sie anorganische Nahrung zu sich nehmen, ist das doch so, als fräßen sie Sand oder Glas? Manche sollen angeblich eine quadratische Form haben.« Piotr sprach immer lauter. Es war offensichtlich, dass er das Thema Computer umgehen wollte.

»Das ist wahr.« Mikołaj gab auf. »Einige haben auch würfelförmige Zellen. Wenn du willst, kann ich dir irgendwann einmal mehr darüber erzählen.«

»Natürlich, sehr gerne! Das ist wirklich eine unglaubliche Sache. Dann nehme ich eine Mikrobiologie-Vorlesung bei dir.« Er lehnte sich bequem auf dem Sofa zurück und begann, über seine Führerscheinprüfung zu reden, die am Montag bevorstand.

»Ich hab nur sechshundert Złoty gezahlt. War eine Aktion auf *Groupon*. Ein Unikollege macht auch mit.« Er redete ohne Punkt und Komma. »Fahrstunden hätte ich eigentlich gar nicht gebraucht. Ich kann ja schon lange Auto fahren. Karol hat's mir noch auf dem Gymnasium beigebracht. Der Fahrlehrer hat vielleicht Augen gemacht! Aber so sind in Polen nun mal die Vorschriften: Kein Führerschein ohne Fahrstunden.«

Er zog den Pullover aus und rollte seine Hemdsärmel hoch.

»Wow, du bist ja ordentlich bepackt!« Mikołaj warf einen Blick auf die nackten Oberarme seines kleinen Bruders.

»Dienstag fahr ich mit ein paar Kumpels in die Berge. Klettern.«

»Jetzt? Im Winter?«

Das Thema Sport interessierte beide Zalewski-Brüder. Piotr war Mitglied im Leichtathletikteam seiner Universität, Mikołaj war früher Ski gefahren.

»Lawinengefahr gibt es bei dem Wetter nicht.«

»Also, ich mache mir auch Sorgen«, mischte sich ihre Mutter ein. »Aber ich lege meine ganze Hoffnung in Gott. Dann wird dir schon nichts zustoßen. Am Freitag wollt ihr zurück sein, nicht wahr, Piotr? Samstag haben wir dann ein kleines Treffen mit der Glaubensgemeinschaft aus Zakopane. Leider kann Pater Gdański nicht dabei sein. Erinnerst du dich noch an ihn?«, wandte sie sich an Mikołaj.

Er runzelte die Stirn und nickte widerwillig.

»Er ist ja so krank, der Arme. Die weite Fahrt wäre wirklich zu viel für ihn.«

Iza holte tief Luft. Sie saß da, den Blick starr auf eine Schwarz-Weiß-Zeichnung mit grasenden Kühen geheftet. Niemand beachtete sie. Mikołaj wollte reagieren, sie irgendwie ins Gespräch einbinden, aber es fiel ihm nichts Gescheites ein. Zum Glück klingelte das Telefon. Seine Mutter nahm ab. Die anderen sahen sie gespannt an, als erwarteten sie eine wichtige Neuigkeit.

»Natürlich. Aber sicher«, sagte sie leise und ging ein Stück beiseite. »Dann sehen wir uns später.«

Mikołaj fand, dass ihre Stimme besorgt klang. Er wollte zu ihr gehen, doch sie hatte schon aufgelegt. Ihr Gesicht trug denselben sanften, undurchdringlichen Ausdruck wie immer.

»Das war Karol.« Sie lächelte. »Ihm ist etwas dazwischengekommen.«

»Am Namenstag seiner eigenen Mutter?«

»Piotr, bitte hilf mir doch in der Küche.« Sie ignorierte Mikołajs Frage und ging voran.

Piotr stand auf und ging ihr nach. Die Quiche aus dem Ofen zu holen nahm offenbar einige Zeit in Anspruch. Iza ging zum Bücherregal, zog einen beliebigen Bildband hervor und blätterte darin. Mikołaj meinte, aus dem Flur gedämpfte Stimmen zu hören, ein erregtes Tuscheln. Steif saß er am Tisch, die Hände tatenlos auf der feinen Decke. Er fühlte sich beklommen, wie immer wenn seine Ehefrau und seine Mutter zugleich anwesend waren. Als säße er zwischen allen Stühlen. In einem Anflug bitterer Selbsterkenntnis stellte er fest, dass ihm beide peinlich voreinander waren: seine Mutter mit ihrer übertriebenen Gottesfurcht vor der kühlen, intellektuellen Iza – und Iza mit ihrer starken, dominanten Persönlichkeit vor der traditionell eingestellten Mutter. Wenn seine Brüder dabei waren, wurde es noch schlimmer. Er hatte das Gefühl, dass alle drei – Mutter, Karol und Piotr – argwöhnisch seine Ehe beäugten, um später hinter vorgehaltener Hand über Iza und ihn zu richten. Ach was, ich bin einfach überreizt, rief er sich zur Ordnung und lächelte seiner Frau zu. Sie antwortete ihm mit einem freundlichen Augenzwinkern.

»Piotr, schneide du doch schon mal die Quiche an.« Mutter

und Bruder kamen ins Wohnzimmer zurück. »Und hol das neue Besteck.«

Piotr griff nach einem Messer. Unwillkürlich dachte Mikołaj, dass sein jüngster Bruder sich benahm wie ein wohlerzogener Teenager. Dabei war er schon fast fünfundzwanzig. Aber er wohnte immer noch bei ihrer Mutter und hatte offenbar auch nicht vor, demnächst flügge zu werden. Der Rest der Familie behandelte ihn mit Nachsicht, wie ein großes Kind, und ihm schien diese Rolle zu gefallen.

»Ich weiß auch nicht, was ich von dieser Demo letzten Donnerstag halten soll.« Er stand über die Quiche gebeugt und sprach mit halblauter Stimme, so als rede er, in Gedanken versunken, mit sich selbst. »Die ganze Innenstadt war verstopft. Schon um sechs Uhr morgens kam man nicht mehr durch. Und als ich endlich bei der Uni war, stellte sich heraus, dass die Demo aus ganzen zweihundert Leuten bestand.«

»Das war eine Demonstration für die Trennung von Kirche und Staat«, antwortete Mikołaj ihm. »Und soweit ich weiß, fand zur gleichen Zeit eine Gegendemonstration beim Dmowski-Denkmal statt. Die Polizei hat beide Demos für alle Fälle voneinander ferngehalten. Deswegen die Staus.«

»Aber ich verstehe nicht, worum es diesen Leuten geht. Was ist denn deren Problem?« Piotr blickte sich im Zimmer um, als sollten die Wände ihm Antwort geben.

Mikołaj spürte, wie er sich verkrampfte. »Was gibt es da nicht zu verstehen? In diesem Land leben nicht nur Katholiken.« Er wusste, dass sie sich auf dünnes Eis begaben.

»Aber es gibt doch auch muslimische Länder«, fuhr Piotr in naivem Tonfall fort. »Es gibt doch Glaubensstaaten, die gut funktionieren. Ich kann nichts Negatives daran finden.«

»Dann fahr doch mal nach Saudi-Arabien und versuch, auf offener Straße dein Kreuz um den Hals zu tragen!« Mikołaj wusste, dass Piotr ihn provozieren wollte. Trotzdem fiel er, wie immer, darauf herein. »Die hacken dir den Kopf ab. Da hast du deinen Glaubensstaat!«

»Nun schrei doch nicht so.« Ihre Mutter hob die Hand. »Er fragt doch nur. Sprich weiter, Piotr.«

»Er ist vierundzwanzig Jahre alt und sollte langsam anfangen, selbst zu denken!«

»Es geht bei diesen Demos nicht um die Trennung von Kirche und Staat, sondern um eine Vergewaltigung der Naturgesetze«, erklärte Piotr ruhig.

»Ich verstehe nicht, warum es gegen die Gesetze der Natur sein sollte, wenn homosexuelle Lebenspartnerschaften legalisiert werden. Und erst recht nicht, warum es sie *vergewaltigen* sollte. Für dich hat einfach alles mit Sex zu tun!«, entgegnete Mikołaj so heftig, dass Iza erstarrte, die Gabel halb zum Mund erhoben. »Schaffst du es wirklich nicht, mal über den Tellerrand deiner Pornofantasien zu gucken? Diesen Leuten geht es nicht um Sex, sondern um ihr Recht auf Liebe!«

»Auf Liebe?«, fragte Piotr harmlos zurück, als plauderten sie in aller Freundschaft.

Helena Zalewska saß zwischen ihren Söhnen wie eine Königinmutter, unnahbar und allmächtig. Um ihre schmalen Lippen lag ein verkniffener Zug. Ihr Blick war irritiert, streng und zugleich etwas spöttisch. Mikołaj fühlte sich verwirrt und etwas beschämt. Wieder einmal hatten sie ihn aufs Glatteis geführt. Wieder einmal hatten sie ihn an einen Punkt gebracht, an dem er gar nicht sein wollte. Doch jetzt war er schon zu weit vorgestürmt, um einen Rückzieher zu machen.

»Du glaubst also nicht, dass Homosexuelle sich lieben können? Das sind keine triebgesteuerten Tiere, das sind Menschen wie du und ich«, blaffte er.

»Ich glaube eben an die göttliche Ordnung und an Normalität«, murmelte Piotr und biss von einer Tomate ab. »Ich habe einen Unikollegen, der ist von seiner Homosexualität geheilt worden.«

»Ach, tatsächlich? Die sexuelle Orientierung ist also etwas, von dem man geheilt werden kann, ja? Zum Beispiel im Priesterseminar? Dann lass uns doch mal sehen, ob das bei Karol klappt.«

Am Tisch kehrte Stille ein. Helena Zalewska erhob sich von ihrem Stuhl und griff nach der Schüssel.

»Noch jemand Salat?«, fragte sie mit betont ruhiger Stimme.

»Ja, bitte«, kam Iza ihr zu Hilfe.

Piotr saß eine Weile still da, dann legte er heftig sein Besteck beiseite.

»Ich wollte dir nicht zu nahe treten, Mikołaj«, wandte er sich an seinen älteren Bruder. »Ich sage nur das, was ich wirklich denke.«

Mikołaj sah ihn überrascht an.

»Warum kannst du deine Gefühle nicht ein Mal im Zaum halten?« Iza seufzte und zog ihre geringelte Wollstrumpfhose aus. Sie saß auf dem Tisch, die Füße auf der Stuhllehne. Wie immer wenn sie wütend war, sah sie Mikołaj nicht direkt an, sondern heftete ihren Blick auf einen unsichtbaren Punkt zwischen sich und ihm. Ihr Tonfall war scharf, bissig, sie klang aufgewühlt. Mikołaj betrachtete sie besorgt.

»Sie sind es doch, die mich provozieren. Und sie sind es, die ein Problem haben.«

»Sie, sie«, äffte Iza ihn nach. »Nein, *du* hast ein Problem, weil du dich provozieren lässt.«

»Ich hatte recht, mich darüber aufzuregen.«

»Und weil du recht hattest, ist dein Verhalten natürlich auch zu rechtfertigen«, erwiderte sie steif. »Ihr alle habt andauernd recht. Und das reibt ihr euch immerfort gegenseitig unter die Nase. Was anderes interessiert euch nicht. Hauptsache, ihr könnt eure eigene Meinung rausposaunen. Die Gefühle anderer sind euch scheißegal. Immerhin hat Piotr sich bei dir entschuldigt.«

»Hab ich nicht bemerkt.«

»Am Ende hat er nachgegeben.«

»Aber vorher musste er mir seine Meinung auftischen. Quatsche ich etwa in einem fort vom Recht der Frauen auf Abtreibung? Oder von irgendwelchen Schwulenorganisationen? Schleppe ich ihnen linke Magazine oder feministische Texte ins Haus?«

»Nein, das tust du nicht«, musste Iza zugeben.

»Und was haben wir von ihnen zu Weihnachten gekriegt? Den *Katechismus der Katholischen Kirche*, gab er sich selbst zur Antwort, bevor Iza den Mund aufmachen konnte. »Was hat meine Mutter mir zum Namenstag mitgebracht?«

»Weiß ich nicht mehr.«

»Einen Stapel alberner Broschüren: *Der Weg des Heils*, *Mit der Heiligen Jungfrau in Bruderschaft* und anderen Schwachsinn.«

»In Bruderschaft?« Sie schüttelte den Kopf, versuchte, sich das Lachen zu verkneifen.

»Ach, ist doch egal, irgend so 'n Geschwafel halt. Zur Matura habe ich einen Rosenkranz gekriegt und zum dreißigsten Geburtstag eine Bibel. Per Post. Und Piotr weiß ganz genau, was er tut. Der und seine *unschuldigen* Fragen!« Er riss in gespielter Naivität die Augen weit auf. »Und du meinst wirklich, er wollte mich nicht aufregen?« In dem Moment glich er Piotr so sehr, dass Iza laut auflachte. »Was quatscht er da vom Glaubensstaat? Ist er jetzt völlig verblödet?«

»Er ist noch jung und unerfahren«, wandte Iza ein.

»Das stimmt nicht. Er ist ein erwachsener Mann. Er sollte endlich lernen, selbstständig zu denken. Stattdessen plappert er wie ein Papagei alles nach, was Mutter und Karol von sich geben. Ich habe ihn noch nie etwas sagen hören, das er nicht vorher irgendwo aufgeschnappt oder auswendig gelernt hätte. Karol hat großen Einfluss auf ihn«, fügte er ernst hinzu. »Und das macht mir Sorgen.«

»Du denkst immer über deine Brüder nach. Was sie machen, was sie denken, was sie sagen, was sie finden. Meiner Meinung nach versuchst du, sie zu kontrollieren.«

»Ich will sie nicht kontrollieren«, sagte er gereizt, zog seine Schuhe aus und knöpfte sein Hemd auf. »Ich mache mir ganz einfach Sorgen.«

»Wenn dir wirklich etwas an ihnen liegt, solltest du aufhören, dich ihnen aufzudrängen«, erwiderte sie fest. »Sie sind anders als du. Akzeptier das endlich und lass sie in Ruhe.«

Iza warf ihre Strumpfhose und ihr Unterhemd aufs Bett. Sie hatte dichtes dunkles Haar und ein hübsches ebenmäßiges Gesicht. Ihr Großvater väterlicherseits stammte aus Delhi. Er war Ende der 1930er-Jahre nach England ausgewandert und hatte dort ein Medizinstudium abgeschlossen, bevor der Zweite Weltkrieg ausbrach. 1940 hatte er in London eine junge Frau kennengelernt, die aus Polen geflüchtet war. Die darauffolgenden Jahre waren sorgsam unter dem dichten Schleier eines

Familiengeheimnisses verborgen, der sich erst 1947 lüftete, als die junge Frau nach Polen zurückkehrte, und mit ihr ein kleiner schwarzhaariger Junge mit bräunlicher Haut. Von ihren indischen Vorfahren hatte Iza ihre atemberaubend langen Beine geerbt – und einen ebenso atemberaubend kurzen Oberkörper. Die seltsame Proportionierung war so auffallend, dass man im ersten Moment meinen konnte, es sei eine körperliche Fehlbildung. Vor allem, da Iza einen eigentümlich steifen, staksigen Gang hatte, fast so, als litte sie an Bandscheibenproblemen. Mikołaj hätte nicht sagen können, was er anziehender fand: ihr schönes Gesicht oder ihre merkwürdigen Proportionen.

»Trotzdem mache ich mir Sorgen«, sagte er und fasste sie beim Handgelenk. »Sie haben mich immer auf Abstand gehalten. Haben mir zu verstehen gegeben, dass ich anders bin, dass ich ein unmoralisches Leben führe. Als wäre man unmoralisch, nur weil man nicht gläubig ist ... Und jetzt nimmt das Ganze allmählich bizarre Ausmaße an.«

»Sie sind eben einen anderen Weg gegangen als du. Und dadurch entfernt man sich voneinander.«

Er nickte zustimmend, nahm aber gleich den Faden wieder auf.

»Wir müssten uns doch gar nicht streiten. Es gibt so viele neutrale Themen. Aber immer wenn wir uns sehen, kommt es zu einem Riesenstreit. Und immer sind sie es, die den Streit vom Zaun brechen. Es fühlt sich an, als lockten sie mich absichtlich in einen Hinterhalt ...«

»Kannst du nicht endlich damit aufhören?«, fragte Iza ungeduldig und befreite ihr Handgelenk. Sie warf sich ihren Bademantel über. »Nicht alle Mütter wollen den Kontakt zu ihren erwachsenen Kindern halten. Nicht alle Brüder müssen sich gut verstehen, nur weil sie Brüder sind. Versteh das doch endlich.«

Mikołaj wandte das Gesicht ab. Sie hatte ja recht. Schweigend überlegte er, ob vielleicht tatsächlich alles daran lag, dass seine Mutter ihn immer weniger mochte. Kein Zweifel, seine hartnäckige Weigerung, sich von ihr bekehren zu lassen und dem Glauben zuzuwenden, rief bei ihr ein zunehmendes Unverständnis hervor. Dabei bemühte Mikołaj sich seit Jahren um ein harmonischeres Verhältnis. Und er versuchte zu zeigen, dass ihm trotz aller Unterschiede in der Weltanschauung am Kontakt mit seiner Familie lag. Trotzdem wurden die Konflikte von Jahr zu Jahr schlimmer, statt dass sich die Wogen glätteten. Häufig ging seine Mutter nicht einmal ans Telefon, wenn er anrief. Außerdem versuchte sie zu verhindern, dass er und Piotr aufeinandertrafen. Karol schwankte zwischen spontaner Herzlichkeit und kühler Ablehnung, wenn sie sich sahen. Dabei war er immer sein Lieblingsbruder gewesen, sie hatten viele gemeinsame Freunde gehabt. Trotz allem konnte er, Mikołaj, sich nicht zu dem schwierigen letzten Schritt überwinden – den Kontakt gänzlich abzubrechen. Statt aus der frustrierenden Situation auszubrechen, verstrickte er sich immer tiefer in Schmerz und sinnlose Vorwürfe. Ein Teufelskreis.

»Gib mir meine Creme«, bat ihn Iza, die eben aus dem Bad kam.

»Lass doch die Creme. Diese Glaubensfragen regen mich so auf, wir müssen sofort ins Bett.« Mikołaj packte sie um die Taille und zog sie heftig an sich.

»Du bist pervers.« Sie lachte und fiel rücklings in die Kissen.

Er wollte gerade den Knoten ihres Bademantels lösen, da klingelte das Telefon. Zwölf Mal. Pause. Wieder zwölf Mal. Der

Anrufer ließ nicht locker. Mikołaj griff nach seinem Handy, wollte es ausschalten. Sein Blick fiel auf das Display, und er hielt inne.

»Es ist Karol«, sagte er unsicher. »Vielleicht sollte ich doch rangehen?«

»Geh ran.« Iza setzte sich auf.

Sie wollte sich in die Küche zurückziehen, doch der plötzlich veränderte Gesichtsausdruck ihres Mannes hielt sie davon ab.

»Ja«, sagte er tonlos. »Es tut mir sehr leid. Natürlich ... Ja, natürlich können wir uns treffen. Morgen also. Ja, gut.« Er legte das Handy beiseite.

Iza hielt den Atem an. Mikołaj war kreidebleich.

»Erinnerst du dich an Karols ehemalige Verlobte? Zofia? Die er verlassen hat, weil er ins Seminar wollte?«

»Ja, natürlich.« Sie nickte.

»Sie ist tot. Ermordet. Deswegen ist Karol heute nicht zu Mutters Namenstag gekommen.«

20

Auch am Montagmorgen war das Wetter noch scheußlich. Die Temperatur war auf zwei Grad über null gestiegen. Es regnete. Der Himmel war dunkel verhangen. Durch die schweren grauen Wolken drang nicht der winzigste Sonnenstrahl. Um acht Uhr dreißig stiegen die Ermittler der Abteilung Terrorbekämpfung und Tötungsdelikte, allesamt in schwarzen Jogginghosen und schwarzen Regenjacken mit dem reflektierenden Aufdruck *Policja* auf dem Rücken, in einen Dienstbus und ließen sich in dumpfem Schweigen zum Łazienki-Park karren.

»Was für eine verfickte, verschissene Scheiße!«, fluchte Marcin, als sein Fuß beim Aussteigen knöcheltief in einer Schmelzwasserpfütze versank.

Sein Kopf schmerzte. Am vorigen Abend hatte er auf dem Heimweg Olga angerufen, um ihr zu sagen, dass er vor acht Uhr zu Hause sein und den Mädchen eine Gutenachtgeschichte vorlesen würde. Dann hatte er eine Flasche Bordeaux und vier Bier gekauft – den Wein zur Versöhnung, hatte er sich gedacht, das Bier zur Entspannung. Olga war nicht begeistert gewesen, als sie den ganzen Alkohol sah, hatte aber zum Abendessen ein Glas Wein getrunken. Dann war sie unter die Dusche gegangen. Als die beiden Mädchen im Bett waren und Marcin die Tür des Kinderzimmers hinter sich zuzog, rauschte im Bad immer noch das Wasser. Da leerte er die Weinflasche allein. Nach weiteren endlosen Minuten kam Olga aus dem Bad und setzte sich neben ihn – just als er die erste Dose Bier öffnete. Ihr Gesicht glänzte unter einer dicken Cremeschicht, sie trug ihren alten Frotteebademantel und an den Füßen alberne gelbe Plüschpantoffeln in Entenform.

»Und *jetzt noch* ein Bier?«, fragte sie in einem Ton, der ihn ärgerte. Es klang angewidert, als fasse sie mit spitzen Fingern nach einem giftigen Reptil. Ihre ganze Haltung regte ihn auf, wie sie so rechtschaffen und pikiert neben ihm saß.

»Ich bin eben müde«, blaffte er.

Sie sollte sich ihm nicht so zeigen, fand er. In diesem Aufzug. Mit dieser Fettcreme im Gesicht. Und konnte sie nicht öfter Parfüm benutzen? Jasminparfüm zum Beispiel ... Olga seufzte auf, als könnte sie seine Gedanken lesen. Vorsichtig schaute er sie an. Nein. Sie saß ganz ruhig da, wie abwesend, und drehte ein Spielzeug in den Händen, das sie vom Boden aufgehoben hatte. Er schaltete das Radio ein. Gerade begann eine Musiksendung. Die erste Bierdose war schon leer, er nahm sich eine neue, öffnete sie. Er war entsetzlich deprimiert. Nun war ein vollkommen simpler Fall urplötzlich kompliziert geworden. Nur wegen eines einzigen dummen Fehlers – der eigentlich nicht einmal ein Fehler war. Er wollte es sich nicht eingestehen, aber im Grunde seines Herzens wusste er, dass er genauso gehandelt hätte wie Ada. Auch er hätte Madina nach der Befragung am Samstag nicht für verdächtig gehalten. Auch er hätte sie nicht aufs Präsidium mitgenommen. Aber jetzt war sie verschwunden, und Ada und ihn erwartete eine Standpauke von Modzelewski. Und zu allem Übel, dachte er erbost, habe ich hier eine Ehefrau hocken, die sich einen Scheißdreck dafür interessiert, was ich den ganzen anstrengenden Tag lang mache. Und die sich zum Dank für meine Schufterei auch noch vollkommen gehen lässt. Sich nicht das kleinste bisschen Mühe gibt. Olgas Schweigen kränkte ihn, er tat sich furchtbar leid. Er selbst allerdings begann auch kein Gespräch, sondern schlürfte nur stumm sein Bier. Olga stand auf.

»Gute Nacht«, sagte sie.

In der Tür drehte sie sich um und warf ihm einen langen Blick zu. Gegen Mitternacht trank er den letzten Schluck Bier und schlief bei laufendem Radio im Sitzen ein.

21

Jetzt, am Montagmorgen, hämmerte ihm wie wild der Schädel. Bei dem Gedanken, im strömenden Regen durch den Park zu hetzen, wurde ihm übel. Doch ihm blieb wohl nichts anderes übrig.

Um Viertel nach neun kehrte die durchnässte und schlammbespritzte Abteilung Terrorbekämpfung und Tötungsdelikte zum Mostowski-Palast zurück. Ada rannte nach oben, um sich umzuziehen. Marcin beschloss, noch ein paar Minuten abzuwarten. Aus unerfindlichen Gründen machte ihn die Vorstellung verlegen, Ada möglicherweise in Unterwäsche zu sehen. Also blieb er vor dem Präsidium stehen und rauchte eine Zigarette. Danach holte er einen Schokoriegel aus seiner Jackentasche, klemmte ihn sich zwischen die Zähne und drückte die schwere Eingangstür auf. Der uniformierte Wachtmeister an der Schranke starrte mit abwesendem Blick an die Wand. Marcin ging wortlos an ihm vorbei. Seine linke Wade schmerzte. Bestimmt eine Zerrung, die er sich zugezogen hatte, als er mit Ada Schritt halten wollte. Das hatte man nun davon. Ächzend erklomm er die Treppe. Vielleicht sollte er doch wieder Sport machen. Sich im Fitnessstudio anmelden, zum Beispiel. Er nahm all seine Kraft zusammen, übersprang die letzten beiden Stufen mit einem Satz – und sog zischend die Luft ein vor Schmerz.

Im zweiten Stock des Präsidiums herrschte gedämpfte Stimmung. Ein paar Kollegen schlichen lustlos über den Flur. Im Sekretariat schimpfte Dagmara lautstark über den Regen, die Kälte und den hartnäckigen Nebel. Als Marcin das Büro betrat, stellte Ada gerade den Wasserkocher an. Sie wirkte frisch und energiegeladen wie immer. Nur ihr Kleidungsstil war anders als sonst, eher sportlich als elegant. Sie trug eine Cargohose, lederne Turnschuhe und um die Taille eine Gürteltasche aus Wildleder.

»Wir haben eine Menge Arbeit«, begann Marcin schon auf der Schwelle. Kurz dachte er daran, sich für sein gestriges Benehmen zu entschuldigen, ließ es dann aber bleiben. »Lass uns durchsprechen, was heute zu tun ist. Dann teilen wir die Aufgaben auf.« Er ging zu seinem Stuhl.

Die bisherigen Ermittlungsschritte mussten noch einmal zusammengefasst werden. Diesmal war allerdings das Ziel klar umrissen. Es gab eine vorgezeichnete Spur.

Ada nickte.

Marcin fuhr fort: »Konzentrieren wir uns erst einmal darauf, Madina zu finden. Ich habe gestern veranlasst, dass ihr Phantombild an alle Polizeistandorte verschickt wurde. Sie hat Warschau wahrscheinlich verlassen. Hoffen wir, dass sie überhaupt noch in Polen ist. Sie hatte schließlich vierundzwanzig Stunden Zeit. Genug, um zum Beispiel mit dem Auto nach Paris zu gelangen. Ein Flugzeug hat sie wohl eher nicht genommen ...«

Ada reichte ihm eine Tasse Kaffee. Er nahm einen Schluck und verscheuchte endgültig den Gedanken an eine Entschuldigung, umso mehr, als seine Wade ihn immer stärker zwiebelte und zwickte.

»Heute früh haben die Wachtmeister sich gemeldet, die Demilows Haus observieren. Um sechs. Da ist Madinas Vater zurückgekommen. Jemand hat ihn in einem grünen BMW bis vor die Tür gebracht. Der Wagen hatte keine Kennzeichen.«

»Ein grüner BMW?« Ada runzelte die Stirn. »Das Auto kenne ich. Es gehört einem Tschetschenen aus *Haus Sonnenschein*.«

»Okay. Überprüfen wir. Jedenfalls hockt der alte Demilow bis jetzt in der Bude. Die beiden haben den Auftrag, ihn festzuhalten, sobald er das Haus verlässt. Wir müssen ihn nämlich schnellstens befragen. Außerdem warten wir noch auf die Analyse der Fingerabdrücke ...«

»Gestern Abend hat Jurek Wójcik sich zurückgemeldet«, fiel sie ihm ins Wort. »Er war bei seinen Eltern in Puławy. So etwas hatten wir uns ja schon gedacht. Er behauptet, er hätte dort keinen Handyempfang gehabt. Er kommt gleich her. Zwischen zehn und elf.«

Marcin sah auf die Uhr.

»Dann fahre ich wohl besser allein nach Wola. Und die Ausländerbehörde rufe ich auch an. Sie haben sich ja bis jetzt nicht zurückgemeldet, und wir müssen so schnell wie möglich den Aufenthaltsstatus der Demilows rauskriegen. Du knöpfst dir in der Zeit diesen Wójcik vor. Danach fährst du zu der Metallwarenhandlung. Nimm Madinas Phantombild mit. Und auch das von ihrem Macker, es ist bestimmt inzwischen fertig. Diese Frau Marek war ja heute schon um neun Uhr hier ...«

Er redete sich in Fahrt und spürte, wie seine Energie und Selbstsicherheit zurückkehrten. Ein paar Stunden ohne die Nervensäge. Endlich! Wir brauchen beide mal eine Pause voneinander, sagte er sich und ignorierte seine Gewissensbisse.

»Ich trink noch den Kaffee aus, und weg bin ich«, sagte er laut. »Nimm den Hooligan ordentlich in die Zange.«

»Wir müssen auch noch mit Zofia Wagners Psychologen sprechen«, erinnerte ihn Ada. »Und was ist mit der Suche nach dieser Arztpraxis?«

Der Gedanke an endlose Spalten von Straßennamen dämpfte seine Euphorie. Aber nur für einen Moment.

»Das erledigen wir später. Jetzt sollten wir uns zuerst auf das wirklich Wichtige konzentrieren.«

Ada widersprach nicht.

»Wenn irgendwas ist, ruf mich an. Wenn nicht, treffen wir uns um zwei in *Haus Sonnenschein*.«

Energisch stellte er seine Tasse ab, zog den Reißverschluss seiner Jacke hoch und ging so federnden Schrittes, wie seine Wade es zuließ, aus dem Raum.

Allein im Büro, trank Ada erst einmal ihren Kaffee aus. Sie war eine zu gute Beobachterin, um Marcins neuen reservierten Tonfall ihr gegenüber nicht zu bemerken. Seine abweisende Haltung. Es war, als hätte er in der Nacht einen dicken Schutzwall aufgebaut. Einen Schutzwall gegen sie. Aber noch etwas hatte Ada gespürt: einen fernen Schmerz, verschwommen und vage. Eine Ahnung eher. Sie seufzte, streckte ihre Arme und legte die Hände parallel nebeneinander auf die Tischplatte. Ich kann ihm nicht helfen, dachte sie. Ich habe keinen Einfluss auf seine Gefühle. Eben wollte sie aufstehen, da klingelte das Haustelefon.

»Kommissarin Adela Rochniewicz.«

»Hier unten ist jemand für dich«, meldete sich die Wachtmeisterin vom Empfang. »Ein Herr Jurek Wójcik. Er sagt, du hast ihn herbestellt.«

Rasch stand Ada auf.

»Bin schon unterwegs!« Sie warf den Hörer auf die Gabel.

Auf der Bank im Warteraum saß ein schmaler junger Mann mit langen Wimpern und leicht abstehenden Ohren. Er trug eine schwarz-weiß rautierte Bomberjacke, helle Jeans und Sportschuhe. Den Kopf hatte er in die Hand gestützt. Er sah sehr müde aus. Ein Junge, dachte Ada. Hübsch und knackig wie ein frischer Apfel. Er hatte etwas ungemein Anziehendes, etwas Feines, Zerbrechliches an sich. Seine Haut war zart und glatt, die Augen eng beieinanderstehend, die Wangenknochen leicht vorspringend. Den Raufbold und Hooligan aus dem trostlosen Plattenbau hatte Ada sich anders vorgestellt. Nun spürte er ihren Blick und hob den Kopf. Sie erschauderte. Über seine hohe Stirn huschte ein Schatten, ein düsteres Mal – sie hätte nicht genau sagen können, was es war, doch für einen kurzen Moment hatte sie es ganz deutlich gesehen.

»Jurek Wójcik?«

Raschen Schrittes ging sie auf die Bank zu.

Der Junge warf ihr unter gesenkten Lidern einen Blick zu, wie ein Schüler, der dem Blick der Lehrerin auszuweichen versucht.

»Der bin ich«, brummte er unwillig.

»Adela Rochniewicz. Kriminalkommissarin. Ich hatte Sie ... dich angerufen.«

Sie streckte ihm die Hand hin, er drückte flüchtig ihre Finger.

»Was ist denn nun los?«, fragte er und sah sie noch immer nicht an. »Ist irgendwas passiert?«

»Das klären wir oben. Bitte komm mit mir.«

Im Büro bat sie ihn, Platz zu nehmen.

»Ist dir kalt?«, fragte sie und wollte schon nach dem Wasserkocher greifen, als etwas sie innehalten ließ. Das, was sie spürte, war ... ja, jetzt hatte sie es: eine unbegründete, spontane Sympathie. Dieser Junge mit den leichten Segelohren und dem mädchenhaften Milchgesicht weckte Mitgefühl. Selbst in ihr – selbst in Kommissarin Adela Rochniewicz. Sie ließ den Wasserkocher stehen und setzte sich Jurek Wójcik gegenüber.

»Weißt du, warum du hier bist?«

»Nein.«

»Weil Zofia Wagner ermordet worden ist«, sagte sie schnell und verzichtete bewusst auf die üblichen einleitenden Worte. »Du hast ja bestimmt schon davon gehört, dass sie tot ist.«

Wójcik machte eine unwillkürliche Bewegung.

»Nein«, sagte er dann. »Davon habe ich noch nicht gehört.«

»Sicher nicht?«

»Nein.«

»Du wirkst aber nicht sehr überrascht.«

»Was haben Sie denn erwartet?«, fragte er mit müder Stimme. »Tränen? Geschrei? Einen Nervenzusammenbruch? Natürlich bin ich überrascht. So eine Nachricht lässt wohl kaum jemanden kalt. Aber wir beide haben uns schon vor längerer Zeit getrennt. Und diese Trennung ist nicht gerade auf die feine Art über die Bühne gegangen ... Sagen Sie mir jetzt endlich, warum ich hier antanzen musste?«

Sie antwortete nicht. Jurek Wójcik war ganz anders, als sie erwartet hatte. Nicht nur, dass er nicht wie ein Hooligan aussah – er war auch mit Sicherheit keiner. Sie und Marcin hatten sich von dem Spitznamen in die Irre führen lassen. Jemand mit dem Namen »Hooligan« hatte ein primitiver Stiernacken mit kahl rasiertem Schädel zu sein. Vollgepumpt mit Anabolika. Ein frustrierter, brutaler Schlägertyp. Der Schrecken der Plattenbausiedlung. Der ideale Mordverdächtige. Und jetzt saß hier ein zerbrechlich wirkender Junge mit intelligentem Blick und feinen Gesichtszügen. *Kein echter Hooligan natürlich, Zofia hat ihn bloß so genannt, weil er meistens in Jogginghose rumlief und ein totaler Fußballfan war*, erinnerte sie sich an Monika Lewickas Worte. Sie seufzte.

»Zofia ist ermordet worden«, sagte sie langsam und betont.

Jurek Wójcik zuckte wieder kaum merklich zusammen und drehte sich zum Fenster, als höre er von dort ein störendes Geräusch. Dann hob er seinen Blick und sah Ada zum ersten Mal direkt an.

»Das habe ich verstanden.« Er seufzte. »Wie ist es denn dazu gekommen?«

»Es ist in ihrer Wohnung passiert. Ein Schlag auf den Hinterkopf. Weitere Details darf ich nicht preisgeben.«

»Und wer hat das getan?«

»Wenn ich die Antwort darauf wüsste, säßen wir heute nicht hier. Wir ermitteln gerade in diesem Fall. Hast du Zofia gut gekannt?«

Jurek schwieg, als hätte er ihre Frage nicht gehört.

»Hast du sie gut gekannt?«, fragte Ada noch einmal.

Er nickte.

»Ihr wart zusammen?«

Noch ein Nicken.

»Sag mir etwas Genaueres darüber.«

»Wir waren drei Monate zusammen. Von Oktober bis Ende Dezember.«

»Wie ich sehe, weißt du die Daten noch genau.«

»Natürlich«, sagte er scharf. »Natürlich weiß ich die Daten noch genau. Die Beziehung war mir wichtig.«

»Ist es wahr, dass sie dich verlassen hat? Und dass dich das sehr mitgenommen hat?« Ada ging zum Angriff über.

»Ja, das ist wahr«, antwortete er ruhig, doch seine zarten Elfenohren verfärbten sich rot. »Sie wissen viel über mich. Darf ich fragen, von wem?«

»Nein«, entgegnete sie knapp. »Ich weiß, dass Zofia Wagner dich vor drei Monaten verlassen hat und dass du dich damit nicht abfinden konntest. Du hast sie nicht in Ruhe gelassen – hast immer wieder angerufen, hast plötzlich vor ihrer Tür gestanden, ihr Szenen gemacht. Du warst eifersüchtig.« Eine Feststellung, keine Frage.

Jurek überlegte sichtlich, was er darauf erwidern konnte.

»Leise«, flüsterte er.

»Wie bitte?«

»Entschuldigung, ich habe mit mir selbst gesprochen. Ja, ich war eifersüchtig, das stimmt«, fuhr er mit klarer Stimme fort. »Und ja, ich habe ein paar Wochen lang versucht, sie zurückzugewinnen. Es hat aber nichts genützt.«

»Und weiter?«

»Wie – weiter?«

»Was hast du gemacht, als du gemerkt hast, dass sie nicht zu dir zurückkommen würde?«

»Nichts«, sagte er schlicht. »Wir haben uns nicht mehr getroffen.«

»Das stimmt nicht!« Ada war sich sicher, dass er log. Sie beschloss, etwas zu pokern, um ihn zu überrumpeln. »Du bist noch einmal zu ihr gegangen. Ihr habt euch gestritten. Du hast sie auf den Hinterkopf geschlagen. So war es doch.«

Sein Atem ging schneller.

»Es ist ganz einfach. Wir haben Zeugen, die sagen, dass du

nicht lockergelassen hast. Dass du sie bedroht hast. Du warst wütend, und dann bist du zu weit gegangen. Mord im Affekt. Wenn du gestehst, fällt das Urteil milder aus.«

Sie sprach schnell, wollte ihm keine Pause zum Nachdenken lassen.

»Ich habe Zofia nie bedroht«, unterbrach er sie mit fester Stimme. »Wenn jemand das behauptet, lügt er. Aber wahrscheinlich haben Sie sich das sowieso alles selbst ausgedacht. Diese Zeugen gibt es gar nicht. Sie wollen Ihren Fall schnell abschließen und brauchen deshalb einen Sündenbock. Aber das ist Ihr Problem, nicht meines. Ich habe mit Zofias Tod nichts zu tun. Und das wird mir auch keiner anhängen.«

Da wurde Ada etwas klar, was sie unbewusst die ganze Zeit gespürt hatte: Jurek Wójcik hatte damit gerechnet, beschuldigt zu werden. Er war darauf vorbereitet gewesen. Und sie hatte ihm genau die Fragen gestellt, die er erwartet hatte. Sie musste schnell ihre Strategie ändern. Irgendetwas finden, womit sie ihn aus dem Konzept brachte.

»Nun gut«, lenkte sie ein. »Wann hast du sie denn zum letzten Mal gesehen?«

»Vor vier ... nein, fünf Wochen.«

»Und wo?«

»In einem Café.«

»Worüber habt ihr euch unterhalten?«

»Na ja, ich wollte sie überreden, es noch einmal zu versuchen«, sagte er offen.

»Und?«

»Sie hat mir einen Korb gegeben. Das wissen Sie doch.«

»Dann habt ihr gestritten. Und es kam zu einer schlimmen Szene.«

»Nein. Wir haben nicht mehr gestritten. Ich habe geweint«, gab er ohne Scham zu. »Ich wusste, dass es das letzte Treffen war.«

Er sagt die Wahrheit, dachte Ada.

»Danach habt ihr euch also nicht mehr getroffen?«, vergewisserte sie sich mit sanfterer Stimme.

»Nein.«

»Ganz sicher?«

»Ja.«

»Wenn das so ist, dann stimmt hier etwas nicht. Wir haben Zofias Handy überprüft. Letzten Donnerstag hat sie den ganzen Tag lang versucht, dich zu erreichen.«

Wieder war er nicht überrumpelt, sondern nickte nur.

»Ja, sie hat mich angerufen. Sie wollte sich mit mir verabreden. Warum, weiß ich nicht. Aber Tatsache ist, wir haben uns nicht getroffen.«

Er holte ein nagelneues iPhone aus seiner Jackentasche.

»Hier. Hören Sie sich diese Mailboxnachricht an.« Er wählte und reichte ihr das Handy über den Tisch.

Ada hielt sich das Telefon ans Ohr. Sie war sich sicher, dass Jurek die Nachricht genau aus diesem Grund nicht gelöscht hatte. Eine trockene Frauenstimme sagte: »Ich muss unser Treffen absagen. Mir ist etwas Wichtiges dazwischengekommen. Tut mir sehr leid. Ich melde mich morgen.«

»Okay.« Sie legte das Handy auf den Tisch. »Aber das muss nicht heißen, dass du nicht trotzdem bei ihr gewesen bist. Was hast du am Donnerstagabend gemacht?«

»Ich war zu Hause. Bis um sechs. Dann bin ich zur *Quelle* gefahren. Hab mir das Spiel *Legia Warszawa – Widzew Łódź* angeguckt.«

»Zur *Quelle*?«

Er lachte.

»Zur *Quelle*. Der Sportsbar. Sie arbeiten bei der Polizei und kennen die *Quelle* nicht?«

»Ich stelle hier die Fragen«, gab sie verärgert zurück. »Kann das jemand bestätigen?«

»Klar. 'ne Menge Leute. Fragen Sie den Typen hinter der Theke. Die haben da auch Kameras.«

»Das werden wir nachprüfen.«

Ada bemühte sich um Konzentration.

»Du bist zwei Tage lang nicht ans Telefon gegangen. Du warst nicht zu Hause. Du warst nicht bei der Arbeit. Am Freitagabend bist du nach Puławy gefahren, hast du gesagt. Dann bleibt noch die Nacht von Donnerstag auf Freitag und der ganze Freitag. Was hast du da gemacht? Kannst du mir das erklären?«

»Kann ich.«

»Na dann: Ich höre.«

»Ich war mit einer neuen Freundin zusammen.«

Ada biss sich auf die Lippe. Auch diese Antwort hatte er genau vorbereitet, da war sie sich sicher. Jurek hatte die ganze Zeit auf den Moment gewartet, in dem er ihr davon erzählen konnte.

»Ich habe jemanden kennengelernt. Und dann bin ich die ganze Nacht bei ihr geblieben. Dabei haben wir völlig die Zeit vergessen. Deswegen bin ich erst am Freitagabend zu meinen Eltern gefahren.«

»Und diese neue Freundin kann das bestätigen?«

»Kann sie.«

»Dann gib mir ihre Nummer.«

Ada wusste, dass Jurek ihr entglitt. Gleich würde sie ihn gehen lassen müssen, ohne auch nur eine einzige brauchbare Information aus ihm herausgekriegt zu haben. Sie richtete ihre gesamte Willenskraft auf diesen mageren jungen Mann und versuchte, einen Spalt zu finden, einen winzigen Riss, durch den sie an ihn herankommen konnte. Schweigen kehrte ein.

»Wie habt ihr euch kennengelernt?«, fragte sie schließlich.

»Was meinen Sie?« Er hob verwundert die Brauen.

»Wie habt ihr euch kennengelernt? Du und Zofia.«

Jurek schluckte.

»Nun?«, drang sie in ihn. Sie spürte, endlich war sie auf etwas Wesentliches gestoßen. »Wo hast du sie zum ersten Mal getroffen?«

»Ähm ... darüber möchte ich lieber nicht reden. Das ist meine Privatsache«, gab er zögernd zur Antwort.

Ada reagierte sofort. Sie griff sich den Karton mit den Ermittlungsmaterialien und holte ein Foto von Zofia heraus, das sie am ersten Tag gemacht hatten.

»Das hier ist Zofia.« Sie zeigte auf den Leichnam in der Blutlache. »Sie ist ermordet worden. Begreifst du das?«, fragte sie zornig. »Jemand hat ihr mit einem Hammer den Schädel eingeschlagen. Und sie dann im Badezimmer liegen lassen. Allein. Wahrscheinlich war sie nicht sofort tot.« Eine kleine Notlüge. »So lag sie dort. Stundenlang. Niemand hat ihr geholfen.«

Wójcik war jetzt leichenblass.

»Sie ... sie war nicht sofort tot?«

Er schluckte.

»Wahrscheinlich nicht. Wenn jemand Hilfe geholt hätte, könnte sie jetzt vielleicht noch leben«, log Ada wieder. »Und deswegen ...« Sie schob das Foto näher zu ihm hin. »Eben deswegen muss ich alles wissen, was sich in Zofias Leben in den letzten Monaten ereignet hat. Verstehst du?«

Jurek saß schweigend da, die Hände zu Fäusten geballt. Auf seiner glatten Stirn erschienen kleine Schweißtröpfchen. Ada wartete geduldig.

»Bei einer Therapie«, sagte er schließlich.

»Bitte?«

»Wir haben uns bei einer Gruppentherapie kennengelernt.«

»Bei einem Psychologen?«, vergewisserte sie sich.

»Ja, bei einem Psychologen.«

»Wenn das so ist, brauche ich den Namen der Praxis und des Therapeuten.« Sie holte einen Notizblock aus der Schublade und schob ihn Jurek hinüber.

Er nahm sich einen Stift und schrieb. Seine Schrift war ungelenk, die Buchstaben wacklig wie bei einem Grundschüler.

Anschließend brachte Ada ihn nach unten. Wieder im Büro, stand sie lange am Fenster, starrte hinaus und dachte intensiv nach. Jurek Wójcik hatte von Zofias Tod gewusst. Er hatte sich nach Einzelheiten aus den Ermittlungen erkundigt, das ja, aber zugleich wirkte sein Verhalten mechanisch, wie abgespult. So, als hätte er die Rolle, die er vor Ada spielen wollte, vorher einstudiert und seine Worte auswendig gelernt. Keine Tränen. Nicht einmal ein geschockter Blick. Seine Hände waren ganz ruhig gewesen. Dabei hatte er selbst zugegeben, dass er kein Mann war, der sich für Tränen schämte. Die meiste Zeit hatte er abwesend gewirkt. So, als stünde er neben sich. Das war doch keine spontane Reaktion! So reagierte kein Verliebter. Nicht einmal ein sehr enttäuschter Verliebter. Er hatte ihre Absage auf seiner Mailbox gespeichert. Für ein wasserdichtes Alibi gesorgt, genau für den besagten Zeitraum. Je länger Ada über all die überzeugenden Einzelheiten nachdachte, die Jurek Wójcik so schnell und glatt vorgebracht hatte, desto nervöser wurde sie. Sie hatte nicht in ihn hineinblicken und seine Gefühle lesen können, ihre sonst so feinen Antennen hatten sie im Stich gelassen. Erst als Jurek am Ende des Gesprächs die Kontrolle entglitt, hatte sich der dichte Vorhang kurz gelüftet, und das Dahinterliegende war zum Vorschein gekommen. Was sie da gesehen hatte, gefiel Ada nicht. Warum, hätte sie nicht sagen können – aber sie hatte sich in diesem Moment beklommen gefühlt, beengt und erstickt, wie eingesperrt in einer tiefen, feuchtkalten Höhle. Sie ging zum Computer und rief den Stadtplan von Warschau auf. Jurek Wójcik behauptete, dass er die Nacht von Donnerstag auf Freitag mit einer neuen Freundin verbracht hatte. Wenn Zofia am Donnerstagabend in der Dąbrowski-Straße umgebracht worden war, dann hatte er theoretisch genügend Zeit gehabt, ihr eins überzuziehen und danach zu dem Fußballspiel in die *Quelle* zu gehen. Aber hätte er nach so einer Tat seelenruhig eine andere aufreißen können? Wäre er zu so etwas imstande? Außerdem erklärte diese Theorie nicht das Durcheinander in Zofias Wohnung und die Sache mit den verschwundenen viertausend Złoty.

Ada riss den Zettel mit der Adresse des Therapiezentrums vom Notizblock ab, faltete ihn ordentlich zusammen und steckte ihn in ihre Hosentasche. Wir müssen diesen Psychologen sprechen, befand sie. Dann ging sie in den ersten Stock hinunter und holte sich das Phantombild, das nach den Angaben von Frau Marek angefertigt worden war. Als sie sich ins Auto setzte, schlug es zwölf Uhr Mittag.

22

Marcin fuhr wie immer zu schnell. In der Grójecka-Straße raste er bei Dunkelgelb über eine Fußgängerampel und hätte um ein Haar einen Radfahrer niedergemäht, wenn der nicht in einem Akt der Verzweiflung seinen Lenker herumgerissen hätte. Das Herz schlug ihm bis zum Hals. Im Rückspiegel sah er, wie der Radler stürzte und sich umständlich wieder aufrappelte, wobei er sich seine schmerzende Seite rieb. Marcin bremste, hielt aber wie der letzte Feigling erst hinter der nächsten Ecke an. Er atmete schwer. Ist ja nichts passiert, beruhigte er sich in Gedanken. Er lebt ja noch. Und es war nicht meine Schuld. Schließlich dürfen Radfahrer gar nicht bei Fußgängerüberwegen über die Straße. Er versuchte, sich zu beruhigen, doch die Anspannung ließ nicht nach. Er griff nach einem Taschentuch. Da klingelte das Telefon.

»Ja bitte?«, meldete er sich und stellte erstaunt fest, dass er kaum sprechen konnte, weil sein Unterkiefer bebte.

»Guten Tag. Bitte entschuldigen Sie, dass ich Sie anrufe ... Störe ich auch nicht?«, erklang eine unsichere Männerstimme.

»Nein.« Marcin unterdrückte sein Zähneklappern. »Aber machen Sie schnell«, setzte er hinzu und bereute seine Worte schon im nächsten Moment, als sich der Anrufer vorstellte.

»Hier spricht Jakub Orłowski. Ich weiß nicht, ob Sie sich an mich erinnern, Herr Kommissar ...?«

»Aber natürlich erinnere ich mich!«, rief er mit aufgesetzter Fröhlichkeit und spürte zugleich, wie sich sein Bauch verkrampfte. »Wenn ich mich recht erinnere, sind wir doch vor drei Jahren zum Du übergegangen – und jetzt kommst du mir hier mit *Herr Kommissar*? Was sind denn das für Töne?« Er verzog das Gesicht über seinen eigenen gekünstelten Tonfall. Vielleicht, dachte er zugleich hoffnungsvoll, will er sich ja nur für das übertriebene Verhalten seiner Frau entschuldigen. Vielleicht ist ihre Tochter schon am Samstagabend wieder aufgetaucht. War ganz einfach auf einer Party gewesen. Oder hat aus Krakau oder Opole oder von weiß Gott wo angerufen, wo sie gerade ihre Freundin, Tante, Cousine besucht ... Verdammte Scheiße, fluchte er lautlos.

»Ich erlaube mir, Sie ... dich zu behelligen, weil etwas ... ähm ... Merkwürdiges geschehen ist. Ich hoffe sehr, es ist nichts Schlimmes«, beeilte er sich zu sagen. »Du hast ja am Samstag schon mit meiner Frau gesprochen. Sie ist manchmal ...« Er räusperte sich. »Sie ist manchmal etwas überbesorgt. Doch leider sieht es diesmal fast so aus, als hätte sie doch recht.« Er hielt inne.

»Ja«, entfuhr es Marcin. »Das heißt«, verbesserte er sich schnell, »am Samstagmittag habe ich noch keinen Grund zur Besorgnis gesehen.«

»Eben. Ich auch nicht. Ich habe mich bemüht, Małgorzata zu beruhigen und ihr diese Idee auszureden, gleich zur Polizei zu rennen. Magda – unsere Tochter – ist sonst sehr zuverlässig. Und es kann ja jedem mal etwas dazwischenkommen ...« Er stockte, seine Stimme zitterte. »Aber jetzt ist sie immer noch weg. Ich weiß nicht, was ich tun soll.«

Jakub Orłowski schniefte, als wäre er kurz vor dem Weinen.

»Na, na ... zuerst einmal solltest du dich beruhigen«, brummte Marcin unbeholfen. Es klang kläglich und schwach. Und rief prompt die gegenteilige Wirkung hervor. Er hörte Orłowskis stoßweisen Atem.

»Du musst dich beruhigen«, wiederholte er mit festerer Stimme. »Du glaubst nicht, wie oft es vorkommt, dass erwachsene, verantwortungsbewusste Menschen unerwartet für ein paar Tage verschwinden. Wir haben dauernd solche Meldungen«, beteuerte er.

Es klappte. Orłowskis Atem wurde ruhiger.

»Meistens steckt irgendein dummer Zufall dahinter, ein Missverständnis, eine Unachtsamkeit. Oder die Leute haben Probleme und wollen erst in Ruhe nachdenken, bevor sie sich ihrer Familie anvertrauen«, fuhr er fort. »Über neunzig Prozent solcher Personen tauchen früher oder später einfach wieder auf. Dass Magda im Moment nicht zu erreichen ist, muss also ganz und gar nichts Dramatisches bedeuten. Trotzdem solltest du ihr Verschwinden natürlich der Polizei melden.«

»Das habe ich schon getan. Dort, wo du gesagt hast, in der Malczewski-Straße.«

»Das ist gut. Wer kümmert sich darum?«

»Das weiß ich nicht ... Ich habe mit einem Kommissar Kozłowski gesprochen. So ein etwas kleinerer dunkelblonder Mann.«

»Das Duo ...«, murmelte Marcin.

»Bitte?«

»Das Duo von Mokotów«, wiederholte er lauter. »Die Kozłowskis sind Zwillingsbrüder, sie arbeiten immer zusammen. Ich kenne die beiden gut. Sie sind erfahrene Ermittler. Ich werde sie heute noch anrufen und nach den Fortschritten fragen«, versprach er. »Und du kümmere dich um deine Frau. Sie stirbt sicher fast vor Sorge. Versuch sie davon zu überzeugen, dass es im Moment keinen Anlass dafür gibt. Wir haben nicht den geringsten Grund anzunehmen, dass Magda etwas zugestoßen ist.« Er bemühte sich um einen zuversichtlichen Ton. »Glaub mir, morgen oder übermorgen ist sie wieder da.«

»Danke.« Jakub Orłowski klang erleichtert.

»Keine Ursache. Es geht sicher alles gut aus.«

Er legte das Handy in seinen Schoß und saß eine Weile regungslos da, starrte durch die Windschutzscheibe nach draußen. Seit drei Tagen gab es kein Lebenszeichen von Magda. Ja, der Großteil der Vermissten kehrte tatsächlich früher oder später unversehrt zurück, und es gab eine natürliche Erklärung für ihre Abwesenheit. In diesem Fall aber sagte ihm sein Instinkt, dass doch irgendetwas geschehen war. Die Orłowskis hatten beide betont, wie umsichtig und ordentlich ihre Tochter normalerweise war. Er erinnerte sich an Magda Orłowska. Vor drei Jahren war er ihr in der Weinhandlung einmal begegnet, als sie ihrem Vater die Morgenzeitung brachte. Es war offensichtlich, dass sie ihn sehr liebte und verehrte. Sie würde ihn sicher niemals unnötig in Sorge versetzen. Marcin seufzte, drehte den Zündschlüssel und machte sich, diesmal langsamer, auf den Weg zum Haus der Demilows.

Auf einem Stapel Hohlziegel saß derselbe magere Kater wie letztes Mal. Er beobachtete die Straße und leckte sich nachlässig eine Pfote. Eines seiner Ohren hing in blutigen Fetzen herunter. Offensichtlich hatte er eine wilde Nacht hinter sich. Marcin behielt ihn skeptisch im Blick. Der Kater starrte zurück, zuckte gereizt mit dem Schwanz. Marcin spuckte aus und öffnete die Tür des Kia, der neben seinem Wagen parkte. Der Wachtmeister in Zivil hörte Radio und trank Kaffee aus einem Pappbecher.

»Der alte Demilow ist da?«

»So ist es. Hat seine Bude nicht verlassen.«

»Dann hast du jetzt frei. Kannst nach Hause fahren.«

»Danke«, brummte der andere und ließ den Motor an.

Marcin richtete sich auf, ging durch die Hofeinfahrt und durchquerte steifen Schrittes den obskuren Hinterhof. Die Tür von Wohnung zwanzig öffnete wieder Tamara Demilowa. Beim Anblick des Polizisten schrumpfte sie förmlich zusammen. Marcin hatte den Eindruck, als wäre sie in den letzten zwei Tagen gealtert.

»Kriminalpolizei. Ich möchte deinen Mann sprechen«, sagte er scharf.

Die Frau antwortete nicht. Als Marcin Anstalten machte, die Wohnung zu betreten, zischte sie etwas und wich eilig zur Seite aus.

»Sie redet nicht mit fremden Leuten«, ertönte eine tiefe, kehlige Männerstimme. Madinas Vater sah blass aus. Seine Augen waren gerötet.

»Nicht mehr«, setzte er nach. »Das ist eine ordentliche Haus. Kommen Sie rein.« Er schob seine Frau beiseite.

»Wo ist Madina?«, fragte Marcin ohne Umschweife.

Der Tschetschene zögerte.

»Ich weiß nicht«, sagte er dann knapp. »Sie reinkommen, reinkommen«, wiederholte er und machte seiner Frau ungeduldig ein Zeichen, worauf die sich den kleinen Sohn schnappte und mit ihm hinter dem Vorhang verschwand.

Demilow schob einen Stapel Zeitschriften beiseite, räumte

eine schmutzige Tasse ab und setzte sich an den Tisch. Marcin nahm neben ihm Platz.

»Nun gut«, brummte er und nahm sein Notizbuch heraus. »Fangen wir ganz vorne an. Name?«

»Demilow.«

»Vorname?«

»Aslan.«

»Wir suchen deine Tochter Madina. Wir müssen noch einmal mit ihr sprechen. Es geht um den Mord an Zofia Wagner ...« Er hielt inne.

Aslan Demilow rührte sich nicht.

»Zofia Wagner ist ermordet worden. Deine Tochter hat bei ihr geputzt.«

»Das weiß ich«, erwiderte Demilow knapp.

»Wir müssen Madina befragen. Es sieht so aus, als könnte sie uns ein paar Dinge sagen, die wichtig für die Ermittlungen sind.«

»Ich weiß nicht, wo sie ist.« Demilow hob ratlos die Hände.

»Hast du Zofia Wagner gekannt?«

»Nein.«

»Nie gesehen?«

»Nein.«

»Aber vielleicht warst du bei ihr zu Hause, als deine Tochter geputzt hat?« Marcin stellte die Fragen rasch, um Demilow keine Zeit zum Nachdenken zu geben.

Aslan Demilow schüttelte den Kopf.

»Und ohne Madina? Allein?«

Ein erstaunter Blick war die Antwort.

»Madina hatte einen Schlüssel zu Wagners Wohnung?«

Aslan Demilow überlegte kurz, dann zuckte er mit den Schultern.

»Wo ist deine Tochter?«

Stille. Marcin wartete, trommelte mit den Fingerspitzen auf den Tisch. Als er wieder sprach, klang seine Stimme lauter und strenger.

»Das ist eine ernste Sache. Wenn ihr sie versteckt, werdet ihr alle angeklagt. Beihilfe zum Mord.«

Das war frei erfunden. Es gab keine Grundlage, irgendjemanden hier für irgendetwas anzuklagen. Aber er wollte Demilow Angst machen – in der Hoffnung, dass diese Strategie anschlug und er endlich etwas aus ihm herausbekam. Er legte seinen Kugelschreiber hin und stand auf. Aslan Demilow saß regungslos da, verfolgte aber jede seiner Bewegungen mit den Augen.

»Beihilfe zum Mord«, wiederholte Marcin langsam. »Verhaftung. Abschiebung. Gerichtsverhandlung in Russland. Du verstehst, was ich sage?«

»Ja.« Er blinzelte nervös.

Diesen Augenblick musste Marcin nutzen.

»Und jetzt erzählst du mir hübsch brav, wo Madina steckt. Und wer Zofia Wagner umgebracht hat.«

Er schlug heftig mit der flachen Hand auf den Tisch.

»Wo, verdammt noch mal, ist deine Tochter? Und ihr beschissener Macker? Raus mit der Sprache, du Scheißkerl – sonst nehm ich dich mit, und dann kannst du in der Zelle singen!«

Er klopfte sich innerlich auf die Schulter, dass er ohne Ada hergekommen war. Die hätte jetzt bestimmt protestiert. Dabei war die Sache glasklar: Man musste diesen verstockten Tschetschenen nur ordentlich einheizen. Denen musste der Arsch auf Grundeis gehen. Dann würden die schon ausspucken, was sie wussten.

»Ich höre?«, brüllte er.

»Ich weiß nicht, wo Madina ist. Ich suche sie auch.«

»Jetzt hör mir mal genau zu.« Marcin sprach langsam und deutlich. »Du weißt sehr gut, wo sie ist. Mich legst du mit deiner Masche nicht rein. Sie ist deine Tochter. Was bist du denn für ein muslimischer Vater – weißt nicht, wo deine eigene Tochter ist?«

Das saß. Demilow starrte ihn erbost an.

»Ich bin ein guter Vater. Aber euer Land ist schlecht. Macht die Kinder kaputt.«

»So?«, presste Marcin wütend hervor. »Und warum in drei Teufels Namen bist du dann gekommen? Hat dich keiner drum gebeten. Wie lange hockst du hier schon, he? Muss 'ne lange Zeit sein. Sprichst ja schon ganz passabel Polnisch.«

»Sieben.«

»Sieben Jahre? Und da können deine Frau und Madina immer noch nicht die Sprache?«

»Sie später gekommen als ich. Vor drei Jahren.«

»Du hast deine Frauen allein zurückgelassen? In einem anderen Land? Tjaaa ... kein Wunder, dass sie dir jetzt auf der Nase rumtanzen, was?«, höhnte Marcin, um Demilow weiter zu reizen. Der Vorwurf, ein schlechter Vater zu sein, wirkte bei ihm offenbar.

»In Tschetschenien haben sie bei meinem Bruder gewohnt. Da ist Ordnung, in Tschetschenien. Da geht eine Frau nicht hin, wo sie will, in Hosen, ohne Kopftuch, sodass jeder sie sieht.«

»Aber hier sind wir in Polen«, schoss Marcin zurück. »Und da haben wir das Problem. Oder besser gesagt: Das Problem hast *du*, mein Freund. Also, wo ist Madina? Entwischt ist sie dir, was?«

Demilow erstarrte.

»Sie ist abgehauen. Allein?«

Finsteres Schweigen.

»Allein, frage ich dich!«

Stille. Demilow hatte dichtgemacht.

»Antworte!«, brüllte Marcin.

Hinter dem Vorhang erklang eine erschrockene Kinderstimme.

»Jetzt hör mir mal gut zu«, fuhr er etwas leiser fort. »Du hast hier keinerlei Rechte, mein Freund. Du bist kein polnischer Staatsbürger. Und du weißt, was das heißt: Hier schert sich keiner 'nen feuchten Kehricht um dich. Wir können dich hinter Gitter stecken, so lange es uns gefällt, kapiert?« Er holte tief Luft. »Ich frage dich jetzt zum letzten Mal: Wer hat Zofia Wagner umgebracht? Du, Madina oder ihr Macker? *Wo ist deine Tochter?*«

Aslan Demilow schwieg.

»Ach, was soll's. Liegt doch klar auf der Hand! Madina war's, wer sonst? Zusammen mit ihrem Lover, stimmt's? Ich warne dich: Deck sie ja nicht, das geht nämlich dann schlecht aus für den Rest deiner Kinder. Du musst mir nur sagen, wie der Freund deiner Tochter heißt. Wo er wohnt. Und wo er arbeitet.«

»Ich weiß nicht, was Sie von mir wollen«, knurrte Demilow.

»Wir haben Beweismaterial«, versuchte Marcin es weiter.

Er ging um den Tisch herum und zeigte auf die Kommode.

»Hier. Hier haben wir das Geld gefunden. Dreitausendachthundert. Wenn darauf die Fingerabdrücke von Zofia Wagner festgestellt werden, dann wird der Richter denken, dass ihr alle zusammen das Mädel umgebracht habt. Ist das bei dir angekommen?«

»Ich habe keinen umgebracht«, entgegnete Demilow scharf.

»Und woher hattet ihr dann so viel Kohle, he?« Marcin beugte sich drohend über ihn. »Darauf weißt du nichts zu sagen, was? Jaaaa, weil es nämlich Wagners Kohle war! Madina und dieser Schlägertyp haben sie kaltgemacht, und dann hat Madina das Geld hier versteckt. War es nicht so? Und als sie dann am Samstag die Polizistin sah, hat sie einen Schreck gekriegt und die Biege gemacht. Oho, früher oder später finden wir sie, und dann wirst auch du des Mordes angeklagt!«

Aslan Demilow starrte ihn dumpf an.

»Nun gut. Du willst es nicht anders ...« Marcin beugte sich noch tiefer. Sein Gesicht befand sich nun genau vor Demilows Gesicht. »Hör jetzt gut zu. Hör gaaanz gut zu. Wenn du nichts sagst, überprüfen wir deine Papiere. Und die von deiner Frau. Dann werden wir doch mal sehen, ob ihr überhaupt legal hier seid. Ich glaube es nämlich nicht. Das lässt sich immer beweisen. Ups! Ein Fehler in den Dokumenten. Die Leute von der Ausländerbehörde helfen uns sicher liebend gern dabei. Je weniger von euch, desto besser für sie.« Er machte eine theatralische Pause. »Und dann setzen wir uns mit den russischen Behörden in Verbindung. Verstehst du, was das bedeutet? Die fassen euch bestimmt nicht mit Samthandschuhen an, mein Freund. So ein russischer Knast ist kein Kindergeburtstag ... Willst du das wirklich? Denk an deine Frau, sie ist schließlich schwanger.«

Demilows Augen weiteten sich.

»Nun?«, fragte Marcin auffordernd.

»Ich nicht wissen«, antwortete der Tschetschene. Seine Stimme klang nun leise, fast weinerlich. »Ich nicht wissen, ehrlich. Diese Geld für Hochzeit von Madina. Wir zusammen diese Geld sammeln.« Auf einmal sprach er nicht mehr flüssig Polnisch, er stockte und suchte nach den richtigen Worten. »Aber sie weggegangen. Sie nicht da. Ich sie suchen. Wirklich.«

Er sagt die Wahrheit, dachte Marcin. Er weiß tatsächlich nicht, wo Madina ist.

»Gut«, begann er in gemäßigtem Tonfall. »Für was für eine Hochzeit war das Geld?«

»Tschetschenische Hochzeit. Muslimische.«

»Ist mir klar, dass es keine katholische Hochzeit wird. Aber wo soll diese Hochzeit sein, mit wem?«

»Tschetschenien.«

»In Tschetschenien? Und wo ist der Verlobte?«

»Tschetschenien.«

Marcin ließ sich seufzend neben Aslan Demilow nieder.

»Wie – in Tschetschenien? Ihr Freund lebt doch auch hier?«, fragte er verwirrt.

»Madina hat keine Freund«, beharrte Demilow. »Keine Freund!«, wiederholte er lauter, als richte er diese Worte nicht nur an Marcin, sondern auch an seine Frau hinter dem Vorhang.

»Ist ja gut, ist ja gut. Dann sag mir noch, wo du sie überall gesucht hast.«

»Bei Verein, bei Freundin, in diese Haus bei ...«

»In *Haus Sonnenschein*?«

Aslan Demilow nickte.

»Okay. Wer hat dich hingefahren?«

»Bekannter von mir.«

»Wer?«

»Mahmud Adajew. Er auch in *Haus Sonnenschein*.«

»Dann frage ich dich jetzt noch einmal: Wie heißt dieser Freund, Bekannte, Kumpel von Madina – oder was immer der

Kerl in deinen Augen auch darstellt? Der, mit dem sie bei Zofia Wagner aufgekreuzt ist. Wo kann ich ihn finden?«

»Madina hat keine Freund!«, brüllte Demilow so wutentbrannt, dass der kleine Junge hinter dem Vorhang zu weinen anfing.

»Schon gut, schon gut, dann eben nicht.« Marcin erhob sich seufzend. Ihm war klar, mehr würde er aus Demilow nicht herausbekommen. »Es wäre besser, du würdest kooperieren. Denk darüber nach. Jetzt darfst du nirgendwo hinfahren. Verstehst du, was ich sage? Du nicht, und deine ganze Familie nicht. Ihr werdet schön auf euren Ärschen hocken und auf mich warten. Und ich komme wieder. Das garantiere ich euch.«

Er verstaute sein Notizbuch und ging, ohne sich zu verabschieden.

Auf dem Weg zum Auto dachte er, dass er auch Madinas Mutter hätte verhören sollen. Demilow selbst hatte die Wahrheit gesagt: Er wusste nicht, wo seine Tochter steckte.

»Aber das muss ja nicht heißen, dass auch die Mutter es nicht weiß«, brummte er in sich hinein.

Muslimische Frauen hatten bestimmt manche Geheimnisse vor ihren Männern. Der Haken war, dass Tamara Demilowa nicht mit ihm reden wollte. Jetzt erst recht nicht mehr, nachdem der alte Despot sich vor sie gestellt hatte. Marcin blieb bei dem Ziegelstapel stehen, trat gegen eine leere Colaflasche. Erschrocken nahm der Kater Reißaus. Er würde doch Ada um Hilfe bitten müssen, dachte er zähneknirschend. Der Regen wurde stärker. Trotzdem setzte Marcin sich nicht ins Auto, sondern lehnte sich an die Wand, steckte sich eine Zigarette an und sah den Bauarbeitern in orangefarbenen Schutzanzügen zu, die auf der anderen Straßenseite Abwasserrohre ausgruben.

Er beneidete sie, dachte Marcin. Manchmal hätte er lieber mit einer Schaufel geackert als unwillige Zeugen befragt und die erschrockenen Gesichter ihrer Ehefrauen gesehen ... Er holte sein Handy hervor und wählte die Nummer der Ausländerbehörde.

»Kriminalkommissar Marcin Sawicki«, meldete er sich spitz. »Wir hatten Sie bereits gestern um Unterlagen über die Familie Demilow gebeten. Ich weiß nicht, ob Sie sich bewusst sind, dass es um Ermittlungen in einem Mordfall geht? Soll ich die Unterlagen etwa persönlich bei Ihnen abholen?«

»Ich habe Ihnen die Unterlagen heute Morgen per Fax geschickt«, antwortete ihm eine sachliche Frauenstimme. »Haben Sie sie denn nicht bekommen?«

»Per Fax?« Marcin dachte an Dagmara und knirschte mit den Zähnen. »Wann denn?«

»Genau um Viertel nach acht. Ich habe zufällig gerade auf die Uhr gesehen.«

»Bei mir sind sie jedenfalls nicht angekommen«, murmelte er in entschuldigendem Ton. »Ich sehe im Büro nach und rufe Sie an, falls es ein Problem gibt.«

»Tun Sie das.« Die Beamtin legte auf.

Er hob die Zigarette an die Lippen, inhalierte jedoch nur feuchte, kalte Luft. Angewidert warf er den Stummel weg, spuckte aus und stieg ins Auto, holte einen Schokoriegel aus dem Handschuhfach. Der süße, schokoladige Geschmack beruhigte wie immer seine Nerven. Er nahm sich vor, Dagmara nicht anzuschreien – koste es, was es wolle. Als sie das Telefon abhob, erklärte er ihr geduldig, weswegen er anrief.

»Schon gut, schon gut, Sie brauchen sich nicht zu entschuldigen. Ist ja nichts passiert. Doch nun würde ich gern wissen, welchen Status die Demilows haben. S-t-a-t-u-s«, wiederholte er betont langsam. »Ja, genau. Das meine ich.«

»Unterschiedlich«, gab Dagmara nach einer längeren Pause bekannt.

»Wie – unterschiedlich? Steht das so da: ›unterschiedlich‹?«

»Nein!« Sie lachte hell auf. »Nein, natürlich steht das nicht so da. Da steht, Aslan Demilow hat eine unbegrenzte Aufenthaltserlaubnis, und der Rest der Familie hat eine Aufenthaltsgestattung. Das heißt, sie warten noch auf die Entscheidung«, erklärte sie bereitwillig.

»Danke. Wenn das so ist, dann bestellen Sie bitte noch Rogowski, dass ich weiterhin jemanden zur Überwachung der Wohnung brauche. Aber richten Sie es ihm bitte so schnell wie möglich aus!«

»Natürlich.«

Nach dem Anruf schaltete er das Telefon aus. Eine tiefe Erschöpfung hatte sich seiner bemächtigt, er war zu keinem klaren Gedanken mehr fähig. Höchste Zeit für eine Pause.

Eine halbe Stunde später saß er mit Wiktor Pawlak in einer türkischen Imbissbude beim Zentralbahnhof. Pawlak sah blass und verärgert aus. Hitzig berichtete er Marcin von dem Einsatz in Izabelin, der nicht den gewünschten Erfolg gebracht hatte.

Marcin hörte nur mit halbem Ohr zu und gab von Zeit zu Zeit ein zustimmendes Grunzen von sich. Er beobachtete den dunkelhäutigen Pitabäcker. Ob er wirklich Türke war? Oder arbeiteten in diesen Dönerbuden auch Tschetschenen? Und waren die Türken eigentlich alle Muslime?

Und dieser andere Typ da, dachte er weiter, der mit der weißen Schürze und der Papierhaube, durfte der legal in Polen arbeiten? Hatte er hier Familie? Eine Frau? Ob er seine Frau wohl schlug? Sogleich schämte er sich seiner Gedanken. Er war seit zehn Jahren bei der Polizei und wusste sehr gut, dass Gewalt in der Familie nichts mit dem Alter, Vermögen oder Bildungsstand des Täters zu tun hatte. Gewalttätern war er in allen gesellschaftlichen Schichten begegnet, sie waren Arbeiter, Lehrer, Unternehmer, Professoren. Junge Männer setzten ihren Frauen oder Töchtern ebenso häufig zu wie gesetzte ältere Herren. Eines aber hatten alle gemeinsam, mit denen er in seiner Laufbahn zu tun gehabt hatte: Sie waren Weiße gewesen. Polen. Katholiken. Die meisten gingen regelmäßig in die Kirche. Tamara Demilowa fürchtete sich bestimmt manchmal vor ihrem aufbrausenden Mann. Aber nichts deutete darauf hin, dass er ihr Gewalt antat. Außer vielleicht im religiösen Bereich. Bei den Muslimen galten Frauen ja angeblich nichts. Unwillig schob er seinen Teller weg.

»Sag mal, hörst du mir überhaupt zu?« Pawlak zerdrückte seine Coladose und warf sie gezielt in einen Mülleimer. »Ach, was soll's. Das Ganze geht mir doch am Arsch vorbei. Ich liefer meinen Bericht ab und nehm mir dann fünf Tage frei. Seit drei Wochen schufte ich wie der letzte Ackergaul, und jetzt dieser Reinfall. So kann man doch nicht arbeiten. Ich bin ein Mensch, keine Maschine.«

Marcin schielte zur Uhr. Fast zwei.

»Sorry, Alter. Ich muss los«, sagte er. »Mir steht noch ein Date mit der Mimose bevor. Wenn dieser Fall endlich durch ist, gehen wir beiden auf ein Bier.«

Pawlak schnaubte nur und drehte sich weg.

23

Um zehn nach eins verließ Ada die Metallwarenhandlung *AMNAT*. Keiner der Angestellten hatte den Mann auf dem Phantombild wiedererkannt.

»Nein«, hatte ein junges Mädchen in Latzhose und karierter Schürze – wahrscheinlich die Auszubildende – entschieden verkündet. »Den Mann habe ich noch nie gesehen. Haben Sie schon bei Ania an der Kasse nachgefragt?«

»Ja.«

»Und waren Sie auch in unserer Filiale in Kabaty?«

»Da war ich, ja.«

»Also, dieser Mann hat hier bei uns nichts gekauft. Da bin ich mir ganz sicher. Wir haben nicht so viele Kunden. Und der hier ...« Sie wies auf das Bild. »Der sieht irgendwie gefährlich aus. An den würde sich jemand erinnern.«

»Wenn ihr nicht viele Kunden habt, dann ist wohl auch der Umsatz nicht besonders hoch?«

Die Verkäuferin zögerte.

»Ich meine, ihr verkauft wohl nicht viel?«, setzte Ada nach.

»Nein, nicht besonders viel ...«

»Wie viele, sagen wir ... Schraubenschlüssel oder Hämmer gehen denn pro Woche über den Ladentisch?«

»Ich weiß nicht.« Das Mädchen sah sich um. »Da müsste man wohl die Kassenbelege durchsehen ...«

»Gut, dann möchte ich mir die Belege ansehen. Aus den letzten ... nun, vielleicht drei Wochen.«

Wieder blickte die Verkäuferin sich suchend um.

»Hörst du, was ich sage?«, fragte Ada irritiert.

»Nein ... das heißt, ja. Natürlich«, sagte sie zerstreut. »Dafür müssen Sie mit dem Filialleiter sprechen.«

»Und wo finde ich den Herrn?«

»Im Büro.«

Ein großer junger Mann mit dunklem Haar kam aus dem Hinterraum. Die Auszubildende erwiderte sein Lächeln und schenkte ihm einen reizenden Augenaufschlag.

»Triff dich bloß nicht mit ihm.«

»Was?«

»Du solltest dich nicht mit diesem Typen treffen. Schlag ihn dir aus dem Kopf. Er war gestern mit deiner Kollegin im Bett. Mit der von der Kasse.«

Das Mädchen riss erschrocken die Augen auf.

»Und jetzt gib mir die Kassenbelege.«

»Wie ...? Woher ...?«

»Ich bin Kriminalkommissarin. Wir wissen alles. Immer. Die Belege«, wiederholte Ada.

»Natürlich«, flüsterte das Mädchen. »Aber der Filialleiter bringt die Rollen jeden Abend in sein Büro.«

Ada lehnte sich an die Ladentheke.

»Wenn das so ist, dann richte deinem Filialleiter doch bitte aus, dass ich die Rollen gleich morgen früh haben möchte. Ich komme selbst her und hole sie ab. Noch vor acht. Und du fährst heute Abend nach der Arbeit gleich nach Hause und gehst nicht ans Telefon. Auch nicht, wenn der hübsche Kollege anruft.«

Sie sah Ada verwirrt an und nickte gehorsam.

Ada parkte ihr Auto vor einem verrosteten Tor, das schief in den Angeln hing. Aus dem Himmel, an dem kein Fetzchen Blau zu sehen war, tröpfelte eisiger Regen. Sie zog sich ihren Schal über den Kopf. Dann stand sie am Zaun und betrachtete das alte Schulgebäude. In den Fenstern brannte Licht, wodurch der trübe Tag noch trauriger und grauer wirkte. Entschlossen stieß sie das Tor auf und betrat das Grundstück von *Haus Sonnenschein*. Am Rand des ehemaligen Schulhofs erblickte sie eine Gruppe Männer in Lederjacken. Sie standen um einen in die Jahre gekommenen roten Passat, beugten sich fachmännisch über die geöffnete Motorhaube. Zwar sprachen sie kaum miteinander, tauschten nur hier und da ein paar kurze, kehlig klingende Worte aus, doch man sah, dass sie das Zusammensein genossen. Sie verständigten sich mit Blicken, klopften einander auf die Schulter. Ein paar Jungen im Vorschulalter waren auch dabei, ahmten die Älteren eifrig nach. Ein ganz Kleiner hob einen schweren Schraubenschlüssel vom Boden auf und trug ihn voller Stolz einem Mann nach, der sein Vater sein musste. Zu zweit kamen sie über den Schulhof auf Ada zu – der Mann, indem er den Pfützen sorgsam auswich, und sein Sohn, indem er mit beiden Beinen hineinsprang, dass der Schlamm spritzte. Der Vater nahm ihn an die Hand.

»Guten Tag.« Er lächelte Ada zu.

Sie erkannte in ihm den Besitzer des grünen BMW.

»Kinder immer machen Probleme.« Er wies mit dem Kopf auf seinen Sohn. »Ich ihn bringe zu seine Mutter. Alles nass geworden. Zum wem wollen Sie?«

Ada fand ihn nicht mehr so unheimlich wie am Samstagabend. Weder die Lederjacke noch die engen zerrissenen Jeans oder die billigen Turnschuhe wirkten noch bedrohlich auf sie. Sind doch alles nur Klamotten, dachte sie.

»Ich warte auf einen Freund.« Sie lächelte zurück.

Der kleine Junge riss sich los, rannte mit Schwung auf einen Schneehaufen zu, schlitterte herunter und landete bäuchlings in einer Schlammpfütze. Sein Vater seufzte tief.

»Große Kinder gehen in Schule. Aber die kleinen hier spielen ganze Tag. Kindergarten wollte sie nicht nehmen ... Kalt. Sie reinkommen, warten?«, fragte er, während er den Jungen hochhob.

»Um ehrlich zu sein, würde ich Ihnen gern ein paar Fragen stellen«, sagte sie und folgte ihm.

»Mir?«, fragte er zurück, ohne den Kopf zu wenden.

»Ihnen gehört doch der grüne BMW?«

»Nein.«

»Ich habe doch am Samstag gesehen, wie Sie mit diesem Auto gefahren sind.«

»Ja«, gab er zu. »Aber Auto gehört eine Freund. Heute früh ich musste zurückgeben.«

»Das Auto hat keine Kennzeichen«, wandte sie lahm ein.

Er lachte auf. »Bei uns in Tschetschenien keine Auto hat Kennzeichen.«

Sie wollte schon erwidern, dass hier Polen sei, nicht Tschetschenien, biss sich aber gerade noch rechtzeitig auf die Zunge. Der Mann öffnete die Tür, stellte den kleinen Jungen auf den Boden, zog ihm die Stiefel aus und gab ihm in strengem Ton Anweisungen. Der Kleine verzog das Gesicht und trollte sich widerwillig.

»Sind Sie letzte Nacht zusammen mit Aslan Demilow in dem Auto gefahren?«, setzte Ada die Befragung fort. »Wohin waren Sie unterwegs und warum?«

Der Mann schüttelte seine Kappe aus.

»Wir Madina suchen«, antwortete er ruhig. »Sie weggelaufen.«

»Warum ist sie weggelaufen?«

»Frauen ...« Er hob die Schultern.

»Wissen Sie, dass auch die Polizei nach Madina sucht?«

Er bejahte.

»Und wissen Sie, dass es eine Straftat wäre, wenn Sie der Polizei ihren Aufenthaltsort verheimlichen würden?«

Er sah sie verständnislos an.

»Wenn Sie wissen, wo Madina ist, und es der Polizei nicht sagen, machen Sie sich strafbar.«

»Ich nicht weiß, wo sie ist«, sagte er nach einer Pause. »Ich sie suchen ganze Nacht mit Auto.«

Ada gab ihm das Phantombild von Madinas Freund.

»Kennen Sie ihn?«

Er nahm das Blatt, warf einen flüchtigen Blick darauf und gab es ihr zurück.

»Nein.«

Ada hatte das Gefühl, dass er log. Er hatte sich die Zeichnung gar nicht richtig angesehen, sondern sie fast angewidert von sich weggehalten. Angeekelt geradezu.

»Auf Wiedersehen«, brummte er nun, stellte seine Schuhe auf der Fußmatte ab und ging durch den Flur davon. Seine Socken hinterließen nasse Spuren. Ada lehnte sich an die Wand und runzelte nachdenklich die Stirn. Ich wünschte, jemand könnte mir sagen, woher die fünf runden Abdrücke auf Madinas Unterarm stammen, dachte sie.

Um Viertel nach zwei traf auch Marcin endlich ein. Er war außer Atem, seine Jacke stand offen. Er humpelte leicht. Auf seinem Hemd prangte ein Ketchupfleck.

»Irgendwas Neues?«, fragte er und hauchte in seine Hände.

»Ich war in den beiden Filialen der Metallwarenhandlung«, begann Ada in kühlem, sachlichem Ton. »Keiner der Verkäufer hat Madinas Freund wiedererkannt. Sie sagen, dass sie nicht viele Kunden haben. Der Mann auf dem Phantombild sähe so auffällig aus, dass sie sich bestimmt an ihn erinnert hätten.«

»Sonst noch was?«

»Jurek Wójcik war hier.«

»Und?«

Sie schilderte ihm das Gespräch in allen Einzelheiten. Marcin lauschte gespannt.

»Er hat ein Alibi«, schloss sie. »Die neue Freundin kann es bestätigen. Ich habe schon bei ihr angerufen. Sie haben den Donnerstagabend und die Nacht zu Freitag zusammen verbracht. Aber wir müssen im Hinterkopf behalten, dass Jurek Wójcik Zofia Wagner am Donnerstagabend trotzdem umgebracht haben kann. Schließlich könnte er von ihrer Wohnung aus zur *Quelle* gefahren sein. Und noch etwas: Er war das ganze Wochenende nicht zu erreichen, behauptet, in Puławy bei seinen Eltern keinen Empfang gehabt zu haben. Angeblich wollte er sich dort von der Hektik in Warschau ausruhen. Vielleicht war das aber gar nicht der Grund – vielleicht wusste er, dass wir nach ihm suchen würden, und wollte einfach Zeit gewinnen. Um sich auf die Konfrontation mit uns vorzubereiten ... Oder aber er musste sich von dem Schock erholen ...« Bei den letzten Worten sprach sie leiser, wie zu sich selbst.

»Ist das wieder so eine *intuitive* Theorie, ja?«, unterbrach Marcin sie verärgert.

»Ich denke nur alle Möglichkeiten durch.« Sie warf ihm einen eisigen Blick zu. »Wir sollten alles, was möglich ist, in Betracht ziehen. Wenigstens so lange, bis Madina gefunden ist. Und der Mann, der bei ihr war. Dass wir Jurek Wójciks Aussagen überprüfen, geschieht unabhängig vom Rest der Ermittlungen. Dieser Mann hat gelogen. Er hat so getan, als hätte er nichts von Zofia Wagners Tod gewusst. Aber als ich ihm davon berichtete, wirkte er nicht im Mindesten geschockt. Oder auch nur überrascht. So verhält sich kein Ex-Freund, mit dem sie erst seit drei Monaten nicht mehr zusammen war. In den Unterlagen über ihn steht, dass er an einer Art psychischer Erkrankung leidet, die sich in einer gesteigerten Aggressivität äußern kann. Zofia Wagner und er haben sich bei einem Psychologen kennengelernt. Natürlich sollten wir uns im Moment darauf konzentrieren, Madina und ihren Freund zu finden – aber es kann nicht schaden, auch diesen Psychotherapeuten zu kontaktieren.«

Marcin musste ihr recht geben.

»Dann sollten wir uns zunächst die Aufzeichnungen der Überwachungskamera in der *Quelle* ansehen. Mal schauen, wann Wójcik dort aufgelaufen ist, wie er aussah und wie er sich benahm.«

»Ich habe schon angerufen. Sie löschen die Aufzeichnungen nach drei Tagen. Wir sind zu spät dran.«

»Verdammte Sch...«

»Genau. Aber wir können ja mit dem Typen hinter der Bar sprechen, der an dem Abend Dienst hatte. Vielleicht erinnert der sich an ihn.«

»Okay. Das machen wir sofort, wenn wir die Zeit haben.«

»Da ist noch etwas.«

»Ja?«

»Ich habe eben mit dem tschetschenischen Mann gesprochen, der in diesem grünen BMW saß. Er hat zugegeben, dass er letzte Nacht mit Madinas Vater unterwegs war und nach Madina gesucht hat. Den Mann auf dem Phantombild kennt er angeblich nicht, aber ich bin mir nicht sicher, ob er die Wahrheit sagt. Er hat sich das Bild kaum angesehen. Was ich ihm glaube, ist, dass er nicht weiß, wo Madina steckt.«

Marcin wühlte in seinen Taschen nach einem Schokoriegel.

»Okay. Dann wollen wir uns hier mal ein bisschen umsehen.«

Die Portiersloge war leer. Ein dicker Vorhang verdeckte die Sicht durch die Scheibe, drinnen brannte kein Licht. Ada und Marcin durchquerten die kleine Eingangshalle. Ein starker Geruch nach Bohnerwachs und Desinfektionsmitteln hing in der Luft. Marcin steuerte energischen Schrittes auf eine angelehnte Tür am Ende des Flurs zu. Ada eilte ihm nach. Die Tür führte zu einem kleinen Zimmer, das früher einmal das Büro des Direktors oder auch das Sekretariat gewesen sein mochte. Adas Blick glitt über ein wahres Sammelsurium an Dingen: Links an der Wand türmten sich Pappkartons und Plastikeimer, daneben standen aufgestapelte Stühle. Auf der Sitzfläche des obersten lagen zusammengefaltete weiße Tücher, vielleicht waren es Bettlaken. Die Fensterbank nahm ein dicker, zusammengerollter Stoffballen ein. Eine kleine, hagere Frau in Leggings und sportlicher Tunika und ein dunkelhaariges Mädchen mit langem, locker geflochtenem Zopf standen mit dem Rücken zu ihnen über einen Schreibtisch gebeugt, breiteten Stifte und Zeichenpapier darauf aus. Das Mädchen warf seinen Zopf über die Schulter, schob seine Ärmel hoch und bückte sich nach einem Karton. Dabei bemerkte es die Besucher und hielt überrascht inne.

»Guten Tag«, sagte Ada.

»Guten Tag«, erwiderte die ältere Frau, ohne sich umzudrehen.

»Wir sind von der Kriminalpolizei«, begann Ada. Sie und Marcin standen immer noch auf der Türschwelle. »Ich glaube, wir haben vor ein paar Tagen miteinander telefoniert. Adela Rochniewicz mein Name. Kommissarin.«

Die Frau setzte eine Brille auf und musterte sie mit dem verwirrten Blick der Kurzsichtigen. Sie trug eine blond gefärbte, exakt geschnittene Kurzhaarfrisur. Ihr längliches Gesicht wirkte streng.

»Ich erinnere mich. Sie haben am Samstag angerufen«, sagte sie endlich. »Bitte kommen Sie herein.«

»Und das ist Kommissar Marcin Sawicki.« Ada wies auf ihren Kollegen. »Wir ermitteln im Mordfall Zofia Wagner.«

»Anita Kalinowska, sehr erfreut«, erwiderte die Frau, doch ihre zusammengezogenen Brauen und der verkniffene Zug um ihren Mund sprachen eine andere Sprache.

Ada und Marcin nahmen auf zwei Stühlen an der Wand Platz, Anita Kalinowska setzte sich hinter den Schreibtisch. Sie konnte nicht älter als vierzig, fünfundvierzig sein. Ihre Gesichtshaut war trocken und gelblich wie bei einer langjährigen Raucherin, die Stirn furchten tiefe Falten, und auf Handrücken und Unterarmen zeichneten sich bereits einige Altersflecken ab – ihre Augen aber waren jung und leuchtend, die Iris von strahlendem Blau.

»Womit kann ich also dienen?«, fragte sie, faltete die Hände und stützte die Handgelenke auf die Tischkante.

Ada räusperte sich.

»Wir suchen nach Madina Demilowa«, begann sie vorsichtig. Ihre Gesprächspartnerin wirkte nicht unbedingt freundlich gesinnt. »Und wir dachten, Sie könnten uns dabei behilflich sein.«

»Das Mädchen ist von zu Hause weggelaufen«, fuhr Marcin fort. »Wir müssen es finden und noch einmal verhören.«

Die Frau hob ihre rechte Hand, als wollte sie die Polizisten zum Schweigen bringen. »Ich weiß, dass Sie nach ihr suchen. Aber Madina hat mit Ihrem Mordfall nichts zu tun.«

Marcin runzelte die Stirn.

»Ob das Mädchen etwas mit dem Mordfall zu tun hat oder nicht, werden wir als Kriminalpolizei selbst feststellen«, entgegnete er. »Sagen Sie uns bitte einfach, ob Sie wissen, wo sie sich aufhält.«

»Sie ist ein nettes Mädchen.« Anita Kalinowska ignorierte seine Frage. »Ich kenne sie gut. Sie hat neun Monate hier in *Haus Sonnenschein* gewohnt.«

»Wie lange sie wo gewohnt hat, interessiert mich nicht«, unterbrach Marcin sie scharf. »Bitte beantworten Sie meine Frage. Wann haben Sie Madina zum letzten Mal gesehen?«

Die Frau schien ihn gar nicht zu hören. Mit abweisendem Gesichtsausdruck saß sie da und starrte vor sich hin.

»Könnten Sie mir bitte antworten?«

Sie blinzelte.

»Im Januar«, sagte sie widerwillig.

»Gut.« Marcin zückte sein Notizbuch. »Und seitdem haben Sie auch nicht mehr mit ihr gesprochen?«

Sie schüttelte den Kopf. Ada kniff die Augen zusammen. Irgendetwas stimmte hier nicht. Die Leiterin verhielt sich äußerst merkwürdig. Ada spürte ihre Ablehnung – heiße, wabernde Wellen. Ihr Blick war finster und zugleich vorwurfsvoll, eine hilflose Wut lag darin, die kein Ventil finden konnte. Ada kannte diesen Blick. So starrten sie alle Verhörten an, die sich zu Unrecht beschuldigt fühlten: aggressive Fußballfans, besoffene

Krawallmacher – große, starke Männer, die gedemütigt und ausgeliefert in Handschellen vor ihr saßen. Diese Frau hat schlechte Erfahrungen mit der Polizei gemacht, dachte sie. Wir müssen ihr dieses schlechte Gefühl nehmen, sonst kriegen wir nichts aus ihr heraus.

»Frau Kalinowska«, begann sie. »Es gibt keine unmittelbaren Beweise, dass Madina etwas mit dem Verbrechen zu tun hat. Aber mein Kollege und ich glauben, dass sie über Informationen verfügen könnte, die wichtig für unsere Ermittlungen sind. Wir sind auf der Suche nach einem Mörder, der im Moment frei in Warschau herumläuft. Und genau deshalb sollten wir so schnell wie möglich mit Madina sprechen. Außerdem könnte es sein, dass sie ebenfalls in Gefahr schwebt. Bitte verstehen Sie uns«, fuhr sie fort. »Wir benötigen so viele Hinweise wie möglich. Das ist eine ernste Angelegenheit ...«

Die Falten auf Anita Kalinowskas Stirn hatten sich ein wenig geglättet.

»Ich verstehe.«

»Haben Sie möglicherweise eine Idee, wo Madina sich aufhalten könnte?«, griff Marcin den Faden auf.

»Nein«, kam es sofort. »Wie gesagt, ich habe im Januar zum letzten Mal mit ihr gesprochen.«

»Aber ist sie denn nie zu Besuch ins *Haus Sonnenschein* gekommen?«

»Bestimmt ist sie zu Besuch gekommen. Abends. Ich wohne aber nicht hier. Deswegen sind wir uns nicht über den Weg gelaufen.«

»Wen könnte sie denn besucht haben?«

Anita Kalinowska warf dem jungen Mädchen, das mit dem Karton in der Hand wartend dastand, einen unsicheren Blick zu.

»Vielleicht weiß Hawa mehr ...«

»Ja, sie hat mich besucht«, meldete sich das Mädchen zu Wort. »Ich bin ihre Freundin.«

Ada wandte ruckartig den Kopf.

»Wie ist dein Name? Hawa?«

»Hawa Sodajewa.«

»Ah! Du bist das. Und weißt du auch, wo Madina steckt?«

»Nein«, kam es mit ruhiger, fester Stimme zurück. Weder Ada noch Marcin zweifelten an ihren Worten.

»Wann hast du sie zum letzten Mal gesehen?«

»Mittwoch.«

»Letzte Woche Mittwoch?«

»Ja.«

»Und da hast du nichts Verdächtiges bemerkt?« Marcin lehnte sich zu ihr hinüber. »Madina war nicht ... nervös, bedrückt ... oder traurig ... oder irgendwie anders als sonst?«

»Sie war ein bisschen traurig, ja«, bestätigte Hawa. »Sie hat Probleme zu Hause ... schon lange. Mit ihren Eltern ...« Erschrocken hielt sie inne, als fürchte sie, zu viel gesagt zu haben.

»Was für Probleme?«, hakte Marcin auch sofort ein. »Das ist jetzt sehr wichtig, Hawa!«

Hawa senkte den Blick. Stille kehrte ein. Ada beobachtete das Mädchen. Ein Teenager, der erst langsam begann, die weichen, kindlichen Züge zu verlieren und sich in eine Frau zu verwandeln. Älter als sechzehn konnte sie nicht sein. Ada zog mit den Augen die sanft gerundete Linie ihrer Schultern und ihres Halses nach. Hawas Atem ging ruhig, ihre Brust hob und senkte sich gleichmäßig. Sie sah Ada an, hielt ihrem Blick stand, als wolle sie zu verstehen geben, dass sie die Geheimnisse ihrer Freundin um keinen Preis jemand Fremdem verraten würde.

Ein dicker dunkelblauer Brummer, der, getäuscht durch die Wärme der Zentralheizung, zu früh aus der Winterstarre erwacht sein musste, kreiste behäbig durch den Raum, flog gegen eine Wand und fiel plump zu Boden.

»Hawa«, begann Ada sanft. »Die Probleme bei Madina zu Hause könnten erklären, warum sie weggelaufen ist. Dann wäre sie wahrscheinlich von dem Verdacht befreit, an dem Mord beteiligt zu sein. Was du uns sagst, kann deiner Freundin helfen.«

Das Mädchen presste die Lippen zusammen.

Der Brummer kreiste taumelnd knapp über dem Fußboden.

Marcin sah ratlos Frau Kalinowska an.

»Bitte helfen Sie uns«, bat er seufzend. »Seit vier Tagen rennen wir bei den Flüchtlingen gegen eine Mauer an.« Er sprach, als sei Hawa kein junges Mädchen, sondern ein kleines Kind, das dem Gespräch der Erwachsenen nicht folgen konnte. »Es ist einfach absurd. Keiner aus Madinas Umgebung will mit uns reden. Da fällt es schwer, das Mädchen nicht zu verdächtigen. Ich verstehe das nicht. So schaden die« – er wies mit dem Kinn auf Hawa – »sich doch alle nur selbst.«

Der Brummer gab ein letztes lang gezogenes und klagendes Brummen von sich, bevor er steif und stumm auf dem Rücken liegen blieb.

Anita Kalinowska nahm einen Bleistift zur Hand. In ihrem Gesicht hatte sich etwas verändert, als hätte sie sich zu einer schwierigen Entscheidung durchgerungen. Sie sah Marcin jetzt direkt an.

»Die Demilows haben schwere Zeiten hinter sich«, sagte sie.

Ada und Marcin horchten auf.

»Inwiefern?«

»Aslan Demilow wurde in Tschetschenien politisch verfolgt«,

fuhr sie langsam fort, als wäge sie jedes Wort genau ab. »Er ist in einem russischen Gefängnis gefoltert worden. Irgendwann konnte er nach Polen fliehen. Hier hat er sofort politisches Asyl und eine unbegrenzte Aufenthaltserlaubnis bekommen. Seine Familie konnte er mehrere Jahre lang nicht nachholen. Die Russen ließen sie nicht ausreisen. Schließlich klappte es doch. Allerdings will jetzt Polen keine weiteren Flüchtlinge mehr aufnehmen. Demilows Frau lebt in ständiger Angst vor der Abschiebung.«

»Und deshalb kriegen beide jetzt den Mund nicht auf?«, erhitzte sich Marcin. »Das ist doch vollkommen lächerlich! Die benehmen sich, als hätten sie den Verstand verloren.«

»Können Sie es ihnen verdenken?« Anita Kalinowska legte den Bleistift weg, in ihrer Stimme schwang nun ein scharfer Unterton mit. »Diese Leute sind durch die Hölle gegangen, erst in Tschetschenien und danach hier mit unserer Ausländerbehörde. Und dann ist es auch noch zu rassistischen Ausschreitungen gekommen, als sie hier in *Haus Sonnenschein* wohnten. Zweimal sogar. Besoffene rechte Fußballfans haben den Zaun niedergerissen, die Scheiben eingeschlagen, rassistische Parolen an die Wände geschmiert. Ich habe beide Male die Polizei gerufen. Und was haben Ihre werten Kollegen getan? Na, was meinen Sie?«

Marcin schwieg.

»Sie haben die tschetschenischen Männer festgenommen, die die Randalierer zurückhalten wollten. Von den Randalierern haben sie sich nur die Namen notiert und sie laufen lassen. Und nach alldem erwarten Sie allen Ernstes«, fuhr sie in gedämpfterem Ton fort, »dass die Flüchtlinge Vertrauen zur polnischen Polizei haben?« Es klang resigniert.

Stille kehrte ein. Draußen auf dem Fensterbrett landete eine Taube. Sie drehte den Kopf und lugte neugierig in den Raum.

»Nun gut«, seufzte Anita Kalinowska. »Mir liegt viel daran, dass Ihnen die Situation der Demilows klar ist – sollte das Madina tatsächlich helfen. Aber ich habe die ganze Familie wie gesagt seit zwei Monaten nicht gesehen. Das, was ich jetzt sage, bezieht sich auf die Zeit, als sie noch in *Haus Sonnenschein* wohnte.«

Sie nahm ihre Brille ab und putzte die Gläser mit einem Zipfel ihrer Tunika. Marcin und Ada warteten geduldig.

»Leider kommt es oft vor«, begann sie, »dass gerade die größten Freiheitskämpfer, die, die am meisten Einsatz gezeigt und gelitten haben, sich später radikalisieren. Krieg stumpft die Menschen eben ab. Und zwar auf beiden Seiten, auch auf der Seite der Widerstandskämpfer. Aslan Demilow ist aus Tschetschenien geflüchtet und hat sich hier in Polen in einen Islamisten verwandelt. Oder nein«, unterbrach sie sich rasch, »das ist vielleicht ein etwas zu starkes Wort.« Sie zögerte. »Er ist kein religiöser Fanatiker, sondern eher ... eher das muslimische Gegenstück zum polnischen Konservativen. Ein sturer, uneinsichtiger, erzkonservativer Muslim. Seit seine Frau und seine Töchter ebenfalls in Polen sind, übt er einen unerträglichen Druck auf sie aus. Sie dürfen nicht allein aus dem Haus gehen, sie dürfen nicht mit fremden Männern reden, sie durften am Anfang nicht einmal Polnisch lernen. Ich wollte Ihnen davon zuerst nichts erzählen; das ist Sache der Familie, vor allem, da die Situation sich in letzter Zeit etwas gebessert hatte. Madina und ihre Mutter haben einen Intensivkurs in Polnisch belegt, beide haben stundenweise Arbeit gefunden. Madinas jüngere Schwestern gehen in die Schule. Dann sind die Demilows hier ausgezogen. Und das ist alles, was ich weiß.«

»Als ich mit Madina gesprochen habe, hatte sie Blutergüsse auf ihrem Unterarm. Ich dachte, dass vielleicht ihr Vater ...«

Anita Kalinowska seufzte schwer.

»Ich kann nicht sagen, dass ich Aslan besonders mochte – und auch nicht die Art, wie er Frauen behandelte«, antwortete sie ausweichend.

»Verstehe.« Ada lächelte sie freundschaftlich an. »Nur noch eine Frage.« Sie holte das Phantombild aus ihrer Handtasche. »Das ist der tschetschenische Mann, der zusammen mit Madina gesehen worden ist. Erkennen Sie ihn?«

Anita Kalinowska hob das Porträt dicht an ihre Augen.

»Nein. Den habe ich noch nie gesehen.«

»Sicher?«

»Ganz sicher.«

Hawa blickte ihr über die Schulter.

»Das nicht Tschetschene!« Sie lachte laut. »Das ist Gregor.«

Alle sahen sie erstaunt an.

»Welcher Gregor?«, fragte Anita Kalinowska.

»Gregor vom Polnischkurs. Er ist aus Georgien. Ich habe aber nie mit ihm gesprochen«, setzte sie eilig hinzu.

»Vom *Sicheren Hafen*?«

»Ja ... Nein. Ich weiß nicht ... Ich nicht kenne Gregor gut.«

Hawa war sichtlich verlegen.

»Aha.« Anita Kalinowska nickte. »Hawa, geh jetzt bitte auf dein Zimmer. Ich unterhalte mich noch mit den Polizisten, und wenn sie Fragen an dich haben, rufe ich dich.«

Das Mädchen stellte den Karton ab und verschwand.

»Tschetschene, Georgier ...«, platzte Marcin heraus. »Was macht das schon für einen Unterschied?«

»Für Sie ganz gewiss keinen«, erwiderte Anita Kalinowska

kalt. »Aber für die Tschetschenen und Georgier einen gewaltigen.« Sie wandte sich demonstrativ an Ada. »Ich kenne diesen Gregor nicht. Zwischen Georgiern und Tschetschenen herrschen seit Jahren Spannungen. Die einen sind Christen, die anderen Muslime. Die Tschetschenen werfen den Georgiern Kollaboration mit den Russen im Tschetschenienkrieg vor, und die Georgier behaupten, dass die Tschetschenen die Russen bei dem Angriff auf Südossetien unterstützt hätten. An der tschetschenisch-georgischen Grenze kommt es immer wieder zu kleinen Gefechten. Dabei verhalten sich beide Seiten gleichermaßen aggressiv. Das ist ein komplexes Problem, ein Konflikt, der seit Jahren andauert. Ich glaube nicht, dass Madinas Eltern besonders erfreut wären, wenn sie wüssten, dass ihre Tochter einen georgischen Freund hat ...«

»Ich verstehe.« Ada nickte. »Ihre Erläuterungen machen mir einiges klarer. Danke.«

»Eine Sache noch«, hielt Anita Kalinowska sie zurück. »Hawa wohnt im ersten Stock, Zimmer 24. Aber bitte gehen Sie diskret vor. Ich möchte nicht, dass sie nachher Schwierigkeiten bekommt.«

»Natürlich. Wir danken Ihnen.«

»In Ordnung.« Anita Kalinowska fuhr fort, die Zeichenutensilien zu ordnen. »Ich verlasse mich darauf, dass Sie behutsam und objektiv vorgehen. Und ich hoffe, Sie enttäuschen mich nicht ...«

Auf dem Flur standen zwei Frauen in eine Unterhaltung vertieft. Sie trugen lange Röcke und Kopftücher aus einem leicht glänzenden Stoff. Beim Anblick der Polizisten verstummten sie abrupt und führten dann ihr Gespräch leise in einer fremden Sprache fort. In einem der oberen Stockwerke knallte eine Tür.

Kinderweinen ertönte und eine beschwichtigende Erwachsenenstimme.

»Ich denke, es ist Zeit für einen Besuch bei der guten Agnieszka Jekiel«, begann Marcin. »Wir müssen diesen Georgier finden. Trotzdem wäre es gut, wenn einer von uns auch noch mal mit Hawa spräche. Das könntest vielleicht du übernehmen? Ich fahre in der Zwischenzeit zum *Sicheren Hafen* und sehe, was ich aus Frau Jekiel noch rauskriegen kann. Danach rufe ich dich an.«

»Okay«, willigte sie ohne Begeisterung ein.

Wieder hatte er einen Weg gefunden, sie loszuwerden.

24

Mit plötzlich schwer gewordenen Beinen stieg Ada hinauf in den ersten Stock. Aus dem Fenster im Treppenhaus sah sie den ehemaligen Schulhof und das Männergrüppchen, das sich immer noch um das Auto scharte. An der anderen Hofseite spielten zwei kleine Mädchen in identischen rosa Schneeanzügen, füllten Erde in Plastikflaschen. Ada betrat den dämmrigen Flur, suchte nach der Türnummer 24 und klopfte. Hawa öffnete ihr die Tür.

»Redest du einen Moment mit mir?«

»Ich muss jetzt kochen. Wenn Sie wollen, Sie können mitkommen.«

Das Mädchen trat aus dem Zimmer und ging voran zum Ende des Flurs, wo sich eine fensterlose Kochnische befand.

»Kochst du oft?« Ada setzte sich an einen kleinen quadratischen Tisch mit Wachstuchdecke.

Hawa lachte.

»Nein, manchmal. Ich koche nicht gut. Aber heute meine Mutter ist bei Arbeit, und die anderen kommen gleich von Schule ...«

Sie bückte sich und holte einen Emailletopf aus dem Unterschrank, setzte sich breitbeinig auf einen Hocker und begann, Kartoffeln zu schälen.

»Kann Madina kochen?«, versuchte Ada es vorsichtig.

Hawa überhörte die Frage. Sie legte die geschälten Kartoffeln in die Spüle. Dann ging sie zum Kühlschrank, holte Suppengemüse und ein Stück rotes Fleisch heraus.

»Für die Suppe«, erklärte sie. »Wir kaufen das Fleisch bei speziellem Fleischer. Er schlachtet die Kühe mit Messer, in Allahs Namen, der Kopf muss nach Mekka zeigen ... Diese Suppe ist ein bisschen wie polnische Suppe mit Wurst und Kartoffeln.«

»Hast du viele Geschwister?«

»Drei. Ich bin die Älteste.«

»Ihr seid viele, aber einer weniger als bei Madina.«

Das Mädchen wandte den Blick von Ada ab.

»Und du? Gehst du nicht zur Schule?« Ada gab nicht auf.

»Doch.« Sie lachte, obwohl ihre Stimme ein wenig verletzt geklungen hatte. »Ich gehe auf Gymnasium.«

»Aufs Gymnasium?« Ada wählte ihre Worte mit Bedacht, um den gerade hergestellten Kontakt nicht sofort wieder zu zerstören. »Das muss schwer gewesen sein am Anfang«, fuhr sie behutsam fort. »Eine fremde Sprache, viele neue Menschen ...«

Hawa bedeckte mit der Hand ihre Augen.

»Ja, schwer«, gab sie zu. »Nach Gymnasium ich gehe auf Universität«, verkündete sie bestimmt.

»Und dein Vater?« Ada war sich bewusst, dass sie mit dieser Frage viel riskierte. Doch sie sah keine andere Möglichkeit, das Gespräch auf ein Thema zu lenken, das sie zu Madina führen würde. »Erlaubt dein Vater dir zu studieren?«

Hawa legte Fleisch und Gemüse in den Topf, gab Wasser dazu und stellte den Topf auf den Gasherd. Ada wartete lange. Beide schwiegen. Schließlich antwortete Hawa in ernstem Ton. Es klang traurig.

»Nicht alle muslimischen Männer sind schlecht. Hier ist genauso. Oder gibt es bei euch keine schlechten Männer? Glaubt ihr, in Tschetschenien sind mehr schlechte Männer als in Polen? Aber warum?«

Klug, die Kleine, dachte Ada und lächelte anerkennend.

»Mein Vater ist Ingenieur«, fuhr Hawa fort. »Und meine Mutter Krankenschwester. Meine Eltern wollen, dass ich werde Ärztin. Mein Vater will es«, setzte sie stolz hinzu.

»Aber bei Madina zu Hause ist es anders, oder?«, hakte Ada schnell ein. Sie beschloss, diesen Aufhänger zu nutzen. Ein besserer Moment würde sich nicht ergeben. Wenn es jetzt nicht funktionierte, würde Hawa nie mehr etwas sagen.

»Ja«, räumte sie ein. »Aber bei Madina ...« Sie suchte nach den passenden Worten. »Bei Madina ist anders, aber nicht schlecht. Sie versteht sich gut mit ihrem Vater. Nur jetzt ist es schwer geworden. Ihr Vater mag nicht Gregor.«

»Weshalb?«

»Weil Gregor ist aus Georgien. Er ist Christ. Und muslimische Frauen ...« Sie hielt inne, als wäre sie sich nicht sicher, ob sie diesen Satz beenden dürfe.

»Muslimische Frauen ...?«, hakte Ada nach.

»Ach, nichts.« Hawa verstummte.

Ada sah, wie sie mit sich rang. Sie wartete gespannt. Schließlich schien das Mädchen sich zu einer Entscheidung durchgerungen zu haben. Ihre Augen verdüsterten sich. Sie sah Ada direkt an, als wolle sie sich einerseits gegen sie verteidigen und suche andererseits ihren Beistand.

»Die Eltern wollen, dass Madina geht nach Tschetschenien«, sagte sie leise. »Sie haben einen Mann für sie gefunden. Die beiden kennen sich noch nicht. Aber Madina hat sich gefreut. Sie haben Geld für die Fahrt gesammelt. Die ganze Familie. Auch Madina. Sie will heiraten und Kinder haben. Sie mag die Schule nicht. Und sie mag Polen nicht ... Aber dann sie hat Gregor kennengelernt ...«

Ada lehnte sich gespannt über den Tisch.

»Und da ist alles anders geworden, war es nicht so? Hawa.« Sie senkte die Stimme. »Hör mir gut zu, Hawa, denn das ist jetzt sehr wichtig. Madina stand unter großem Druck. Sie brauchte Geld, um von zu Hause wegzukommen, nicht wahr?«

Hawa nickte langsam.

»Meinst du, sie hätte aus Verzweiflung etwas Schlimmes tun können?«

Sie antwortete nicht. Ihre Lippen zitterten ein wenig.

»Und Gregor? Glaubst du, er könnte gewalttätig werden? Hätte er jemanden umbringen können, um Madina zu retten?«

Vom Herd zog der Geruch gegarten Fleisches herüber. Der Topfdeckel hüpfte leicht. Hawa ging hin und drehte die Gasflamme kleiner. Als sie sich wieder umdrehte, wirkte ihr Gesicht ganz ruhig.

»Ich weiß nicht. Er manchmal sehr wütend. Einmal er hat gesagt ...«

Ada hielt den Atem an.

»Er hat gesagt, dass wir müssen uns Geld nehmen, weil die Polen sind reiche Schweine. Da haben wir gestritten. Ich habe Madina und Gregor nicht oft getroffen. Letztes Mal Madina ist zu mir gekommen am Mittwoch.«

Eine fremde Frau mit einem Baby auf dem Arm rauschte hektisch herein. Das Gespräch war unterbrochen. Ada wusste, mehr würde sie heute nicht in Erfahrung bringen. Sie stand auf.

»Danke«, sagte sie lächelnd und legte Hawa kurz die Hand auf den Arm. »Ich melde mich morgen noch einmal, in Ordnung? Wann kommst du immer aus der Schule?«

»Um drei«, erwiderte Hawa knapp und ohne Adas Lächeln zu erwidern. Sie beugte sich über den Topf und rührte konzentriert in der Suppe.

Ada parkte in der Innenstadt, direkt vor einem thailändischen Imbissladen namens *Basmati Point*. Sie bestellte Nudeln mit Meeresfrüchten, extra scharf. Der Duft von Hawas Suppe mit Gemüse und Rindfleisch hatte sie hungrig gemacht. *Wir kaufen das Fleisch bei speziellem Fleischer*, klangen ihr Hawas Worte noch im Ohr. *Er schlachtet die Kühe mit Messer, in Allahs Namen, der Kopf muss nach Mekka zeigen.* Ich weiß im Grunde überhaupt nichts über diese Menschen, dachte sie. Nicht einmal, wo sie einkaufen ... Der thailändische Koch reichte ihr Essstäbchen und eine quadratische Pappbox mit den Nudeln. Sie aß langsam, ohne zu schlingen. Als sie fertig war, tupfte sie sich sorgsam mit einer Serviette den Mund ab, steckte die Serviette in die leere Pappbox. Draußen fiel immer noch Schneeregen, die Straße war grau. Offenbar war es wieder kälter geworden, denn die geduckt unter aufgespannten Regenschirmen vorbeihastenden Fußgänger hatten ihre Kragen aufgestellt und die Mützen tief ins Gesicht gezogen. Ich muss zum Präsidium zurück, dachte sie lustlos. Eine bleischwere Müdigkeit hatte von ihr Besitz ergriffen. Da klingelte das Diensthandy.

»Ich bin's«, meldete sich Marcin zu Wort.

»Hi. Was gibt's?« Sie unterdrückte ein Gähnen.

»Ich habe die Adresse von diesem Georgier. Er war nicht zu Hause, aber mit dem Eigentümer seiner Wohnung habe ich gesprochen. Na ja – Wohnung. Eigentlich nur ein Raum neben der Garage.«

»Und?«

»Der Eigentümer hat mir das Zimmer aufgeschlossen. Ich hab nicht in den Schränken gewühlt, aber es sah ganz danach aus, als hätte der Typ die Biege gemacht. Waren kaum noch Sachen da.«

Ada gab ein unbestimmtes Grunzen von sich.

»Ich hab noch mehr rausgefunden«, fuhr Marcin fort. »Der Kerl arbeitet in einem Großmarkt in der Nähe von Pruszków. Die haben leider nur von sechs Uhr morgens bis zwei Uhr nachmittags offen. Konnte den Chef noch nicht erreichen. Er geht nicht ans Telefon.«

»Gut.« Ada wurde langsam wieder wach. »Dann sehen wir uns gleich auf dem Präsidium. Ich möchte gern alles durchsprechen und einen Plan für morgen machen.«

»Okay.« Seine Stimme ging in Rauschen und Knistern unter. »Ich komme aber erst nach sieben. Ich muss erst ... Früher geht's leider nicht ... Und eine Sache noch ...«

»Ja?«

»Unsere gute Agnieszka Jekiel kann diesen Gregor offenbar nicht leiden. Sie sagt ... aggressiv, und ...«

Die Verbindung war weg. Ada warf die Pappbox in den Mülleimer, zog sich ihre Handschuhe an und steuerte auf den Ausgang zu, wobei sie sich ihren Schal mehrmals um den Hals schlang.

Es war kurz nach fünf, als sie das Präsidium erreichte. Im Büro setzte sie sich sofort an den Computer und schrieb ihre Berichte, füllte geduldig die zahlreichen Spalten aus. Dabei stand ihr die ganze Zeit Hawa vor Augen, wie sie in der kleinen Kochnische hantierte. Sie dachte an Anita Kalinowska, den Bettlakenstapel, die Blutergüsse an Madinas Arm. Die Jahre bei der Kriminalpolizei hatten Ada gelehrt, dass Menschen aggressiv und gefährlich werden konnten, wenn man sie in die Enge trieb. Unter genügend Druck war jeder x-beliebige Mensch auf der Welt fähig, ein Verbrechen zu begehen. Auch eine tschetschenische Julia und ihr georgischer Romeo. Sie seufzte, betätigte die Enter-Taste, ging zum Sekretariat. Dagmara saß am Schreibtisch.

»Ach, deine sind das.« Die Sekretärin legte die Ausdrucke neben sich. »Ich habe mich schon gefragt, was der Drucker da wohl ausspuckt. Zum Glück haben wir endlich genug Toner und Papier da. Läuft also alles nach Plan, bis auf das Wetter«, plapperte sie, wie immer ohne Punkt und Komma.

Ada fand, dass sie noch fahriger und zerstreuter wirkte als sonst. Und sie wich Adas Blick aus.

»Ja«, stimmte sie zu. »Bis auf das Wetter. Die Berichte, bitte.« Sie streckte die Hand aus.

Dagmara gab ihr die Blätter.

»Ich geh dann mal«, sagte sie. »Hab schon wieder Überstunden gemacht. Und du musst auch langsam nach Hause«, setzte sie in gespielt tadelndem Ton hinzu. »Dass du mir ja kein Burnout bekommst!«

»Klar.« Ada heftete die Ausdrucke in die Mappe. »Ich mache auch gleich Schluss, warte nur noch auf Marcin. Wir müssen etwas bereden.« Sie sehnte sich nach ihrem Sofa.

»Dann also bis morgen!« Dagmara griff nach einem runden Filzhut mit Feder.

Ada kehrte ins Büro zurück. Sie suchte im Online-Telefonbuch nach einem Namen, hob den Telefonhörer ab und wählte mit unterdrückter Nummer.

»Hallo.« Nach dreimaligem Tuten meldete sich am anderen Ende eine Frau.

»Guten Tag.« Ada gab ihrer Stimme einen offiziellen Ton. »Mein Name ist Iwona Rostkowska von der Firma *Plus*. Dürfte ich Sie einen Moment stören?«

»Selbstverständlich. Worum geht es denn?«

»Wir planen, demnächst neue Handymasten aufzustellen. Es haben uns in letzter Zeit vermehrt Beschwerden aus der Region Puławy erreicht. Der Handyempfang soll sehr schlecht sein. Nun führen wir eine Kundenbefragung durch, um unseren Service zu verbessern.«

»Aber ich habe gar keine Probleme mit dem Empfang«, wunderte sich die Frau.

»Sie haben also einen guten Empfang? Auch im Haus?«

»Ja, einen sehr guten.«

»Auf allen Handynetzen?«

»Soweit ich weiß, ja ...«

»Dann werde ich Sie jetzt nicht länger behelligen. Vielen Dank für die Auskunft.«

Sie legte auf, stützte das Kinn in die Hände und saß längere Zeit da, ohne sich zu rühren.

Um sieben traf Marcin ein. Ada saß an ihrem Computer. Er sah ihr über die Schulter – sie las die Beiträge in einem Diskussionsforum zu manisch-depressiven Erkrankungen.

»Jurek?«, fragte er.

Sie bejahte. »Ich habe in Puławy angerufen. Er hat gelogen – seine Eltern haben einen ausgezeichneten Handyempfang.«

»Surfst du oft während der Arbeit im Internet?«, fragte er lauernd.

Sie wandte nicht einmal den Kopf.

»Ja, das tue ich oft«, antwortete sie ruhig. »Die Zeiten ändern sich, Rinderbrühe klärt man heutzutage nicht.«

»Wie bitte?«

»Nichts. Ein geflügeltes Wort meiner Großtante, Gott hab sie selig. Ich wollte nur sagen, dass man mit der Zeit gehen muss. Auch bei der Arbeit. Soll ich dich zu Modzelewski begleiten?«

Er antwortete nicht. Wie seltsam sie ist, dachte er. So anders. Immer hat sie sich im Griff, nie gehen die Gefühle mit ihr durch. Ihre Fragen stellt sie auf eine Weise, dass die Leute sich so leicht vor ihr öffnen wie gut geölte Türschlösser. Zu jedem findet sie Zugang. Dabei kann man sie weiß Gott nicht als warme, herzliche Person bezeichnen. Sie geht vor wie ein versierter Einbrecher: kalt, beherrscht, zielgerichtet.

»Was ist mit Hawa?«, fragte er schließlich. »Hast du noch mit ihr gesprochen?«

Sie schob die Tastatur von sich weg, richtete sich auf und bedachte ihn mit einem langen Blick.

»Gewiss doch. Hawa hat zugegeben, dass Madina sich am vergangenen Mittwochnachmittag komisch verhalten hat. Und es sieht ganz danach aus, als wären Madina und Gregor ein Paar. Madina hat offenbar versucht, die Beziehung vor ihren Eltern und der ganzen tschetschenischen Gemeinschaft geheim zu halten. Aber irgendwie ist es trotzdem ans Tageslicht gekommen.« Sie zögerte. »Ich verstehe es so: Wenn ein muslimischer Mann eine Frau anderen Glaubens heiratet, dann wechselt die Ehefrau in das Territorium des Mannes. Und die muslimische Gemeinschaft hat ein Mitglied mehr. Umgekehrt ist die Situation, wenn ein tschetschenisches Mädchen eine Beziehung mit, sagen wir, einem katholischen Mann eingeht. Dann verliert ihre Gemeinschaft sie. Und ihre zukünftigen Kinder ebenfalls.«

Marcin nickte.

»Für mich stellt sich die ganze Geschichte wie folgt dar«, fuhr Ada fort. »Aslan Demilow fand, dass seine Frau und seine älteste Tochter in Polen zu viele Freiheiten haben. Erst hat er versucht, die Zügel straff zu halten. Später haben dann Anita Kalinowskas Überzeugungsarbeit und wahrscheinlich auch der schlichte Geldmangel dafür gesorgt, dass er ein wenig nachgeben musste. Madina brauchte Arbeit, um die Familie zu unterstützen. Und um arbeiten zu können, musste sie Polnisch lernen. Also erlaubte Aslan Demilow ihr, zum Polnischkurs zu gehen und bei Zofia Wagner zu putzen«, kombinierte sie nachdenklich. »So hat er aber immer mehr die Kontrolle über sie verloren. Deswegen hat er beschlossen, Madina nach Tschetschenien zurückzuschicken und dort zu verheiraten. *Arranged marriage*.«

»Was?«

»Eine arrangierte Ehe. Von den Eltern geplant, eine Art Vertrag zwischen den beiden Familien. Die Eheleute haben keinen Einfluss auf die Entscheidung. Sie lernen sich erst bei der Hochzeit kennen.«

»Schreckliche Vorstellung.« Er schüttelte sich. »Und sowas gibt's wirklich?«

»Ja, das gibt's wirklich. So ungewöhnlich ist das gar nicht. Schließlich wurde es auch hierzulande vor nicht allzu langer Zeit noch so gemacht. Und denk erst an die Adelsheiraten vor zwei-, dreihundert Jahren ...«

»Okay, okay«, schnitt er ihr rasch das Wort ab. »Kommen wir zum Thema zurück.«

»Also, ich nehme an, dass Madina sich in diesen georgischen Mann verliebt hat. Die Familie hatte aber schon beschlossen, sie nach Grosny zu schicken. Ich denke, es gab für Madina keine Möglichkeit, diesen Beschluss wieder rückgängig zu machen. Hawa Sodajewa sagt, dass Madina und Gregor zusammen flüchten wollten. Außerdem soll Gregor gesagt haben, dass er Geld stehlen wolle.«

Marcin trommelte nervös mit den Fingern auf die Tischplatte.

»Eines verstehe ich nicht ganz«, murmelte er. »Aslan Demilow hat doch politisches Asyl bekommen, nicht wahr?«

Ada nickte.

»In Tschetschenien erwartet ihn der Knast, und trotzdem will er seine älteste Tochter dorthin zurückschicken? Direkt in die Hände der Russen?«

»Das wundert mich auch«, pflichtete Ada ihm bei. »Deswegen bin ich noch einmal zu Anita Kalinowska zurückgegangen. Sie sagt, es sei in den tschetschenischen Familien durchaus üblich, die Töchter nach Tschetschenien zurückzuschicken. Madina hat dort wahrscheinlich nichts zu befürchten. Probleme bekommen könnte nur ihr Vater. Aber offenbar hat Aslan Demilow mehr Angst vor dem moralischen Verfall in Polen als vor den Russen in Tschetschenien.«

Ada erhob sich und trat ans Fenster. Marcin ließ die Augen über die zarte Linie ihrer Schultern und ihres Nackens wandern. Eine verlegene Stille kehrte ein. Sie hatten nichts mehr zu besprechen.

»Soll ich nun mitkommen zu Modzelewski?«, fragte Ada noch einmal. »Ehrlich gesagt würde ich heute gern mal früher gehen ...«

Marcin sah auf die Uhr. Es war kurz vor halb acht. Früher gehen? Was hieß das bei ihr?

»Ich bin mit meiner Schwester verabredet.«

»Du hast eine Schwester?«, fragte er verwundert, bevor ihm einfiel, wie albern diese Frage klang. Aus irgendeinem Grund erschien ihm der Gedanke, dass Ada Geschwister haben könnte, absurd.

»Halbschwester«, präzisierte sie gleichgültig. »Wir kennen uns nicht gut. Also, soll ich nun mitgehen? Falls ja, sage ich das Treffen ab.«

»Nein!«, kam es etwas zu heftig. »Ich meine, ich weiß noch gar nicht, ob ich überhaupt hingehe, vielleicht reicht ja auch ein Anruf. Und vorher muss ich noch ’nen Haufen Papierkram erledigen. Die Berichte und so. Zu spät nach Hause kommen sollte ich auch nicht. Olga hat mich darum gebeten ...«, setzte er entschuldigend hinzu.

»Dort liegen sie.« Ada zeigte auf ein Metallregal.

»Was?«

»Die Berichte.«

Marcin lächelte erfreut und nahm sich die Mappe vom Regal. Dadurch kam ein Stapel Dokumente, der obenauf gelegen hatte, ins Wanken. Hefter und Mappen segelten zu Boden. Ada richtete sich ruckartig auf. Wie gebannt starrte sie die wild durcheinanderliegenden Mappen an, als wäre ihr urplötzlich etwas von essenzieller Bedeutung eingefallen.

»Ich sammle das auf. Nun geh schon zu deiner Schwester.«

»Nein, nein, das ist es nicht«, murmelte sie geistesabwesend. »Es schien mir nur gerade, als ob ... Ach, ich sag’s dir später.« Sie griff nach ihrer Jacke. »Ich muss los.«

25

Marcin holte sich einen Aschenbecher aus der Schublade. Gierig rauchte er eine zwischen seine Lippen geklemmte Zigarette, ohne sie ein einziges Mal mit den Fingern zu berühren. Dann spuckte er den Stummel in den Aschenbecher und sah zu, wie die Glut langsam erlosch. Er dachte an Aslan Demilow und seine Abneigung gegen die Georgier. Gegen Christen im Allgemeinen. Und er selbst, wie war es bei ihm? Würde er sein Okay geben, wenn Antonia oder Hanna einen muslimischen Mann heiraten wollten? Ein unangenehmer Gedanke. Er verzog das Gesicht. Sauer wäre er schon. Aber so sauer, dass er seine eigene Tochter dazu triebe, zu stehlen und zu morden? Über diese Frage wollte er lieber nicht zu lange nachdenken. Stattdessen klappte er den Hefter zu und rief in Modzelewskis Büro an, um durchzugeben, dass er in dreißig Minuten da wäre. Als er über den Flur zum Treppenhaus humpelte, kam ihm Wiktor Pawlak entgegen, Schlafsack und Isomatte unter dem Arm.

»Hilfst du mir, den Krempel zu meiner Karre zu tragen?«, fragte er. »Ich hab meine Sachen im Vernehmungsraum vergessen und will nicht zweimal rauf- und runterrennen. Hab mir freigenommen, jetzt steck ich den ganzen Kram mal in die Waschmaschine.«

Lustlos willigte Marcin ein. Sein Bein setzte ihm ordentlich zu. Ein dumpfer, pochender Schmerz strahlte aus bis zum Knie.

Allerdings hätte er sich lieber die Zunge abgebissen, als zuzugeben, dass er sich bei den paar Schritten im Park gleich einen Muskelfaserriss zugezogen hatte. Lächerlich. Mühsam folgte er Wiktor Pawlak zum Vernehmungsraum. Um diese Uhrzeit war davon auszugehen, dass sie niemanden antreffen würden, deswegen betraten sie den Raum, ohne anzuklopfen oder einen Blick durch das quadratische Fensterchen in der Tür zu werfen. Doch hinter dem Schreibtisch saß Kapusta ... und unter der Tischplatte tauchte Dagmaras verstrubbelter Kopf auf. Marcin blieb wie angewurzelt stehen und wandte sofort den Blick ab. Pawlak aber stürzte auf die beiden zu.

»Raus hier!«

Dagmara warf ihm einen panischen Blick zu und rannte, noch während sie ihre Bluse zuknöpfte, aus dem Zimmer.

»Du auch, du perverses Schwein!«, brüllte er Kapusta an. »Mach, dass du wegkommst!«

Kapusta lief rot an.

»Was glotzt du noch?« Pawlak machte noch einen Schritt auf ihn zu. »Verpiss dich!«

Kapustas puterrotes Gesicht wurde kreidebleich. Er brachte kein Wort heraus. Marcin sah, wie er sich anspannte und die Fäuste ballte, als wollte er sich auf Pawlak stürzen. Doch schon im nächsten Moment ließ er die Fäuste sinken und ließ ein Lachen hören.

»Ich geh ja schon, Alter.« Er klopfte Pawlak jovial auf die Schulter. »Ich geh ja schon. Was bist du neuerdings so hektisch?«

Er nahm seine Jacke von der Stuhllehne, nicht zu eilig, aber auch nicht betont langsam, und wandte sich zur Tür.

Marcin schüttelte verwundert den Kopf.

»Ich kann den Scheißkerl einfach nicht leiden.« Pawlak bückte sich nach einem Kleidersack, der neben einer Tasche auf dem Boden stand. »Dieses beschissene Arschloch.«

»Du kannst ihn nicht leiden? Ich dachte immer, ihr seid Freunde.«

Plötzlich fiel ihm auf, dass er die beiden tatsächlich seit Monaten nicht hatte miteinander reden sehen, und das, obwohl sie vorher in den meisten Fällen als Zweierteam ermittelt hatten. »Die zwei Turteltauben« hatte man sie genannt, sehr zur Freude des gesamten Präsidiums. Hatte er etwas verpasst? Offensichtlich merkte er gar nicht mehr, was um ihn herum vorging.

»Erinnerst du dich noch an die Nutte von der Mokotowska-Straße?« Pawlak senkte die Stimme. »Ilona? Die, die von einem Freier zusammengeschlagen wurde? Die andern Mädels haben sie doch damals gefunden. Mit einem Auge, drei Zähnen und einem halben Ohr weniger. Jetzt sitzt sie bei *Lidl* an der Kasse. Kann noch von Glück sagen, dass die sie überhaupt genommen haben, mit der Visage.«

Marcin nickte.

»Sie hat aber nie ein Wort drüber verloren, wer sie so zugerichtet hat. Die andern wollten auch den Mund nicht aufmachen. Zufällig weiß ich aber, wer in der Nacht bei ihr war.« Sein Blick wurde drohend. »Ich selbst hab ihn noch bei ihr abgesetzt. Und später konnte ich nichts unternehmen. Weiß der Teufel, was den Scheißkerl geritten hat! Kampfgeist, was? Frauen verprügeln, der beschissene Wichser. Und jetzt tut das Arschloch so, als hätte er von nix eine Ahnung! Dabei weiß er's ganz genau. Er weiß genau, dass ich es weiß ...«

Pawlak warf sich den Sack über die Schulter und stieß die Tür mit einem Tritt auf. Nach Hause, dachte Marcin, während er die Tasche aufhob. Ich will sofort nach Hause!

Eine Viertelstunde später fuhr er im Aufzug eines Gebäudes Ecke Królewska- und Marszałkowska-Straße nach oben, ging durch einen breiten Flur mit Terrazzoboden und klopfte an eine Tür, an der ein ovales goldenes Schild prangte.

»Herein«, erklang eine Stimme.

Marcin drückte die Klinke herunter. Das Zimmer war geräumig und hell beleuchtet. Links vor einer verglasten Wand standen ein Schreibtisch, zwei Sessel und ein kleiner, antik stilisierter Bücherschrank. Hinter dem Tisch saß ein glatt rasierter Mann in dunklem Anzug. Bei Marcins Anblick lächelte er breit.

»Bitte setzen Sie sich, Kommissar«, sagte er, ohne aufzustehen. »Irgendwelche Nachrichten von der Front?«

Marcin starrte ihn ausdruckslos an und holte den Hefter aus seiner Tasche.

»Hier sind die Berichte von den letzten Tagen«, brummte er.

»Sie erwarten wohl kaum, dass ich das alles lese. Ich möchte einfach nur von Ihnen hören, dass der Fall abgeschlossen ist.«

Marcin nahm auf der Kante eines Stuhls Platz. Immer wenn er zu Modzelewski ging, fühlte er sich wie ein unartiger Schüler, der zum Direktor bestellt worden war. Nur dass der Direktor zehn Jahre jünger war als er. Und ein Vollidiot.

»Wir haben Zeugenaussagen.« Er seufzte und begann den Verlauf der Ermittlungen zu schildern.

Modzelewski hörte ihm zu und spielte mit seinem Kugelschreiber. Als Marcin zum Verhör von Frau Marek kam, verlor er die Geduld und unterbrach ihn:

»Ergebnisse, Kommissar! Ich möchte Ergebnisse hören!«

»Nun ... Bis jetzt sind die Ergebnisse die, dass wir weiter ermitteln müssen.«

Der Staatsanwalt legte den Kugelschreiber weg und faltete

die Hände auf seinem Bauch. Marcin stellte neidisch fest, dass dieser offenbar kein Gramm Fett aufwies. Das weiße Hemd lag flach auf wie bei einer Schaufensterpuppe.

»In meinen Augen ist das ein ganz simpler Fall. Raubmord. Das habe ich schon von Anfang an gesagt. Aber Sie haben diese Tschetschenin einfach laufen lassen. Das ist empörend. Und dann kommen Sie nach vier ganzen Tagen mit leeren Händen zu mir. Warum das Ganze? Um die Statistiken zu verderben«, gab er sich selbst mit unverhohlener Zufriedenheit zur Antwort.

»Es ist nicht ganz so simpel, wie es auf den ersten Blick scheinen könnte.« Marcin wurde ärgerlich. »Vom bequemen Sessel aus kann man das natürlich leicht so sehen!«

Modzelewskis Lächeln erlosch wie eine ausgepustete Kerze. Er reichte Marcin die Nachmittagsausgabe der Boulevardzeitung herüber. Auf der aufgeschlagenen Seite prangte eine Nahaufnahme vom Haus der Demilows. Hausnummer und Straßenname waren groß und deutlich zu erkennen. Der rote Schriftzug unter dem Bild lautete: *Flüchtlinge ermorden junge Polin. Unfähige Polizei lässt Schuldige entwischen.*

»Ich habe keine Ahnung, wie diese Informationen an die Presse gelangt sind«, sagte er kalt. »Was ich aber sehr wohl weiß, ist: Aus meinem Büro sind sie nicht nach draußen gesickert. Ich wünsche nicht, dass so etwas noch einmal vorkommt.«

Er schwieg und legte den Kugelschreiber in die Schublade.

»Gestern habe ich einen Anruf aus dem Ministerium bekommen«, begann er dann mit ruhigerer Stimme. »Es sieht ganz so aus, als wäre jemandem von ganz oben sehr daran gelegen, dass dieser Fall schnell vom Tisch ist. Ich weiß nicht, was dahinterstecken könnte. Vielleicht haben die Eltern dieser ... dieser ...«

»Wagner.«

»Richtig. Wagner. Nun, vielleicht haben sie irgendwelche Verbindungen nach oben. Jedenfalls stehen Sie beide unter scharfer Beobachtung. Und, was noch schlimmer ist, ich mit Ihnen. Das wiederum, Kommissar, bedeutet« – er stieß pfeifend die Luft aus –, »dass ihr euch in eurem Mostowski-Palast von jetzt an nicht mehr die Ärsche auf euren Samtkissen platt sitzen könnt. Kriegt sie endlich hoch und fangt an zu arbeiten!«

Marcin zitterte vor Wut.

»Wir haben über zwanzig laufende Ermittlungen und nur sieben Kriminalkommissare. Die Berichte füllen wir per Hand aus, weil es nicht genug Computer gibt, keinen Toner für die Drucker ... Unsere Dienstwagen, nein: Klapperkarren, fallen beim Fahren fast auseinander ... Zwanzig Fälle – verzeihen Sie meine Worte –, die wichtiger sind als der Tod irgendeines x-beliebigen Mädels aus Mokotów. Wir haben organisierte Drogenbanden, Schmuggel, Menschenhandel, und Sie ... Sie ...« Die Luft ging ihm aus.

»Ich gebe an Kriminaloberkommissar Zaręba weiter, dass dieser Fall Vorrang vor allen anderen hat.«

»Was? Vorrang? Sie machen wohl Witze!« Vor Wut verschlug es Marcin die Sprache.

»Vorrang«, wiederholte der Staatsanwalt. »Und zwar ab morgen früh. Berufen Sie eine Versammlung ein oder was immer Sie für nötig halten, und dann arbeiten Sie alle mit vereinten Kräften. Gibt es sonst noch etwas?« Das strahlende Lächeln kehrte auf Modzelewskis Gesicht zurück.

»Ja«, nuschelte Marcin. »Ich brauche einen Durchsuchungsbefehl für die Wohnung dieses Georgiers, Gregor Okruschwili.«

»Aber selbstverständlich. Füllen Sie sich bitte draußen auf

dem Flur ein entsprechendes Formular aus. Und kommen Sie anschließend wieder herein, ich unterzeichne es dann«, sagte Modzelewski mit huldvollem Kopfnicken.

Die Stadt lag umklammert von feuchtkalter Dämmerung. Über dem Gewimmel der Straßen, zwischen den Gipfeln der Hochhäuser, waberte rußgeschwängerter Nebel wie der unförmige Leib eines riesigen Geisterwesens. Es war fast neun. Marcin fuhr auf den Parkplatz vor seinem Wohnblock. Die Ereignisse des zurückliegenden Tages wirbelten ihm durch den Kopf. Er wollte einen Moment für sich sein, damit sein Herz wieder zur Ruhe käme. Erschöpft lehnte er den Kopf ans Seitenfenster. Es war noch keine Minute vergangen, als direkt vor seinem Gesicht die platt gedrückte Nase und die geröteten Wangen des Parkplatzwächters auftauchten. Er zuckte zurück und stieß die Tür auf.

»Was soll das?«

»Sie sitzen da und sitzen, da muss ich doch nachgucken kommen«, antwortete der alte Mann und trat einen Schritt zurück. »Meine Cousine, die hat nämlich neulich einen Toten im Auto entdeckt«, erklärte er. »Direkt vor ihrem Haus! Sah aus, als wäre er eingenickt. Mit dem Kopf aufm Steuer. Aber er war tot. Hatte den ganzen Tag so dagesessen, bis sie ihn endlich gefunden und die Polizei gerufen hat. Und was hat die Polizei gemacht?«

»Was denn?«

»Nichts natürlich. Wie immer!«

Marcin seufzte, stieg aus und ließ den Wächter einfach stehen. Ohne auf den Schmerz in seiner Wade zu achten, ging er rasch auf das Haus zu. Der Schneeregen hatte sich in nasse, pappige Flocken verwandelt. Kein Anzeichen, dass das Wetter jemals wieder besser werden würde. Letztes Jahr hatten zu dieser Zeit schon die Krokusse geblüht, die Bäume waren grün gewesen. Sonne, dachte er sehnsüchtig, würde die Sonne jemals wieder scheinen? Es war zum Heulen. Am liebsten hätte er trotzig aufgestampft oder sich auf den Boden geschmissen wie ein Kleinkind. Aber oben wartete ja Olga mit dem Abendessen auf ihn. Über dem Küchentisch leuchtete warm die Lampe, die Mädchen trugen schon ihre Schlafanzüge, im Kühlschrank stand ein kaltes Bier. Plötzlich erfüllt von gerührter Dankbarkeit, eilte er, so schnell es ging, die Treppe hinauf.

Olga saß vor dem Fernseher. Sie trug ein kleines Schwarzes und dünne Seidenstrümpfe mit einer langen Laufmasche am linken Bein. Ihre Wimperntusche war verschmiert, schwarze Spuren liefen ihre Wange herunter. Sie sah aus, als wäre sie eben erst aufgewacht. Oder als hätte sie geweint, schoss es ihm durch den Kopf.

»Gibt es kein Abendessen?«, fragte er ungläubig.

»Nein.«

»Wie – nein?«

»Nein. Gestern gab es Abendessen. Aber da warst du zufällig nicht hier.«

»Ich habe einen langen Arbeitstag hinter mir. Ich will etwas essen«, sagte er wütend.

»Ich arbeite auch«, erwiderte sie und starrte weiter auf die Mattscheibe.

»Aber du arbeitest kürzer. Und anders. Du kommst um vier nach Hause und hast nichts zu tun, außer dich um die Kinder und das Essen zu kümmern.«

Sie wandte den Kopf und warf ihm einen so traurigen Blick zu, dass er verstummte.

»Genau, die Kinder. Haben die denn schon gegessen?«, fragte er, schon etwas ruhiger.

»Haben sie. Bei Opa.«

»Opa?«

»Bei meinem Vater. Sie waren heute Nachmittag bei ihm. Ich hatte in der Stadt was zu erledigen.«

»In der Stadt? Was denn erledigen?«

»Egal.«

»Wie – egal?«, rief er. »Was soll das heißen – egal?«

»Müssen wir uns unbedingt vor den Kindern streiten?« Olga stand auf und verließ das Zimmer Richtung Küche.

»Jetzt hör mir mal gut zu!«, rief er ihrem Rücken hinterher. »Ich bin den ganzen Tag am Malochen! Hab keine freie Minute! Dann komm ich abends nach Hause und erwarte, dass das Essen auf dem Tisch steht. Und wenn nicht, dann will ich wenigstens eine vernünftige Erklärung dafür! Warum sieht's hier aus wie im Saustall? Du spülst nicht mehr« – er zeigte auf das volle Spülbecken –, »du wäschst die Wäsche nicht mehr. Und das Kochen willst du jetzt wohl auch an den Nagel hängen?«

Olga ließ sich langsam auf einem Stuhl nieder.

»Krieg ich heute noch eine Antwort?«

»Du bist immer schlechter Laune.«

»Wie bitte?«

»Du bist sauer. Die ganze Zeit. Wegen jeder Kleinigkeit gehst du in die Luft ...«

Er wollte sie unterbrechen, doch sie hob warnend die Hand.

»Du kommst spät nach Hause. Du isst, trinkst dein Bier und haust dich ins Bett. Das ist alles. Das ist deine ganze Beteiligung an unserem Familienleben.«

»Ich glaub es nicht«, sagte er wie zu sich selbst. »Ich kann's einfach nicht glauben. Wer hat denn den Geburtstag seiner eigenen Tochter vergessen? He? War ich das etwa? Wer hat sich hier um alles gekümmert, als du noch faul im Bett lagst? Ich hab dich schon mal gefragt: Tut dir was weh? Bist du krank? Dann geh endlich zum Arzt!«

Olga ließ die Arme hängen. Sie schien ihn gar nicht zu hören. Stattdessen griff sie nach einer Illustrierten und begann, sie mechanisch durchzublättern. Er stürzte auf sie zu und entriss ihr die Zeitschrift, doch sie zuckte nicht einmal mit der Wimper. Plötzlich fiel ihm auf, dass er sie in letzter Zeit oft in diesem seltsamen Zustand gesehen hatte: apathisch, träge, weit weg, wie von einer dicken Scheibe umgeben, durch die keine Laute von außen drangen.

»Im Gefrierfach ist eine Pizza«, sagte sie tonlos. »Mach sie dir warm. Ich bringe die Mädchen ins Bett.«

Sie erhob sich. Jetzt erst fiel ihm auf, dass sie stark abgenommen hatte. Nicht dass es ihr schlecht gestanden hätte – ihre Arme waren schlanker geworden, der Bauch flach, die Brüste passten endlich wieder in den alten BH. Seine Wut verflog, plötzlich hätte er heulen können vor Erschöpfung.

»Olga ... Olga, Liebste«, ächzte er, bereit, sich für alles zu entschuldigen, und griff nach ihrer Hand. »Mein Bein tut mir so weh ...«

Wie hätte er sich gewünscht, dass sie ihn in den Arm nahm. Dass sie ihn bedauerte und tröstete, ihm über den Kopf strich wie einem kleinen Kind. Er wollte ihr von der Joggingschikane erzählen, von den halsstarrigen Flüchtlingen, von Dagmara und Kapusta, Modzelewski, dem Schneematsch und dem Schlamm ...

»Ist ja gut, ist ja gut.« Sie tätschelte ihm die Wange. »Wir machen dir gleich eine Kompresse.«

Er seufzte theatralisch, erhob sich schwerfällig und holte die Pizza aus dem Gefrierfach. Während er aß, starrte er gedankenverloren auf das dunkle Quadrat des Küchenfensters. Olga hatte ja recht. Er war in letzter Zeit immer gereizt. Sein Ärger war in vielen Monaten stetig und von allen unbemerkt angewachsen, um sich vor ein paar Tagen ein Ventil zu suchen. Genau da, als diese Ada aufgetaucht war. Und mit ihr dieser dämliche Mordfall. Diese idiotischen, zähen Ermittlungen. Seit Tagen ging es keinen Schritt vorwärts! Er ballte die Fäuste. Warum konnte Olga ihn nicht verstehen? Warum musste sie sich ausgerechnet jetzt beleidigt in ihr Schneckenhaus zurückziehen, wo er mit letzter Kraft schuftete wie ein Ochse? Kalt war sie geworden und unnahbar, dabei sollte sie ihn doch lieben und unterstützen. Für ihn da sein. Sich um ihn kümmern. Konnte man es ihm etwa vorwerfen, dass er im Moment nur an sich selbst dachte? Wo er doch so schwer arbeitete? Oder sie ist wirklich krank, durchfuhr es ihn. Vielleicht wollte sie ihn nicht beunruhigen, ging heimlich zum Arzt und ließ die Kinder deswegen bei den Großeltern. Warum sagte sie ihm nichts? Sie wirkte jetzt immer so abwesend, so traurig ... Seit wann war das so? Er versuchte, sich zu erinnern, doch da begann seine Wade wieder zu schmerzen. Laut ächzend stand er auf, humpelte in den Flur und rief zur geschlossenen Badezimmertür:

»Olga! Ooolga! Machst du mir jetzt endlich diese Kompresse?«

26

Ada erreichte das *Press Enter* um kurz nach acht. Durch die beschlagenen Scheiben des Bistros fiel ein warmer Lichtschein nach draußen. Der Typ mit den Tattoos war in ein Gespräch mit einem Kunden vertieft, der sich an die Theke lehnte. Kasia saß an einem Tisch in der Ecke. Sie hatte die Knie hochgezogen, den Kopf in eine Hand gestützt. In dieser merkwürdig verdrehten Haltung studierte sie konzentriert ein paar vor ihr ausgebreitete Blätter. Auf dem Tisch stand eine Tasse Tee, daneben lag eine Packung Taschentücher. Ada betrachtete ihre Schwester. Sie waren sich nicht ähnlich. Kasia hatte blasse, etwas unreine Haut, sinnliche Lippen, riesige Augen und eine ebenso riesige Nase, die aus der Mitte ihres Gesichts hervorragte wie ein Elfenbeinturm. Ihr äußeres Erscheinungsbild bestand aus lauter Widersprüchen: Etwas Herbes und Sanftes lag darin, etwas Großzügiges und zugleich Verkniffenes. Ada fragte sich, ob so ihre gemeinsame Mutter ausgesehen hatte: eine große, knochige Blondine, die weder besonders hübsch war noch besonders originell und die dennoch aller Augen auf sich zog, lag doch in ihren unregelmäßigen Zügen eine provozierende Offenheit und Freizügigkeit. Ada versuchte, unter Kasias Oberfläche zu dringen, obwohl sie aus Erfahrung wusste, dass sie nicht weit kommen würde. Ihre Halbschwester blockte sie ab, bei jedem Versuch hielt sie eisern dagegen. Ada bekam keinen Einblick in sie. Jetzt ließ etwas – eine winzige Veränderung in der Luft, das Klappern des Geschirrs in der Küche – Kasia aufhorchen. Sie hob den Kopf.

»Ach, du bist es«, bemerkte sie gleichgültig, als Ada näher trat. »Hast du's dabei?«

Ada holte einen Briefumschlag aus ihrer Handtasche und gab ihn ihr.

»Ich hatte gehofft, du würdest es dir anders überlegen. Ist mir jetzt doch ein bisschen peinlich ...«

Sie sah enttäuscht aus.

Ada setzte sich neben sie. Ihre unberechenbare Schwester schob ihr energisches Kinn vor und kniff die dunkelblauen Augen zusammen. Sie hatten sich bis jetzt dreimal gesehen: Das erste Mal auf dem Begräbnis. Das zweite Mal beim Rechtsanwalt, als Ada auf alle Ansprüche aus dem Testament ihrer Mutter verzichtete. Und das dritte Mal in einem Warschauer Café, so wie jetzt. Ada spürte, wie ihr heiß wurde. Plötzlich fühlte sie sich klein und unsicher. Solche Gefühle löste außer Kasia niemand in ihr aus.

»Siehst du unserer Mutter ähnlich?«, fragte Ada.

»Nein«, lautete die knappe Antwort. »Meinem Vater. So wie du deinem.«

»Hast du ein Foto von ihr?«

»Von unserer Mutter? Klar. Aber nicht hier. Du glaubst doch wohl nicht, ich schleppe Fotos von Toten mit mir rum?«

»Zeigst du es mir irgendwann? Als sie gegangen war, hat mein Vater alles weggeworfen, was ihn an sie erinnerte. Auch die Fotos. Ich weiß überhaupt nicht mehr, wie sie aussah.«

»Klar, zeig ich dir mal. Hättest eben zum Leichenschmaus mitkommen sollen. Da hing die halbe Wand voller Fotos.«

»Hast du dich gut mit ihr verstanden?«

Kasia warf ihr einen erstaunten Blick zu.

»Mit unserer Mutter? Nein. Hättest du auch nicht.«

»Warum?«

»Weil sie ein schlechter Mensch war. Und damit meine ich nicht, dass sie dich und deinen Vater verlassen hat«, fügte sie eilig hinzu. »Dafür bewundere ich sie eigentlich sogar. Überleg doch mal, was so eine Entscheidung damals bedeutete! In den Siebzigern. Sie hat sich damit selbst ins Abseits befördert!« Kasia sprach schnell und impulsiv, als befürchte sie, Ada könnte sie nicht ausreden lassen. »Danach war sie für immer geächtet. Eine Hure, eine Schlampe, eine Ausgestoßene. Ihre eigenen Eltern haben den Kontakt zu ihr abgebrochen! Und sie hat gewusst, dass es so sein würde, trotzdem hat sie sich davon nicht schrecken lassen. Sie war stark genug, ihren eigenen Weg zu gehen und sich nach niemandem umzuschauen.«

Ada ließ ihren Blick ziellos über die Wand gleiten, als suche sie dort irgendeinen Halt. Die Worte ihrer Schwester hätten sie eigentlich verletzen müssen, dessen war sie sich bewusst. Doch sie fühlte nichts – nichts als wachsende Neugier, für die sie sich ein wenig schämte.

»Aber später hat sich das alles ins Gegenteil verkehrt«, fuhr Kasia fort. »Sie wurde ein verbittertes Hausmütterchen, das Konventionen über alles stellte. Gott, wie oft musste ich mir anhören, es sei eine Sünde gewesen, dass sie deinen Vater verlassen hatte. Deswegen hätte der Himmel sie mit einem so garstigen Kind gestraft. Also mit mir«, präzisierte sie und schnäuzte sich.

»Hat sie dir gesagt, warum sie weggegangen ist?«

»Nein. Warum war es denn?« Eine reine Höflichkeitsfrage.

Kasia hatte keine Geduld, Adas Antwort abzuwarten. »Ich find's echt schade, dass sie sich nicht noch mal getraut hat, ihre Familie sitzen zu lassen.« Sie verzog das Gesicht. »Vielleicht hätte ich dann 'ne schönere Kindheit gehabt.«

»Was hat sie dir denn getan?« Ada konnte ihre Wissbegier nicht bezähmen. Ein Fehler. Bevor sie den Mund wieder zuklappen konnte, verdunkelte sich Kasias Blick. Ihr Gesicht wurde starr.

»Ich will und ich werde nicht darüber sprechen«, sagte sie knapp. »Mutter lebt nicht mehr, ich habe die Sache verarbeitet und sehe keinen Grund, auf sie zurückzukommen. Hier. Ich habe interessantere Fotos.« Sie holte ihr iPhone hervor und zeigte Ada ein Foto vom letzten Stockwerk eines Gebäudes. »Was siehst du?«

»Einen Balkon?«, antwortete Ada unsicher.

»Richtig. Einen Balkon. Und auf diesem Balkon?« Erwartungsvoll hielt sie inne.

»Ein nasses Bettlaken?«

»Ein Bettlaken? Und du willst Polizistin sein? Eine Kamera! Die exakt auf meine Fenster gerichtet ist.« Sie vergrößerte das Bild. »Verstehst du? Da fühlt man sich frei in seinen eigenen vier Wänden, und was stellt sich heraus? Dass man seit Monaten gefilmt wird! Weißt du, wem diese Wohnung gehört?«

Ada schüttelte den Kopf.

»Der Kirche. Das ganze Stockwerk ist Eigentum der katholischen Kirche! Die Katholen spionieren mich aus!«

»Das kannst du melden.«

»Wo?«

»Ich erkläre es dir gleich, aber erst gehe ich mir einen Kaffee bestellen. Willst du auch noch was?«

»Logo. Ein Bier. Du musst es mir leider spendieren«, setzte sie leicht verlegen hinzu. »Ich bin total pleite ... das heißt, jetzt hab ich das Geld von dir, klar, aber das brauch ich, um meine Rechnungen zu bezahlen.«

So reden also normale Leute miteinander, dachte Ada, während sie einen großen Latte macchiato und ein Bier bestellte. Einer schlittert blind über die Oberfläche des anderen, tastet sich vor, ohne zu sehen, wohin ihn der Weg führt. Wie traurig. Und wie befreiend zugleich. Ich weiß rein gar nichts über Kasia. Ich habe keine Ahnung, wer meine Schwester ist ... Als sie zum Tisch zurückkam, saß Kasia mit tief betrübter Miene da.

»Ich geb dir das Geld zurück. Ehrlich. Bin grad an einer Übersetzung. Für *Hello Wellness*. Ich kapier nicht, wie jemand seine Zeitschrift *Hell-o-Wellness* nennen kann.« Mit den Fingern der rechten Hand machte sie den Satansgruß. »Die Leute wissen gar nicht, was sie da tun. Jedenfalls geht es bei dem Text um Lady Richardson, die Stiefmütterchen aus Veilchen gezüchtet hat. Warum sie das tat? Keinen blassen Schimmer, aber wenigstens wird die Übersetzung ordentlich bezahlt ... Ich hab schon wieder total die Kontrolle über mein Leben verloren. Vor allem über die finanzielle Seite. Ich brauch eine Therapie.«

»Meinst du das ernst?«

»Todernst«, kam es mit Grabesstimme. »Aber egal«, fuhr sie leichthin fort und betrachtete versonnen den tätowierten Barmann, der gerade die Tische abwischte. »Cooler Typ. Ich bin übrigens sexsüchtig, musst du wissen. Eine bejammernswerte Kombination: einerseits von diversen Süchten getrieben, andererseits völlig lebensuntüchtig.«

Ada hatte schon bemerkt, dass Kasias Leben chaotisch war. Sie war ungestüm, sprunghaft, durch und durch seltsam. Noch seltsamer als sie! Nach außen hin gab Kasia sich mal geradezu exhibitionistisch, dann wieder vollkommen verschlossen. Ada stolperte durch ihre wechselnden Gemütslagen wie durch ein verschlungenes Labyrinth voller Fallstricke. Manchmal begann Kasia ein vertrauliches Gespräch, nur um es mittendrin, wenn Ada sich gerade öffnen wollte, urplötzlich abzuwürgen – es war, als streckte sie erst in einer vertrauenerweckenden Geste die Hand aus und zöge sie dann, teils genervt, teils gelangweilt, wieder zurück. Kein Zweifel: Sie interessierte sich nur für sich selbst. Und dennoch war ihre grenzenlose, ungenierte Egozentrik von einer kindlichen Naivität, die es fast unmöglich machte, ihr böse zu sein. Kasia hatte exakt die guten und die schlechten Seiten, die Ada nicht besaß.

»Ich bin nicht immer so«, protestierte sie nun, als könne sie Gedanken lesen. »Und ich gehe schon zum Psychologen, hab ich dir ja gesagt. Und jetzt lass uns über die Stiefmütterchen reden, schließlich hattest du ja Bio in der Matura. Weil du Medizin studieren wolltest. Warum hast du das eigentlich nicht getan? Ach, egal, will ich gar nicht wissen. Sag mir nur eins: Wenn man Pelargonien neben Rosen pflanzt, gibt's dann irgendwann eine Chance auf Rosenpelargonien? Eigentlich doch ein faszinierendes Thema, oder? Ich hab mir aus der Unibibliothek Darwins *Über die Entstehung der Arten* ausgeliehen. Und ich hab mir vorgenommen, dieses Buch vollkommen zu *durchdringen*.«

Ada seufzte resigniert.

»Nein, es gibt keine Chance auf Rosenpelargonien«, sagte sie und nahm einen Schluck Kaffee.

Wieder überschattete sich Kasias Gesicht, doch ihr Blick blieb weich und offen.

»Und wie werde ich die Kamera los?«

»Welche Kamera?«

»Die Kamera, mit der die Pfaffen mich bespitzeln. Ich hab dir doch gerade eben das Foto gezeigt. Hörst du mir überhaupt zu?«

»Wenn die Kamera tatsächlich funktioniert, dann ist das illegal«, gab Ada ihr ernst zur Antwort. »Aber auch für eine Attrappe braucht man eine Genehmigung. Am besten meldest du das Ganze.«

Kasia schwieg und schien genau zuzuhören.

»Vielleicht gehst du zuerst zu deiner Wohnungsgesellschaft. Die verweisen dich dann an das zuständige Amt«, erklärte Ada weiter.

Gleichzeitig dachte sie, wir haben uns getroffen, um jede etwas davon zu haben. Ich hoffe darauf, dass ich von meiner unberechenbaren Schwester lerne, wie ich mit anderen Menschen zurechtkomme. Wie ich normale, echte Beziehungen aufbauen kann. Wie ich etwas fühle. Wenn die einzige Person, die fähig ist, ihr Denken vor mir zu verschließen und mich abprallen zu lassen, mir das nicht beibringen kann, dann wird mir auch kein anderer helfen ... Ein lautes metallisches Knirschen riss sie aus ihren Gedanken. Der Typ hinter der Theke hatte einen Barhocker verschoben. Kasia stieß ihr leeres Bierglas um und sah starr dabei zu, wie es auf die Tischkante zurollte. Ada packte sie am Ellenbogen.

»Ich bin ein willensschwaches, jämmerliches und schreckhaftes Wesen«, jammerte Kasia. »Du hast wahrscheinlich keine Zeit, zum Amt zu gehen und diese elende Sache für mich zu erledigen?«

»Du suchst dir im Internet die Telefonnummer raus und rufst dort an. Ganz einfach«, gab Ada trocken zurück.

Kasia stand auf, reckte sich und verschwand Richtung Toilette. Ada blieb allein sitzen. Das Bistro hatte sich geleert. Der tätowierte Typ ordnete die Zeitschriften in einem Ständer neben der Tür. Gemütliches gelbes Licht rieselte von der Decke herab. Ada dachte an Zofia Wagner, die nie hergekommen war. Vielleicht war sie in das Café gegenüber gegangen, das zu einer beliebten Kette gehörte. Oder sie hatte gar keinen Kaffee getrunken, so gesund, wie sie offenbar gelebt hatte. Was für ein Mensch war sie gewesen? Warum hatte sie sterben müssen? Noch ein sinnloses Verbrechen mehr – eine unschuldige junge Frau, die für läppische vier Tausender ihr Leben lassen musste. Selbst wenn sie den Mörder schnappen würden, die Welt würde sich dadurch auch nicht ändern. Sie blieb, wie sie war: traurig, brutal und voll sinnloser Aggressivität. Ada versuchte, Mitgefühl für Zofia Wagner zu empfinden, Wut, Trauer, irgendeine Emotion. Sie spürte nichts. Nicht einmal, wenn sie sich Zofias bläuliches, aufgedunsenes Gesicht vorstellte. Keine Regung. Etwas Kaltes, Glitschiges wand sich aus dem Schatten hervor, durchdrang Ada und zappelte in ihr wie ein Fisch im Netz.

»Hör mal, ich muss kurz weg«, sagte sie zu Kasia, die eben von der Toilette zurückkam. »Ich hab dir noch ein Bier bestellt. In einer Viertelstunde bin ich wieder da und fahre dich nach Hause.«

Kasia legte den Kopf schräg.

»Na gut«, willigte sie gnädig ein, ohne zu fragen, was ihre Schwester vorhatte. Es schien sie kein bisschen zu interessieren. »Ich lese noch was über Stiefmütterchen. Die machen hier erst um zehn dicht. Komm bloß nicht später.«

Bei ihrem offen zur Schau gestellten Desinteresse verspürte Ada plötzlich etwas wie Traurigkeit.

Dieses Mal wusste sie, wonach sie suchte. Festen Schrittes ging sie geradewegs in Zofia Wagners Schlafzimmer, wo auf dem Regal rechts an der Wand mehrere bunte Plastikmappen standen. Tatsächlich! Sie hatte recht gehabt. Am Freitagmorgen waren die Mappen noch ordentlich nach Farben sortiert gewesen – vom wärmsten Ton bis zum kühlsten. Das war Ada aufgefallen, als sie sich in der Wohnung umgesehen hatte – sie mochte Ordnung und hätte die Mappen selbst auch so aufgestellt. Nun aber stand die hellblaue Mappe zwischen der orangefarbenen und der roten! Diese Veränderung musste sie am Samstagabend unbewusst wahrgenommen haben. Und das hatte ihr den ganzen Sonntag keine Ruhe gelassen. Was genau sie störte, hatte sie erst erkannt, als Marcin im Präsidium versehentlich die Hefter und Mappen vom Regal wischte. Erst in dem Moment war ihr plötzlich Zofia Wagners regenbogenfarbene Mappenreihe vor Augen gestanden – bei der eine einzige Farbe aus der Reihe tanzte. Das bedeutete, dass zwischen Freitagmorgen und Samstagabend jemand Fremdes in der Wohnung gewesen sein musste. Und dieser Jemand hatte die hellblaue Mappe umgestellt. Wenn es aber der Mörder war, der wieder hergekommen war und die Wohnung durchsucht hatte, dann hieß das – Ada überlief es kalt –, dass er vorher nicht gefunden hatte, wonach er suchte. Und das waren ganz sicher nicht die viertausend Złoty. Wegen so einer Summe hätte er gewiss nicht riskiert, den Tatort noch einmal aufzusuchen. Das wiederum konnte bedeuten, dass sie auf der falschen Fährte waren. Dass sie sich bei all den verschlungenen, kreuz und quer gehenden Fährten verlaufen hatten. Sie mussten ein entscheidendes Element übersehen haben. Ada war klar, dass sie darüber nicht mit Marcin sprechen konnte. Und auch mit keinem der anderen Kollegen. Nicht jetzt, wo sich das Augenmerk aller auf die Flüchtlinge richtete. Wenn sie den anderen jetzt ihre Beobachtungen anvertraute, würden sie ihr bestenfalls nicht zuhören – oder, was noch wahrscheinlicher war, sie aus vollem Halse auslachen. Die umgestellte Plastikmappe bewies rein gar nichts. Außerdem konnte Ada auch nicht ausschließen, dass ihr Gedächtnis ihr einen Streich spielte. Vielleicht waren die Mappen doch nicht ganz exakt geordnet gewesen? Aus all diesen Gründen hatte sie heute Abend versucht, den Gedanken daran zu verdrängen und sich auf ihre Schwester zu konzentrieren. Bis sie es nicht mehr ausgehalten hatte.

Ada holte die Mappen vom Regal und legte sie auf den Nachttisch. Dann setzte sie sich im Schneidersitz auf den Boden und nahm die hellblaue Mappe zur Hand. Darin waren mehrere Fotos: vom Urlaub am Meer, von einem Pfadfinderlager in den Bergen, von einer Grundschulklasse in Reih und Glied auf einem Schulhof. Dann folgten alte Postkarten: eine Kirche auf einem Berg, ein See. Zuletzt blickte ihr von einem ausgedruckten Porträtfoto auf dünnem Papier ein bekanntes Gesicht mit etwas unregelmäßigen Zügen entgegen: Karol Zalewski, die buschigen Brauen kritisch zusammengezogen. Sie legte die Mappe beiseite, blätterte die weiteren rasch durch. silbern, gelb, orange, rot, hellgrün, dunkelgrün, dunkelblau. Manche enthielten Mitschriften von Vorlesungen über Innenarchitektur, in anderen waren Rechnungen von der Wohnungsrenovierung abgeheftet. In zweien hatte Zofia Wagner Rezepte für gesunde Biogerichte gesammelt: Dinkelbrot, Suppen von glücklichen Karotten und Buchweizenspeisen buddhistischer Mönche. Nichts Aufschlussreiches. Nichts, was auch nur ein wenig Licht in das Dunkel um ihren Tod brachte.

Ada stellte die Mappen ordentlich zurück ins Regal. Alle bis auf die hellblaue. Die steckte sie in ihre Handtasche.

Im Treppenhaus roch es kühl nach feuchtem Putz. Das wacklige Treppengeländer schwankte bei jedem Schritt. Langsam und ohne Licht zu machen ging Ada die Treppe hinunter. Sie war müde. Der lange Tag, die Spannungen zwischen ihr und Marcin und Kasias chaotisches, wirres Geplapper hatten sie völlig erschöpft. Zu Hause wartete Filip-Oleńka. Plötzlich hatte sie große Sehnsucht nach ihm. »Hell-o-Kitty«, murmelte sie und zog das Haustor auf.

Im Bistro fand sie ihre Schwester in ein angeregtes Gespräch mit dem Tresentypen vertieft. Schon in der Tür fiel ihr auf, dass Kasia sich anders bewegte, weicher und irgendwie eindringlich. Fast konnte sie den intensiven Schweißgeruch riechen, den beschleunigten Atem hören ... Kasia warf den Kopf in den Nacken und zog leicht die Oberlippe hoch, entblößte ihre Zähne. Eine unwillkürliche Geste, Spott lag darin und das Versprechen von Leidenschaft. Ada senkte den Blick. Den ganzen Abend hatte sie das Gefühl gehabt, dass sich zwischen ihr und ihrer Schwester ein Faden entspann, ein dünner und zarter Faden zwar, Vorbote eines echten Bandes, aber dennoch eine Verbindung. Jetzt war der Faden gerissen.

»Ich bleib noch ein bisschen.« Kasia warf ihr einen flüchtigen Blick zu. »Du musst mich nicht nach Hause bringen.«

Ada drehte sich wortlos um. Auf der Fahrt nach Hause war das Herz ihr schwer wie nach einer schmerzhaften Niederlage – ein Gefühl, das sie bedrückte und maßlos erstaunte.

27

Als sie erwachte, war es mitten in der Nacht. Sie lag schräg auf dem Sofa. Ihr rechter Arm kribbelte und baumelte schlaff herunter, ihr Kopf war von der Rückenlehne gerutscht und ruhte auf der hölzernen Armlehne. Der überdehnte Nacken schmerzte. Auf dem Tischchen neben dem Sofa brannte die Lampe. In ihrem Lichtkegel lag die hellblaue Mappe. Sie musste eingeschlafen sein, als sie sie noch einmal durchgeblättert hatte. Ächzend richtete sie sich auf und streckte ihren steifen Rücken. Irgendetwas war anders. Sie sah sich genauer um. Das Zimmer wirkte aufgeräumt, kühl, geschmackvoll eingerichtet. Unpersönlich. Wie immer. Ein Windzug bauschte den hellen Vorhang. Über die Fensterscheibe rannen kleine Regentropfen. Sie folgte mit den Augen ihrer hektischen Bahn, versuchte, das unbehagliche Gefühl zu verscheuchen. Die Tropfen glitten in eiligem Zickzack die Scheibe hinab, schlossen sich zusammen, teilten sich wieder. Ihre Unruhe wuchs. Was konnte sich in ihrer eigenen Wohnung verändert haben? Noch einmal ließ sie den Blick durch den ganzen Raum wandern: über die Regalbretter mit Büchern, den Schreibtisch, den Sessel, den Spiegel, das grün angestrichene Schränkchen. Beim Beistelltisch stockte sie. Direkt neben der Mappe lag das Foto von Karol Zalewski. Am unteren Rand des Bildes leuchtete ein Schriftzug in kräftigem Violett: *Es gibt Orte, von denen niemand zurückkommt.* Hatte Zofia Wagner das geschrieben?

Plötzlich erkannte sie, was anders war. Filip-Oleńka fehlte. Er schlief nicht wie sonst zusammengerollt auf ihrer Brust oder strich durchs Zimmer. Sie konnte ihn nirgends entdecken. Dabei war die Tür geschlossen.

»Miez, miez«, versuchte sie ihn zu locken.

Ihr Hals war trocken und schmerzte. Kein Laut drang heraus. Sie wollte aufstehen, doch die Beine versagten ihr den Dienst. Sie wusste, dass sie den Kater finden musste. Unbedingt. Er war irgendwo hier in der Wohnung. Und er war in Gefahr. Sie packte ihr rechtes Bein und stellte den Fuß auf den Boden. Dann das linke. Mit beiden Händen stützte sie sich auf das Tischchen, stemmte sich hoch und schleppte sich voran. Entsetzlich langsam. Schritt für Schritt. Ihre schlaffen Füße waren schwer wie Blei. Nach einer Ewigkeit erreichte sie die Zimmertür, drückte vorsichtig die Klinke herunter. Die Tür sprang auf. Plötzlich funktionierten ihre Beine wieder, die Schwere war wie weggeblasen. Geduckt schlich sie durch den Flur, eng an der Wand. Es war totenstill. Aus der geöffneten Küchentür fiel ein Lichtstreifen. Sie näherte sich der Tür auf Zehenspitzen, mit winzigen Schritten, um jedes Knarren des Bodens zu vermeiden. Dann stieß sie sie mit ganzer Kraft auf, ballte die Fäuste angriffsbereit – und ließ sie wieder sinken. Am Tisch saß eine Frau. Sie hatte den Kopf in eine Hand gestützt, helle Haarsträhnen hingen ihr wirr ins Gesicht. Mit der freien Hand streichelte sie Filip-Oleńka, der sich schnurrend auf ihrem Schoß zusammengerollt hatte.

»Kasia? Was tust du hier?«, fragte Ada scharf und steuerte auf den Tisch zu.

Sie war wütend. Wie konnte Kasia es wagen? Wie konnte sie mir nichts, dir nichts hier hereinspazieren und sich in der

Küche breitmachen, sich bei einer fremden Katze einschmeicheln?

Heftig packte sie ihre Schwester am Arm. Die Frau hob den Kopf – zwischen den blonden Strähnen erschien ein grenzenlos erstauntes Gesicht. Adas *eigenes* Gesicht. Es war das Grauenvollste, Unheimlichste, was sie je gesehen hatte. Schlimmer als sämtliche Mordopfer, Leichen auf dem Obduktionstisch oder Sterbenden im Krankenhaus. Nichts von alldem hatte sie so maßlos entsetzt wie der Anblick ihrer eigenen schreckerfüllten Augen. Sie schrie gellend auf und erwachte auf dem Sofa im Wohnzimmer. Die kleine Lampe verbreitete ein gedämpftes, sanftes Licht. Der Wind riss am Vorhang. Im Flur schrillte die Klingel lang und ausdauernd. Sie sprang auf, lief zur Tür und schob den Riegel zurück. Draußen stand Kasia.

»Hast du wirklich geglaubt, du kannst mich loswerden?« Sie lachte gehässig. »Das hier ist *dein* Gesicht.« Sie trat ein und reckte den Hals, als wollte sie Ada ihren Kopf geben.

Ada durchfuhr es eiskalt. Sie schlug die Augen auf. Warmes Lampenlicht erhellte das Wohnzimmer. Die Mappe war auf den Boden gerutscht, auf dem Tischchen lag nur noch Karol Zalewskis Foto. Ohne Schriftzug. Filip-Oleńka setzte sich auf ein Sofakissen und räkelte sich genüsslich.

Ada schüttelte sich, stand auf und nahm den Kater auf den Arm.

»Komm, wir gehen ins Bett«, sagte sie und knipste die Lampe aus. »Hier kann man nicht ordentlich schlafen. Und erst recht nicht ordentlich aufwachen.«

28

Mit Verwunderung betrachtete Mikołaj Zalewski die dunkle, gleichgültige Stadt. Er hatte einen bitteren metallischen Geschmack im Mund. Der Bus bremste hart an einer Kreuzung, fuhr die dahinterliegende Haltestelle an. Mikołaj stand eilig auf und stieg aus. Er war nervös und fürchtete sich ein bisschen vor der Begegnung mit seinem Bruder.

»Ich fahre jetzt zu meinem geistlichen Begleiter«, hatte Karol gestern Abend am Telefon gesagt und dabei geweint. »Es geht mir ziemlich mies. Vielleicht können wir uns morgen sehen? Nur wenn du Zeit hast, natürlich ...« Es klang entschuldigend.

Und nun war es Montagabend. Den Tag hatte Mikołaj mit unwichtigen Kleinigkeiten herumgebracht. Er fühlte sich betäubt, konnte keinen klaren Gedanken fassen. Zwar hatte er Zofia seit über einem Jahr nicht mehr gesehen, dennoch war die Nachricht von ihrem Tod ein Schock für ihn. Iza wirkte nicht weniger erschüttert. Sie hatten das Thema krampfhaft vermieden, zu schwer verdaulich war das alles. Als es Abend wurde, machte er sich für das Treffen mit Karol bereit.

»Vielleicht stimmt das alles ja gar nicht«, sagte er hoffnungsvoll, während er sich die Jacke zuknöpfte. »Vielleicht ist es nur eine schreckliche Verwechslung?«

Iza warf ihm einen mitleidigen Blick zu. Sofort schämte er sich. Sie streckte die Hand aus und tätschelte ihm etwas unbeholfen die Wange. Er reagierte nicht, sondern nahm seine Mütze und hastete aus dem Haus.

Eine halbe Stunde später ging er beklommen die Traugutt-Straße hinunter. Die ganze Zeit stand ihm Zofias Gesicht vor Augen. Sie hatte bei ihrem letzten Treffen so bleich und müde ausgesehen. Das war kurz nachdem Karol sich von ihr getrennt hatte. Zofia hatte ihn angerufen. Sie wolle mit ihm reden. Also hatten sie sich in einem Café an der Nowy-Świat-Straße getroffen. Draußen war ein sonniger Herbstnachmittag. Drinnen duftete es nach frisch geröstetem Kaffee. Zofias Lippen zitterten.

»Er ist gar nicht mehr er selbst«, sagte sie und schob die leere Kaffeetasse beiseite.

Sie sah aus, als wäre sie innerhalb weniger Tage gealtert. Ihr Gesicht wirkte eingefallen und mager, die Haut blass und grau, und ihre dunklen Augen glühten fiebrig.

»Aber was ist denn passiert?«, fragte er. »Ich verstehe das nicht.«

»Was passiert ist?«, erwiderte sie heftig. »Sie haben ihn manipuliert. Er war zwei Wochen weg, zusammen mit den ganzen anderen. Geschlossene Exerzitien, ich durfte nicht mitfahren. Keine Ahnung, was sie mit ihm angestellt haben. Jedenfalls war er ein komplett anderer Mensch, als er wiederkam. Ich habe versucht, mit ihm zu reden, aber ich komme nicht an ihn ran. Er sagt, er kann nicht mit jemandem zusammen sein, der nicht den wahren Glauben in sich trägt.«

»Aber du bist doch auch katholisch?«

»Katholisch?« Sie lachte bitter. »*Wärst du doch kalt oder heiß! Daher, weil du lau bist, weder heiß noch kalt, will ich dich aus meinem Mund ausspeien.* Das hat er zu mir gesagt.«

Ungläubig zog Mikołaj die Brauen hoch.

»Aber warum jetzt, ein paar Monate vor der Hochzeit? Was ist denn anders als vorher? Karol ist doch schon seit zehn Jahren bei den *Kindern der Immaculata*.«

»Ich weiß nicht, was anders geworden ist. Aber irgendetwas muss passiert sein. Ist dir denn nichts aufgefallen?«

Mikołaj nickte langsam. Ja, er musste es zugeben. Seine Mutter und seine Brüder waren schon seit längerer Zeit streng gläubig. Doch in letzter Zeit benahmen sie sich wie besessen. Geradezu fanatisch.

Plötzlich packte Zofia seine Hand.

»Das kann nicht gut sein«, flüsterte sie. »Irgendetwas Seltsames geht dort vor. Etwas, das nicht gut ist. Es geht mir gar nicht um mich. Dein Bruder hat sich da in eine schlimme Geschichte verstrickt ...«

Wenige Wochen nach diesem Gespräch hatte Karol bekannt gegeben, dass er ins Priesterseminar eingetreten war.

Nun bog Mikołaj rechts ein, ging an einem Metallzaun vorbei und überquerte den schwach erleuchteten Platz hinter der Akademie der Schönen Künste, blieb vor dem Eingang der Mensa stehen. Auf einem Hausdach schrie und maunzte eine streunende Katze. Es klang wie das bitterliche Schluchzen eines kleinen Kindes. Etwas raschelte im Schatten der Mauer. Über den Bordstein schleppte sich ein Vogel mit gebrochenem Flügel. Mikołaj erschauderte, drückte entschlossen die Schultern durch und stieg die Betontreppe zur Mensa hinauf.

Karol saß an einem Tisch links neben einem dunklen Flur. Beim Anblick seines Bruders winkte er und hob sein Glas. Mikołaj verspürte einen Stich im Magen.

»Ich bin doch nicht zu spät?«

»Nein, nein. Ich war zu früh. Warte, ich hol dir ein Bier.«

Karol ging zur Theke und kam mit einem gefüllten Glas zurück. Er wirkte vollkommen beherrscht.

»Eine schreckliche Sache«, begann er ohne Umschweife.

Mikołaj nickte, seine Stimme gehorchte ihm nicht. Beide schwiegen eine Weile.

»Es war wahrscheinlich ein Raubmord«, begann Karol.

»Aber wer soll das getan haben? Und wie? Warum?«

»Ich habe keine Ahnung. Die Polizei ermittelt noch ... Bestimmt wissen wir bald mehr. Aber was bedeutet das schon?«

Mikołaj sah, dass Karols Hände zitterten. Er hob sein Glas an die Lippen, konnte es aber nicht ruhig halten und verschüttete etwas Bier.

»Zofia ist tot«, sagte Karol laut und deutlich, als versuche er, den Sinn dieser Worte zu begreifen.

»Ich weiß. Es tut mir so leid, Karol. Sie war immer so ... so ...« Er geriet ins Stammeln. »Ich weiß noch, wie wir alle zusammen in den Bergen waren. Sie war so hübsch, intelligent, freundlich ... einfach perfekt. Das habe ich damals gedacht. Perfekt.« Um nicht über das Hier und Heute reden zu müssen, flüchtete Mikołaj sich in schöne Erinnerungen. »Ich war fast ein bisschen eifersüchtig auf dich. Ich, der alte Knacker ... Ganz schön peinlich, was?« Er zwang sich zu einem scherzhaften Tonfall.

Eine Weile sprachen sie über alte Zeiten – Karols Jahre auf dem Gymnasium, der Anfang seines Studiums. Mikołaj hatte den Eindruck, dass das lockere Gespräch seinem Bruder guttat. Er begann sogar lebhaft von seinem Erasmus-Stipendium und den Archiven in Rom zu erzählen, in denen er so viele Stunden mit der Recherche für seine Magisterarbeit verbracht hatte. Plötzlich aber wurde er blass.

»Ich war so gut, Mikołaj«, sagte er mit echter Verzweiflung in der Stimme. »Ich hätte doch werden können, was ich wollte! Was ich auch angefangen habe – es gelang mir. Alles klappte wie am Schnürchen. Im Schwimmen war ich der Beste. Ich habe Klavier gelernt. Ich kann fünf Sprachen. Meine Magisterarbeit wurde veröffentlicht, zweitausend Exemplare. Ich bin fürs Doktorstudium vorgeschlagen worden ...«

Tja. Und jetzt ist ein Pfaffe aus dir geworden. Mikołaj lächelte bitter. Und Zofia ist tot. Ist so etwa der katholische Gott? Blutrünstig, unersättlich, gierig nach Opfern? Seine Talente hatte Karol ihm geopfert, jedes Vergnügen aufgegeben – und jetzt hatte dieser Gott ihm auch noch die Liebe seines Lebens genommen. Was erwartete Karol dafür? Was wollte er im Gegenzug hier auf Erden bekommen? Denn dass es seinem Bruder nicht nur um das ewige Leben nach dem Tod ging, dessen war Mikołaj sich mehr als sicher. Besorgt blickte er zu seinem Bruder.

Der hob den Kopf und sah ihm fest in die Augen, als wolle er den ungesagten Worten, die zwischen ihnen standen, entschieden widersprechen.

»Gut, dass es jetzt passiert ist«, sagte er endlich. »Noch vor der Priesterweihe. Jetzt steht mir nichts mehr im Weg.«

Mikołaj erstarrte.

»Es geht hier doch nicht um dich!«, rief er, als er seine Sprache wiederfand. »Zofia ist nicht ermordet worden, um deine Zweifel auszuräumen! Die Welt dreht sich nicht nur um deine Person!«

Karol sagte nichts. Er dachte nach. Dann nahm sein Gesicht einen harten, entschlossenen Ausdruck an. Seine Hände hörten auf zu zittern.

»Die Wege des Herrn sind unergründlich«, sagte er ernst.

29

Am Dienstagmorgen zeigte das Thermometer exakt null Grad. Es schneite nicht mehr, die Wolken wirkten irgendwie leichter und weniger düster. Olga stand als Erste auf. Wie jeden Tag ging sie Brot holen und kochte dann Kaffee. Am Frühstückstisch beobachtete Marcin jede ihrer Bewegungen. Nein, krank sah sie nicht aus, befand er. Im Gegenteil, sie wirkte äußerst energiegeladen. Sie trug ein schickes graues Jackett und eine rote Bluse. Die Haare hatte sie zu einem Dutt aufgesteckt.

»Für wen hast du dich denn so aufgebrezelt?«

Sie lächelte nur, ein wenig verlegen, wie ihm schien. Am gestrigen Abend hatte sie ein schäumendes Pulver in heißem Wasser aufgelöst, einen Streifen Mull damit befeuchtet, ihn auf seine geschwollene Wade gelegt und den Unterschenkel behutsam mit einem Verband umwickelt.

»So. Das sollte helfen.« Ihre Stimme klang weich.

Später in der Nacht, als er sich an sie schmiegen wollte, erwiderte sie seine Umarmung erst, rückte jedoch dann von ihm ab.

»Ich bin sehr müde. Ich muss jetzt schlafen«, flüsterte sie.

Während er ihr jetzt dabei zusah, wie sie das Geschirr in die Spüle stellte und Frühstücksbrote für die Kinder schmierte, wurde ihm bewusst, dass sie schon seit Wochen nicht mehr zusammen gewesen waren. Jedes Mal, wenn er sich ihr nähern wollte, schob sie ihn sanft, aber bestimmt von sich weg.

»Ich komme heute Abend früher«, sagte er.

Olga nickte zerstreut. Sie rief die Mädchen, alle drei hasteten zum Treppenhaus.

Sie schläft doch immer nur, fielen ihm Hannas Worte wieder ein, als er zum Auto ging. Was hatte das zu bedeuten? War es einfach Frühjahrsmüdigkeit? Oder doch etwas Schlimmeres, das man von außen nicht sah ... Blutkrebs vielleicht? War man da nicht immer müde? Aber Olga machte doch nach außen hin einen gesunden Eindruck ... Natürlich gab es tückische Krankheiten. Die überfielen einen, ohne dass man es merkte, machten lange Zeit keine Beschwerden. Man wurde nur immer schwächer, dachte sich nichts dabei. Schlief immer mehr. Und plötzlich, wie aus heiterem Himmel, wachte man eines Morgens nicht mehr auf.

»O Gott«, ächzte er. Blutkrebs. Oder eine schleichende Blutvergiftung. Gab es sowas? Wie sollte er bloß allein mit zwei Kindern zurechtkommen? Ruhig, ganz ruhig, dachte er, kurbelte das Fenster herunter und steckte sich eine Zigarette an. Sog in tiefen Zügen den Rauch ein. Auf der Stadtautobahn war Stau, doch er fuhr rechts auf die Busspur, gab Gas. Das Steuer hielt er mit der linken Hand. Mit der rechten wählte er Wiktor Pawlaks Nummer.

»Morgen.«

»Was gibt's?«, gähnte Pawlak in den Hörer.

»Hör mal, wie heißt noch diese Krankheit, bei der man keine Symptome hat? Man ist nur müde, schläft immer mehr, und am Ende stirbt man.«

»Leben«, antwortete Pawlak. »Und deswegen klingelst du mich aus dem Bett?«

»Nein«, gab Marcin säuerlich zurück. »Ich klingele dich aus dem Bett, weil ich dir sagen will, dass wir in einer Stunde ein Meeting haben. In der Firma. Rogowski sagt, alle müssen antanzen.«

»Du machst wohl Witze. Ich hab mir freigenommen.«

»Sorry, Alter, aber daraus wird nix.« Marcin strengte sich an, um nicht entschuldigend zu klingen. »Mobilisierung von Modzelewski. Der Fall Wagner hat jetzt allererste Priorität. Muss so schnell wie möglich abgeschlossen werden. Irgendein hohes Tier aus dem Ministerium macht Druck.«

»Ich glaub, mein Schwanz pfeift!«, fluchte Pawlak los. »Ihr beiden, du und deine Mimose, ihr ... ihr ...«

Eilig legte Marcin auf.

Die Polizisten der Abteilung Terrorbekämpfung und Tötungsdelikte saßen im neuen Besprechungssaal. Auf den Gesichtern zeichneten sich Erschöpfung und resignierter Ärger ab. Einzig Adas Miene war unbeteiligt und kühl wie immer. Gedankenverloren sah sie aus dem Fenster, spielte mit ihrem Kettenanhänger aus hellblauen Steinen. Sie trug eine Leinenhose, deren Säume nachlässig in Cowboystiefel steckten. Ein verwegener Aufzug, als hätte sie geplant, ein Gegengewicht zu dieser trübseligen Atmosphäre herzustellen.

Um zehn begann die Sitzung.

»Es gibt einen Befehl von oben, dass wir uns auf den Mordfall Zofia Wagner konzentrieren sollen«, begann Rogowski. »Zwar haben wir einen ganzen Haufen wichtigerer Fälle, die stehen aber jetzt in der Warteschlange. Am besten wär's, wenn Sawicki uns erst mal in die Einzelheiten einweihen würde.«

Marcin erhob sich. Auf dem Weg zum Mostowski-Palast hatte er überlegt, wie sich die Ermittlungen jetzt sinnvoll planen ließen. Aber es war ihm nichts Gescheites eingefallen.

»Wir wissen schon einiges«, hob er optimistisch an. »Bei der letzten Besprechung habe ich diese Tschetschenin erwähnt,

Madina Demilowa. Wir verdächtigen sie und ihren Freund Gregor Okruschwili, an dem Mord beteiligt gewesen zu sein. Okruschwili ist Georgier.« Er fasste kurz zusammen, was die Wohnheimleiterin Anita Kalinowska gesagt hatte, und berichtete von den Aktionen im Haus der Demilows. Die übrigen Ermittlungsdetails ließ er aus. »Im Moment warten wir auf die Analyse der Fingerabdrücke auf den Geldscheinen, die wir bei Demilows gefunden haben.«

Szczepaniak schnäuzte sich laut.

»Die Ergebnisse sind schon da.« Seine Hängebacken zitterten nervös. »Auf zwei Geldscheinen sind Wagners Fingerabdrücke.«

Wiktor Pawlak, der bis dahin ostentativ mit seinem Stuhl gekippelt und in regelmäßigen Abständen laut gegähnt hatte, hielt inne.

»Das beweist noch gar nichts. Madina hat doch bei ihr gearbeitet, oder nicht? Das kriegt selbst der unfähigste Pflichtverteidiger raus.«

»Ein Beweis ist es nicht«, stimmte Marcin zu. »Aber ein wichtiger Hinweis. Solche Hinweise haben wir massenhaft. Nach Zufall sieht das alles nicht aus.«

»Klar.« Pawlak stützte die Ellenbogen auf den Tisch. »Ich sag ja nur, wenn wir sie finden, werden wir uns ganz schön verrenken müssen, um sie zu einem Geständnis zu bringen. Anders kriegen wir sie nicht hinter Gitter. Volljährige junge Frau haut mit ihrem Lover vor ihrem beschissenen Alten ab. Das ist kein Verbrechen.«

»Das Problem ist«, unterbrach ihn Marcin, »dass sie nicht allein gehandelt hat. Madina ist nicht gerade die hellste Kerze auf der Torte. Sie wirkt passiv, leicht beeinflussbar. Ich hab gestern diesen Georgier überprüft. Ein ausgekochtes Bürschchen. Ist schon dreimal straffällig geworden, einmal wegen Einbruch.«

Ada hob alarmiert den Kopf.

»Jetzt sieht die Sache schon anders aus.«

»Bin mal gespannt, wie wir die beiden jetzt wiederfinden wollen, he?« Kapusta lümmelte mit weit gespreizten Beinen auf seinem Stuhl. »Ihr habt sie laufen lassen wie die letzten Memmen.«

»Wir haben ihre Fotos an Presse und Fernsehen rausgeschickt«, verteidigte sich Marcin. »Irgendwer wird sie wiedererkennen. Das ist ein auffälliges Pärchen.«

»Wiedererkennen, leck mich doch ... Das ist schon *zwei* Tage her. Die beiden können längst auf Jamaika sein!«

»Mit den viertausend, die sie nicht einmal mitgenommen haben?«, mischte Ada sich überraschend ein.

Kapusta biss sich auf die Lippe.

»Gehen wir einmal davon aus, dass der alte Demilow lügt«, fuhr Ada ruhig fort. »Und dass das Geld, das wir in seiner Wohnung gefunden haben, Zofia Wagner geraubt worden ist. Madina und Gregor sind verschwunden. Aus irgendeinem Grund haben sie es nicht geschafft, ihre Beute mitzunehmen. Vielleicht war Demilow früher nach Hause gekommen, saß im Wohnzimmer, und Madina konnte nicht an die Kommode gehen. Oder vielleicht hatte er ihre Pläne durchschaut und das Geld einkassiert. Oder es ist etwas ganz anderes dazwischengekommen. Jedenfalls sind Wagners Fingerabdrücke auf den Geldscheinen entweder ein Beweis und unsere beiden Tatverdächtigen sind ohne das Geld unterwegs – oder wir haben die falschen Geldscheine beschlagnahmt. Eins oder das andere. Eine weitere Möglichkeit sehe ich nicht.«

Stille. Marcin starrte Ada stirnrunzelnd an, dann senkte er verlegen den Blick.

»Dieser Georgier könnte seine eigene Kohle gehabt haben«, widersprach Kapusta.

»Das glaube ich nicht«, erwiderte Ada bestimmt. »Bei seinem Job als Lagerarbeiter verdiente er sicher nur ein Taschengeld. Davon musste er sein Zimmer bezahlen, und essen musste er auch. Natürlich besteht die Möglichkeit, dass er außer Zofia Wagner noch jemanden beraubt hat, aber davon ist uns nichts bekannt.«

»Eins steht fest: Ihr beiden habt's vergeigt. In einem glasklaren Fall. Und jetzt darf die ganze Abteilung durch die Stadt jagen und für euch die Scheiße auslöffeln!«

»Es war nicht unsere Entscheidung.« Ada sprach ruhig und betont. »Sondern meine. *Ich* habe mit Madina gesprochen und entschieden, sie nicht mit aufs Präsidium zu nehmen. Aber das war kein Fehler, ich habe nur gemäß ...«

»Eine saublöde Dummheit war das«, blaffte Pawlak.

Adas Miene blieb unverändert, doch ihr Blick wurde stählern.

»Gut«, mischte Marcin sich rasch ein. »Egal, was am Samstag war – heute ist Dienstag. Wir wissen nicht, wo Madina ist. Ihr müsst euch nicht alle beteiligen. Wir brauchen nur einen, der Demilows Haus observiert, und einen, der Okruschwilis Zimmer im Auge behält.« Er sah seine Kollegen fragend an.

»Okay«, willigte Rogowski ein.

»Ich statte diesem Großmarkt, in dem Okruschwili gearbeitet hat, einen Besuch ab«, fuhr Marcin fort. »Ada fährt noch einmal zu *Haus Sonnenschein*. Sie hat sich mit einer Freundin von Madina ganz gut unterhalten. Vielleicht kriegt sie noch mehr aus ihr raus. Noch irgendwelche Fragen oder Anregungen?«

»Die Obduktion der Leiche?«, fragte der Alk.

»Nekro hat uns für heute Nachmittag Ergebnisse versprochen.«

Ada holte eine Plastiktüte voller Papierrollen hervor.

»Das sind die Kassenbelege aus den beiden Metallwarenhandlungen. Von den letzten drei Wochen. Ich verspreche mir keinen sensationellen Fund – trotzdem brauche ich jemanden, der die Belege durchgeht und alle verkauften Hämmer notiert.«

Stille. Die Versammelten starrten sie entgeistert an, als wäre es ihnen nie im Leben in den Sinn gekommen, dass die neue Kollegin eine Aufgabe an sie verteilen könnte. Schließlich räusperte Rogowski sich vernehmlich.

»Nun ... in Ordnung. Noch was?«

Niemand meldete sich zu Wort.

»Dann will ich zum Ende noch etwas ansprechen.« Rogowski legte die beiden Ausgaben des Boulevardblättchens auf den Tisch. Seine Bewegungen waren beherrscht, doch Marcin sah, dass an seiner Schläfe eine Ader pulsierte und einer seiner Mundwinkel zuckte. Da wusste er, dass sein Vorgesetzter innerlich vor Wut kochte. »Das hier ist reine Boshaftigkeit. Eine Racheaktion.« Er zeigte auf den Schnappschuss vom Freitag, auf dem Ada und Marcin dümmlich in die Kamera glotzten. »Sowas beachten wir nicht weiter. Was ich allerdings liebend gern wissen würde ...« Er hielt die Montagsausgabe hoch. »Was mich geradezu brennend interessiert, ist, woher diese hinterfotzige Hyäne« – er schaute auf den Namen –, »woher dieser Marczyński wohl weiß, wo unsere Verdächtigen wohnen?«

Geraune. Rogowski wurde von einem hässlichen Hustenanfall geschüttelt. Als sein Atem wieder ruhiger ging, hob er eine Hand. Die Anwesenden verstummten.

»Es sickern also Informationen nach draußen durch, und ich verspreche euch, dass ich rauskriege, wo sich das Leck befindet«, fuhr Rogowski mit zusammengebissenen Zähnen fort. »Und wenn ich es rausgekriegt habe, dann werde ich dafür sorgen, dass der Verantwortliche uns für immer verlässt.«

»Scheißladen«, brummte Kapusta. »Sowas hat's bei uns doch noch nie gegeben!«

Nervös blickte Marcin zu Ada. Sie rührte sich nicht, sondern saß nur da und starrte auf die Zeitung.

»Das ist sehr gefährlich«, sagte sie langsam.

»Natürlich ist das gefährlich, was hast du denn gedacht? Wenn alles, was wir hier tun, an die Presse durchsickert, dann können wir nicht mal mehr Knöllchen an Falschparker verteilen!«, herrschte Kapusta sie an.

»Das meine ich nicht.« Ada zeigte auf das Foto. »Hier sind der Straßenname und die Hausnummer genau zu erkennen.«

»Ja und?«

»Dort wohnen Flüchtlinge, die des Mordes an einer polnischen Frau verdächtigt werden. Das heißt, jetzt könnte es auch noch zu rassistischen Ausschreitungen kommen.«

Pawlak pfiff durch die Zähne.

»Die Mimose hat recht«, bekannte er.

Wieder ging ein Raunen durchs Zimmer.

»Ruhe!« Rogowski donnerte mit der Faust auf den Tisch, was einen neuerlichen Hustenanfall auslöste. »Im Moment wird die Wohnung sowieso beobachtet«, krächzte er. »Das ist auch ein Schutz. Es gibt keinen Grund zur Sorge. Ich schließe hiermit die Versammlung. Geht jetzt alle an eure Arbeit.«

Marcin war sauer und schämte sich. Es war ihm nicht gelungen, diesen simplen Fall in einer normalen Zeitspanne zu lösen.

Und jetzt musste die ganze Abteilung ausbaden, was er vermasselt hatte. Wenn er diese verdammten Vermittlungen doch mit einem echten Kerl führen könnte! Und nicht mit dieser halben Portion, dieser verzärtelten Mimose. Mi-möschen, dachte er gehässig. Das Fräulein Kommissar*in*. Er schnaubte und ging schneller, obwohl er wusste, dass Ada mit ihm Schritt zu halten versuchte. Mit wütendem Schwung riss er die Tür zu ihrem gemeinsamen Büro auf und wollte sie genauso heftig wieder zuknallen, doch eine schmale Frauenhand hielt mit eisernem Griff die Klinke fest. Kriminalkommissar*in* Adela Rochniewicz wirkte weder verärgert noch betrübt, sondern betrat den Raum leichten und beschwingten Schrittes. Marcin knirschte mit den Zähnen.

»Ich fahre jetzt zu *Haus Sonnenschein*«, erklärte sie. »Hawa ist sicher noch in der Schule, aber vielleicht kann mir dort jemand sagen, auf welches Gymnasium sie geht. Wahrscheinlich wird es sowieso leichter, in der Schule mit ihr zu sprechen. Da sind ihre polnischen Schulkameraden und Schulkameradinnen um sie herum, und nicht nur andere Flüchtlinge.«

Marcin wollte etwas Bissiges erwidern, doch dann fiel ihm ein, dass sie die ganze Verantwortung für Madinas und Gregors Flucht auf sich genommen hatte. Er erinnerte sich an Pawlaks schiefe Blicke und Kapustas anklagenden Ton.

»Äh ... und nicht nur andere Flüchtlinge«, wiederholte er dümmlich ihre letzten Worte.

Ada lachte hell auf, so ungewollt komisch hatte er geklungen. Marcin starrte sie überrascht an, und ihm wurde bewusst, dass er sie zum ersten Mal aus vollem Halse lachen sah.

»Okay«, sagte er kühl. »Dann fahr.«

Er griff nach seinem Handy. Ein Anruf in Abwesenheit. Die Nummer kam ihm bekannt vor. Er scrollte die Anrufe vom Vortag durch. Dieselbe Nummer hatte ihn gestern am frühen Nachmittag angerufen ... Jakub Orłowski. Sofort fühlte er sich schuldig. Er hatte vergessen, mit den Zwillingsbrüdern zu reden. Schnell ging er zum Diensttelefon, wählte.

»Was gibt's denn«, meldete sich eine knarrende Männerstimme.

»Wojtek?«, fragte Marcin.

»Nein, Marek.«

»Teilt ihr euch etwa auch das Handy?«

»Was dagegen?«

»Ähem, nein.« Er räusperte sich. »Hier ist Marcin Sawicki.«

»Weiß ich, du rufst doch vom Dienstapparat an.«

»Habt ihr meine Nummer in den Kontakten, oder was?«

»Wir haben alle Nummern in unseren Kontakten, die uns nützlich sein könnten. Also, was willst du?«

»Es geht um eine Vermisstenanzeige. Magdalena Orłowska. Das ist doch euer Fall?«, begann er etwas unsicher.

»Ja, das ist unserer. Und?«

Marcin kannte die Zwillinge seit Jahren. Sie waren berüchtigt für ihre Arroganz. Deswegen hatte er vor seinem Anruf versucht, sich in eine friedvolle Stimmung zu versetzen. Nun atmete er tief durch.

»Ihr Vater ist ein Bekannter von mir. Ich wollte mich erkundigen, wie die Ermittlungen laufen. Und ... was ihr über das Ganze denkt.«

»Wir denken gar nichts. Da gibt's nichts zu denken. Eine erwachsene Frau ist abgetaucht. Sie hat das Recht, nicht mit ihren Alten zu quatschen. Und zu fahren, wohin auch immer es ihr passt.«

Marcin schwieg.

Marek schnaufte in den Hörer. Schließlich seufzte er resigniert, räusperte sich und begann mit etwas freundlicherer Stimme: »Hör mal, Alter, so unter uns – die Sache sieht nicht gut aus. Die Kleine hat sich seit drei Tagen weder bei den Eltern noch bei irgendwelchen Bekannten gemeldet. Und was noch schlimmer ist ... Sie hat nichts von zu Hause mitgenommen: Ihr Koffer ist noch da, ihr Wintermantel, alle ihre Schuhe. Sogar die Zahnbürste.«

»Selbstmord?«

»Vielleicht ist sie ja barfuß in die Weichsel gehüpft, wer weiß ...«, räumte Marek ein. »Aber wir denken eher an Entführung.«

»Was?«

»Du hast es gehört.«

»Aber ... wie kommt ihr denn darauf?«

»Ich hab's doch schon gesagt: Sie ist weg, alle ihre persönlichen Dinge sind noch da. Aber das ist vorerst eine Theorie. So.« Plötzlich klang er verärgert. »Ich hab keine Zeit für Plauderstündchen. Wenn du willst, komm her. Wenn nicht, dann lass mich in Ruhe. Und sei so gut: Kein Wort zu den Eltern. Vor allem nicht zu dieser durchgeknallten Glucke. Die hockt sowieso schon die ganze Zeit hier rum. Unsere offizielle Version lautet: Wir tun, was wir können. Und im Moment wissen wir noch gar nichts.«

»Na schön.«

Marek hatte schon aufgelegt. Marcin setzte sich an seinen Schreibtisch, stützte den Kopf in die Hände und versuchte, seine Gedanken zu ordnen. Nach einer Weile war es ihm gelungen, das eben Gehörte in sein Unterbewusstsein zu verdrängen. Er rief Jakub Orłowski an, informierte ihn kurz, dass die Ermittlungen liefen wie geplant, und zwang sich zu ein paar aufmunternden Floskeln.

Eben hatte er aufgelegt, als Wiktor Pawlak das Zimmer betrat. Ohne ein Wort plumpste er auf Adas Bürostuhl und starrte aus dem Fenster, als erwarte er eine Erklärung von Marcin. Ein beklommenes Schweigen machte sich breit.

»Ja?«, fragte Marcin schließlich.

Pawlak zog eine angekaute Filzstiftkappe zwischen seinen Zähnen hervor.

»Kommt ein Typ mit 'nem Schaf untern Arm geklemmt nach Hause, stellt sich vor seine Alte und sagt: ›Das ist das Schwein, das ich schlachten will.‹ Die Alte darauf: ›Das ist aber kein Schwein.‹ Und er zu ihr: ›Mit dir rede ich nicht.‹«

Marcin versuchte, nicht zu lachen. Doch er schaffte es nicht und prustete los. Pawlak lächelte zufrieden.

»Okay, nun sag schon – worum geht's? Ich hab keine Zeit.«

»Es geht um die Mimose.«

»Aha. Und, was ist mit ihr?«

»Diese Nachrichten, die an die Presse durchgesickert sind. Glaubst du nicht, dass sie was damit zu tun haben könnte?«

Marcin war überrascht. Der Gedanke wäre ihm niemals gekommen.

»Nein«, widersprach er bestimmt. »Ich mag sie nicht, das weißt du. Und es geht mir ganz schön auf die Eier, dass ich mit ihr zusammenarbeiten muss. Aber eins kann ich sagen: Sie ist eine Formalistin, nein, mehr noch ...« Er überlegte. »Sie hat eine Art eigenen Moralkodex. So etwas würde sie niemals tun.«

»Kann die überhaupt irgendwas? Lässt die Hauptverdächtige laufen ... Vielleicht ist sie einfach 'ne Niete, und deshalb wollten die in Wrocław sie loswerden?«

»Nein ... 'ne Niete ist sie nicht. Sie hat echt ein Talent, die Leute zu bequatschen. Sie kommt an jeden ran, die Leute öffnen sich einfach. Weiß nicht, wie sie das anstellt, aber darin ist sie verflixt gut ...« Er hielt inne, erstaunt über seine eigene Ehrlichkeit.

»Und ihr Nachname?«

»Wie – ihr Nachname?«

»Hast du dich denn nie gewundert, woher sie die teuren Klamotten hat? Den nagelneuen Mazda? Du glaubst doch wohl nicht, dass sie sich das mit ihrem Polizeigehalt zusammengespart hat?«

»Keine Ahnung. Vielleicht hat sie ja 'nen reichen Typen an der Angel. Oder reiche Eltern ...«, nuschelte er.

»Korrekt. Ihr Nachname lautet Rochniewicz.«

»Ja und?«

»Rochniewicz ist ein Medienmogul. Zu seinem Imperium gehören fast alle Boulevardzeitungen in Polen. Unter anderem auch das Blättchen, das euer schmeichelhaftes Foto gebracht hat.«

Marcin sah ihn überrascht an.

»Der Alte ist über sechzig«, fuhr Pawlak fort. »Könnte gut sein, dass die Mimose seine Tochter ist.«

»Du hast sie überprüft?«

»Exakt. Ich weiß eben gern, mit wem ich's so zu tun habe. Vor allem bei der Arbeit. Und ich sag dir noch was: Es sind keinerlei Dokumente zu finden, keinerlei Anhaltspunkte, die ihr plötzliches Auftauchen in Warschau erklären würden. Irgendwas stinkt hier gewaltig ...«

»Glaubst du, dass sie ... Meinst du ...«

»Ich meine gar nichts. Nur dass du sie im Auge behalten solltest.«

Pawlak schob sich die Stifthülle wieder zwischen die Zähne, kratzte sich den Dreitagebart und ging. Die Tür ließ er offen. Marcin zuckte mit den Achseln. Darüber nachzugrübeln, wer der Presse interne Infos gesteckt hatte, schien ihm im Moment wenig zielführend. Stattdessen nahm er seine Jacke und hastete zum Auto, murmelte im Takt der Schritte: »Verfickte Scheiße, verfickte Scheiße.« Draußen schlug ihm eine klare Kälte entgegen. Der Tag war windig, aber hell und trocken. Marcin atmete auf, wandte der blassen Sonne dankbar sein Gesicht zu. »Ach, ist doch alles scheißegal«, brummte er und setzte sich hinters Steuer. In einem geschmeidigen Bogen fuhr er vom Hinterhof auf die Straße, ordnete sich ein in den stetig wie ein Herzschlag pulsierenden Rhythmus der Stadt.

Die Morgenstaus hatten sich gerade aufgelöst. Glatt und ohne Verzögerungen kam er durch die Puławska-Straße, erreichte den Großmarkt um kurz nach elf. Vor einer Lagerhalle mit Wellblechdach stieg er aus dem Wagen. Zwei Lagerarbeiter waren dabei, einen LKW zu entladen. Sie schoben Hubwagen mit zellophanumwickelten Stapeln von Büchern vor sich her.

»Eine Frage«, wandte er sich an einen von ihnen. »Wo finde ich Herrn Adam Kępa?«

»Im Büro«, antwortete der Mann und zeigte auf das einzige Fenster.

Marcin ging auf die Halle zu. Im Büroraum hinter einer Scheibe saß ein älterer Mann in Flanellhemd und ging konzentriert einen Ordner mit Unterlagen durch.

»Herr Adam Kępa?«

»Der bin ich.« Der Mann legte den Ordner beiseite und schenkte Marcin ein breites, entwaffnendes Lächeln.

»Kripo Warschau«, sagte Marcin etwas zögernd, musste er doch davon ausgehen, eine freundlich gesinnte Person mit diesen Worten gegen sich aufzubringen.

Doch Adam Kępas Lächeln erlosch keineswegs. Er stand auf und bat Marcin in sein Büro.

»Wie kann ich Ihnen helfen?«

»Ich suche einen Mann namens Gregor Okruschwili«, erklärte Marcin, während er in dem engen Büroraum auf einem Plastikstuhl Platz nahm. »Angeblich soll er bei Ihnen gearbeitet haben.«

Jetzt huschte ein Schatten der Besorgnis über das Gesicht des Großhändlers.

»Ja. Aber er war seit Donnerstag nicht mehr hier.«

»Und er hat nicht angerufen?«

Der Mann schüttelte den Kopf.

»Herr Kępa«, setzte Marcin an. »Alles, wonach ich Sie jetzt frage, ist für die Polizei von immenser Wichtigkeit. Wir ermitteln in einem Mordfall. Und ich will ganz offen zu Ihnen sein – wir haben Grund zu der Annahme, dass Okruschwili in den Fall verwickelt ist. Hat er sich in letzter Zeit irgendwie auffällig verhalten? Anders als sonst? Haben Sie irgendetwas Ungewöhnliches bemerkt? War er vielleicht aggressiv oder wirkte nachdenklich? Wollte er sich Geld leihen?«

Adam Kępa lächelte nicht mehr. Seine Stirn furchte sich, er stützte den Kopf in die Hand.

»Mir tut es leid um den Jungen«, begann er. »Ich habe ihn hier angestellt, weil meine Cousine mich darum gebeten hat. Sie kümmert sich um so einen Verein, wie heißt er noch gleich ...«

»Sicherer Hafen?«

»Ja! Das ist es. *Sicherer Hafen.* Ob er aggressiv war, fragen Sie?

Das wäre vielleicht zu viel gesagt, unruhig trifft es besser, er geriet schnell mit anderen in Streit. In letzter Zeit ist das schlimmer geworden. Vorige Woche hätten wir hier fast eine Schlägerei gehabt. Die hatte aber nicht er angezettelt, er hat sich nur provozieren lassen, durch so einen dummen Spruch ...«

»Und wie war es mit Geld?«, fiel ihm Marcin ins Wort.

»Nun ...« Kępa nickte widerwillig. »Er hat mir gesagt, dass er ernste familiäre Probleme hat. Das tat mir leid. Diese Leute, die Flüchtlinge, leicht haben die's hier nicht. Er hat mich um dreitausend gebeten. Zweitausend hab ich ihm geliehen. Das war wahrscheinlich sehr naiv?« Seine Stirn furchte sich noch tiefer. »Tja, und seit dem Tag ist er nicht mehr bei der Arbeit erschienen.«

»Danke. Dann würde ich gern noch den Angestellten sprechen, mit dem Okruschwili sich geprügelt hat.«

»Das war keine Prügelei, eher ein Gerangel«, korrigierte ihn Kępa, während er ihm fest die Hand drückte. »Die beiden ...«

Marcins Diensthandy klingelte. Er entschuldigte sich und hob ab.

»Hier ist eine Frau, die dich sprechen will«, meldete sich ein Polizist aus der Kommandozentrale. »Sie sagt, sie hat ein Zimmer an ein tschetschenisches Pärchen vermietet.«

»Ist sie bei euch?«, rief Marcin in den Hörer.

»Nein, am Telefon.«

»Dann stell sie zu mir durch, verdammt noch mal!«

Marcin nickte dem verwunderten Adam Kępa entschuldigend zu und rannte aus der Halle.

»Kommissar Sawicki?«, erklang eine tiefe, rauchige Frauenstimme aus dem Hörer.

»Am Apparat. Was kann ich für Sie tun?«

»Mein Name ist Irena Józefowicz. Ich habe gestern in den Abendnachrichten gesehen, dass ...«

»Ja?«, ermunterte er sie.

»Ich habe einen Campingplatz bei Pułtusk«, fuhr die Anruferin fort. »Im Moment ist zwar keine Saison, aber letzten Samstag hat sich ein junges Paar hier angemeldet. Irgendetwas kam mir an denen gleich seltsam vor.« Sie zögerte.

Marcin hielt den Atem an.

»Ich hab ja wirklich nichts gegen Ausländer, Gott bewahre. Sie haben einen Ausweis vorgelegt, von dem Mann, also habe ich ihnen ein Campinghäuschen vermietet. Aber dann wurden gestern im Fernsehen Fotos von diesen beiden Tschetschenen gezeigt, die von der Polizei gesucht werden, und wenn Sie mich fragen« – sie senkte bedeutungsvoll die Stimme –, »dann sind sie das.«

»Auf welchen Namen lautete denn der Ausweis?«

»Na, so ein fremdländischer Name eben. Momentchen ... ich sehe in meinem Heft nach.«

Sie legte den Hörer beiseite. Marcin wartete ungeduldig. Er hörte eine Tür quietschen, etwas raschelte, dann wurde eine Schublade herausgezogen.

»Hallo?«, meldete sich die Frau wieder zu Wort.

»Und?« Er schrie es fast.

»Okruschwili. Gregor Okruschwili. Es war eigentlich kein Ausweis, sondern ...«

»Wo sind die beiden jetzt?«, unterbrach er sie heftig.

»Na, bei mir. Das heißt, in der Hütte auf dem Campingplatz«, erklärte sie leicht verwundert.

»Beide?«

»Beide. Ich hab sie eben vom Einkaufen kommen sehen.«

»Und die beiden wissen nichts davon, dass Sie mich angerufen haben?«, vergewisserte sich Marcin.

»Nein, woher denn auch? Ich trau mich ja gar nicht mehr raus zu denen.«

»Liebe Frau Józefowicz«, sagte Marcin langsam und deutlich, bemüht um einen beruhigenden Tonfall. »Sie haben nichts zu befürchten. Aber bitte bleiben Sie vorerst zu Hause, und beobachten Sie die beiden durch ein Fenster. Wenn das möglich ist.«

»Ja, sicher ... Sicher ist das möglich.«

»Hervorragend. Die beiden sollen glauben, Sie wären beim Einkaufen oder bei einer Nachbarin. Setzen Sie sich bitte ganz still hinter die Gardine, und öffnen Sie inzwischen niemandem die Tür. Wir sind innerhalb der nächsten zwei Stunden bei Ihnen.«

»Gut. Dann also auf Wiedersehen, Herr Kommissar.«

»Halt!«, rief Marcin.

»Ja bitte?«

»Die Straße und Hausnummer bräuchte ich noch!«

Während er ins Auto stieg, rief er Rogowski an und erläuterte ihm rasch die Lage.

»Fahren wir! Schalt den Funk ein und halte Kontakt zu uns«, sagte der sofort. »Wir treffen uns auf dem Weg dorthin.«

Marcin setzte das Blaulicht aufs Dach. Dann raste er die Puławska-Straße hinunter. Vor Anspannung biss er die Zähne zusammen. Ada war bei Hawa im Gymnasium und führte wahrscheinlich gerade ein vollkommen überflüssiges Gespräch mit ihr ... Kurz rang er mit sich. Dann stellte er sein Handy lautlos und drückte den Knopf des Funkgeräts. Etwa fünfzehn Kilometer hinter der Siekierkowski-Brücke holte er zwei andere Polizeiwagen ein. Die Sonne kam hinter den Wolken hervor, über den Wiesen rechts und links der Straße erhob sich feuchter Dunst. Der Wind nahm zu und rüttelte an der Antenne. Das Funkgerät knisterte besorgniserregend, doch sie konnten einander hören.

»Der Campingplatz liegt hinter Pułtusk«, erklärte der diensthabende Polizist aus der Kommandozentrale. »Ihr müsst durch den Ort durch. Gleich hinter dem Zementwerk nehmt ihr die erste rechts.«

»Alles klar. Ich kann dich hören«, antwortete Rogowski.

»Das ist eine Sackgasse. Sie endet in einem Wald, dahinter liegt wohl ein Fluss. Ihr könnt ihnen den Fluchtweg abschneiden.«

»Okay. Wir fahren rein und umstellen das Haus«, fuhr Rogowski an die anderen Polizisten gewandt fort. »Sawicki bleibt im Wagen.«

»Was?«, empörte sich Marcin.

»Du bleibst schön sitzen. Du hast keine Weste. Ihr anderen umzingelt das Haus. Der Alk und ich gehen rein.«

»Ihr habt nichts für mich dabei?«

»Nein. Rühr dich nicht vom Fleck«, befahl Rogowski knapp.

Sie erreichten Pułtusk gegen eins. Obwohl der Polizist aus der Kommandozentrale ihnen den Weg ansagte, schafften sie es, sich in der Kleinstadt zu verfahren. Zweimal umkreisten sie den Marktplatz. Marcin gingen die Nerven durch, unflätig beschimpfte er jeden, der es wagte, ihn anzureden. Bei der Abzweigung hinter dem Zementwerk hielten sie kurz an, stellten Blaulicht und Sirene ab und besprachen sich noch kurz, bevor sie langsam über einen holprigen Sandweg auf ein kleines, von Holzhütten umgebenes Gebäude zufuhren. Plötzlich verdüsterte sich der Himmel. Der Wind wurde stärker, harte Eiskügelchen prasselten auf die Erde.

»Hagel«, ächzte Wiktor Pawlak.

»Ist doch gut«, erwiderte Marcin durch das Geknister des Funkgeräts. »Dann hören sie uns nicht.«

Er fuhr am Ende der Wagenreihe. Durch die Scheibe beobachtete er, wie seine bewaffneten Kollegen aus ihren Streifenwagen sprangen und eines der Häuschen umstellten. Dort sind sie nicht, schoss es ihm durch den Kopf. Er wollte losstürzen und nachsehen, hielt sich aber gerade noch zurück. Das hätte die ganze Aktion behindert. Seine Kollegen hätten zusätzlich ihn abschirmen müssen, statt ihre Konzentration auf den Zugriff zu richten. Ein Pärchen auf der Flucht, umzingelt in einer Spanplattenhütte – was, verdammt, würde jetzt wohl passieren? Alles konnte passieren, gab er sich selbst zur Antwort. Alles Denkbare und Undenkbare. Was, wenn Okruschwili auch eine Waffe hatte? Und er musste tatenlos hier herumhocken. Konnte nur zusehen. Wütend prasselte der Hagel aufs Autodach. Marcin sah Rogowski vorsichtig die Betonstufen vor der Hütte erklimmen. Der Alk hielt sich dicht hinter ihm. Auf der obersten Stufe machten sie halt, Rogowski drückte mit seinem Körper die Tür auf, beide verschwanden in der Hütte. Eine schier endlose Weile passierte gar nichts. Die Zeit schien stehen geblieben zu sein. Der Hagel verstummte. Der Wind hielt die Luft an. Die Kollegen standen starr, mit erhobener Waffe. Dann barst klirrend eine Fensterscheibe, und Madina sprang heraus, direkt in Pawlaks Arme. Sie schlug um sich und biss, doch er hatte sie schnell überwältigt. Das Trommeln des Hagels setzte wieder ein, der Wind pfiff ums Autodach. Der Alk erschien auf der Treppe. Er führte Gregor Okruschwili in Handschellen aus dem Haus. Rogowski hielt sich das Gesicht. Blut strömte ihm aus der Nase. Marcin sprang aus dem Auto. Der Alk stieß Okruschwili grob zu Boden.

»Der kleine Wichser hat Rogowski die Fresse poliert. Das hättest du mal lieber bleiben lassen, Bürschchen!« Er versetzte dem Liegenden ein paar Tritte. »Von der Polizei lässt du hübsch deine dreckigen Pfoten, dass das klar ist!« Er trat noch einmal zu.

Madina begann laut zu kreischen. Mit ihrem aufgerissenen Mund, den nassen, wirren Haaren und dem Blut, das ihr die Schläfe hinablief, sah sie aus wie eine Besessene aus einem Horrorfilm. Pawlak drehte ihr den Arm auf den Rücken.

Vom Hauptgebäude näherte sich im Laufschritt eine ältere Frau in buntem Pullover.

»Sie sind es! Hab ich's doch gewusst! Gleich als ich sie in den Nachrichten gesehen hab!«

»Gut jetzt, gut. Wir rechnen auf dem Präsidium mit ihnen ab.« Rogowski wischte sich mit dem Ärmel das Blut von der Nase und stieß den Alk in die Seite, der den liegenden Okruschwili immer noch mit seinen Stiefeln traktierte. Dann wandte er sich an die Frau und dankte ihr.

Die Polizisten führten die Verhafteten zu zwei verschiedenen Streifenwagen. Niemand fragte nach Ada. Auf dem Weg zurück nach Warschau war Marcin so erschöpft, dass er kaum das Lenkrad halten konnte. Trotzdem wich das Lächeln nicht von seinem Gesicht. Fall abgeschlossen, dachte er. Endlich. Ich muss mich um nichts mehr kümmern. Vor allem nicht um die Mimose.

30

Für das Treffen mit Hawa brauchte Ada nicht sonderlich lange. Sie fand die Schule schnell, wartete bis zur Pause und suchte im bunten Gedränge der Schülerinnen und Schüler mit den Augen nach dem Mädchen. Hawa stand im Flur an einem Fenster und schwatzte mit ein paar Klassenkameradinnen. Sie trug kein Kopftuch. Der dicke Zopf fiel ihr über eine Schulter.

»Guten Morgen.« Ada ging auf sie zu.

»Ähm ... Guten Morgen«, brachte das Mädchen überrascht heraus und blickte sie unsicher an.

»Ich möchte gern noch zwei, drei Worte mit dir wechseln.«

»Aber ich gleich habe Unterricht.«

»Es dauert nur ein paar Minuten«, versicherte Ada ihr, während sie sich im Flur umschaute. »Gehen wir raus auf den Schulhof?«, schlug sie vor.

Draußen wehte ein kräftiger Wind, doch die Sonne schien, und es wurde allmählich wärmer.

»Nur eine Sache noch, Hawa.« Ada sah ihr in die Augen. »Dann lasse ich dich in Ruhe. Was ist genau am letzten Mittwoch passiert? Worüber hast du dich so aufgeregt? Was hat Madina gesagt?«

»Sie ...«, begann Hawa und brach sofort wieder ab. Sie hielt eine Hand um das Ende ihres Zopfes geballt.

Die Schulglocke läutete. Von drinnen hörte man eiliges Getrappel.

»Ich muss rein.«

»Hawa.« Ada fasste sie beim Arm, und da spürte sie es. »Hawa, du hast eine große Schwester, zu Hause, in Tschetschenien, ist es nicht so? Und deswegen liegt dir so viel an Madina, stimmt's?«

Das Mädchen schwieg.

»Ich habe es dir schon einmal versichert: Alles, was du mir sagst, kann Madina nur helfen, nicht schaden.«

Eine Weile maßen sie sich mit Blicken. Schließlich seufzte Hawa resigniert.

»Haben Sie gesehen, was jemand geschrieben hat an Wand von *Haus Sonnenschein*?«, begann sie mit leiser Stimme. *»Raus mit euch aus Polen.«*

Ada nickte.

»Ich wollte nichts sagen zu Frau Kalinowska. Sonst ruft sie wieder Polizei. Dann gibt immer Probleme.«

»Ich sage ihr bestimmt nichts«, betonte Ada.

Hawa lächelte angestrengt.

»Mittwoch am Abend drei Männer sind gekommen. Polnische Männer. Sie haben geschrien, die Mülltonnen umgestoßen und das da an Wand geschrieben. Madina und ich waren unten. In der Halle. Madina hat gesehen, was passiert. Sie ist nach draußen gerannt. Sie hat gedacht, wenn die Männer eine Frau sehen, hören sie auf. Aber sie haben gelacht. Sie haben Madina gefragt, ob sie hat keine Haare oder warum sie trägt das Kopftuch. Und einer von den Männern hat sie am Arm festgehalten. Deswegen hat sie blaue Flecken. Ein anderer Mann hat ihr das Tuch von Kopf gerissen. Dann sind Männer von uns aus dem

Haus gerannt. Sie haben die anderen Männer verjagt. Madina hat nachher zu mir gesagt, sie will nicht länger bleiben in Polen und ...«

»Und?« Ada beugte sich vor. »Ist dann noch etwas passiert?«

»Madina ...« Hawa zögerte. »Sie ... sie hat gesagt, sie braucht sechstausend Złoty, damit sie kann mit Gregor nach Holland fahren. Und sie will das Geld holen von Zofia Wagner. Sogar, wenn sie es stehlen muss. Und ich habe *keine* große Schwester in Tschetschenien.« Mit diesen Worten riss sie sich los und rannte zum Schulgebäude zurück.

Ada sah ihr nach, wie sie in der offen stehenden Tür verschwand. Urplötzlich erfasste sie eine Welle von Sehnsucht nach einem Ort, an dem sie selbst nie gewesen war. Eine Welle fremden Heimwehs. Die Empfindung war so eindringlich, so real, dass sie sich nicht rühren konnte. Sie versuchte, sich eine Sprache ins Gedächtnis zu rufen, die sie nie gesprochen hatte. Harte, kehlige Laute. Sie wünschte sich, in Gesichter zu blicken, die sie, Hawa, nie wiedersehen würde. Warum ließen sich weder Leid noch Trauer noch jene Bilder jemals vergessen? Hätte sie nicht den Titel »Verräterin« verdient? Ein verspäteter Schüler rannte vorbei und stieß sie mit seinem Rucksack an. Ada kehrte in ihren eigenen Körper zurück. Streckte sich, schüttelte Arme und Beine aus, holte tief Luft und sah auf ihr Handy. Fast elf. Marcin hatte sich nicht gemeldet, dafür hatte Kasia viermal versucht, sie zu erreichen. Sie steckte das Handy zurück in ihre Manteltasche und entschied, in die Innenstadt zurückzufahren. Sie wollte sich in ein Café setzen, einen großen Latte macchiato bestellen und so auf Nachricht von Marcin warten.

Um diese Zeit am Vormittag war das *Green Coffee* am Konstytucja-Platz kaum besucht. Ada bestellte einen Latte macchiato und ein Sandwich mit Ziegenkäse. Sie aß langsam und saß sehr aufrecht, die Ellenbogen dicht am Körper, als befände sie sich auf einem offiziellen Empfang und nicht in ihrer Mittagspause. Von Zeit zu Zeit warf sie einen Blick zu einem Schülerpärchen hinüber, das in ein intensives Gespräch vertieft in einer Ecke saß. Langsam näherten sich die Köpfe der beiden einander an. Der Junge hob den Arm und legte ihn ungeschickt auf die Stuhllehne des Mädchens. Die Lehne war aber zu hoch, und so verharrte sein Arm in einer verkrampften, unnatürlichen Position. Offenbar war es ihm aber auch zu peinlich, ihn zurückzuziehen. Ada beobachtete die beiden mit wachsender Neugier. Sie sahen so gesund und unverbraucht aus. Das Mädchen trug ein himmelblaues Kleid und hatte seine großen Augen mit brauner Wimperntusche betont, der Junge war säuberlich gekämmt, seine Wangen wirkten noch vollkommen glatt. Was interessiert die beiden der Rest der Welt, dachte sie halb neidisch, halb verärgert. Die Verbrechen, das Unglück, die Armut, die sich hinter den Mauern dieser Stadt verbergen – all das ist ihnen egal. Unser Leben und unser Tod betreffen nur uns selbst, überlegte sie weiter, während sie ihre Serviette auf den leeren Teller legte und ihn beiseiteschob. Das Leiden anderer können wir nie zur Gänze teilen. Wären wir fähig zu wahrem Mitgefühl, dann hätte die Menschheit nicht einmal eine Generation lang überlebt.

In diesem Moment veränderte sich das Licht draußen vor dem Fenster. Im Café kam Unruhe auf. Die Bedienung hinter der Bar stellte ihr ungespültes Glas wieder weg, ein Mann im Anzug hob den Blick von seiner Zeitung. Der Junge nahm den

Arm von der Lehne des Mädchens und rückte ein Stück beiseite. Ein Gewitter zieht auf, dachte Ada. Der erste Frühlingsbote in diesem Jahr.

Um halb eins klingelte ihr Diensthandy. Eben hatte sie ihren zweiten Kaffee ausgetrunken.

»Hier Adrian Malecki«, meldete sich eine unangenehm krächzende Stimme.

»Adrian Malecki?«, wunderte sie sich.

»Sawicki geht nicht ran«, fuhr der Mann fort, ohne ihre Frage zu beachten. »Wenn du willst, komm rüber, ich hab da was für euch.«

»Gut«, willigte sie ein. »Aber wohin rüberkommen?«

»Wie – wohin?« Der Anrufer schnaubte beleidigt. »In die Oczko natürlich.«

Endlich wurde es ihr klar. Nekro.

»Bin in zehn Minuten da!« Sie sprang auf.

Beim Hinausgehen sah sie noch, wie das Schülerpärchen heftig knutschte. Ihre Stühle hatten die beiden vom Tisch weggerückt, zwei Gläser mit Eistee standen unberührt da.

Draußen war es wieder viel kühler, auch wenn das Frühlingsgewitter – falls es überhaupt eines gewesen war – still und leise vorübergezogen sein musste. Die Tauben, die sich sicherheitshalber unter den parkenden Autos verkrochen hatten, kamen wieder zum Vorschein und nahmen ihre dreiste Bettelei von Neuem auf, indem sie sich mit schmeichelndem Gurren um die Füße der Passanten scharten. Um Viertel vor eins betrat Ada das Gebäude der Rechtsmedizin. Der Empfangstresen war nicht besetzt. Kurz entschlossen ging sie einfach daran vorbei und bog in einen langen Flur. Ein stämmiger Mann mit Dreitagebart schob einen Wagen, der mit einem Laken bedeckt war. Als er Ada bemerkte, machte er absichtlich einen heftigen Schlenker, sodass das Laken verrutschte und ein weißer, lebloser Arm zum Vorschein kam. Dabei verzog er gehässig das Gesicht. Ada würdigte ihn keines Blickes. Sie erreichte eine Glastür, überlegte kurz und stieß sie dann mit Schwung auf. In einem gekachelten Saal lagen Leichen auf Metalltischen. An der Decke drehte sich gemächlich ein Ventilator. Ada hatte den Eindruck, er verteile den üblen Geruch eher im ganzen Raum, als dass er ihn verwehte. Unwillkürlich hob sie eine Hand vors Gesicht.

»Was denn, was denn, wird uns etwa vom bloßen Hinsehen schon unwohl?« Nekro kam aus einem Hinterraum. Das Kinn hochgereckt, maß er Ada mit Blicken. »Wer schlau sein will, muss leiden.«

Der dürre kleine Mann mit dem überdimensionalen Kopf schnalzte zufrieden und rieb sich die Hände. Er trug denselben zu großen und von gelblichen Sprenkeln übersäten Kittel wie bei der Tatortbegehung vor einigen Tagen. Die Hand immer noch vor Mund und Nase gedrückt, folgte Ada ihm zu einem Tisch auf der linken Seite des Saales.

Zofia Wagners Körper bedeckten blau-violette Flecken. Ihr Bauch war aufgedunsen, der Hals angeschwollen. Über den Rumpf zog sich ein dünner Schnitt mit blutleeren Rändern. Ada streifte sich Silikonhandschuhe über, griff in das wirre, glanzlose Haar und hob es an. Die rechte Schläfe war zertrümmert und eingedrückt. Nekro nickte anerkennend.

»Berührungsängste kennen wir nicht, was?«

Er reichte ihr ein Döschen mit Mentholbalsam.

Ada rieb sich die Haut über der Oberlippe ein.

»Was haben Sie also für mich?«, fragte sie.

»Todesursache: Schlag auf den Kopf«, schnarrte er gleichgültig. »Genauer gesagt: Erster Schlag auf den Kopf, denn es waren zwei. Mit einem massiven Metallgegenstand.« Er zeigte auf die eingedrückten Stellen. »Hier und hier, einer neben dem anderen. Jeder davon potenziell letal. Auf diese Weise zu töten ist nicht schwer. Aber hier hat jemand mit großer Kraft zugeschlagen. Die Kleine war sofort hinüber.« Er zog an Zofia Wagners Handgelenk, sodass die Ränder des Schnittes längs über ihren Rumpf auseinanderklafften.

Ada schauderte es. Allmählich wurde ihr klar, woher der Pathologe seinen Spitznamen hatte. Sein selbstverständlicher und zugleich ruppiger, offen geringschätziger Umgang mit dem Körper der Verstorbenen hatte etwas Perverses.

»Das wissen wir bereits«, erwiderte sie trocken. »Haben Sie noch etwas gefunden? Etwas, das uns bei den Ermittlungen weiterhelfen könnte?«

»Immer mit der Ruhe, Schätzchen, immer mit der Ruhe.« Nekro erklomm einen Drehhocker und ließ seinen Blick anzüglich über den nackten Leichnam wandern. Ada befiel das starke Bedürfnis, Zofia Wagner mit einem Laken zu bedecken. Doch sie hob nur den Kopf und fragte noch einmal mit fester Stimme:

»Etwas Wichtiges?«

»Tjaaa ...« Das lüsterne Lächeln wich nicht von seinem Gesicht. »An *eurer* Stelle ...« Er sprach betont langsam und gedehnt. »An *eurer* Stelle würde *ich* ja davon ausgehen, dass der Täter ein junger Mann war. Ein großer junger Mann. Er hat nicht aus derselben Höhe zugeschlagen, der Kopf des Opfers befand sich wahrscheinlich auf seiner Schulterhöhe. Ach ja, und Rechtshänder war er. Kein besonders nützliches Detail, schließlich sind das die meisten Leute. Aber ganz zu verachten ist es auch nicht.«

»Und das ist alles?«, fragte sie verärgert.

»Im Großen und Ganzen – ja.«

Ohne ein Wort drehte sie sich um. Als sie den Arm ausstreckte, um die Tür aufzustoßen, hielt Nekros krächzende, hohntriefende Stimme sie zurück.

»Wohin denn so hastig, Kätzchen? Ich habe gesagt ›im Großen und Ganzen – ja‹, aber nicht ›ja‹.«

Sie kehrte um, unterdrückte ihre Wut.

»Hier, das ist mein Werk.« Nekro zeigte auf den Schnitt. »Und drinnen habe ich was Interessantes gefunden. Wir können auch selbst danach suchen, wenn wir mögen. An diesen ... nun ja ... frauenspezifischen Stellen.«

Ada presste die Lippen zusammen. Wortlos schlüpfte sie aus ihrer Jacke und zog sich wieder Handschuhe an, dann griff sie in die Schnittöffnung hinein. Sie schob die Hand weiter nach unten und untersuchte konzentriert den Leichnam. Plötzlich richtete sie sich wieder auf.

»Sie war schwanger«, stellte sie überrascht fest.

»Kluges Mädchen!«, rief Nekro begeistert aus. »Haben wir etwa Medizin studiert?«

»Nicht bis zum Abschluss«, murmelte sie und streifte die Handschuhe ab.

»Dritter Monat. Oder Anfang des vierten. Jetzt dürfen wir es den Großeltern sagen.« Er kicherte. Als er ihren lodernden Blick auffing, hielt er inne und fuhr in sachlicherem Ton fort: »Jedenfalls dürft ihr der Familie sagen, dass sie sie morgen früh abholen können.«

»Wir brauchen eine Gewebeprobe des Fötus. Für die DNS-Analyse.«

»Kein Problem.« Er nickte ihr wohlwollend zu, als wären sie eben die besten Freunde geworden, sprang von seinem Hocker und verschwand im Hinterraum.

Ada verließ ruhigen Schrittes den Sektionssaal. In der Tasche aber hatte sie ihre Hand zur Faust geballt und öffnete die Finger erst draußen vor dem Gebäude wieder. Sie lehnte sich an eine Wand des Gebäudes, zog ihr Diensthandy aus der Handtasche und versuchte mehrmals vergeblich, Marcin zu erreichen. Schließlich gab sie es auf und wählte eine andere Nummer.

»Jurek Wójcik?«

»Ja«, antwortete eine sehr leise Stimme.

»Kriminalkommissarin Adela Rochniewicz. Ich muss Sie dringend sprechen. Wo sind Sie?«

»Zu Hause.« Ada fiel auf, dass die Antworten zu langsam kamen, verzögert, als bereite Jurek Wójcik jedes Wort Mühe.

»Bitte bleiben Sie, wo Sie sind. Ich bin in einer halben Stunde da.«

Sie setzte sich ins Auto, wendete und machte sich in raschem Tempo auf den Weg zu Wójciks Wohnung in Ursynów.

31

Den Mostowski-Palast erreichten sie um kurz vor drei. Drinnen herrschte eine für diese Tageszeit eigentümliche Stille. Von fern klang Musik herüber und tiefer Männergesang mit viel Vibrato. Erstaunt blieben sie stehen und blickten sich unsicher im Hinterhof um.

»Verdammte Scheiße«, fluchte Rogowski plötzlich los. »Der offizielle Auftritt vom Polizeichor. Der Alte hatte mich verdonnert hinzugehen.« Er verzog das Gesicht. »Du gehst«, wandte er sich an den Alk. »Und du.« Er versetzte Kapusta einen Stoß. »Aber zuerst bringt ihr das Mädel hinter Gitter. Und ihr zwei kümmert euch um den Georgier«, fuhr er fort und blickte Marcin und Wiktor Pawlak an. »Jetzt gleich. Ich muss zum Arzt. Das Arschloch hat mir vermutlich die Nase gebrochen.«

Marcin und Pawlak stiegen über eine Seitentreppe in den zweiten Stock hinauf. Okruschwili zwischen ihnen hatte einen Leinensack über dem Kopf. Immer wieder stolperte er und stemmte die Füße in den Boden.

»Marsch, marsch, bloß keine Müdigkeit vorschützen!«, blaffte Marcin ihn an. »Los jetzt, los!«

Heftig riss er die Tür zum Vernehmungsraum auf und stieß den Mann hinein, drückte ihn auf einen Stuhl. Gregor Okruschwili ächzte. Wiktor Pawlak wandte den Kopf und war mit einem Satz bei ihm. Packte ihn am Hals, drückte den Sack mit beiden Händen zusammen, das Gesicht verzerrt vor blinder Wut. Marcin fuhr erschrocken zurück.

»Du beschwerst dich jetzt schon, Waschlappen?«, zischte Pawlak. »Dabei hat unser hübsches Plauderstündchen noch nicht mal angefangen ... Sitzen passt dir nicht, sagst du? Gut, gut, dann stehst du eben.« Er riss den Mann hoch, drängte ihn rückwärts gegen die Wand und befestigte seine Handschellen an einem heißen Heizungsrohr. »Das gefällt dir besser, ja? Dann wartest du jetzt schön brav auf uns, und wir geh'n erst mal eine rauchen.«

Schwer atmend ließ er sich auf einen Stuhl plumpsen. Marcin rief den diensthabenden Wachtmeister an, und als der auftauchte, überließen sie Okruschwili seiner Obhut und gingen hinaus. Im Flur stießen sie auf Kapusta, der mit gesenkter Stimme auf eine zusammengeduckte Dagmara einredete. Die Sekretärin sah verängstigt aus, fand Marcin. Aber er war jetzt zu beschäftigt, um länger darüber nachzudenken.

»Du bist ja gar nicht beim Konzert?«, rief er Kapusta im Vorbeigehen scharf zu. »Beweg deinen Hintern, sonst verpasst du noch den Kulturgenuss!«

Der Kollege warf ihm einen schiefen Blick zu und trollte sich unwillig in die Richtung davon, aus der die Musik herüberklang.

Fünfzehn Minuten später stapften Marcin und Pawlak wieder die Stufen hinauf. Vor dem Vernehmungsraum blieben sie stehen und beobachteten den Georgier durch die Glasscheibe in der Tür. Okruschwili stand an der Wand und wiegte sich vor und zurück wie in einem Anfall von Hospitalismus.

»Hat wohl Schiss gekriegt«, mutmaßte Marcin.

»Scheißt sich in die Hosen, der Dreckskerl.« Pawlak lachte hämisch. »Und zu Recht. Ist gar nicht so dumm, wie er aussieht.

Wir haben wenig Zeit, bis morgen früh müssen wir alles aus ihm rauskriegen. Geh du als Erster rein und spiel den guten Bullen. Ich bin der böse Bulle. Komme gleich hinterher.«

Marcin brummte zustimmend und ging hinein. Er schickte den Wachtmeister weg, befreite den Georgier vom Heizungsrohr und zog ihm den Sack vom Kopf. Okruschwilis Gesicht war puterrot und schweißüberströmt. Er atmete mit Mühe.

»Setzen.« Marcin zeigte auf einen Stuhl, er selbst nahm auf der anderen Seite des Schreibtisches Platz und holte einen Protokollbogen hervor.

»Name?«

»Okruschwili.«

»Vorname?«

»Gregor.«

»Nationalität?«

»Georgisch.«

»Staatsbürgerschaft?«

»Georgisch.«

»Hände auf den Tisch!«, brüllte Marcin unvermittelt. »Und gerade sitzen!«

Gregor richtete sich auf.

»Vorname?«

»Aber das habe ich doch schon gesagt ...«

»Ich habe nicht gefragt, was du gesagt hast, ich habe gefragt, wie du heißt!«

»Gregor.«

»Nachname?«

»Okruschwili.«

»So ist's recht.«

Marcin legte den Kugelschreiber weg und stand auf. Gregor

rührte sich nicht, verfolgte aber jede seiner Bewegungen mit den Augen, angespannt und wachsam wie ein Tier, das in eine Falle geraten war.

Marcin lächelte sanft.

»Und jetzt sagst du mir, wie du Zofia Wagner hingemacht hast.«

»Ich verstehe nicht ...«

Marcin trat gegen seinen Stuhl.

»Gerade sitzen, hab ich gesagt!«

»Einen Anwalt«, murmelte Okruschwili.

»Was für einen Anwalt?«, höhnte Marcin. »Welchen Anwalt hättest du denn gern, he? Du hast hier keinerlei Rechte, Mann. Du bist kein polnischer Staatsbürger. Und du weißt, was das heißt: Hier schert sich keiner 'nen feuchten Dreck um dich. Wir können dich hierbehalten, solange wir lustig sind, kapiert?« Er holte tief Luft. »Ich frag dich jetzt noch einmal: Wie hast du Zofia Wagner kaltgemacht? Und ich will alles wissen, von vorne bis hinten. Steht doch sowieso fest, dass du es warst. Gibst du's zu, fällt das Urteil weniger hart aus. Auch für Madina«, setzte er auffordernd hinzu.

Gregor schwieg.

»Mann«, knurrte Marcin. »Stell dich doch nicht so blöd an. Wir haben Zeugenaussagen, dass du Geld gebraucht hast, um mit Madina vor ihrem Vater abzuhauen. Und das kann ich ja sogar verstehen, Mann! Der Alte ist 'ne unangenehme Type. Schlägt seine Frau. Und von dir wollte er nicht mal was hören. Stattdessen hat er beschlossen, die Kleine nach Tschetschenien zurückzuschicken und mit einem Islamisten zu verheiraten, der ihr zehn Bälger macht und sie zu Hause gefangen hält.«

Okruschwilis Kopf schnellte überrascht hoch.

»Jaaaa ... ist uns alles schon bestens bekannt. Hätteste nicht gedacht, was? Kriegst du jetzt also endlich die Zähne auseinander und gestehst?« Er hielt drohend inne. »Oder soll ich das für dich übernehmen?«

Stille war die Antwort.

»Hör zu. Du kommst aus der Sache sowieso nicht mehr raus. Es gibt Beweise, es gibt Zeugenaussagen, die Madina und dich belasten. Ohne Strafe davonkommen werdet ihr nicht, aber ihr habt noch Verhandlungsspielraum. Das heißt, *du* hast Verhandlungsspielraum.« Er lächelte vielsagend. »Klar. Denn sie ist jung, sie ist ein Mädchen und spricht kaum Polnisch. Von *dir allein* hängt also ab, was der Staatsanwalt entscheidet. Wenn ihr gesteht, gibt's ein milderes Urteil: fünfzehn, vielleicht sogar nur zehn Jahre«, log er. »Wenn nicht – fünfundzwanzig. Bis du rauskommst, gehst du am Stock. Gefängnis macht alt. Und du wirst ganz besonders alt aussehen – ein Ausländer, der ein polnisches Mädchen auf dem Gewissen hat. Mit Samthandschuhen anfassen werden die Knastbrüder dich nicht ... Ich mein ja nur. Überleg's dir gut. Arbeite mit uns zusammen, es lohnt sich.«

»Ich habe nichts getan.«

»Aber nein – nur Zofia Wagner den Schädel eingeschlagen. Bekenn dich zu deiner Schuld. Es ist zu deinem eigenen Besten.«

Der Georgier wandte den Kopf ab.

»Sieh mich an!«, brüllte Marcin.

Er setzte sich direkt vor Gregor Okruschwili auf den Tisch und schlug ein Bein über das andere.

»Du willst nicht reden? Dann helf ich dir auf die Sprünge. Ihr habt also Kohle gebraucht, um abzuhauen, ja? Deswegen seid ihr zusammen los, um euch bei Wagner was zu leihen. Hab ich recht? Nein, du brauchst nichts zu sagen. Es gibt einen Zeugen, der gehört hat, wie du dich am Donnerstagnachmittag mit der Wagner gestritten hast. Störrische Ziege, was? Wollte einfach die Kohle nicht rausrücken. Die reiche Sau. Und da bist du ausgerastet. Hast dir von Madina die Schlüssel geholt, bist abends zu Wagners Wohnung zurück und hast ihr ordentlich eins übergebraten. War es nicht so?«

Gregor rührte sich nicht.

Marcin rückte näher an ihn heran.

»Und du hast gedacht, dass dich keiner bemerkt hat, was? Doch da hast du dich gründlich geirrt, Bürschchen. Ein Nachbar von der Wagner hat dich erkannt. Du hast ihn im Hofeingang angerempelt. Tja, jetzt sitzt du schön in der Scheiße. Die einzige Frage ist: Kriegst du fünfzehn oder fünfundzwanzig Jahre? Such dir was aus!«

Okruschwili schnappte nach Luft.

»Job tvoju mat'«, zischte er tonlos, mit versteinertem Gesicht, und spie aus, direkt auf Marcins Schuhe.

Für den Bruchteil einer Sekunde starrte Marcin verständnislos an sich hinunter und begriff gar nicht, was geschehen war. Im nächsten Moment packte ihn eine unbändige Wut. Er warf sich auf Okruschwili und schlug ihn mit voller Kraft ins Gesicht, trat gegen seinen Stuhl, zerrte den immer noch mit Handschellen gefesselten Mann zu Boden und setzte sich auf seine Brust.

»Du dreckiger Scheißkerl, du Ausländersau, du ...«, schnaufte er, die Fäuste erhoben.

»Hey!« Pawlak stürzte ins Zimmer und fasste ihn beim Arm. »Du solltest doch der gute Bulle sein!«

Er drängte Marcin beiseite, zerrte Okruschwili wieder hoch und betrachtete ihn skeptisch.

»Du bist nicht ganz der Hellste, was?«, ätzte er. »Dumpfer Starrsinn, wie bei allen von euch Wilden. Sieht man gleich, dass du aus dem Dschungel ausgebüxt bist. Weißt wohl nicht, dass wir dich hier zu Brei prügeln können, weil du handgreiflich geworden bist? Und dass uns keiner irgendwas nachweisen kann?« Er streckte die Hand nach der Kamera aus, die an der Zimmerdecke installiert war, und drückte den roten Knopf. Das Licht über dem Objektiv erlosch. »So, und jetzt wollen wir mal sehen, ob du ein tapferer Kosake bist.«

Der junge Mann wurde bleich.

»Hose runter!«, brüllte Pawlak und trat ihn gegen den Oberschenkel.

Okruschwili schrie auf vor Schmerz.

»Na los jetzt, los jetzt! Oder wir helfen dir dabei!«

Mit seinen gefesselten Händen nestelte Gregor am Reißverschluss.

»Wird's bald!«, herrschte Marcin ihn an und riss ihm die Hose brutal herunter.

Pawlak musterte den halb nackten Mann amüsiert.

»Na, Alter, 'nen Größenrekord stellst du damit aber auch nicht auf, was?«

Eine Weile kaute er schweigend auf seinem Kaugummi.

Marcin schnaufte laut.

»Du Mistkerl wirst es mir gleich schriftlich geben, dass du die Wagner für viertausend um die Ecke gebracht hast.«

Pawlak schlenderte betont lässig auf den Schreibtisch zu und holte einen Polizeiknüppel aus dem Unterschrank.

Okruschwili traten die Tränen in die Augen.

»Hinknien!«, fuhr Pawlak ihn an und versetzte ihm einen so heftigen Tritt, dass er zu Boden stürzte.

»Kommissar Pawlak!«, ertönte von hinten eine klare Frauenstimme. »Noch eine Bewegung, und ich kann für nichts garantieren!«

Beide Polizisten erstarrten, über ihr Opfer gebeugt. In der Tür stand Ada. Kalte Wut loderte in ihren Augen. Es wurde so still, man hätte eine Stecknadel fallen hören können. Schließlich lächelte Pawlak schief, zeigte eine Reihe kleiner gelber Zähne.

»Was denn, bringst du mich jetzt um?« Er richtete sich auf und kam gemächlich auf Ada zu.

»Nein«, erwiderte sie ruhig. »Aber ich werde eine Dienstaufsichtsbeschwerde einreichen.«

»Du hast wohl den Arsch offen!« Marcin hatte seine Stimme wiedergefunden. »Was für eine Beschwerde? Der Wichser hat Rogowski die Nase gebrochen. Du glaubst doch wohl nicht, dass der sich jetzt mit deinem albernen Papierchen beschäftigen will? Hör endlich auf rumzunerven, du durchgeknallte F ...« Er zitterte vor Wut.

»Tut mir leid, wenn ich euch nerve. Ich dachte nur, es würde euch interessieren, dass Jurek Wójcik vor einer Stunde den Mord an Zofia Wagner gestanden hat. Ich habe ihn eben hergebracht.«

32

Marcin stieß die Tür so heftig auf, dass er um ein Haar die eben vorbeigehende Dagmara zerquetscht hätte. Mit einem Schreckensschrei sprang sie zurück. Dabei rutschte ihr das Telefon aus der Hand, prallte gegen die Wand und zersprang in seine Einzelteile. Wiktor Pawlak führte den misshandelten Okruschwili aus dem Vernehmungsraum. Marcin und Ada gingen wortlos zu ihrem gemeinsamen Büro. Als sie die Tür hinter sich geschlossen hatten, ließen sie sich einander gegenüber auf ihren Bürostühlen nieder. Das beklommene Schweigen dauerte fort.

»Ich setze Kaffee auf«, sagte Ada schließlich in ihrem normalen, beherrschten Ton. Marcin folgte ihr mit gleichgültigen Blicken. Die fiebrige Anspannung war von ihm gewichen, ja selbst seine Wut über die demütigende Nachricht von Wójciks Verhaftung war wie weggeblasen. Er fühlte sich so erschöpft, dass er fast den heißen Kaffeebecher, den Ada ihm reichte, fallen lassen hätte. Sie tätschelte kurz seinen Arm. Nicht gönnerhaft oder resigniert, sondern als wolle sie ihm in aufrichtiger, wenn auch etwas steifer Weise ihre Unterstützung zusichern.

»Ich muss Madina gehen lassen«, sagte er leise. »Okruschwili bleibt hier. Er wird sich für seinen tätlichen Angriff auf einen Polizisten verantworten. Rogowski wird es ihm nicht verzeihen, aber ich versuche, ihn ein bisschen zu besänftigen. Ada«, setzte er nach kurzem Zögern hinzu. »Ich weiß, ich hätte nicht ...«

»Lass sie noch nicht gehen.«

Marcin stellte den Kaffeebecher weg und zog erstaunt die Brauen hoch.

»Es gibt aber keine rechtliche Grundlage, sie weiter festzuhalten.«

»Vierundzwanzig Stunden. Wir müssen vorher noch eine Sache überprüfen. Ich will nicht denselben Fehler noch mal machen.«

Ich will nicht denselben Fehler noch mal machen. Sie. Ada. Wieder nahm sie die ganze Schuld an Madinas Verschwinden auf sich. Selbst jetzt noch, wo sie doch längst begriffen haben musste, dass er ihr absichtlich nichts vom Einsatz auf dem Campingplatz gesagt hatte. Und das, obwohl sie die Ermittlungen gemeinsam führten. Eine Entschuldigung ließ sie nicht zu. Aufrecht und beherrscht stand sie am Fenster, voller Konzentration und bereit zu handeln. Als hätten die persönlichen Kontroversen keine Bedeutung. Was zählte, waren einzig die Ermittlungen.

»Mich beunruhigt Wójciks Aussage ein bisschen«, begann sie und nahm wieder am Schreibtisch Platz. »Sobald ich bei Nekro von Zofia Wagners Schwangerschaft erfahren hatte, bin ich zu ihm nach Ursynów gefahren. Ich hatte mich angekündigt, trotzdem musste ich mindestens zehn Minuten klingeln und klopfen, bis er mir aufmachte. Er trug nur Unterwäsche, hatte einen Dreitagebart. In der Wohnung herrschte ein schreckliches Chaos. Es sah aber nicht so aus, als hätte er einfach mehrere Wochen nicht aufgeräumt, sondern ...« Sie überlegte. »Ich hatte eher den Eindruck, als hätte er in irgendeinem Wahn die Bücher von den Regalen gefegt und Müll auf dem Boden verstreut.«

Marcin horchte auf und stützte seine Ellenbogen auf den Tisch.

»Ich habe versucht, mit ihm zu reden, aber er wirkte, als wäre er betrunken oder hätte sich ein paar Pillen eingeworfen. Er brabbelte wirres Zeug über Primzahlenfolgen, zeigte mir ein paar Blätter, auf die er Zahlen gekritzelt hatte. Später faselte er irgendwas von sündhaften Gedanken, dem Höllenfeuer und einer Strafe, die man mit Hilfe von Algorithmen errechnen könne.«

»Und die Untersuchungen?«

»Morgen früh kommen die genauen Ergebnisse.«

Wie konnte das nur passieren, stöhnte er innerlich. Warum habe ich sie heute Vormittag nicht angerufen?

Er betrachtete Adas entblößten Ellenbogen, die dünnen Knochen unter der Haut. Zerbrechlich wie Vogelknochen, dachte er. Ich habe mich schändlich verhalten. Leider kann ich die Zeit nicht zurückdrehen und es ungeschehen machen ... An Adas Ringfinger blitzte ein dünner Silberring mit blauem Stein. Sie klopfte damit auf den Tisch, als wollte sie Marcin aus seinem düsteren Gedankenlabyrinth reißen und in die Realität zurückholen.

»Ich weiß, du bist müde. Du solltest nach Hause fahren und dich richtig ausschlafen.«

Er blickte sie dankbar an und fühlte sich wie ein kleines Kind, dem eine gerechte Strafe erlassen worden war.

»Allerdings müssen wir vorher leider noch eine Sache zusammen erledigen.«

Sie wartete, bis er ihr ein Zeichen gab, dass sie fortfahren könne. Mechanisch nickte er, wenn er auch nicht wusste, worauf sie hinauswollte.

»Nun … Natürlich könnte Wójcik irgendwas genommen und deswegen einen Realitätsverlust erlitten haben. Trotzdem würde ich eher auf einen psychotischen Schub tippen. Wir wissen ja bereits, dass er psychische Probleme hatte und eine Zeitlang zur Therapie gegangen ist …«

Marcin rutschte unruhig auf seinem Stuhl hin und her.

»Du meinst also, seine Aussage ist nichts wert?«

»Das würde ich nun auch nicht sagen. Als ich ihm von der Schwangerschaft berichtete, wirkte er sofort wieder ganz klar. Er fragte mich nach Details und antwortete schlüssig auf meine Fragen. Irgendwann stand er auf, entschuldigte sich und verschwand im Bad. Er kam dann vollständig angezogen wieder heraus und sagte mir klar und deutlich, dass er seine Ex-Freundin Zofia Wagner ermordet habe, dass er sich der Schwere seiner Tat bewusst sei und sich freiwillig der Polizei stelle.«

»Wenn das so ist, verstehe ich nicht ganz, wo dein Problem liegt. Der Junge hatte ein paar Tage Zeit, über seine Lage nachzudenken. Offenbar ist er mit seinem schlechten Gewissen nicht fertiggeworden und hat deswegen getrunken oder irgendwelches Zeug eingeworfen. Als er dann von der Schwangerschaft hörte, ist die Entscheidung gefallen, und er hat gestanden. *End of story*.«

»Und wenn er doch irgendwie verwirrt war? Sich das alles nur eingebildet hat? Dann würden wir jetzt die Flüchtlinge wieder laufen lassen, nur damit sich in ein paar Tagen herausstellt, dass es doch sie waren?«

»Mein Gott … Was sollen wir dann also jetzt machen? Was sollen wir glauben?«, brachte Marcin verzweifelt hervor.

Er fühlte sich wie von einer bleischweren Welle überrollt, hilflos mitgerissen. Hatte er jetzt die Kontrolle über alles verloren? Am liebsten wäre er aufgestanden, hätte den ganzen Scheißdreck stehen und liegen lassen. Nichts wie weg von all den falschen Fährten und Vermutungen, die doch nur in Sackgassen führten. Nach Hause, er wollte einfach nur nach Hause.

»Ich weiß im Moment nicht, was wir glauben sollen«, fuhr Ada geduldig fort. »Ich bin aber der Ansicht, dass wir Madina erst gehen lassen sollten, wenn wir mit Sicherheit wissen, wo Zofia Wagners viertausend Złoty geblieben sind. Das müssen wir heute noch feststellen. Um Wójcik kümmern wir uns morgen.«

Sie stand auf, ging zum Regal, holte den Karton mit den Beweisstücken. Nach kurzem Suchen legte sie das Tütchen auf den Tisch, in dem sich der Rezeptschnipsel mit der unvollständigen Adresse befand.

»Die Straßennamen mit -cki. Frauenärzte unter der Hausnummer sieben. Uns bleibt nicht mehr viel Zeit. Es ist gleich fünf.«

Marcin warf ihr einen raschen Blick zu und sprang auf.

»Dagmara!«, rief er und riss die Tür auf. »Dagmara! Trommeln Sie alle verfügbaren Polizisten zusammen!«

Ada, Marcin, Dagmara und zwei weitere Kollegen teilten sich die Arbeit nach Bezirken auf. Bis halb sechs hatten sie elf gynäkologische Praxen gefunden. Da erklärte Ada die Suche für beendet.

»Wir müssen Schluss machen. Die meisten Arztpraxen schließen spätestens um sieben«, erklärte sie und dankte den Helfern.

»Es interessieren uns nur die Privatpraxen«, sagte sie zu Marcin gewandt. »Das verkürzt die Liste auf acht.« Sie sah hinunter auf die Adressen. »Wir müssen es riskieren und auf gut Glück eine Auswahl treffen. Alle schaffen wir heute nicht mehr.«

Mit zusammengekniffenen Augen studierte sie den Stadtplan. »Die hier und die hier.« Sie markierte beide Adressen mit einem Filzstift. »Eine Praxis ist in Mokotów, die andere in Żoliborz – ungefähr da, wo Wagner gearbeitet hat. Wir fahren zuerst nach Mokotów.«

Schweigend zog Marcin seine Jacke an. Unten auf dem Parkplatz ging Ada an ihrem Mazda vorbei und steuerte Marcins alten Opel an. Sie bemerkte, dass Marcin zögerte. Er brummte etwas Unbestimmtes, die kleine Falte zwischen seinen Brauen vertiefte sich. Ada wusste, dass er eine schwere Zeit durchlebte. Fünf Tage intensiver Arbeit ohne Pause hatten ihn ausgelaugt. Dabei ging es weniger um die zähen Ermittlungen als um aufgestaute Gefühle, die er nicht benennen und erst recht nicht äußern konnte. Im Moment plagten ihn Gewissensbisse. Deswegen hatte er Ada die Initiative überlassen, hörte ihr endlich aufmerksam zu und war jedes Mal derselben Meinung wie sie. Sie wusste, dass ihre Beziehung sich an einem Wendepunkt befand. Der Zeiger seines Sympathiebarometers schlug zögernd zu ihren Gunsten aus. Allerdings zitterte und bebte er stark und konnte jederzeit wieder in die alte Position zurückschwingen. Ada wollte Marcin nicht erziehen. Sie hatte auch nicht vor, ihm irgendetwas zu beweisen. Tatsächlich interessierten sie weder seine Gefühle noch seine Sympathien oder Antipathien. Was zählte, waren die Ermittlungen. Damit sie erfolgreich verliefen, musste sie dafür sorgen, dass ihre Arbeitsbeziehung in ein stabiles Gleichgewicht kam. Wenn sie Marcins derzeitige Schwäche ausnutzte, wenn sie zuließe, dass er sich entschuldigte und erklärte, würde sie in seiner Seele nur das nächste Körnchen

Bitterkeit säen, das sich schon bald zu einem kräftigen Baum auswachsen und ungenießbare Früchte hervorbringen würde.

»Du fährst«, sagte sie versöhnlich.

Marcin lächelte und holte seine Autoschlüssel aus der Hosentasche.

»Eine Sache kommt mir komisch vor.« Seine Stimme klang belegt, er räusperte sich. »Diese viertausend Złoty – wahrscheinlich kostet ... ähm ... *das* tatsächlich ungefähr so viel ...«

»Eine Abtreibung?«

»Genau. Aber bezahlt man für so etwas nicht erst *nach* der Behandlung?«

»Da hast du recht«, pflichtete sie ihm, ohne zu zögern, bei und stellte erleichtert fest, dass er sich aufrichtete und das Lenkrad fester packte.

»Andererseits«, fuhr er mit sichererer Stimme fort, »sind solche Eingriffe hierzulande illegal. Da könnte es natürlich sein, dass die Ärzte eine Bezahlung im Vorhinein verlangen. In bar, um keinen Verdacht zu erregen. Im Grunde könnte so ein Arzt alles Beliebige von einer Patientin verlangen, die fest entschlossen ist. Und Wagner war schließlich schon im dritten Monat. Das ist doch ziemlich spät, oder? Warum hat sie wohl so lange gewartet?«

Ada spürte, dass etwas Entscheidendes im Gange war. Ihre Gedanken hatten sich wieder getroffen. Jetzt folgten sie im Einklang derselben Spur.

»Ich weiß es nicht«, antwortete sie. »Ich könnte mich natürlich auch irren – aber jetzt bleibt uns nichts anderes, als diese Eventualität zu überprüfen.«

Eine Viertelstunde später stellten sie zu ihrer Verwunderung fest, dass sich in der Czacki-Straße 7 keine Frauenarztpraxis, sondern ein Computergeschäft befand. Sie wechselten einen besorgten Blick. Zwar hatten sie sich acht Adressen notiert, doch aus irgendeinem Grund erschien es ihnen beiden, als bliebe ihnen nur noch eine letzte Chance. Auf dem Weg nach Żoliborz sprachen sie nicht viel. Marcin spürte wieder, wie Adrenalin seine Adern durchströmte. Das Blut rauschte ihm in den Ohren, die bleierne Müdigkeit war wie weggeblasen. Die Uhr zeigte zwanzig nach sechs, als sie mit quietschenden Reifen in die Słowacki-Straße einbogen und vor einem vierstöckigen Gebäude parkten. Die Klingeln neben der Haustür trugen keine Namensschilder. Ada sah noch einmal auf der Adressliste nach. Dann drückte sie den Klingelknopf der Wohnung drei.

»Ja bitte?«, meldete sich eine Frauenstimme.

»Ich habe einen Termin bei Dr. Głowacki«, behauptete Ada mit fester Stimme.

Der Türöffner summte, die Tür sprang auf. Im zur Rezeption umgewandelten Flur der Wohnung drei saß eine Sprechstundenhilfe in heller Bluse und dunkelblauer Hose. Beim Anblick der Eintretenden lächelte sie strahlend.

»Heute zu zweit? Der Doktor ist gleich für Sie da. Bitte warten Sie einen Moment.« Sie wies auf eine Stuhlreihe an der Wand.

Ada ließ Marcin vorangehen.

»Polizei.« Er zückte seine Dienstmarke.

Das Lächeln der jungen Frau erlosch in Sekundenschnelle.

»Haben Sie eine Liste ... ein Verzeichnis aller Ihrer Patientinnen? Irgendein Dokument mit den Namen der Frauen, die sich hier behandeln lassen?«, fragte Marcin.

»Natürlich«, erwiderte sie rasch. »Wir haben alles im Computer.«

»Wir suchen eine Frau mit dem Nachnamen Wagner. Zofia Wagner«, präzisierte er. »Wir würden gern überprüfen, ob sie Patientin dieser Praxis war.«

»Aber ich weiß nicht, ob ...« Sie zögerte.

Marcin sah auf die Wanduhr über ihrem Kopf. Kurz nach halb sieben.

»Keine Diskussionen jetzt. Tun Sie, was ich sage!«, herrschte er sie an.

Die Sprechstundenhilfe riss erschrocken die Augen auf und beugte sich zum Computerbildschirm.

»Temkin, Urbańska ... Ja, hier ist sie: Wagner, Zofia. Sie ist schon seit ... Moment ... 2010 Patientin dieser Praxis.«

»Was geht hier vor?«, erklang hinter ihnen eine Männerstimme.

Aus einem Behandlungsraum auf der linken Seite kam ein beleibter Mann in weißem Kittel, den Unterkiefer verärgert vorgeschoben.

»Polizei«, wiederholte Marcin. »Wir müssen Sie sprechen.«

Der Arzt warf ihm einen beunruhigten Blick zu.

»Nun, dann kommen Sie bitte mit mir«, sagte er unwillig und zeigte auf die halb offene Tür.

Als sie eingetreten waren, schloss er die Tür sorgfältig hinter ihnen und ging mit schweren, festen Schritten zu seinem Schreibtisch.

»Was kann ich also für Sie tun?« Seine Stimme klang barsch, und er bot ihnen auch keinen Platz an.

»Es geht um eine Ihrer Patientinnen, Frau Zofia Wagner. Sie ist ermordet worden. Wir führen die Ermittlungen in dem Fall«, erklärte Ada.

»Aber ... das ist ja eine furchtbare Nachricht.« Der Gynäkologe war mit einem Mal kreidebleich geworden. Seine Betroffenheit wirkte echt. »Ich kannte Frau Wagner gut. Sie war bereits seit mehreren Jahren bei mir in Behandlung ...«

»Frau Wagner war schwanger«, unterbrach ihn Marcin. »Wir haben Grund zu der Annahme, dass sie eine Abtreibung vornehmen lassen wollte«, log er. »Hatte sie mit Ihnen darüber gesprochen?«

Der Arzt sackte sichtlich in sich zusammen.

»Davon ist mir nichts bekannt«, erwiderte er knapp.

»Wann haben Sie Frau Wagner das letzte Mal gesehen?«

»Vor vier Monaten«, kam die eilige Antwort.

Er lügt, dachte Ada. Sie sah, dass Marcin die Stirn runzelte.

»Ach, das ist ja interessant!«, rief er mit gespieltem Erstaunen. »Sie war nämlich genau im dritten Schwangerschaftsmonat. Das heißt, Sie haben natürlich nichts davon gewusst?«

»Nein.«

»Sie war Ihre langjährige Patientin und ist in dieser schwierigen Lage nicht zu dem Arzt ihres Vertrauens gegangen? Sie verstehen sicher, dass das schwer zu glauben ist ...«

Dr. Głowacki behielt seine ungerührte Miene bei.

»Wenn das so ist, dann werden wir überprüfen, ob Sie die Wahrheit sagen. Bitte zeigen Sie uns die Patientenakte.«

Der Arzt lächelte säuerlich.

»Wenn das so ist, dann muss ich Sie um einen Durchsuchungsbefehl bitten. Die Patientenakte enthält vertrauliche Daten.«

Marcin biss die Zähne zusammen. Ada sagte nichts. Sie stand dicht hinter ihm und überließ ihm die Führung.

»Hören Sie gut zu, Mann«, knurrte er. »Wir wissen, dass Zofia Wagner eine Abtreibung plante. Und nicht nur das: Es geht außerdem um viertausend Złoty, die sie ausgegeben hat. Die

Summe würde zu einer Abtreibung passen. Damit ist sie ein wichtiger Beweis in unseren Ermittlungen. Das sollten wir besser heute als morgen feststellen. Natürlich können wir auch gehen und morgen mit einem Durchsuchungsbefehl wiederkommen, aber das käme uns äußerst ungelegen.«

Dr. Głowacki wollte ihn unterbrechen, doch Marcin hielt ihn mit einer Handbewegung zurück.

»Und Ihnen«, fuhr er fort, »käme es auch äußerst ungelegen. *Heute* interessiert es mich nicht, was für Behandlungen hier vorgenommen werden. Wenn ich die Auskünfte kriege, die ich brauche, gehe ich, und wir zwei sehen uns nie wieder. *Morgen* allerdings sieht die Situation schon ganz anders aus. *Morgen* stellen wir diese hübsche Praxis auf den Kopf. Und im Anschluss sorge ich persönlich dafür, dass solche Kontrollen in schöner Regelmäßigkeit stattfinden. Und zwar die nächsten zehn Jahre hindurch.«

Der Arzt sagte nichts, sondern ließ sich schwer in seinem Sessel nieder. Sein Unterkiefer war herabgesunken und erinnerte an eine offen stehende Schublade.

»Nun gut«, sagte er resigniert. »Frau Wagner hat tatsächlich letzte Woche viertausend Złoty bezahlt. Wir hatten vereinbart ...« Er zögerte. »Jedenfalls ist sie nicht erschienen. Das Geld hat sie aber auch nicht wieder abgeholt. Ich hoffe, diese Auskunft genügt Ihnen.«

»Ja, das genügt«, erwiderte Ada kurz. »Auf Wiedersehen.«

Draußen steckte Marcin sich eine Zigarette an. Ada setzte sich auf die Motorhaube des Autos. Sie hatten das Geheimnis um die verschwundenen Viertausend gelüftet. Jurek Wójcik hatte den Mord gestanden. Jetzt saß er in U-Haft und wartete auf seine

Vernehmung. Sie hätten in aller Ruhe nach Hause fahren und sich entspannen können. Stattdessen blieben sie, wo sie waren, und starrten wie betäubt die Straße hinunter, während sich langsam die Erleichterung in ihnen ausbreitete – eine Erleichterung, hinter der eine schwere, überwältigende Müdigkeit lauerte. Der Abend war trocken und frisch. Kleine Wolkenfetzen trieben über den Himmel. Hoch auf einem Ast zwitscherte ein Vogel. Anscheinend war der lange Winter es nun endlich überdrüssig geworden und machte dem Frühling Platz. Marcin warf seine Zigarette weg. Ada öffnete die Beifahrertür des Opels. Keiner von beiden bemerkte, dass vom Rinnstein schon wieder zähe, feuchte Nebelschwaden aufstiegen und ihnen um die Füße strichen.

33

Von Weitem drang ein rhythmisches Geräusch an ihr Ohr. Es klang wie das Rascheln trockener Blätter oder das leise Zirpen einer Grille. Irgendwie kam ihr das Geräusch bekannt vor, trotzdem hätte sie es nicht benennen können. Erst nach einer ganzen Weile begriff sie, was es war: das Ticken einer Uhr. Die Zeiger bewegten sich gemächlich über ein unsichtbares Zifferblatt, kamen ihrem Gesicht näher und immer näher. Sie wollte die Augen öffnen, doch ihre bleischweren Lider waren wie zugeklebt. Langsam bekam sie es mit der Angst zu tun. Ticktack, ticktack. Nun befand sich das Ticken direkt neben ihrem rechten Ohr. Schnurrte zu einem dünnen Faden zusammen, schlängelte sich durch den Gehörgang in ihren Körper. Ringsum war alles still. Nur in ihrem Kopf dröhnte das Ticken, hämmerte kreischend wie die Todesschreie einer Zikade. Endlich gelang es ihr, die Augen zu öffnen. Der Sand war fest, hart und vollkommen weiß. Rötlich glühte der Himmel. Am Horizont hing eine schwarze Sonne. Sie wusste, dass sie träumte, konnte aber zugleich nicht aufwachen. Ich muss hier raus, dachte sie. Und das schaffe ich nur, wenn ich schnell genug gehe. Als sie loslief, wurde das Ticken lauter, hallte und dröhnte unerbittlich in ihrem Kopf. Gleich würde etwas Schreckliches geschehen. Sie presste die Hände auf die Ohren, hastete gekrümmt voran – und da sah sie es. Vor ihr verlief eine Spur. Eine Reihe deutlich abgegrenzter kleiner Kuhlen zog sich zwischen den Sanddünen hindurch. Sie setzte ihren nackten Fuß in eine von ihnen. Machte einen Schritt. Dann noch einen. Jemand war diesen Weg vor ihr gegangen. Die Vertiefungen passten genau zu ihren Füßen. Der linke wies ein wenig nach innen, am rechten war der mittlere Zeh gekrümmt. So, als ob sie selbst ... Ein Schauer lief ihr über den Rücken. Sie blieb stehen, drehte langsam den Kopf. Hinter ihr erhob sich der Hang einer Düne. Glatt. Unberührt. Sie hob einen Fuß. Sofort füllte sich sein Abdruck mit Sand. Probehalber ging sie ein Stück nach rechts. Dann nach links. Wohin sie sich auch wandte, welche Haken sie auch schlug – immer war die Spur vor ihr, während sie gleich hinter ihr abriss. Es ist alles umgekehrt, dachte sie entsetzt. Ich folge meinen eigenen Fußspuren. Ich verwische sie, statt sie zu hinterlassen! Das Ticken in ihrem Kopf schwoll zu einem scheppernden Vibrieren. Es sprengte ihr fast den Schädel. Die eingesperrte Zikade drängte hinaus in die Freiheit. Auf einmal lag Brandgeruch in der Luft. Die Landschaft zitterte in der Hitze. Ada schwankte, konnte sich nicht mehr halten und stürzte direkt in die Flammen.

Sie schlug die Augen auf. Es war dunkel. Sie lag auf dem Rücken, in ihrem Bett. Neben ihr surrte die Zikade. Sie streckte die Hand aus und packte den trockenen, vibrierenden Insektenpanzer.

»Hallo?«, murmelte sie schlaftrunken.

»Ada? Hab ich dich geweckt?«

Etwas Schlimmes war geschehen. Sie wusste es. Um den Schlaf abzuschütteln, rieb sie sich mit der freien Hand übers Gesicht.

»Was ist los?«

»Du musst sofort nach Wola kommen.« Marcins Stimme klang hölzern und dumpf. »Jemand hat ein Feuer gelegt. Bei Demilows Wohnung. Die Kleine ...« Er stockte, es klang wie unterdrücktes Schluchzen. »Das kleine rothaarige Mädchen hat schwere Verbrennungen. Was mit den anderen ist, weiß noch keiner ...«

Sie sah auf die Uhr. Fast eins.

»Ich bin in zwanzig Minuten da.«

Sie setzte sich auf und streifte ihren Pullover über den nackten Oberkörper.

34

Es war vier Uhr morgens. Vom Fluss wehte ein schneidender Wind herüber. Die feuchtkalte Luft fühlte sich eisig an. Es war wieder mehrere Grad unter null. Ada und Marcin parkten gleichzeitig im Hof hinter dem Mostowski-Palast, stiegen aus ihren Autos und blieben vor der Treppe stehen, auf halbem Weg zur Eingangstür. So standen sie eine längere Weile da, vor Kälte zusammengekrümmt und zitternd, als zögerten sie, in den Alltag zurückzukehren und den Schrecken der Nacht den Rücken zuzuwenden.

»Es ist meine Schuld«, sagte Marcin dumpf. »Alles meine Schuld ...«

Ada reagierte nicht. Stattdessen holte sie entschlossen ihre Magnetkarte aus der Manteltasche, öffnete die Tür und ging festen Schrittes den Flur hinunter, ohne sich noch einmal umzudrehen. Marcin trottete hinter ihr her. Jeder einzelne Schritt bereitete ihm Mühe, er fühlte sich unwirklich, von der Realität abgeschnitten wie in einer Blase. Vor sich sah er Adas aufrechten Rücken. Er nahm es ihr übel, dass sie offenbar selbst jetzt ruhig Blut bewahrte und sich von keinerlei Emotionen aus der Fassung bringen ließ. Zugleich war er ihr genau dafür unendlich dankbar. Die vergangenen Stunden verschwammen in seiner Erinnerung zu einem verwischten bunten Streifen, der vorbeizog wie ein vorgespulter Film.

Kurz nach Mitternacht hatte Rogowskis Anruf ihn geweckt. Er brauchte mehrere Minuten, um zu begreifen, was sein Vorgesetzter sagte. Während er hektisch seine Klamotten vom Boden aufsammelte, rief er ins Telefon:

»Was? Keine Ahnung, was du meinst ... Waaas?«

»Jetzt sieh zu, Mann, dass du deinen Arsch hochkriegst, verdammt!«, brüllte Rogowski ihn schließlich entnervt an und legte einfach auf.

Olga setzte sich im Bett auf. Sie streckte den Arm aus und sagte etwas. Ihre Stimme klang zornig. Er hörte sie gar nicht, sondern verließ das Schlafzimmer ohne ein Wort des Abschieds oder der Erklärung. Erst im Auto rief er Ada an. Sie musste sofort aufgesprungen und losgefahren sein, da sie nur wenige Minuten nach ihm in Wola eintraf. Eben trugen Sanitäter auf einer Bahre eine kleine, mit einem weißen Laken zugedeckte Gestalt aus dem Haus. Marcin rannte hin und prallte erschrocken zurück, als er ein rotes, von Brandwunden entstelltes Gesicht unter einer Sauerstoffmaske erblickte. Seitlich hing eine angesengte rötliche Haarsträhne herab.

»Was ist passiert?« Er packte einen der Sanitäter am Ellenbogen.

Der Mann riss sich wütend los.

»Lassen Sie mich! Die Kleine ist verwundet.«

»Polizei! Antworten Sie auf meine Frage!«

Er wollte dem Mann hinterhereilen, spürte aber zugleich, wie seine Beine unter ihm nachgaben und ihm die Luft wegblieb.

Da rüttelte Ada ihn an der Schulter. Ihr wütendes Gesicht war direkt vor seinem. Sie bewegte die Lippen. Er riss sich zusammen, versuchte sich zu konzentrieren. Endlich drangen ihre Worte zu ihm vor:

»Marcin, das ist nicht deine Tochter! Hörst du? Es ist nicht dein Kind, Marcin!«

Das holte ihn zurück in die Wirklichkeit. Er sah sich um. Sie standen im Innenhof bei der Garage. Vor dem Haus parkte ein Feuerwehrwagen. Die Sirene war aus, doch das Blaulicht drehte sich noch. Sein flackernder Schein ließ Menschengestalten aus dem Dunkel auftauchen: Polizisten, die Sanitäter, die gerade die Tür des Krankenwagens zuschoben, schaulustige Nachbarn, die neben der Teppichstange und den Mülltonnen zusammengelaufen waren. Die Rauchwolke verdeckte die Sicht auf die Fenster im vierten Stock. Auf dem Boden lagen die Scherben der zersprungenen Scheiben. Ein Sanitäter in grüner Uniform verteilte Decken an die Demilows, die nur Schlafanzüge trugen. Aslan Demilow, der in ein Gespräch mit einem Polizisten vertieft war, legte seine Decke sofort wieder auf der Motorhaube eines Polizeiwagens ab. Er schien die Kälte gar nicht zu spüren. Sein Gesicht war rußverschmiert, er hatte Brandwunden an den Unterarmen. Er wirkte traurig und in sich zusammengesunken, als wäre er in dieser Nacht um zehn Jahre gealtert. Tamara Demilowa hatte ihren kleinen Sohn auf dem Arm. Den anderen Arm hatte sie um das ältere schwarzhaarige Mädchen gelegt, das sein verweintes Gesicht an ihrem Bauch vergrub. Marcin roch den beißenden Rauch. Sie sind alle da, dachte er. Alle hier draußen und unversehrt – bis auf die Kleine mit den roten Haaren. Die kleine Pippi Langstrumpf ...

Der Feuerwehrwagen fuhr mit eingeschalteter Sirene vom Hof.

»Es ist meine Schuld«, wandte Marcin sich an Ada und suchte in ihrem Gesicht nach Trost. »Ich bin schuld daran. Als wir Madina gefunden hatten, dachten wir, die Ermittlungen wären zu

Ende. Deswegen hat Rogowski alle Leute nach Hause geschickt. Keiner hat daran ge... gedacht ...« Er begann zu stottern. »Ich ... ich hatte diese ... diese Bilder in der Zeitung ganz vergessen ...«

»Beruhige dich.« Ada klopfte ihm nur auf den Arm.

Als hätte sie sich diese Geste in einem Film abgeschaut, dachte er. Kalt und gefühllos, das ist sie. Wie immer. Weder die Brandstiftung noch die Verletzung der Kleinen können sie aus der Fassung bringen. Eine Maschine, ein Roboter, ein Stück Holz. Trotzdem bemühte er sich, sie anzulächeln. »Es ist nicht deine Schuld«, sagte sie entschieden. »Schließlich hast nicht du das Feuer gelegt, stimmt's?«

»Darum geht es doch gar nicht«, schnappte er. »Wir ... Ich habe nicht aufgepasst.«

Ein Polizist, den sie nicht kannten, kam auf sie zu.

»Polizeiobermeister Adam Izdebski, Bezirkspolizeidirektion IV.«

»Kriminalkommissarin Adela Rochniewicz, Abteilung Terrorbekämpfung und Tötungsdelikte, Hauptpräsidium Warschau.« Ada streckte ihm ihre Hand hin. »Wir führen Ermittlungen im Fall ...«

»Ich weiß«, unterbrach er sie. »Herr Rogowski hat mich telefonisch in Kenntnis gesetzt.«

»Was ist hier denn genau passiert?« Marcin spürte, wie er wieder Panik bekam. Seine Stimme zitterte.

Izdebski holte ein Notizbuch hervor, als wäre er ohne Notizen unfähig, ihnen die Situation zu erläutern, und schilderte in dienstlichem Tonfall die Lage.

»Im Zuge des Vorverfahrens konnten folgende Fakten festgestellt werden.« Er räusperte sich geschäftlich. »Um elf Uhr fünfundvierzig gestern am späten Abend erreichte uns ein Anruf von Frau Aldona E., wohnhaft Górczewska-Straße 15, Wohnung drei. Die Anruferin informierte uns, dass es im vierten Stock ihres Wohngebäudes zur vorsätzlichen Brandstiftung gekommen sei. Des Weiteren teilte sie uns mit, dass sie zuvor die Feuerwehr gerufen habe. Also bevor sie uns anrief«, erklärte Izdebski in eigenen Worten und hob den Blick von seinem Notizbuch.

Marcin wischte sich die Stirn.

»Auf Anordnung des diensthabenden Kommissariatsleiters der Bezirkspolizeidirektion Warschau IV wurden drei Beamte zum Tatort geschickt. Das heißt, zwei Kollegen und ich.« Der Polizeimeister hob wieder den Blick von seinem Büchlein. Dann leierte er weiter: »Die Kollegen befinden sich derzeit noch am Tatort, das heißt, im vierten Stock des Wohnhauses.«

Marcin platzte der Kragen.

»Bist du krank im Kopf, Mann? Hast du 'ne Schraube locker? Könnt ihr in eurer Bezirkspolizeidirektion nicht ordentlich reden oder was? Ich will jetzt sofort wissen, was passiert ist!«

Der Polizist schluckte.

»Was schon ... Irgendwelche Rabauken haben Feuer vor der Wohnungstür gelegt. Drei waren es. Die Nachbarin hat gesehen, wie sie abgehauen sind. Da drüben an der Ecke hängt 'ne Überwachungskamera. Wird wohl kein Problem sein, die Kerle zu finden.«

»Wie sieht die Wohnung aus?«

»Nicht besonders schlimm.« Izdebski gähnte. Nachdem er seinen dienstlichen Tonfall abgelegt hatte, schien ihn die ganze Sache nicht mehr besonders zu interessieren.

»Die Tür ist verbrannt, die Fenster sind gesprungen, die Wände voller Ruß, aber ansonsten ist alles okay. Dieser Demilow kennt sich aus, der weiß, wie man ein Feuer löscht. Wäre er nicht gewesen, dann stünde jetzt das ganze Stockwerk in Flammen. Die Idioten hatten einen Plastikkanister mit Benzin neben der Wohnungstür stehen.«

»Und die Kleine? Die ins Krankenhaus musste?«

»Ach ja. Die hat am meisten abgekriegt. Ist wohl als Erste aufgewacht und hat in Panik versucht, ins Treppenhaus zu rennen. Dabei ist ein Regal auf sie gestürzt und irgendwelche Kartons mit brennendem Zeugs. Der Vater hat sie wohl im letzten Moment aus den Flammen geholt. Und er hat klug reagiert: Hat sie gleich in kaltes Wasser gesetzt. Das haben die Ärzte jedenfalls gesagt. Ist also nichts passiert. Der Alte hat sich bloß die Hände verbrannt, nichts Schlimmes. Die Sanitäter hat er nicht mal an sich rangelassen.« Izdebski gähnte wieder.

Marcin hielt nur mit Mühe seinen Ärger zurück.

»Welches Krankenhaus?«

»Wie?«

»In welches Krankenhaus haben sie die Kleine gebracht?«

»Krankenhaus Wola, denk ich. Ist ja das nächste.«

»Fahren wir«, wandte Marcin sich an Ada.

»Warte.« Sie hielt ihn am Ärmel zurück. »Erst müssen wir in der Firma anrufen, damit sie Madina gehen lassen. Sie sitzt doch immer noch in U-Haft, richtig? Sie sollen ihr von der Brandstiftung erzählen und ...« Sie zögerte. »... und sie hinbringen, wohin sie will. Außerdem brauchen wir eine Übernachtungsmöglichkeit für die Demilows. Die Kleine ist im Krankenhaus gut versorgt, aber die anderen frieren sich hier zu Tode. Wir müssen Anita Kalinowska Bescheid sagen.«

Langsam wurde es ruhig im Hof. Die Feuerwehrleute fuhren ab, die Polizeibeamten aus der Wache in Wola stellten ihr Protokoll fertig. Auch die anderen Hausbewohner und Nachbarn, die vorher in Grüppchen aufgeregt diskutiert hatten, gingen nach und nach in ihre Wohnungen zurück. Eine Nachbarin bot den Demilows heißen Tee an. Währenddessen inspizierte Ada die Wohnung. Marcin gönnte sich eine Zigarette. Er sog tief den Rauch in die Lunge, legte den Kopf in den Nacken und betrachtete den bedeckten Himmel. Nicht ein einziger Stern war zu sehen. Sein Handy klingelte. Anita Kalinowska. Sie informierte ihn mit kalter, unüberhörbar vorwurfsvoller Stimme, dass sie in *Haus Sonnenschein* ein Zimmer für die Demilows vorbereitet hatte.

»Und, sind Sie jetzt zufrieden?«, fragte sie zum Schluss.

Marcin sagte nichts. Er trat seinen Zigarettenstummel aus und durchquerte rasch den Hof, um die Familie zu holen. Eine halbe Stunde später saßen sie bei ihm im Auto. Die beiden Kinder schliefen sofort ein, müde vom Weinen. Tamara und Aslan Demilow sagten kein Wort.

»Es tut uns wirklich sehr leid«, sagte Marcin, während er vor dem Zaun parkte. »Wenn wir Ihnen irgendwie helfen können ...?«

Aslan Demilow warf ihm einen düsteren Blick zu und hob mit seinen verletzten Händen seine Tochter aus dem Auto. Marcin wartete, bis alle vier Demilows den Eingang von *Haus Sonnenschein* erreichten. Langsam und bedrückt gingen sie am Zaun entlang und über den holprigen, mit Platten gepflasterten Weg auf die erleuchtete Tür zu, wo Anita Kalinowska sie erwartete. Ein Polizeiwagen fuhr vor, und heraus sprang ein langhaariges junges Mädchen, riss das Tor auf und rannte quer über Rasen und Schulhof. Die beiden weit entfernten Gestalten auf dem Plattenweg blieben stehen. Das Mädchen stürzte auf sie zu. Sie fielen einander in die Arme, schlossen sich zu einer festen, dunklen Masse zusammen. So standen sie einige Sekunden, dann gingen sie langsam weiter zur Eingangstür. Marcin seufzte, drehte den Zündschlüssel und fuhr zurück zur Górczewska-Straße.

Ada saß auf dem Ziegelstapel bei der Hofeinfahrt. Es war jetzt fast drei.

»Ich habe nichts Neues in Erfahrung bringen können«, sagte sie und stand auf. »Ein paar junge Typen, kahl rasiert, in Jogginganzügen. Hätte man sich denken können ... Die Nachbarin hat sie nicht genau gesehen, aber ihre Gesichter waren wohl nicht verhüllt. Und hier sind überall Kameras.« Sie beschrieb einen Bogen mit dem Arm. »Sie sind vor etwa einem Jahr hier installiert worden. Wegen der hohen Kriminalität. Dann werden die Täter ja bestimmt gefunden ... Hast du die Demilows zu *Haus Sonnenschein* gefahren?«

Marcin nickte.

»Ich habe gesehen, wie die Jungs Madina gebracht haben«, berichtete er. »Sah so aus, als hätte sie sich mit ihrer Familie sofort wieder vertragen. Auf jeden Fall hat sie mit ihrem Vater gesprochen.«

Ein plötzlicher Schmerz durchfuhr seine Schulter. Er sog zischend die Luft ein und öffnete die obersten Hemdknöpfe. Neben dem Schlüsselbein prangte ein runder Bluterguss. Er sah aus wie der Abdruck eines Fingers.

»Das war ich«, bekannte Ada. »Tut mir leid, aber du hattest die Beherrschung verloren. Du wolltest ein Gerangel mit einem Sanitäter anfangen. Und hast laut nach deinen Töchtern gerufen, Hanna und Antonia. Erinnerst du dich?«

Er sah sie erstaunt an.

»*Iiich?* Aber warum? Wie ...?«

»Keine Ahnung.« Sie zuckte mit den Achseln. »Vielleicht passiert ja demnächst etwas Schlimmes in deinem Leben?«

Er wollte heftig protestieren, sah aber dann ihren gleichgültigen Gesichtsausdruck. Sie wirkte ungerührt wie immer. Hatte sie diesen letzten Satz wirklich gesagt? Oder hatte er sich das bloß eingebildet? Er starrte sie an. Die Nacht war sehr dunkel, dennoch brachte sie Details zum Vorschein, die er bei Tageslicht so noch nie wahrgenommen hatte: das seltsam metallische Schimmern in Adas Augen, den weinerlich wirkenden Zug um ihren nach unten gebogenen Mund, die unregelmäßige Linie der Brauen. Marcin hatte das Gefühl, im Dunkel zu versinken wie in Treibsand. Sein Atem flatterte, verhedderte sich in den nackten Zweigen einer Forsythie. Er konnte ihn nicht losreißen ...

»Komm. Fahren wir ins Krankenhaus«, entschied Ada.

Folgsam machte er kehrt und ging zu seinem Auto.

Zwanzig Minuten später erreichten sie das Krankenhaus. Der diensthabende Arzt war unabkömmlich, doch die Krankenschwester, eine kleine, rotwangige Frau mit dickem Wollpullover über dem Kittel und weißen Klinikschuhen an den Füßen, erklärte ihnen, dass Zula Demilowa auf die Intensivstation gebracht worden war. Ihr Zustand sei kritisch. Zwar handele es sich nur um oberflächliche Verbrennungen, doch die betroffene Hautoberfläche sei groß, und an Kopf und Rumpf drohe die Haut abzusterben.

»Ich denke, sie wird überleben«, sagte sie. »Derjenige, der sie aus den Flammen geholt hat, hat gut reagiert. Als die Sanitäter kamen, war sie bereits in ein sauberes Laken gewickelt und mit einer Decke zugedeckt. Deswegen ist ihr Körper nicht ausgekühlt. Anzeichen einer Infektion sind bis jetzt keine zu erkennen. Eindeutig bewerten lässt sich ihr Zustand allerdings erst morgen früh. Was jetzt schon außer Zweifel steht, ist, dass sie für den Rest ihres Lebens Brandnarben tragen wird.«

Marcin ließ sich auf einen Stuhl sinken und barg das Gesicht in seinen Händen. Ada blieb neben der Stuhlreihe stehen.

»Holen wir uns erst mal einen Kaffee.« Sie stupste ihn leicht an der Schulter an, wie um ihm Mut zuzusprechen. »Unten habe ich einen Automaten gesehen.«

»Es ist alles meine Schuld«, stöhnte er. »Nach all den Jahren bei der Polizei – wie konnte ich das außer Acht lassen? Wie konnte ich bloß so dumm sein?«

Er fühlte sich benommen, als wäre er betrunken. Getrieben von einem plötzlichen Drang zu schonungsloser Ehrlichkeit wollte er Ada hier und jetzt, in diesem Krankenhausflur, sein Herz ausschütten. Sich öffnen. Ihr die ganze Wahrheit über sich gestehen. Und dann Absolution von ihr erhalten. Ich bin ein uneinsichtiger, aufgeblasener, überheblicher grober Klotz, dachte er. Ich sollte schnellstens irgendwas unternehmen. Bei den Zeitungen anrufen, beim Fernsehen. Eine Selbstanklage abgeben. Mich vom Job suspendieren lassen ... Er hob den Kopf. Ada war auf dem Weg zum Treppenhaus. Sie sah sich nicht um.

Beim Präsidium waren sie um kurz vor vier. Keiner von ihnen dachte daran, nach Hause zu fahren, obwohl sie beide dringend ein wenig Schlaf nötig gehabt hätten. In wenigen Stunden stand Jurek Wójciks Vernehmung bevor, anhand derer sie den Verlauf der tragischen Ereignisse in Zofia Wagners Wohnung rekonstruieren sollten. Rogowski hatte für zehn Uhr dreißig eine Sitzung anberaumt. Auch Staatsanwalt Modzelewski sollte daran teilnehmen. Alle in der Abteilung erwarteten, dass die Ermittlungen in dem Mordfall heute erfolgreich abgeschlossen würden.

Marcin holte einen Schokoriegel aus seiner Jackentasche.

»Willst du die Hälfte?«, fragte er Ada, während er sich setzte.

Ada lächelte nur und antwortete nicht. Marcin kam der Gedanke, dass er sich aufführte wie ein kleiner Junge, der dem kleinen Mädchen im Sandkasten seine Freundschaft anbot. Er zog Schuhe und Socken aus, streckte die Beine von sich. Obwohl er todmüde war, ließ ihn die Erinnerung an den kleinen, hilflosen Körper auf der Bahre nicht zur Ruhe kommen.

»Was für eine Schweinerei! Was für eine beschissene, unfassbare Scheißaktion!« Er knirschte mit den Zähnen. »Welches Arschloch macht sowas? Sie ist doch noch ein Kind! Ein kleines Mädchen!«

Ada, die eben den Wasserkocher anstellte, drehte ihm ihr müdes graues Gesicht zu. Erst jetzt fiel ihm auf, dass sie völlig ungeschminkt war. Sie sah um einiges älter aus als sonst: farblose, fast durchscheinende Lippen, dunkle Schatten unter den Augen, schlaffe Haut an Hals und Dekolleté.

»Es ist bloß Zufall, dass es gerade Zula getroffen hat. Die Angreifer hatten es nicht auf Kinder abgesehen, sie hatten es auf Flüchtlinge abgesehen.«

»Trotzdem haben sie ein Kind verletzt«, erwiderte er, verwundert über ihre Argumentation. »Verstehst du das nicht? Ein vollkommen wehrloses Kind. Tut sie dir denn gar nicht leid?«

»Ich glaube nicht, dass Kinder wehrloser sind als Erwachsene, wenn ein Haus brennt«, entgegnete sie trocken.

»Was redest du denn da?« Er setzte sich aufrecht hin. »Wenn

jemand einem Kind etwas antut, ist das viel schlimmer, als wenn er einem Erwachsenen etwas antut. Das ist doch wohl klar? So denkt doch jeder!«

»Ich nicht.« Sie setzte sich hin, die dampfende Teetasse in der Hand. »Warum sollten kleine Menschen mir mehr leidtun als große? Schmerzen empfinden beide gleichermaßen. Kinder haben im Verhältnis zum restlichen Körper einen größeren Kopf, sie haben eine kleinere Nase, eine hohe Stirn und große runde Augen von intensiverer Farbe«, zählte sie auf. »Es ist seit Langem bekannt, dass dieses Kindchenschema Rührung hervorruft. Und das gilt nicht nur für Menschen. Wenn du dir Hundewelpen oder kleine Katzen ansiehst, siehst du dasselbe Schema. So funktioniert die Evolution. Dein Mitgefühl ist eine von der Natur vorprogrammierte Reaktion, die dem Überleben deiner Gattung dient. Mit rationalem Denken hat das nichts zu tun.«

Vor Verwunderung fand er keine Worte. Stumm starrte er sie an.

»Also tut Zula dir nicht leid?«, fragte er schließlich. »Dich lässt das alles völlig kalt?«

»Natürlich tut sie mir leid«, räumte sie ein. »Aber genauso leid täten mir ihre Mutter oder ihr Vater, wenn sie in die Flammen geraten wären.«

»Aber Zula ist diejenige, die verletzt worden ist. Und sie wird für den Rest ihres Lebens die Folgen spüren ...«, hielt er dagegen.

»Eben *weil* sie noch klein ist, wird sie besser damit zurechtkommen.« Ada stellte ihre Tasse ab. »Sie bleibt in Polen, niemand wird sie nach Tschetschenien schicken und zu verheiraten versuchen. Tamara oder Madina Demilowa würden hier mit Brandnarben im Gesicht und ohne Polnischkenntnisse niemals mehr Arbeit finden. Aber Zula macht ihren Schulabschluss in Polen. Sie hat viel Zeit, sich an ihr Aussehen zu gewöhnen und Wege zu finden, damit umzugehen.«

Er machte den Mund auf, um zu protestieren, aber plötzlich überrollte ihn eine bleischwere, erdrückende Welle der Erschöpfung. Ach, ist doch auch egal, dachte er, während ihm die Augen zufielen. Ist doch vollkommen scheißegal. Soll sie denken, was sie will.

»Ich muss 'ne Runde pennen«, murmelte er.

»In Ordnung.« Sie stand auf. »Ich fahre nach Hause. Um kurz vor neun bin ich wieder hier, dann verhören wir Wójcik.«

Er hörte noch, wie Adas rasche Schritte sich entfernten. Dann sank er in einen tiefen, traumlosen Schlaf.

35

Die Stimme meldete sich am Montagmorgen, als er im Zug von Puławy nach Warschau saß. Er war sich nicht sicher, ob sie einer einzigen Person gehörte oder ob es mehrere durcheinanderschwirrende Stimmen waren. Es war aber auch einerlei, sie sagten doch alle dasselbe.

Du bissst böööse, hörte er ganz deutlich. *Ein böööser Mensch. Ein schlechter Mensch. Ein Wurm, der es nicht verdient hat zu leben.*

Zuerst dachte er, sein Mitreisender, ein korpulenter Mann in etwas zu engem Sakko, der ihm gegenüber am Fenster saß und Zeitung las, hätte diese Worte zu ihm gesagt. Er sah ihn verwundert an, doch der gedrungene ältere Herr legte nur ein kräftiges, kurzes Bein über das andere und las konzentriert weiter, ohne ihn zu beachten. Jurek senkte den Blick.

Du Idiot! Du aussssgemachter Dummkopf, Blöööödian!

»Na hören Sie mal!«

Der Mann hob den Kopf.

»Wie bitte?«

Jurek meinte, ein gehässiges Lächeln um seine Lippen spielen zu sehen.

Verlooogenesss Ungeheuer!

»Was wollen Sie von mir?«

Das Lächeln des Mannes verzog sich zu einer scheußlichen fratzenhaften Grimasse.

Ich höre wohl nicht recht, du Vollidiot, du Geisteskranker?

»Was soll das? Was bilden Sie sich ein?«

Der Mann stand auf, nahm seinen Mantel vom Haken und griff nach seinem Koffer.

Sieh dich doch an, sagte er beim Hinausgehen. *Du bist ein wertloses, beschissenes Stück Scheiße. Ein Ungeheuer, Scheiße, Scheiße, ein Stück Scheiße. Du wirst dich niemals ändern.*

Auch als der Mann das Abteil verlassen hatte, verstummte die Stimme nicht. Nein, es waren doch mehrere Stimmen. Jurek hörte es jetzt ganz deutlich. Sie redeten durcheinander.

Du solltest aus dem Zug springen, riet die erste.

Ja, fiel die zweite ein. *Du hast es nicht verdient zu leben.*

Die dritte beschränkte sich auf Beschimpfungen.

Du bejammernswerte Kreatur. Elende Missssgeburt. Grööößter Irrtum der Schöpfung. Schlecht bist du, schlecht und böööse.

Ihm brach der Schweiß aus. Er zitterte, als hätte er Schüttelfrost. Vielleicht würde es aufhören, wenn er das Abteil wechselte? Doch die Stimmen krochen ihm nach, erst hinaus auf den Gang, dann in den Speisewagen und schließlich bis auf den Bahnsteig, als der Zug im Warschauer Zentralbahnhof eingerollt war. Im Bus zischten sie ihm die schlimmsten Beleidigungen ins Ohr. Er wusste, er hatte es verdient. Und er wusste, von jetzt an würde er die Stimmen nie mehr loswerden.

Zu Hause in seiner Wohnung duschte er, zog sich frische Kleider an und fuhr zum Mostowski-Palast zu seiner Vernehmung. Die Polizistin sah sympathisch aus. Auch die Stimmen schienen sie zu mögen oder wenigstens zu respektieren. Sie beruhigten sich und verstummten. Jurek war zufrieden mit seinem Auftritt. Das Gespräch verlief wie geplant. Er gab die Antworten, die er sich zurechtgelegt hatte, ließ sich nicht aus der Fassung bringen. Nur ganz am Ende, als die Kommissarin ihn nach seinem Psychologen fragte, gerieten die Stimmen in Aufruhr und hoben ein Gezeter an, das er kaum wieder unter Kontrolle bringen konnte. Er glaubte allerdings nicht, dass Kommissarin Rochniewicz etwas davon mitbekam. Sie sprach nur mit ihm, achtete gar nicht auf das Gezischel und Geflüster um sie herum. Offenbar richtete sich die Botschaft nur an ihn. Niemand außer ihm konnte die Stimmen hören. Als er unten durch die Schranke ging und die schwere Tür des Präsidiums aufstieß, wurde es ihm plötzlich klar: Er stand in Verbindung mit einem göttlichen Wesen. Einem Wesen, dem jede Einzelheit aus seinem Leben bekannt war.

Es war fast Mittag. Der Regen, der schon den ganzen Vormittag fiel, hatte sich in ein feines, fieses Geniesel verwandelt. Jurek blieb vor der Einfahrt stehen. Er wunderte sich, wie still es hier draußen war. Kein Geräusch aus der Außenwelt drang an sein Ohr. Weiter hinten, auf der anderen Seite des Platzes, fuhr eine Straßenbahn vorbei. Auch sie glitt vollkommen leicht und geräuschlos über die Schienen.

Woher kamen bloß diese Stimmen, die nur er zu hören schien? Sie waren unheimlich, sie schimpften und drohten. Aber sie hatten ja recht. Sie hatten völlig recht. Er wusste es. Sie machten ihm Angst, er war wie gelähmt vor Entsetzen. Zugleich erfüllten ihn Demut und Ehrfurcht, als spräche ein uraltes, unendlich weises Wesen zu ihm.

Miiiieeese Kreatur. Misssgeburt. Misssraten bist du, misssraten. Und sie wusssste es. Sie wusssste es genau.

Jetzt rauschten die Stimmen kratzig wie von einer zerschrammten Schallplatte. Jurek verstand die einzelnen Wörter kaum.

Denk positiv, leb kreativ, dann holt dich das Leben aus jedem Tief. Tri-tra-trullala, Kasperle ist wieder da ... Scheiße, Scheiße, du hast doch 'ne Meise. Leb farbenfroh, wie der Spatz im Haferstroh, sterben tust du sowieso.

Ich muss verstehen, woher sie kommen, dachte er fieberhaft. Da fiel es ihm ein. Der Kassenbon von H&M! Die Lösung war chiffriert, sie steckte im Strichcode. Der Bon musste noch irgendwo in seiner Wohnung liegen. Nur wo? Wo war bloß dieser Kassenbon?

Deine ganzzzz eeeeiiiigene Apokalypssse! Nicht primitiv und nicht naiv kommst du ans Ziel, was willst du viel. Trompete, Machete, Stakete, mau. Keiner hilft dir, alte Sau. Du Sauuuuuu!

Ja, die Botschaft war klar. Ganz eindeutig.

Du Sauuuuuuu!

Jetzt wusste er es. Natürlich! Die Stimmen hatten gewollt, dass Zofia starb. Sie hatten sich Zofias Tod gewünscht. Und er hatte ihren Wunsch gespürt. Er hatte ihre Botschaft verstanden und ihren Befehl ausgeführt, noch bevor sie zu ihm sprachen. Er musste den Kassenbon finden! Er brauchte diesen Code!

Er suchte den ganzen Tag und die ganze Nacht. Durchwühlte die Taschen sämtlicher Hosen und Jacken, blätterte alle Bücher durch, kippte den Mülleimer aus, leerte die Küchenschränke und die Hausapotheke. Er aß keinen Bissen. Und er war todmüde. Doch die Stimmen ließen ihm keine Ruhe. Sobald er sich hinlegte oder nur kurz setzte, hoben sie ihr Gekreisch an. Es war ihm unerträglich, und so sprang er immer gleich wieder auf und machte sich an die Suche. Als er schon den Teppich herausreißen wollte, fand er den Kassenzettel. Endlich! Er klemmte unter einer Fußleiste. Vorsichtig trug er ihn zum Schreibtisch und strich ihn glatt. Dann schaltete er den Computer ein, ging ins Internet. Sieben Zahlen standen unter dem Strichcode. Er wusste, irgendwo im Internet verbarg sich der Schlüssel, den er brauchte, um den Code zu knacken. Achtzehn Stunden lang saß er vor dem Bildschirm, suchte auf Internetseiten, in Blogs und Diskussionsportalen. Kurz bevor er die Lösung hatte, rief die Kommissarin an.

»Ich muss noch einmal mit Ihnen sprechen. Bitte bleiben Sie, wo Sie sind. Ich bin in einer halben Stunde da.«

Er protestierte nicht. Wohin sollte er auch gehen? Wenn er nur die Augen vom Bildschirm hob, begannen die Stimmen ihr misstönendes Geschrei. Er war wie an den Schreibtisch gefesselt.

Zwanzig Minuten nach dem Anruf war die Kommissarin schon da. Sie kam in die Wohnung und weigerte sich zu gehen, sooft er ihr auch erklärte, dass er einen wichtigen Algorithmus lösen musste. Sie hörte sich seine Erklärungen an, starrte ihm seltsam und eindringlich ins Gesicht. Die Stimmen wurden unruhig. Sie jaulten, zischten und knurrten.

Schlaaag sie! Stoß sie weg, du Idioooot! Du Ungeheuer, du Missssgeburt!

Er zitterte wie Espenlaub. Der Schweiß brach ihm aus allen Poren. Gott weiß, was passiert wäre, wenn sie ihm nicht endlich von Zofias Schwangerschaft berichtet hätte. Da verstummten die Stimmen, und er begriff, dass Zofia nicht zufällig in sein Leben getreten war. Nun wusste er, was er zu tun hatte. Der Heilige Geist hatte sich der Stimmen bedient, um Kommissarin Adela Rochniewicz zur Vollstreckerin seines göttlichen Willens zu berufen. Die Kommissarin wusste natürlich nichts davon. Sie war lediglich ein willenloses Werkzeug in göttlicher Hand. Jurek entschuldigte sich, ging ins Bad, zog sich um. Zurück im Zimmer, bekannte er sich ruhig zu seiner Schuld.

Die Nacht in U-Haft gehörte nicht zu den angenehmsten. Die Stimmen kreischten und brüllten, schimpften und verhöhnten ihn wegen seiner misslichen Lage.

Und wasss willssst du jetzt machen, du beschisssener Tölpel? Wie willssst du hier wieder raussskommen? Niiiieeee kommst du hier wieder rausss, du verdammter Hurensohn, du Jammerlappen, du Stück Scheeeeiiiißeee! Sieh dich doch an, wie jämmerlich du bisssst! Ein jämmerlicher, abstoßender, widerlicher Wurm, eine elende Lausss, eine Nissse!

Jurek konnte kein Auge zutun. Auch das Frühstück, das man ihm frühmorgens brachte, rührte er nicht an. Stattdessen ging er in der Zelle auf und ab. Die Bewegung half. Zumindest kam es ihm so vor. Um etwa neun Uhr morgens wurde er abgeholt und zu einem kleinen fensterlosen Raum gebracht. Darin standen ein am Boden festgeschraubter Tisch und drei Stühle. An der Decke flackerte eine Glühbirne unter einem metallenen Lampenschirm, an der Wand hing eine quadratische Digitaluhr. In einer Zimmerecke war eine Überwachungskamera befestigt. Jurek wusste, dass nun ein Verhör folgen würde. Um genau sieben Minuten nach neun wurde die Tür aufgerissen, und ein großer, stämmiger Mann kam herein. Er trug ein verschwitztes Flanellhemd, Jeans und Sportschuhe ohne Socken. Außerdem war er unrasiert, die rötlichen Haare standen ihm wirr vom Kopf ab. Er sah aus, als hätte er in seinen Kleidern geschlafen und wäre eben aus dem Bett gefallen.

»Kriminalkommissar Marcin Sawicki«, stellte er sich vor und setzte sich an den Tisch. »Sie haben gestern den Mord an Zofia Wagner gestanden. Ich möchte nun Ihr Geständnis aufnehmen.«

Jurek schwieg. Der rothaarige Polizist gefiel ihm nicht. Auch die Stimmen begannen misstrauisch zu zischeln.

»Fangen wir ganz von vorn an.« Der Kommissar legte sich einen Protokollbogen zurecht. »Wie heißen Sie?«

Er antwortete nicht.

»Also – Ihr Name?«

Unverschämtes Aaaarschloch! Huuurensohn, heulten die Stimmen im Chor. *Schimpanse!*

»Bitte beantworten Sie meine Fragen! Wie lautet Ihr Name?«

Schwuuuuchtel! Schwuchtel! Tuuuunte!

Jurek versuchte mit aller Macht, den Chor zu bändigen. Dicke Schweißtropfen traten ihm auf die Stirn.

»Sie haben gestern ein schweres Verbrechen gestanden. Bleiben Sie bei Ihrer gestrigen Aussage?«

Roter Aaaarschficker!

»Könnte ich ...« Jurek sprach mit Mühe, die Worte blieben ihm im Hals stecken. »Könnte ich vielleicht mit der Kommissarin sprechen, die mich festgenommen hat?«

Der Kommissar seufzte, sah ihn resigniert an. Dann stand er auf und winkte in Richtung Kamera. Nach wenigen Minuten betrat Kommissarin Rochniewicz den Raum. Jurek wusste ihren Namen noch.

»Er weigert sich, mit mir zu sprechen.« Der rothaarige Polizist wiegte sich leicht vor und zurück. »Er hat nach dir gefragt.« Er schob seinen Stuhl zurück und nahm eine abwartende Haltung ein, bereit, ihr das Feld zu überlassen.

Die Stimmen hörten auf zu kreischen, die Luft strich sanft um die zierliche Gestalt der Kommissarin. Jurek atmete ruhiger.

Ada stellte ein Diktafon an und nahm sich einen Kugelschreiber.

»Name?«

»Wójcik.«

»Vorname?«

»Jurek.«

»Herr Wójcik, gestern haben Sie den Mord an Ihrer Ex-Freundin gestanden, Zofia Wagner. Halten Sie Ihre Aussage aufrecht?«

»Ja. Auf jeden Fall.«

Die Stimmen brachen in schrilles, hämisches Gekicher aus.

»Aus welchem Grund haben Sie das Verbrechen begangen?«

»Ich bin mir nicht ganz sicher. Ich denke, ich bin dem Gebot des Geistes gefolgt«, antwortete er ruhig.

Die Kommissarin hob die Brauen.

»Wessen Gebot sind Sie gefolgt?«

»Dem Gebot des Heiligen Geistes.«

»Und wer ist dieser Heilige Geist?«

»Gott natürlich«, erklärte er geduldig, obwohl diese Antwort ja nun wirklich jedem hätte klar sein müssen.

»Gibt es schon Untersuchungsergebnisse?«, wandte die Polizistin sich an ihren Kollegen.

»Keine Spur von Alkohol oder anderen bewusstseinsverändernden Substanzen.« Seufzend reichte er ihr einen Papierbogen.

»In Ordnung.« Sie warf dem Kollegen einen langen bedeutungsvollen Blick zu.

»Wenn das so ist, Herr Wójcik, dann erklären Sie mir doch bitte, auf welche Weise der Heilige Geist mit Ihnen in Verbindung getreten ist.«

»Über Stimmen. Der direkte Kontakt kam über akustische Signale zustande.«

»Akustische Signale?«

»Ja«, erklärte er. Langsam verlor er die Geduld. »Seine Botschaft wurde mir durch Stimmen überbracht.«

Die Kommissarin schluckte.

»Und wann ist es zu diesem Kontakt gekommen?«

»Am Montag, dem vierten März, ab sieben Uhr einundzwanzig, im Zug auf der Strecke Puławy-Warschau.«

Die Frau runzelte die Stirn.

»Das würde bedeuten, Sie haben den Heiligen Geist *nach* Zofia Wagners Tod getroffen. Uns interessiert aber der Zeitpunkt des Mordes«, mischte sich der Kommissar ein.

Die Stimmen jaulten gereizt auf. Jurek antwortete nicht.

»Bitte erklären Sie mir das genauer«, bat wieder die Kommissarin. »Auf welche Weise hat also dieser ... der Heilige Geist etwas mit Frau Wagners Tod zu tun, wenn er erst vier Tage nach dem Mord mit Ihnen in Kontakt getreten ist?«

Huuuureeeee! Untervögelte Schlampeeee!

»Wirbel der Raumzeit«, versuchte er es vorsichtig. Diesen Begriff hatte er im Internet gefunden.

Huuureeee! Verhärmtes Miststück!

Die Kommissarin betrachtete ihn schweigend. Ihr Kollege rieb sich die Stirn.

»Gut.« Sie holte tief Luft. »In Ordnung, Jurek. Das klären wir später. Jetzt sag uns bitte nur noch, wie es zu der Tat gekommen ist. Wie genau hast du Zofia Wagner getötet? Fang am besten bei dem Moment an, in dem dir zum ersten Mal der Gedanke gekommen ist, ihr etwas anzutun.«

»Sie hat mich letzten Donnerstagmorgen angerufen. Ich weiß nicht, was sie wollte, sie wirkte aufgeregt. Sie hat mich gefragt, ob ich am Abend zu ihr kommen könnte. Und ich habe Ja gesagt.«

»Das wissen wir.«

»Und da habe ich zum ersten Mal daran gedacht, sie umzubringen.«

»Auf Befehl des Heiligen Geistes?«

»Nein«, sagte er verärgert. »Da wusste ich ja noch gar nicht, dass der Geist mich lenkt. Ich habe seine Stimme erst ein paar Tage später zum ersten Mal gehört. Das habe ich Ihnen doch schon erklärt.«

Sie zog die Brauen hoch und machte sich eine Notiz.

»Warum wolltest du Zofia umbringen?«

»Sie hatte mit mir Schluss gemacht. Es ging mir deswegen sehr schlecht. Ich dachte, sie hätte einen neuen Freund und hätte mich deswegen abserviert. Eigentlich wollte ich sie auch nicht umbringen, sondern nur ein bisschen erschrecken. Sie fertigmachen, wie sie mich fertiggemacht hat.«

»Hast du gewusst, dass sie schwanger war?«

»Nein«, antwortete er wütend.

Diese Polizistin war wohl wirklich nicht die Hellste.

»Nun gut.« Sie schluckte. »Kommen wir jetzt zu dem Mord an sich. Was ist an dem Tag geschehen?«

»Nichts.« Er kratzte sich an der Wange. »Gar nichts. Ich bin so um sieben zu ihr gefahren. Die Haustür unten war nur angelehnt, die Wohnungstür stand offen. Ich bin reingegangen und ...« Er zögerte.

»Und?«

»Wir haben uns gestritten ... Glaube ich ... Ich bin wütend geworden und habe sie auf den Kopf geschlagen.«

»Womit?«

»Was meinen Sie?«

»Womit hast du Zofia geschlagen?«

Verfickteee Schlampeee!

»Da lag irgendwas Schweres im Flur ...« Er versuchte, sich zu konzentrieren. »Ein Hammer. Genau. Ich habe sie mit einem Hammer geschlagen.«

»Habt ihr euch vorher im Flur unterhalten?«

»Ja, genau.«

»Worüber?«

»Wie bitte?«

»Worüber habt ihr euch unterhalten?«

»Ich weiß es nicht mehr. Sie hat mich einfach wütend gemacht. Da habe ich zugeschlagen und sie getötet. Ich gestehe es. Reicht das nicht?«

»Hör mal zu.« Kommissarin Rochniewicz legte eine Hand auf den Tisch und beugte sich vor. »Ich möchte, dass du dich jetzt konzentrierst und ganz genau den Verlauf der Ereignisse schilderst. Das ist sehr wichtig. Deine Aussage muss zu dem passen, was wir am Tatort vorgefunden haben.«

»Auch wenn ich alles gestehe?«

»Auch dann.«

Stille kehrte ein. Kommissar Sawicki rieb sich die Augen, Kommissarin Rochniewicz stützte das Kinn in die Hand.

»Du gibst also an«, begann sie von Neuem, »dass Zofia Wagner im Flur etwas zu dir gesagt hat, was dich wütend machte.« Sie sprach sehr langsam und deutlich, als überlege sie sich jedes Wort genau. »Dann hast du einen schweren Gegenstand genommen und ihr damit einen Schlag auf den Kopf versetzt, richtig?«

»Richtig.«

»Du hast also diesen Hammer nicht selbst mitgebracht, sondern er gehörte Zofia Wagner und lag im Flur? Du hast erst in deiner Wut danach gegriffen?«

»Ja.«

»Das bedeutet also, dass du Zofia im Flur umgebracht hast?«

Du bist ein verdammter Idiot, ein Iiiidioooot!

»Nein.« Jurek spürte, wie er nervös wurde. »Ich habe sie im Badezimmer umgebracht. Vielleicht ist sie weggelaufen. Ja. Genauso ist es gewesen, sie ist ins Bad gerannt, und ich bin ihr gefolgt.«

»Hat sie sich gewehrt?«

»Ein bisschen«, erwiderte er unsicher.

»Was hast du hinterher mit dem Tatwerkzeug gemacht?«

»Ich habe es auf den Boden geworfen«, antwortete er wie aus der Pistole geschossen.

Ada holte Atem.

»Es dauert nicht mehr lange. Wir lassen dich gleich in Ruhe.«

Jurek fand, dass ihr Lächeln aufrichtig wirkte. Die Stimmen hatten nichts einzuwenden.

»Kannst du ihn bitte fragen«, mischte sich der rothaarige Kommissar ein, »kannst du irgendwie aus ihm herauskriegen, warum um Himmels willen der Heilige Geist ihm befohlen hat, seine Ex-Freundin totzuschlagen?«

Jurek hörte Wut in seiner Stimme.

»Mit meiner Tat habe ich mich lediglich dem göttlichen Willen unterworfen. Aber ich muss sowieso mit dem Tod dafür büßen.«

»Warte, warte, ich versuche zu verstehen ...« Die Kommissarin runzelte angestrengt die Stirn. »Du willst also sagen, du hast sie getötet, um selbst verurteilt zu werden?«

»Ganz genau.«

»Zum Tode verurteilt?«

»Ja.«

»Du hast also nicht aus eigenem Willen gehandelt, sondern auf göttlichen Befehl? Diesen Befehl hast du erst vier Tage nach dem Mord an Zofia erhalten, doch dieses Paradox lässt sich mit den Wirbeln der Raumzeit erklären?«

»So ist es.«

»Du sagst, du hast die Todesstrafe verdient?«

Er nickte.

»Zofias Tod war für den Heiligen Geist also nur ein Mittel, um dir eine Strafe aufzuerlegen?«

Wieder nickte er.

»Aber warum hat er Zofia dafür geopfert? Bist du denn wichtiger als sie? Besser? War Zofia dem Heiligen Geist egal?«

Jurek starrte sie erstaunt an.

Nutte, Nutte, Schlampeeee, legten die Stimmen wieder los.

»Weiß nicht«, brachte er schließlich heraus. »Du Hure«, entfuhr es ihm, obwohl er sich wirklich zu beherrschen versuchte.

Kommissar Sawicki sprang auf, doch die Frau packte ihn am Arm und drückte ihn auf seinen Stuhl zurück. Dann schob sie Jurek das Protokoll und den Kugelschreiber hin, beobachtete ihn genau, während er unterschrieb. Zum Schluss wechselte sie wieder einen bedeutungsvollen Blick mit ihrem Kollegen. Als säße Jurek nicht daneben und sähe alles. Sie hielten ihn für verrückt. Aber was sie meinten, bedeutete nichts. Gar nichts.

»Weißt du, dass es in Polen gar keine Todesstrafe gibt?«, fragte ihn der Kommissar. »Im schlimmsten Fall wanderst du lebenslänglich in den Knast. Hat der Heilige Geist das auch bedacht?«

36

Die Sitzung begann auf die Minute genau. Nachdem die Polizisten im Besprechungssaal Platz genommen hatten, erschienen um Punkt neun Uhr dreißig Rogowski und Modzelewski. Der Staatsanwalt trug wie stets ein schneeweißes Hemd und einen eleganten Anzug aus Schurwolle. Er machte einen äußerst zufriedenen Eindruck.

»Nun, diese Schlacht wäre also geschlagen«, verkündete er, während er einen Notizblock, einen silbernen Füllfederhalter und eine Ausgabe der Boulevardzeitung vom Morgen vor sich auf dem Tisch ausbreitete. »Die schlechte Nachricht ist, dass in der Presse schon wieder Fotos aufgetaucht sind. Und diese bedauernswerte Geschichte von letzter Nacht natürlich ... Sie werden eine Stellungnahme für die Medien herausgeben müssen.« Er räusperte sich und stach mit dem Zeigefinger auf die zusammengefaltete Zeitung ein. »Aber fangen wir doch mit den angenehmen Dingen an«, fuhr er fort und ignorierte den neben ihm sitzenden Rogowski völlig. »Es ist uns gelungen, einen schwierigen Fall abzuschließen. Ich möchte nun Kommissar Sawicki um eine Zusammenfassung bitten.«

Rogowski missfiel es sichtlich, dass der Staatsanwalt gleich die Leitung der Sitzung an sich gerissen hatte, doch er wagte nicht zu protestieren. Marcin erhob sich langsam. Er war ungekämmt und unrasiert. Sein Flanellhemd stank nach Schweiß. Im

Mund hatte er den unangenehm bitteren Geschmack von zu viel Filterkaffee.

»Wir haben Informationen vom gerichtsmedizinischen Institut bekommen«, begann er und holte Nekros Aufzeichnungen aus einer Mappe. »Hier ist die gesamte Dokumentation.« Er reichte Modzelewski die zusammengehefteten Blätter und wartete, mit den Händen auf die Stuhllehne gestützt, während der Staatsanwalt die Papiere flüchtig durchblätterte.

»Der Tod ist am Donnerstag, dem 28. Februar, gegen acht Uhr abends eingetreten«, begann er dann. »Der Täter versetzte dem Opfer zwei Schläge mit einem Hammer, der am Tatort liegen blieb. Die Stärke und der Winkel der Schläge legen nahe, dass der Mörder ein junger Mann im Vollbesitz seiner Kräfte gewesen sein muss. Unsere vorläufige Diagnose passt daher zu dem ärztlichen Gutachten. Wagner stand mit dem Rücken zu ihrem Angreifer. Die Verletzungen befinden sich in der Schläfengegend und im Bereich des Gesichtsschädels rechts: Das Jochbein und der rechte Teil des Brauenbogens wurden eingedrückt. Das wiederum bedeutet, dass der Täter Rechtshänder sein muss«, erklärte Marcin langsam, als wolle er die letzten Worte besonders hervorheben. »Außerdem hat die Obduktion einen weiteren, überaus wichtigen Sachverhalt zutage gefördert: Die Getötete erwartete ein Kind. Nekro – äh, ich meine, Dr. Malecki – sagt, sie muss ungefähr in der zwölften Schwangerschaftswoche gewesen sein.« Er hielt inne, um Luft zu holen. »Nachdem uns diese Information gestern Nachmittag erreichte, hat Kommissar Rochniewicz sofort den Ex-Freund der Getöteten aufgesucht, einen gewissen Jurek Wójcik, um ihn über die Schwangerschaft seiner ehemaligen Partnerin zu informieren.«

Die Zunge lag ihm steif wie ein Stück Holz im Mund. Er hatte Mühe, die simpelsten Sätze zu formulieren. Sein Hals fühlte sich trocken an und schmerzte, er konnte nicht schlucken.

»Und Wójcik hat die Tat gestanden«, vollendete Modzelewski den Bericht. »Problem gelöst. Wir haben den Mörder, der Fall darf als abgeschlossen gelten, und wir können uns ...«

Marcin spürte, wie eine gewaltige Wut in ihm aufstieg. Das Blut schoss ihm in den Kopf.

»Verzeihen Sie«, fiel er Modzelewski ins Wort, »aber wir führen diese Ermittlungen gemeinsam. Am Montagabend ist die gesamte Abteilung auf diesen Fall angesetzt worden. Seitdem haben sich alle hier nur darauf konzentriert, Wagners Mörder zu finden. Und deshalb steht auch allen Anwesenden eine Erklärung zu.« Ohne eine Antwort abzuwarten, drehte er dem Staatsanwalt den Rücken zu und sprach nun ausschließlich zu seinen Kollegen. »Wir haben einige folgenschwere Fehler begangen. Nein, eigentlich habe *ich* sie begangen ... Wie ihr wisst, war ich überzeugt, dass Zofia Wagner vom Partner ihrer tschetschenischen Putzfrau Madina Demilowa beraubt und ermordet worden ist. Madina und ihr Partner, ein Georgier namens Gregor Okruschwili, waren seit Samstagabend verschwunden. Wir sind davon ausgegangen ...« Er stockte. »*Ich* bin davon ausgegangen, dass sie sich vor der Polizei verstecken wollten. In Wirklichkeit aber waren sie vor Madinas strengem Vater davongelaufen. Hinzu kommt, dass außer der Unordnung in Zofia Wagners Wohnung nichts darauf hindeutet, dass jemand sie berauben wollte. Es sind einige Wertgegenstände am Tatort zurückgeblieben, unter anderem ein Computer, ein Grafiktablet, eine Musikanlage und das Portemonnaie, das mehrere Kreditkarten enthielt. Die fehlenden viertausend Złoty haben sich gestern

Abend wiedergefunden. Wagner hatte in einer Arztpraxis in Żoliborz für eine Abtreibung bezahlt. Der Arzt war allerdings nicht mehr dazu gekommen, die Behandlung vorzunehmen.« Mit schweißnassen Händen wischte Marcin über den Tisch. »Bedauerlicherweise ist die Information, dass wir Flüchtlinge verdächtigen, irgendwie an die Presse durchgesickert. Und letzte Nacht haben ein paar Rassistenschweine Feuer vor der Wohnungstür von Madina Demilowas Familie gelegt. Eine der kleinen Schwestern ist in kritischem Zustand. Sie liegt auf der Intensivstation.«

Rogowski schnaufte schwer. Er kämpfte gegen einen Asthmaanfall. Kapusta ließ seinen Blick scheinbar unbeteiligt die Wand entlangwandern. Der Alk saß regungslos da. Szczepaniak lächelte dümmlich, seine Wangen bebten. Modzelewski wollte das Wort ergreifen, doch da wandte Ada ihm den Kopf zu und durchbohrte ihn mit stählernem Blick, worauf er verlegen den Mund wieder zuklappte.

»Ja, verfickte Scheiße noch mal«, polterte Wiktor Pawlak los. »Ich frag euch jetzt noch einmal: Wer hält hier nicht dicht? Bisher hatten wir noch nie so 'n Problem! Jedenfalls nicht in dem Ausmaß.« Er hob die Stimme. »Und das heißt, dass derjenige, der uns an die Journaille verpfeift, direkt an der Quelle sitzen muss. Er sitzt *hier an diesem Tisch.*« Er trommelte mit den Fingern auf die Tischplatte und blickte ostentativ zu Ada.

Ada rührte sich nicht, zuckte nicht einmal mit der Wimper. Sie hatte den Blick auf einen unsichtbaren Punkt über Modzelewskis Kopf gerichtet. Pawlaks Worte prallten an ihr ab und zerstoben in der Luft.

»Ich will die neuen Fotos sehen.« Kapusta streckte die Hand nach der Zeitung aus, doch Rogowski war schneller.

Er schnappte die Zeitung und legte sie sich auf den Schoß.

»Dann kauf dir das Blättchen«, knurrte er. »Über die Fotos reden wir nach der Sitzung. Zu viert. Pawlak, Sawicki, der Herr Staatsanwalt und ich. Und jetzt lasst uns zum Schluss kommen.« Seine Worte gingen im allgemeinen Geraune unter, er wurde lauter. »Ruhe! Wir hören den Schluss der Zusammenfassung!«

Marcin stand wieder auf. Er sah hilfesuchend zu Ada – und erntete zu seiner Überraschung einen aufmunternden Blick. Da drückte er die Schultern durch und fuhr mit einigermaßen ruhiger Stimme fort:

»Heute Morgen haben wir den Tatverdächtigen Jurek Wójcik verhört. Und ... ähm ... da gibt es folgendes Problem ...« Er machte eine unbestimmte Geste.

Die anderen warteten gespannt. Schließlich ergriff Ada die Initiative.

»Wir brauchen natürlich noch die Diagnose eines ausgebildeten Psychiaters – aber unserer Einschätzung nach leidet Wójcik an einer ausgeprägten Psychose. Und aus diesem Grund kann er sich nicht für seine Taten verantworten. Das heißt auch, dass wir seine Aussage nicht verwenden können.«

Modzelewski erstarrte.

»Nun ... Was genau verstehen Sie denn unter einer Psychose, wenn ich fragen darf, Frau Kommissar?« Seine Stimme klang bissig.

»Er behauptet, der Heilige Geist habe ihm vier Tage *nach* Zofia Wagners Tod befohlen, sie zu töten«, erwiderte sie ruhig. »Angeblich soll es zu einem Zeitwirbel gekommen sein oder so etwas. Ein kompletter Blödsinn. Unmöglich zu begreifen, was er überhaupt meint.«

»Vielleicht zieht er eine Show ab?«, warf der Alk ein.

»Vielleicht«, stimmte sie zu. »Nur – wozu? Schließlich hat er bereits gestanden. Marcin und ich hatten beide den Eindruck, dass wir mit einem psychisch schwer erkrankten Menschen sprechen.«

»Das heißt noch lange nicht, dass er die Tat nicht begangen haben kann.« Modzelewski drehte seinen Füller zwischen den Fingern. »Sogar im Gegenteil. Ein instabiler psychischer Zustand belastet ihn zusätzlich. Dieser ... dieser ...«

»Wójcik«, sprang Ada ihm bereitwillig bei.

»Wójcik also ... hat sich von sich aus gestellt. Ich verstehe nicht, wo das Problem liegt. Hat er seine Aussage zurückgezogen?«

»Nein, das hat er nicht. Das Problem besteht darin, dass das, was er sagt, nicht mit dem übereinstimmt, was wir bei unseren Ermittlungen herausgefunden haben. Darin sind Marcin und ich uns einig.«

Marcin bejahte.

Stille kehrte ein. Ada gab den Versammelten einen Moment Zeit, sich mit der neuen Sachlage vertraut zu machen. Dann holte sie ihr Vernehmungsprotokoll hervor und legte es auf den Tisch.

»Wójcik sagt aus, dass er am Donnerstagabend bei Zofia Wagner war«, trug sie vor. »Er sei eifersüchtig und wütend gewesen, wollte sie erschrecken, ihr vielleicht sogar wehtun. Bis dahin stimmt noch alles. Sogar das Detail, dass er in der Toreinfahrt mit einem Nachbarn zusammengestoßen ist und auf Russisch geflucht hat. Er sagt aus, dass er vorher eine russische Gangsterserie im Fernsehen geschaut habe. Daher kenne er ein paar russische Redewendungen. Es scheint, dass diese Serie auch eine entscheidende Rolle bei seinen Kontakten zum Heiligen

Geist spielt … Dieses Feld würde ich allerdings lieber einem Psychiater überlassen.« Sie lächelte flüchtig und sprach weiter: »Wójcik hat uns recht detailreich geschildert, was er dachte, was er vorhatte und wie er in Zofia Wagners Wohnung gekommen ist. Leider scheint er sich nicht zu erinnern, was dann passierte. Angeblich haben Wagner und er gestritten. Worum genau es ging und wie das Streitgespräch verlief, konnte er nicht sagen. Er behauptet, nach einem Hammer gegriffen zu haben, der in Wagners Flur lag. Sie sei dann vor ihm weggelaufen, er sei ihr ins Badezimmer gefolgt. Dort sei es zu Handgreiflichkeiten gekommen. Wagner habe sich gewehrt. Das würde bedeuten, sie muss mit dem Gesicht zu ihm gestanden haben, als er ihr die tödlichen Schläge versetzte. Wir wissen aber, dass der Angreifer von hinten zugeschlagen hat. Außerdem ist Wójcik ohne Zweifel Linkshänder – nach Auskunft des Pathologen muss der Täter aber Rechtshänder gewesen sein.«

»Vielleicht leidet er aufgrund der Psychose an einem teilweisen Gedächtnisverlust? Oder hat die traumatischen Ereignisse einfach verdrängt?«, schlug Rogowski vor.

»Natürlich.« Marcin fand unerwartet seine Stimme wieder. »Diese Möglichkeit muss auch in Betracht gezogen werden. Jedenfalls war er nicht in der Lage, die genauen Tatumstände wiederzugeben. Aber mehr noch: Er schien keine Ahnung vom Chaos in der Wohnung und den herumliegenden Dokumenten zu haben. Er gab nur an, nach der Tat den Hammer auf den Boden geworfen zu haben und sofort gegangen zu sein.«

»In diesem Fall sollten wir zu der Hypothese zurückkehren, der zufolge Wagner selbst die Papiere auf dem Boden verteilt hat. Vielleicht hat sie nach etwas gesucht und konnte aus naheliegenden Gründen anschließend nicht mehr aufräumen.«

»Könnte sein.« Marcin nickte. »Kommissar Rochniewicz und ich haben lange hin und her überlegt. Wir wollten keine Hypothese außer Acht lassen. Wir sind überzeugt, dass Jurek Wójcik am Donnerstagabend tatsächlich in Wagners Wohnung gewesen ist. Er wusste, an welcher Stelle sie niedergeschlagen worden war und mit welchem Tatwerkzeug. Diese Umstände belasten ihn schwer. Trotzdem lassen die Abweichungen zwischen dem, was er sagt, und den bisherigen Ermittlungsergebnissen sein Geständnis mehr als zweifelhaft erscheinen.« Er blickte in die Runde. »Wir waren uns vorher alle einig, dass der Mord genauestens geplant worden sein muss – schließlich wurden bei der Beweissicherung keinerlei Fingerabdrücke oder andere Spuren gefunden, die auf den Mörder hinweisen könnten. Auch die Nachbarn haben nichts gehört. Die Tat muss glatt, schnell und vollkommen geräuschlos vor sich gegangen sein. Außer den Schädelverletzungen des Opfers gibt es keine Spuren von Gewalteinwirkung, keinen einzigen Kratzer oder Bluterguss. Wójcik erzählt aber von einem Streit, Handgreiflichkeiten und einem Mord im Affekt. Irgendetwas kann da nicht stimmen.«

Modzelewski wollte ihn unterbrechen, doch Marcin hob die Hand und beendete seine Ausführungen:

»Vielleicht haben wir tatsächlich den Schuldigen gefunden. Das Motiv scheint klar zu sein. Und Wójcik hat sich freiwillig in die Hände der Polizei begeben. Trotzdem sind Kommissar Rochniewicz und ich«, er warf Ada einen raschen Blick zu, »uns einig, dass angesichts dieser Lage eine Tatortbegehung gemeinsam mit dem Verdächtigen das Beste wäre. So ließe sich der Tathergang rekonstruieren. Dabei könnte man dann feststellen, ob Wójcik das Verbrechen begangen haben kann und ob das, was er sagt, mit der Realität übereinstimmt.«

Stille. Aller Augen richteten sich auf Modzelewski. Der trommelte nervös mit den Fingern auf sein ledergebundenes Notizbuch.

»Gut«, meinte er schließlich. »Dann führen Sie ihn auch den Zeugen vor. Vielleicht erkennt ihn ja jemand und bestätigt seine Version. Die Tatortbegehung nehmen wir noch heute vor. Ich muss nur erst für zwei Stunden ins Büro. Treffen wir uns ...« Er sah auf seine Uhr. »Treffen wir uns um zwei. Sie bringen den Verhafteten mit, Kameras, Puppen ... na, Sie wissen schon, alles Notwendige. Und setzen Sie sich unverzüglich mit einem Polizeipsychologen in Verbindung. Ich möchte seinen Bericht spätestens morgen Abend auf dem Schreibtisch haben.«

Die Sitzung ging dem Ende zu. Einer nach dem anderen verließen die Polizisten den Raum und wandten sich wieder ihren gewöhnlichen Beschäftigungen zu. Zwar war die Mobilisierung der gesamten Abteilung für den Mordfall Zofia Wagner nicht offiziell für beendet erklärt worden, dennoch hielten es alle für selbstverständlich, dass Ada und Marcin die Ermittlungen nun zu zweit zu Ende bringen würden. Staatsanwalt Modzelewski zupfte gedankenverloren an einer Haarsträhne, die ihm in die Stirn gefallen war. Er stand auf, ging zum Fenster, warf einen Blick nach draußen und setzte sich wieder.

»Sawicki, Pawlak, ihr bleibt bitte hier«, knarrte Rogowski mit rauer Stimme.

Ada blieb auf der Türschwelle stehen. Es schien offensichtlich, dass auch sie hätte bleiben sollen, doch Rogowski ignorierte sie völlig. Marcin fühlte sich unbehaglich. Der gestrige Tag und die vergangene Nacht hatten sein Denken komplett verändert. Er wusste, dass dieser Zustand von der Erschöpfung und den nagenden Gewissensbissen beeinflusst war, doch im Moment fühlte es sich an, als arbeiteten Ada und er nicht erst seit einer Woche, sondern schon ein halbes Leben zusammen.

»Sollte Kommissar Rochniewicz nicht ...«, begann er, doch Ada ging schon hinaus und schloss die Tür hinter sich.

»Das ist ein sehr ernstes Problem«, wandte Modzelewski sich an ihn. »Sehr ernst.«

»Ja?« Marcin war ein wenig verwirrt. »Dann sollte ich mir vielleicht diese Fotos einmal ansehen ...?«

»Ich meine nicht die Sache mit der Presse.« Der Staatsanwalt schob die Zeitung beiseite. »Darum kümmern Sie beide sich, gemeinsam mit Direktor Rogowski. Ich will mich nicht in interne Angelegenheiten einmischen«, fügte er gnädig hinzu. »Nein, es geht mir um diesen offenen Fall. Ich hoffe doch sehr, dass Sie Wójcik die entscheidenden Informationen entlocken können. Ich bin überzeugt, dass er der Täter ist. Natürlich, natürlich, da sind die amtlichen Vorgänge, die Formalitäten ... Trotzdem muss dieser Fall so schnell wie möglich abgeschlossen werden. Ich wollte es vorhin nicht in großer Runde sagen ...« Er senkte die Stimme. »Aber ein hochrangiger Minister interessiert sich für die Vorgänge hier. Unterstaatssekretär Jan Algierski höchstpersönlich. Verstehen Sie, was das bedeutet? Er hat mich bereits zweimal angerufen und nach den Fortschritten der Ermittlungen gefragt. Offenbar sind er und der Vater der Ermordeten alte Freunde. Sie haben zusammen studiert oder etwas in der Art ... Nun, jedenfalls wäre es angesichts dieser Tatsache wohl angebracht, wenn Sie sich von Ihrer besten Seite zeigen würden.«

Rogowski, der Modzelewskis Anwesenheit nur schwer zu ertragen schien, rutschte unruhig auf seinem Stuhl herum.

»Sie wollen damit sicher sagen, Herr Staatsanwalt, dass wir unsere Vorgaben in jedem Fall strikt einhalten sollten, und zwar unabhängig davon, wer das Opfer ist.«

Modzelewski wandte sich Rogowski zu und maß ihn eine längere Zeit mit Blicken. Dann sagte er mit Bedacht:

»Im Gegenteil, Herr Direktor, im Gegenteil. Sie müssen sich auf diesen einen Fall ganz besonders konzentrieren, und zwar aus Hochachtung für eine der Familie sehr nahestehende Persönlichkeit: *Minister* Algierski. Und nun, meine Herren, lasse ich Sie allein.«

Er erhob sich, steckte sein Notizbuch und den silbernen Füller in seine lederne Aktentasche und verließ federnden Schrittes den Raum.

»Was ist denn dieser Algierski nun, zum Geier?«, fragte Wiktor Pawlak und legte seine Füße auf den Tisch. »Unterstaatssekretär oder Minister? Falls er Minister sein sollte, dann hab ich persönlich noch nie was von dem Kerl gehört.«

»So nennt man diese Staatssekretäre halt, das ist irgend so 'n Vizeheini«, brummte Marcin und zog die Boulevardzeitung zu sich heran. »O verdammte Scheiße ... Verdammt, verdammt, verdammt ...«

Rogowski reagierte nicht, aber Pawlak sprang auf und lehnte sich über den Tisch.

»Was zur Hölle ...«, ächzte er.

Das Foto, über dem in fetten leuchtend gelben Lettern die Überschrift *Einsatz mit brutalsten Mitteln* prangte, zeigte einen Mann in Zivil, der sich mit einem Knüppel in der Hand über einen halb nackten, mit Handschellen gefesselten Inhaftierten beugte. Das Gesicht des Polizisten war zwar unscharf, aber es bestand kein Zweifel, dass es sich um Wiktor Pawlak handelte.

Im Krieg, in der Liebe ... und bei der Warschauer Polizei sind alle Mittel erlaubt. Polizist foltert Verdächtigen, lautete der Text darunter. Pawlak ließ sich schwer auf seinen Stuhl zurückfallen.

»Das geht ans Büro für Interne Angelegenheiten. Lässt sich wohl nicht vermeiden«, meldete sich Rogowski düster zu Wort.

Er stand auf und begann, mit den Händen hinter dem Rücken und gesenktem Blick im Raum auf und ab zu gehen.

»Schon wieder ein Fall von Amtsmissbrauch bei dir. Dazu kommt der Wirbel in der Presse, der mit Sicherheit auf uns zurollt. Heute Morgen habe ich Okruschwili aus der U-Haft entlassen.« Gedankenverloren befingerte er seine geschwollene Nase. »Ich glaube allerdings nicht, dass das viel ändern wird. Ich kann dir da nicht helfen ...« Er setzte sich wieder. »Du fliegst aus der Abteilung, fürchte ich.«

Pawlak wurde blass.

»Aber ich war doch dabei! Es ist nichts passiert! Er hat diesem Georgier kein Haar gekrümmt.« Marcin zitterte vor hilfloser Wut.

»Das hat nichts zu bedeuten.« Rogowski zuckte mit den Schultern. »Der Kerl steht mit nacktem Gehänge da. Pawlak fuchtelt ihm mit dem Knüppel vor der Nase rum. Glaubst du, die vom Büro für Internes halten das für ein Kaffeekränzchen?«

Marcin schwieg. Im Raum herrschte Grabesstille.

»Ich hab mir das Foto genauangesehen«, fuhr Rogowski fort. »Jemand muss es durchs Sichtfenster gemacht haben, während die Tür zum Vernehmungsraum zu war. An einigen Stellen sieht man die Drähte im Panzerglas.« Er zeigte die Stellen mit dem Finger. »Wenn ich mich recht erinnere, waren Kapusta und der Alk zusammen mit allen anderen in der Zeit beim Konzert des

Polizeichors. Und ich hab beim Arzt gesessen. Wer war also noch hier im Gebäude unterwegs?« Er lächelte säuerlich.

Marcin spürte, wie ihm die Knie weich wurden.

»Die Mimose!« Pawlak haute mit der Faust auf den Tisch. »Die ist doch damals reingeplatzt und ist uns beim Verhör auf die Eier gegangen. Weil sie Wójcik festgenommen hatte. Hinterhältige Fotze!«

Rogowski blickte fragend zu Marcin.

»Das ist wahr«, musste Marcin zugeben. »Wir haben aber keine Beweise, das heißt, es gibt keinen Grund ...«

»Hamse dir ins Hirn geschissen?«, brüllte Pawlak. »Die ganze Scheiße mit der Presse hat doch erst angefangen, seit wir das Mimöschen an der Backe haben! Versuch's nicht mal, Alter! Wer soll sonst die Fotos geschossen haben, he? Blondchen Dagmara vielleicht? Die findet doch nicht mal den Auslöser bei der Handykamera! Und sonst war keiner hier. Dagmara war's also, was? Antworte!«

»Reg dich ab, Mann«, hielt Marcin dagegen. »Ich sag doch gar nicht, dass es Dagmara war, aber ...«

»Ich soll mich abregen? *Ich?* Du hast gut reden, dir wollen sie ja auch keinen Arschtritt verpassen! Ich hab die Schlampe von Rochniewicz überprüft.« Er drehte sich zu Rogowski. »Es gibt keine Dokumente, die erklären, warum die Alte urplötzlich von Wrocław nach Warschau versetzt worden ist. Wahrscheinlich hat sie dort auch gekabelt, und die wollten sie loswerden. Nur ging das nicht so einfach. Die alte Fotze hat nämlich jemand ganz Großen in der Hinterhand. Ihren Papa. Dem gehört die halbe Boulevardpresse hier in Polen. Wahrscheinlich deckt er sein Töchterchen, und im Gegenzug kriegt er Infos und Schnappschüsse.«

»Und du bist dir sicher, dass das ihr Vater ist?«, hakte Rogowski nach.

»Nein, sicher bin ich mir nicht«, blaffte Pawlak zurück. »Ich bin mir bei gar nichts mehr sicher, verdammt. In ihren Unterlagen ist der Name des Vaters nicht angegeben. Und da frag ich mich doch, verfickt noch mal, warum darf ich nicht in unserer beschissenen Datenbank nachsuchen? Unser Mimöschen abzuchecken dauert zehn Minuten!«

Rogowski runzelte die Stirn.

»Du weißt genauso gut wie ich, dass man eine Anordnung vom Staatsanwalt braucht, um einen Polizeibeamten zu durchleuchten. Und eine gute Begründung«, setzte er mit Nachdruck hinzu. »Die wir nicht haben.«

»Vielleicht verbindet die beiden ja auch gar nichts? Vielleicht ist ihr Vater jemand ganz anders, und sie hat mit diesem Medienmogul nur zufällig den Namen gemeinsam?«, wandte Marcin fragend ein.

»Ich werd nicht mehr!« Pawlak sprang auf. »Bist du scharf auf sie oder was? Hat dir die Geilheit das Hirn vernebelt?«

»Pawlak hat recht«, meinte Rogowski nachdenklich. »Man müsste mal in Wrocław anrufen. Ich hab da einen Bekannten bei der Städtischen Polizeiwache, vielleicht kann ich aus dem was rauskriegen. Sawicki, kein Wort zu irgendjemandem über das hier, klar? Du arbeitest weiter, als wäre nie was gewesen. Mach diese Tatortbegehung und schließ den verdammten Fall endlich ab. Und Pawlak, du hältst die Füße still. Keine Alleingänge, keine Aktionen mit der Mimose.« Seine Stimme klang scharf. »Du fährst zu Okruschwili, entschuldigst dich bei ihm und versuchst rauszufinden, ob er die Sache vor Gericht bringen will. Lass deinen Charme spielen.« Er verzog das Gesicht. »Lad ihn auf 'nen Wodka ein oder sowas. Ich kümmere mich um die Stellungnahme für die Presse. Das wär's für heute.«

Pawlak ging türenknallend hinaus. Marcin sah Rogowski an. Er wollte etwas sagen, doch sein Chef wandte den Kopf ab.

»Ich habe nicht vor, so etwas zu dulden«, sagte er hart. »Ich kriege raus, wer uns hier verpfeift, und wenn ich monatelang meine eigenen Ermittlungen anstellen muss. Und du wirst mir dabei helfen«, ergänzte er finster.

Marcin nickte und verließ den Besprechungssaal.

Ada wartete in ihrem gemeinsamen Büro. Sie saß ganz ruhig da, die Hände im Schoß gefaltet, und schaute aus dem Fenster. Als Marcin eintrat, maßen sie sich eine Zeitlang mit Blicken, und Marcin hatte das dringende Bedürfnis, ihr von allem zu berichten, was Pawlak und er mit Rogowski besprochen hatten. Sie einfach zu fragen, was sie über diese Fotos wusste. Ihr zu versichern, dass er ihr glauben würde. Ada lächelte ihn verhalten an. Wenn er vorher etwas Verborgenes in ihrem Gesicht wahrgenommen hatte, etwas, das sie verheimlichen wollte, so sah er jetzt nur eine gleichgültige Maske – die, dachte er, vielleicht ja gar keine Maske war. Ada drehte den Kopf weg.

»Ich habe beim Krankenhaus angerufen«, sagte sie. »Zula Demilowa hat die Nacht überlebt. Die Verletzungen sind ernst, aber zu einer Infektion ist es nicht gekommen. Das Fieber ist bereits gefallen. Wenn ihr Zustand sich nicht verschlechtert, wird sie morgen auf eine andere Station verlegt.«

Sie stand auf und kam auf ihn zu.

»Du solltest ein wenig schlafen.«

Nun stand sie direkt neben ihm. Er roch ihr süßes Jasminparfüm.

»Mit der Tatortbegehung und Modzelewski komme ich auch allein zurecht. Du musst dich darum nicht kümmern.«

Ihre Stimme klang weder weich noch mitfühlend. Sie war weder freundlich noch unfreundlich zu ihm, zeigte sich weder besorgt noch verärgert über seinen Zustand. Sie sprach einfach Tatsachen aus.

»Ich bezweifle nicht, dass du allein zurechtkommst.« Er lächelte verkniffen. »Aber ich will trotzdem bei der Tatortbegehung dabei sein. Danach fahre ich nach Hause und überlasse es dir, die Berichte zu schreiben und sie an Modzelewski zu faxen. Unseren Gott in Schwarz«, fügte er höhnisch hinzu. »Wenn das okay ist.«

»Okay.« Sie zuckte mit den Achseln.

»Wir brauchen einen Termin mit einem Polizeipsychologen.«

»Ich habe schon in der Abteilung angerufen«, lautete die Antwort, wie erwartet. »Nach siebzehn Uhr schicken sie jemanden her.«

Wieder überkam ihn diese unerträgliche Weichheit, diese Rührseligkeit – eine Auswirkung seines übermüdeten Zustands. Ganz deutlich sah er all ihre kleinen Makel: die zu schmale Nase, die leicht eingefallenen Wangen, die rauen Hände und alle unvermeidlichen Zeichen der Zeit, die sie so sorgsam und mühevoll mit Schichten von Rouge und samtigem Puder zu überdecken suchte. Wie hatte er sie bloß so verachten können? Schon angerufen, schon erledigt, schon geschehen, die Berichte sind auch schon fertig ... So war sie, und er vertraute ihr. Ja, er arbeitete bereits seit über zehn Jahren bei der Polizei, da wusste er, dass so etwas nicht allzu häufig vorkam.

Die Tatortbegehung begann pünktlich um Viertel nach zwei. Eine Kamera in der Hand, stand Marcin neben zwei anderen Polizeibeamten, die ihm und Ada als zusätzliche Aufsicht über den Tatverdächtigen zur Seite gestellt worden waren. Nekro, der von Modzelewski einbestellt worden war, lebte bei Adas Anblick sichtlich auf und drückte ihr herzlich die Hand, wobei er alle anderen geflissentlich ignorierte. Nach den Angaben des technischen Protokolls stellten die Polizisten die Bedingungen aus der Tatnacht exakt wieder her. Dort, wo Zofia Wagner ermordet aufgefunden worden war, platzierten sie eine Puppe in derselben Lage, außerdem legten sie sämtliche am Tatort gefundenen Gegenstände wieder aus. Modzelewski beobachtete sie aufmerksam und machte sich Notizen. Dann wurde Jurek Wójcik hereingeführt. Marcin schaltete die Kamera ein.

»Am Donnerstag, dem 28. Februar 2013, waren Sie in Zofia Wagners Wohnung. Ist das richtig?«, begann der Staatsanwalt.

Jurek Wójcik war in der Wohnungstür stehen geblieben und blickte sich unsicher im Flur um. Er wirkte benommen, als hätte man ihn eben aus dem Tiefschlaf gerissen.

»Waren Sie am vergangenen Donnerstagabend in der Wohnung der Ermordeten?«, wiederholte Modzelewski seine Frage.

»Ja«, antwortete Wójcik leise.

»In Ihrer Aussage, die Sie im Beisein von Kommissar Marcin Sawicki und Kommissar Adela Rochniewicz getroffen haben, geben Sie an, dass Sie mit der Ermordeten gestritten haben.« Er zögerte. »Dass Sie dann nach der Tatwaffe gegriffen und ... ähm ... die Tat verübt haben. Hat denn etwas Bestimmtes, was Frau Wagner gesagt hat, oder haben bestimmte Gefühle ... ja, genau, *Gefühle* ... in Ihnen den Impuls zu der Tat ausgelöst?«

»Wir haben gestritten«, sagte Wójcik. »Sie hat mich wütend gemacht.«

»Nun.« Der Staatsanwalt räusperte sich. »Dann beschreiben und demonstrieren Sie uns bitte den Tathergang so genau wie möglich.«

Jurek Wójcik sah ihn verständnislos an.

»Das heißt – was genau soll ich jetzt machen?«

»Beschreiben Sie detailliert, was geschehen ist. Angefangen bei dem Moment, in dem Sie die Wohnung betreten haben. Wo Sie während des Streits gestanden haben, an welcher Stelle das Tatwerkzeug lag, als Sie es aufhoben.«

»Na ja ... Ich bin reingekommen ...« Er verkrampfte sich sichtlich. Unsicher ahmte er die Geste des Türöffnens nach, schielte zur laufenden Kamera.

»Nachdem Sie angeklopft hatten?«

»Nein. Ich habe die Tür selbst aufgemacht. Ist das unbedingt nötig?« Er zeigte auf Marcin. »Ich kann nicht klar denken, wenn Sie mich filmen.«

»Ja, das ist nötig«, schnitt ihm Modzelewski das Wort ab. »Sprechen Sie weiter.«

Wójcik seufzte, ging eine Weile hin und her und suchte nach der richtigen Position.

»Ja, hier war es. Hier habe ich gestanden, als Zofia aus der Küche kam. Sie war wütend, weil ich, ohne anzuklopfen, hereingekommen war. Wir haben angefangen zu streiten.«

»Laut?«

»Wie bitte?«

»Haben Sie laut gestritten?«

»Ziemlich laut«, bekannte er. »Ich habe sie angeschrien. Irgendwann hat Zofia dann zurückgeschrien.«

»Können Sie mir genau darlegen, worüber Sie gestritten haben?«

»Nein. Ich erinnere mich nicht genau. Ich war zu wütend. Eigentlich wollte ich ihr sagen, wie sehr es mich verletzt hat, dass sie mit mir Schluss gemacht hat. Einfach abserviert hat sie mich. Aber sie hat mich ausgelacht. Da ist bei mir eine Sicherung durchgebrannt. Ich habe den Hammer hier liegen sehen ...« Er blickte sich suchend um, verharrte dann mitten in der Bewegung.

Im Flur gab es weder einen Schrank noch eine Kommode, auf der irgendetwas hätte liegen können. Lediglich ein Schuhregal aus Metallstäben stand unter der Garderobe.

»Der Hammer lag auf den Schuhen. Ja, von dort habe ich ihn aufgehoben«, fuhr er sicherer fort. »Ich hatte Handschuhe an. Weil ich gar keine Zeit gehabt hatte, sie auszuziehen.«

Marcin sandte Ada einen erstaunten Blick. Modzelewski schnippte nervös mit den Fingern. Einer der Polizisten legte das hölzerne Imitat eines Hammers auf dem Schuhregal ab. Wójcik griff mit der linken Hand danach.

»Zofia bekam einen Schreck und lief weg«, sprach Wójcik weiter. »Ich bin ihr nachgegangen.«

Er machte ein paar Schritte. Ada eilte an ihm vorbei und hob die menschengroße Puppe vom Boden auf.

»Hat Zofia versucht, sich zu wehren?«, fragte sie.

»Ja. Sie hat sich in der Tür umgedreht.«

Jurek Wójcik wirkte jetzt viel ruhiger. Er schien sich seiner Sache sicher zu sein. Ada hielt die Puppe hoch.

»Stand sie so zu dir?«

»Ja. Genau so«, stimmte er zu. »Ich hab sie am Arm gepackt.« Mit gezieltem Griff schob er Ada zusammen mit der Puppe ins

Badezimmer. »Und dann hab ich zugeschlagen.« Er holte weit aus und schlug mit der linken Hand zu. »Zofia ist hingefallen.«

Ada ließ die Puppe los.

»Wie viele Male hast du zugeschlagen?«

Er sah sie überrascht an.

»Wie viele Male? Ich weiß es nicht mehr. Ich habe doch schon gesagt, dass ich sehr wütend war, ich hab nicht darüber nachgedacht, was ich tat ...«

»Versuch dich zu erinnern.«

»Einmal«, sagte er schließlich, doch seine Stimme klang resigniert. »Ich habe sie einmal geschlagen, mit aller Kraft.«

»Und dann?«

»Dann habe ich den Hammer weggeworfen.« Er ließ das Holzimitat auf den Boden fallen. »Und dann bin ich gegangen.«

»Du warst nicht in den anderen Zimmern? Hast nichts angefasst?«

»Nein.« Er schüttelte den Kopf.

Sein Gesicht war bleich, es wirkte fast durchscheinend. Die Arme baumelten schlaff herab. Ada spürte die mächtige, erdrückende Welle der Verzweiflung, die von ihm ausging. Dieser Mensch litt Höllenqualen – aber nicht wegen des Mordes, den er nicht begangen hatte. Jurek Wójciks Welt stand kopf. Das verständliche und klare Bild seines Lebens entglitt ihm in atemberaubendem Tempo, während er selbst in immer tieferer Düsternis versank.

»Ich bringe den Tatverdächtigen weg«, sagte der Staatsanwalt mit matter Stimme in die Stille hinein.

Wójcik wurde abgeführt zum Auto. Die verbleibenden Polizeibeamten standen etwas verwirrt in Zofia Wagners Flur herum.

»Noch zwei Fragen«, wandte Modzelewski sich an Nekro. »Ist es möglich, dass der Tatverdächtige mit der linken Hand ausgeholt und der Ermordeten über ihre rechte Schulter hinweg die Schläge versetzt hat?« Er versuchte, eine entsprechende Bewegung nachzuahmen. »Oder hat er sie tatsächlich von vorn angegriffen, mit der linken Hand ihre rechte Schläfe zertrümmert und sie dann, als sie schon gestürzt war, auf den Bauch gedreht? In dem Fall würden die Schädelverletzungen auf der rechten Seite mit der Tatsache, dass er Linkshänder ist, zusammenpassen.«

Der Pathologe streifte ihn mit einem Blick und heftete seinen Blick dann auf die Garderobe mit den Mänteln.

»Möglich«, schnarrte er. »Möglich ist alles. Nur nicht, dass der Täter die Leiche umgedreht hat. Das hätten die Techniker sofort bemerkt: Blutspuren auf dem Boden, unnatürliche Lage der Leiche und so weiter. Lesens Sie's im Protokoll nach, das geht mich nichts an. Und was den Rest betrifft, scheinen mir Ihre Spekulationen auch wenig wahrscheinlich. Ein Schlag über die Schulter wäre viel schwächer ausgefallen. Außerdem geht diesem Wirrkopf alles durcheinander. Hat keinen blassen Schimmer, woher die Tatwaffe gekommen ist, wie oft er zugehauen hat und an welcher Stelle das Opfer lag. Zudem sind auf dem Hammer, soweit ich mich erinnere, gar keine Fingerabdrücke von Zofia Wagner. Wie ist der Hammer dann also auf das Schuhregal gekommen? Hergeflogen? Oder haben Außerirdische ihn gebracht? Also, wenn ihr mich fragt ...« Er spuckte ungeniert auf den Boden. »Wenn ihr mich fragt, ist der Typ reif für die Klapse. Erst mal muss man feststellen, ob man in diesem Zustand überhaupt mit ihm reden kann. Wahrscheinlich braucht der 'ne Behandlung, bevor man ihn noch mal befragen kann. Wenn sich sowas überhaupt behandeln lässt.« Er lachte gehässig.

Modzelewski seufzte und rieb ratlos seine Hände gegeneinander.

»Meine Herren Kommissare«, wandte er sich an Ada und Marcin. »Meine lieben Herren Kommissare«, wiederholte er mit feierlichem Ernst und sah Ada eindringlich in die Augen. »Die Situation scheint ein wenig außer Kontrolle zu geraten. Dennoch sollten wir keine voreiligen Schlüsse aus dem eben Beobachteten ziehen. Dieser Mann« – er nickte Richtung Wohnungstür – »benötigt professionelle Hilfe. Sie haben sich wohl schon mit einem Psychologen in Verbindung gesetzt?«

Marcin bejahte.

»Nun, dann erwarte ich wie gesagt einen psychologischen Bericht. Die offiziellen Ermittlungen werden ausgesetzt, bis ein Gutachten über die Zurechnungsfähigkeit des Verdächtigen vorliegt.«

Während er sprach, hatte er sich scheinbar unauffällig der Wohnungstür genähert. Nun stellte er seinen Mantelkragen auf, warf ein knappes »Auf Wiedersehen« über die Schulter und marschierte eilig hinaus. Nekro schnaubte, zog den Reißverschluss seiner Wattejacke hoch und folgte ihm, ohne sich zu verabschieden.

Ada und Marcin blieben allein zurück. Marcin steckte die Kamera in ihre kleine Hülle zurück.

»Und was jetzt?«, fragte er leise, fast tonlos.

»Ich weiß es nicht«, antwortete Ada. »Wir werden wohl von vorn anfangen müssen. Aber erst einmal solltest du dich ausschlafen.«

37

Der Nachmittag war feucht und kalt. In der Luft lag derselbe spätwinterliche Geruch wie seit Wochen schon. Keine Spur mehr von den Vorboten des Frühlings, die sich im gestrigen Gewitter kurz angekündigt hatten. Marcin umfuhr den Stau auf der Łazienkowski-Brücke, indem er auf den Busstreifen auswich. Von vorn anfangen, dachte er. Aber was hieß das? Dass sie auf die alten Beweise zurückgreifen mussten ... Der Haken war nur, dass es kaum welche gab. Die Ermittlungen hatten sich festgefahren, sie hatten einen Bogen geschlagen und bissen sich nun selbst in den Schwanz. Es gab keinerlei neue Anhaltspunkte ...

Er wollte einfach nur nach Hause. So schnell wie möglich. Sehnsuchtsvoll dachte er an eine heiße Badewanne und an duftende, frisch gebügelte Bettwäsche. Um Zeit zu sparen, fuhr er am Parkplatz vor der Wohnsiedlung vorbei und hielt direkt vor der Tür zu ihrem Treppenhaus. In der Wohnung brannte Licht, aus dem Wohnzimmer schallte eine lustige Melodie. Die Mädchen schauten fern. Olga stand, eine Schürze umgebunden, am Herd.

»Du warst mitten in der Nacht plötzlich weg«, sagte sie und hängte das Geschirrtuch über eine Stuhllehne. »Dann habe ich stundenlang nicht ein Wort von dir gehört. Hast du denn gar nicht daran gedacht, dass ich mir vielleicht Sorgen machen könnte?« In ihrer Stimme schwang kein Vorwurf mit. Sie klang eher, als bete sie eine auswendig gelernte Litanei herunter. Oder als fände sie, dass sie sich eigentlich aufregen sollte, aber es fehlte ihr an Energie dazu.

»Entschuldige.« Er seufzte, ehrlich geknickt. »Ich hatte eine schreckliche Nacht. Hab kaum geschlafen. Und einen Tag wie ein Albtraum. Ich erzähl dir alles.« Er hielt inne. Vor Erschöpfung konnte er keinen klaren Gedanken fassen, geschweige denn einen sinnvollen Satz formulieren. »Ich muss mich ein bisschen hinlegen. Wir reden später, okay?«

»Wie du willst.«

Er ging zum Badezimmer, riss sich die verschwitzten Klamotten vom Leib. Duschte schnell und legte sich, noch in sein Handtuch eingewickelt, ins Bett. Zog die Decke über den Kopf. Wie in weiter Ferne hörte er noch, dass Olga die Kinder zum Essen rief. Dann schlief er ein, noch bevor ihm bewusst werden konnte, wie hungrig er war.

Er kämpfte sich aus dem Schlaf wie aus einem tiefen Schatten. Setzte sich auf. Schnappte nach Luft. Im Zimmer war es dunkel. Blind herumtastend fand er sein Handy. Schon nach Mitternacht. Er hatte sieben Stunden geschlafen! Er streckte den Arm aus, wollte ihn um Olga legen, aber die linke Bettseite war kalt und leer. Beunruhigt stand er auf, zog sich ein T-Shirt und eine Jogginghose über. Im Wohnzimmer brannte Licht. Olga guckte eine Serie. Sie hatte Kopfhörer auf und bemerkte ihn nicht. Von hinten legte er ihr eine Hand auf die Schulter. Sie schreckte hoch und blinzelte verstört.

»Ich nehme mir was zu essen«, sagte er. »Und dann erzähl ich dir alles. Es tut mir wirklich leid.«

»Das Essen steht im Kühlschrank, rote Dose. Iss erst mal, dann reden wir.« Plötzlich kam es ihm vor, als läge in ihren Worten eine versteckte Drohung. Alarmiert sah er sich um, doch Olga hatte schon wieder ihre Kopfhörer aufgesetzt und starrte gleichgültig auf die Mattscheibe. Ein Hausschuh war ihr vom Fuß gerutscht. Ihre Ferse sah rissig aus.

Marcin ging in die Küche. Er machte sich ein Kotelett warm und schlang es hastig mit kalten Kartoffeln und einem Rest Gurkensalat herunter. Dann ging er ins Wohnzimmer zurück. Olga hatte den Laptop angeschaltet. Sie saß jetzt gerade aufgerichtet am Rand des Sofas, eine Hand umfasste die Armlehne. Als würde sie auf etwas warten, dachte Marcin. Plötzlich wurde ihm ganz bang zumute. Er setzte sich neben sie und redete los, ohne Punkt und Komma: der nächtliche Brand, die Tatortbegehung, die internen Informationen, die an die Presse durchsickerten. Dabei wandte er sich nicht Olga zu, sondern sprach in den Raum hinein wie zu einer dritten, unsichtbaren Person. Olga starrte mit ungerührtem Gesicht auf einen Punkt über seiner Schulter.

»Entschuldige, dass ich vergessen habe anzurufen«, flüsterte er, nahm ihre Hand, drehte sie um und betrachtete das Netz von Linien in der Innenfläche.

»Du rufst nie an«, sagte sie und entzog ihm ihre Hand. »Du gehst aus dem Haus, und ab dem Moment interessieren wir dich nicht mehr. Du bist alt und mürrisch geworden, früher warst du wenigstens lustig ...«

Der letzte Satz schien ihm überhaupt keinen Sinn zu ergeben. Worauf wollte sie hinaus? Sollte er Witze erzählen?

»Entschuldige«, wiederholte er mechanisch.

»Ich habe darauf gewartet, dass du aufwachst«, fuhr sie leise fort. »Um dir zu sagen, dass es vorbei ist.«

Was sagte sie da? Er wollte losbrüllen, aufspringen, aus diesem Albtraum erwachen. Denn das war es doch, ein Albtraum. Oder? Vielleicht halluzinierte er? Hatte er Fieber? Er konnte sich nicht rühren, saß wie festgewachsen auf dem Sofa und starrte Olga an.

»Vorbei – was denn?«, fragte er dumpf, obwohl er genau wusste, wie die Antwort lautete. Ihn schwindelte, er hatte das Gefühl zu fallen.

»Unsere Ehe.«

»Was sagst du da? Warum denn? Was ist mit dir?« Er wollte seinen Schrecken in Wut ummünzen, doch stattdessen hörte er, wie schwach und zittrig seine Stimme klang. »Warum? Was habe ich denn Schlimmes getan?«

»Nichts hast du getan, Marcin. Weder Schlimmes noch Gutes. Das ist das Leben, kein Ermittlungsverfahren bei der Polizei. Ich werfe dir kein Verbrechen vor. Nur Abwesenheit. Gleichgültigkeit ... Und dass du zu viel trinkst.«

»Du meinst, ich bin Alkoholiker? Was redest du da?«

Na gut, dachte er. Dann reden wir eben darüber. Bitte sehr! Ich kann morgen aufhören, Alkohol zu trinken, heute noch. Jetzt gleich. Ich kann beweisen ...

»Ich bin nicht alkoholsüchtig. Und das weißt du auch sehr gut!«

Olga wich ihm geschickt aus, schluckte den Köder nicht.

»Vielleicht bist du es nicht. Ist ja auch egal.«

»Egal? Wie – egal?« Er wurde laut. »Du willst dich doch deswegen von mir trennen! Also sage ich dir, dass ich ab sofort keinen Tropfen mehr anrühre, wenn dir so viel daran liegt. Ich ...«

»Marcin!«, unterbrach sie ihn so scharf, dass er mitten im Satz innehielt. »Marcin, ich verlasse dich nicht, weil du zu viel trinkst.

Das ist nur ein Teil des Problems. Ich verlasse dich, weil ich genug von dir habe.«

Er begriff nicht, was sie sagte. Ihr bloßer Hals, der helle, vielleicht etwas zu dichte Flaum über ihrer Oberlippe, ihre kleine, rissige Hand, die ihr Knie umfasste. Olga. Seine Olga.

»Und die Kinder, was ist mit den Kindern?«, brabbelte er ohne Sinn und Verstand. »Gib mir noch eine Chance, ich bitte dich. Ich ändere mich. Ich tue alles, was du willst.« Er spürte, wie ein salziger Geschmack in seiner Kehle aufstieg.

Olga weinte. Er sah, wie Tränen ihre Wangen herabrollten. Einen klitzekleinen Moment dachte er, sie würde zu lachen beginnen. Gleich würde sie abwinken und sagen: »Ach was, ich wollte dich nur auf den Arm nehmen. Ein dummer Scherz, nichts weiter!«

»Da ist noch etwas.« Olga strich sich die Haare aus dem Gesicht. »Es gibt einen anderen Mann in meinem Leben.«

Später fragte sich Marcin noch oft, ob er eine Chance gehabt hätte, sie umzustimmen, wenn er an dieser Stelle anders reagiert hätte. Vielleicht sollte das ein Test sein? Vielleicht wollte Olga prüfen, ob er wenigstens für einen einzigen Moment nicht an sich selbst denken würde? Ob er es ertragen konnte, ihr in Ruhe zuzuhören? Vielleicht hatte sie diese Hoffnung gehabt? Aber er hatte reagiert wie immer. Hatte sich hinreißen lassen von einer wilden, unbezähmbaren Wut. Jedes Mal, wenn er an diese Szene zurückdachte, fühlte er sich zutiefst beschämt. Andererseits wusste er, dass er die damalige Nacht einzig und allein dank seiner grenzenlosen Wut durchgestanden hatte, an die er sich klammerte wie an einen Rettungsreifen.

»Ach, so ist das also?«, brüllte er und sprang auf. »Darum geht es, ja?«

»Schrei nicht so«, beschwichtigte sie ihn. »Du weckst ja die Kinder.«

»Die Kinder? *Du* willst mir sagen, wie ich mich den Kindern gegenüber zu verhalten habe? Du ...«

Er hatte Lust, sie zu schlagen. Sie hörte auf zu weinen und hob den Kopf. In ihren Augen stand jetzt kalte Entschlossenheit.

»So nicht. Wir werden nicht auf diese Weise reden.«

»*Ich* entscheide hier, wann und wie wir reden, verstanden?« Er bekam kaum Luft. »Wer ist dieser Mann?«

»Das ist egal«, antwortete sie seelenruhig. »Du kennst ihn nicht.«

»Seit wann?«

»Seit ein paar Wochen.«

»Ach, das ist also deine Krankheit!«, höhnte er. »Diese ständige Müdigkeit, die seltsamen Gedächtnislücken. Deswegen bist du zu spät zum Geburtstag deiner eigenen Tochter gekommen!«

Olga schwieg.

»Antworte! Hast du dich an dem Tag mit dem Typen getroffen?«

»Nein. Ich verstehe nicht, wie du darauf kommst.«

Er trat gegen den Couchtisch. Der Laptop rutschte herunter.

»Du hast mir ins Gesicht gelogen! Mir und deinen eigenen Kindern, du ... du verlogene Schlampe!«

Sie saß regungslos da, hielt den Kopf gesenkt. Er haute mit der Faust gegen die Wand.

»Wie konntest du nur?«

»Das ist doch jetzt egal«, versuchte sie, ihn zu unterbrechen. »Ich verlasse dich nicht wegen dem anderen, sondern wegen allem, was zwischen uns vorgefallen ist. Versuch doch einmal zu verstehen, wie ...«

»*Zwischen uns?* Verdammte Scheiße noch mal!«

Er wollte sich auf sie stürzen. Olgas Gesicht erstarrte zu einer feindseligen Maske.

»Ich warne dich, Marcin. Ich rufe die Polizei und zeige dich an. Wegen häuslicher Gewalt. Vielleicht schaffen es deine netten Arbeitskumpel, die Sache irgendwie zu vertuschen – aber sie werden trotzdem alles erfahren. Auch dass du dir Hörner aufsetzen lassen hast.«

Er ließ die Hände sinken. Breitbeinig stand er da und schnaufte wie ein wütender Stier. Dann drehte er sich um, riss seine Jacke vom Haken und stürmte hinaus. Draußen an der frischen Luft wich seine Wut einer grenzenlosen Verwunderung.

»Meine Ehe ist vorbei«, sagte er laut.

Es waren nur Worte. Worte, die von einer Sekunde zur anderen die ganze Wirklichkeit veränderten. Wenn er jetzt laut sagen würde: »Meine Ehe ist in Ordnung«, würde dann alles wieder an seinen Platz rutschen?

Kleine, kalte Tropfen fielen ihm auf die Arme. Er war frei. Hatte er sich danach nicht die ganzen letzten Jahre heimlich gesehnt? Ein Stück hinter ihm hupte ein Auto. Die Lichtsäulen der Scheinwerfer glitten über die dunkle Straße und huschten hektisch weiter. Zitterten über Baumstämme und Fassaden.

Er war frei. Nur: Wohin sollte er jetzt gehen?

38

Als er erwachte, lag er auf einem Sofa. Unter einer Bettdecke, die sich fremd anfühlte, in einem fremden Zimmer. Schlagartig fielen ihm die Ereignisse der letzten Nacht wieder ein. Er war aus dem Haus gerannt. Hatte sich in sein Auto gesetzt und war losgefahren. Wohin, wusste er nicht. Im ersten Impuls wollte er zu Rogowski. Aber sein Chef hatte mit seiner neuen Frau ein kleines Kind. Ihn mitten in der Nacht aus dem Bett zu klingeln kam nicht in Frage. Und die anderen? Kapusta, der Alk, Szczepaniak? Er traf sich nie privat mit ihnen. Hielt sich immer ein bisschen abseits. Einerseits, weil er selbst etwas eigenbrötlerisch war. Andererseits, weil er die meisten seiner Kollegen nicht besonders mochte. Am Anfang hatten sie ihn manchmal gefragt, ob sie zusammen Fußball gucken sollten, ob er mit ins Kino oder in eine Kneipe kommen wolle, aber er hatte immer abgelehnt. Blieb nur Wiktor Pawlak, ein guter Kumpel seit Jahren. Aber gerade weil er Pawlak nicht erst seit gestern kannte, wusste er genau, wie der auf die Nachricht reagieren würde, dass Olga fremdgegangen war und er nichts davon gemerkt hatte. Die Aussicht auf eine Nacht voller zynischer Bemerkungen und bissiger Witze fand Marcin im Moment unerträglich. Er runzelte die Stirn. Andere Bekannte hatte er nicht. Die Arbeit füllte sein ganzes Leben aus. Reflexartig begann er seine Taschen zu durchsuchen. Tatsächlich fand er einen angebissenen

Schokoriegel, schleuderte ihn aber angewidert aus dem Fenster. Angelte sich stattdessen eine Zigarette aus der zerdrückten Schachtel, steckte sie an, inhalierte tief und gab Gas.

Um kurz vor zwei war er in Żoliborz. Er bog in eine Seitenstraße der Wohnsiedlung ein. Über einem kleinen Laden flackerte grell eine Neonschrift: *Alkohol, Zeitungen, Zigaretten. 24 h.* Marcin parkte vor dem Geschäft und ließ seinen Kopf aufs Steuerrad sinken. Eine Weile verharrte er in dieser Haltung. Dann richtete er sich auf, holte tief Luft und stieg aus dem Auto. Suchte nach der richtigen Hausnummer. Drückte die Klingel an der Gegensprechanlage.

»Hallo? Wer ist da?«, meldete sich eine verschlafene Stimme.

»Ich bin's. Marcin.«

Ada wartete in der geöffneten Tür, musterte ihn mit konzentriertem Blick, während er die Treppe heraufstieg. Sie wirkte nicht erstaunt. Ihre Augen waren wachsam und kalt wie immer. Kommissar*in* Rochniewicz und ihr Röntgenblick, dachte er. Durchleuchtet mein Hirn und weiß schon alles, bevor ich auch nur den Mund aufmache.

Sie stellte ihm keine Fragen. Er musste nichts erklären. Stattdessen trat sie einen Schritt zurück und ließ ihn in die Wohnung.

»Du kannst auf dem Sofa schlafen«, sagte sie und holte Decke und Kissen aus einem grün angestrichenen, mit Blumen bemalten Schrank. »Willst du ein Beruhigungsmittel?«

Die Frage überraschte ihn. Er horchte vorsichtig in sich hinein.

»Ja«, räumte er dann widerwillig ein.

Sie brachte ihm zwei kleine Tabletten und ein Glas Wasser.

»Xanax«, erklärte sie. »Ein Angstlöser. Nimm sie, dann schläfst du schnell ein.«

Er hob die Brauen.

»Vorräte von früher.« Sie lächelte kurz. »Jetzt nehme ich es nicht mehr. Nun mach schon, runter damit.«

Er nahm die Tabletten und spülte sie mit Wasser herunter. Wie ein braves krankes Kind.

Ächzend streckte er seinen schmerzenden Körper und rollte sich sofort wieder zusammen. Olga, Olga, Olga, wiederholte er in Gedanken und wäre wohl vor Schmerz und Verzweiflung durchgedreht, wenn nicht ein alter, eingeschliffener Schutzmechanismus eingesetzt hätte. *Die Mädchen haben schon gegessen. Bei Opa*, kamen ihm Olgas Worte in den Sinn. Und dann ihr ertapptes Lächeln, als er sie im Scherz fragte, für wen sie sich so aufgebrezelt habe. Er ballte die Fäuste. Direkt vor meiner Nase, dachte er aufgebracht. Ich Idiot! Ich alter, verblödeter Hornochse! Nichts habe ich bemerkt, nichts. Und ich will bei der Kripo sein! Jetzt fügte sich alles zusammen: Olgas seltsame Zerstreutheit, die ungewöhnlich langen Einkäufe, die gedämpften Telefongespräche und die Bestimmtheit, mit der sie ihn wegschob, wann immer er sich ihr nähern wollte. Die Wut, sein einziges Mittel, mit der er seine aufgepeitschten Nerven beruhigen konnte, gab ihm neue Kraft. Er schlug die Decke zurück und ging in den Flur. Die Küche war leer. Im Spülbecken stand eine schmutzige Kaffeetasse, auf dem Tisch lag ein Zettel: *Bin in der Firma, in einer Stunde wieder da. Mach dir Kaffee. Milch ist im Kühlschrank, Brot im Küchenschrank über der Spüle.*

Er setzte den Espressokocher auf. Appetit hatte er keinen. Während er auf den Kaffee wartete, sah er auf seinem Handy nach. Keine neuen Nachrichten. Und was jetzt, überlegte er fieberhaft. Lassen wir uns scheiden? Bleiben die Mädchen bei

Olga? Schmeißt sie mich aus der Wohnung? Die hatte sie von ihrer Tante geerbt, ein paar Jahre vor ihrer Hochzeit. Sie gehörte ihr allein. Und Marcin war völlig klar: Selbst wenn es ihm gelänge zu beweisen, dass Olga diejenige war, die ihn betrogen hatte, würde kein Gericht in ganz Polen ihm das alleinige Sorgerecht zusprechen. Nicht bei den Bedingungen, die die Kripoarbeit mit sich brachte. Außerdem war ihm selbst auch völlig klar, dass er es nicht schaffen würde, sich angemessen um die beiden Mädchen zu kümmern. Es lief also darauf hinaus, dass er Unterhalt und die laufenden Kosten für Olga und die Kinder zahlen müsste. Aber wie sollte er sich dann von seinem mickrigen Gehalt auch nur das kleinste Zimmer in Warschau mieten? Verdammte Scheiße. Verdammte, verschissene Scheiße! Nein, eine Scheidung kam nicht in Frage.

Der Schlüssel drehte sich im Schloss. Die Tür klappte zu. Ada kam ins Wohnzimmer, eine große Pappschachtel in den Armen. Sie wirkte ausgeruht und voller Energie.

»Wie fühlst du dich?«

Marcin warf ihr einen schrägen Blick zu und sagte nichts. Ada stellte die Schachtel ab. Sofort sprang der dicke Kater auf den Couchtisch und lugte neugierig hinein.

»Das ist Filip-Oleńka.« Sie lächelte entschuldigend. »Ihr zwei habt euch schon kennengelernt, was?«

Marcin brummte etwas Unbestimmtes. Der Kater war ihm den ganzen Morgen um die Waden gestrichen und hatte lautstark maunzend nach Futter verlangt. Irgendwann hatte Marcin ihn entschieden mit dem Fuß beiseitegeschoben, da hatte das Tier bösartig zu knurren begonnen und ihn in die Wade gebissen.

»Ich habe die Beweise aus der Firma mitgebracht. Ich glaube, ein Tapetenwechsel tut jetzt uns beiden gut. Deswegen richten wir uns heute mal ein Homeoffice ein.«

Marcin spürte, wie Dankbarkeit ihn durchströmte. In seinem Zustand hätte er einen gewöhnlichen Arbeitstag im Präsidium auf keinen Fall durchgestanden.

»Wir sollten das alles noch einmal genau durchsehen, die alten Berichte lesen und uns überlegen, welche Zeugen wir noch einmal befragen wollen«, fuhr sie fort, während sie ihren Mantel aufknöpfte. »Hier sind die Ergebnisse von Jurek Wójciks psychologischer Untersuchung gestern. Ich habe sie wie besprochen an Modzelewski gefaxt. Lies sie dir durch. Ich mache inzwischen Kaffee. Bin gleich zurück. Hast du was gegessen?«

Er warf ihr einen trübsinnigen, zutiefst gequälten Blick zu und nahm seufzend die Mappe mit dem psychologischen Gutachten entgegen.

Ada mahlte Kaffee und stellte den Espressokocher auf den Herd. Versonnen starrte sie aus dem Fenster. Aus dem dicken, milchigen Nebel ragten nackte Baumkronen, weiter in der Ferne zeichneten sich undeutlich Häuser ab. Verlassene Schiffswracks in einem weißlichen Meer. Die Stadt war wie in nasse Watte gepackt.

»Verd... Scheiße!«, ertönte aus dem Wohnzimmer ein unterdrückter Fluch.

Ada kehrte in die Wirklichkeit zurück und nahm den Kaffee vom Herd.

Als Marcin letzte Nacht unangekündigt aufgetaucht war, blass und am ganzen Körper zitternd, hatte sie seinen Zustand mit einem Blick erkannt. Er stand offenbar kurz vor dem Nervenzusammenbruch. In der Wohnungstür taumelte er ihr entgegen und ließ sich, ohne ein einladendes Wort ihrerseits, schwer auf das Sofa im Wohnzimmer plumpsen. Faselte wirres Zeug von verratener Liebe, Lug und Betrug. Sie blendete seinen Wortschwall aus, tastete sich direkt in sein Inneres vor und zog sich gleich wieder zurück. Zu heftig waren die Emotionen, die ihr entgegenprallten. Also ließ sie ihn brabbeln und fluchen, während sie selbst besonnen nach einer Lösung suchte, wie ein Arzt, der die passende Therapie für einen schwierigen Fall auswählt. Nun hieß es, rasch und entschlossen zu handeln. Keine Zeit für Versuch und Irrtum. Nicht jetzt, wo die Ermittlungen in eine Sackgasse geraten waren. Wenn nun auch noch ihr Partner aufgab – das wäre das Ende. Sie warf noch einen vorsichtigen Blick in Marcins aufgepeitschtes Innenleben. Seine Emotionen wogten wie eine schwarze, gurgelnde Sturmflut. Ada wusste, Reden nützte jetzt gar nichts. Wie die meisten Männer war Marcin nicht in der Lage, seinen Schmerz in Worten auszudrücken. Worte hätten ihn nur weiter aufgewühlt, und später wäre er dann vor Scham über seine eigene Schwäche im Boden versunken. Es musste ein Mittel her, das sofort anschlug und ihn auf den Teppich zurückbrachte.

Ada holte die Gästebettwäsche aus der Kommode und eine Schachtel Xanax aus dem Badezimmer. Zuerst musste der Patient ruhiggestellt werden und etwas schlafen. Widerstandslos schluckte Marcin zwei Pillen. Ada ging aus dem Zimmer, ließ die Tür offen. Dann saß sie im dunklen Flur und wartete geduldig. Erst als sie ein leises Schnarchen hörte, ging sie selbst wieder ins Bett. Arbeit ist die beste Medizin, dachte sie, als sie die Bettdecke hochzog. Morgen muss ich ihn sofort mit Arbeit überhäufen.

Ein Tablett mit zwei Tassen Kaffee und einem Schälchen Hafergebäck in den Händen, ging sie ins Wohnzimmer zurück. Marcin hatte das Gutachten des Psychologen bereits gelesen. Er sah blass und mitgenommen aus, aber wenigstens zitterten seine Hände nicht mehr.

Am gestrigen Tag hatte Ada Zofia Wagners Nachbarn ein Foto von Jurek Wójcik gezeigt. Manche erinnerten sich daran, dass er häufiger bei Wagner zu Besuch gewesen sei, doch alle sagten einhellig aus, ihn in den letzten Monaten nicht mehr in der Dąbrowski-Straße gesehen zu haben. Der Soldat im Ruhestand war ins Präsidium vorgeladen worden, wo man ihm Wójcik durch einen Einwegspiegel vorführte. Der alte Herr bat darum, dass der Verdächtige mit übergezogener Kapuze schnell durchs Zimmer gehen solle. Nach längerem Nachdenken musste er dann aber eingestehen, keine eindeutige Aussage treffen zu können, weil es in der Hofeinfahrt zu dunkel gewesen sei.

»Wójcik war es nicht.« Marcin legte das Gutachten beiseite. »Der Psychologe geht davon aus, dass er sich das alles zusammenfantasiert hat. Und mehr noch – dass er höchstwahrscheinlich sehr gut weiß, dass er niemanden ermordet hat. Ich verstehe zwar nicht, warum er dann den Mord gestanden hat, aber dieses Problem überlassen wir den Psychologen. Ich denke, der Typ muss so schnell wie möglich in eine Klinik. Dort können Fachleute sich um ihn kümmern … Er hat ganz eindeutig eine schwere Störung. Hier steht was von Halluzinationen und so weiter.«

Er tippte mit dem Zeigefinger auf die Mappe.

»Ich weiß. Ich habe mir seine Unterlagen durchgesehen und bei seinem Arzt angerufen, der ihm vor zwei Monaten Psychopharmaka verschrieben hat«, erwiderte Ada und stellte das Tablett auf den Tisch. »Er sagt, es sei nichts Schwerwiegendes gewesen. Wójcik habe eine labile Persönlichkeit und die Tendenz zu extremen Stimmungsschwankungen. Außerdem ein verringertes Selbstwertgefühl und Schwierigkeiten, stabile zwischenmenschliche Beziehungen aufzubauen. Das war der Grund für die Gruppentherapie. Nach der Trennung von Zofia Wagner sei eine Depression hinzugekommen, gegen die er ihm Psychopharmaka verschrieben habe. Eine ernsthafte Störung habe er damals aber nicht festgestellt. Er meinte, Wójcik habe wohl eine Art Zeitbombe in sich getragen, die explodiert sei, als er seine ermordete Ex-Freundin sah. Ich für meinen Teil glaube, dass er kurz nach dem Mord in Zofia Wagners Wohnung gekommen sein muss. Wer weiß, vielleicht hat er den Mörder sogar ertappt? Das wäre eigentlich etwas, wonach man ihn noch fragen könnte – aber im Moment ist das wohl kaum möglich«, sagte sie nachdenklich. »Wahrscheinlich hat er Wagners Leiche im Badezimmer entdeckt, ist in Panik geraten und davongerannt.«

»Modzelewski wird nicht erfreut sein«, murmelte Marcin. »Und jetzt macht noch dieser Algierski Druck, der mit Wagners Vater zusammen studiert hat. Dieser Unterstaatssekretär oder Minister oder was weiß ich.«

Er nahm einen Hafertaler und stopfte ihn sich ganz in den Mund. Dann griff er in die Schachtel mit dem Beweismaterial. Seine Verfassung schien sich gebessert zu haben.

»Sehen wir doch mal, was wir hier noch Schönes haben«, sagte er beinahe schwungvoll und reichte Ada einen zerknitterten Zettel.

»Wir haben noch gar nicht mit Wagners Psychologen gesprochen.« Ada strich den Zettel mit der Adresse und Telefonnummer auf der Tischplatte glatt. »Außerdem müssen wir noch einmal zu dieser Eisenwarenhandlung«, fuhr sie fort und legte eine Rolle mit Kassenbelegen daneben. »Der Alk hat sich die Rollen durchgesehen. Der Hammer, den wir meinen, ist vor vier Wochen in dem Laden in Ursynów gekauft worden.« Sie suchte nach dem richtigen Beleg. »Hier ist der Eintrag: fünfzehn Uhr dreißig.«

Er nickte.

»Und jetzt das Wichtigste: Zofia Wagners Laptop. Die Techniker haben das Passwort vor drei Tagen geknackt – allerdings ohne uns etwas davon zu sagen. Der Computer lag bei ihnen herum, während wir mit anderen Dingen beschäftigt waren.«

Marcin seufzte. Jetzt hatten sie ihre eigene Spur zurückverfolgt und standen wieder ganz am Anfang. Er erhob sich, ging durchs Zimmer und stützte sich auf die Fensterbank.

»Wir tappen im ... Nebel«, sagte er mit einem Blick nach draußen.

Ada beobachtete ihn scharf. Sein Gesicht hatte wieder Farbe bekommen, seine Augen leuchteten. Ihre Medizin begann zu wirken. Plötzlich klingelte sein Handy. Marcin hob ab, entschuldigte sich und verschwand in der Küche.

»Nicht jetzt«, hörte sie seine Stimme lauter werden. »Ich hab jetzt keine Zeit dafür. Wir gehen gerade die Beweisstücke durch.«

Das Gespräch wurde wieder leiser. Nur ein hektisches Getuschel drang an Adas Ohr. Nach mehreren Minuten kam Marcin zurück ins Zimmer. Sie sah, dass er verärgert war. Er nahm eine Zigarette aus der Schachtel und steckte sie sich zwischen die Lippen, zündete sie aber nicht an.

»Das war Rogowski. Ich soll was für ihn erledigen. Das heißt, ich muss jetzt weg. In eine andere Stadt ...« Er warf ihr einen unsicheren Blick zu. »Befehl vom Chef.«

Ada schwieg. Sie spürte, wie sich ein mulmiges Gefühl in ihr ausbreitete.

»Ist 'ne private Angelegenheit von ihm ... oder auch nicht«, verhaspelte sich Marcin. »Jedenfalls meint Rogowski, du kommst auch einen Tag allein zurecht.« Er wurde zusehends verlegener. »Ich hab keine andere Wahl. Muss jetzt sofort los ...«

Sie nickte langsam.

»In Ordnung. Wann bist du wieder da?«

»Morgen«, sagte er rasch. »Morgen Nachmittag.«

»Gut, dann machen wir morgen weiter. Bis dahin sehe ich mir Zofia Wagners Laptop an.«

Er ging zur Tür.

»Am Samstagvormittag ist die Beerdigung«, rief sie ihm hinterher. »Wir sollten wohl hingehen und uns ansehen, wer alles so unter den Trauergästen ist.«

»Okay. Das krieg ich hin.« Er wischte energisch mit der Hand durch die Luft, als wolle er alles Irritierende hinter sich lassen.

»Ähm ... Ada?«, druckste er auf der Türschwelle herum.

»Ja?«

»Hättest du vielleicht noch ein paar von diesen ... ähm ... Pillen für mich? Ich fürchte, ich werde sie brauchen ...«

39

Ada blieb allein zurück. Eine Zeitlang saß sie wie betäubt da und starrte auf den Boden. Der plötzliche Anruf von Rogowski, Marcins offensichtliche Verlegenheit und seine unbeholfenen Ausreden hatten sie misstrauisch gemacht. Was sie allerdings am meisten erschreckte, war das, was sie für einen kurzen Moment hinter Marcins Rücken erblickt hatte. Welchen Sinn hatte es, in die Vergangenheit zurückzukehren? Warum sollte sie sich wieder in Erinnerungen verlieren, die nichts mehr bedeuteten? Rückgängig machen konnte sie sowieso nichts. Was geschehen war, war geschehen. Sie sah hinüber zu der Zimmerecke, in der eben noch ein dunkler Schatten gelauert hatte. Jetzt zitterte da nur noch ein lichter Fleck – die Reflexion des Wassers aus einer Blumenvase mit roten Gerbera.

Sie nahm den Laptop aus der Schachtel, wickelte ihn aus der Schutzfolie, stellte ihn auf den Couchtisch. *GraysonPerryS*, tippte sie das Passwort ein. Im Präsidium hatte sie nachgeschaut: Grayson Perry war ein bekannter britischer Künstler, der sich gern in Frauenkleidern zeigte. Sie schmunzelte. Sollte die brave, stets korrekte Zofia Wagner sich heimlich für Travestiekünstler interessiert haben?

Auf dem Desktop befanden sich mehrere Symbole. Ada klickte auf den Ordner *Dokumente*, dann auf *Eigene Dateien*: Wagners Magisterarbeit, ihr Lebenslauf, ein Antrag auf ein Stipendium vom Ministerium für Kultur und Nationales Erbe, einige Bücher im PDF-Format, eingescannte Kunst-Feuilletons, Grafiken und ein Extraordner mit Rezepten für orientalische Gerichte. Eigentlich hatte Ada das ganz normale Dateienchaos erwartet, doch Zofia Wagners Computer war in der gleichen strikten Ordnung gehalten wie ihre Wohnung. Keine überflüssigen Ordner, alten Dateien oder zufällig aus dem Internet heruntergeladenen Bilder. Selbst der Papierkorb in der Ecke des Desktops war leer.

Ada ließ die Hände sinken. Eine wohlbekannte Unruhe begann in ihr zu kribbeln.

»Wo, Zofia?«, murmelte sie und starrte auf den Bildschirm. »Wo ist deine Botschaft an mich versteckt?«

Sie öffnete einen Ordner namens *Transaktionen*. Er enthielt Kopien von Überweisungsbelegen aus dem Onlinebanking. Als Nächstes klickte sie sich ohne besonderes Interesse durch eine umfangreiche Sammlung von Illustrationen. Eine Zeichnung zeigte einen blühenden Apfelbaum mit knorrigen Ästen vor einem Gebirgspanorama. Dieselbe Grafik hing im Schlafzimmer über dem Bett. Ada hatte das Gefühl, auf einem zweiten, virtuellen Rundgang durch Zofia Wagners Wohnung zu sein. Sie stand auf und begann gedankenversunken im Zimmer auf und ab zu gehen. Wieder war sie auf eine klinisch reine, penibel geordnete Welt gestoßen, deren sämtliche Bestandteile sich am vorgesehenen Ort befanden. Alles passte zueinander. Kein Spalt in Sicht, nicht einmal der winzigste Haarriss, bei dem sie einhaken und ihre Nachforschungen beginnen konnte. Sie fühlte sich wie eine Kletterin vor einer makellos glatten Wand.

»Los, sprich zu mir!«, fuhr sie den Laptop an.

Die sterile Welt der Zofia Wagner schwieg beharrlich.

Ada öffnete die Ordner mit den Fotos. Die Alben durchzugehen kostete sie einiges an Zeit. Sie klickte sich durch langweilige Urlaubsfotos, Familienfotos, Aufnahmen von Restaurantbesuchen. Nichts Interessantes dabei. Trotzdem – irgendetwas stimmte hier nicht. Nur was? Stirnrunzelnd sah sie sich die Bilder noch einmal an, diesmal genauer. Zwischen Urlaubsfotos von der Iberischen Halbinsel entdeckte sie einen Ordner mit dem Titel *Karol*, den sie vorher übersehen hatte. Und da wurde ihr klar, was nicht stimmte: Zofia Wagner und Karol Zalewski waren jahrelang ein Paar gewesen. Doch es gab nicht ein gemeinsames Foto von ihnen. Waren sie denn nie zusammen in den Urlaub gefahren? Oder hatte Zofia nach der Trennung alle Erinnerungen von ihrem Computer gelöscht? Ada öffnete den *Karol*-Ordner. Er enthielt nur eine einzige Aufnahme: das schon bekannte Porträtfoto des blonden Mannes mit den leicht unregelmäßigen Gesichtszügen.

»Die hellblaue Mappe«, murmelte sie und biss sich auf die Unterlippe.

Sie warf einen Blick auf den unteren Bildschirmrand. Seit vier Stunden starrte sie nun auf den Computer. Vom langen Sitzen schmerzte ihr bereits das Kreuz. Sie stand auf, ging in die Küche, um sich noch einen Kaffee zu machen. Plötzlich befiel sie eine lähmende Lustlosigkeit. Sie hatte nichts, aber auch gar nichts Interessantes herausgefunden.

In der Küche setzte sie sich auf die Fensterbank und zog die Knie unters Kinn. Filip-Oleńka miaute leise und rollte sich auf ihren Füßen zusammen. Er schlug leicht mit seinem Schwanz und schnurrte, um zu verstehen zu geben, dass er seinerseits immer noch offen für einen Freundschaftsantrag sei, vorausgesetzt, dass dieser in einer Portion Futter bestünde.

»Du bist schrecklich fett«, sagte Ada und bemühte sich um einen strengen Tonfall. »Jetzt gebe ich dir jedenfalls nichts.«

Der Kater hörte auf zu schnurren, warf ihr einen verachtungsvollen Blick zu und sprang von der Fensterbank.

»Irgendwo dort muss es sein«, murmelte Ada in sich hinein. »Irgendwo auf dieser Festplatte ist das Zimmer, in dem der Mörder herumgewühlt hat.«

Sie sah aus dem Fenster. Draußen war es ein bisschen heller geworden. Die Wolken hatten sich gelichtet, hier und da schimmerte ein Stück blauer Himmel hervor. *Wir tappen im Nebel*, fielen ihr Marcins Worte wieder ein.

»Aber selbst Nebel bleibt nicht ewig«, brummte sie. »Auch Nebel löst sich irgendwann auf.«

Sie kehrte an den Laptop zurück, fest entschlossen, dieses Mal das fehlende Bindeglied zu finden: ein Foto, einen Scan, einen Text – irgendetwas, wonach der Mörder im realen Leben gesucht hatte. Finster starrte sie den Bildschirm an, als fordere sie einen virtuellen Gegner heraus. Sie hatte jede einzelne Datei, jeden Ordner durchsucht. Jedes Desktopsymbol angeklickt ... bis auf ein einziges, das sie sich bis zum Schluss aufsparen wollte. Deshalb lenkte sie jetzt den Mauszeiger auf einen orangefarbenen Fuchs, der sich um eine Erdkugel rollte: den Firefox-Browser. Sie klickte und hielt den Atem an. Die Startseite erschien und darauf eine Liste mit Links zu den meistbesuchten Webseiten. Ada lächelte zufrieden: Die Chronik war nicht deaktiviert. Sie tippte den Buchstaben G in die Suchzeile ein, und sofort schlug das Internet ihr das Mailprogramm von Google vor. Auf der Startseite von Gmail probierte sie es ängstlich mit einem großen Z. »Z.Wagner5«, riet ihr der Laptop. Sie stieß laut die Luft aus vor Erleichterung. In der Hoffnung, dass der Computer auch das Passwort gespeichert hatte, drückte sie Tab – aber nein, das Feld füllte sich nicht von selbst aus. Stirnrunzelnd stützte sie die Ellenbogen auf die Knie. Allein würde sie das Passwort nicht knacken können, so viel stand fest. Natürlich konnte sie die Techniker von der Spurensicherung um Hilfe bitten, aber das würde wieder mehrere Tage in Anspruch nehmen. Außerdem wusste sie nicht, ob die Techniker mit dem System von Google fertigwürden. Nein, diese Lösung kam nicht in Frage. Zögernd näherte sie ihre Hand der Tastatur, tippte »GraysonPerryS« ein, drückte *Enter*. Der Monitor blinkte feindselig. *Falsches Passwort. Bitte noch einmal versuchen.* Ada stand vor verschlossener Tür. Ohne Schlüssel.

»Grayson Perry, Grayson Perry«, sagte sie halblaut vor sich hin.

Schließlich öffnete sie ein zweites Browserfenster, trug »Künstler Transvestit« in die Suchzeile ein – und hatte innerhalb weniger Sekunden dreißigtausend Links. Sie setzte »bekannter« davor. Die Auswahl an Travestiekünstlern und Dragqueens erweiterte sich um noch einmal zehntausend Vorschläge. Ebenso gut hätte sie nach »englischer Schriftsteller« oder »deutscher Musiker« suchen können.

Seufzend streckte sie sich auf dem Sofa aus. Während sie mechanisch einen Hafertaler nach dem anderen knabberte, dachte sie angestrengt nach.

Dafür, dass die Ermittlungen erst seit einer Woche liefen, hatte sie schon ziemlich viel über eine ihr bis dahin vollkommen unbekannte Frau herausgefunden. Wie war sie gewesen, diese Zofia Wagner? Unabhängig, gab sie sich sofort zur Antwort. Entschlossen, fleißig. Und was noch? Hervorragend organisiert ...

»Autsch!«

Filip-Oleńka hatte seine Krallen in ihren entblößten Arm gebohrt.

»Bist du verrückt geworden?«

Der Kater maunzte verärgert zurück. Sie holte ihr Handy aus der Jeanstasche.

»Hast ja recht«, gab sie beschämt zu. »Du hast vollkommen recht. Ich geb dir sofort dein Abendessen.«

Eine Viertelstunde später lag Filip-Oleńka, zusammengerollt zu einer warmen, freundlichen Kugel, auf dem Sessel und schnurrte entrückt. Ada kraulte ihn hinter den Ohren und kehrte zum Sofa zurück.

Zofia Wagner, versuchte sie, den Gedankengang wieder aufzunehmen. Gebildet, sportlich, organisiert ... Ja, hier war sie stehen geblieben. Sie speicherte das letzte Wort im Hinterkopf ab und überlegte weiter. Mit welcher Eselsbrücke merkten sich die Leute ihre unzähligen Zugangsdaten und Passwörter für E-Mail-, Facebook-, Dropbox-Konten und all das? Wie hatte die ordnungsliebende Zofia Wagner sie sich gemerkt? Ada holte sich Kugelschreiber und Papier. Schrieb den Namen *Grayson Perry* auf. GraysonPerryS – warum das S? Sie zog den Buchstaben mehrmals mit dem Stift nach. Was bedeutete das S? Eine Zahl? Den neunzehnten Buchstaben im Alphabet? Oder den vierundzwanzigsten, wenn man die polnischen Sonderzeichen mitzählte? S wie *Safe*, *Schließfach*, *Schrank*? Eine Zeitlang starrte sie angestrengt auf den fett nachgezogenen Buchstaben mitten auf dem Blatt. Plötzlich rauschte es in ihren Ohren, das Blut schoss ihr in den Kopf, Adrenalin flutete ihre Adern. Sie sprang auf und rannte zum Computer. S wie *System* – natürlich! Wenn das stimmte, dann hatte Zofia sich eine logische und zugleich vollkommen simple Methode für ihre Passwörter erdacht: Alle basierten auf dem Namen des britischen Künstlers – und der letzte Großbuchstabe bezeichnete das codierte Element. Wenn »GraysonPerryS« für das Systempasswort stand, dann wäre das Facebook-Passwort »GraysonPerryF«, das Passwort für die Dropbox »GraysonPerryD« ... Mit zitternden Fingern tippte Ada »GraysonPerryG« – und wurde bitter enttäuscht. »GraysonPerryM«, versuchte sie es weiter. *Falsches Passwort. Bitte noch einmal versuchen.* Wenn es weder *Gmail* war noch *Mail*, was war es dann? *Nachrichten? Eingang? Post?* »GraysonPerryP«. Der Computer summte. Für einen Sekundenbruchteil schien es, als leiste er Widerstand, dann gab er auf. Das Passwort war geknackt! Die Tür stand offen!

Auf dem Bildschirm erschien Zofia Wagners gesamte E-Mail-Korrespondenz. Ada brach in ein befreites Lachen aus.

40

Karol Zalewski
26.09.2011
Es tut mir leid, dass ich mich so lange nicht gemeldet habe. Ich hoffe, du verstehst das, aber ich brauche jetzt ein bisschen Zeit für mich. Der Abstand tut uns sicher beiden gut – nach allem, was zwischen uns vorgefallen ist. Ich denke, wir sollten uns jetzt, wo wir uns nicht sehen, gut überlegen, was wir wirklich wollen – ein gemeinsames Leben? Oder doch getrennte Wege? Was du gesagt hast, hat mich sehr verletzt. Wie kannst du behaupten, dass die Gruppe an unseren Beziehungsproblemen schuld ist? Was für ein absurder Gedanke! Ich habe schon versucht, es dir zu erklären, und ich sage es dir jetzt noch einmal: Ein Glaube, der allein auf Traditionen und Gewohnheiten beruht, kommt beim erstbesten Hindernis ins Wanken. Und so ein Glaube ist der deinige: Er ist rein oberflächlich, ohne echte Tiefe. Ja, das denke ich, und es ist ein echtes Problem für mich. Mit der Gruppe hat das nichts zu tun. Ich kann mir keine Zukunft an der Seite eines Menschen vorstellen, dem das Wichtigste in meinem Leben nichts bedeutet. Ich weiß, das klingt jetzt hart, wenn nicht sogar brutal, aber nur durch die Wahrheit und durch schonungslose Ehrlichkeit finden wir den richtigen Weg, erreichen den wahren heiligen Bund von Mann und Frau.

Der Glaube muss die unterschiedlichsten Proben bestehen. Dazu gehören auch Schmerz und Entsagung. Gott kann man nur erfahren, wenn man jeden anderen Halt loslässt, der doch immer nur ein vermeintlicher Halt ist: die Beziehungen zu anderen Menschen, Gefühle, religiöse Praktiken, ja selbst das vorübergehende Hochgefühl beim Gebet.
Um die Liebe zwischen den Menschen zu heiligen, muss man sie zuerst aufgeben.
Das wollte ich dir nur sagen.
K.

Ada saß bereits seit zwei Stunden über Zofia Wagners E-Mails gebeugt. Wie nicht anders zu erwarten, waren die Briefe sorgfältig unter verschiedenen Labels abgelegt: *Posteingang*, *Persönlich*, *Reisen*, *Geschäftlich*, *Freunde und Bekannte*. Das erleichterte ihr die Arbeit sehr. Flüchtig überflog sie die Nachrichten unter *Freunde und Bekannte*. Sie waren allesamt kurz, trocken und sachlich. Zofia verabredete sich zu Kino, Restaurant, Geburtstagsfeier, ansonsten gab sie wenig von sich preis. Ada leitete einige der Nachrichten weiter an ihre eigene Adresse. Dann öffnete sie den Ordner *Persönlich* und schrieb in die interne Suchleiste »Karol Zalewski«. Fünf Mails. Drei stammten aus dem Jahr 2011 – eine davon hatte sie eben gelesen. Die zwei anderen waren von Anfang Januar 2012.

»Ist mir schleierhaft, was dieser Kerl will«, brummte sie in sich hinein. »Um zu lieben, muss man die Liebe aufgeben? Das klingt mir eher nach chinesischer Fingerfalle ...«

Karol Zalewski
04.10.2011
Ich weiß, du bist unglücklich, weil wir getrennt sein müssen.

Trotzdem ist es für mich absolut notwendig, dass wir erst einmal keinen Kontakt mehr haben. Deswegen ruf mich bitte nicht mehr an, und schreib mir auch keine Nachrichten. Ich habe mein Handy einem der Priester zur Verwahrung gegeben, ich will mich jetzt von der Außenwelt nicht ablenken lassen. Ich fühle mich seltsam, aber im positiven Sinne. Ganz bei mir selbst, gelassen, glücklich und ruhig. Endlich habe ich begriffen, wie viel Energie starke Gefühle uns rauben und dass sie deshalb früher oder später zur völligen Erschöpfung führen. Das gilt auch für die menschliche, fleischliche Liebe. Glück und echten inneren Frieden erreicht man nur durch Gott. Je weiter der Mensch voranschreitet in der Erkenntnis Gottes, desto weniger können äußerliche Kräfte ihn erschüttern. In der einzig wahren, intimen Beziehung zu Gott ist der innere Frieden unerschütterlich. Er wird zum ewigen Frieden.
K.

Karol Zalewski
14.10.2011
Ich komme morgen Abend zurück. Wir müssen uns so schnell wie möglich treffen und reden.
K.

Diese Mails stammten wohl aus der Zeit, in der Karol Zalewski mit seiner religiösen Vereinigung auf Exerzitien war. Die Antwortmails von Zofia Wagner fand Ada nicht. Zofia musste ihre Antworten in einem eigenen Fenster geschrieben und danach gelöscht haben. Aber warum?

Ada schob den Laptop beiseite und stand auf. Allmählich ließ ihre Konzentration nach, und außerdem meldete sich ihr Magen. Sie arbeitete nun schon seit acht Stunden fast ohne Unterlass. Beim vietnamesischen Imbiss bestellte sie eine Suppe mit Shrimps. Dann ließ sie sich eine Badewanne ein, lehnte sich entspannt im schaumigen Wasser zurück und ließ ihre Gedanken schweifen. Irgendwo am Rand ihres Bewusstseins tauchte die ferne Erinnerung an einen Sommernachmittag auf. Sie ist zehn, vielleicht elf Jahre alt, sitzt in Vaters Garten. Viele Leute sind zu Besuch. Der Rasen ist sonnenüberflutet. Schwarze Ameisen trippeln in langer Reihe auf den gedeckten Verandatisch zu. Eine junge Frau mit langen Beinen und blondem, zu einem imposanten Knoten aufgesteckten Haar erzählt laut von einem Bekannten oder Verwandten, der sich als schwul geoutet hat.

»An einem Ohr hat er jetzt einen Ohrring, und am Finger einen dicken goldenen Siegelring. Er wohnt mit seinem Freund in Westdeutschland. Haben sich wirklich schön eingerichtet, die beiden. Was möchtest du noch, Liebes, ein bisschen Saft?«

Ada antwortet nicht. Ein glänzender Käfer liegt auf dem Rücken und strampelt hilflos mit seinen Beinchen. Die Frau bückt sich und hält ihm einen Grashalm hin.

Wie hatte sie noch geheißen? Agnieszka? Ania? Als sie wenige Monate später aus ihrem Leben verschwand, tat es Ada leid, dass sie nicht netter zu ihr gewesen war. Alle Frauen waren früher oder später wieder gegangen und hatten sie allein zurückgelassen, eingesperrt mit Vater in seinem Haus.

Es klingelte. Sie stieg eilig aus der Wanne, warf sich den Bademantel über.

»Zweiundzwanzig fünfzig.«

Der Lieferant – er trug eine zu große, mit dem Schirm nach

hinten gedrehte Baseballkappe – starrte beharrlich auf Adas Füße. Sie bemerkte, dass ihm ein Schneidezahn fehlte.

»Der Rest ist für Sie.«

Die Tür fiel zu. Wassertropfen rannen Ada den Rücken hinab, durch den Spalt unter der Wohnungstür zog kalte Luft herein. Die Erinnerung an den längst vergangenen Sommer war verflogen. Ada wärmte die Suppe in der Mikrowelle wieder auf. Dann setzte sie sich an den Couchtisch und klickte die nächste Mail von Karol an. Dieses Mal waren auch Zofias Nachrichten unten angehängt. Ada löffelte ihre Suppe und las.

Karol Zalewski
07.12.2012
Ach Zofia, Zofia, ich weiß doch auch nicht, was ich dir schreiben soll. Was letzte Nacht passiert ist, hätte nie passieren dürfen. Ich war schwach. Ich bin schwach, das habe ich immer gewusst. Gott in seiner unendlichen Güte wird mir vergeben. Aber kannst du es auch? Das klingt jetzt vielleicht drastisch – aber wir müssen diese Nacht vergessen. Ich bin ins Straucheln gekommen. Ich habe gesündigt. Es war nicht fair von mir, dir dieses Versprechen zu geben. Ich bin gedankenlos gewesen. Bitte verzeih mir. Aber ich werde, ich kann von meinem Weg nicht mehr abweichen. Als ich dich auf der Straße gesehen habe, konnte ich doch nicht einfach weitergehen – und leider hat es nun so geendet. Ich habe mich von der Fleischeslust hinreißen lassen ... Aber auch von meinen alten Gefühlen für dich. Sie sind immer noch da, auch wenn ich sie mir strikt versage. Ich muss dich aus meinem Herzen streichen, Zofia, so schmerzlich das auch ist. Natürlich sehne ich mich nach dir, aber ich weiß auch, dass ich diesen Schmerz durchleiden muss, um offen zu sein für Gottes

Barmherzigkeit. Gleich heute Abend werde ich beichten und dem geistlichen Begleiter alles erzählen. Von Anfang an.
Mach's gut und vergib mir, wenn du kannst.

Z.Wagner5
07.12.2012
Karol, warum gehst du nicht ans Telefon? Bitte, sprich mit keinem über die letzte Nacht, bevor wir noch einmal geredet haben! Denk daran, was du mir versprochen hast. Du hast doch selbst Zweifel! Genau das hast du gesagt! Du kannst jetzt nicht alles einfach wieder zurücknehmen, was du mir gesagt hast.
Bitte ruf mich an!

Karol Zalewski
08.12.2012
Ich habe bereits mit meinem geistlichen Begleiter gesprochen, Zofia. Ich habe eingesehen, welch großen Fehler ich begangen habe. Wir dürfen uns nicht mehr sehen. Bitte verzeih mir.
PS: Ich habe in der Nacht meine Schlüssel verloren. Falls du sie bei dir finden solltest, schick sie doch bitte an diese Adresse:
Stanisław Czarnota
Pawlaczyk-Str. 15
02-777 Warschau
Danke!
Alles Gute! Ich schließe dich in meine Gebete mit ein.

Z.Wagner5
08.12.2012
Karol! Bitte denk darüber nach, was du da tust!

Hier riss die Korrespondenz ab. Der nächste Mailwechsel begann erst zwei Wochen später. Dieses Mal meldete Zofia sich zuerst.

Z.Wagner5
22.12.2012
Ich habe deine Schlüssel gefunden. Und ich habe sie benutzt. Jetzt habe ich etwas hier, das dir sicher viel bedeutet.

Karol Zalewski
23.12.2012
Zofia, so etwas nennt man Diebstahl! Du hast die Sachen unbefugterweise an dich genommen. Bring sie mir sofort zurück, sonst herrscht hier bald ein anderer Ton!

Z.Wagner5
23.12.2012
Ein anderer Ton herrschte zwischen uns auch damals in der Nacht, falls du dich erinnerst. Komm endlich wieder auf den Teppich, Karol! Werd wieder normal!

Karol Zalewski
23.12.2012
In der Nacht habe ich mich von meinen Gefühlen leiten lassen. Und ich habe mich geirrt. Lass es mich dir wenigstens erklären. Geh ans Telefon!

Z.Wagner5
25.12.2012
Mir wird langsam klar, was für ein niederträchtiger Feigling du

bist, Karol Zalewski! Hör auf, mich zu belästigen! Verstanden? Sonst zeige ich dich wegen Stalking an! Ich werde mir jetzt in Ruhe überlegen, was ich tun soll. Vielleicht tue ich gar nichts ... Vielleicht aber doch. Und jetzt schlag dich allein mit deinen Gedanken herum, du widerlicher Lügner. Frohe Weihnachten!

Karol Zalewski
25.12.2012
Ich warne dich, Zofia! Du hast einen schwachen Moment ausgenutzt und mich bestohlen. Und mich dadurch in große Schwierigkeiten gebracht. Treib es nicht zu weit!

Ada pfiff lang gezogen durch die Zähne wie ein Obdachloser beim Anblick eines unverhofften Geldscheins auf dem Gehweg.

Es war schon nach neun, als sie sich endlich vom Bildschirm losriss. Sie hatte die letzten Stunden damit verbracht, das Internet nach Informationen über die *Kinder der Immaculata* zu durchforsten. Dabei war ihr aufgefallen, dass Zofia schon früher eine ähnliche Suche betrieben hatte. Im Suchverlauf erschienen Links zu Webseiten und Foren zu religiösen Themen. Die Überschrift einer Diskussion lautete: *Sekten und neue christliche Bewegungen – Religiöse Alternative oder Versklavung des Menschen?* Ada öffnete ein paar interessant klingende PDFs, unter anderem eine Sammlung von Infobroschüren, die die *Kinder der Immaculata* selbst herausgegeben hatten, und holte ihren Drucker. Ein Blatt nach dem anderen schob sich zwischen den Walzen hindurch. Filip-Oleńka hob den Kopf und behielt wie gebannt den wachsenden Papierstapel im Auge. Dann sah er zu Ada, die aufgestanden war und sich auf der Stuhllehne abstützte. Zwischen ihrer hochgezogenen Schulter und ihrem Kinn hatte sie das Handy eingeklemmt.

»Es wäre wirklich sehr wichtig ...«

Der Kater streckte eine Pfote aus, spreizte die Krallen und gähnte mit weit aufgerissenem Maul.

»Ja, ich weiß, es ist gleich elf. Und ich hätte dich auch nicht so spät gestört, wenn es nicht unbedingt nötig wäre«, erklärte sie und legte mehr Papier in den Drucker ein.

»Ich ...«

»Versteh doch bitte ...«

Sie holte tief Luft, doch die Person am anderen Ende der Leitung ließ sie nicht zu Wort kommen.

»Es ist wirklich sehr dringend. Bitte ... Nein, es muss heute sein! Es geht wirklich nicht anders!«

Filip-Oleńka schlug gereizt mit dem Schwanz und gab ein drohendes Grollen von sich.

»Ich muss noch mal weg«, sagte Ada zu ihm und legte das Handy beiseite. »Bin in einer Stunde wieder da. Versprochen.« Sie lächelte ihn entschuldigend an, doch Filip-Oleńka sprang nur vom Sessel und stolzierte beleidigt von dannen.

Ada legte die ausgedruckten Blätter in eine Mappe und rief sich ein Taxi. Zwanzig Minuten später stieg sie vor einem zehnstöckigen Wohnblock an der Ecke Rakowiecka- und Bruno-Giordano-Straße aus, fuhr mit dem Aufzug nach oben und klopfte an die Tür direkt gegenüber dem Aufzugschacht. Kasia öffnete ihr in buntem Baumwollhöschen und Unterhemd. Auf der Höhe ihrer linken Brust prangte ein Fettfleck. Vom Saum ihrer Unterhose baumelte ein loser Faden herab.

»Also«, begann sie viel zu laut, »ich hoffe doch sehr für dich, dass du etwas wirklich Interessantes dabeihast. Und ich würde sehr gern wissen, wie du mein heutiges Opfer wiedergutzumachen gedenkst.« Sie bat Ada nicht in die Wohnung. »Wegen dir musste ich Janusz aus dem Bett schmeißen, dabei waren wir gerade so schön am Vögeln.«

»Janusz?«, fragte Ada ratlos.

»Janusz. Ich hab dir doch von ihm erzählt. Der Typ mit der Narbe, die aussieht wie ein Elefant. Aber der Name ist ohnehin nur ein Deckname, seinen richtigen verrate ich nicht. Nur für den Fall, dass uns jemand belauscht oder dass du dich als Plaudertasche entpuppen solltest.« Sie musterte Ada herablassend. »Obwohl das höchst unwahrscheinlich ist, zum Glück kennst du ja keinen von meinen Freunden ... und auch sonst niemanden in Warschau. Oder hast du irgendwelche Freunde hier?«

Ada wich ihrem Blick aus und sah sich im schmutzigen Treppenhaus um. Plötzlich wurde ihr bewusst, dass ihre Schwester immer, egal, was sie trug, auf eine aufdringliche Weise nackt wirkte. Ihre üppige helle Körperlichkeit war stets präsent, ob in Unterwäsche oder hochgeschlossenem Rollkragenpullover. Immer blitzte irgendwo ein Stück vom Rücken, eine Falte am Bauch oder eine runde Schulter hervor. Kasias Körper dehnte sich verschwenderisch nach allen Seiten, beanspruchte mit jeder Bewegung mehr Raum, und seine Besitzerin nahm die wundersame Überfülle mit gleichmütiger Befriedigung zur Kenntnis.

»Kommst du jetzt endlich rein, oder willst du die ganze Nacht da draußen stehen und die Nachbarn nervös machen? Ich hab auch so schon nicht den besten Ruf hier. Die denken alle, ich bin ein männermordendes Monster oder sowas. Als ich noch mit Frauen gevögelt hab, hatte keiner was dagegen. Da haben sie einfach geglaubt, ich bin der gesellige Typ. Aber ich habe mich eben verändert.« Sie fasste Ada am Arm und zog sie in die Wohnung. »Mal ehrlich, wer kann schon was für seine sexuellen Vorlieben? Ich brauche im Moment eben einen Schwanz. Und stell dir vor, ich hab tatsächlich jedes Mal einen vaginalen Orgasmus. Könntest du jetzt endlich aufhören, mich mit deinem pseudoanalytischen Polizeiblick zu durchbohren?« Kasia ließ sich auf einen Stapel Schmutzwäsche plumpsen und lehnte sich mit dem Rücken an die Wand. »Mehr ist da nicht, glaub's mir. Ich bin ein offenes Buch für dich.« Wie zum Beweis breitete sie die Arme aus.

Beim Anblick des Chaos in Kasias Wohnung schauderte es Ada. Auf dem Boden lagen Bücher und CDs, Hefte, zerbrochene Kugelschreiber, benutzte Handtücher. Vertrocknete Orangenschalen verknäuelten sich mit gebrauchten Seidenstrümpfen, in Tassen standen verschimmelte Teereste, unter dem Fenster in der Ecke lag ein rissiger Badewannenstöpsel. All das war beherrscht von Kasias überbordender, ungenierter, hemmungsloser Körperlichkeit.

»Du darfst dich setzen – wenn du keine Angst hast, dich schmutzig zu machen. Seit ich dich kenne, wundere ich mich, wie du es schaffst, immer so *sauber* auszusehen. Hat dein Vater dich in Domestos gebadet? Meiner hat mich nie gebadet. Er fand, dass Wasser die Haut austrocknet. Also, was willst du von mir? Und vor allem: Warum willst du es von mir?«

»Ich möchte, dass du dir etwas durchliest. Und mir dann ein paar Dinge erklärst«, antwortete Ada. Sie nahm einen Hefter vom Tisch. Darauf stand: *Die Frau und die religiösen Bewegungen im heutigen Europa.*

»Vorsicht, das sind Aufzeichnungen für meine Doktorarbeit!«, fuhr Kasia sie an. »Ich habe ganze drei Jahre gebraucht, um das alles zusammenzusuchen.«

»Entschuldige.«

»Entschuldige dich nicht, sondern fass hier einfach nichts an, okay?« Kasia förderte ein Paar Wollsocken aus dem Wäschestapel zutage und zog sie über ihre Füße. »Du tauchst hier mitten in der Nacht auf, schmeißt meinen Lover aus dem Bett und erwartest dann noch, dass ich dir helfe. Darf ich fragen, wie du darauf kommst?«

»Du bist meine Schwester.«

»Immer dieselbe Leier: Du bist meine Schwester, du bist meine Schwester. Na und? Gestatte, dass ich dir in Erinnerung rufe, was meine *Schwester* vor einer Woche getan hat: Sie war eingeschnappt und ist nicht mehr ans Telefon gegangen. Hat sich total peinlich aufgeführt. Und das alles wegen einem Typen aus einer Kaffeebar, mit dem ich nicht mal im Bett gelandet bin. Findest du, meine Fingernägel sind dreckig?« Unvermittelt hielt sie Ada ihre Hand direkt vors Gesicht. »Ach, wenn ich's mir genau überlege, gefällt mir diese Mischung sogar.« Sie zog ihre Hand wieder weg. »Sie hat so etwas Ambivalentes. Roter Nagellack und schwarze Trauerränder ...«

»Tut mir leid«, sagte Ada leise und schlug die Mappe mit den Ausdrucken auf. »Aber ich habe niemanden außer dir, den ich fragen kann.«

»Tja, das hättest du dir früher überlegen müssen. Anstatt die beleidigte Leberwurst zu spielen. Wegen einem *Typen*. Bist du übergeschnappt? Du weißt doch nicht mal, wie er heißt.«

»Okay«, unterbrach Ada sie. »Es tut mir leid, dass ich nicht ans Telefon gegangen bin. Aber jetzt brauche ich deine Hilfe.

Du bist gebildet, und ich vertraue dir. Du bist die einzige Vertrauensperson, die ich habe.«

»Du *vertraust* mir?«, wunderte sich Kasia. »Das lässt die Sache natürlich in einem anderen Licht erscheinen. Auch wenn ich dich vorwarnen muss: Mir zu vertrauen ist ein Fehler.«

»Du kriegst auch was dafür.« Ada holte ihr Portemonnaie aus der Handtasche.

»Vielleicht sagst du mir erst einmal, worum es geht.«

»Ich bin bei meinen Ermittlungen auf etwas Seltsames gestoßen. Eine Organisation ...« Sie zögerte. »Eine katholische Vereinigung. Sie nennt sich *Kinder der Immaculata*. Ich nehme an, das ist sowas wie der *Neokatechumenale Weg* oder die *Katholische Charismatische Erneuerung*. Mit so etwas kenne ich mich nicht aus. Deshalb hoffe ich, dass du mir helfen kannst. Ich will verstehen, was diese Organisation macht und wie sie funktioniert. Hier sind ein paar Broschüren, die ich ausgedruckt habe. Außerdem habe ich den Link zu der offiziellen Website aufgeschrieben und noch ein paar Internetadressen mit weiteren Informationen.«

»Ich kenn mich da auch nicht aus. Bin nicht vom Fach«, erwiderte Kasia trocken und wandte den Blick ab.

»Aber du schreibst doch genau darüber deine Doktorarbeit. Über Religionsbewegungen in Europa.«

»Eben.« Kasia nahm ihren Kaugummi aus dem Mund und klebte ihn unter einen Stuhl. »Ich sitze seit sieben Jahren an dieser Doktorarbeit. Und nichts deutet darauf hin, dass ich sie in absehbarer Zeit fertigkriege.«

»Du weißt aber mit ziemlicher Sicherheit mehr über das Thema als ich. Und das ist es, was zählt ...«

Nachdenklich wickelte sich Kasia eine Haarsträhne um den Finger. Schließlich stand sie auf.

»In Ordnung, ich seh's mir an«, sagte sie und streckte die Hand aus. »Ich sag dir, was ich dafür haben will: eine Schreckschusspistole.«

»Was?«

»Eine Pistole. Keine echte, aber sie muss echt aussehen. Sowas habt ihr doch bestimmt bei euch im Präsidium.«

»Wozu brauchst du eine Schreckschusspistole?«

»Da ist so 'ne Durchgeknallte – nennen wir sie Gosia, sie heißt zwar anders, aber das ist jetzt egal –, mit der bin ich ein einziges Mal ins Bett gegangen. Und jetzt verfolgt sie mich. Lauert mir vor meiner Tür auf, hockt auf der Fußmatte, rennt mir hinterher, wenn ich weggehe. Sie ist total besessen von mir. Und ich will, dass das aufhört.«

»Kasia – das kommt nicht in Frage.«

»Dann nimm eben deine Zettel wieder mit und sieh zu, wie du allein zurechtkommst.« Sie griff nach einem Tütchen mit Marihuana, das auf dem Tisch lag, holte sich einen Beutel Tabak aus einer Schublade und begann mit gleichgültiger Miene, sich einen Joint zu drehen.

»Ich kann sie festnehmen wegen Stalking«, schlug Ada vor.

»Das hilft nichts. Wenn sie rauskommt, macht sie weiter. Ich muss irgendwas im Haus haben, was ihr Angst einjagt. Recherche gegen Wumme. Keine Wumme – keine Recherche.«

»Na gut«, gab Ada klein bei. »Am Samstagabend bring ich dir deine Pistole vorbei.«

»Okidoki.« Kasia steckte sich den Joint zwischen die Lippen. »Ich seh mir bis dahin die Mappe durch. Vielleicht kann ich dir ja dann was Konkretes dazu sagen.«

41

Als Marcin von Mittwoch auf Donnerstag bei Ada übernachtet hatte und beide sich am Morgen gemeinsam an die Arbeit machen wollten, rief plötzlich Rogowski auf Marcins Handy an.

»Mein Bekannter von der Polizei Wrocław hat sich zurückgemeldet. Er konnte jemanden ausfindig machen, der früher mit der Mimose zusammengearbeitet hat. Einen gewissen Kommissar Rymkiewicz. Er ist bereit, uns was zu erzählen, allerdings nur unter vier Augen. Du muss also nach Wrocław fahren. So bald wie möglich. Soll heißen: Noch heute.«

»Aber ...«

»Das ist ein Dienstbefehl. Keine Diskussion. Der Termin steht auch schon fest. Um sieben heute Abend, Restaurant *Tokaj*, Ruska-Straße 15. Verstanden?«

»Verstanden«, brummte Marcin unwillig.

Er legte auf, kehrte zu Ada ins Wohnzimmer zurück und verstrickte sich in schwammigen Erklärungen. Ohne tatsächlich etwas erklärt zu haben, ließ er seine verdutzte Kollegin in ihrer aufgeräumten Wohnung allein vor Zofia Wagners Laptop sitzen, die Schachtel mit den spärlichen Beweisstücken neben sich, und hastete zu seinem Auto. Die Stoßzeit war schon vorbei, deswegen kam er recht schnell aus Warschau heraus. Auf der Autobahn aber begann sein alter Opel warnend zu beben und zu röhren, sobald er nur die 110 km/h überschritt. Also kurbelte er die Fensterscheibe herunter, fuhr nicht allzu schnell und gönnte sich eine Zigarette. Da erst kamen die Bilder der letzten Nacht mit grausamer Klarheit zurück. Er konnte ihnen nicht entfliehen. Olgas schmales, blasses Gesicht, ihre zusammengepressten Lippen. Ihr Blick, der ihm jetzt, im Nachhinein, weder kalt noch feindselig erschien, sondern eher schmerzlich und resigniert. Dieser Blick, den sie ihm zuwarf, als er die Hand hob und zuschlagen wollte in seiner Wut. Jetzt war diese Wut verraucht. Wie weggeblasen. Stattdessen hatte sich ein dunkler, gähnender Abgrund in ihm aufgetan, der mit jeder Minute tiefer und breiter wurde. Hätte Marcin schon früher irgendeinen Gedanken an seine Gefühle verschwendet, dann hätte er jetzt gewusst, dass dieses klaffende Loch Verzweiflung hieß. Und dass es sich unmöglich zukleistern oder verdrängen ließ.

Gegen vier erreichte er Wrocław und suchte sich ein billiges Hotel, das Rogowski aus der Kasse für Dienstreisen bezahlen würde. Kurz war er in Versuchung, noch eine von Adas Zauberpillen zu schlucken, entschied aber dann, dass es besser wäre, wenn er bei dem Gespräch mit Kommissar Rymkiewicz einen klaren Kopf behielte. Deswegen duschte er nur heiß und machte sich auf den Weg zur Ruska-Straße.

Das *Tokaj* erwies sich als schummrige Spelunke. Hinter dem von Halogenleuchten erhellten Tresen saß eine beleibte Barfrau in Jeansjacke und weißem Unterhemd. Schaler Biergeruch hing in der Luft.

»Was darf's sein?«, fragte sie.

Marcin bestellte ein Mineralwasser. Er setzte sich an einen Tisch im seitlich gelegenen Raucherraum und wartete auf eine Nachricht. Eine Viertelstunde später läutete sein Diensthandy.

»Hier Rymkiewicz. Ich bin jetzt da. Wo sitzt du?«

Zwischen Tischen und Stühlen drängte sich ein hochgewachsener Mann zu ihm hindurch. Er hatte ein längliches, hageres Gesicht, tief liegende Augen und schmale, gebeugte Schultern. Marcin schätzte ihn auf ungefähr vierzig.

»Hi.« Sie gaben einander die Hand.

»Ich hol mir ein Bier.« Rymkiewicz drängelte sich wieder nach vorn zum Tresen. Nach wenigen Minuten kam er mit zwei Bierkrügen zurück.

»Hier. Für dich. 'n bisschen Flüssigbrot tut dir doch bestimmt jetzt gut. Wie lange bist du gefahren?«

»Fünf Stunden.« Marcin zögerte, doch dann schob er sein Wasserglas beiseite und griff dankbar nach dem Bierkrug.

»Muss euch ja ordentlich was unter den Nägeln brennen da drüben in Warschau, dass du deswegen so 'ne Strecke zurücklegst. Was hatse denn verbrochen, die Kleine?«

Er lachte und zeigte zwei Reihen gesunder weißer Zähne.

»Ach, Cheffe ist da 'n bisschen empfindlich, der will immer ganz genau wissen, mit wem er's zu tun hat«, brummte Marcin ausweichend.

»Wo er recht hat, hat er recht.« Der Kollege nickte bedächtig. »Man kann nie vorsichtig genug sein, vor allem bei der Rochniewicz.«

»Wie meinst du das?«

Rymkiewicz warf ihm einen wachsamen Blick zu und setzte wortlos sein Bier an die Lippen. Als er es wieder abstellte, war seine Oberlippe weiß von Schaum.

»Hör mal, Alter«, begann er langsam. »Ich hab eingewilligt, mit dir zu quatschen, weil Ostaszewski, der Kumpel von deinem Chef, ein alter Freund von mir ist. Und ich bin ihm noch 'nen kleinen ... sagen wir ... Gefallen schuldig. So weit alles okay. Ich kann euch 'n paar hübsche Geschichten über die Rochniewicz auftischen. Ich kenne sie gut. Wir haben ein paar Jahre zusammengearbeitet.« Er hielt inne und sah Marcin erwartungsvoll an, als rechne er mit einer Antwort von ihm. »Aber alles, was ich hier sage, sag ich dir im Vertrauen. Weil ich 'n netter Kerl bin. Klar? Ada Rochniewicz arbeitet nicht mehr hier. Und ich hab kein Interesse, mit ihr in Konflikt zu geraten. Und schon gar nicht mit ihrem Alten.«

»Ihrem Alten?« Marcin tat verwundert.

»Diesem ... wie heißt er gleich ... Olgierd Rochniewicz. Sag bloß, du hast das nicht gewusst? Dem Typen gehört die Hälfte aller Zeitungen in Polen. Der ist 'n ganz hohes Tier in der Medienbranche. Kennt alle und jeden. Und ist ein alter Freund von unserem Direktor. So hat er uns die Kleine aufs Auge gedrückt. Quasi durch die Hintertür. Ja, was glaubst du denn, wie das Mädel zur Kripo gekommen ist? Etwa, weil sie so begabt ist?« Er warf den Kopf in den Nacken und brach in schallendes Gelächter aus. Sein Lachen war so ansteckend, dass Marcin wider Willen mit einfiel.

»Bei uns macht sie sich ganz gut«, beeilte er sich zu sagen. »Meiner Meinung nach hat sie Talent.«

»Talent, Talent«, äffte Rymkiewicz ihn nach. »Hol uns lieber noch 'n Bier, dann erzähl ich dir was von ihrem *Talent*.«

Mit zwei weiteren Krügen kam Marcin an den Tisch zurück. Rymkiewicz erwartete ihn in lässiger Pose, einen Ellenbogen auf die Stuhllehne gestützt. Er rauchte eine Selbstgedrehte. Auf dem Tisch lagen ein Tabaksbeutel und Blättchen. Beim Anblick der vollen Bierkrüge verzogen sich seine Lippen zu einem breiten Lächeln. Unvermutet verspürte Marcin eine Welle von Sympathie für diesen schlaksigen, etwas verschrobenen, aber umso redseligeren Kollegen.

»Also, wie wollen wir's halten – bleibt alles unter uns? Mein Name taucht nirgendwo auf? Kann ich auf dich zählen?«

»Klar.«

»Okay.« Rymkiewicz nahm seinen Bierkrug entgegen. »Als Ada Rochniewicz bei uns in der Firma anfing, da haben sich alle überschlagen vor Begeisterung – so intelligent, so gut ausgebildet, und was weiß ich noch alles. Natürlich nur, weil sie unseren Direktor persönlich kannte. Dem Chef ist der Arsch auf Grundeis gegangen, wenn er mit ihr reden musste. Na schön, na schön, ich sag ja gar nicht, dass sie tatenlos rumgesessen hat. Ihre Arbeit war sogar ganz okay. Hat Fälle gelöst wie alle anderen auch. Ist eben unser Job, was gibt's da groß zu erzählen?« Er stieß Marcin in die Seite und kniff ein Auge zu. »Aber ich sag dir ehrlich: Ich konnte das Weibsstück von Anfang an nicht leiden. Also erwarte keinen objektiven Bericht von mir, okay? Wir sind hier nicht bei der Beichte.« Er trank einen Schluck Bier. »Jedenfalls hieß es immer von allen Seiten, was für 'n Riesentalent sie doch hat. Irgendwelche Visionen soll sie gehabt haben oder prophetische Träume, als wär sie 'ne Wahrsagerin oder so 'n gottverdammtes Medium und keine Normalsterbliche aus Fleisch und Blut.«

Marcin bemühte sich, seine Überraschung zu verbergen. Glücklicherweise schien Rymkiewicz keine besonderen Reaktionen von seinem Gesprächspartner zu erwarten. Er hörte sich einfach gern selbst reden.

»Intuition hatte die Kleine ja, das muss man ihr lassen«, räumte er ein und drehte sich eine neue Zigarette. »Und reden konnte sie auch. Wusste die Leute zu nehmen. Aber muss man sie dann gleich wie die Oberchefin behandeln? Als wär sie 'ne Autorität oder sowas? Stünde über uns allen? Stell dir vor, am

Ende wollte der Chef bei unseren Fallbesprechungen immer als Erstes wissen, was *sie* darüber denkt – ganz egal, wer die Ermittlungen geleitet hat! Tja ... aber eines schönen Tages hat sie dann einen von unsern Jungs ganz schön in die Scheiße geritten.« Er dehnte genüsslich die Silben.

»Was ist denn passiert?«, fragte Marcin, obwohl er im Grunde seines Herzens die Antwort gar nicht wissen wollte. Er bemühte sich um einen möglichst unbeteiligten Gesichtsausdruck, unter dem Tisch aber hatte er die Finger ineinander verflochten und presste sie nervös zusammen.

»Was passiert ist, willst du wissen?« Rymkiewicz stützte sich schwer auf den Tisch. »Die Kripo ist eben kein Weiberjob, ist es nicht so?« Er hielt erwartungsvoll inne.

Marcin nickte widerwillig.

»Und vor allem kein Job für verwöhnte, reiche Tussen«, fuhr Rymkiewicz fort. »Ich weiß echt nicht, wieso die überhaupt gearbeitet hat, noch dazu unter solchen Bedingungen ... Kohle hatte sie bis zum Abwinken, teure Klamotten, Wohnung, Auto. Alles von Papa. Trotzdem hatte sie sich in ihr Köpfchen gesetzt, nachts den bösen Jungs hinterherjagen zu müssen. Keine Ahnung warum, vielleicht wollte sie was beweisen. Nur wem? Papa?«, spottete er und griff wieder nach seinem Bier. »Aber stell dir vor, Mann, ein paar Jahre lang hat sie sich sogar ganz gut geschlagen. Hat sich für den gehobenen Dienst qualifiziert, das hat ihr ordentlich Respekt eingebracht in der Firma. Frau *Haupt*kommissar. Manchmal hab ich mich aber gefragt, weißt du, woher die immer ihre Informationen hatte. Wie sie es hingekriegt hat, ihre Fälle in wenigen Tagen zu lösen, wenn alle anderen Wochen dafür brauchten ...«

»Hm«, machte Marcin unbestimmt.

»Eben!« Rymkiewicz stach mit dem Zeigefinger in seine Richtung. »Wie hat sie das hingekriegt?«

Marcin holte Luft.

»Ihr Vater ...?«, begann er unsicher.

»Was, Vater?«

»Tja, vielleicht hat ihr Vater ihr geholfen, weiß nicht, hat ihr irgendwelche internen Berichte zugespielt ... von investigativen Journalisten oder so ...«

Der Kollege sah ihn mit gerunzelter Stirn interessiert an.

»Darauf bin ich gar nicht gekommen ... Aber man weiß ja nie. Trotzdem ist es eher unwahrscheinlich. Ihr Alter sitzt in Warschau. Sein Geld hat das Töchterchen wohl gerne angenommen, wohnen wollte sie aber lieber woanders. So hab ich's jedenfalls gehört. Sie hasst ihn, hat es geheißen, und er soll versucht haben, mit seiner Kohle ihre beschissene Kindheit wieder auszubügeln. Irgend so 'ne verkorkste Geschichte ... Weiß nicht mehr so genau.« Er tauchte den Finger in eine Wasserlache auf dem Tisch und zeichnete einen Kreis. »Nein. Von ihrem Alten hat sie bestimmt keine Infos gekriegt.«

»Aber wie war es dann?«

»Tja, das ist die Frage ... Ich hab dir ja schon gesagt, dass sie so kranke Vorahnungen hatte. Ihre *Visionen*. Dauernd hieß es ›Ich spüre, ich sehe, ich weiß‹ – und der Chef hat ihr auch noch geglaubt! Kannst du dir das vorstellen? Statt das Mädel schnurstracks zum Psychiater zu schicken, hört der ihr auch noch zu, wie ein hypnotisierter Esel! Ja, und eines schönen Tages hatte die Rochniewicz wieder eine ihrer Ahnungen ... nur dass sie diesmal leider danebenlag ...« Er nahm sich ein Blättchen aus der Hülle, legte Tabak hinein und beobachtete amüsiert, wie Marcin eine ungeduldige Bewegung machte. »Ich erzähl ja gleich weiter. Aber erst holen wir uns noch ein Bier. Noch ein Bier?«

Marcin nickte resigniert. Zehn Minuten später wischte Rymkiewicz sich den Schaum von der Oberlippe und lehnte sich zufrieden zurück.

»Du musst wissen«, setzte er seine Geschichte fort, »Fräulein Adela Rochniewicz hatte ihren persönlichen Lakaien. Der klebte ihr richtiggehend am Arsch. Kowalski hat er geheißen. Norbert Kowalski. War eigentlich ganz okay, der arme Kerl. So ein junger, schüchterner Typ. Mitte zwanzig und schon 'ne Glatze.« Er lachte, wurde aber gleich darauf wieder ernst und sprach weiter. »Als Kowalski zu uns in die Firma kam, da hat die Rochniewicz ihn unter ihre Fittiche genommen. Eine geduldige Babysitterin war sie, das muss man ihr lassen. Er hing an ihrem Rockzipfel wie 'n Erstklässler. Hat sich wohl als fähiger Polizist erwiesen, jedenfalls hat sie große Stücke auf ihn gehalten. Die beiden haben bei Ermittlungen immer zusammengearbeitet. Eingeschworenes Ermittlerteam. Wie aus 'ner amerikanischen Serie.« Er prustete wieder los. »Dann gab's vor zweieinhalb, drei Jahren einen merkwürdigen Fall. Die Opfer waren immer Männer um die sechzig. Sie wurden erwürgt und mit Schnüren umwickelt aufgefunden, als wären sie in ein Spinnennetz geraten. Hässliche Geschichte. Hast vielleicht davon gehört, stand in allen Zeitungen. *Irrer Serienmörder in Wrocław.* Sogar in den Abendnachrichten haben sie's gebracht.«

Marcin schüttelte den Kopf.

»Ja, so war das. Die Rochniewicz war total besessen von dem Fall. Sie war blass und zitterte nur noch. Quatschte irgendwas von einer Riesenspinne, die sie im Traum gesehen hätte, und solchen Bullshit. Wollte keinen anderen Fall mehr übernehmen.

Sie und Kowalski haben ein paar Wochen ermittelt, aber den Täter nicht zu fassen gekriegt. Weiß nicht mehr genau, wie es abgelaufen ist, jedenfalls hat der Gott in Schwarz ihnen irgendwann was anderes zugeteilt.«

»Aber was hat das alles damit zu tun, dass sie euch an die Presse verpfiffen hat?«, fragte Marcin verwundert.

»An die Presse verpfiffen? Das hab ich nie behauptet. Hat Ostaszewski das gesagt? Oder wie kommst du darauf?«

»Die Rochniewicz hat keine Interna an die Presse weitergegeben?«

»Ach was. Nein.« Rymkiewicz machte eine wegwerfende Handbewegung.

»Verstehe ...« Marcin ließ laut die Luft aus seiner Lunge entweichen.

Sein Kollege kratzte sich am Hals.

»Hör mal ... Als ich mit deinem Chef geredet hab, wie heißt er gleich noch?«

»Rogowski.«

»Als ich mit Rogowski geredet hab, da habe ich ihm versprochen, dass ich ihm Material über die Kleine liefere. Aber von Verpfeifen hab ich nichts gesagt, denn von sowas weiß ich nichts.«

»Ich hab nur gedacht ... Vielleicht wegen ihrem Vater. Egal«, versuchte Marcin sich herauszuwinden, »erzähl weiter.«

»Eines schönen Tages also«, nahm Rymkiewicz den Faden behäbig wieder auf. »Eines schönen Tages ist sie wieder mit Kowalski los. War 'n harter Einsatz. Privatwohnung. Drogenschmuggel, Mädchenschmuggel, das ganze Programm. Und kurz vor der Tür kriegt die Rochniewicz wieder eine ihrer *Visionen*. Klar? Sie sieht die Riesenspinne, sie muss sofort irgendwohin. Und weg war sie. Hat Norbert und den anderen Kollegen alleine da reingehen lassen. Leider hatte der Kerl da drinnen 'ne Waffe. Hat Kowalski in den Kopf geschossen. Und der ist noch an Ort und Stelle verreckt. Ende der Geschichte.«

Eine ungemütliche Stille kehrte ein. Marcin schluckte und ließ bedrückt seinen Blick durch den Raum schweifen.

»Und hat sie die Spinne gefunden?«

»Was?«

»Ob sie den anderen Fall noch gelöst hat.«

»Tut das irgendwas zur Sache? Außerdem ist sie kurz danach sowieso in die Klapse gewandert.«

»Wieso das?«

»Ist durchgedreht. Verrückt geworden. Von der Arbeit war sie sowieso suspendiert, hatte ja beim Einsatz ihren Posten verlassen. Trotzdem ist sie weiter jeden Tag in die Firma gekommen, als hätte sie gar nicht kapiert, was eigentlich passiert war. Hat sich nicht mehr gewaschen, hatte immer dieselben Klamotten an. Wie 'n Gespenst hat die ausgesehen, als würde sie nachts auf der Müllhalde pennen. Und so saß die den ganzen Tag an ihrem Schreibtisch. Keiner hat mehr mit ihr geredet. Irgendwann hat der Chef sie dann zum Seelenklempner geschickt, und der hat sie gleich in die Klapsmühle verfrachtet. Danach ist sie nicht mehr zurückgekommen.«

»Aber in ihren Unterlagen steht gar nichts von einer psychiatrischen Behandlung.«

»Na, ist doch klar. Wie stellst du dir das vor? 'ne Irre bei der polnischen Polizei – wo gibt's denn sowas? Hör mal, die Alte ist komplett durchgeknallt! Die ist wahnsinnig. Ich hab mit dem Seelenklempner über sie geredet. Er ist der Mann von meiner Cousine, auf 'ner Hochzeit haben wir mal zusammen einen gehoben. Er sagt, sowas wie die Rochniewicz hat er noch nie erlebt. Die war 'ne richtig harte Nuss, er ist nicht an sie rangekommen. Angeblich hat sie Eigenschaften, die einander ausschließen. Die nicht zusammen bei einer Persönlichkeit auftreten können. Warte, was hat er noch gesagt ... Dissozial, aber gleichzeitig hypersensibel oder sowas. Er hatte Schiss, mit ihr zu reden, angeblich kann sie die Gefühle anderer Menschen lesen wie in einem offenen Buch. Hat ihn bei den Sitzungen voll zum Narren gehalten. Aber selbst war sie völlig emotionslos. Wie ein Stück Holz. Ich sag's dir, Alter, bin froh, dass ich nicht in seiner Haut stecke. Jedenfalls erklärt das ja wohl alles.«

»Was denn?«

»Na, ihre Visionen. Dass sie ihre Fälle so schnell aufklären konnte. So Geisteskranke sollen ja sehr intelligent sein, hab ich gehört. Aber eben auch gefährlich.«

»Woher weißt du denn, dass sie psychisch krank ist?«

Rymkiewicz starrte ihn erstaunt an.

»Wovon red ich denn die ganze Zeit«, seufzte er. »Sie war in der Klapse. Im Irrenhaus!«

»Aber wurde sie wirklich als psychisch krank diagnostiziert? Vielleicht hatte sie einfach nur einen Zusammenbruch?«

»Weiß ich doch nicht.« Rymkiewicz wirkte sauer. »Bin ja schließlich kein Arzt. Dieser Psychologe, der Mann von meiner Cousine, hatte den Verdacht, dass sie schizophren ist, aber das haben sie in dem psychiatrischen Krankenhaus wohl ausgeschlossen. Egal. Bei uns in der Firma wollte die Alte jedenfalls keiner wiedersehen. Sie ist dann in die Statistikabteilung gekommen, aber da soll's gleich wieder losgegangen sein. Depressionen, hab ich gehört. War sich wohl zu fein für die dröge Büroarbeit ...«

Marcin räusperte sich nervös.

»Tja, und dann hat Papa wieder eingegriffen. Oder was meinst du, wo die Unterlagen hin sind?« Er zwinkerte Marcin vielsagend zu. »Ihr Alter hat ihr den neuen Job in Warschau spendiert. Und das ist alles. Jetzt könnt ihr euch mit ihr rumschlagen.« Er trank sein Bier aus und stellte den Krug ab. »Viel Glück.«

Gegen elf war Marcin im Hotel zurück, leicht angetrunken und sehr schlechter Laune. Noch in seinen Klamotten, ließ er sich aufs Bett fallen und starrte dann stundenlang schlaflos an die Decke. Er dachte an Olga, an seine Töchter, an die Wohnung, die sie sich gemeinsam eingerichtet hatten und aus der er nun würde ausziehen müssen. Immer wenn er die Augen schließen wollte, versank er in einem kalten, entsetzlichen Abgrund. Irgendwann in den frühen Morgenstunden ging er hinunter zur Rezeption, fragte nach dem nächsten über Nacht geöffneten Laden, kaufte sich eine kleine Flasche Magenbitter und schlief erst ein, als er sie ganz geleert hatte. Am Freitag erwachte er noch vor zehn. Er beglich die Hotelrechnung und ging zum Parkplatz. Er wollte so schnell es ging zurück nach Warschau. Leider sah sein alter Opel das anders. Er sprang nicht an. Am Armaturenbrett blinkte die rote Motorleuchte. Seufzend ging er zurück zur Rezeption und ließ einen Abschleppservice rufen.

Der Betreiber der kleinen Autowerkstatt, die er gegen elf erreichte, stellte fest, dass die Ölpumpe nicht funktionierte.

»Aber Sie haben noch Glück. Der Motor hätte sich auch festlaufen können. Dann wär er ganz hinüber gewesen.«

»Was kostet denn die Reparatur?«

»Das kann ich Ihnen jetzt noch nicht sagen. Bitte kommen Sie morgen Vormittag gegen zehn.«

»Morgen? Aber ich muss heute noch nach Warschau zurück ...«

»Da werden Sie wohl mit dem Zug fahren müssen. Oder sich eine andere Werkstatt suchen, die den Schaden sofort repariert – auch wenn ich bezweifle, dass Sie in Wrocław einen Mechaniker finden, der Ihnen eben schnell die Pumpe auswechselt. Das ist 'n Haufen Arbeit.«

Marcin seufzte, ließ den Opel in der Werkstatt und ging in ein Café, um im Internet nach Zugverbindungen zu suchen. Der nächste Zug nach Warschau fuhr um kurz nach eins und erreichte den Zentralbahnhof gegen sieben Uhr abends. Sechs Stunden? Nicht zu fassen, dass das eine der wichtigsten Streckenverbindungen in ganz Polen sein sollte!

Er würde also den Freitagnachmittag verlieren und am Samstag in aller Herrgottsfrühe nach Wrocław zurückfahren müssen, um den Wagen wieder abzuholen. In Gedanken verfluchte er die polnische Bahn und wählte Adas Nummer.

»In Ordnung«, sagte sie, nachdem sie sich seine lahmen Entschuldigungen und Ausflüchte angehört hatte. »Gestern habe ich auf Zofia Wagners Laptop ein paar interessante Dinge entdeckt. Ich muss sowieso noch in Ruhe darüber nachdenken. Ein freier Nachmittag kommt mir gerade recht. Wir besprechen alles, wenn du wieder da bist.«

Als Nächstes rief er Rogowski an.

»Ich sitze in Wrocław fest«, nuschelte er unwillig. »Mein Opel hat den Geist aufgegeben, die alte Schrottkarre. Außerdem bin ich verkatert ... Ich komme erst morgen zurück.«

»Na schön.« Rogowski wurde von einem Hustenanfall geschüttelt. Die Sache mit dem Auto schien ihn nicht besonders zu interessieren. »Und sonst? Irgendwas in Erfahrung gebracht?«

Marcin schilderte ihm kurz das Gespräch mit Rymkiewicz, wobei er Kowalskis Tod und Adas Aufenthalt im psychiatrischen Krankenhaus wohlweislich unter den Tisch fallen ließ.

Sein Vorgesetzter räusperte sich unzufrieden.

»Und das ist alles? Hat der Kerl nichts Brauchbares von sich gegeben? Nichts, womit wir was anfangen können?«

»Mehr hat er nicht gesagt«, erwiderte Marcin ruhig und bemühte sich um eine feste Stimme. »Jedenfalls nichts in der Richtung, dass sie Infos an die Presse weitergegeben hätte oder sowas. Wenn du mich fragst – ich weiß gar nicht, warum der sich überhaupt mit mir treffen wollte. Angeblich war er deinem Bekannten, diesem Ostaszewski, noch einen Gefallen schuldig. Wahrscheinlich hat er sich deswegen gedacht ...«

»Es hieß doch, der Kerl hätte was Interessantes für uns!«, fiel Rogowski ihm ungeduldig ins Wort.

»Vielleicht hielt er das für interessant. Also: Die Mimose kennt den Wrocławer Polizeidirektor persönlich. Und sie hat in einem wichtigen Fall die Ermittlungen versaut. Daraufhin ist sie in die Statistikabteilung verbannt worden. Aber die Büroarbeit war ihr zu öde, und da hat sie ihre Beziehungen spielen lassen und wurde zu uns versetzt. Das ist aber auch schon alles ...«

Auf der anderen Seite herrschte Stille.

»In Ordnung.« Rogowski trompetete in ein Taschentuch. »Dann bist du wohl umsonst nach Wrocław gefahren. War trotzdem wichtig, das zu überprüfen.«

»Klar.«

»Ich bin gerade ziemlich in Eile, aber morgen … nein, sagen wir, spätestens übermorgen will ich den gesamten Gesprächsverlauf noch mal in allen Einzelheiten hören.«

»Kein Problem.«

»Trotzdem: Behalt die Mimose gut im Auge. Dass sie früher nichts an die Presse gekabelt hat, heißt noch lange nicht, dass sie es jetzt nicht tut.«

»Ich werde drauf achten«, versicherte Marcin.

»Und vergiss nicht, die Rechnung vom Hotel und von der Reparatur einzustecken. Sonst gibt's die Kohle nicht zurück.«

Marcin aß eine scharfe Suppe mit Zitronengras und fühlte sich gleich besser. Auf dem Rückweg zum Hotel kaufte er sich fünf Dosen Bier, die er im Sessel vor dem alten Röhrenfernseher in seinem Zimmer austrank, worauf er in einen schweren Schlaf voller verworrener Traumfetzen sank.

Er stand auf einem schmutzigen Gehsteig, um seine Füße herum verstreuter Müll. Ein riesiger Bernhardiner lag auf der Fußmatte vor einer Haustür und bleckte knurrend die Zähne. Aus der Wohnung drang herzzerreißendes Babygeschrei. Gleich darauf rannte er zusammen mit Ada am Rand der Stadtautobahn entlang. Jurek Wójcik entkam ihnen hakenschlagend zwischen den fahrenden Autos. Er spürte, wie ihm schwindlig wurde. Das Blut pulsierte in seinen Ohren. Ada legte an Tempo zu. Er konnte sie nicht einholen. Da überholte ihn Rogowski auf einem dreirädrigen Quad. »Hörner hat sie dir aufgesetzt, Hörner!«, brüllte er und verschwand im dichten Nebel.

Ein schmerzhafter Druck in seinen Schläfen weckte ihn. Er rannte ins Bad und übergab sich. Zurück im Zimmer, bemerkte er, dass es draußen schon dunkel war. Er stellte den Fernseher aus, sammelte die Bierdosen auf und legte sich ins Bett, wo er sofort wieder einschlief.

Am nächsten Morgen holte er seinen Opel aus der Werkstatt und machte sich auf den Heimweg. Der Kater war verflogen. Er fuhr schnell und sicher. Kurz vor Warschau spürte er plötzlich, wie sein Herz sich zusammenkrampfte. Er packte das Lenkrad fester, bemühte sich, ruhig zu atmen. Trotzdem wurde der stechende Druck in seiner Brust stärker. Er bekam kaum noch Luft, Schweißtropfen traten auf seine Stirn. Ein Herzinfarkt, ich habe einen Herzinfarkt, schoss es ihm durch den Kopf. Panisch hielt er Ausschau nach der nächsten Ausfahrt. Die nasse Asphaltbahn erstreckte sich vor ihm, führte zwischen bräunlichen Feldern hindurch, weiter und immer weiter, an einem Wäldchen vorbei und einen sanften Hang hinauf. Keine Ausfahrt in Sicht. Er bremste, schaltete den Warnblinker ein und kam auf dem Randstreifen zum Halten. Mit zitternden Fingern holte er eine Schachtel Aspirin aus dem Handschuhfach, steckte sich zwei Tabletten in den Mund, spülte sie mit Wasser herunter. Dann öffnete er seinen Anschnallgurt, lehnte den Kopf an die Nackenstütze und blieb ruhig sitzen, während ein kaltes Dunkel ihn umhüllte.

»Olga!«, wimmerte er.

Warum war sie nicht hier, neben ihm, wo sie sein sollte? Er krümmte sich zusammen. Eisige Schauer überliefen ihn, er schwitzte am ganzen Körper. Doch der Druck in der Brust ließ langsam nach, und ihm wurde klar, dass er diesmal noch nicht sterben würde. Seine Arme fühlten sich schwach an, so sehr war ihm der Schrecken in die Glieder gefahren. Trotzdem schaffte er es, die Schachtel Xanax aus seiner Hosentasche zu fummeln. Er nahm eine der Wunderpillen und wartete, nun schon ruhiger, bis die Panikattacke vorüber war. Denn das war es doch wohl, eine kleine Panikattacke, nichts weiter.

Ein LKW brauste in rasendem Tempo vorbei. Der Luftzug ließ den Opel erzittern. Marcin hob mit Mühe die Lider. Vor sich sah er einen rostigen Maschendrahtzaun, dahinter einen unkrautüberwucherten Graben. Er versuchte, seine Beine zu bewegen. Ja, sein Körper funktionierte ganz normal. Der Schmerz hatte nachgelassen, das Zittern war verschwunden. Er hob die Hände und rieb sich das Gesicht. Es war kurz nach ein Uhr mittags. Noch fünfzig Kilometer bis Warschau.

Er drehte den Zündschlüssel und lenkte den Wagen vorsichtig auf die Straße zurück.

42

Der Geruch modriger Blätter hing in der Luft. Beharrlich tröpfelte Regen vom Himmel. Unter ihre Regenschirme geduckt, umringten die Trauergäste im Halbkreis den Sarg. Andrzej Wagner stand starr aufgerichtet, seine Frau hatte sich bei ihm eingehakt. Er war sehr bleich, aber gefasst. Nina Wagner hingegen schien sich kaum auf den Beinen zu halten. Zofias Freundin Monika Lewicka stützte sich auf den Stein des Nachbargrabes. Sie weinte nicht, sondern starrte mit leerem Blick auf die ausgehobene Grube. Der Trauerzug hatte sich in zwei Teile gespalten. Rechts stand die Familie Wagner, links eine Gruppe jüngerer Leute mit ernsten Gesichtern. Ab und zu hörte man jemanden flüstern: »Einfach schrecklich« oder »Ich fass es nicht«.

Unauffällig musterte Ada die Menschen, die gekommen waren, um Abschied von Zofia Wagner zu nehmen. Die versammelte Familie Wagner in ihrer schwarzen Trauerkleidung streifte sie nur rasch mit einem Blick: Tanten mit eleganten Hüten, Onkel in Anzügen und Wollmänteln. Die sogenannte anständige Gesellschaft, dachte sie und ließ ihren Blick weiter zu Zofias Bekannten und Freunden wandern. In einigen Gesichtern spiegelte sich echte Trauer, manche weinten. Andere schienen weniger betroffen, sie stampften in der Kälte mit den Füßen und tauschten halblaut kurze Bemerkungen aus. Zwei junge Frauen hielten einen riesigen Nelkenkranz. *Unserer lieben Kollegin*, las Ada auf der Schleife. Ein Stück entfernt auf einem Seitenweg stand ein hochgewachsener blonder Mann mit kleinen, unruhigen Augen. Ada sah genauer hin. Tatsächlich, es war Karol Zalewski. Sein Begleiter, ein schmaler, um einiges schmächtigerer, aber älter wirkender Mann hatte eine gerade Nase, große Augen, volle Lippen und bereits leicht ergraute Schläfen. Trotz der Unterschiede sprang die Ähnlichkeit der beiden sofort ins Auge. Kein Zweifel, sie mussten Brüder sein. Der Ältere hatte seinen Arm um eine sehr hübsche Frau mit dunklerem Teint und dunklen Haaren gelegt.

Die Begräbniszeremonie neigte sich dem Ende zu. Auf dem frischen Grabhügel lagen Kränze und Blumen. Die Trauergäste wandten sich Zofias Eltern zu und bekundeten ihr Beileid. Auch Ada stellte sich an, drückte fest Nina Wagners Hand.

»Ich möchte Ihnen noch einmal versichern, dass wir alles tun, was in unserer Macht steht.«

»Vielen Dank.« Unbeholfen schüttelte auch Andrzej Wagner ihre Hand. »Das macht zwar unsere Tochter nicht wieder lebendig, aber wenigstens ...« Er verstummte.

»Ja, der Schuldige soll seine gerechte Strafe bekommen«, beendete Ada seinen Satz. »Und das wird er. Ich versichere es Ihnen. Bitte richten Sie auch Minister Algierski aus, dass er sich keine Sorgen zu machen braucht. Der Fall wird bald gelöst sein«, log sie geschmeidig.

»Minister? Algierski?« Andrzej Wagner blinzelte verwirrt.

»Unterstaatssekretär«, verbesserte sich Ada. »Er hat Interesse am Verlauf der Ermittlungen bekundet. Sie haben wohl zusammen studiert?«

»Das muss eine Verwechslung sein. Ich habe diesen Namen noch nie gehört.« Wagner wirkte perplex. »Nun, ich hoffe, dass Sie sich auch ohne Verbindungen zur Politik weiterhin mit unserem Fall befassen. Solche Verbindungen haben wir nämlich nicht.«

»Aber natürlich«, brachte Ada heraus. »Nochmals mein herzliches Beileid.«

Doch Andrzej Wagner hatte sich bereits einer jungen Frau in dunkelgrauem Mantel zugewandt.

Während sie über den Friedhof zurückging, dachte Ada über Andrzej Wagners Reaktion nach. Es konnte natürlich sein, dass er vor seiner Frau oder den Verwandten verbergen wollte, seine politischen Bekanntschaften zu privaten Zwecken genutzt zu haben. Diese Möglichkeit erschien Ada aber wenig plausibel. Andrzej Wagner hatte sein einziges Kind verloren. In einer solchen Ausnahmesituation wäre es legitim, wenn er die sonst üblichen Regeln und Normen außer Acht gelassen hätte. Oder hatte er sich geärgert, dass sie als Kommissarin das Begräbnis seiner Tochter zum Anlass nahm, ihre Ermittlungen voranzubringen? Das klang schon wahrscheinlicher. Was aber außer Zweifel stand, war, dass er keinen Minister namens Algierski kannte. Sein Erstaunen, als er den Namen hörte, war echt gewesen.

»Interessant«, flüsterte sie. »Sehr interessant.«

Es hatte aufgehört zu regnen. Hinter der Skulptur eines knienden Jungen flog ein großer bräunlicher Vogel mit rostroter Kehle auf. Ada vergrub ihre Fäuste tiefer in den Manteltaschen und eilte auf den Ausgang zu. An der Pforte sah sie wieder Karol Zalewski. Er ging neben seinem Bruder. Die dunkelhaarige, exotisch aussehende Frau folgte den beiden mit etwas Abstand. Sie ging leicht nach vorn gebeugt, mit steifen, staksigen Schritten, als bereite das Gehen ihr Schwierigkeiten. Ada überholte die drei rasch.

»Guten Tag«, wandte sie sich an die Brüder. »Kommissarin Rochniewicz vom Hauptpräsidium. Haben Sie einen Moment für mich?«

Überrascht blieben die beiden Männer stehen.

»Wir kennen uns ja bereits«, sagte Ada zu Karol Zalewski. »Vor einer Woche waren Sie bei mir im Präsidium.«

Der junge Mann nickte.

»In meinem Protokoll steht, dass Sie und Zofia Wagner seit mehreren Monaten keinen Kontakt mehr miteinander hatten. Ich würde gern wissen, ob Sie bei dieser Aussage bleiben.«

»Äh ... ja. Warum sollte ich denn plötzlich etwas anderes sagen?«

»Ich führe polizeiliche Ermittlungen. Dabei ist so etwas von entscheidender Bedeutung.«

»Soll das ein offizielles Verhör werden?« Über Karol Zalewskis Gesicht huschte ein Schatten der Verärgerung.

»Nein«, erwiderte Ada ruhig. »Aber ich kann Sie nochmals vorladen, wenn Sie hier nicht mit mir reden wollen.«

»Worüber denn reden? Ich habe nichts damit zu tun, dass ...«

Sein Bruder legte ihm sanft die Hand auf den Arm.

»Bitte haben Sie Verständnis«, sagte er zu Ada. »Das ist ein sehr schwerer Moment für uns alle.«

»Natürlich. Ich habe nur eine einzige Frage. Sie zu beantworten dauert fünfzehn Sekunden.«

»Also gut. Ich höre?« Karol machte eine ungeduldige Bewegung.

»Noch einmal: Wann haben Sie und Zofia Wagner sich zum letzten Mal gesehen?«

Er zog die Brauen hoch und lächelte spöttisch.

»Als fähige Polizistin sollten Sie sich das doch gemerkt haben? Genau am 20. Oktober, vor fast anderthalb Jahren. Bei unserer Trennung.«

Ada kniff die Augen zusammen. Dieses Mal wusste sie, dass er log. Noch dazu auf so eine naive, geradezu dumme Art. Konnte er sich denn nicht denken, dass sie jetzt, eine Woche später, längst Zofia Wagners E-Mails durchgesehen hatte? Oder hielt er die polnische Polizei für unfähig, ein Passwort zu knacken?

»Und danach hatten Sie nie wieder Kontakt?«

»Nie wieder.«

»Das ist gut«, sagte sie, einer plötzlichen Eingebung folgend. »Zofia Wagner war nämlich schwanger. Ende des dritten Monats. Das heißt also, ich kann Sie ruhigen Gewissens von der Liste der potenziellen Väter streichen.«

Im Umdrehen sah sie noch, wie Karol Zalewski erbleichte. Sie schlug ihren Mantelkragen hoch und entfernte sich Richtung Parkplatz.

43

Nach der Rückkehr vom Friedhof fand sie Marcin in ihrem gemeinsamen Büro vor. Er saß am Tisch, das Gesicht in den Händen vergraben. Als sie die Tür hinter sich schloss, hob er den Kopf und sah sie beschämt an, so als hätte sie ihn bei einer peinlichen Tätigkeit ertappt.

»Ah, du bist zurück«, stellte sie gleichgültig fest und zog sich die Handschuhe von den Händen.

Schon am Donnerstag hatte sie den Beschluss gefasst, ihm keine Fragen über seinen spontanen Ausflug zu stellen. *In eine andere Stadt*. Aber welche? Hatte diese Fahrt etwas mit ihr zu tun? Falls er nach Wrocław gefahren sein sollte, um in ihrer Vergangenheit herumzuwühlen, so hatte sie keine Vorkehrungen treffen können. Außerdem hatte sie keine Lust, irgendetwas zu erklären. Ich warte ab, ob er selbst ein Gespräch anfängt, beschloss sie und warf ihm einen kurzen prüfenden Blick zu. Marcins Gesicht war geschwollen. Er war unrasiert.

»Ja, ich bin zurück«, antwortete er leise.

»Es war fürchterlich kalt da draußen. Willst du auch einen Kaffee?«

Er zuckte mit den Schultern.

»Als du nicht da warst, sind ein paar Dinge passiert«, fuhr sie fort und holte zwei Tassen aus dem Regal. »Wir sollten uns unterhalten.«

»Deswegen bin ich hier«, antwortete er trocken.

Sie hörte die tiefe Traurigkeit in seiner Stimme, einen bebenden, schmerzlichen Unterton. Der Gedanke, Marcin könnte eine zusätzliche Bürde werden und sie bei den Ermittlungen behindern, machte sie ernsthaft nervös. Sie brauchte einen konzentrierten Partner, der ihr half, den Mörder aufzuspüren. Der Mordfall Zofia Wagner war im Moment das Einzige, was zählte.

»Ich habe es geschafft, in Zofia Wagners E-Mail-Postfach reinzukommen«, fuhr sie fort.

Marcin schwieg nur düster. Ada seufzte. Es würde eine Weile dauern, seine Aufmerksamkeit von den privaten Problemen auf die Ermittlungen zu lenken, dessen war sie sich bewusst. Und es machte sie jetzt schon ungeduldig. Sie griff in ihre Schublade, holte das Foto von dem blonden jungen Mann aus der hellblauen Plastikmappe und schob es ihm hinüber.

»Das ist Karol Zalewski.«

Er warf einen kurzen Blick auf die Fotografie.

»Weiß ich doch«, brummte er ohne besonderes Interesse.

»Er war heute auch auf der Beerdigung.«

Sie schaltete ihren Computer an und loggte sich als »Z.Wagner5« auf der Gmail-Seite ein.

»Ich habe mir alle ihre E-Mails vom letzten Jahr angesehen. Hat mehrere Stunden gedauert. Kannst du dir ja vorstellen.« Sie starrte ihn eindringlich an und überlegte zugleich, was sie tun könnte, um ihn aus seiner Apathie zu holen. »Zig dienstliche Mails, Rechnungen, stinknormale Nachrichten von Freunden und Bekannten. Nichts Bemerkenswertes dabei. Kein Anhaltspunkt. Mit Ausnahme von dieser Nachricht.« Sie drehte den Bildschirm zu ihm herum. »Hier, lies mal.«

Widerwillig rückte Marcin seinen Stuhl näher an den Tisch.

Am Anfang glitten seine Augen gleichgültig über die Zeilen. Dann erschien allmählich ein gespannter Ausdruck auf seinem Gesicht. Er blinzelte, als wollte er einen Rest von Schlaf vertreiben. Ada war erleichtert. Er schien also doch noch konzentrationsfähig zu sein.

»Und jetzt das hier.« Sie öffnete die weiteren Nachrichten.

Erstaunt zog Marcin die Brauen hoch.

»Er droht ihr«, murmelte er. »Und zwar wenige Monate vor ihrem Tod. Das ist ein ganz schöner Brocken.«

»Eben«, erwiderte sie, führte aber das Thema nicht fort. Sie wollte, dass er selbst den Faden weiterspann.

»Sind das die einzigen Mails von Karol Zalewski? Sonst hast du nichts von ihm gefunden?«

»Nein, nichts.«

»Das ist doch komisch, meinst du nicht? Die beiden waren schließlich jahrelang zusammen. Eigentlich müsste es Hunderte von Mails geben. Hat sie alle anderen gelöscht? Aber warum hätte sie dann ausgerechnet diese hier behalten sollen?«

»Hmm ... vielleicht waren sie Teil einer unabgeschlossenen Geschichte? Vielleicht wollte sie sie nicht löschen, bis nicht irgendetwas ganz beendet war ... ich weiß nicht, was ... irgendeine letzte Sache, die sie noch mit Karol verband ...«

»Aber was für eine Sache sollte das sein? Was steckt dahinter?« Vor Anstrengung legte sich Marcins Gesicht in Falten.

Er schwieg eine Weile, kaute auf seiner Unterlippe. Dann stand er auf und begann, im Zimmer auf und ab zu gehen.

»Halten wir einmal fest, was wir aus diesen Nachrichten eigentlich erfahren haben.« Er blickte zu Ada, doch als von dort nichts kam, führte er selbst den Gedanken weiter. »Vor anderthalb Jahren hat Karol Zalewski die Verlobung mit Zofia aufgelöst. Stimmt's?« Er wartete ihre Antwort nicht ab, sondern fuhr fort: »Die Eltern von Zofia Wagner und auch ihre Freundin, Monika Lewicka, sagen übereinstimmend, dass Zalewskis Entscheidung von einer katholischen Organisation beeinflusst war, bei der er Mitglied ist. Wie heißt die noch?«

»Kinder der Immaculata.«

»Ach ja. Genau. Zalewskis erste Mails wirken noch nicht besonders auffällig«, fuhr er langsam im Rhythmus seiner Schritte fort. »Der Kerl hat zwar einen religiösen Fimmel, aber in den Nachrichten steht nichts, was wir nicht schon wissen. Er muss sie auf irgendeiner Reise geschrieben haben ... Vielleicht war das diese Fahrt mit seiner Organisation, nach der er meinte, er sei zum Priester berufen. Dann endet die Korrespondenz plötzlich. Karol Zalewski kommt nach Warschau zurück, trennt sich von Zofia Wagner, tritt ins Priesterseminar ein. So weit, so schlüssig.«

Ada nickte. Bis jetzt folgten Marcins Gedanken derselben Spur wie ihre eigenen Gedanken am Donnerstagabend.

»Besorgniserregend finde ich die Mails von vor drei Monaten. Ich verstehe nicht ganz, was da eigentlich passiert ist. Die beiden haben sich wiedergetroffen?«

»Scheint so«, stimmte Ada zu. »In den Mails klingt es, als wären sie sich zufällig auf der Straße begegnet.«

»Und dann ebenso zufällig miteinander ins Bett gestiegen.« Marcin lächelte höhnisch. »Unser Pfäffchen hat es faustdick hinter den Ohren ...«

»Das wissen wir nicht mit Sicherheit.«

»Ich habe mich von der Fleischeslust hinreißen lassen«, zitierte er. »Für mich klingt das ziemlich eindeutig. Was für eine komische Ausdrucksweise übrigens: ›Fleischeslust‹. Wer redet denn heute noch so?«

»Die Pfäffchen …«

Er lachte leise.

»Okay«, lenkte Ada ein. »Wir können davon ausgehen, dass sie miteinander geschlafen haben. Und was war dann?«

»Ja, eben. Was war dann?«

Er schob seinen Stuhl zurück und rieb sich eifrig die Hände wie ein Automechaniker, bevor er einen Motor auseinandernimmt. Ada atmete auf. Er war wieder bei sich. Ihr Partner war wieder da.

»Zofia wollte ihn dazu bringen, irgendetwas zu tun. Die Nachrichten sind nur kurz, aber es ist von Karols ›Zweifeln‹ die Rede. Meiner Meinung nach geht es dabei um das Priesterseminar. Zofia wollte ihn da rausholen«, meinte Marcin.

»Das wissen wir nicht. Es ist natürlich naheliegend, aber sicher sein können wir uns nicht. Sie spricht das Thema kein einziges Mal direkt an.«

»Was glaubst du dann?«

»Ich weiß es auch nicht … Belassen wir es hier erst mal bei einem Fragezeichen.«

»Na gut«, willigte er zögernd ein. »Also ein Fragezeichen. Was immer es auch gewesen ist – Karol Zalewski hat ihr eine ganz klare Absage erteilt. Daraufhin war Zofia sauer und wollte sich rächen. Sie hat seine Schlüssel gefunden und sie einfach behalten. Zwei Wochen später ist sie damit in Karols Wohnung eingedrungen und hat …«

»Warte.« Ada hob die Hand. »An dieser Stelle wird die Sache mir schleierhaft. Warum hatte sie erst zu der Zeit Rachegedanken? Warum nicht schon ein Jahr früher, als Karol sie kurz vor der Hochzeit verlassen hat? Als sie verletzt und gedemütigt war?«

»Vielleicht, weil erst jetzt die Gelegenheit dazu war? Karol Zalewski hat ihr selbst dazu verholfen, indem er seine Schlüssel vergaß.«

»Kann sein. Aber die Sache mit den Schlüsseln finde ich auch merkwürdig. Wo ist Zofia denn eingedrungen? Karol wohnt doch sicher mit anderen Priesterschülern zusammen im Seminar. Denkst du, sie hätte sich dort unbemerkt einschleichen können? Eine Frau? Unter Hunderten von Männern?«

»Verflucht. Ich weiß es auch nicht.« Reflexartig begann Marcin seine Taschen nach einem Schokoriegel zu durchsuchen. »In der Nacht vielleicht? Oder die Schlüssel gehören zu einer anderen Wohnung ...«

»Daran habe ich auch gedacht. Karol hat Zofia ja die Adresse von diesem Stanisław Czarnota gegeben. Ich habe mich über den Mann informiert. Er wohnt in Ursynów, betreibt einen kleinen Verlag.«

»Aber was hätte sie von dort mitnehmen können? Und warum ist Karol darüber so außer sich geraten? Vielleicht hat sie irgendwas mitgehen lassen, was beweist, dass sie zusammen im Bett waren? Nacktfotos? Ein Sexvideo? Für einen angehenden Priester ist das bestimmt ein ganz schönes Problem.«

Ada zuckte mit den Achseln.

»Glaube ich eher nicht. Karol schreibt ja, dass er sich mit seinem ›geistlichen Begleiter‹ getroffen und der ihm seine Sünden erlassen hat.«

»Aber was könnte es dann gewesen sein?«

»Ich habe keine Ahnung. Ich weiß nur, dass diese Geschichte zu dem passt, was wir am Tatort vorgefunden haben. Dort war doch in dem einen Zimmer alles durchwühlt. Wir waren uns einig, dass der Täter nach etwas gesucht haben muss. Vielleicht ging es gar nicht um Geld? Als ich vor einer Woche in der Wohnung war, hatte ich den Eindruck, dass außer mir und den Technikern noch jemand da gewesen sein musste und ein paar Sachen in den Regalen umgestellt hat.«

Marcin betrachtete sie schweigend und dachte über ihre Worte nach.

»Na schön«, brummte er. »In Ordnung. Du willst also sagen, dass Karol Zalewski sich etwas wiederholen wollte, was sie ihm weggenommen hatte, und ihr deswegen den Schädel eingeschlagen hat?«

»Diese Möglichkeit ziehe ich in Betracht, ja. Unser Pfäffchen hat es eben faustdick hinter den Ohren, wie du gesagt hast. Nach der Beerdigung habe ich ihn noch einmal gefragt, wann er und Zofia sich das letzte Mal gesehen haben. Und er blieb dabei, dass es vor anderthalb Jahren gewesen sei. Ihre letzte Begegnung erwähnte er mit keinem Sterbenswörtchen.«

»Aber wenn er sie wirklich umgebracht hat, warum dann nicht schon im Dezember? Wozu hat er drei Monate abgewartet?«

»Vielleicht ist in der Zwischenzeit irgendetwas Unerwartetes geschehen ...?«

Beide schwiegen und dachten angestrengt nach.

»Die Schwangerschaft!«, rief Marcin schließlich aus. »Wir sind bisher davon ausgegangen, Jurek Wójcik wäre der Vater – aber Wagner hatte ja auch mit Zalewski geschlafen.«

»Daran habe ich auch gedacht.« Ada sah ihn forschend an. »Ein Kind hätte die Lebenspläne eines angehenden Priesters wirklich durchkreuzt. Nun, das Ergebnis der DNS-Analyse müsste bald da sein.«

Ada hielt einen Moment inne. Sie wusste, jetzt waren sie wieder auf einer Wellenlänge. Jeder nahm die Gedankengänge des anderen auf und spann sie weiter. Ein elektrisierendes Gefühl. Sie hatten eine neue Spur aufgenommen und folgten ihr Schulter an Schulter.

»Aber Wagner wollte doch abtreiben lassen ...« Marcin trommelte mit den Fingern auf die Tischplatte. »Das passt irgendwie nicht zusammen.«

Ada hob ratlos die Schultern. Marcin zerwühlte gedankenverloren sein weniges Haar.

»Es hilft nichts«, seufzte er schließlich. »Wir müssen diesen Karol Zalewski noch einmal genauer unter die Lupe nehmen. Und bei der Gelegenheit auch seine *Kinder der Immaculata*. Das bedeutet: Wir haben das nächste Gefecht mit Modzelewski vor uns. Kein Gott in Schwarz will sich mit der Kirche anlegen.«

»Ich fürchte, es gibt da noch ein viel größeres Problem.« Ada lächelte schief. »Ich habe auf der Beerdigung mit Wagners Vater gesprochen. Er hat noch nie im Leben etwas von einem Minister Algierski gehört. Und schon gar nicht mit ihm zusammen studiert.«

Marcin riss die Augen auf. Das war etwas, was sie beide auf keinen Fall an den Staatsanwalt weitergeben durften.

»Wir sollten uns gut überlegen, wie wir es im Bericht darstellen«, sagte er langsam. »Dass wir eine kirchennahe Organisation durchleuchten wollen, muss gut und nachvollziehbar verpackt werden. Diesen Algierski erwähnen wir erst mal gar nicht mehr ... Einverstanden?«

»Klar.«

Ada zückte Notizbuch und Bleistift.

»Ich hab ein bisschen im Netz recherchiert«, sagte sie nach kurzem Nachdenken. »In verschiedenen religiösen Foren und

Diskussionen, in denen es auch um die *Kinder der Immaculata* geht. Dabei habe ich mir ein paar Links notiert, die interessant klingen. Wir sollten uns die Webseiten gemeinsam ansehen. Außerdem habe ich jemanden um Rat gefragt, der mehr über Religionsbewegungen weiß als wir ... Meine Halbschwester«, erklärte sie etwas unsicher. »Sie schreibt eine Doktorarbeit zu dem Thema.«

»Gut. Und weiter?«, fragte er gleichgültig, obwohl der Gedanke, jemanden aus Adas Familie zu treffen, ihn neugierig machte.

»Dann müssen wir mit Zofia Wagners Psychologen sprechen. Und den Verkäufern in dieser Metallwarenhandlung Karol Zalewskis Foto zeigen. Vielleicht erinnert sich jemand an ihn. All das muss allerdings bis Montag warten, fürchte ich.«

»In Ordnung.«

Ada kaute an ihrem Bleistift.

»Deswegen schlage ich vor, wir informieren uns jetzt über die *Kinder der Immaculata* und gehen danach noch einmal die alten Beweisstücke durch.« Sie zeigte auf die Pappschachtel, die wieder im Regal stand. »Lass uns versuchen, die Puzzleteile, die wir haben, zusammenzusetzen. Heute Abend um halb zehn treffe ich meine Schwester. Kommst du mit? Oder solltest du vielleicht besser nach Hause gehen?«, setzte sie vorsichtig hinzu.

Marcin bedachte sie mit einem traurigen Blick.

»Ich geh erst mal eine rauchen. Danach machen wir uns an die Arbeit.«

Als er nach fünfzehn Minuten zurückkam, klebte ein Schokoladenrest in seinem linken Mundwinkel. Ada streifte ihn mit einem kühlen Blick. Sie lächelte nicht, wirkte jedoch viel entspannter. Sie wusste, jetzt war er bereit, mit voller Aufmerksamkeit mitzuarbeiten. Sein Schmerz und seine Trauer mussten warten.

Ada rückte mit ihrem Stuhl beiseite, um ihm Platz zu machen.

»Ich habe ein paar Broschüren der *Kinder* ausgedruckt, die als PDFs im Internet stehen, und sie meiner Schwester gebracht. Darüber werden wir heute Abend reden. Außerdem habe ich ein bisschen in Diskussionsforen herumgelesen. Die möchte ich mir jetzt noch einmal genauer ansehen.«

Sie gab eine Webadresse ein, und die entsprechende Seite öffnete sich.

Marcin kniff die Augen zusammen und schob sich näher an den Bildschirm heran. Ada zeigte mit dem Cursor auf den Anfang der Diskussion.

Bernadetta:
Hallo allerseits, ich bin heute zum ersten Mal hier. Ich würde gern mehr über eine Organisation wissen, die sich Kinder der Immaculata *nennt. Ich war mit dieser Organisation auf Exerzitien und habe immer noch nicht ganz verarbeitet, was auf dieser Fahrt vor sich gegangen ist.*

Sinner:
Hallo Bernadetta! Ich bin schon seit Jahren bei dieser Bewegung. Was willst du denn genau wissen?

Bernadetta:
Das ist etwas kompliziert und schwer zu beschreiben. Ich versuche, es kurz zu machen. Also: Eine Freundin hatte mich überredet, mit ihr auf diese zweiwöchigen Exerzitien zu fahren. Wir

durften vorher nicht wissen, wohin es ging. Erst am Bahnhof haben wir gehört, wohin der Zug fuhr. Unsere Handys durften wir auch nicht benutzen. Das hat mir ein bisschen Sorgen gemacht, denn ich habe eine fünfjährige Tochter, die zu Hause bleiben musste. Als wir da waren, stellte sich heraus, dass meine Freundin und ich nicht zusammen in einem Zimmer schlafen durften. Der Priester sagte, das wäre »besser so«. Die ganze Zeit hatte ich das Gefühl, als ob mich jemand beobachtet – als ob alle, die mitgefahren waren, sich gegenseitig kontrollieren. Jeden Abend gab es ein Treffen im Gemeinschaftsraum. Jeder musste erzählen, was er an dem Tag gemacht hatte, und sogar, was er gedacht hatte und wie er das Verhalten der anderen beurteilte. Die ganze Zeit haben die Betreuer von der Organisation alles überwacht. Diese Prozedur hieß »Die Stunde der Wahrheit«, aber in Wirklichkeit dauerte sie jedes Mal mehrere Stunden. Ich war manchmal so müde und verwirrt, dass ich bereit war, alles zu glauben, was man mir erzählte. Und das war meistens, dass in mir kein Körnchen Gutes wäre, dass ich eine niederträchtige, verabscheuungswürdige Sünderin wäre, und wenn ich nicht anfangen würde, Maria und Jesus dafür zu danken, dass ich überhaupt auf der Welt bin, würde mich eine schreckliche Strafe erwarten. Ich muss zugeben, dass ich mich einmal dagegen gewehrt habe und eine Diskussion mit dem Priester angefangen habe. Das war ein Fehler, den ich jetzt noch bitter bereuen muss.

Sinner:
Hallo Bernadetta, bitte pass auf, was du sagst. Du schreibst etwas von »kontrollieren«, »überwachen«, »Prozedur« und »Strafe«. Wer sollte dich denn bestrafen wollen? Etwa der Priester? Oder deine Freundin? Für mich klingt das so, als willst du

der Bewegung schlechte Absichten unterstellen. Aber vielleicht warst du ja diejenige, die von vornherein negativ eingestellt war? Es hat dich also gestört, dass ihr das Ziel der Reise vorher nicht erfahren durftet und eure Handys ausstellen solltet. Aber so etwas dient nur dazu, damit ihr euch besser auf die Exerzitien einlassen und auf das konzentrieren könnt, was im Leben wirklich wichtig ist. Auf Jesus Christus. Es soll euch helfen, den ganzen überflüssigen Ballast dieser Welt hinter euch zu lassen – auch die Sorge um die Nächsten, ja sogar um die eigenen Kinder. Natürlich ist die Familie wichtig, aber doch nur hier, auf Erden. Deine wahre Familie sind doch Jesus Christus und seine Mutter Maria. Nichts sollte zwischen euch stehen. Nicht einmal deine kleine Tochter. Erinnere dich an die Priester und die anderen Menschen, die du auf den Exerzitien getroffen hast. Willst du, kannst du ihnen wirklich diese schweren Vorwürfe machen?

Marcin hörte auf zu lesen und blickte zu Ada.

»Das ist zwar nur ein Internetforum«, sagte er. »Aber wenn diese Frau wirklich so eine Geschichte erlebt hat – mein herzliches Beileid. *Die Stunde der Wahrheit*? Das hört sich ja an wie 'ne Parteiversammlung zu Genosse Stalins Zeiten ...«

»Komm, lesen wir weiter.« Ada wies mit dem Kinn auf den Bildschirm.

Betrübt stellte Marcin fest, dass ihm von der kleinen Schrift die Augen schmerzten. Ich sollte mal zum Augenarzt, dachte er und rieb sich die Lider.

Bernadetta:
Ich weiß, dass deine Organisation keine Sekte ist. Und es tut mir leid, wenn ich deine Gefühle verletzt habe. Mir kamen diese

Methoden nur einfach sehr merkwürdig vor. Aber das Schlimmste habe ich noch gar nicht geschrieben: Nach der Fahrt hat diese Freundin, die mich mitgenommen hat, mir die Freundschaft gekündigt. Wir arbeiten zusammen, deswegen müssen wir uns jeden Tag sehen. Aber sie siezt mich jetzt. Ich weiß nicht, was ich tun soll.

Alicja_222:
Hallo Bernadetta, ich bin seit neun Jahren dabei und weiß, dass viele Leute, die zum ersten Mal mit auf Exerzitien fahren, ähnliche Probleme haben wie du. Was du gerade durchmachst, ist nämlich die Glaubensprobe. Den Satan gibt es, und er kämpft gerade um deine Seele! Geh so schnell wie möglich zu einem geistlichen Begleiter und besprich deine Zweifel mit ihm. Die geistliche Begleitung ist einer der Grundpfeiler bei den Kindern der Immaculata. *Deswegen kann jemand, der außerhalb der Geistlichkeit unserer Bewegung steht, dir auch keine Lösung bieten. Also: Wende dich an deinen Betreuer und trage dich für einen Termin beim geistlichen Begleiter ein. Tu das unbedingt!!! Gib nicht auf!!! Viele Grüße. Ich drücke dir die Daumen!*

»Es ist ein typisches Merkmal von Sekten, dass sie versuchen, die Mitglieder von Familie und Freunden zu isolieren«, bemerkte Ada.

Marcin sah sie stirnrunzelnd an.

»Ich kenne mich zwar mit Sekten nicht aus, aber das, was ich da lese, gefällt mir überhaupt nicht.«

»Sieh mal, hier schreibt jemand vom *Neokatechumenalen Weg.*« Sie fuhr mit dem Mauszeiger nach unten. »Ach so, es geht um ein anderes Thema. ich glaube, hier finden wir nichts mehr.«

Sie wollte eine weitere Webadresse eingeben, doch Marcin zeigte auf eine Nachricht unter dem Nickname »Schmerzenskind1«.

»Warte mal«, hielt er sie zurück. »Das hier könnte noch interessant sein.«

Schmerzenskind1:
Hallo Bernadetta, ich war ein paar Jahre bei den Kindern der Immaculata. *Und ich bin wirklich froh, dass ich endlich da rausgekommen bin! Du hast absolut recht. Die manipulieren einen, wo es nur geht. Sie versuchen, die Leute von ihren geistlichen Begleitern abhängig zu machen, und die wiederum stehen unter strenger Kontrolle der Priester. Wer da mitmacht, ist irgendwann nur noch eine willenlose Marionette von diesen Betreuern und Begleitern. Deiner Freundin haben sie wahrscheinlich den Kontakt zu dir verboten, und sie tut einfach nur, was sie ihr sagen. Aber ich habe noch Schlimmeres gesehen. Diese Leute reden jungen Männern ein, sie wären zu Priestern berufen, und zerstören dadurch mit voller Absicht Beziehungen, zerschlagen Familien. Das Schlimmste ist aber, dass sie die menschliche Würde mit Füßen treten. Drei Männer sind die Oberhäupter der ganzen Organisation. Pater Tomasz Gdański, Pater Witold Budka und Pater Stanisław Czarnota. Von Czarnota heißt es, er habe das marianische Charisma. Ob das stimmt, wird streng geheim gehalten – aber angeblich sollen die höheren Mitglieder der Bewegung auf Knien zu ihm beten.*

»Was um Himmels willen ist denn das marianische Charisma?«, wollte Marcin wissen.

»Das bedeutet wohl, dass die Muttergottes durch diesen

Menschen spricht.« Ada lächelte schief. »Ich habe Fotos von Czarnota im Internet gefunden. Er hat eine Glatze und einen schnittigen Vollbart.«

»Die vollbärtige Jungfrau! Glatzenmadonna!«

»Das ist alles andere als witzig.«

Er musste ihr recht geben. Falls »Schmerzenskind1« die Wahrheit sagte, dann waren sie auf eine ziemlich explosive Mine gestoßen.

Schmerzenskind1:
Die Doktrin der Bewegung stammt von Pater Gdański. Er ist ein gebildeter, hochintelligenter Mann. Ich habe ihn ein paarmal gehört und muss (leider) sagen, dass er mich schwer beeindruckt hat. Er hat auch einen Professorentitel, hat längere Zeit Theologie und Philosophie an der Uni Warschau gelehrt. Später hat er die akademische Tätigkeit aufgegeben, um sich ganz den Kindern der Immaculata *zu widmen. Seine Lehre lautet, dass alles, was uns begegnet, von göttlicher Liebe diktiert sei. Alles ist eine Gnade. Alle guten und glücklichen Ereignisse, aber auch schlimme Dinge wie zum Beispiel Krankheiten, Scheidungen oder der Tod nahestehender Menschen. Nur die Sünde ist keine Gnade – sie kann allerdings durch Wundertaten in etwas Gutes umgewandelt werden. Als ich bei den* Kindern *war, hieß es immer: »Gott schreibt gerade, auch auf der Menschen krummem Pfade.« Das soll heißen, dass die* Kinder der Immaculata *die Existenz des Bösen anerkennen, ja mehr noch, dass sie das Böse für notwendig halten und es daher absichtlich in den Herzen ihrer Mitglieder hervorrufen wollen. Ich kann nicht begreifen, warum die Kirche eine solche Organisation duldet! Halt dich bloß fern von dem Gesindel!!!*

Damit endete die Nachricht. Ada rutschte unruhig auf ihrem Stuhl herum.

»Dieser Gdański meint also, dass man im Namen des Guten Böses tun kann. Das führt aber in eine sehr gefährliche Richtung ...«

»Scheiße.«

»Ja, eine verfluchte Scheiße!«

Marcin verschlug es die Sprache. Zum ersten Mal hörte er Ada fluchen.

»Jetzt beginnt sich alles zusammenzufügen«, fuhr sie fort, ohne auf sein Erstaunen zu achten. »Auf diesen Stanisław Czarnota sind wir auch schon gestoßen. An ihn sollte Zofia Karols Schlüssel schicken. ›Schmerzenskind1‹ schreibt, dass die Mitglieder der Gruppe manipuliert werden und dass ihnen eingeredet wird, sie seien zum Priester berufen. Das passt zu Monika Lewickas Aussage. Wenn ich mich recht erinnere, sagte sie auch, dass manche Mitglieder der Warschauer Kurie zu den *Kindern der Immaculata* gehören.«

»Warte mal«, unterbrach sie Marcin. »Eine Sache verstehe ich nicht. Wenn das alles stimmt, was die hier schreiben, warum treten dann noch irgendwelche Leute freiwillig in diese Bewegung ein? Wenn sie doch wissen, dass sie ihre eigene Persönlichkeit aufgeben müssen, ihre Freunde und Familien verlieren ... Was bekommen sie dafür, dass sie es trotzdem tun?«

»Das weiß ich auch nicht. Ich hoffe nur, dass Kasia uns heute Abend mehr dazu sagen kann.«

Marcin ging nach draußen, die nächste Zigarette rauchen. Ada stand vom Computer auf und öffnete das Fenster, um frische Luft hereinzulassen. Wieder hielt dicker Nebel die Stadt umfangen. Er hatte eine verdächtig gelbliche Färbung angenommen und ballte sich von Minute zu Minute mehr zusammen. Die schmutzigen Nebelschwaden schluckten Gebäude und Straßen.

Ada runzelte die Stirn. Sie hatte ein merkwürdiges Gefühl. Irgendetwas stimmte nicht. Weit entfernt hörte sie ein dumpfes Grollen, es klang wie der Donner eines nahenden Gewitters, nur tiefer und bedrohlicher. Die feuchte Brise vom Fluss war nicht mehr zu spüren, stattdessen schlug ihr trockene, heiße, stechend riechende Luft ins Gesicht. Das ist gar kein Nebel, wurde ihr plötzlich klar. Das ist Rauch. Entsetzt bemerkte sie, dass draußen eine Feuersbrunst wütete. Sie hatte alle Gebäude ringsum ergriffen. Trotzdem waren keine Sirenen zu hören. Es herrschte Stille, bis auf das Knacken und Krachen der berstenden Wände. Sie wollte zum Telefon rennen, war aber wie gelähmt. Konnte den Blick nicht abwenden von den dicken Rauchschwaden, die durch den Innenhof waberten. Auf dem Korridor ertönten eilige Schritte. Eine Garbe Funken zischte durch die Luft. Es ist bei uns, dachte sie. Der Mostowski-Palast brennt! In einem Fenster im ersten Stock züngelten hellrote Flammen auf, schlugen höher und hatten bald das ganze Stockwerk erfasst. Der Seitenflügel des Gebäudes erbebte und fiel in sich zusammen, gab den Blick frei auf ein Trümmerfeld, das eben noch die Stadt gewesen war. Nun erstreckte sich vor Ada eine geisterhafte Landschaft aus geborstenem Asphalt, verbogenen Autoskeletten, ausgebrannten Ruinen, zwischen denen verkohlte Baumstämme und rußgeschwärzte Schornsteine emporragten. Durch die giftig gelben Nebelschwaden irrten vereinzelte, nur schemenhaft sichtbare Menschen. Ada stand reglos am Fenster, allein, versteinert vor Grauen. Da tauchte auf Höhe des zweiten Stocks eine Frauengestalt auf. Sie war in einen Mantel gehüllt und schwebte langsam auf das offene Fenster zu. Sie öffnete die Lippen, kam noch näher und küsste Ada auf den Mund.

»DAS PARADIES MUSS STERBEN«, sagte sie mit einem schmelzenden Lächeln.

Von unten drang ein irrer, klagender Schrei herauf.

»Ada!« Marcin rüttelte sie an der Schulter. »Ada, hörst du mich? Ada!«

»Was ist denn los?«, fuhr sie ihn wütend an.

»Was los ist? Das sollte ich dich fragen!«, brüllte er zurück. »Ich rede und rede mit dir, und du stehst da – und null Reaktion! Völlig weggetreten!« Er war sichtlich erschrocken.

»Es ist alles in Ordnung. Ich habe nur nachgedacht.«

»Nachdenken nennst du das? Du hattest ganz verdrehte Augen. Ich dachte, du hast irgendeinen Anfall.«

»Ich hab dir doch gesagt, es ist nichts.«

Marcin stand dicht neben ihr. Er keuchte noch immer vor Schreck.

»Komm, lass uns jetzt die Beweisstücke durchsehen.« Sie schob ihn sanft beiseite, durchquerte den Raum und nahm die Pappschachtel vom Regal.

44

Mikołaj Zalewski saß in einer Kneipe an der Burakowska-Straße und sah zu, wie sein jüngerer Bruder in großen Zügen einen Krug Bier leerte. Er selbst hatte sich einen Kaffee bestellt.

Nach der Begegnung mit der Kripobeamtin war Karol plötzlich ins Stolpern geraten und wäre fast hingefallen. Er schwankte so stark, dass Mikołaj ihn erschrocken unterhakte und stützte. Doch einen Augenblick später hatte Karol sich schon wieder gefangen. Er richtete sich auf und lachte.

»Was sagt ein Arzt nach der Abtreibung zur Patientin?«, wandte er sich unerwartet an Iza.

»Keine Ahnung.« Verblüfft sah sie ihn mit großen Augen an.

»›Soll ich die Reste für den Hund einpacken?‹« Er brach in hysterisches Gelächter aus.

Iza blieb wie erstarrt mitten auf dem Gehsteig stehen. Karol verstummte, schüttelte kurz den Kopf und ging davon, ohne sich zu verabschieden. Einen kurzen Moment befürchtete Mikołaj, sein Bruder hätte den Verstand verloren.

»Ich kümmere mich wohl besser um ihn ...« Unsicher lächelte er seine Frau an. »Fahr du schon nach Hause. Ich nehme dann den Bus.«

Iza seufzte. Mikołaj gab ihr die Autoschlüssel, drehte sich

rasch um und eilte seinem Bruder nach. Auf Höhe der Burakowska-Straße holte er ihn ein und packte ihn am Arm.

»Komm, wir setzen uns für einen Moment«, schlug er vor und wies mit dem Kopf auf die Eckkneipe.

»Klar. Trinken wir einen. Schließlich ist es schon nach Mittag.« Karol stieß die vergitterte Tür auf.

Um diese Zeit war die dämmrige Kneipe so gut wie leer. Der Besitzer stützte sich auf den Tresen und las in einem Boulevardblättchen. Mikołaj zahlte fünf Złoty für einen widerlichen labbrigen Filterkaffee. Karol kippte sein erstes Bier herunter und bestellte gleich ein zweites. Die ganze Zeit über behielt er Mikołaj wachsam im Blick.

»Ich hätte nicht gedacht, dass es dich so mitnimmt, dass Zofia anscheinend schwanger gewesen ist«, begann Mikołaj vorsichtig.

»Was weißt du denn schon von mir?« Karols Gesicht war starr, seine Augen hart. »Dass ich armer Irrer unter die Pinguine gehe?«

Sein Ton klang so aggressiv, dass Mikołaj erschrocken die Hände hob.

»Du weißt nichts von meiner Welt. Und du wirst sie auch nie verstehen!«

»Und du brauchst mich nicht anzuschreien«, erwiderte Mikołaj kühl. »Es gibt keinen Grund, sich zu schämen oder wütend zu werden. Es ist ganz normal, dass du um Zofia trauerst.«

»Mein ganzes Leben, alles, was ich tue, alle meine Pläne – du begreifst nichts davon«, zischte Karol mit zusammengebissenen Zähnen. »Du wirfst mir, Piotr und Mutter vor, dass wir keinen Kontakt zu dir wollen. Aber es ist deine eigene Schuld! Du bist taub und blind. Wie soll man sich mit so jemandem verständigen? Und was noch schlimmer ist – du willst taub und blind bleiben!«

Mikołaj holte tief Luft. Am liebsten wäre er aufgestanden und hätte Karol einfach sitzen lassen. Andererseits hatten sie noch nie so offen über all das geredet. Eine Welle heftiger Emotionen rollte von seinem Bruder auf ihn zu. Er beschloss, sich dagegenzustemmen.

»Die Menschen sind verschieden«, sagte er ruhig. »Aber das bedeutet nicht, dass man andere verurteilen darf. ›Anders‹ bedeutet nicht automatisch ›schlechter‹.«

»In den Augen Gottes sind alle Menschen gleich.« Karol stellte seinen Bierkrug ab. »Begreifst du immer noch nicht? Du lebst in der Illusion, dass das, was du dir auf Erden aufbaust, einen Sinn hat. Aber Iza, deine Arbeit, deine Wohnung, dein Auto – das ist alles nur schöner Schein, es sind Papprequisiten, die von jetzt auf gleich verschwunden sein können. Bist du wirklich zu blöd, um das zu begreifen?«

»Du nennst meine Frau ein Requisit?«

»Ja. Eure irdische Beziehung ist jämmerlich. Sie ist schwach und von Grund auf falsch. Jeden Moment kann sie zu Staub zerfallen.« Er schnipste mit den Fingern. »Nur weil Gott es so will, seid ihr noch zusammen. Ich habe Zofia verlassen, und jetzt trauere ich um sie, weil sie tot ist.« Er zögerte. »Aber ich weiß, dass alles genau so geplant war. Es ist Gottes Wille. All das war vorherbestimmt und geschieht nur zu meinem Besten.«

Mikołaj versuchte, ihn zu unterbrechen, doch Karol ließ ihn nicht zu Wort kommen. Mit glühendem Blick und verstrubbeltem Haar saß er ihm gegenüber.

»Deswegen beuge ich mich Gottes Willen und nehme mit Freuden an, was er mir auferlegt. Du hast mich gefragt, und ich antworte dir – auch wenn ich weiß, dass du keinen einzigen meiner Sätze begreifen kannst.«

»Karol«, brachte Mikołaj heraus. »Karol, aber wie kannst du das, was passiert ist, auf dich beziehen? Wie kannst du eine so schreckliche Sache wie den Mord an Zofia als etwas *Gutes* bezeichnen? Etwas, das zu *deinem* Besten geschehen ist? Was ist mit Zofia selbst? Was ist mit ihren Eltern?« Er konnte nicht weitersprechen, es fehlten ihm die Worte.

»Ich weiß, dass es schlimm für sie ist«, antwortete sein Bruder ruhig. »Aber ich sage es dir noch einmal: Für mich zählt nur meine Beziehung zu Gott. *Meine* – nicht die von Zofia oder ihren Eltern.«

Mikołaj glaubte seinen Ohren nicht zu trauen.

»Der Mord an Zofia ist eine schlimme Tat. Ein Verbrechen. Etwas Böses«, beharrte er.

»Gott hat es so gewollt«, erwiderte Karol fest. »Er will die Folgen des Bösen. Wir Menschen leben in ständiger Sünde. Und obwohl wir Gott dadurch beleidigen, vergibt uns Jesus Christus unsere Sünden und beschenkt uns mit seiner größten Liebe. Die heilige Theresia vom Kinde Jesus hat gesagt: ›Freue dich deiner Sünden, denn beleidigten sie nicht Gott den Herrn, so müsstest du willentlich Sünde tun, um dich in den Staub zu werfen vor Ihm‹«, fügte er leiser und etwas weniger fest hinzu.

Der Alkohol zeigte allmählich Wirkung. Karol sackte seufzend in sich zusammen und schwieg. Wortlos saßen die Brüder einander gegenüber. Die Zeitung raschelte, als der Wirt umblätterte. Ein Säufer in der hintersten Ecke wachte auf und brabbelte verärgert vor sich hin.

»Ist ja auch egal.« Karol erhob sich. »Vergiss, was ich eben gesagt habe.«

Er schob seinen Stuhl zurück und eilte, bevor Mikołaj noch reagieren konnte, aus der Tür.

45

Ada stellte die Schachtel mit den Beweisstücken auf ihren Schreibtisch. Marcin beobachtete sie besorgt. Vor wenigen Minuten noch war sie nicht ansprechbar gewesen, hatte steif und leichenblass am Fenster gestanden und auf keine seiner Fragen reagiert. Als er ihr dann seine Hand auf die Schulter legte, war sie zusammengezuckt und hatte heftig nach Luft geschnappt. Wie jemand, der kurz vor dem Ertrinken gewesen war. Marcin war ein eisiger Schrecken in die Glieder gefahren. Plötzlich war ihm bewusst geworden, wie viel ihm an ihr lag. Er umfasste Ada mit beiden Armen, rief um Hilfe, wollte mit fahrigen Händen die Notarztnummer wählen. Da hatte sie ihn plötzlich mit klarem Blick angesehen und ihn sanft beiseitegeschoben.

»Es ist nichts. Es geht mir gut.«

Was war passiert? Was war das gewesen? Unwillkürlich hallten ihm die Worte des Wrocławer Kollegen im Kopf: *ein gottverdammtes Medium.*

»Ich weiß, es ist öde«, sagte Ada leichthin. »Aber wir müssen die Beweisstücke alle noch einmal herausnehmen und betrachten. Bis wir Kasia treffen, bleiben uns noch anderthalb Stunden. Das sollte zu schaffen sein.«

Marcin verfolgte jede ihrer Bewegungen mit den Augen. Alles wirkte ganz normal. Er schluckte und trat ebenfalls an den Schreibtisch.

»Der Hammer und die Kassenbelege. Der Rezeptschnipsel – den brauchen wir, glaube ich, nicht mehr«, zählte sie auf. »Ein Handtuch mit Blutflecken von Zofia Wagner. Ihr Trainingsanzug.« Sie holte ein fest in Folie gewickeltes Päckchen hervor. »Ihr Handy.«

»Warte mal.« Marcin runzelte die Stirn. Tief aus seinem Bewusstsein stieg ein Gedanke auf. Eine seltsame Ahnung ... Sein Herz klopfte heftig.

»Ich habe mir diese Nachricht auf ihrer Mailbox noch nicht angehört. Die, von der wir die Nummer nicht identifizieren konnten. Das sollte ich jetzt tun.«

Ada besah sich das Handy.

»Der Akku ist leer«, stellte sie fest. »Wir haben kein passendes Ladekabel für das Gerät, aber ich habe mir damals in einem Protokoll genau notiert, wie die Nachricht lautete. Moment ...« Sie blätterte in ihren Aufzeichnungen. »Hier.«

Sie reichte ihm ihr Notizbuch.

»Hallo. Ich hoffe, das Treffen heute Abend ist gut gelaufen, sodass du jetzt ruhiger sein kannst. Ich finde auf jeden Fall, es war richtig von dir, mit ihm zu sprechen. Vielleicht können wir uns ja heute doch noch sehen? Ich koche uns was Gutes und nehme einen leichten Wein aus Vaters Laden mit. Ein kleines Gläschen wird schon niemandem schaden.«

Marcin fasste sich an den Kopf.

»O Gott«, flüsterte er.

»Was ist denn?«

»Ich ... Es ist ...«, stammelte er und versuchte, sich zu konzentrieren.

Ada wartete geduldig.

»Du weißt doch noch, letzte Woche.« Er ließ sich schwer in seinen Drehstuhl fallen. »Als ich zum Kindergeburtstag meiner Tochter musste. Bei McDonald's.«

»Klar weiß ich das noch. Am Samstag.«

»Ich bin deswegen früher gegangen. Unten in der Halle habe ich die Frau eines Bekannten getroffen. Sie wartete auf mich.« Er nahm Zofia Wagners Telefon und drehte es in den Händen. »Diese Frau wollte eine Vermisstenanzeige für ihre Tochter aufgeben. Magda Orłowska, zweiundzwanzig Jahre alt. Ich habe die Mutter schnell abgewimmelt, weil sie sich so hysterisch aufführte. Sie hatte noch am Tag davor mit ihrer Tochter gesprochen. Am Samstagmorgen war Magda dann nicht zum gemeinsamen Großeinkauf erschienen, und die Mutter ist in Panik verfallen. Das war ganz am Anfang unserer Ermittlungen, und ich gebe zu – einen Moment lang schien es mir schon verdächtig, dass in Mokotów eine junge Frau ermordet wird und zur selben Zeit eine andere junge Frau spurlos verschwindet. Später bin ich aber dann zu dem Schluss gekommen, dass das kein Grund zur Besorgnis ist. Du weißt es ja selbst – die meisten vermissten Erwachsenen tauchen früher oder später von selbst wieder auf.«

Ada wartete immer noch geduldig.

»Ich mag diesen Bekannten wirklich. Jakub Orłowski. Ein sympathischer Mann.« Marcin holte Luft. »Am nächsten Tag, als die Tochter sich immer noch nicht gemeldet hatte, bin ich zu den Zwillingen gefahren, du weißt schon, das Duo von Mokotów, und hab sie gebeten, sich den Fall besonders genau anzusehen. Die beiden sind gute Ermittler, ich vertraue ihnen. Nach einiger Zeit haben sie mich informiert, dass Magda immer noch nicht wieder aufgetaucht und dass ihr Verschwinden verdächtig sei. Angeblich hat sie gar nichts von zu Hause mitgenommen. Sie ist spurlos verschwunden. Später habe ich mich nur noch um unseren Fall gekümmert und die ganze Sache vergessen. Es hat sich aber auch keiner mehr bei mir gemeldet – weder das Duo noch Jakub Orłowski.«

»Entschuldige, aber ich kann dir nicht ganz folgen.« Ada hob die Brauen. »Was hat diese Geschichte mit der Nachricht auf Zofia Wagners Mailbox zu tun?«

»Jakub Orłowski hat eine Weinhandlung. Und die ist direkt neben Zofia Wagners Haus«, gab Marcin düster zur Antwort.

Ada sah ihn schweigend an.

»Ich frage beim Duo nach. Geh du inzwischen zu den Technikern. Vielleicht haben die ein passendes Ladegerät.«

Eine Viertelstunde später war Ada zurück, ein Kabel in der Hand. Marcin stand mit dem Rücken zur Tür und blätterte nervös in den alten Berichten.

»Und?«, fragte Ada schon auf der Türschwelle.

»Der Fall ist abgeschlossen.« Marcin drehte sich zu ihr um. Er sah besorgt aus.

»Ist sie wieder aufgetaucht?«

»Nein. Sie hat ihren Eltern eine Karte geschrieben, dass sie ein paar Dinge durchdenken muss und für eine Weile allein sein will.«

»Eine Karte?« Ada legte das Kabel auf den Schreibtisch. »Wer schreibt denn heutzutage noch Postkarten?«

»Eben.« Marcin nickte. »Das hat mich auch gewundert.«

»Vielleicht solltest du Herrn Orłowski mal anrufen?«

»Hab ich schon. Er geht nicht ans Telefon. Ich habe ihm eine Nachricht hinterlassen, dass er uns zurückrufen soll. Wir lassen ihn die Mailboxnachricht anhören, ob er die Stimme seiner Tochter erkennt.«

»Vielleicht ist das Ganze nur ein seltsamer Zufall?« Ada steckte das Ladekabel ans Handy.

»Vielleicht.« Marcin klang wenig überzeugt.

Er blätterte immer noch in den Berichten.

»Es ist Viertel nach acht«, sagte Ada. »Wir müssen zu Kasia.«

Sie betraten den altersschwach wirkenden Aufzug in Kasias düsterem Wohnblock. Durch die Wand drang das Glockengeläut der Jesuitenkirche nebenan, der Ruf zur Abendmesse.

»Ich sollte dich vorwarnen.« Ada drückte den Knopf mit der Ziffer neun. »Kasia und ich haben nicht das beste Verhältnis. Ich habe es dir wohl schon gesagt – sie ist nur meine Halbschwester. Wir kennen uns kaum.«

»Und?« Er wartete auf die großartige Offenbarung.

»Nun ... Erstens ist sie ein bisschen seltsam ...«

Wohl kaum seltsamer als ihre große Schwester, schoss es Marcin durch den Kopf, aber er behielt seinen Kommentar für sich.

»Also wundere dich nicht, wenn sie irgendetwas ...« Sie überlegte. »Irgendetwas nicht ganz Salonfähiges äußert.«

»Okay.«

Knirschend hielt der Aufzug im vorletzten Stock.

»Und zweitens«, fuhr Ada fort, während sie ausstieg, »verlangt sie eine Gegenleistung für ihre Hilfe.« Sie öffnete die große Leinentasche, die sie über der Schulter trug, und nahm eine Schreckschusspistole heraus. »Ich muss ihr die hier für ein paar Tage leihen.«

»Waaas?«, protestierte Marcin, doch da wurde bereits die Tür aufgerissen, und eine imposante Blondine stand auf der Schwelle.

»Ach, ihr seid es?«, stellte sie mit einem fragenden Unterton fest, als wundere sie sich, dass sie tatsächlich gekommen waren.

»Hast du's dabei?«

Sie streckte den Arm aus und fasste Ada bei der Schulter. Marcin beachtete sie gar nicht.

»Vielleicht lässt du uns erst mal rein?«

Kasia öffnete die Tür ein Stück weiter. Sie sah völlig anders aus als Ada. Helle Haut, üppige Rundungen und eine weit vorspringende Hakennase. War sie auf hässliche Weise hübsch oder auf hübsche Weise hässlich, fragte sich Marcin. Beides zugleich, entschied er und trat über die Schwelle der winzigsten, verdrecktesten Einzimmerwohnung, die er je zu Gesicht bekommen hatte.

»Das ist Marcin«, stellte Ada ihn vor.

»Hi, Marcin.« Kasia streckte ihm eine schmale Hand entgegen, die weich und warm war wie ein kleines wuseliges Tier. »Setzt euch.« Sie fegte Bücher und Klamotten von zwei Stühlen und schob die Dinge, die sich auf dem Tisch stapelten, beiseite, sodass ein Stückchen Tischplatte frei wurde.

»Tee?«

Marcin schaute in einen Becher, der neben ihm auf dem Boden stand. In einer verdächtigen Flüssigkeit schwamm ein grünlicher Pilz von beträchtlichen Ausmaßen.

»Nein, danke«, antwortete er etwas zu schnell.

»Gut, denn ich hab sowieso nur Leitungswasser.« Kasia lachte laut. »So, die Formalitäten hätten wir hinter uns. Jetzt will ich mein Pfand sehen.«

Ada reichte ihr die Schreckschusspistole.

»Hast du etwas gefunden, was interessant für uns sein könnte?«, fragte sie.

»Keine Ahnung. Du hast mir nicht gesagt, was interessant für euch ist.« Kasia verstaute die Pistole blitzschnell im Schrank. »Deal ist Deal. Die Knarre rück ich nicht wieder raus.«

»In Ordnung. Wir haben nicht vor, sie dir wieder wegzunehmen.« Ada warf Marcin einen unsicheren Blick zu. »Wir möchten nur etwas über die *Kinder der Immaculata* wissen.«

Kasia drehte ihnen den Rücken zu und sah einen Kleiderstapel durch, der auf dem Sofa lag.

»Wollweste in Grün.« Sie zwinkerte Marcin zu. »Ich mach nämlich jetzt auf Großstadtlesbe. Dandy-Stil. Hemd, Weste, Zigarillo. Was sagst du dazu?«

Marcin klappte den Mund auf.

»Schon gut, schon gut.« Sie tätschelte ihm herablassend die Hand. »Also dann ... Was wollt ihr nun von mir wissen?«

»Tja ... Wir wollen wissen, warum die *Kinder der Immaculata* eine eigene Bewegung innerhalb der katholischen Kirche sind«, begann Ada stockend. »Gibt es Unterschiede zwischen ihnen und der traditionellen Kirche? Und was für religiöse Praktiken haben sie?«, fuhr sie flüssiger fort. »Einer unserer Zeugen hat sie eine *Sekte* genannt ...«

»Und das völlig zu Recht«, unterbrach ihre Schwester sie.

Urplötzlich war sie ganz bei der Sache. Sie setzte sich und zog die Knie unters Kinn. Da – genau wie Ada, dachte Marcin.

»In gewissem Sinne ist das tatsächlich eine Sekte«, begann sie. »Wenn sie auch keine Menschen opfern.« Sie lachte über Marcins entsetzte Miene. »Sind ja nicht die *Kinder des Zorns*.« Sie schlug den Plastikhefter auf. »Allerdings ist das, was sie verkünden, gerade noch im Bereich der katholischen Lehre. Manches aber auch nicht mehr.«

Kasia griff nach den Papieren, die Ada ihr ausgedruckt hatte, blätterte sie eilig durch und zog ein paar markierte Seiten heraus.

»Was ich hier gelesen habe, sieht wirklich interessant aus.« Sie leckte ihren Zeigefinger an und blätterte zwei Seiten weiter. »Ihr habt mir die Wumme mitgebracht. Ich weiß eure Mühen zu schätzen. Deswegen will ich euch schnell und möglichst easy sagen, was ich von diesen *Kindern der Immaculata* halte. Aber ohne jede Gewähr. Kapiert? Ich hatte zu wenig Zeit, um mich gründlich vorzubereiten.«

Ada nickte.

»Natürlich. Danke«, brachte sie heraus, und Marcin bemerkte verwundert, dass ihre Stimme unsicher und leicht zittrig klang.

»Gut. Das wäre also klar. Wir haben anderthalb Stunden. Dann müsst ihr gehen. Um elf kommt mein Lover, und ich will ihn nicht mit den Bullen vergraulen.«

Ada seufzte.

»Dann fangen wir also an.« Kasia wurde ernst und legte die Blätter vor sich auf den Tisch. Einige Sätze waren mit Textmarker unterstrichen. »Zwei Sachen. Die erste ist ziemlich kompliziert, es geht um die Wirklichkeit der Welt um uns herum. Oder eher um die nicht vorhandene Wirklichkeit.«

Ada und Marcin sahen sie erstaunt an.

»Derjenige, der diese Heftchen hier geschrieben hat, will offenbar sagen, dass die Dinge um uns herum nur Kulisse sind und die Menschen nur Statisten. Eingesetzt von Gott«, erklärte Kasia. »Wie in der *Truman Show*, habt ihr den Film gesehen? Ein Typ spielt in einer Realityshow mit, weiß aber selbst nichts davon«, fuhr sie fort, ohne eine Antwort abzuwarten. »Seine Eltern haben bei seiner Geburt einen Vertrag mit einem Fernsehsender unterzeichnet. Sie haben ihr Baby verkauft. Die Stadt, in der er lebt, die Bank, in der er arbeitet, die Läden, die Häuser der Nachbarn – alles nur Kulisse. Und die Leute um ihn herum, auch seine besten Freunde und seine Frau, die sind alle Schauspieler.«

Ada und Marcin wirkten immer noch verwirrt.

»Soll das heißen, die *Kinder der Immaculata* glauben, dass die Menschen nicht echt sind?«

»Ja und nein.« Kasia warf ihr einen Blick unter halb geschlossenen Lidern zu.

Sie sprach nun betont langsam, wählte sorgfältig ihre Worte.

»Jeder Mensch befindet sich in einer persönlichen Beziehung mit Gott. Und in dieser Konstellation spielt er die Rolle des Lieblingskindes. Bindungen zwischen den Menschen existieren nicht. Sie sind nur Trugbilder, Illusionen. Deine Freunde und Familie sind Marionetten, deren Fäden Gott in seinen Händen hält. Gott ist der Regisseur, der in der Realityshow deines Lebens die Requisiten und Statisten austauscht. Ein allmächtiger *Master of Puppets*«, schloss sie geheimnisvoll und mit düsterer Stimme.

»Und woher soll ich wissen, ob ich Mensch oder Marionette bin?«

»Spürst du das denn nicht?«

»Na ja ... Wie eine Aufziehpuppe fühle ich mich eigentlich nicht.«

»Da hast du die Antwort. Und über andere Menschen brauchst du dir nicht den Kopf zu zerbrechen. Das ist Gottes Sache.«

Marcin hustete nervös.

»Versteh ich nicht«, ächzte er.

»Tja.« Kasia winkte ab. »Ihr wolltet wissen, ob das, was die

Kinder der Immaculata verkünden, von der Kirchenlehre abweicht. Diese Idee von der Welt als Kulisse und den anderen Menschen, die eigentlich nur von Gott gelenkte Marionetten sind, scheint mir wenig mit dem Christentum zu tun zu haben.«

Ada hob das Kinn, ihre Augen blitzten.

»Und jetzt die zweite Sache. Die ich persönlich spannender finde«, fuhr Kasia fort und hob ein anderes Blatt an die Augen. »Hört mal das hier: *Von heftigen Stößen erschüttert, bricht das Erdreich auf, es klaffen lavagefüllte Schluchten. Flüsse treten über die Ufer. Zuckend schlagen Blitze in die Meere, meterhohe Wassersäulen wachsen zischend gen Himmel. Es brennen die Städte, tosend stürzen Hochhäuser ein, Fabriken explodieren, Autobahnen zerfallen zu Staub. Sie begraben die Autos, in denen Menschen panisch flüchten, unter Schutt und Asche. Eine gespenstisch rote Sonne versinkt langsam am Horizont*«, las sie mit gehobenen Brauen vor. *»Einst war hier das Paradies. Oder ein paradiesisches Fleckchen, das die Menschen zu errichten suchten. Jetzt bringt ein Flammenmeer Vernichtung und Grauen. Über alldem tönt ein unendlicher Schrei – ein Schrei des Schmerzes und der Verzweiflung.«*

»Ein fantastisches Bild!« Ihre Augen strahlten. »An was erinnert euch das?«

»Horrorfilme?«, brummte Marcin zögernd.

»Ich sehe, das Genre des Katastrophenfilms ist dir nicht fremd.« Kasia warf Marcin einen amüsierten Blick zu. »Du hast recht.«

»Das ist einfach eine Schilderung des Weltuntergangs«, mischte sich Ada ein. »Ziemlich unschön, aber ansonsten wenig überraschend, finde ich.«

»Dann hört mal weiter zu.« Kasia nahm sich das nächste Blatt. *»Über die nackte, rauchende Brandstätte schreitet eine weiß gekleidete*

Frau. Unter ihren Füßen zischt die Glut. Sie ist es, sie hat die Welt des Menschen zerstört. Die Welt des Scheins. Sie weint vor Schmerz über das menschliche Leid. Marias Gesicht und Hände sind von Blut überströmt. Unsere Sünden haben ihrem heiligen Leib Wunden zugefügt. Ihre Tränen vermischen sich mit ihrem Blut. Brauchst du wirklich noch jemanden außer mir? Genüge ich dir nicht, fragt sie. Muss ich dich so schwer auf die Probe stellen, damit es dir endlich wie Schuppen von den Augen fällt?«

»Ja und?« Ada wurde ungeduldig.

»Das ist keine Weltuntergangsvision.« Kasia griff nach einer Zigarette. »Es ist eine Warnung, was uns allen schon jetzt widerfahren kann, jeden Moment, wenn wir im Leben nach einem anderen Halt suchen als Gott.«

Ada verzog unwillkürlich das Gesicht.

»Dann bestraft uns die liebende Mutter?«, fragte sie angewidert. »Das ist ja wie bei diesen Eltern, die ihr Kind mit dem Gürtel grün und blau prügeln und zugleich behaupten, selbst am meisten darunter zu leiden, dass sie ihr Liebstes schlagen müssen.«

»Ja. Genauso ist es.« Kasia stieß den Rauch durch die Nase aus. »Du kannst also doch selbstständig denken. Das hier ist eine krasse Sadomasovision. Dieses Bild zieht sich durch alle ihre Texte. Und die Botschaft ist klar: Wenn ihr nicht brav seid, erwartet euch ein schreckliches Unglück. Aller irdischer Besitz wird zerstört, jeder Mensch kommt um, den ihr liebt, wenn ihr nicht begreift, dass einzig und allein Gott eure Liebe und Achtung verdient. Aber natürlich ist das alles nur zu eurem Besten«, fügte sie belustigt hinzu. »Für die *Kinder der Immaculata* ist Maria die zentrale Figur. Bemerkenswert finde ich, dass sie ihren Sohn Jesus Christus fast völlig in den Schatten stellt. Einerseits ist sie nur eine Vermittlerin im Dialog mit Gott. Andererseits wird sie aber auch selbst aktiv. Sehr aktiv sogar. Sie ist es, die in dieser Weltuntergangsvision auftritt, nicht Jesus oder Gottvater. Die Mariengestalt schwebt wie ein Gespenst über die Trümmer der von Menschen erbauten Städte. Sie leidet wie Jesus für die Sünden der Menschen. Mit sowas hatte ich es noch nie zu tun!« Kasia klang begeistert. »Ein weiblicher Gott. Die große Königin.« Sie schwieg eine Weile und starrte gedankenverloren auf die Mappe. »Aber da ist noch was. Etwas sehr Wichtiges. Hier steht, Maria *›entlässt aus ihrem Mantel den Satan‹*. Sie lässt den Teufel frei. Versteht ihr?« Kasia war wie elektrisiert. »Alles Böse, der ganze Schmerz, die ganze Zerstörung – das soll Gott dienen. Die Taten des Teufels werden akzeptiert, nein, sie sind sogar erwünscht, vorausgesetzt, sie führen am Ende dazu, dass die ganze Menschenschar bekehrt wird.«

Ada und Marcin wechselten einen Blick.

»Soll das heißen, die Sekte bringt ihre Mitglieder möglicherweise sogar dazu, Schlimmes zu tun? Verbrechen zu begehen?«

»Das weiß ich natürlich nicht. Für sowas seid doch ihr zuständig, oder nicht?« Kasia warf einen Blick auf ihr Handy und verlor im selben Augenblick jegliches Interesse an dem Gespräch. Sie stand auf, lehnte sich an die Fensterbank und steckte sich noch eine Zigarette an. »Ihr müsst jetzt gehen. Es ist gleich elf.«

»Nur eine Frage noch«, sagte Marcin bittend. »Was bringt die Leute dazu, solchen Vereinigungen beizutreten? Was haben sie um Himmels willen davon?«

»Sehr viel: die *Wahrheit*.« Kasia lächelte flüchtig. »Ein Wissen über die Welt, das andere nicht haben. Damit sind sie etwas

Besonderes, etwas Besseres. Und stehen natürlich über allen anderen, die nicht in der Sekte sind. Aber jetzt muss ich euch endgültig verabschieden.«

Sie wies auf die Tür.

»Wenn ich ehrlich sein soll, weiß ich nicht genau, wie diese Infos uns jetzt weiterhelfen sollen«, meinte Marcin und lehnte sich an das Auto.

»Kasia hat nur das bestätigt, was wir uns vorher schon gedacht hatten.« Ada knöpfte ihren Mantel zu und schob die Hände in die Taschen. Sie zitterte vor Kälte. Marcin wusste, dass es sie große Überwindung gekostet hatte, ihre Schwester um Hilfe zu bitten. Am liebsten hätte er sie jetzt in die Arme geschlossen.

»Die *Kinder der Immaculata* sind also eine Art Sekte, die sich im Schutz der katholischen Kirche zusammengeschlossen hat«, fasste Ada zusammen. »Am unheimlichsten finde ich das mit diesem Film, du weißt schon ...«

»Die *Truman Show.*«

»Genau. Wenn die Menschen um uns herum nicht echt sind, dann heißt das ...« Sie zögerte.

»Dass man sie auch ungestraft töten kann«, beendete Marcin ihren Satz.

Sie schwiegen. Marcin sah Ada an. Ihre zierliche Gestalt, ihren wohlgeformten Kopf mit der hübschen anliegenden Kurzhaarfrisur, die diffus vom Laternenschein beleuchtete Wange, der zitternde, leicht nach unten gebogene Mundwinkel.

»Ada.« Er schob sich näher an sie heran, und ihr Jasminparfüm stieg ihm in die Nase. »Ihr seid völlig verschieden, du und Kasia, und zugleich seid ihr euch sehr ähnlich.«

Er wusste selbst nicht, warum er das sagte. Sie drehte den Kopf weg, doch für den Bruchteil einer Sekunde sah er sie noch lächeln. Gleich darauf blickte sie ihn mit der üblichen gleichgültigen Miene an.

»Kann ich heute wieder bei dir übernachten?«

»Eigentlich nicht.« Sie rückte von ihm ab. »Du solltest dein Privatleben in Ordnung bringen.«

46

Marcin schlug die Augen auf. Er lag auf dem Sofa im Wohnzimmer. Im ersten Moment wunderte er sich. Warum hatte Olga ihm nicht ins Schlafzimmer geholfen wie sonst auch, wenn sie zu Bett ging? Gleich darauf fiel es ihm wieder ein. Sie waren getrennt. Das gemeinsame Schlafzimmer gab es nicht mehr. Er musste so schnell wie möglich ausziehen. Nur wohin? Zu seinen Eltern? Beim bloßen Gedanken daran, wieder sein altes Kinderzimmer in der engen Wohnung in Warschau-Chomiczówka zu beziehen, wurde ihm elend zumute. Er stellte sich vor, wie seine riesigen nackten Füße beim Schlafen über den Rand der Klappcouch ragten. Außerdem wusste er nicht, wie er seinen Eltern die schlechte Nachricht überhaupt beibringen sollte. Wenn sie erführen, dass Olga einen anderen hatte, würde das eine Menge zusätzlichen Wirbel verursachen. Das Verhältnis zu seinen Eltern war auch so schon kompliziert genug. Nein. Aber vielleicht konnte ja Wiktor Pawlak einen Mitbewohner gebrauchen ...?

»Schon wach?« Olgas Gesicht erschien über ihm.

Kurz meinte er, ein verhaltenes Lächeln in ihren Augen zu sehen. Hoffnung keimte in ihm auf. Er schwang rasch die Beine von der Couch.

»Ich ... bin gestern erst spät gekommen«, begann er unsicher. »Da wollte ich dich nicht wecken und habe mich hier hingelegt.«

Er wollte sie um eine Aussprache bitten, ja anflehen. Doch da war es, als legte sich eine metallene Klammer um sein Herz, und im nächsten Moment spürte er wieder nur blinde Wut. Sie hatte ihn betrogen. Vor seiner Nase!

»Ich weiß. Ich habe die Tür gehört«, sagte sie ruhig. »Du hast mich nicht geweckt. Ich habe sowieso noch nicht geschlafen.«

Marcin wollte etwas erwidern, aber die Worte blieben ihm im Hals stecken. Wie konnte sie? Wie konnte sie zwölf Jahre gemeinsamen Lebens einfach so streichen? Ihre Ehe leichterhand in den Müll schmeißen, als wäre sie ein ausgedienter Gegenstand – und keine komplexe Beziehung, an der sie beide mit viel Mühe gearbeitet hatten? Sie hatte etwas getan, das man nicht verzeihen konnte. Das er ihr nicht verzeihen würde.

»Du kannst natürlich erst mal bei uns übernachten. Aber auf die Dauer solltest du dir was anderes suchen.«

Olga setzte sich neben ihn.

Bei uns? Was sollte das heißen – *bei uns*? Olgas Stimme klang fest, ihre Bewegungen waren ruhig, ihr Blick unbarmherzig. Marcin erkannte sie nicht wieder. Was sollte er von so einem eiskalten Drachen schon erwarten?

»Okay, dann such ich mir was«, nuschelte er. Seine Wut war verflogen. Ihm war zum Heulen zumute.

»In Ordnung.« Sie nickte sachlich, als ginge es um den Abwasch oder eine Telefonrechnung. »Wir reden ein andermal. Jetzt muss ich los. Die Mädchen schlafen noch. Kümmere dich um sie, ich komme um fünf zurück.«

Olga stand auf und war aus dem Raum gegangen, bevor er auch nur ein Wort entgegnen konnte.

Er hörte, wie sie die Wohnungstür zuzog. Dann entfernten sich ihre Schritte im Treppenhaus.

Es war, als senkte sich eine unendlich schwere Last auf seine Schultern herab. Erst nach mehreren Minuten hatte er sich so weit gefangen, dass er in die Küche gehen und Kaffee machen konnte. Wenigstens ist der andere Kerl noch nicht hier eingezogen, dachte er und holte sich eine Tasse aus dem Schrank. Wie soll ich bloß allein zurechtkommen? Was soll ich tun?

»Hi Papa.« Hanna stand, nur in Unterhose und Socken, in der Küchentür. »Wo warst du?« Sie tänzelte zum Kühlschrank und holte die Milch heraus. »Mama hat gesagt, ihr lasst euch scheiden«, plapperte sie fröhlich weiter, während sie die Milchpackung und eine Plastikschüssel auf den Tisch stellte.

Die Tasse halb erhoben, erstarrte Marcin mit offenem Mund.

»Wenn Eltern geschieden sind, sollte das nicht auf Kosten der Kinder gehen.« Hanna beugte sich über die Bordsteinkante und nahm ihren rosa Zeichenkoffer aus dem Kofferraum. »Im Gegenteil. Verantwortungsvolle Erwachsene helfen ihren Kindern, die schwere Situation so gut wie möglich zu verarbeiten.«

»Auf Kosten der Kinder? Verarbeiten? Woher kennst du denn solche Wörter?« Mit einem Knall schloss Marcin den Kofferraum, nahm die kleine Antonia an die Hand und schob die ältere Hanna sanft Richtung Tür.

Sie standen im Innenhof des Mostowski-Palasts. Die Temperatur lag etwas unter null. Vom Himmel klatschten schwere, nasse Schneeflocken.

»Von Joanna.« Hanna streckte die Zunge heraus und ließ die Flocken darauf landen.

»Soso. Von Joanna also. Und wer ist diese Joanna?«, brummte er, während er seine Magnetkarte aus der Hosentasche fummelte.

»Ein Mädchen aus meiner Klasse. Ihre Eltern haben sich auch scheiden lassen, und jetzt wohnt sie bei ihrer Mama und dem neuen Freund von der Mama. Aber einmal in der Woche geht sie zu ihrem richtigen Papa. Und der macht jetzt lauter tolle Sachen mit ihr. Ins Kino, zu McDonald's ...«

»Ich will auch zu McDonald's!«, quengelte Antonia los.

»Na schön.« Marcin schob die beiden Mädchen durch die Magnetschranke. »Nachher gehen wir Hamburger essen.«

»Und Eis!«

»Eis auch, aber erst habe ich hier was zu tun. Ihr wartet schön brav auf mich, malt ein Bild, spielt auf dem Computer, und ich mache, so schnell ich kann.«

»Aber wir dürfen sonntagmorgens immer Fernsehen gucken!«, beschwerte sich Hanna.

»Willst du denn gar nicht sehen, wo ich arbeite?«

»Nein, will ich nicht.«

»Vielleicht änderst du deine Meinung noch? Wir haben hier sogar ein Polizeimuseum.«

»Ich will trotzdem nicht. Wenn Eltern geschieden sind ...«

»Noch ist hier niemand geschieden! Und jetzt Schluss mit dem Gemaule und ab nach oben! Ich hab eine ganz nette Kollegin, die kümmert sich um euch«, setzte er versöhnlich hinzu. »Ihr werdet sie bestimmt mögen.«

Ada saß schon an ihrem Schreibtisch und füllte Berichte aus. Sie wandte nicht den Kopf, sondern murmelte nur ein knappes: »Morgen.« Heute trug sie einen dunkelgrünen Rollkragenpullover, einen engen Rock und elegante Schnürstiefel aus weichem Leder.

»Ist das die nette Frau?«, fragte Antonia schüchtern.

»Ja. Sie kümmert sich um euch.«

»Wie bitte?« Ada drehte sich abrupt um. »Worum kümmere ich mich?«

»Es ist nur eine Stunde …«, sagte Marcin bittend. »Olga musste weg, und die Mädchen sind bei mir geblieben. Und ausgerechnet da hat Jakub Orłowski angerufen. Wir treffen uns um elf. Ich rede nur ganz kurz mit ihm, frage, was jetzt mit seiner Tochter Magda ist, und komme dann sofort wieder. Wir müssen das alles so schnell wie möglich in Erfahrung bringen. Du meinst doch sicher auch, dass es besser ist, wenn ich das Gespräch übernehme. Wir kennen uns schon lange«, setzte er eilig hinzu.

Hanna schlüpfte aus ihrem Mantel, Antonia breitete die Malsachen auf dem Boden aus. Ada betrachtete die Kinder mit sichtlichem Widerwillen. Sie protestierte aber nicht, sondern drückte nur seufzend die *Enter*-Taste.

»Ich drucke jetzt die Berichte aus. Geh du dann bitte beim Sekretariat vorbei, unterzeichne alles und fax es an Modzelewski. Und wir« – sie wandte sich den Mädchen zu – »lernen uns erst einmal kennen.«

»Bist du Papas neue Freundin?«, fragte Antonia und hob den Kopf von ihrem Bild.

»Aber nein, Mädchen, um Himmels willen! Wie kommst du denn darauf?«

Marcin machte, dass er wegkam.

Im Sekretariat war niemand. Er lehnte sich an den Türrahmen und wischte sich die Stirn. Wie kam es nur, dass seine Töchter die neue Situation so ungerührt hinnahmen? Dass sie überhaupt nicht geschockt wirkten? Er hatte Geheul und Geschrei erwartet, dem später dann, in der Pubertät, eine ausgeprägte Magersucht folgen würde. Vor dreißig Jahren, als er selbst noch zur Schule gegangen war, hatte kein einziges Kind aus seinem Bekanntenkreis nur bei der Mutter gewohnt. Und schon gar nicht bei *der Mama und dem neuen Freund von der Mama*, wie Hanna es so leichthin formuliert hatte. Dass ein Kind nur beim Vater wohnte, wäre gänzlich unerhört gewesen. Selbst wenn Eltern sich getrennt hatten, so redete doch niemand davon. Die Kinder hätten es niemals offen zugegeben. Eine Scheidung war ein Grund zur Scham gewesen; nicht nur die Erwachsenen waren anschließend für immer gebrandmarkt, sondern sämtliche Mitglieder der Familie. Aber Antonia und Hanna schienen die plötzlichen Veränderungen völlig normal zu finden.

»Umso besser«, brummte er. »So ist es leichter für sie.«

Im tiefsten Innern fühlte er sich aber doch getroffen. Er seufzte tief auf und ging zum Drucker. Nahm den Blätterstapel aus der Lade, setzte sich an den Schreibtisch auf Dagmaras Platz und unterschrieb der Reihe nach die Berichte. Ada hatte die Protokolle nach einer Strategie ausgefüllt, die Marcin und sie vereinbart hatten: Sie fokussierten sich auf die Person Karol Zalewskis als Zofia Wagners Ex-Verlobten. Über das Priesterseminar und Karols Verbindung zu den *Kindern der Immaculata* sowie Wagners Schwangerschaft berichteten sie nur knapp, Minister Algierski wurde überhaupt nicht erwähnt.

»Hi.« Unvermutet betrat Wiktor Pawlak das Sekretariat.

»Hi.« Marcin steckte das erste Blatt ins Faxgerät. »Dagmara ist nicht da.«

»Was du nicht sagst.« Pawlak setzte sich auf die Schreibtischkante. »Ich wollte zu dir, nicht zu Dagmara. Stell dir vor.«

»Zu mir? Weswegen denn?«, fragte Marcin zerstreut, während er die Berichte ordnete.

»Wegen der Mimose natürlich.«

Marcin hob den Kopf und sah seinen Freund scharf an. Der hielt dem Blick stand.

»Ich habe es dir doch schon gesagt.« Verärgert zog Marcin die Brauen zusammen. »Lass sie in Ruhe. Sie hat mit dem Informationsleck nichts zu tun. Ich bin doch in Wrocław gewesen und habe diesen Kollegen ausgequetscht, der jahrelang mit ihr zusammengearbeitet hat ...«

»Weiß ich doch, weiß ich«, unterbrach ihn Pawlak. »Hab doch auch schon mit Rogowski gequatscht. Was spielste dich denn so auf? Der große Verteidiger, oder was? Der edle Ritter!«

Marcin schwieg.

Pawlaks Gesicht sah müde und eingefallen aus, unter seinen Augen waren tiefe Ränder.

»Tut mir leid, Alter«, lenkte er ein. »Vielleicht hast du ja recht. Vielleicht ist es gar nicht das Mimöschen, das die Fresse nicht halten kann, sondern irgendein anderer Wichser.« Er machte eine unbestimmte Handbewegung zum Flur hin. »Aber mir verpassen sie hier bald 'nen Arschtritt. Und deswegen, verdammte Scheiße, muss ich wissen, ob sie's war oder nicht.«

»Und wie willst du das rausfinden, he? Mit hundertprozentiger Sicherheit, meine ich?« Marcin spürte, wie er vor Wut rot anlief.

»Hab mir so meine Gedanken gemacht.« Pawlak klopfte mit seinen Fingerknöcheln auf die Tischplatte. »Wir haben doch hier in unserer schönen Firma einen Lügendetektor, oder nicht? Und du kannst ihn bedienen.«

Marcin riss die Augen auf.

»Vergiss es«, sagte er, als er seine Sprache wiederfand. »Vergiss es, Alter.«

»Und warum nicht?«

»Darum. Das mach ich nicht. Es ist demütigend.«

»Demütigend, sagst du? Ich sag nur eins: für'n Arsch!« Pawlak wurde laut. »Aber die Entscheidung liegt sowieso nicht bei dir. Ich frag die Mimose einfach. Vielleicht will sie's ja selber. Damit die Sache endlich klar ist.«

Marcin sah auf die Uhr. Fast zehn.

»Wir haben vierzig Minuten«, räumte er widerwillig ein. »Dann muss ich los.«

»Reicht doch, oder?« Pawlak zeigte lächelnd seine kleinen Nagerzähne.

In dem Moment kamen Hanna und Antonia ins Sekretariat gerannt, gefolgt von Kommissarin Rochniewicz mit leicht zerzaustem Haar und konsternierter Miene.

»Die Frau ist gar nicht nett, Papa!«, kreischte Antonia und hängte sich an Marcins Bein. »Sie hat mich ›Mädchen‹ genannt!«

»Ada«, brachte Marcin unwillig heraus. »Ada ... ähm ... Wiktor hätte da mal 'ne Frage ...«

Der Lügendetektor befand sich in einem kleinen, engen und fensterlosen Verhörraum direkt neben dem Sekretariat. Bis auf einen Schreibtisch mit Computer, zwei Sessel und eine an den Computer angeschlossene metallene Box war der Raum leer.

Marcin blieb auf der Schwelle stehen.

»Das ist doch völlig idiotisch!«

Er hatte damit gerechnet, dass Ada Wiktor Pawlak nicht weiter beachten würde. Stattdessen hörte sie ihm ruhig und aufmerksam zu und erklärte sich sofort bereit, den Test zu machen. Marcins Gegenargumente drangen weder zu ihr noch zu ihm durch. Die Kinder sollten währenddessen im Empfangsbereich warten, schlugen sie vor und brachten Hanna und Antonia nach unten, ohne ein weiteres Wort zu wechseln oder sich anzusehen. Nun standen sie steif und abwartend rechts und links von Marcin. Wie zwei störrische Esel, dachte er verärgert.

»Ich habe es euch doch schon erklärt«, versuchte er es noch einmal. »Solche Tests müssen von einem Experten durchgeführt werden. Die Analyse der Ergebnisse ist schwierig. Das kann man nicht mal eben so nebenbei machen. Erst einmal muss überhaupt jemand die entsprechenden Fragen vorbereiten ...«

»Okay, okay.« Pawlak klopfte ihm auf den Rücken. »Das kriegst du schon hin.«

Ada stand schweigend da, die Arme über der Brust gekreuzt.

»Geht das nicht in deinen Schädel?«, erhitzte sich Marcin. »Hier gibt's kein rotes Lämpchen, das bei jeder falschen Antwort aufleuchtet. Das ist doch kein Fernsehquiz! Da kommen mehrere komplizierte Kurven raus, die jemand entschlüsseln muss. Und mir fehlen dafür die Kompetenzen ...«

»Alle hier in der Firma wissen«, fiel Pawlak ihm ins Wort, »dass du dich mit dem Ding auskennst. Wer hat denn ein halbes Jahr lang an der Maschine rumgespielt, he?«

»Das ist das richtige Wort. Rumgespielt!«, entgegnete Marcin heftig. »Bist du noch ganz dicht?«

»Sie will es doch auch.« Pawlak wies mit einer Kopfbewegung auf Ada. »Hör mal, Alter«, fuhr er fort. »Vielleicht kriegen wir nicht alles raus, aber irgendwas wird die Sache schon bringen. Das reinigt die Atmosphäre. Da sollte dir doch auch dran liegen.«

Marcin biss den Kiefer zusammen.

»Na wunderbar. Wie ihr wollt.« Er zuckte mit den Achseln. »Aber es dürfen nur zwei Leute im Raum sein: der Prüfer und der Befragte.«

»Ich bin ganz leise«, versicherte Pawlak.

Marcin warf ihm einen trüben Blick zu. Er hatte keine Kraft mehr dagegenzuhalten.

»Na gut, dann setz dich also«, wandte er sich an Ada und rückte den einen Sessel zurecht. »Leg die Arme auf die Armlehnen. Ich befestige jetzt die Elektroden an dir. Versuch dich zu entspannen, denk an was Schönes ...« Er hielt inne, als er ihren kühlen, vollkommen gelassenen Blick bemerkte. »Wir wissen ja alle, wie das geht«, fuhr er fort und ließ sich schwer in den zweiten Sessel auf der anderen Schreibtischseite fallen. »Ich stelle dir ein paar einfache Fragen. Du antwortest mit ›Ja‹ oder ›Nein‹. Dabei zeichnet der Polygraf die physiologischen Reaktionen deines Körpers auf: Veränderungen des Blutdrucks, der Schweißabsonderung und so weiter.«

Marcin sprach zu Ada, sah aber Wiktor Pawlak an.

Er war wütend und fühlte sich verwirrt. Da dämmerte ihm plötzlich, warum ihn das Ganze so nervös machte. Was, wenn Ada lügen würde? Vor weniger als zwei Wochen hatte er sich mit Händen und Füßen dagegen gesträubt, mit einer Frau zusammenzuarbeiten. Und jetzt befürchtete er, er könnte sie verlieren. Heimlich tastete er mit den Fingern nach dem Schokoriegel, den er in der Jackentasche bei sich hatte. Dann stellte er den Computer an.

»Es kann losgehen«, seufzte er. »Bist du so weit?«

Ada nickte.

»Gut. Schneit es heute draußen?«, stellte er ihr die erste Frage.

»Ja.«

Der Polygraf verzeichnete eine ruhige, gleichmäßig verlaufende Linie.

»Hast du einen grünen Pullover an?«

»Ja.«

»Heißt du Adela Rochniewicz?«

»Ja.«

»Bist du in Kłodzko geboren?«

»Nein.«

Pawlak stand hinter seinem Rücken und beobachtete gebannt den Bildschirm.

»Bist du verheiratet?«, fragte Marcin in der gleichen emotionslosen Stimmlage weiter.

Adas Blutdruck stieg etwas an.

»Nein«, antwortete sie.

»Hast du Kinder?«

»Nein.« Sie begann leicht zu schwitzen.

Kurz überlegte Marcin, welche Frage sie aus dem Gleichgewicht bringen könnte.

»Fühlst du dich einsam?«, fragte er schließlich.

»Nein.« Die Kurve für den Puls stieg schlagartig an.

Marcin spürte, wie er rot wurde.

»Wohnst du in Warschau?«

»Ja.« Die Kurve fiel wieder ab.

Er atmete tief ein und versuchte, sich zu konzentrieren.

»Olgierd Rochniewicz ist der Besitzer des Zeitungsverlags, in dem die Zeitung mit den Fotos aus unserem Präsidium erschienen ist. Ist Olgierd Rochniewicz dein Vater?«

»Nein«, kam die prompte Antwort. »Ich habe nichts mit dem Mann zu tun.«

Pawlak schnappte leise nach Luft. Marcin riss überrascht die Augen auf. Keines der Messgeräte zeigte eine Veränderung an. Das Diagramm sah genauso aus wie bei der Frage nach dem

Wetter. Ada saß ihm ungerührt gegenüber, blickte ihm ruhig und fest in die Augen. Ein unbehagliches Schweigen kehrte ein. Durch den Spalt unter der Tür zog es kühl herein, ein Staubflöckchen flog vom Boden auf.

»In Ordnung«, fuhr Marcin unsicher fort. »Dann jetzt die letzte Frage: Hast du Informationen über unsere Ermittlungen an die Presse weitergegeben?«

»Nein.«

Er brauchte gar nicht auf den Bildschirm zu schauen. Es war ihm auch so klar, dass die Kurven unverändert weiterliefen. Ada hatte den Polygrafen überlistet. Er wusste, dass ein Lügendetektor nicht hundertprozentig zuverlässig war. Die Genauigkeit der Kurven lag bei siebzig bis neunzig Prozent. Er ließ sich von Menschen in die Irre führen, die durch lange Übung gelernt hatten, ihren Atem und ihre Herztätigkeit zu kontrollieren. Agenten oder Spione konnten ihren Blutdruck willentlich beschleunigen und aufgewühlte Emotionen simulieren, sodass ein Rauschen von Informationen entstand, das es unmöglich machte, die physiologische Reaktion bei den Antworten auf neutrale Fragen und Kontrollfragen zu vergleichen. Ada aber hatte das Umgekehrte getan – sie hatte bewusst gelogen und dabei ihren Körper vollkommen beherrscht. Von so etwas hatte Marcin noch nie gehört.

»Du kannst dir die Elektroden abnehmen«, sagte er zu Ada und spürte zugleich, dass er in kalten Schweiß gebadet war. »Wiktor, bist du jetzt zufrieden?«

Pawlak legte den Kopf schief.

»Sogar ich kann aus diesem Gekrakel herauslesen, dass es keinen Grund mehr gibt weiterzubohren. Mimose« – er streckte die Hand aus – »nimm's mir nicht übel ...«

»Das tue ich nicht«, sagte sie kühl und erwiderte seinen Händedruck.

Marcin schwieg und hatte den Blick auf den Boden geheftet.

»Tja, dann lass ich euch wohl mal besser in Ruhe, was?«

Pawlak trat von einem Fuß auf den anderen. Er wirkte bedrückt. Seine Schultern hingen nach vorn, die Arme baumelten herunter. Langsam und widerwillig schlurfte er zur Tür, drückte die Klinke. Auf der Schwelle blieb er noch einmal stehen, als wäre er sich nicht sicher, ob er schon gehen solle.

»Du warst es nicht«, sagte er mit matter, tonloser Stimme. »Aber irgendwer hält hier nicht dicht. Irgendeiner von uns ist ein Kollegenschwein.«

Dann ging er.

Ada wollte ebenfalls gehen, doch Marcin hielt sie zurück. Folgsam blieb sie stehen. Er starrte ihr tief in die Augen. Sie hielt seinem Blick stand. Die Tür schloss sich hinter Pawlak. Ada und Marcin standen stumm da und maßen sich mit Blicken.

»Du lügst.« Marcin sprach als Erster. »Du lügst uns unverschämt ins Gesicht. Sogar den Lügendetektor hast du überlistet. Du wusstest, dass es funktionieren würde. Nur deswegen hast du dich testen lassen.«

Sie sagte nichts.

»Ada.« Marcin hob die Stimme. »Ich weiß, dass du die Tochter von Olgierd Rochniewicz bist. Ich war in Wrocław. Im Auftrag von Rogowski. Er wollte dich überprüfen lassen. Ich habe mit Kommissar Rymkiewicz gesprochen. Er hat mir alles gesagt ...«, platzte er heraus.

Kaum merklich veränderte sich ihr Gesichtsausdruck. Eine winzige Bewegung nur, ein Zucken unter der Haut. Als wollte etwas in ihr ihn warnen, ihn zurückhalten.

»Ada«, sprach er trotzdem weiter. »Ich weiß alles …« Seine Stimme wurde leiser, dann verstummte er ganz. Plötzlich war seine Sicherheit wie weggeblasen, stattdessen überkamen ihn Zweifel und eine unendliche Scham.

Sie drehte den Kopf weg.

»Das ist nicht in Ordnung«, sagte sie schließlich.

»Es war nicht meine Idee, dir hinterherzuspionieren«, murmelte er. »Das war ein Auftrag vom Chef.«

Ada lehnte sich mit der Hüfte an den Schreibtisch und dachte nach. Ihr Gesicht war ernst und konzentriert, verriet weder Ärger noch Groll. Schließlich schien sie einen Entschluss gefasst zu haben. In einem Tonfall, den Marcin nicht einordnen konnte, begann sie zu reden.

»Olgierd Rochniewicz ist mein biologischer Vater, ja. Aber ich empfinde mich schon seit Langem nicht mehr als seine Tochter. Er hat viel Geld«, erklärte sie trocken. »Er hat mir die Wohnung gekauft, mein Auto, und hin und wieder überweist er mir was. Er ist mir einiges schuldig. Sagen wir …« Sie zögerte. »Sagen wir, er hat sich in der Vergangenheit nicht korrekt verhalten. Ich weiß davon, und er bezahlt mich für mein Schweigen. Genügt dir diese Erklärung?«

Marcin schluckte.

»Und die Fotos in der Zeitung?«

»Hör zu«, sagte sie hart. »Ich arbeite nicht für diesen Typen. Er kriegt keinerlei Informationen von mir. Weil ich es ganz einfach nicht nötig habe. Verstehst du? Er bezahlt mich sowieso, und ich nehme sein Geld an. Und das ist der einzige Aspekt in meinem Leben, den ich zweifelhaft finde«, setzte sie leiser hinzu. Dann stieß sie sich vom Schreibtisch ab, stand aufrecht und kerzengerade vor Marcin. »Ich bin keine Denunziantin.«

Sie hob das Kinn. »Aber Pawlak hat recht. Irgendwer in der Firma schiebt der Presse Informationen zu. Und wir sollten herausfinden, wer.«

Marcin durchzuckte ein seltsames Gefühl. Als hätte er etwas Wichtiges übersehen. Etwas, das vor Kurzem passiert war, ein winziges, aber wesentliches Detail.

Es war schon nach elf, als er vor Adas Haus parkte. Über die Sache mit dem Lügendetektor und Marcins Treffen in Wrocław hatten sie kein Wort mehr verloren. Nach Adas Befragung war Marcin auf dem Flur an einem der großen Fenster stehen geblieben und hatte wie betäubt auf die Fußgänger unten auf dem Gehweg gestarrt. Was sollte er jetzt tun? Sich anziehen, seine Töchter irgendwo unterbringen und zu Jakub Orłowski fahren? Oder Ada um Entschuldigung bitten und ihr noch mal alles erklären? Wie hatte sie es bloß geschafft, den Polygrafen hinters Licht zu führen? Marcin fühlte sich desorientiert und verwirrt wie jemand, der gerade aus dem Tiefschlaf aufgewacht ist und noch nicht genau weiß, wo er sich befindet. Wie gelähmt stand er am Fenster, unfähig, irgendeinen Schritt zu tun. Erst als er eine leichte Berührung an der Schulter spürte, kam er ein wenig zu sich. Es war Ada.

»Zieh deine Jacke an«, sagte sie. »Du fährst jetzt die Kinder und mich zu meiner Wohnung. Ich kümmere mich um sie, irgendwas wird mir schon einfallen«, fügte sie wenig überzeugt hinzu. »Diese eine Stunde halten sie schon noch durch. Und du kannst in Ruhe mit Herrn Orłowski reden.«

Ihre Miene war ruhig und undurchdringlich wie immer. Was verbarg sie vor ihm? War sie genervt? Verletzt, weil sie sie verdächtigt hatten? Verbarg sie überhaupt etwas vor ihm?

»Dann lass uns runtergehen zum Empfang.«

Mit festen, raschen Schritten eilte sie vor, und er hastete ihr schnaufend nach. Nur fünfzehn Minuten später standen sie vor Adas Haus.

»In einer Stunde bin ich wieder da, höchstens anderthalb«, versicherte er seinen Töchtern. »Und dann gehen wir zu McDonald's.«

Hanna blies die Backen auf. Antonia rückte von Ada ab, bis sie am Rand des Gehsteigs stand. Ihr Mund war weinerlich verzogen, die Augen voller Tränen.

»Ich bin gleich wieder da.« Marcin strich ihr über den Kopf, schob sie sanft zurück zu Ada und zog die Autotür mit einem Knall hinter sich zu.

Er trat aufs Gaspedal und wendete scharf, um sofort wieder mit quietschenden Reifen zum Stehen zu kommen. Über dem Eingang zum Lebensmittelladen hing ein Reklameplakat mit einer lächelnden Frau beim Gemüseeinkauf. Das Plakat wellte sich in der Nässe und hatte sich schon halb von der Werbetafel abgelöst. Die Verkäuferin war nicht mehr ganz zu sehen, nur ihr Arm und ihre Hand, die eine Tomate hielt. Der Rest des Plakats baumelte schlaff von der Tafel herab. Marcin stieß einen lang gezogenen Pfiff aus. Das war es! Jetzt wusste er, was ihm seit dem Lügendetektortest keine Ruhe gelassen hatte. Beim Anblick des halb herabhängenden Werbeplakats war ihm urplötzlich eingefallen, was er übersehen hatte. Hektisch kurbelte er die Scheibe herunter.

»Hey!«, rief er. »Wartet mal!«

Ada drehte sich um und kam ans Auto.

»Was ist los?«

»Erinnerst du dich an das letzte Foto, das in der Zeitung erschienen ist?«

»Natürlich.« Sie nickte.

»Wer war da drauf?«

»Wie – wer? Das weißt du doch: Pawlak und dieser Okruschwili.«

»Eben.«

Sie sah ihn mit großen Augen an.

»Begreifst du denn nicht?«, rief er begeistert. »Ich war doch auch bei dem Verhör dabei. Aber ich bin nicht mit auf dem Foto.«

»Ja. Und?«

»Also. Irgendwer in der Firma wollte uns verpfeifen«, erklärte Marcin und lehnte sich aus dem Fenster. »Und dafür hat er sich genau den Zeitpunkt ausgesucht, an dem du zur Arbeit kamst. Ich bin ja dann zusammen mit dir rausgegangen – deswegen bin ich nicht mit auf dem Bild. Ziemlich schlau eingefädelt, denn so musste der Verdacht ja auf dich fallen. Dieses Arschloch, wer immer es ist, muss lange auf die passende Gelegenheit gewartet haben.«

Ada runzelte die Stirn.

»Und das bedeutet, er macht es nicht für Geld«, fuhr Marcin fort. »Denn wenn er dringend Kohle bräuchte, hätte er nicht den richtigen Moment abgewartet und alles passend hingedreht. Hab ich recht?«

»Ja ...«, meinte Ada zögernd.

»Auf dem letzten Foto ist nur Pawlak mit Okruschwili im Raum, und nur Pawlak kann wegen der ganzen Sache rausfliegen. Verstehst du?«

Ada befeuchtete sich nachdenklich mit der Zungenspitze die Lippen.

»Hat denn irgendjemand in der Firma etwas gegen Pawlak?«, fragte sie nach einem Moment des Zögerns.

»Aber sicher doch«, sagte Marcin und presste die Fingerknöchel gegen seine Schläfe. »Sicher. Es ist natürlich kein Beweis, aber ich weiß, dass Pawlak vor ein paar Monaten einen schlimmen Streit mit Kapusta hatte.«

»Ich will rein. Mir ist kalt!«, rief Hanna quengelnd.

Ada verzog unwillkürlich das Gesicht. Marcin zog seinen Kopf zurück und kurbelte die Scheibe wieder hoch.

»Ich muss los, bin schon viel zu spät dran. Es dauert nicht lange«, versprach er, wie schon so oft an diesem Tag.

Ohne sich noch einmal umzusehen, gab er Gas und fuhr davon. Eine Krähe auf dem Dach des Müllhäuschens krächzte heiser und linste dem alten Opel nach.

47

Ada kam zurück ins Wohnzimmer. Auf einem Tablett balancierte sie zwei Gläser Wasser.

»Hier. Ihr wolltet doch etwas trinken«, sagte sie mit müder Stimme.

Hanna sah sie nicht einmal an. Sie lag auf dem Boden und blätterte in einem großen Bildband über mittelalterliche Foltermethoden. Ihre Füße in den schlammverschmierten Stiefeln ruhten auf der Sofakante, während sie mit zusammengezogenen Brauen angestrengt eine Illustration studierte, auf der ein Mann mittels eines stählernen Folterwerkzeugs in eine zusammengekrümmte Körperhaltung gezwungen wurde.

»Der Storch«, las sie stockend vor, *»verursachte schmerzhafte Krämpfe der Bauchmuskeln und des Mastdarms.«*

Filip-Olenka kam mit gesträubtem Fell ins Zimmer geschossen und sprang aufs Regal, wo er sich in dem Spalt zwischen Büchern und Wand verkroch. Antonia tappte hinterher.

»Ich wollte die Katze doch nur streicheln«, beklagte sie sich. »Ich will sie auf den Arm nehmen.«

»Das geht nicht.« Ada stellte das Tablett ab. »Die Katze mag keine Kinder.«

»So wie du?«

»So ähnlich«, sagte sie seufzend und sammelte ein paar auf dem Boden verstreute Bücher auf. »Jetzt habe ich dich schon dreimal gebeten, die Schuhe auszuziehen«, wandte sie sich an Hanna. »Ich weiß ja nicht, wie es bei euch zu Hause ist, aber hier gibt es gewisse Regeln.«

»*›Der Gefolterte starb eines langsamen und äußerst schmerzhaften Todes‹*«, las Hanna weiter, ohne ihre Position zu verändern. »*›Mit der Zeit trieben die durch den Storch verursachten Qualen den Gefolterten in den Wahnsinn.‹*«

»Mir ist langweilig!«, rief Antonia dazwischen.

Ada hob den Finger an die Lippen. Schon jetzt war sie völlig erschöpft.

»Vielleicht willst du etwas malen?«

»Hab ich doch schon …« Antonia stellte sich auf die Zehenspitzen und versuchte, Filip-Olenkas hinter dem Regal herabbaumelnden Schwanz zu fassen. »Ist das ein Junge oder ein Mädchen?«

»Wer?«

»Die Katze.«

»Ach so. Die ist nichtbinär.« Ada ließ sich schwer aufs Sofa plumpsen.

»Was ist das – nichtbinär?« Hanna sah von ihrem Buch auf.

»Guck in der Enzyklopädie nach«, sagte Ada müde. »Die steht da drüben im Regal, neben den Bildbänden. Und ziehst du jetzt endlich deine Stiefel aus!«

»Hast du einen Fernseher?« Antonia griff nach einem Schmuckkästchen auf dem untersten Regalbrett.

»Nein. Und fass hier bitte nichts an.« Ada nahm ihr das hölzerne Kästchen weg und stellte es auf die Fensterbank.

»Und was soll ich dann machen?«, jammerte Antonia, den Mund bereits zum Weinen verzogen.

Ada spürte, wie ihr der Schweiß ausbrach. Da klingelte das Telefon.

»Das ist bestimmt Papa.« Sie zwinkerte Antonia aufmunternd zu. »Er kommt bestimmt gleich.«

Hanna legte den Bildband weg und hob gespannt ihren Kopf.

»Hallo?«

»Hey.« Marcins Stimme klang unsicher. »Ich hab ... ähm ... schlechte Nachrichten. Weil ich so spät dran war, musste Orłowski schon los, zum Großhändler. Ich warte jetzt auf ihn, aber eine Weile dauert es noch.«

»In Ordnung, überhaupt kein Problem«, erwiderte Ada munter. »Erledige das in Ruhe. Wir kommen hier schon klar.«

»Sind die Mädchen artig?«

»Ja, das sind sie. Sehr artig«, betonte Ada, während sie Antonias Händen eine elegante Tonvase entwand. »Wir warten hier auf dich.«

»Ich will aber nach Hause!«, plärrte Antonia los.

Ada legte rasch auf. Eine Weile starrte sie die Fünfjährige kühl und durchdringend an. Tränen begannen über Antonias Wangen zu rinnen.

»Nicht weinen.« Ada streichelte unbeholfen ihren Arm. »Schau mal«, versuchte sie das Mädchen abzulenken, »welchen Schrecken du der Katze damit einjagst.«

Antonia hörte auf zu schluchzen. Ihr Gesicht sah jetzt ängstlich aus. Filip-Oleńka saß fauchend im Regal. Ada wollte ihn herunternehmen, doch er fauchte nur noch lauter und schlug mit gespreizten Krallen nach ihr. Ada seufzte.

»Wartet mal«, sagte sie und holte ihr Handy. »Wir machen das anders. Hier muss auf der Stelle etwas unternommen werden, bevor die Situation außer Kontrolle gerät«, setzte sie mit fester Stimme hinzu. »Dagmara? Bist du gerade beschäftigt? Ich hätte da eine große Bitte an dich ...«

Eine halbe Stunde später klopfte sie sich in Gedanken auf die Schulter für die gute Idee. Mit Dagmaras Eintreffen hatten sich urplötzlich alle Probleme wie von selbst gelöst. Hanna zog brav ihre Stiefel aus und ließ sich zusammen mit Antonia vor dem Computer platzieren. Dagmara brachte ihnen Apfelsaft, belegte Brote und Erdnüsse zum Knabbern.

Ada warf einen missbilligenden Blick auf die Schüssel.

»Dann liegen doch nachher überall die Schalen rum?«, sagte sie mit gesenkter Stimme zu Dagmara.

»Natürlich«, gab Dagmara sorglos zurück. »Aber dann putzt du nachher eben schnell.« Sie legte eine DVD mit einem Zeichentrickfilm in den Computer ein. »Was für ein glücklicher Zufall, dass ich hier ganz in der Nähe wohne, nicht wahr?«, fuhr sie fröhlich fort, während sie Ada in die Küche folgte. »Und dass ich diese ganzen Filme zu Hause habe. Es ist vielleicht ein bisschen kindisch.« Einen Moment lang wirkte sie verlegen. »Aber dir kann ich's ja sagen: Ich liebe Zeichentrickfilme. Alle. Aber vor allem die alten polnischen und tschechischen. Weißt du noch, *Hündchen Reksio*? Oder die *Geschichten zwischen Moos und Farn* mit diesen beiden Zwergen, Fliegenpilz und Kasimir? Die waren so ein bisschen seltsam ...«

»Nein«, schnitt Ada ihr knapp das Wort ab. »Möchtest du Tee?«

»Oder *Der kleine Maulwurf*? Den kennen doch alle!«

»Schwarzen oder grünen?«

»Schwarzen. *Bolek und Lolek* mochte ich nicht so gern.« Sie zupfte ihre Frisur zurecht. »Das fand ich langweilig. Und vor dem Bären Colargol hatte ich immer Angst. Aber ich rede schon wieder zu viel«, unterbrach sie sich, als sie Adas Blick sah. »Ich will dir ja nicht auf die Nerven gehen ...«

Da saß sie, ein Bein über das andere geschlagen, ihre Kleider ein Feuerwerk der Farben in Rosa, Gelb, Hellblau. Unerschütterlich gut gelaunt, fröhlich plappernd und ... entsetzlich ermüdend. Ein Lächeln reicht, dachte Ada, ein winziger Moment der Unachtsamkeit, in dem ich vergesse, Distanz zu halten – und ich werde sie nie mehr los. Sie senkte den Blick und wunderte sich zugleich darüber, wie seltsam schlaff und kraftlos ihr eigener Arm auf der Tischplatte lag. Ich könnte sie abwimmeln. Durch Gemeinheiten auf Distanz halten. So, wie es alle tun. Aber heute hat sie mir wirklich aus der Patsche geholfen ... Na und? Sie ist es schließlich gewöhnt, dass alle sie ausnutzen, herumschubsen, sich über sie lustig machen. Und jedes Mal steht sie wieder auf und lächelt nur überrascht, wie ein naives Kind, das nicht begreift, dass jemand ihm einen Schlag versetzt hat.

»Du gehst mir nicht auf die Nerven«, sagte sie. »Ich wüsste wirklich nicht, was ich jetzt ohne dich täte. Du hast die Mädchen innerhalb von fünf Minuten in den Griff gekriegt.«

Sofort erschien auf Dagmaras Gesicht ein glückliches, warmes Lächeln.

»Ich mag Kinder einfach. Und ich hätte längst selbst welche, wenn meiner nicht immer auf Tour wäre. Er ist LKW-Fahrer, hab ich dir ja schon erzählt. Die ganze Woche weg ...«

Sie seufzte und griff nach der Zuckerdose. Der leichte Musselinstoff ihrer Bluse blieb an der rauen Tischkante hängen, und für einen Moment wurde ein Stückchen nackte Haut sichtbar. Ada erstarrte, die Teetasse halb zum Mund erhoben. Hastig zog Dagmara ihre Bluse wieder herunter.

»Ein hübsches Service«, sagte sie munter und rührte in ihrem Tee. »Du muss mir unbedingt verraten, wo du es gekauft hast, ja? Jetzt, wo wir wissen, dass wir Nachbarinnen sind, treffen wir uns ja sicher öfter. Und wenn ihr euren Fall abgeschlossen habt, können wir doch mal zusammen shoppen gehen? Ich will unbedingt mal wieder zu IKEA oder ...«

»Dagmara«, unterbrach Ada sie scharf. »Was war das?«

»Ich ... ich weiß nicht ...«, flüsterte sie verlegen.

Blitzschnell fasste Ada nach ihrer Bluse und zog sie hoch. Auf Dagmaras Hüfte prangte ein riesiger Bluterguss. Sie quiekte auf und versuchte, sich zu bedecken.

»Wer hat dich so zugerichtet, Dagmara? Sag mir: Wer war das?«

Sie wusste, dass Dagmara nichts sagen würde. Aber Ada brauchte auch keine Erklärung. In dem Moment, in dem sie den Bluterguss sah, erschien eine Szene von letzter Woche vor ihrem inneren Auge: der nasse Bankowy-Platz, die frierenden, aufgeplusterten Tauben auf den Dächern, die Straßenbahnhaltestelle, Dagmaras türkiser Regenmantel. Sie hatte sie längst nach ihrem Begleiter fragen wollen. Marcin war so schnell gefahren, dass sie ihn nicht genau gesehen hatte. Trotzdem war ihr die Art in Erinnerung geblieben, wie der große Mann die Sekretärin am Ellenbogen festhielt. Brutal hatte es ausgesehen, so, als dulde er keinen Widerspruch. Ada hatte bei dem Anblick eine seltsame Unruhe ergriffen. Erst jetzt wurde ihr klar, was sie da gesehen hatte. Kleine, scheinbar durch nichts verbundene Puzzleteilchen begannen sich zu einem logischen Ganzen zusammenzufügen.

»Dagmara«, sagte sie weich. »Du hast nichts zu befürchten. Ich verspreche dir, dass ich niemandem etwas sagen werde. Ich werde auch nichts ohne dein Einverständnis unternehmen. Aber wir beiden ...« Sie streckte vorsichtig die Hand aus. »Wir beiden sollten uns jetzt mal unterhalten.«

48

Marcin holte seine Töchter erst um zwei Uhr nachmittags ab. Bis nach zwölf hatte er auf Jakub Orłowski warten müssen, das Gespräch mit ihm und seiner Frau Małgorzata dauerte ebenfalls über eine Stunde. Entgegen seiner Erwartung traf er die Kinder zufrieden und umsorgt an. Sie saßen im Wohnzimmer auf dem Boden, aßen geschälte Apfelschnitze und spielten mit Dagmara *Mensch ärgere Dich nicht*. Er hatte viel Interessantes in Erfahrung gebracht, wollte aber auf einen ruhigeren Moment warten, bevor er Ada Bericht erstattete. Deswegen verabredeten sie sich für sechs Uhr im Präsidium. Marcin bedankte sich bei Dagmara, sammelte das Malzeug ein und nahm die beiden Mädchen wie versprochen mit zu McDonald's. Nachher gingen sie noch auf ein Eis und einen kurzen Spaziergang durch die Altstadt. Marcin trank zwei Kaffee, und seine Laune hob sich beträchtlich. Als er Antonia und Hanna dann aber um zwanzig nach fünf mitsamt den unterwegs erworbenen Flummis und Heliumballons zu Hause absetzte, kam er sich vor wie ein Sonntagsvater, und das bis dahin nur nebulös und fern über ihm schwebende Damoklesschwert der Scheidung nahm eine klare, überaus reale Gestalt an.

Er betrat die Wohnung nicht. Bei Olgas Anblick wich er zurück, murmelte nur: »Gegessen haben sie schon«, und eilte ohne ein Wort des Abschieds die Treppe wieder hinunter.

Vor dem Hauseingang blieb er stehen. Die Stille hier draußen verwunderte ihn. Die Welt lag in Dämmerung getaucht und von hartnäckigem Nebel umfangen, als wäre der Winter die einzige Jahreszeit. Als sollten Nässe, Kälte und Dunkelheit niemals wieder enden. Die Wirklichkeit hatte sich festgefahren wie ein stockender Mechanismus, und er war mit ihr erstarrt, in der Hoffnung, sich nie mehr bewegen zu müssen. Er fühlte sich alt, ausgelaugt, vollkommen kraftlos. Müde schloss er die Augen. Dunkelheit umfing ihn, und mit ihr kam eine unermessliche Niedergeschlagenheit. Er griff in seine Tasche, holte die Schachtel Xanax heraus, schluckte eine Pille und wartete, ans Treppengeländer gelehnt, bis die Wirkung einsetzte. Kurz darauf durchströmte ihn eine künstliche, chemische Ruhe. Er konnte zurück an die Arbeit gehen.

Den Mostowski-Palast erreichte er noch vor Ada. Im Zimmer war es kalt. Von der Fensterbank tropfte Wasser, auf dem grauen Teppich hatte sich ein dunkler Fleck ausgebreitet. Heute Mittag beim Hinausgehen hatten sie vergessen, das Fenster zuzumachen.

Marcin schloss das Fenster und holte seine Notizen vom Gespräch mit Jakub Orłowski hervor. Das unbestimmte Gefühl, dass zwischen Magda Orłowskas Verschwinden und dem Mord an Zofia Wagner irgendein Zusammenhang bestand, hatte sich in Gewissheit verwandelt. Wenn ich von vornherein normal gearbeitet hätte, anstatt mir immerfort Scheingefechte mit Ada zu liefern und ihr auf Schritt und Tritt zu widersprechen, dachte er bedauernd, wenn ich die Zusammenhänge bemerkt, meine Schlüsse daraus gezogen und mich von meinem gesunden Menschenverstand hätte leiten lassen, dann wäre dieser Fall längst gelöst. Er schob das Notizbuch von sich. Noch eine Pille wollte er nicht schlucken, deswegen holte er einen Schokoriegel aus seiner Jackentasche. Zucker wirkte auch beruhigend. Er biss ein Stück ab und schloss die Augen. Im selben Moment flog die Tür auf.

»Und, was hast du in Erfahrung gebracht?«

Voller Energie knöpfte Ada ihren Mantel auf.

Marcin schluckte den Bissen herunter.

»Sieht alles ziemlich seltsam aus«, nuschelte er. »Die Orłowskis haben die Stimme ihrer Tochter auf Zofia Wagners Mailbox wiedererkannt. Es besteht kein Zweifel, haben sie gesagt.« Rasch wickelte er den Rest des Schokoriegels wieder ins Papier und stopfte ihn zurück in die Tasche.

»Das haben wir uns ja schon gedacht.« Ada seufzte. »Es gibt natürlich noch eine kleine Chance, dass Zofia Wagner und Magda Orłowska einfach nur befreundet waren. Zofia wurde ermordet, Magda wusste nichts davon und plante seelenruhig ihre Auszeit. Sie hat ihren Eltern immerhin die Postkarte geschickt …«

»Ich fürchte, diese Hypothese ist hinfällig. Klar, Magda Orłowska hat diese Karte geschrieben«, meinte Marcin. »Ihre Eltern waren beruhigt. Die Schrift haben sie auch wiedererkannt. Außerdem erwähnt Magda ihren Hund. Shanty heißt er, ein Schnauzer. Sie schreibt: *PS: Grüßt Shanty von mir, ich zieh ihm den Bart lang.* Das sagt sie wohl immer zu ihm. ›Komm her, ich zieh dir den Bart lang.‹«

»Das ist interessant.« Ada runzelte die Stirn. »Als wollte sie ihre Eltern überzeugen, dass die Karte wirklich von ihr stammt. Aber warum hat sie ihnen dann nicht einfach eine Mail von ihrem Privataccount geschrieben?«

»Eben. Und was noch merkwürdiger ist: Auf der Postkarte ist kein Bild von einem Ort oder einer Landschaft, durch das man wenigstens erkennen könnte, wo sie sich ungefähr aufhält. Nur ein Rosenstrauß und ein Schriftzug: *Alles Gute*. Einen Poststempel gibt es auch nicht. Sieht ganz danach aus, als hätte Magda oder irgendwer anders die Karte direkt bei Orłowskis in den Briefkasten geworfen.«

»Haben sie noch irgendwas gesagt? Gab es irgendwelche Veränderungen in Magdas Verhalten? Irgendetwas, das mit unserem Mordfall zusammenhängen könnte?«

»Ja, sie haben noch etwas gesagt.« Marcin klopfte seine Jackentaschen ab und zog eine leeres Päckchen Chesterfields hervor. »Magda gehört seit zwei Jahren dieser religiösen Organisation an. Den *Kindern der Immaculata*.«

Ada hob eine Braue.

»Ich habe ihre Mutter zuerst nicht ernst genommen«, fuhr Marcin fort und zerknüllte die leere Zigarettenschachtel. »Sie kam mir einfach hysterisch und gluckenhaft vor. Dabei stimmt das gar nicht. Sie ist ziemlich scharfsinnig und kennt ihre Tochter gut. Magda ist wohl schon immer sehr religiös gewesen. Schon während der Schulzeit war sie Mitglied bei verschiedenen katholischen Bewegungen, bei der *Oaso* und beim *Neokatechumenalen Weg*. Vor zwei Jahren ist sie dann mit den *Kindern der Immaculata* auf Exerzitien gefahren und kam angeblich ganz begeistert zurück. Seitdem geht sie jeden Freitag zu speziellen Gottesdiensten und Treffen, sie hat auch ihren persönlichen Beichtvater. Frau Orłowska ist etwas besorgt über die Entwicklung, angeblich hat Magda den Kontakt zu allen ihren früheren Freunden abgebrochen. Die Eltern haben auch herausgefunden, dass sie der Organisation monatlich Geld überweist.«

Er hielt inne.

»Weiter, ich höre dir zu«, sagte Ada gespannt.

»Tja, und jetzt fangen die Spekulationen an. Der Vater und die Mutter sind beide der Meinung, dass irgendetwas Unangenehmes zwischen Magda und ihrem Beichtvater vorgefallen sein muss. Frau Orłowska glaubt sogar, dass man von ihrer Tochter verlangt hat, den Kontakt zu ihrer Familie abzubrechen. Allerdings hat sie keine Beweise für ihre Vermutung. Jedenfalls hatte Magda die Organisation wohl vor einigen Monaten verlassen, oder man hat sie ausgeschlossen. Sie hat monatelang getrauert und sich einsam gefühlt, sagen die Eltern, denn schließlich sind ihre Freunde von früher ja auch alle nicht mehr da. Sie war sehr apathisch, fast schon depressiv. Bis sie ihren Eltern dann vor drei Monaten gesagt hat, dass das Missverständnis sich geklärt habe.«

»Missverständnis?«

»So hat sie es wohl ausgedrückt.«

»Sie ist also in die Sekte zurückgekehrt?«

»Ja. Und ist dann gleich wieder regelmäßig zu den Treffen gefahren. Bei ihrem Beichtvater war sie mehrmals pro Woche.«

Marcin drehte einen Filzstift zwischen den Fingern.

»Vor drei Monaten«, sagte er nachdenklich. »Genau zu dem Zeitpunkt, als Karol und Zofia sich gestritten haben. Noch so ein seltsamer Zufall. Wir sollten ihn nicht ignorieren.«

Ada nickte.

»Noch etwas?«

»Nicht viel. Nur dass Magda nach dieser Krise zu ihrer alten Energie zurückgefunden hatte, auch wenn Frau Orłowska meint, dass sie ihr eher nervös vorkam. Aber Jakub Orłowski findet, seine Frau übertreibt. Als er mich zum Auto brachte, hat er noch gesagt, dass sie manchmal Paranoia habe, was die *Kinder der Immaculata* betrifft.«

Ada goss sich einen Tee ein.

»Wir müssen diese Magda so schnell wie möglich finden«, sagte sie entschieden. »Ich befürchte nämlich, dass Frau Orłowska mit ihren Ängsten durchaus richtigliegt. Ihre Tochter könnte der Schlüssel zur Aufklärung unseres Falles sein.«

»Ich habe schon ein paarmal versucht, Modzelewski zu erreichen. Wir brauchen einen Durchsuchungsbefehl für Magdas Wohnung. Aber der Idiot geht nicht ran. Ich habe ihm eine Nachricht aufs Band gesprochen, jetzt können wir nur noch brav abwarten.« Marcin verzog das Gesicht. »Nun, jedenfalls habe ich mir gedacht«, fuhr er dann in munterem Tonfall fort, »wir könnten doch heute Abend einen Abstecher nach Ursynów machen und diesem Professor Czarnota einen kleinen Besuch abstatten. Wir sagen ihm einfach, wir hätten seine Adresse in Zofia Wagners Unterlagen gefunden und wollten herausfinden, warum sie sie aufgeschrieben hat. Und bei der Gelegenheit fühlen wir der kahlköpfigen Madonna mal ein bisschen auf den Zahn. Was hältst du davon?«

»Vielleicht wäre es auch an der Zeit, diesen Karol ordentlich in die Zange zu nehmen?«, meinte Ada. »Wir zeigen ihm Zofias Mails, fordern eine Erklärung und einen DNS-Test, um festzustellen, ob er sie geschwängert hat?«

»Lassen wir ihn noch eine Weile in Ruhe, bis wir mehr Infos haben. Heute dringen wir zum Kern der Sekte vor, morgen befragen wir noch mal die Leute in dieser Metallwarenhandlung. Dann reden wir mit Zofia Wagners Psychologen, und am Nachmittag knöpfen wir uns Karol Zalewski vor. Für das Gespräch sollten wir uns besonders gut wappnen.«

Die Pawlaczyk-Straße erwies sich als kleines, schmales Gässchen, an dessen Seiten sich flache zweistöckige Wohnbauten reihten. Solche Bauten waren gegen Ende der Neunzigerjahre zuhauf und ohne Genehmigung auf der Flussböschung erbaut worden und trotz der Proteste von Umweltschützern auch dort geblieben, sodass sie jetzt die Gegend verschandelten und dafür sorgten, dass die Böschung sich langsam, aber stetig absenkte.

Ada stieg aus dem Auto und sah sich neugierig um. Das Haus mit der Nummer fünfzehn wirkte vollkommen durchschnittlich: weiß gestrichenes Garagentor, akkurat zurechtgestutzte Ligusterhecke, folienbedeckter Bretterstapel an der Hinterseite des Rasenstücks. Als sie die Klingel drückte, sprang die Gartenpforte auf. In der Haustür erschien ein junger Mann in Soutane. Er hatte ein hageres Gesicht mit knochiger Nase, vorgewölbter Stirn und blassen, fleischigen Lippen.

»Gelobt sei Jesus Christus«, sagte er zum Gruß.

»In Ewigkeit, Amen«, erwiderte Marcin automatisch.

»Guten Abend. Kommissarin Adela Rochniewicz, Hauptpräsidium Warschau.« Ada streckte dem Mann ihre Hand hin, die ein paar Sekunden in der Luft hing, bevor der Geistliche sich entschied, sie zu drücken. »Wir möchten Herrn Stanisław Czarnota sprechen.«

Der Mann trat einen Schritt vor, versperrte ihnen den Eingang.

»Ähm ... Da müsste ich zuerst in Erfahrung bringen, ob sich das zu diesem Zeitpunkt einrichten lässt. Wie schade, dass Sie Ihren Besuch nicht angekündigt haben. Pater Czarnota hat immer sehr viel zu tun.«

»Wir bitten nicht um eine Audienz«, entgegnete Marcin ungeduldig. »Wir müssen ihm ein paar Fragen im Zusammenhang mit einer Ermittlung stellen.«

»Aber natürlich, ich verstehe«, sagte der Mann und schien nachzudenken, rückte aber kein Stück beiseite. »Der Pater verbringt den heutigen Abend im Gebet, da möchte ich ihn nicht gerne stören. Wäre es vielleicht morgen früh ...«

»Richten Sie Herrn Czarnota bitte auf der Stelle aus, dass wir ihn erwarten«, unterbrach ihn Marcin in scharfem Ton, der keinen Widerspruch duldete.

»Wie Sie wünschen.« Er lächelte beflissen. »Ich schaue, was ich tun kann.«

Ehe sie sichs versahen, hatte er die Tür hinter sich geschlossen.

»Hast du das gesehen?« Marcin kickte einen Kieselstein von der Stufe. »Was bildet dieser Typ sich eigentlich ein?«

Ada sagte nichts, sondern betrachtete eine beleuchtete Marienfigur aus Gips, die im Fenster stand. Nach mehreren Minuten drehte sich der Schlüssel wieder im Schloss.

»Pater Czarnota ist jetzt bereit, Sie zu empfangen.«

Der junge Priester behandelte sie mit vollendeter Zuvorkommenheit. Sein Gesicht trug einen undefinierbaren Ausdruck, eine Mischung aus unterwürfiger Milde und Hochmut.

Ada blinzelte.

»Wohnen Sie hier?«

»Manchmal. Wenn man mich benötigt.«

»Und Ihre kirchlichen Verpflichtungen?«

Er lächelte nur flüchtig.

»Bitte setzen Sie sich. Es dauert noch einen Moment.«

Sie befanden sich in einer Art Halle, deren Ausstattung den Charme eines ärztlichen Wartezimmers verströmte. Entlang der nackten Wände standen harte Holzstühle. Der einzige Schmuck war ein großes Messingkreuz. Es herrschte absolute Stille.

Ada hatte keine Schritte gehört. Dennoch spürte sie plötzlich ganz deutlich, dass noch jemand im Raum war. Jemand, der sie ansah. Sie wandte den Kopf und bemerkte eine gebeugte Silhouette im Schatten der Treppe. Ein Mann im Priestergewand. Aber ein anderer, größerer Mann als derjenige, der ihnen die Tür geöffnet hatte. Sein Gesicht konnte sie nicht genau erkennen, doch sie wusste, dass sein scharfer, konzentrierter Blick alle ihre Bewegungen verfolgte. Ebenso unverwandt starrte sie zurück. Die hochgewachsene Gestalt löste sich aus dem Schatten.

»Tomasz Gdański?«, fragte sie.

»Sie kennen mich?«, fragte der Geistliche verwundert und schenkte ihr ein warmes Lächeln. Er hatte dichtes, noch von keiner grauen Strähne durchzogenes Haar und eine weiche, fast feminine Ausstrahlung. Sein Gesicht trug einen Ausdruck milder Erschöpfung und wirkte sofort vertrauenerweckend. Ada war überrascht, welche Ruhe von seiner dunkel gekleideten Gestalt ausging. Erst einen Tag zuvor hatte sie Gdańskis Foto auf der offiziellen Webseite der *Kinder der Immaculata* gesehen. Dort sah der Mann um einiges unangenehmer und strenger aus als in der Realität.

»Kommissarin Adela Rochniewicz. Hauptpräsidium Warschau.« Sie streckte ihm die Hand hin. »Und das ist mein Partner, Kommissar Marcin Sawicki. Wir möchten mit Herrn Czarnota sprechen.«

»Natürlich, natürlich.« Er drückte ihr die Hand. »Nur ist Pater Czarnota im Moment leider sehr beschäftigt ...«

»Seine privaten Beschäftigungen interessieren uns nicht«, unterbrach ihn Marcin. »Wir müssen ihn im Zuge laufender Ermittlungen befragen.«

»Stanisław Czarnota ist nicht verpflichtet, mit Ihnen zu reden.«

Ada schien es, als sei mit einem Mal ein kaltes Glitzern in Gdańskis Augen getreten.

»Selbstverständlich ist er das nicht«, beeilte sie sich zu sagen. »Dennoch wäre es sehr freundlich, wenn er uns behilflich sein könnte. Wir möchten ihm lediglich ein paar Fragen stellen. Eine reine Routinesache, die mit einem Fall zusammenhängt, in dem wir zurzeit ermitteln. Aber natürlich können wir auch morgen früh mit einem Vorführungsbefehl wiederkommen und ihm die Fragen auf dem Präsidium stellen«, setzte sie in unschuldigem Tonfall hinzu.

Der Pater wandte ihr sein Gesicht zu. Seine Augen blickten wieder warm, seine Miene drückte nichts als nachsichtige Milde aus.

»Nun, wenn das so ist, bitte ich Sie um einen kleinen Moment Geduld. Möchten Sie vielleicht etwas trinken? Kaffee? Tee?«

»Nein, danke.«

Pater Gdański ging. Sie blieben allein in der Eingangshalle zurück. Ada lehnte den Kopf an die Wand. Sie roch Blumen, den schwindelerregenden Duft weißer Lilien, der die Luft erfüllte wie in einer Friedhofskapelle. Ihr wurde leicht flau. Das Blut wich aus ihren Wangen, und ein unwirkliches Gefühl breitete sich in ihr aus. Sie wollte Marcin nicht schon wieder in Angst und Schrecken versetzen. Doch der war viel zu verärgert, um zu bemerken, was vor sich ging. Er stand auf und ging ungeduldig in der Halle auf und ab.

»Wie lange lassen die uns denn noch hier hocken, verdammt noch mal?«

Der Klang seiner Stimme holte Ada zurück in die Realität.

»Bitte entschuldigen Sie die Wartezeit.« Pater Gdański war zurück und lächelte beflissen. »Kommen Sie mit mir, Pater Czarnota erwartet Sie oben.«

Im ersten Stock wirkte das Haus wie eine ganz normale Wohnung. An den Wänden hingen bunte Aquarelle, den Fußboden bedeckte ein weicher Läufer. Gdański stieß eine Tür an der linken Flurseite auf. In einem kleinen, holzvertäfelten Zimmer standen drei Sessel und eine niedrige Sitzbank. Die Dachschräge reichte bis zum Boden.

»Nehmen Sie doch Platz. Der Pater ist gleich bei Ihnen.«

Auf der Fensterbank stand eine halbvolle Tasse Tee. Die Scheibe dahinter war beschlagen. Jemand musste eben noch hier gewesen sein und das Zimmer eilig verlassen haben. Kein Zweifel, dachte Ada, hier inszeniert man eine Vorführung. Auch Marcin warf ihr einen erstaunten Blick zu, doch sie schafften es nicht mehr, sich auszutauschen, denn im selben Moment erschien ein mittelgroßer Mann mit glatten, geröteten Wangen und leuchtend blauen Augen in der Tür. Ein schlohweißer Haarkranz umrahmte seine ausgeprägte Halbglatze. Wie zuvor Pater Gdański schenkte er ihnen ein freundliches Lächeln.

»Guten Abend. Sie wollten mich sprechen?«

»Kommissar Marcin Sawicki und Kommissarin Adela Rochniewicz, Hauptpräsidium Warschau, Abteilung Terrorbekämpfung und Tötungsdelikte«, rezitierte Marcin.

Czarnota drückte ihm die Hand.

»Nun denn.« Er ließ sich in einem Sessel nieder und bedeutete ihnen, dasselbe zu tun. »Womit kann ich dienen?«

»Wir ermitteln zurzeit in einem Mordfall. Zofia Wagner hieß das Opfer. Dazu möchten wir Ihnen ein paar Fragen stellen.«

»Da werde ich Ihnen kaum dienen können.« Er hob bedauernd die Hände. »Ich glaube nicht, dass ich diese Frau kenne.«

»Das ist eigenartig«, konterte Marcin sofort. »Denn zweifellos kannte Zofia Wagner Sie. Wir haben Ihre Adresse in ihren Unterlagen gefunden, und daneben stand: *Nächster Besuch ab 1. März*«, log er. »Und jetzt antworten Sie mir bitte ehrlich.«

Ada schwieg. Fürs Erste wollte sie sich nicht ins Gespräch einmischen.

»Aber das ist meine ehrliche Antwort«, erwiderte Czarnota ruhig. »Ich weiß nicht, aus welchem Grund sich die Dame meine Adresse notiert hat. Ich kann Ihnen nur versichern, dass ich nie mit ihr in Kontakt gestanden habe.« Die blauen Augen unter den buschigen weißen Brauen blickten die Polizisten pfiffig an. »Natürlich liegt es in der Natur meiner Tätigkeit, dass viele Menschen zu mir kommen«, fuhr er ebenso ruhig fort. »Manch einer mag mir entfallen sein.«

»Was für Menschen kommen denn zu Ihnen, und aus welchem Grund?«, fragte Marcin scharf.

»Ganz normale Menschen«, antwortete er mit entwaffnender Einfachheit. »Katholiken.«

»Auch Mitglieder dieser Organisation, dieser *Kinder der Immaculata*?«

»Ganz recht.«

»Sie leiten die Organisation?«

»Ich leite sie nicht. Ich gehöre ihr an. Es ist eine private Bewegung von Geistlichen und Laien. Bei uns gibt es keine höheren und niederen Mitglieder. Wir sind alle gleichwertig.«

»Ist die Organisation legal tätig?«, ließ Marcin sich nicht beirren.

»Aber selbstverständlich. Wir sind nach gültigem kanonischem Recht tätig, beachten aber zugleich auch die entsprechenden weltlichen Gesetze. Auf unserer Internetseite finden Sie unsere Satzung.«

»Herr Czarnota.« Marcin rückte in seinem Sessel nach vorn. »Wir wissen sehr gut, wer Sie sind. In den vergangenen Tagen haben wir viel von Ihrer ... Bewegung gehört. Ich weiß ja nicht, wie die katholische Kirche dazu steht, aber ich persönlich finde den Gedanken einer Reinkarnation der Muttergottes wenig überzeugend.«

Wenn er seinen Gesprächspartner damit hatte aus der Fassung bringen wollen, dann ging das gründlich daneben.

»Die Leute reden viel, wenn der Tag lang ist.« Czarnota lachte. »Ich habe schon so manches über mein ›marianisches Charisma‹ gehört. Komischerweise weiß ich selbst nichts davon. Ich bin vor über zwanzig Jahren in die Organisation eingetreten, und seitdem widme ich mein Leben dem Gebet. Die Menschen kommen zu mir, um meinen geistlichen Rat zu hören.«

»Und Sie helfen ihnen?«

»Nicht immer.« Er überhörte den Sarkasmus in Marcins Stimme. »Aber ich glaube fest daran, dass darin meine Mission hier auf Erden liegt. Im Gespräch und in der Unterstützung, die ich keinem Ratsuchenden verweigere.«

Außer der Polizei, dachte Ada.

»Zofia Wagner war die Verlobte eines Ihrer Mitglieder. Karol Zalewski«, fuhr Marcin fort. »Kennen Sie ihn?«

»Aber gewiss doch. Karol ist ein überaus kluger und vergeistigter junger Mann. Wir sehen uns häufig.«

»Und da haben Sie nichts vom Tod seiner Verlobten gehört?«

»Ehemaligen Verlobten«, verbesserte ihn Czarnota. »Natürlich habe ich davon gehört. Eine tragische Geschichte. Aber

Karol hatte diese Verlobung längst gelöst und war ins Seminar eingetreten. Die Wege der beiden hatten sich lange vorher getrennt.«

»Karol hat die Verlobung kurz vor der bereits geplanten Hochzeit gelöst. Solche Dinge vergisst man nicht innerhalb weniger Monate.«

»Wir sprechen in diesem Hause in erster Linie über religiöse Themen, lesen gemeinsam in der Heiligen Schrift. Seine privaten Probleme lässt Karol draußen vor der Tür. Wir geistlichen Begleiter werden häufig mit Psychotherapeuten verwechselt. Doch ich führe keine psychoanalytische Praxis. Es mag vielleicht merkwürdig klingen in der heutigen Welt – aber wir konzentrieren uns hier auf das Gebet und die Begegnung mit Gott.«

Marcin schwieg.

Ada fand, es war an der Zeit, dass sie die Initiative übernahm.

»Und Sie sind Zofia Wagner also niemals begegnet?«

»Nur sehr flüchtig, zwei-, dreimal vielleicht. Bei der Messe. Zu Ostern oder zu Weihnachten.«

»Würden Sie ihr Gesicht wiedererkennen?«

»Nun ... möglicherweise ja.«

»Und trotzdem sagen Sie, dass Sie sich an ein Treffen mit Zofia Wagner eventuell nicht erinnern?«

»Bitte verdrehen Sie nicht meine Worte. Ich habe lediglich gesagt, dass ich mich nicht an alle Ratsuchenden erinnere, die zu mir kommen. Zofia Wagner habe ich dabei nicht erwähnt. Verzeihen Sie, aber ich verstehe wirklich nicht, wie ich der Polizei hier nützlich sein könnte. Das letzte Mal habe ich Frau Wagner vor etwa zwei Jahren gesehen. Warum sie sich meine Adresse notiert hatte, kann ich mir nicht erklären. Karol erwähnt sie nur selten, trotzdem bin ich mir sicher, dass er Ihnen gern all Ihre Fragen beantwortet und eventuelle Zweifel ausräumt. Bitte wenden Sie sich an ihn. Ich fürchte, sonst verschwenden wir hier nur unsere kostbare Zeit.«

Ada verspürte einen bitteren Geschmack im Mund. Stanisław Czarnota spielte mit gezinkten Karten wie ein geübter Falschspieler, und es gelang ihnen nicht, ihn festzunageln.

Sie schwieg.

Marcin erhob sich.

»Danke für das Gespräch, Herr Czarnota.«

Ada stand ebenfalls auf.

Der Pater begleitete sie hinunter ins Erdgeschoss.

»Ach, eine Frage hätte ich noch.« Marcin blieb stehen und wandte sich Czarnota zu. »Hat Karol Zalewski einen Schlüssel zu diesem Haus?«

Kurz bebten Czarnotas fleischige Wangen. Doch er hatte seine Mimik sofort wieder im Griff.

»Ja, er hilft uns seit einiger Zeit mit organisatorischen Dingen für unsere Bewegung. Deswegen kommt er oft her. Wir behandeln ihn schon wie einen Mitbewohner. Und nun auf Wiedersehen.« Er schob die beiden hinaus und schloss fest die Tür hinter ihnen.

Marcin ging rasch auf die Gartenpforte zu. Ada hielt mit ihm Schritt.

»Er hat nichts wirklich Verfängliches gesagt«, meinte sie leise, als sie wieder auf der Straße standen. »Nichts, womit wir etwas anfangen können.«

»Das ist wahr«, gab Marcin zu. »Und trotzdem glaube ich, dass er irgendetwas zu verbergen hat. Wenn ich recht habe, dann ist er ein sehr guter Schauspieler.«

»Er hat auch einen sehr guten Regisseur.«

»Wie meinst du das?«

»Pater Gdański. Er hält sich zwar bescheiden abseits, aber ich habe gelesen, dass er der eigentliche Gründer der Organisation ist. Und ich lege meine Hand dafür ins Feuer, dass auch er es war, der Czarnotas natürliches Schauspieltalent erkannt und ihn zur neuen Muttergottes gemacht hat.«

Marcin seufzte und holte seinen Autoschlüssel hervor. Im grauen Abenddämmer blinkte zweimal das orangefarbene Lämpchen auf.

49

Iza saß auf einem hohen Hocker und bürstete ihr Haar. Mikołaj beobachtete sie dabei. Es war Sonntag, früher Nachmittag. Durch das gekippte Fenster drangen die Geräusche der Stadt herein, ein gedämpftes Rumoren wie von einem tief unter der Erde gefangenen Ungeheuer. Wenn Izas Hand herabglitt, sprühte das Haar unter der Bürste kleine Funken, einzelne Haare stellten sich wie elektrisiert auf.

»Du hast dich aufgeladen wie die Hatifnatten bei Gewitter«, sagte er.

Iza hielt inne.

»Ich glaube, das Begräbnis gestern hat mich nervös gemacht. Diese Polizistin ...«, sagte sie leise und legte die Bürste weg. »Mir war gar nicht klar, dass die Ermittlungen wegen Zofias Tod immer noch laufen. Meinst du, sie verdächtigen Karol?«

»Wie kommst du denn darauf?«

Er ging zu seiner Frau und streichelte ihr über die Wange. Auch er fühlte sich bedrückt, seit diese Kommissarin sie auf dem Friedhof abgefangen und Karol befragt hatte. Die Nachricht, dass Zofia schwanger gewesen war, und das seltsame Gespräch mit seinem Bruder nach der Beerdigung – das hatte ihn regelrecht bestürzt.

Nachdem Karol das Lokal verlassen hatte, war Mikołaj wie betäubt sitzen geblieben und hatte sich einen zweiten Kaffee bestellt. Erst einmal wollte er alles, was er gehört hatte, in Ruhe durchdenken. Was ihn nicht verwunderte, war, dass sein Bruder zwei große Krüge Bier heruntergekippt hatte. Im vergangenen Jahr hatte er zwar vollkommen enthaltsam, ja geradezu puritanisch gelebt, früher aber hatte er häufig seinen Frust über Dinge, die er niemandem gegenüber aussprach, mit stummer Entschlossenheit in Alkohol ertränkt. Und auch jetzt, als Priesterschüler, war er kein Kind von Traurigkeit – ob bei kleinen Feiern oder großen Events. Alle paar Monate kam ein solcher »Ausbruch«, und dann krempelte Karol alles um: sein Aussehen, seine Vorlieben, seine Ansichten. Er trank, rauchte wie ein Schlot und feierte die Nächte durch, nur um nach ein paar Wochen demütig in den Schoß der Kirche zurückzukriechen und sich völlig abzuschotten. Von den ganzen Partyleuten wusste niemand, wie unterschiedlich die Rollen waren, die er spielen konnte. Mikołaj und Iza waren vielleicht die Einzigen außer Karol selbst, die seine beiden Gesichter kannten. Und diese zwei Gesichter ihres Schwagers machten Iza viel mehr Sorgen als sein religiöser Fanatismus.

»Dr. Jekyll und Mr. Hyde«, sagte sie manchmal. »Ich glaube, er ist einfach durch und durch eitel. Muss immer im Mittelpunkt stehen, egal, ob in der Kirche oder in einer Tabledance-Bar.«

»Wenigstens hat er dadurch ein Ventil«, entgegnete Mikołaj dann. »Irgendwo muss er die ganze religiöse Anspannung ja ablassen. Er tut damit doch niemandem was zuleide ...«

»So etwas nennt sich Heuchelei. Siehst du das etwa nicht?«, erwiderte Iza mit erbarmungsloser Ehrlichkeit.

Manchmal hasste Mikołaj das an ihr. Er selbst nahm Karol immer ernst, in welcher Situation oder Rolle er auch auftrat. Insgeheim fand er, dass diese Doppelgesichtigkeit seinen Bruder eigentlich sogar interessanter machte. Aber wer war Karol wirklich? Auf diese Frage hätte Mikołaj keine vernünftige Antwort geben können.

Jetzt steht mir nichts mehr im Weg. Er hatte es nicht fassen können, dass Karol diese Worte tatsächlich gesagt hatte. Entschlossen schüttelte er den Gedanken ab, stellte die Kaffeetasse auf den Tisch und verließ das Lokal. Um sich abzulenken, hatte er auf dem Rückweg schnell noch einen Abstecher zur Arbeit gemacht und Bakterien für das morgige Experiment auf ein Nährmedium gesetzt.

50

Ada schlich sich zum Tor. Wie eine Katze erkannte sie den Weg am Geruch und an den leise raschelnden Geräuschen, ahnte sie die schattigen Orte, die Bäume und Büsche, in denen Vögel nächtigten. Der Nebel behinderte die Sicht, dämpfte alle Laute. Sie hob den Kopf. Über den Himmel glitt ein glänzender, fast kitschiger Mond, eingebettet in einen Kranz aus fransigen Wolken. Unten, dicht über dem Erdboden, waberten feuchte Schwaden.

Es ging auf drei Uhr zu, doch nicht alle schliefen. In weiter Ferne leuchteten gelblich einzelne Fenster. Sie hielt den Atem an. Stand einen Moment vollkommen still da, umfasste dann die Latten und setzte geschmeidig über den Zaun. Parzelle fünfzehn war in Dunkel getaucht. Mit kleinen, federnden Schritten huschte Ada durch den Nebel, der sie verbarg. Am Nachmittag hatte sie sich die Einfahrt und den schmalen kleinen Weg genau angesehen. Kameras oder eine Alarmanlage hatte sie nicht entdeckt. Offenbar fürchteten die Bewohner des Hauses keine Einbrüche. Angesichts dieser Tatsache hatte sie beschlossen, in einigen Stunden noch einmal zurückzukommen. Kurz hatte sie überlegt, Marcin in ihren Plan einzuweihen, hatte sich aber letztendlich dagegen entschieden. Falls das Vorhaben misslingen sollte, wäre es besser, man ertappte nur sie auf frischer Tat.

Aus ihrer Manteltasche holte sie ein paar dünne Metallwerkzeuge an einem Ring und machte sich am Schloss zu schaffen.

Das Schloss widersetzte sich nicht lange. Nach zwei Minuten knirschte es hohl und sprang auf. Sie drückte gegen die Tür und betrat die Eingangshalle. Durch ein kleines Oberlicht fiel ein spärlicher blauer Schein. Die Stühle entlang der Wände sahen aus wie magere vierbeinige Wesen in tiefem Schlaf. Die hohe Decke verschwand im grauen Dämmer. Intensiver Blumenduft erfüllte den Raum. Ada stockte fast der Atem, dann schlich sie vorsichtig weiter. Die Treppe stieg sie nicht hinauf. Das, was sie suchte, befand sich hinter einer Tür auf der rechten Seite. Ihre Füße versanken im dichten violetten Dunkel, die Beine wurden ihr schwer. Sie versuchte, schneller zu gehen, doch war sie urplötzlich geschrumpft – oder das Haus war gewachsen und erhob sich weit über ihr, wölbte den Rücken wie eine gotische Kathedrale. Sie streckte die Hand aus. Die Klinke war viel zu hoch. Unerreichbar hoch. Sie wusste, hinter der Tür ging Schlimmes vor sich. Jemand litt Höllenqualen. Wenn sie sich nicht beeilte, musste er sterben. Sie drehte sich um, spähte nach einem Stuhl, einem Tisch, irgendetwas, worauf sie steigen könnte. Hinter ihrem Rücken gähnte wie ein schwarzer Schlund das Kirchenschiff. Die Wände ragten steil auf, wie Rippen erstreckten sich quer verlaufende Balken. An den Granitsäulen rannen schmale Bäche Wasser herab. Von irgendwoher drangen murmelnde Stimmen. Die Wörter verstreuten sich auf dem steinernen Boden wie tote Motten. Sie bekam keine Luft, öffnete den Mund. Ein großer haariger Wurm kroch hinein und legte sich auf ihre Zunge.

Sie hustete, wischte Filip-Oleńkas Pfote beiseite und knipste die Nachttischlampe an. Der Kater blinzelte verwirrt.

»Es dauert nicht mehr lange«, flüsterte sie und kraulte ihn hinter dem Ohr. »Noch zwei, höchstens drei Tage. Bald ist es vorbei.«

51

Am Montagmorgen hatte Marcin einen leichten Kater. Er hatte am Abend davor eine halbe Flasche Wein getrunken, um besser schlafen zu können. Trotzdem war er noch vor sechs aufgewacht. Als er um acht Uhr das Büro betrat, fand er Ada über die Computertastatur gebeugt vor.

»Du bist schon da?«, fragte er erstaunt.

»Ich schreibe den Bericht fertig. Jetzt quäle ich mich schon seit einer Stunde damit herum. Wir brauchen eine wirklich gute Begründung für unsere Stippvisite bei der Sekte gestern. Wenn wir die nicht haben, wird Modzelewski sauer.«

Ihr Gesicht wirkte grau und verquollen, die Augen waren gerötet. Für ihre Verhältnisse war sie auch ziemlich nachlässig gekleidet: Kapuzenpulli, weite Leinenhose und Turnschuhe. Sie schob die Beine vor und kreuzte die Knöchel.

»Hast du nicht gut geschlafen?«

»Nein«, gab sie trocken zur Antwort.

»Ich auch nicht. Bin wieder zu meinen Eltern gezogen ...«

Sie musterte ihn forschend, gab aber keinen Kommentar dazu ab.

»Ich habe gestern Abend noch mit Anita Kalinowska vom Wohnheim gesprochen«, wechselte sie stattdessen das Thema. »Es gibt gute Neuigkeiten. Zula Demilowa kommt bald aus dem Krankenhaus. Sie sieht zwar nicht makellos schön aus, aber zumindest hat sie überlebt. Außerdem hat sich Madina mit ihren Eltern ausgesprochen. Der Vater versucht, ihren georgischen Freund zu akzeptierten. Er will zwar selbst keinen Kontakt zu ihm, aber Madina darf sich mit ihm treffen.«

»Wir dagegen drehen uns hier seit zehn Tagen im Kreis.« Marcin seufzte.

Ada ließ die Hände sinken. Ihr Gesicht nahm einen annähernd weichen Ausdruck an, den man mit viel gutem Willen als mitfühlend hätte interpretieren können.

»Ich bin gleich durch mit dem Bericht. Dann überlegen wir zusammen, wie wir weiter vorgehen. Wir sind zwar beide völlig am Ende, aber wir erwischen den Mistkerl. Da mach dir mal keine Sorgen«, fügte sie grimmig hinzu.

Er lächelte sie dankbar an.

»Dann schreib du jetzt weiter, und ich fahre in der Zwischenzeit zu der Metallwarenhandlung. Dort zeige ich den Leuten das Foto von Karol Zalewski. Vielleicht erkennt ihn ja jemand wieder. Und auf dem Weg fahre ich beim Schlosser vorbei. Muss mir den Schlüssel zur Wohnung meiner Eltern nachmachen lassen«, brummte er missmutig. »Wir treffen uns in drei Stunden wieder hier. Um zwölf habe ich einen Termin mit Zofia Wagners Psychologen. Wird Zeit, dass wir mal mit dem reden.«

»Gut.«

Ada wandte sich wieder dem Bildschirm zu.

Marcin zog seine Jacke an. Als er den Raum verließ, wurde ihm bewusst, dass er während dieser Ermittlungen noch keinen einzigen Bericht ausgefüllt hatte. Den ganzen öden Papierkram hatte Ada auf sich genommen.

Ein verschwommener Gedanke nahm tief unten in ihrem Bewusstsein Gestalt an. Ada versuchte, ihn zu verscheuchen, doch vergeblich – das beklemmende Gefühl kehrte umso drängender zurück. Erst als sie die Berichte zu Ende geschrieben und ausgedruckt hatte, wurde ihr klar, was sie so beunruhigte.

Sie warf einen Blick auf ihr Handy. Fast neun. Das Bistro *Press Enter* machte zwar erst um zehn auf, aber es bestand schließlich die Chance, dass der Tresentyp früher kam. Sie steckte die Blätter in die Mappe und warf sich, während sie die Treppe hinunterhastete, den Mantel über.

Die Temperatur draußen war auf über fünf Grad gestiegen. Feuchtigkeit lag in der Luft. Im Hinterhof roch es nach Erde und aufgeweichtem Putz.

Um zwanzig nach neun stand Ada vor der Tür des Bistros. Drinnen war es still und leer. Die Lichter waren noch aus. Erst als sie das Gesicht an die Scheibe drückte, sah sie ganz hinten in der Ecke eine gebeugte Gestalt am Zeitungsständer hantieren. Sie klopfte.

»Ach, die Frau Kommissarin.« Der Angestellte schob den Riegel zurück und öffnete die Tür einen Spalt. »Wir haben noch zu.« Er streckte den Kopf heraus. Auf seinem Gesicht erschien ein spitzbübisches Lächeln. »Aber für Sie mach ich gerne eine Ausnahme.« Er öffnete die Tür weiter. »Kommen Sie rein. Ein großer Latte mit nur einem Espresso, ja? Hab ich's mir richtig gemerkt?«

Ada nickte.

»Danke«, sagte sie. »Ich hatte noch gar nicht gefrühstückt.«

»Oh. Kleinen Moment mal ...« Er verschwand im Hinterzimmer.

Nach wenigen Minuten kam er mit einem vollen Tablett zurück.

»Hier. Ein paar *free leftovers.*« Er zwinkerte ihr zu.

»Ich bezahle natürlich dafür.« Sie holte ihr Portemonnaie heraus.

»Die sind von gestern. Haben die Nacht zwar im Kühlschrank verbracht, aber verkaufen können wir sie trotzdem nicht mehr. Egal – dafür haben wir jetzt ein Gratisfrühstück. Ich habe nämlich auch noch nicht gegessen«, erklärte er und griff nach einem Stück Baguette mit Frischkäse.

»Wie laufen die Ermittlungen?«, fragte er dann mit vollem Mund.

»Gut«, erwiderte Ada. »Das heißt, nicht so besonders gut.«

»Ach so?« Er lachte.

»Ehrlich gesagt bin ich sogar deswegen hier. Ich wollte Sie noch etwas fragen ...«

»Ja?«

»Sie haben letztes Mal gesagt, dass Sie sich an alle Ihre Gäste erinnern.«

»An die allermeisten, ja.« Er reichte ihr den Kaffee. »Zucker?«

»Ja, bitte. Ein bisschen.«

»Bedienen Sie sich. Die Dose steht da drüben.«

»Wie unser Pathologe festgestellt hat, ist das Opfer, also Zofia Wagner, letzten Donnerstagabend ermordet worden«, fuhr Ada fort, während sie nach der Zuckerdose griff. »Und ich dachte mir, vielleicht haben Sie ja an dem Tag irgendetwas Außergewöhnliches bemerkt? Eine Person, die sonst noch nie hier gewesen war und sich seltsam benommen hat?«

Der junge Mann sah Ada forschend ins Gesicht.

»Ich denke da an jemand Bestimmten.« Sie holte Karol Zalewskis Foto aus ihrer Handtasche. »Haben Sie diesen Mann hier gesehen?«

Er nahm das Foto und betrachtete es genau.

»Ja«, sagte er nach einer Weile. »Der war tatsächlich hier. Am Donnerstag, am späten Nachmittag. Ich bin auf ihn aufmerksam geworden, weil er selbst ganz ruhig und anständig wirkte, eigentlich vollkommen unauffällig. Aber der andere Mann, der bei ihm war, sah aus wie eine richtig fiese Type. Er hatte einen kahl rasierten Kopf, und aus seinem Rucksack ragte ein Knüppel oder ein Metallrohr. An dem Tag war doch diese Rechten-Demo beim Dmowski-Denkmal. Ich weiß noch, dass ich mich gefragt habe, ob das seltsame Gespann wohl gerade von der Demo kommt.«

»Und Sie sind sich sicher, dass es dieser Mann war?«

»Fast ...« Er zögerte. »Das heißt, ich bin mir sicher, nur dass er auf dem Foto irgendwie ...«

»Ja?«, drängte Ada.

»... irgendwie schludriger aussieht. Weniger gepflegt. Aber es ist derselbe Mann«, sagte er fest.

»Und wann ist er wieder gegangen?«

»Das weiß ich nicht.« Er schüttelte den Kopf. »Der Skinhead hat irgendwann gezahlt und ist gegangen, und der andere ist dann noch eine Zeitlang allein sitzen geblieben. Das muss auf jeden Fall noch vor sieben gewesen sein, denn um sieben kamen ein paar Kumpels von mir, und ich habe nicht mehr darauf geachtet.«

»Danke. Sie haben mir sehr geholfen.« Ada rutschte vom Barhocker.

»Und Ihr Kaffee? Warten Sie!« Er goss den Inhalt des Glases in einen Pappbecher. »Hier. Geht aufs Haus.«

Sie zögerte.

»Bitte, lassen Sie das Geld stecken.« Ehe sie wusste, wie ihr geschah, hatte er sie beim Ellenbogen gefasst und sah ihr tief in die Augen. »Die nächste Runde geht auf Sie.«

»O-okay«, sagte Ada verwirrt.

»Dann also bis bald!«, rief er ihr hinterher.

»Bis bald«, murmelte sie, schon auf der Türschwelle.

Wäre dieser hübsche Kerl nicht locker fünfzehn Jahre jünger gewesen als sie, hätte sie das Ganze fast für eine ziemlich unverblümte Anmache gehalten.

Marcin kam um kurz vor elf niedergeschlagen zurück ins Präsidium: Von den Angestellten der Metallwarenhandlung konnte sich kein einziger erinnern, Karol Zalewski schon einmal gesehen zu haben. Seine Miene hellte sich auf, als Ada ihm berichtete, was sie im *Press Enter* erfahren hatte.

»Vielleicht sehe ich das Ganze zu negativ«, räumte er ein. »Jetzt scheint der Kreis ja langsam enger zu werden.«

»Der Meinung bin ich auch«, stimmte Ada ihm energisch zu.

»Versuchen wir, alles, was wir über Zalewski wissen, zusammenzufügen«, fuhr er schwungvoll fort. »Also: Vor ungefähr anderthalb Jahren hat er Zofia Wagner verlassen und ist ins Priesterseminar eingetreten. Diese Entscheidung hat nicht er selbst getroffen, sondern wurde von der Sekte ...«

»Tatsachen, Marcin«, unterbrach ihn Ada. »Das sind Vermutungen.«

»Hast ja recht«, brummte er. »Na schön. Er trat jedenfalls ins Priesterseminar ein. Vor drei Monaten hat er sich wieder mit Zofia Wagner getroffen. Die beiden hatten Sex«, zählte er an den Fingern auf. »Dann kam es zum Streit. Wagner hat ihm seine Schlüssel geklaut. Und ihm etwas weggenommen, an dem ihm so viel liegt, dass er ihr Drohmails schrieb.«

»Weiter.«

»Wagner wurde schwanger. Und wir wissen jetzt, dass Karol Zalewski am Donnerstagabend, kurz bevor sie ermordet wurde, in einem Bistro direkt bei ihrem Haus saß. Und zu guter Letzt: Zalewski hat ausgesagt, dass er vor über einem Jahr zum letzten Mal mit Wagner in Kontakt gewesen sei. Wir haben Beweise, dass er lügt.«

»Dann ist es jetzt wohl an der Zeit, unser Pfäffchen mal für ein längeres Gespräch herzubitten«, bemerkte Ada.

»Höchste Zeit«, bekräftigte Marcin. »Ich schlage vor, wir schnappen uns den Burschen auf der Rückfahrt von diesem Psychologen. Auf geht's nach Służew!«

Die private Gemeinschaftspraxis Extramed erstreckte sich über das ganze Erdgeschoss eines breiten Gebäudes an der Wałbrzyska-Straße. Draußen blies ein starker Wind, der den gestrigen Nebel vollkommen vertrieben hatte. Die Wolken standen hoch über der Stadt. Hier und da blitzte ein Stück Himmel hervor. Ein Spatz ließ sich auf der Lehne einer morschen Bank vor dem Ärztehaus nieder und begann energisch, sein dunkles Gefieder zu putzen.

Marcin wollte sich eine Zigarette anstecken, doch eine heftige Windbö blies die Flamme seines Streichholzes sofort wieder aus. »Verdammt«, fluchte er und schmiss das Hölzchen verärgert auf den Gehsteig.

Der Spatz flatterte erschrocken auf.

Marcin stellte sich hinter die Hausecke und versuchte es noch einmal. Im selben Moment klingelte sein Diensthandy.

»Hallo«, meldete er sich und atmete eine Rauchwolke durch die Nase aus.

»Hi«, krächzte Rogowski. »Wir haben einen Trockenschinken. In Ursynów. Ich möchte, dass ihr sofort hinfahrt.«

»Auf gar keinen Fall«, protestierte Marcin. »Ada und ich haben jetzt einen Termin mit einem Zeugen. Wir fragen ja schon gar nicht mehr nach Hilfe – aber lass uns dann wenigstens in Ruhe unsere Arbeit machen!«

»Der Schinken heißt Zalewski«, fiel ihm sein Chef ins Wort. »Karol Zalewski. Pawlaczyk-Straße 15.«

Ohne ein weiteres Wort legte Rogowski auf.

Marcin stand wie angewurzelt da. Fassungslos starrte er Ada an. Dann ließ er den Arm sinken und verstaute das Handy in der Hosentasche.

»Was ist denn passiert?«

»Das war Rogowski«, sagte er langsam, als könne er nicht glauben, was er eben gehört hatte. »Karol Zalewski hat sich umgebracht. Oder«, setzte er nach kurzem Zögern hinzu, »ist umgebracht worden.«

Sie hasteten zurück zum Auto. Das Gespräch mit Zofia Wagners Psychologen konnten sie auch später führen.

52

Zwanzig Minuten später bogen sie in die Pawlaczyk-Straße ein. Das Gartentor stand offen. Ada eilte die Einfahrt hinauf. Ohne sich nach Marcin umzusehen, stieß sie die Haustür auf. Farben und Töne verblassten, die Wirklichkeit zerbröselte vor ihren Augen wie trockener Putz. Sie fühlte sich betäubt, benommen wie von einem schleichenden Gift.

Derselbe junge Priester, der sie am Abend zuvor von Stanisław Czarnota fernhalten wollte, versuchte nun, ihr den Weg zur Treppe zu versperren. Aufgeregt redete er auf sie ein, doch seine Worte drangen nicht zu Ada vor. Sie schob ihn einfach beiseite.

Dieses Mal war ihr die Türklinke nicht zu hoch.

Im Zimmer, auf der rechten Seite, hing eine Leiche. Der schlaffe, schreckliche Leib schwoll ihr entgegen, wurde größer und größer, quoll auf wie Hefeteig, bis er den ganzen Raum ausfüllte. Dagegen wirkte der Kopf winzig klein wie eine Kartoffel. Kraftlos war er nach vorn gesackt, auf den aufgeblähten Brustkorb, und Ada meinte, ihn ganz leicht hin und her pendeln zu sehen. In der rechten Zimmerecke war ein Schreibtisch. Von dort musste er, den Strick um den Hals, gesprungen sein. An der Wand gegenüber stand ein Metallschrank, darauf ein Blumentopf. Im Blumentopf wuchs eine Blume. Neben dem Schrank lag ein umgestürzter Stuhl. Das Fenster war offen, wie Ada erst jetzt registrierte. Und erst jetzt wich ihre Betäubung, machte Entsetzen und einer tiefen Schwermut Platz. Erst jetzt, beim Anblick der Häusergiebel vor dem schmutzig grauen Himmel.

»Wir müssen warten, bis Modzelewski kommt«, sagte eine bekannte Stimme dicht hinter ihrem Ohr.

»Ich habe es nicht geschafft«, sagte sie und sah Marcin verzweifelt ins Gesicht. »Ich habe es nicht geschafft, ihm zu helfen.«

Als Ada aus dem Auto sprang und zur Haustür eilte, rief Marcin hinter ihr her, doch sie drehte sich nicht einmal zu ihm um.

Er stellte den Motor ab, schnappte sich ihre Handtasche vom Beifahrersitz und hastete ihr nach. Sah gerade noch, wie sie den jungen Priester beiseitestieß, der einen völlig aufgelösten Eindruck machte, und in einer Tür an der rechten Seite des Flurs verschwand. Als Marcin sie einholte, stand sie mitten in einem kleinen Zimmer und starrte wie versteinert Karol Zalewskis Leichnam an, der von der Decke baumelte. Sie war kreidebleich, hatte bläuliche Lippen und unnatürlich starre, geweitete Augen. Reagierte nicht, als er sie ansprach. Er hatte sie schon einmal so gesehen, in diesem seltsamen schlafwandlerischen Zustand, abgetrennt von der Welt, wie gefangen unter einer Glasglocke. Vorsichtig berührte er ihre Schulter, flüsterte: »Ada ...«

Ihr Gesicht verzog sich, als hätte sie Schmerzen. Sie sagte etwas, was er nicht verstand. Sprach mit einer fremden, dumpfen Stimme, die tief unten aus ihrer Kehle zu kommen schien. Ihre Augen wichen seinem Blick aus. Plötzlich hatte er das Gefühl, als explodiere etwas in seinem Kopf, ein knatterndes Feuerwerk dumpf hallender Knalle, die von außerhalb dieser Welt zu kommen schienen. Dann war es schlagartig wieder still.

»Ada«, sagte er noch einmal.

Sie wandte sich ihm zu.

»Wir müssen herausfinden, ob das hier tatsächlich Selbstmord war. Ich hoffe, jemand aus der Zentrale hat Nekro Bescheid gesagt. Selbst möchte ich ihn nämlich nicht so gerne anrufen.«

Ihre Stimme klang wieder wie immer. Ruhig und sachlich. Auch die Farbe war in ihr Gesicht zurückgekehrt. Sie wirkte ganz normal.

»Ja.« Seine Stimme schwankte. »Sie haben ihm schon Bescheid gesagt.«

»Das ist gut. Dann warten wir hier auf die Spurensicherung.«

Im Hausflur war ein dumpfer Aufprall zu hören.

»Oh. Das war bestimmt dieser junge Priester da draußen.« Sie wies mit dem Kopf zur Tür. »Der steht total unter Schock. Wir müssen Nekro bitten, ihm ein Beruhigungsmittel zu spritzen. Reden kann man jetzt sowieso nicht mit ihm. Er brabbelte eben einen kompletten Blödsinn, irgendwas von Gottes Zorn und Marias Rache ...«

Marcin gewann allmählich seine Fassung zurück. Tief atmete er die frische, kühle Luft ein, die vom offenen Fenster hereinwehte. Ich bin bei der Arbeit, sagte er sich in Gedanken. Es ist bloß meine Arbeit. Sofort spürte er, wie er sich in seinem Körper wieder sicherer zu fühlen begann.

Er schob die Besorgnis um Ada beiseite und blickte sich um. Das Zimmer, in dem sie standen, glich einem kleinen Büro. Die einzigen Möbelstücke waren ein schlichter Schreibtisch aus Spanplatten, ein Stuhl und ein großer Metallschrank mit breiten Schubladen für Akten oder dergleichen, der auch in einem Amt hätte stehen können. Marcin hatte seine Gefühle jetzt vollkommen ausgeblendet. Er versuchte, konzentriert und logisch zu denken. Was sah er hier? Was sagte ihm dieses aufgeräumte Zimmer? Er holte ein Papiertaschentuch aus seiner Hosentasche und zog behutsam eine Schublade heraus. Leer. Ebenso die nächste und die weiteren drei. Dafür erspähte er auf dem Boden ein quadratisches weißes Stück Pappe, das halb unter den Schrank gerutscht war. Er zog es vorsichtig mit zwei Fingern hervor. Auf dem Quadrat war ein großes W aufgedruckt. Er hielt das Pappstück prüfend an eine der Schubladen: Seine Größe passte genau zu den Metallrahmen für die Kennzeichnung der einzelnen Fächer. Ada beobachtete ihn gespannt. Sie hob die linke Braue. Beide wussten, dass sie auf etwas Wesentliches gestoßen waren.

»Ich denke, wir sollten jetzt gleich Gdański und Czarnota suchen«, sagte Marcin und richtete sich auf. »Wir müssen sie so schnell wie möglich befragen.«

Ada nickte.

»Sie haben uns zwar nicht begrüßt, aber vielleicht sind sie ja trotzdem hier irgendwo im Haus.«

Wie zur Antwort waren auf dem Flur rasche Schritte zu hören.

»Gelobt sei Jesus Christus.«

Marcin fuhr herum. Hinter ihm stand Pater Gdański.

»Guten Tag«, erwiderte Ada trocken, bevor Marcin die passende Antwortformel aufsagen konnte.

»Guten Tag«, schloss er sich ihr automatisch an.

»Wer hat den Toten gefunden?«, fragte Marcin.

Sie saßen in demselben Dachzimmer, in dem sie schon am Vorabend mit Pater Czarnota gesprochen hatten. Unten waren die Techniker der Spurensicherung zugange, während Nekro den Leichnam in Augenschein nahm. Marcin verhörte Gdański und Czarnota; Ada saß schweigend daneben und beobachtete die beiden. Dieses Mal waren die Rollen offenbar umgekehrt verteilt. Gdański übernahm die Initiative, Czarnota saß zusammengesunken in einem Ledersessel. Seine Arme lagen auf den Lehnen. Die gestern noch strahlenden, wachen Augen wirkten nun erloschen und matt. Von Zeit zu Zeit warf Czarnota dem anderen Pater einen unsicher wirkenden Blick zu.

»Ich habe ihn gefunden«, antwortete Gdański.

Er trug heute keine Soutane, sondern einen schwarzen Anzug und einen Priesterkragen. Wenn er sprach, blieb sein Gesicht seltsam ungerührt, als sei es in einem immergleichen gutmütigen Ausdruck erstarrt.

»Wann war das?«, fuhr Marcin fort.

»Um elf Uhr fünfundzwanzig. Das weiß ich so genau«, nahm er die nächste Frage vorweg, »weil wir uns um elf Uhr dreißig alle zum gemeinsamen Gebet versammeln. Ich bin nach unten gegangen, um Karol zu holen.«

»Haben Sie sofort die Polizei gerufen?«, hakte Marcin nach. »Denn wir haben die Nachricht erst eine ganze Stunde später bekommen.«

»Wir wollten ...«, meldete sich Czarnota zu Wort, doch Gdański brachte ihn mit einem eisigen Blick zum Schweigen.

Es gab keinen Zweifel, wer von beiden heute das Ruder übernommen hatte.

»So schnell wie möglich«, erklärte Gdański. »Natürlich standen wir alle unter Schock. Man könnte fast sagen, wir sind in eine Art Panik verfallen. Es hat eine Weile gedauert, bis wir uns so weit beruhigt hatten, um die notwendigen Schritte vornehmen zu können.«

»Dafür wirken Sie jetzt völlig beherrscht.«

Gdański lächelte traurig.

»Nun, ich bin mir natürlich bewusst, dass es in dieser Lage am hilfreichsten ist, Ruhe zu bewahren. So tut eben jeder, was er kann.«

Marcin spürte, wie Ada neben ihm erstarrte.

»Haben Sie oder eine andere Person in diesem Haus den Leichnam oder irgendwelche Gegenstände im Zimmer berührt?«

»Selbstverständlich nicht.«

»Bitte erklären Sie uns, aus welchem Grund Karol Zalewski sich heute Vormittag hier im Haus aufgehalten hat. Noch dazu allein, in einem geschlossenen Raum. Ich vermute, es ging nicht um ein geselliges Beisammensein?«

Gdański öffnete den Mund, doch nun schaltete Ada sich in das Verhör ein.

»Ich würde gern Pater Czarnotas Antwort auf diese Frage hören. Schließlich sind wir hier in Ihrem Haus, Herr Czarnota.«

»Gewiss doch.« Czarnota zauste nervös seinen Bart. »Natürlich, natürlich. Das heißt ... ähm ... Seit einiger Zeit kam Karol regelmäßig zu uns. Das habe ich Ihnen ja schon gesagt. Ich habe gestern nur vergessen zu erklären, dass er uns half, unsere Dokumente in Ordnung zu halten.«

»Dokumente?«, wunderte sich Ada. »Was für Dokumente?«

»Nun, die *Kinder der Immaculata* sind eine große Organisation«, sprang ihm Gdański bei und versuchte wieder, Czarnota abzuschirmen. »Früher waren wir nur ein ganz kleiner Kreis. Alles lief eher informell ab, so wie Treffen unter Freunden. Aber jetzt, wo die Mitgliederzahl mit jedem Tag wächst, benötigten wir eine Art Sekretär. Jemanden, der unseren Kalender führt, die Treffen koordiniert, Exerzitien organisiert ... Karol Zalewski hatte sich bereit erklärt, diese Aufgaben zu übernehmen.«

»Verzeihen Sie«, wandte Ada sich wieder an Czarnota. »Aber ich habe keinerlei Dokumente gesehen. Der Aktenschrank im Zimmer unten ist leer.«

»Das ist wahr«, stimmte der etwas zu eilig zu. »Wir haben ihn kürzlich erst gekauft. Wie Pater Gdański bereits sagte, stehen wir noch ganz am Anfang.«

»Wann?«, mischte sich Marcin scharf ein.

»Wie bitte?«

»Wann haben Sie den Schrank gekauft?«

»Vergangene Woche ...« Er zögerte. »Am Mittwoch? Ja, ganz sicher. Es war am Mittwoch.«

»Dann zeigen Sie mir bitte den Kassenzettel. Ich gehe doch davon aus, Sie haben ihn aufbewahrt.«

»Nein.« Czarnota zog erstaunt die Brauen hoch. »Das entspricht nicht meiner Gewohnheit. Aber was hat das mit der ganzen Sache zu tun? Was soll dieser Schrank denn mit Karols Tod zu tun haben?«

Marcin wurde etwas verlegen. Er hatte keine Antwort auf diese Frage, spürte aber, dass sie einen wesentlichen Punkt berührte. Eine Zeitlang herrschte Schweigen. Dann nahm Ada das Verhör wieder auf.

»Hat einer von Ihnen beiden heute Morgen noch mit Karol gesprochen?«

»Ja, natürlich. Wir haben gemeinsam mit ihm gefrühstückt.« Gdański presste die Finger der rechten Hand an seine Nasenwurzel, als müsse er aufsteigende Tränen zurückhalten.

»Hat Karol sich anders verhalten als sonst? Wirkte er verärgert, bedrückt? Unnatürlich nervös oder aufgeregt?«

Beide Männer schüttelten den Kopf.

»Sie haben also nichts Ungewöhnliches an ihm bemerkt? Keine Veränderung, so kurz vor dem Selbstmord?«

Gdański hob ratlos die Arme.

»Er sah völlig normal aus. Wir haben uns nicht lange unterhalten, nur über ein paar belanglose Themen. Er sagte etwas über einen Film, den er gestern gesehen hatte. Eine Dokumentation ... von einem australischen Regisseur, glaube ich ... An den Namen kann ich mich jetzt nicht erinnern ...«

»Und er sagte, er müsse am frühen Nachmittag gehen. Er hätte wenig Zeit, deswegen wollte er heute Vormittag nicht gestört werden«, ergänzte Czarnota.

»Ist in letzter Zeit irgendetwas geschehen, das Karol aus dem Gleichgewicht gebracht hat? Irgendetwas, das einen plötzlichen seelischen Zusammenbruch verursacht haben könnte?«

»Nichts außer den Ereignissen, über die wir gestern gesprochen haben.« Czarnota verzog leicht das Gesicht. »Ich kannte den Jungen seit Jahren. Ich habe seine geistliche Entwicklung mitverfolgt. Es wirkte, als hätte er im Priesterseminar seinen Platz in der Welt gefunden. Er wurde ruhiger, ausgeglichener ... Ich ...« Er geriet ins Stottern. »Ich hätte wirklich nie angenommen, dass ...« Er sah ehrlich bekümmert aus.

»Diese ganze Sache kommt sehr überraschend für uns«, schaltete sich Gdański ein. »Wir können uns nicht erklären, wie ein solches Unglück geschehen konnte.«

Marcin warf Ada einen resignierten Blick zu.

»Das wäre für heute alles«, entschied sie. »Wir müssen Sie allerdings bitten, sich für etwaige Rückfragen bereitzuhalten.

Wenn der vorläufige Bericht des Pathologen und die Ergebnisse der Spurensicherung da sind, kommen wir bestimmt noch einmal auf Sie zurück.«

»Selbstverständlich.«

Die Polizisten standen auf und wandten sich zum Gehen. Auf der Türschwelle drehte Ada sich noch einmal um.

»Eine Sache finde ich eigenartig.« Dieses Mal wandte sie sich an Gdański. »Fragen Sie sich nicht, warum Karol Zalewski in einem fremden Haus Selbstmord begangen hat? Ausgerechnet in *diesem* Haus?«

Der Pater holte tief Luft.

»Ich kann es mir nicht erklären. Aber man muss auch bedenken, dass Karol nicht allein wohnte. Wie schrecklich es in dieser Situation auch klingen mag: Für einen Selbstmord braucht man Privatsphäre, und die hatte er im Priesterheim wohl kaum.«

Wieder konnte Marcin sich des Eindrucks nicht erwehren, dass der Pater auch diese Frage vorhergesehen und sich die Antwort sorgfältig zurechtgelegt hatte.

Der Pathologe erwartete sie bereits. Er stand an den Türrahmen gelehnt und reinigte sich konzentriert mit einem Skalpell die Fingernägel. Ada unterdrückte einen Anflug von Ekel. Nekro war, wie sie festgestellt hatte, ein echter Fachmann auf seinem Gebiet, und sie brauchten seine Einschätzung. Sofort. Marcin konnte er nicht leiden, deswegen musste sie, wenn sie Informationen wollte, wohl oder übel selbst das Gespräch mit ihm übernehmen.

»Guten Tag.« Sie zwang sich zu einem Lächeln und streckte ihm die Hand hin.

»Ah, unsere Kommissarin Augenweide.« Er drückte ihr nicht

die Hand, sondern ließ lediglich das Skalpell in die Kitteltasche gleiten. »Was wünschen wir heute?«

»Liegen schon Ergebnisse von der ersten Leichenschau vor?«, fragte Ada steif.

»Gewiss doch, gewiss doch. Möchten wir etwa selbst einen Blick riskieren?«

»Na gut.« Ada holte ein Paar Silikonhandschuhe aus der Tasche und zog sie sich über ihre Hände. »Gehen wir.«

Nekro warf ihr einen schrägen Blick zu.

»Aber das wär doch nicht nötig, Kätzchen.« Er spuckte auf den Boden. »Ich weiß, dass wir keine Angst vor Leichen haben.« Aus unerfindlichen Gründen schien er beschlossen zu haben, Ada ausschließlich in der ersten Person Plural anzureden.

Marcin ignorierte er völlig.

»Nur keine Sorge, wir werden schon noch alles erfahren. Wenn wir jetzt bitte mitkommen wollen ... Allein«, fügte er mit Nachdruck hinzu, als er sah, dass Marcin sich ebenfalls in Bewegung setzte.

Marcin hob die Brauen, blieb aber im Flur zurück. Ada folgte dem Pathologen ins Zimmer. Auf dem Boden lag ein schwarzer Leichensack. Nekro zog ruckartig den Reißverschluss auf, und zum Vorschein kamen Karol Zalewskis Kopf und Hals.

»Todeszeitpunkt liegt zwei, höchstens drei Stunden zurück.«

»Das kommt hin«, murmelte Ada.

»So wie ich es sehe: Selbstmord. Kann ich aber ohne Autopsie nicht sicher sagen. Bleibt nachzuprüfen, ob das Rückenmark unterbrochen ist. Obwohl ...« Er hielt inne. »Das Seil war zu kurz. Hat zwar einen fachmännischen Knoten hingefummelt, der Bursche, aber die Berechnung stimmte nicht. Hatte wohl in

Mathe nicht richtig aufgepasst.« Er lachte über seinen eigenen Witz. »Gewicht liegt um die neunzig Kilo. Da hätte man ...« Er überlegte kurz. »Man hätte etwa anderthalb Meter gebraucht. 'ne Brücke oder 'n Baum wäre das Mittel der Wahl gewesen. So ist der Tod vermutlich eingetreten, weil die Blutzufuhr zum Gehirn unterbrochen war. Hat sich das Kerlchen völlig unnötig gequält ...«, sagte er fröhlich. »Jedenfalls hab ich keine Spuren von Gewalteinwirkung gefunden. Ist ein großer Bursche, der hätte sich doch gewehrt.« Er fuhr mit dem Finger den bläulichen Striemen nach.

»Kehlkopf auf den ersten Blick unversehrt. Keine zusätzlichen Blutergüsse von Fingern. Erstickt worden ist er nicht – es sei denn, jemand hätte ihm Nase und Mund verstopft, und er hätte in aller Seelenruhe dagelegen und sich umbringen lassen.« Nekro strich immer noch mit seinen nackten Fingern über den Hals der Leiche.

Stille kehrte ein.

»Das wär dann alles.« Unerwartet richtete er sich auf.

»Wir benötigen DNS-Proben«, sagte Ada und bemühte sich, ruhig zu bleiben. »Von Zalewski und von Zofia Wagners Kind. Fötus«, verbesserte sie sich. »Wir müssen die Vaterschaft feststellen.«

»Alles schon in der Mache.«

»Schon?«

»Aber gewiss doch. Modzelewski muss denen im Labor ordentlich eingeheizt haben, sie wollen die Ergebnisse in den nächsten vierundzwanzig Stunden liefern.«

Ada seufzte erleichtert.

»Danke für Ihre Hilfe«, murmelte sie unwillig.

»Keine Ursache, Kätzchen, keine Ursache.« Nekro zog sich

seine Daunenjacke über, und bevor sie etwas erwidern konnte, war er raschen Schrittes aus dem Raum geeilt.

Ada ging zurück in den Flur.

»Selbstmord«, sagte sie auf Marcins fragenden Blick hin. »Vielleicht hat er den ganzen Druck nicht mehr ausgehalten? Vielleicht hat ihn die Nachricht von Wagners Schwangerschaft so mitgenommen?«

»Mehr als die Nachricht von ihrem Tod?«

Ada zuckte mit den Achseln.

»Wir müssen jedenfalls die Vaterschaft feststellen. Angeblich hat Modzelewski schon im Labor nachgefragt. In den nächsten Stunden sollen die Ergebnisse kommen.«

»Ich weiß. Er hat mich eben angerufen, als du drinnen warst. Er ist auf einer ›Konferenz‹. In den Bergen«, setzte er amüsiert hinzu. »Morgen kommt er zurück. Er ist fest überzeugt, dass Karol Zalewski Zofia Wagner umgebracht hat.«

»Wie begründet er diese Feststellung?«

»Gar nicht. Ich befürchte aber, dass er den Fall für gelöst erklärt, falls die DNS von Zalewski und dem Fötus zusammenpassen. Schließlich haben wir Zalewski heute Vormittag ebenfalls verdächtigt.«

»Das ist wahr«, gab sie zu. »Aber irgendetwas stimmt hier nicht.«

»Überhaupt nichts stimmt hier«, brummte er resigniert.

53

Als sie endlich um kurz vor sechs das Haus verließen, war der Wind deutlich abgeflaut. Außerdem war es wärmer geworden. Von der Weichselböschung drängten dicke, rosa geränderte Wolken heran. Bei ihrem Anblick verspürte Ada wieder eine tiefe, lähmende Schwermut. Marcin holte einen angebissenen Schokoriegel aus seiner Jackentasche, begutachtete ihn sorgfältig und steckte ihn dann wieder ein.

»Wir sollten wohl am besten zum Präsidium zurückfahren und die ganze Situation noch mal genau analysieren«, meinte er unentschlossen.

Ada beobachtete ihn. Er wirkte angespannt, trat nervös von einem Fuß auf den anderen, sah immer wieder auf sein Handy.

»Das sollten wir«, stimmte sie ihm zu. »Wir könnten es aber auch morgen machen.«

Er warf ihr einen kurzen Blick zu, sah dann aber gleich wieder zu Boden.

»Lass uns eine Nacht darüber schlafen«, fuhr sie fort. »Morgen früh sehen wir weiter. Schließlich müssen wir sowieso abwarten, bis die Laborergebnisse da sind.«

»Das wäre mir ehrlich gesagt ganz recht«, gab er verlegen zu. »Ich habe Olga versprochen, die Kinder um sieben vom Schwimmbad abzuholen. Du verstehst ja sicher, dass ich in der aktuellen Situation ...«

»Klar. Versteh ich«, unterbrach sie ihn.

»Aber nach Hause fahren kann ich dich trotzdem.«

»Ich will noch kurz in die Firma.«

»Dann eben zur Firma.«

Der Himmel über den Häusern war schieferfarben. Auf dem schmalen Rasenstreifen entlang der Straße stand das Gras in struppigen Büscheln. Die stachligen Zweige der Hecken glänzten schwarz und feucht in der Dunkelheit. Der Tag neigte sich dem Ende zu.

Elegant umkurvte Marcin den Feierabendverkehr, indem er auf schmale Seitenstraßen auswich. Diese Abkürzung hatte Ada noch nicht gekannt. So konnte er sie schon um zwanzig nach sechs vor dem Mostowski-Palast absetzen. Sie hätte sich ebenso gut von ihm nach Hause bringen lassen können, um auf ihrem Sofa, neben Filip-Oleńka, über den vergangenen Tag nachzudenken. Doch aus irgendeinem Grund machte der Gedanke daran sie unruhig. In der warmen, gemütlichen Wohnung, mit dem schnurrenden Kater auf den Knien würde sie sich nicht konzentrieren können. Genau das brauchte sie aber jetzt – maximale Konzentration.

Karol Zalewskis Selbstmord war völlig überraschend für sie gekommen. Zugleich hatte es sie in ihrer Überzeugung bestärkt, dass er nichts mit dem Mord an seiner Ex-Verlobten zu tun hatte. Ada wusste, dass Marcin ähnlicher Meinung war. Beide hatten sie allerdings kein stichhaltiges Argument für ihr Bauchgefühl. Deswegen würden sie, wenn die DNS des Fötus zu Karol Zalewskis DNS passte, in der Auseinandersetzung mit Modzelewski von vornherein auf verlorenem Posten stehen.

Sie betrat die Eingangshalle und zog sich gerade mit den Zähnen die Lederhandschuhe von den Händen, als sie aus dem Augenwinkel wahrnahm, wie ein unförmiger Schatten sich von der rechten Wand löste und auf sie zustürzte.

»Sie sind schuld! Das ist alles nur wegen Ihnen!«, brüllte der Schatten und packte sie schmerzhaft am Arm.

Sie vollführte eine rasche Wendung, entkam seinem Griff und stellte sich in abwehrbereite Position. Dann ließ sie die Fäuste wieder sinken, denn der aufgebrachte Mann, dem der Wachtmeister in rascher Reaktion die Arme auf den Rücken gedreht hatte, war Karol Zalewskis älterer Bruder. Keuchend wehrte er sich noch ein bisschen und stieß Beschimpfungen aus, dann sackte er ebenso plötzlich, wie er angegriffen hatte, in den Armen des Wachmanns zusammen.

»Bitte entschuldigen Sie«, stammelte er. »Ich ... ich wollte Sie nicht ...«

»Angriff auf einen Beamten!«, rief der Wachmann.

Die Wachtmeisterin hinter dem Empfangstresen hatte offenbar den Alarmknopf gedrückt, denn nun kam ein Trupp uniformierter, mit Elektroschockpistolen bewaffneter Männer in die Halle gestürmt.

»Alles in Ordnung.« Ada versuchte, die Männer mit ausgestreckter Hand zu stoppen. »Lasst ihn.«

Der Wachtmeister lockerte seinen eisernen Griff nicht. Die Uniformierten starrten Ada erstaunt an.

»Alles in Ordnung«, wiederholte sie. »Ich übernehme die Verantwortung für den Mann. Sie bleiben doch wohl ruhig?«, wandte sie sich an Mikołaj Zalewski.

Er nickte.

»Du hältst jetzt ruhig, ja? Mach den Mund auf!«, herrschte der Wachtmeister ihn an.

»Ja …«, ächzte Zalewski.

»Wie? Ich hab dich nicht gehört!«

»Ruhig. Ich bleibe ganz ruhig.«

»So ist's recht.« Der Wachmann stieß ihn von sich.

»Und jetzt lasst uns durch«, kommandierte Ada. »Ich nehme ihn mit nach oben.«

Die ärztliche Station befand sich im ersten Stock. Ein älterer Mann in weißem Kittel musterte Mikołaj Zalewski skeptisch.

»Ich muss den Zeugen verhören«, erklärte Ada. »Aber in diesem Zustand kann ich nichts mit ihm anfangen. Ich hoffe, Sie haben Beruhigungsmittel da. Wir brauchen etwas Starkes, das trotzdem nicht müde macht.«

Der Arzt seufzte, erhob sich langsam von seinem Schreibtisch und schloss einen gläsernen Medikamentenschrank auf, dem er bedächtig eine flache Schachtel entnahm.

»Hier. Schlucken Sie die.« Er reichte Zalewski zwei Tabletten.

»Danke.« Ada schenkte dem Arzt ein strahlendes Lächeln.

Ohne Widerrede schluckte Mikołaj Zalewski die Tabletten mit etwas Wasser und folgte Ada in den zweiten Stock. Im Büro setzte er sich folgsam auf den Stuhl, den Ada ihm zeigte. Er saß mit gebeugten Schultern und schlaff herabbaumelnden Armen da und hob erst wieder den Kopf, als Ada eine Tasse heißen, stark gesüßten Tee vor ihm auf den Schreibtisch stellte.

»Danke, aber ich möchte nichts.« Er machte eine abwehrende Handbewegung.

»Bitte trinken Sie«, sagte Ada bestimmt.

Sie hatte keine Angst vor ihm. Der Anfall von Aggressivität war vorüber, das wusste sie. Nun saß hier ein erschütterter, kraftloser, zu keinem Gewaltakt fähiger Mann.

»Warum meinen Sie, dass ich am Tod Ihres Bruders schuld bin?«, fragte sie und nahm an der gegenüberliegenden Tischseite Platz.

»Sie waren es, die ihm gesagt hat, dass Zofia schwanger war«, kam es leise zurück. »Diese Nachricht hat ihm den Rest gegeben. Und zwei Tage später ... Heute ...« Er schluchzte auf.

»Selbstmord ist eine persönliche Entscheidung. Ich habe ihn nicht dazu angestiftet«, entgegnete sie kalt. »Und ich glaube auch nicht, dass die Nachricht von der Schwangerschaft seiner ehemaligen Verlobten eine solche Reaktion in ihm auslösen konnte.«

»Aber ich begreife nicht ...«

»Sie wollen also sagen, es gibt einen Zusammenhang zwischen dem, was heute geschehen ist, und Zofia Wagners Person?«

Mikołaj Zalewski riss überrascht die Augen auf, als hätten ihre schonungslosen Worte ihn zugleich ernüchtert und erschreckt.

»Ich ... ich weiß nicht. Karol ... Er konnte nicht vergessen ...«

»Verstehe. Bitte trinken Sie noch etwas Tee.« Sie zeigte auf die Tasse.

Er gehorchte.

»Wie war Ihr Verhältnis zu Ihrem Bruder?«

Eine Weile sah er sie nur an und blinzelte, als müsse er den Sinn der Frage erst durchdringen.

»Schwierig«, flüsterte er dann.

»Bitte erklären Sie mir das genauer.«

Zalewski saß mehrere Sekunden regungslos da. Er schien gegen die Tränen anzukämpfen und all seine Kräfte zu sammeln.

Dann begann er mit sichtlicher Mühe.

»Früher haben wir uns sehr gut verstanden. Als Kinder haben wir meistens zusammen gespielt, der Altersunterschied ist ...

war ... nicht sehr groß. Aber später ist alles anders geworden.« Er holte tief Luft. »Vor fünfzehn Jahren ist unser Vater gestorben. Meine Mutter war allein mit uns dreien ...«

»Dreien?«

»Ich habe noch einen Bruder, der viel jünger ist als ich. Piotr. Als Vater starb, war er gerade zehn.«

»Ach so. Bitte sprechen Sie weiter.«

»Unserer Mutter ging es damals wohl nicht besonders gut. Ich glaube, deshalb hat sie sich seelische Unterstützung bei einer katholischen Organisation gesucht. Meine beiden Brüder sind auch dort eingetreten, sie waren begeisterte Anhänger.« Das Beruhigungsmittel begann zu wirken, Mikołaj Zalewski sprach jetzt ruhig und ohne zu stocken. »Karol war beinahe fanatisch. Mich störten seine radikalen Ansichten, die er auf einmal hatte ... und ihn störten wohl meine«, setzte er zögernd hinzu.

»Sind Sie religiös?«

»Nein, überhaupt nicht.« Er schüttelte den Kopf. »Ich glaube nicht an Gott.«

»Das ist seltsam, dass Sie sich so weit vom Rest Ihrer Familie entfernt haben.«

»Ich weiß. Ich habe ganz anders auf Vaters Tod reagiert als die anderen. Damals war ich schon in der letzten Klasse auf dem Gymnasium. Ich fand es sehr befremdlich, dass meine Mutter und meine Brüder sich emotionale Unterstützung ausgerechnet im Glauben geholt haben. Ich bin dann auch bald von zu Hause ausgezogen, habe mein eigenes Leben geführt.«

»Ihr Bruder Karol hat sich an Ihrer Einstellung zur Religion gestört, sagen Sie?«

»Das kann man wohl sagen.« Zalewski seufzte. »Wir haben

uns völlig auseinandergelebt. Natürlich nicht von heute auf morgen. Aber zuletzt hatten wir kaum noch Kontakt.«

»Auf welche Weise engagiert sich Ihre Familie bei den *Kindern der Immaculata*?«

Er sah sie erstaunt an.

»Ich ermittle seit zwei Wochen im Mordfall Zofia Wagner«, erklärte sie geduldig. »Der Name dieser Organisation ist in diesem Zusammenhang bereits mehrere Male gefallen. Eine Freundin von Zofia Wagner behauptet sogar, dass Karol ins Priesterseminar eingetreten sei, weil diese ›Sekte‹ – so nannte sie es – ihn dazu gebracht hätte. Was meinen Sie dazu?«

Zalewski biss die Zähne aufeinander.

»Ich fürchte, ich bin nicht objektiv«, sagte er schließlich. »Wenn Sie meine Meinung hören wollen – ich hatte schon mehrmals das Gefühl, dass meine Familie an eine Art Sekte geraten ist. Allerdings habe ich dafür keine Beweise. Die drei kommen mir nur so fanatisch vor, fast wie besessen. Das Ganze ist absolut rätselhaft. Ich habe keine Ahnung, was sie genau machen bei dieser Organisation. Sie sprechen auch nicht mit mir darüber, als wäre es eine Verschwörung. Ich weiß, dass meine Mutter manchmal Broschüren redigiert oder Fahrten organisiert. Sie hat dort wohl eine wichtige Stellung als Koordinatorin oder so ähnlich … Und sie hat meine Brüder sehr beeinflusst. Noch als er aufs Gymnasium ging, hat Karol angefangen, an den Treffen der Organisation teilzunehmen. Von Piotr ganz zu schweigen – der ist sozusagen dort aufgewachsen. Er ist sogar auf eine katholische Privatschule gegangen; die Lehrer waren alle bei den *Kindern der Immaculata*. In den Ferien fuhren sie auf Exerzitien oder zu speziellen Ferienlagern. Piotr hatte gar keine anderen Freunde. Das ist bis heute so geblieben. Er hat auch keine eigenen Ansichten oder eigenen Bedürfnisse ... Manchmal glaube ich, sie haben ihm das Gehirn gewaschen!«, setzte er wütend hinzu, hatte sich aber sofort wieder im Griff und schwieg.

»Und Karol?«, fragte Ada.

»Karol war anders. Er war ...« Mikołaj zögerte. »Er stand irgendwie dazwischen. Hat die Welt außerhalb auch noch gesehen. Hat immer wieder gezweifelt. Bis er sich dann von Zofia trennte und ins Priesterseminar eintrat. Da ist etwas in ihm endgültig zerbrochen ...«

»Meinen Sie, er wurde manipuliert?«

»Hm ... Der Gedanke, hier in Polen könnte unter den Fittichen der katholischen Kirche eine Sekte heranwachsen, wirkt trotz allem wenig glaubhaft ...«

»Worin unterscheidet sich denn diese Organisation von dem, was die traditionelle Religion zu bieten hat?«

»Das ist eine schwierige Frage.« Er fuhr sich mit der Hand übers Gesicht. »Ich habe sie mir auch schon oft gestellt ... Wissen Sie, als junger Mann bin ich auch zweimal mit auf Exerzitien gefahren. Aber diese Fahrten haben mich eher abgeschreckt als begeistert.« Er lächelte traurig. »Ich habe Predigten gehört, bei Diskussionen mitgemacht, die Leute beobachtet – und es kam mir so vor, als wäre das Ganze ein Versuch, eine mystische Strömung des Christentums wiederaufleben zu lassen.«

Ada nickte zum Zeichen, dass sie seinen Ausführungen folgen konnte.

»Zum Beispiel hieß es, jeder Mensch hätte seine persönliche, einzigartige Verbindung mit Jesus Christus. Jedes kleinste Ereignis würde zu einem durchdachten göttlichen Plan gehören. Wir sollten demütig und bescheiden bleiben. Das Vorbild dafür war Maria. Sie würde uns durchs Leben leiten. Deswegen sei es wichtig, in eine ›Lebenskommunion mit Maria‹ einzutreten – was immer das heißen soll. Die Begegnungen und Gebete fanden unter großer Verschwiegenheit statt. Am Ende unseres geistlichen Weges sollte uns eine große Wahrheit erwarten, zu der andere keinen Zugang hätten. Aber um diese Wahrheit zu erfahren, sollten wir uns den älteren Mitgliedern restlos unterordnen.« Er sprach immer langsamer, als wäre er müde.

Ada hörte ihm genau zu.

»Die traditionelle Kirche wirkt so festgefahren in ihren offiziellen, automatisch abgespulten Riten. Sie ist wie erstarrt, ohne Leben. Aber die Menschen brauchen Mystik. Sie suchen nach Geistlichkeit. Und die *Kinder der Immaculata* sind der Versuch, dieses Mystische wiederherzustellen. Auch wenn dieser Versuch in meinen Augen total fehlgeschlagen ist.« Mikołaj wirkte jetzt völlig erschöpft. Das Sprechen schien ihm schwerzufallen, seine Augen waren halb geschlossen, und die Hände zitterten ihm vor Anstrengung. »Ich finde, die katholische Kirche hat ihre Geistlichkeit vollkommen verloren. Und es gibt auch keinen Weg zurück. Jeder Versuch der Erneuerung wird zu einem traurigen Abklatsch, einer lächerlichen Karikatur – oder ist einfach Betrug«, endete er leise.

»Was meinen Sie, warum Karol in diese Organisation eingetreten ist? Was hat ihn so fasziniert, dass er seine Verlobung gelöst hat und sein Leben der Sekte widmen wollte?«

Mikołaj Zalewski stützte schwer den Kopf in die Hand.

»Eitelkeit«, sagte er schließlich. »Das war Karols Schwachstelle. Seine Eitelkeit. Er dachte wohl wirklich, das würde ihn zum Heiligen machen.«

»Ich muss Ihnen noch eine allerletzte Frage stellen, dann ist Schluss«, versprach Ada. »Ist in letzter Zeit irgendetwas geschehen – außer Zofias Tod und der Nachricht von ihrer Schwangerschaft natürlich –, das Ihren Bruder aus dem Gleichgewicht gebracht haben könnte? Etwas, das ihn völlig erschüttert hat? Bitte denken Sie gut nach, jedes Detail könnte hier von Bedeutung sein.«

Doch Zalewski schüttelte entschieden den Kopf.

»Ich weiß zumindest nichts davon.«

»Nun gut.« Sie lächelte. »Ich werde Sie nicht länger mit Fragen quälen. Sie sollten wohl jetzt zu Ihrer Mutter und Ihrem Bruder fahren? Ich kann Ihnen ein Taxi rufen.«

»Meine Mutter und mein Bruder wollen die Nacht im Gebet verbringen, mit ein paar Freunden aus der Organisation«, antwortete er dumpf.

»Dann fahren Sie am besten nach Hause.« Ada erinnerte sich an seine dunkelhaarige Begleiterin auf dem Friedhof. »Ihre Frau macht sich bestimmt schon Sorgen.«

»Ja, ich fahre jetzt nach Hause«, versicherte er und stand auf. »Glauben Sie ...« Er zögerte. »Haben Sie Karol im Verdacht, etwas mit Zofias Tod zu tun zu haben?«

Angespannt wartete er ihre Antwort ab.

»Nein«, sagte Ada. »Zum jetzigen Zeitpunkt ziehe ich eine solche Möglichkeit nicht in Betracht.«

Erleichterung machte sich auf Mikołaj Zalewskis Gesicht breit.

»Danke«, flüsterte er.

»Karol war Ihnen sehr ähnlich«, sagte sie, als sie ihm die Hand reichte.

Er blinzelte überrascht.

»Vom Aussehen her«, ergänzte sie rasch.

»Ach so. Ja, ja«, meinte er zerstreut. »Wir sehen uns alle drei sehr ähnlich. Das sagen viele.« Er nahm Adas Hand und drückte sie. »Ich bitte nochmals um Entschuldigung für meinen Überfall.«

»Ihr Taxi wartet«, sagte Ada und schob ihn sanft Richtung Tür.

54

Am Dienstag kam Marcin um Viertel nach acht zur Arbeit und fand eine Nachricht auf dem Schreibtisch vor. Zehn Minuten später erschien auch Ada.

»Sind die Ergebnisse schon da?«, fragte sie sofort.

Wortlos zeigte Marcin auf das bedruckte Blatt. Aga nahm es und überflog den Text.

»Modzelewski erklärt den Fall für abgeschlossen.« Sie seufzte und ließ sich steif auf ihrem Stuhl nieder.

»Ohne weitere Diskussionen«, ergänzte Marcin deprimiert. »Gestern am späten Abend ist Karol Zalewskis Vaterschaft bestätigt worden. Das hat den entscheidenden Ausschlag gegeben. Die Schlussfolgerungen liegen nahe: Angehender Priester schwängert Ex-Freundin und ermordet sie danach, um die Wahrheit zu vertuschen. Anschließend hält er aber dem Druck nicht stand und begeht Selbstmord. Glasklare Sache.«

»Aber ...«

»Kein Aber. Wir sind selbst schuld, weil wir in unseren Berichten das Hauptaugenmerk auf Zalewski gerichtet haben. Alles, was auf die Sekte hinweisen könnte, haben wir außer Acht gelassen, um bloß keinen Wirbel zu verursachen. Du weißt selbst, dass wir ohne Argumente dastehen. Außerdem ist dieser Sturschädel von Modzelewski sowieso nicht zugänglich für Argumente. Er will den Fall abschließen, und basta. Von oben macht ihm dieser Minister Druck, es ist schlecht für die Statistik ...«

»Okay, okay«, unterbrach ihn Ada. »Können wir vielleicht trotzdem noch mal darüber nachdenken? Nur wir zwei, für uns?«

»Können wir, aber was soll das bringen?« Wütend trat er gegen ein Tischbein.

»Vielleicht nichts. Trotzdem will ich wissen, ob du derselben Meinung bist wie Modzelewski.«

Marcin zuckte mit den Achseln.

»Nein, bin ich nicht«, knurrte er. »Natürlich ist es möglich, dass Karol Zalewski Zofia Wagner umgebracht hat, allerdings gibt es dafür keine direkten Beweise. Und da der Verdächtige einen Abgang gemacht hat, wird es auch nie welche geben«, setzte er erbost hinzu.

»Wie kommst du denn darauf, dass es nicht Karol gewesen sein könnte?«

»Wie?« Er hob erstaunt den Kopf. »Das weißt du doch wohl selbst. Es passen hier einfach zu viele Sachen nicht zusammen ...«

»Dann schreiben wir sie doch einfach mal auf.« Ada holte Blatt und Kugelschreiber aus ihrer Schublade. »Es wird nichts passieren, wenn wir noch ein paar Minuten darauf verschwenden. Schließlich haben wir schon ganze zwei Wochen verschwendet.«

»Na gut«, willigte Marcin säuerlich ein. »Wie du meinst. Also – die ganze Geschichte gestern wirkte irgendwie verdächtig«, begann er. »Warum sollte Zalewski ausgerechnet im Haus von Stanisław Czarnota Selbstmord begangen haben? Hast du schon mal sowas gehört? Also ich nicht. Leute hängen sich im

Wald auf, in Parks, meinetwegen in ihrem Häuschen im Schrebergarten, aber doch nicht in der Wohnung eines Bekannten!«

»Das ist wahr.« Ada drehte den Kugelschreiber zwischen den Fingern. »Ich glaube nicht, dass er diesen Ort zufällig ausgewählt hat. Er hat sich genau dieses Haus und genau dieses Zimmer mit Absicht ausgesucht. Als hätte er jemandem ein Zeichen geben wollen ...« Sie zögerte. »Als hätte er uns eine verschlüsselte Nachricht hinterlassen.«

Sie sahen einander schweigend an.

»Und dieses Zimmer, dieses Büro«, platzte Marcin heraus. »Wie das aussah. Wie ... wie ein verlassenes Archiv der Staatssicherheit! Hast du den Schrank mit den leeren Fächern gesehen? Keine Akte, keine Notizbücher, kein Computer, nicht einmal ein einziger Stift. Nichts! Was trieb Zalewski dann dort? Saß er sich den Arsch platt, oder was?«

»Das habe ich mich auch schon gefragt. Also: Gdański hat ausgesagt, er hätte Zalewskis Leiche um elf Uhr fünfundzwanzig gefunden.«

»Richtig.«

»Die Polizei hätte er aber erst gerufen, als er seine Nerven wieder im Griff hatte. Also eine ganze Weile später.«

Marcin nickte.

»Aber vielleicht ...«

»Was, vielleicht?«

»Vielleicht war er gar nicht so nervös. Sie waren doch zu dritt im Haus, Gdański, Czarnota und dieser junge Priester, stimmt's?«

»Ja, ja, stimmt, jetzt komm endlich zum Punkt!«

»Nehmen wir doch mal an, dass in dem Zimmer, in dem Karol sich erhängt hat, irgendetwas Wichtiges aufbewahrt wurde. Illegale Waren, Drogen, haufenweise Zyankali ... irgendetwas, das die Sekte auf jeden Fall geheim halten will.«

»Okay.«

»Nehmen wir weiter an, dass Gdański tatsächlich um elf Uhr fünfundzwanzig ins Erdgeschoss gegangen ist«, fuhr Ada fort. »Er hatte wahrscheinlich keine Ahnung, wie präzise ein Pathologe heute den Todeszeitpunkt feststellen kann ... Und wenn die Leiche noch später entdeckt worden wäre, hätte das auch verdächtig gewirkt.«

»Das ist wahr.«

»Er verfiel nicht in Panik, sondern rief die beiden anderen, und zu dritt räumten sie dann innerhalb von dreißig Minuten das Zimmer aus.«

»Neben dem Schrank lag ein umgefallener Stuhl«, erinnerte sich Marcin. »Ich dachte, dass Karol ihn umgestoßen hätte. Aber das kann ja nicht sein, schließlich ist er vom Schreibtisch an der anderen Zimmerseite gesprungen. Also muss ihn jemand in der Eile umgeworfen haben, als sie die Sachen aus dem Zimmer holten«, sagte er lebhaft. Doch gleich darauf verdüsterte sich seine Miene wieder. »Aber was nützt uns das? Wie willst du deine Hypothese beweisen?«

»Das weiß ich nicht. Vielleicht gibt es noch etwas? Irgendein fehlendes Bindeglied?«

»Das Durcheinander in Zofia Wagners Zimmer? Dafür gibt es ja bislang auch keine Erklärung.«

Nun war es Ada, die resigniert aussah.

»Außerdem sind da noch Karols verlorene Schlüssel und die geheimnisvolle Sache, die Zofia ihm entwendet hat.« Sie notierte beides. »Zu viele Unbekannte ...«

In dem Moment ergriff Marcin eine merkwürdige Unruhe.

Ein hartnäckiger Gedanke stieg in seinem übermüdeten Hirn auf, ließ sich aber nicht recht fassen.

»Ada«, begann er nachdenklich. »Hast du nicht am Anfang mal gesagt, dass du glaubst, jemand ist in Wagners Wohnung zurückgekehrt und hat nach irgendetwas gesucht? Und zwar, als unsere Ermittlungen schon liefen?«

»Ja, den Eindruck hatte ich damals.«

»Weil er nach dem Mord an Wagner nicht das gefunden hatte, was er mitnehmen wollte?«

»Das war meine Theorie, ja.«

»Woher willst du denn wissen, dass er es beim zweiten Mal gefunden hat?«

Sie sah ihn überrascht an.

»Vielleicht ist das, was Zofia Karol entwendet hat – was immer es ist –, jetzt noch in ihrer Wohnung?«

Ada sprang auf.

»Moment«, versuchte Marcin sie zu bremsen. »Wir haben keine Schlüssel. Die habe ich Wagners Eltern gegeben.«

»Als ich den Verdacht bekam, jemand könnte in der Wohnung herumstöbern, habe ich das Schloss auswechseln lassen.« Ada drehte sich in der Tür um. »Ich habe es dir nicht gesagt, weil ich Angst hatte, du könntest wütend werden. Die neuen Schlüssel habe ich zwar auch den Eltern gegeben. Aber nicht alle ...«

Marcin schnappte sich seine Jacke.

Als sie die Dąbrowski-Straße erreichten, befielen Ada plötzlich Zweifel. Zofia Wagners Beerdigung war jetzt zwei Tage her, und ihr Tod fast zwei Wochen. Normalerweise versuchten die Hinterbliebenen, alle Formalitäten so schnell wie möglich zu erledigen. Dazu gehörte auch, die Wohnung des Verstorbenen auszuräumen. Wir kommen zu spät, dachte sie verzweifelt. Gleich stehen wir in einer leer geräumten und frisch gemalerten Wohnung, die ihr Geheimnis niemals mehr preisgeben wird. Ihre Hand zitterte, sie bekam den Schlüssel nicht ins Schlüsselloch. Marcin nahm ihn ihr aus der Hand, drehte ihn mühelos im Schloss und stieß die Tür auf. Für einen kurzen Moment glaubte Ada wirklich, einen blitzblanken, unpersönlichen Raum vor sich zu sehen. Sogar den Geruch nach Farbe und Terpentin hatte sie in der Nase. Doch als sie über die Schwelle trat, stand sie in dem wohlbekannten kleinen Flur: An der Garderobe linker Hand hingen eine Lederhandtasche, mehrere Jacken und ein Regenmantel. Es roch leicht staubig und abgestanden. Offenbar hatten Zofia Wagners Eltern es noch nicht über sich gebracht herzukommen.

»Wir teilen uns die Räume auf«, sagte Marcin. »Das Zimmer rechts durchsuchen wir am Ende. Da hat der Mörder alles auf den Kopf gestellt.«

»Dann nehme ich die Küche und du das Schlafzimmer«, entschied Ada.

»Okay. Ähm, Ada ...« Er sah sich zu ihr um. »Wonach suchen wir eigentlich?«

»Ich habe keinen blassen Schimmer.«

Zwei Stunden später sah Zofia Wagners Wohnung aus, als hätte ein Taifun darin gewütet. Ada hatte sämtliche Beutel, Schachteln, Gläser, Dosen und sonstigen Behältnisse aus den Küchenschränken geräumt, sie der Reihe nach geöffnet und den Inhalt ausgeschüttet. Selbst Kühlschrank, Backofen und Mikrowelle waren nicht verschont geblieben. Sie hatte alle Schubladen herausgenommen, das Rollo und die Fensterrahmen inspiziert, den Fußboden abgeklopft. Auf der Arbeitsfläche häuften sich Mehl, Grieß und Teeblätter, der Tisch bog sich unter Töpfen und Geschirr, das Spülbecken war gefüllt mit Erde aus den Blumentöpfen. Doch nichts. Nichts zu finden – außer Lebensmitteln aus dem Bioladen. Ada seufzte und ging ins Schlafzimmer. Dort war Marcin ähnlich akribisch am Werk. Er hatte sämtliche Zeitschriften und Bücher durchgeblättert und ausgeschüttelt, die farblich geordneten Mappen noch einmal durchgesehen, sämtliche Kleidungsstücke aus den Schränken geholt, Hosen- und Jackentaschen nach außen gekehrt.

»Und?«, fragte Ada.

»Und nichts«, schnaufte Marcin und warf entnervt einen Kissenbezug zu Boden.

»Hast du unter dem Bett geguckt? Vielleicht hat sie etwas daruntergeklebt?«

Er warf ihr einen trüben Blick zu.

»Der Lampenschirm?« Ada gab nicht auf.

Marcin schnaubte. Ada ließ ihren Blick durchs Zimmer wandern.

»Komm, wir tauschen«, schlug sie vor. »Vier Augen sehen mehr als zwei.«

Wortlos trollte Marcin sich in die Küche.

Ada stand eine Weile ganz still da und ließ das Durcheinander auf sich wirken. Arme Zofia, dachte sie. Was haben wir aus deiner adretten, reinlichen Wohnung gemacht? Sie ging zum Bett, streckte den Arm aus, um wie jedes Mal die etwas schief hängende Druckgrafik gerade zu rücken, und hielt plötzlich inne.

»Marcin! Maaarcin!«

Von der Küche klang ein dumpfes Geräusch herüber. Etwas fiel zu Boden und zersprang offenbar in seine Einzelteile.

»Verflucht noch mal«, ertönte es gedämpft.

»Marcin!«, rief Ada, während sie versuchte, im Spalt hinter dem Bild nachzusehen. »Maarcin! Hast du das Bild von der Wand genommen?«

»Natürlich.« Er erschien in der Schlafzimmertür. »Für wie blöd hältst du mich? Dahinter ist nichts.«

Ada ließ ratlos den Arm wieder sinken.

»Bleiben noch Bad und Flur. Was nimmst du?«, fragte Marcin.

»Den Flur«, antwortete Ada müde.

Dieses Mal hatte sie die leichtere Aufgabe. Sie schaute in und unter den Schuhen nach, die ordentlich aufgereiht im Metallregal standen. Währenddessen stocherte Marcin ächzend und fluchend im Spülkasten der Toilette. Ada nahm sämtliche Jacken und Mäntel von den Kleiderbügeln, schüttelte sie aus und warf sie auf den Boden. Anschließend stand sie da und betrachtete erschöpft den Kleiderhaufen. Da sah sie in der Ritze zwischen zwei Dielenbrettern etwas metallisch glänzen. Blitzschnell bückte sie sich danach – und hielt ein kleines Stück Draht in den Händen, das die Kriminaltechniker verloren haben mussten.

»Marcin«, rief sie leise, dann lauter: »Hey, Marcin!«

»Was ist denn jetzt schon wieder?«

»Gibt es in diesem Haus einen Keller?«

Drei Minuten später standen sie in einem feuchten Gang mit unverputzten Wänden. Die Gittertür mit der Nummer sieben versperrte ein schmales Kämmerchen, das fast zur Gänze von einem Fahrrad ausgefüllt wurde. Ada hantierte mit dem Draht und hatte das Vorhängeschloss nach wenigen Sekunden geknackt. An der rechten Wand der Kammer stand ein schmales Regal mit leeren Konservengläsern. Darunter hatten zwei große Kartons eben noch Platz gefunden.

Den Boden abzusuchen, die Wände zu betasten, alle Gläser einzeln aus dem Regal zu nehmen und wieder zurückzustellen nahm einige Zeit in Anspruch. Marcin wischte sich den Schweiß von der Stirn.

»Jetzt noch die beiden Kartons«, meinte er. »Komm, wir nehmen sie mit nach oben.«

Sie schlossen die Gittertür und schleppten die Kartons in den dritten Stock. Erschöpft und staubig, wie sie waren, ließen sie sich in Zofia Wagners Schlafzimmer auf dem Boden nieder, stellten die Kisten zwischen sich. Sie enthielten ein Sammelsurium alter Kinderbücher mit abgestoßenen Ecken.

»Nur nicht zu zimperlich«, entschied Marcin und kippte den ersten Karton kurzerhand aus.

Die Bücher ergossen sich auf den Teppichboden.

»Was ist denn das hier?«, fragte Ada plötzlich.

Zwischen den bunten Buchdeckeln leuchtete ein gelber Aktenordner. Marcin bückte sich rasch und hob ihn auf.

»Martyna Algierska«, las er die Aufschrift auf dem Etikett.

»Was? Zeig her!«

»Warte mal ...« Er klappte den Ordner auf.

Abgeheftet war ein dicker Stapel ausgedruckter Blätter. Am obersten Blatt war ein Foto festgetackert, auf dem ein Mann mit grau meliertem Haar zwei dunkelhäutige, dunkeläugige Mädchen auf dem Schoß hielt. Die Kinder konnten kaum älter als zehn oder elf sein. Sie waren vollkommen nackt. Der Mann hatte seine Hände mit lüsternem Blick zwischen ihre Schenkel geschoben.

»Ach du Scheiße!«, entfuhr es Marcin.

55

»Was für eine Story!« Marcin zog Schuhe und Socken aus und legte ungeniert seine nackten Füße auf den Tisch.

Er fühlte sich vollkommen ausgelaugt. Seit mehreren Stunden versuchten er und Ada, den Inhalt des Aktenordners aus Zofia Wagners Keller zu entschlüsseln und zuzuordnen. Den Mann auf dem Foto zu identifizieren war nicht weiter schwer gewesen. Zurück auf dem Präsidium, hatten sie den Namen von Unterstaatssekretär Algierski in die Suchmaschine eingegeben, woraufhin mehrere Fotos erschienen, die einen stattlichen dunkelhaarigen Mann mit vornehm ergrauten Schläfen zeigten. Auf einem Foto war der Mann an der Seite einer korpulenten dunkelblonden Frau in elegantem Blazer abgebildet. Darunter stand: *Minister Algierski und Ehefrau Martyna.* Länger brauchten sie, um zu begreifen, dass die Blätter im Ordner Berichte über Martyna Algierskas Werdegang bei den *Kindern der Immaculata* waren: gekürzte Aufzeichnungen ihrer Gespräche mit dem Beichtvater, ihrem geistlichen Begleiter und anderen Mitgliedern der Organisation. Auf dem ersten Blatt standen nur vier Sätze: *12. Januar 2010 – erscheint regelmäßig seit mehreren Monaten, Teilnahme an Herbstexerzitien. Wirkt unsicher. Hält sich abseits. Geistlicher Begleiter B. L.* Unter der Notiz hatte jemand handschriftlich ergänzt: *Kommt meistens mit Sportwagen, Ehemann hoher Staatsbeamter.* Der nächste Eintrag war drei Monate später gemacht worden: *9. April 2010 – Gespräch über Pflichten gegenüber der Gemeinschaft (Offenheit, Ehrlichkeit, Vertrauen).* Im Laufe der Zeit wurden die Anmerkungen immer länger. Schließlich stießen Ada und Marcin auf eine Art psychologisches Gutachten: *Auf den ersten Blick ruhig, beherrscht, distanziert. Im direkten Umgang eher schüchtern und gehemmt. Meidet die Gesellschaft anderer. Bleibt meistens ernst. Gestik und Mimik wirken übertrieben kontrolliert. Geringes Selbstwertgefühl. Leichte Anzeichen von sozialer Phobie. Neigt zu übermäßigem Alkoholgenuss. Fürchtet sich vor Ablehnung, ist deswegen im Einzelgespräch in intimer, sicherer Atmosphäre zugänglicher. Kinderlos. Eheprobleme?* Das letzte, mit einem Fragezeichen versehene Wort war unterstrichen. Darunter klebte ein Zeitungsausschnitt mit einem Artikel über Jan Algierski, der ihn als energiegeladenen, aufstrebenden neuen Politiker darstellte. Ada und Marcin quälten sich durch seitenlange vertrauliche Meinungsäußerungen verschiedenster Sektenmitglieder über Martyna Algierska. Mehrmals tauchte das Wort »Untreue« auf, es war mit rotem Kugelschreiber unterstrichen. Ab Anfang 2011 hatte Algierska, wie es minutiös notiert war, mit ihrem geistlichen Begleiter offen über die verdächtig häufigen Thailandreisen ihres Mannes gesprochen, die sie misstrauisch machten. Unter dem Datum des 17. Mai hieß es dann: *Privatdetektiv empfohlen.*

»Was für eine Story!«, sagte Marcin noch einmal und nahm seine Füße wieder vom Tisch. »Die arme Frau ist ja wirklich vom Regen in die Traufe geraten. Ihr Eheleben geht schief, der Mann ist offenbar pädophil, und zur Rettung wirft sie sich ausgerechnet einer Sekte an den Hals, deren Leute ihr erst die ganze peinliche Geschichte aus der Nase leiern und sie dann überreden, einen Privatdetektiv auf ihren Mann zu hetzen. Dieses kompromittierende Foto hier, das sie irgendwie in die Finger gekriegt haben müssen ...«

»Du hattest recht. Das alles hier wirkt tatsächlich wie aus einem Archiv der Staatssicherheit.« Ada nippte an ihrem kalt gewordenen Kaffee. »Kein Wunder, dass Algierski unbedingt wollte, dass der Fall ad acta gelegt wird.«

»Meinst du, er wusste von dem Foto?«

»Die haben ihn doch bestimmt damit erpresst.«

»Erpressung«, brummte er. »Ja, klar.«

»Wenigstens wissen wir jetzt, was sich Geheimnisvolles in dem Zimmer befand, in dem Karol Zalewski Selbstmord begangen hat.« Ada runzelte die Stirn. »Ich glaube nicht, dass er erst seit zwei Wochen für das Archiv zuständig war. Wahrscheinlich wusste er schon im Dezember davon, als er Zofia Wagner wiedergetroffen hat. Gdański muss ihm grenzenlos vertraut haben. Andererseits ist das kaum verwunderlich, schließlich war er seit Jahren bei der Sekte. Und er hatte die härteste Probe bestanden – er hatte sich von seiner Verlobten getrennt und war ins Priesterseminar gegangen.«

»Weiter.« Marcin hörte ihr aufmerksam zu.

»Dieser Pater Gdański ist ein gefährlicher Mann. Überdurchschnittlich intelligent. Und psychologisch geschult, wie aus seinen Notizen hier hervorgeht. Trotzdem hat er sich in Karol Zalewski geirrt. Der hatte nämlich doch seine Zweifel. Und Gewissensbisse. Wahrscheinlich hat er sich aus einem spontanen Impuls heraus Zofia anvertraut ... und ihr dabei von Algierski erzählt.«

»Und damit hatten sich Zofias schlimmste Befürchtungen bestätigt.« Jetzt spann Marcin den Faden weiter. »Jetzt hatte sie den Beweis, dass ihre Ängste begründet waren. Trotzdem hoffte sie – jetzt erst recht –, dass Karol endlich ernüchtert wäre, dass er der Wahrheit ins Gesicht sehen würde. Aber Karol rannte am nächsten Tag sofort zu seinem geistlichen Begleiter und nahm alles wieder zurück, was er Zofia versprochen hatte.«

Gemeinsam über den Ordner gebeugt, setzten sie nach und nach alle Puzzleteilchen zusammen, die sie in den letzten zwei Wochen so mühselig gesammelt hatten. Langsam zeigte sich ein Bild.

»Damit wäre die Sache eigentlich erledigt gewesen«, fuhr Marcin fort. »Es gab keinerlei Beweise, keine unbequemen Zeugen. Schlimmstenfalls die absurden Behauptungen einer emotional aufgewühlten jungen Frau, deren Verlobter sie kurz vor der Hochzeit hatte sitzen lassen. Wenn da nicht die verlorenen Schlüssel gewesen wären! Irgendwie hat Zofia es geschafft, sich in den Raum mit dem Archiv zu schleichen. Und weil Karol ihr alles erzählt hatte, wusste sie auch genau, wonach sie suchen musste: nach Martyna Algierskas Akte.«

»Ziemlich schlau ...«

Marcin hatte seinen Blick auf einen Punkt irgendwo über dem Fenster geheftet.

»Eine Sache lässt mir keine Ruhe«, sagte er nachdenklich. »Zofia Wagner hat die Akte im Dezember entwendet, ist aber erst drei Monate später umgebracht worden. Wieso erst dann?«

»Vielleicht hat Karol noch eine Zeitlang geheim gehalten, dass Zofia die Akte mitgenommen hatte? Oder Gdański hat noch gezögert? So ein Mord ist schließlich keine Lappalie«, meinte Ada.

Hier fehlte ihnen doch noch ein Puzzleteil. Diese Lücke konnten sie noch nicht schließen.

»Warum glauben wir eigentlich, dass Gdański oder jemand

anders aus der Sekte sie ermordet hat?«, überlegte Marcin. »Es könnte doch auch Algierski gewesen sein.«

»Das ist nicht auszuschließen«, stimmte Ada ihm zu. »Als Pädophiler angeprangert zu werden hätte seiner politischer Karriere jedenfalls ein jähes Ende gesetzt. Aber woher hätte er wissen sollen, dass Zofia Wagner die Akte seiner Frau mitgenommen hatte? Davon hätte ihm nur ein Sektenmitglied erzählen können. Falls er also direkt in den Mord verwickelt sein sollte, dann wissen sowohl Gdański als auch Czarnota davon. Und wenn diese Unterlagen hier irgendeinem Journalisten in die Hände gefallen wären, dann wäre das das endgültige Aus für die *Kinder der Immaculata* gewesen. Es wäre ans Licht gekommen, dass Gdański und Czarnota sich eine Art Imperium aufgebaut haben, dass sie unschuldige Leute manipulieren, Gläubige überwachen, ein illegales Archiv angelegt haben. Da hätten ihnen auch ihre Kontakte in der Kirchenwelt nicht mehr geholfen. Das ganze meisterhafte Konstrukt, das sie sich über zwanzig Jahre so mühevoll aufgebaut haben, wäre in sich zusammengestürzt.«

»Na gut. Nehmen wir mal an, du hast recht. Aber wozu brauchte die Sekte kompromittierende Fotos von diesem Algierski?«

»Diese Frage haben wir uns doch schon beantwortet: um ihn zu erpressen.« Ada zuckte mit den Achseln. »Das liegt wohl auf der Hand.«

»Aber was wollten sie ganz konkret von ihm?«, erhitzte sich Marcin. »Das müssen wir in Erfahrung bringen. Ohne handfeste Beweise rollt Modzelewski den Fall bestimmt nicht wieder auf. Da kenne ich ihn nur zu gut. Er wird nicht der Meinung sein, dass die Akte irgendwas mit Zofia Wagners Tod zu tun hat.

Kein Gott in Schwarz legt sich gern mit der Regierung oder der Kirche an. Und Modzelewski gehört nicht gerade zu den Mutigsten.«

Stille kehrte ein. Ada stöberte im Internet herum. Marcin wartete geduldig und betrachtete die zarte Linie ihres Halses und den goldenen Ohrring, der leicht zitterte, wenn sie etwas auf der Tastatur tippte.

»Ich geh eine rauchen«, sagte er schließlich und schlüpfte ohne Socken in die Schuhe. »Und zur Kantine, denn ich hab allmählich Hunger. Soll ich dir was zu essen mitbringen?«

Ada gab keine Antwort.

Vierzig Minuten später kam er mit einer Styroporschüssel Tomatensuppe nach oben zurück.

»Hier. Du musst was in den Magen kriegen. Sonst kippst du mir noch um.«

Ada streckte sich und warf einen gleichgültigen Blick auf die Suppe.

»Nichts gefunden«, bekannte sie missmutig. »Zwar gibt es massenhaft Infos über Minister Algierski, aber ich habe keine Ahnung, was von alldem uns auf die richtige Fährte bringen könnte.« Mechanisch griff sie nach dem Löffel und hob ihn zum Mund. »Also, was ich mir denke: Gdański ist ein alter Hase. Ein erfahrener Spieler. Ich glaube, er ist der Drahtzieher. Czarnota ist nur seine Marionette. Jede Sekte braucht Geheimnisse, um ihre Mitglieder peu à peu in sie einweihen zu können. Und genau dazu dient dem guten Gdański das Märchen von Marias Reinkarnation – Czarnota, die Glatzenmadonna. Er hat ein männlich-weibliches Fantasiewesen erschaffen und zieht im Hintergrund die Fäden. So bleibt er selbst unsichtbar.«

»Keine Ahnung, worauf du hinauswillst ...«

»Man kriegt ihn einfach nicht zu fassen«, fuhr Ada ärgerlich fort. »Das Haus in Ursynów ist faktisch der Hauptsitz der Sekte. Aber es gehört Czarnota. Die *Kinder der Immaculata* sind eine völlig legale Organisation und stehen obendrein unter der Schirmherrschaft der katholischen Kirche. Den auf Algierski angesetzten Privatdetektiv hat Algierskis Frau angeheuert. Also gibt es außer dieser einen Akte keine Beweise, dass die Organisation etwas mit der Sache zu tun hat. Gdański spielt den bescheidenen Diener Gottes. Aber in Wirklichkeit häuft er im Verborgenen Macht und Geld an.«

Marcin horchte auf. Er runzelte konzentriert die Stirn.

»Kannst du das noch mal wiederholen?«

»Alles? Ja ... Ich meinte, dass man ihn einfach nicht überführen kann ...«

»Eben, das ist es ja«, brummte Marcin. »Und weiter? Der letzte Satz?«

»Wie? Ich weiß nicht mehr ... Dass es Gdański nur um Geld und Macht geht?«

»Geld! Kohle! Piepen! Natürlich – die Erpressung!«

Ada zog fragend die Brauen hoch.

»Ja, sicher wollen sie Geld von Algierski. Was denn sonst?«

»Hör mal«, fuhr Marcin wie im Fieber fort. »Du hast doch irgendwann mal gesagt, Czarnota hat eine kleine Firma, oder?«

»Ja. Einen Verlag.«

»Und eben meintest du doch, dass Gdański sich nicht die Hände schmutzig macht, sondern andere die Drecksarbeit machen lässt. Richtig?«

»Richtig. Jetzt sag schon endlich!«

»Na ja, ich glaube ehrlich gesagt nicht, dass der Sekte so viel an Algierskis privatem Bankkonto liegt. Das Archiv, der Detektiv, die Erpressung ... Ich denke, es geht um viel größere Summen.« Marcin kaute an einem Bleistift. »Und wie kommt man mit Hilfe eines Ministers an die richtig fette Kohle?«

Ada wartete gespannt.

»Durch gefakte Ausschreibungen, Scheinwettbewerbe, staatliche Förderungen für Firmen«, gab er sich selbst die Antwort. »Passt doch alles zusammen. Czarnota leitet die Firma, Gdański bleibt wie immer im Hintergrund. Sie haben die Thailandfotos in die Finger gekriegt, und damit hatten sie Algierski an der Angel. Dann mussten sie nur noch warten, bis er in einer entsprechenden Kommission sitzen und Entscheidungen in ihrem Sinne fällen würde.«

»Nicht schlecht kombiniert.« Sie sah ihn anerkennend an.

»Ach, von allein wäre ich da auch nie draufgekommen. Das Ganze hat mich nur plötzlich an diesen Korruptionsskandal erinnert, in den der alte Modzelewski verwickelt war. Der Vater von unserem Gott in Schwarz. Der musste doch seinen Posten als Innenminister räumen, weil ein Scheinwettbewerb um einen Riesen-IT-Auftrag für die Regierung aufgeflogen war. Tja, jetzt hat mir sein Sohnemann doch tatsächlich auf die Sprünge geholfen.«

»Das bedeutet, wir müssen herausfinden, ob Czarnotas Verlag in den letzten Wochen irgendwelche Anträge auf größere Geldsummen gestellt hat«, sagte Ada langsam.

»Aber wie?«

Ada verzog das Gesicht. »Es führt wohl kein Weg daran vorbei – ich glaube, ich muss mal rasch die Beziehung zu meinem Vater wiederauffrischen.«

Um zwanzig nach acht wankte Marcin bleich, mit offen stehendem Hemdkragen aus dem Büro. Er konnte sich kaum mehr auf den Beinen halten. Zwölf Stunden hatte er durchgearbeitet, mit nur einer einzigen kleinen Pause für eine hastig gelöffelte Tomatensuppe und eine Zigarette. Ada war schon um kurz vor sieben gegangen. Sie wollte so schnell wie möglich ihren Vater erreichen und ihn bitten, Czarnotas Geschäfte für sie diskret zu durchleuchten.

Als sie weg war, durchforstete Marcin zum dutzendsten Mal die Akte und machte sich Notizen, bis er einen dumpfen Druck in den Schläfen verspürte. Plötzlich fiel ihm auf, dass den ganzen Tag eine schier unnatürliche Ruhe geherrscht hatte. Keiner der Kollegen hatte sich blicken lassen. Offenbar dachte Rogowski, Ada und er würden sich jetzt, nach Abschluss der Ermittlungen, eine wohlverdiente Pause gönnen.

Tja, das wäre tatsächlich das Beste, dachte er. Nach kurzer Überlegung riss er eine Seite aus seinem Notizbuch und schrieb, dass Kommissar Adela Rochniewicz und Kommissar Marcin Sawicki die nächsten beiden Tage zu Hause bleiben würden, um sich von zwei anstrengenden Wochen Ermittlungsarbeit zu erholen. Dann warf er den Kugelschreiber zurück in die Schublade und ging zum Sekretariat, um die Nachricht dort zu hinterlegen.

56

Ada wunderte sich, wie still es vor dem Haus war. Die Welt wirkte wie erstarrt. Nur aus einer Seitenstraße blinkten die orangefarbenen Lichter einer Kehrmaschine. Sie zog ihren dicken Wollschal enger um den Hals. Noch vierzig Minuten bis zum Treffen mit ihrem Vater. Sie würde gerade rechtzeitig in Warschau-Rembertów ankommen. Aus unerfindlichen Gründen hatte ihr Vater sie nicht in eine seiner Wohnungen bestellt, sondern auf seine Datsche, wo er früher manchmal kleine Frühlingspartys veranstaltet hatte.

Als Ada ihr Auto in die schmale Seitenstraße lenkte, wurde ihr bewusst, dass sie vor über zwanzig Jahren zum letzten Mal hier gewesen war. Fast hätte sie die kleine Kapelle an der Kreuzung nicht mehr erkannt, an der sie rechts einbiegen musste. Der einstige Sandweg war inzwischen asphaltiert, das Haselnussdickicht und das kleine Föhrenwäldchen waren verschwunden. Stattdessen säumten elegante Bungalows die Straße. Linker Hand allerdings verlief nach wie vor der altbekannte grün gestrichene Zaun, hinter dem sich, wie Ada noch wusste, eine leicht abschüssige, mit Weißdornbüschen bestandene Wiese erstreckte.

Ada parkte vor der Pforte, stieg aus und hängte sich ihre Tasche um. Sie rückte eine lose Zaunlatte neben der Pforte beiseite und quetschte sich durch den Spalt. Dunkel lag der Garten vor ihr. Sie stellte die Taschenlampe an ihrem Handy an und ging zwischen den Büschen hindurch über das wild wuchernde Gras. Das alte Holzhaus kam ihr erstaunlich klein vor. In ihren Kindheitserinnerungen war es stattlich gewesen wie eine herrschaftliche Villa. Jetzt schrumpfte diese Villa plötzlich auf die Größe eines gewöhnlichen Gartenhäuschens zusammen.

Ein intensiver Geruch nach feuchtem Fichtenholz schlug ihr entgegen. Ada strich über das regennasse Geländer der Veranda und zog erschrocken ihre Hand zurück, als das morsche, weiche Holz unter ihrer Berührung abbröselte. Holzwürmer, dachte sie. Seit Jahren kümmerte sich niemand mehr um dieses Haus.

Warum also wollte ihr Vater sich ausgerechnet hier mit ihr treffen? An diesem gottverlassenen Ort? Plötzlich bekam sie es mit der Angst. Ein kalter Schauer lief ihr über den Rücken. Sie riss sich zusammen und stieg entschlossen die Stufen zur Veranda hinauf. Der Hausschlüssel lag unter einem Blumentopf. Sie drehte ihn im Schloss herum. Langsam schwang die Tür auf. Ada tastete im Dunkeln nach dem Lichtschalter. Über sich hörte sie Rascheln und hektisches Getrappel. Kleine Krallen kratzten auf dem Dach.

Da holperte ein Auto über die schmale Straße heran. Das Scheinwerferlicht streifte den Garten und ließ die Formen aus dem Dunkel hervortreten. Endlich fand Ada den Schalter. Eine nackte Glühbirne strahlte auf. Überrascht sah Ada, dass sie in einem fast leeren Raum stand. Ihr Vater musste die meisten Möbel weggeschafft haben. Nur ein Holztisch und drei Stühle waren noch da. Auf dem Tisch standen eine angeschlagene Vase, eine Kerze und eine rostige, halb mit Wasser gefüllte Konservendose. Sie zog ihren Mantel aus, hängte ihn an einen Haken neben der Tür und wartete.

Ihr Vater kam nicht. Sie wartete geduldig. Neben der Kerze auf dem Tisch, der aus ungehobelten Brettern zusammengezimmert war, lag eine tote Biene. Ada stieß sie mit dem Finger an. Ihr Körper war starr und leicht. Die Flügel fesselte ein Spinnenfaden. Hinter der Vase entdeckte sie ein zweites totes Insekt, in der wassergefüllten Büchse schwamm ein drittes. Offenbar dauert der harte Winter schon zu lange, dachte sie und schnipste die Bienenleichen vom Tisch. Im selben Moment fiel eine kleine goldene Kugel von der Decke, dann noch eine, danach weitere drei. Die Insekten lebten noch. Sie bewegten ihre Fühler, streckten die verstaubten Flügel aus, kamen unbeholfen auf die Beine, hielten schwankend mit ihren Hinterleibern das Gleichgewicht. Ada spürte ein merkwürdiges Kribbeln unter ihrer Bluse. Sie schüttelte sich entsetzt und hob vorsichtig den Blick. In einer Ecke des Zimmers, dicht unter der hölzernen Decke, hockte wie ein lauerndes Raubtier ein riesiger Bienenschwarm. Erst jetzt hörte Ada das feindselige tiefe Summen Tausender angriffslustiger Insekten. Den Blick fest auf den Schwarm geheftet, stand sie vorsichtig auf und bewegte sich rückwärts auf die Tür zu. Der Schwarm flirrte und wogte. Ada wusste, dass unzählige kleine Augenpaare unverwandt auf sie gerichtet waren. Langsam streckte sie den Arm aus, um ihren Mantel vom Haken zu nehmen. Da brach der morsche Holzboden ein. Ihr Knöchel steckte fest. Der Bienenschwarm zog sich in die Länge wie eine schnüffelnde Raubtierschnauze, dehnte sich auf Ada zu. Das feindselige Summen schwoll an, es schwirrte, wirbelte, Tausende Insektenkörper setzten sich auf ihr Gesicht, ihren Hals, ihre Schultern. Kurz darauf war ihr ganzer Körper von einer gold-schwarzen, wimmelnden, bebenden Schicht bedeckt. Wie aus weiter Ferne hörte sie ihre eigenen gedämpften Hilferufe, ihr Ächzen und Stöhnen, das schwächer und schwächer wurde. Dann verlor sie das Bewusstsein.

Sie schreckte auf und riss sich die Bettdecke vom Gesicht, schnappte nach Luft. In Wirklichkeit sah das alte Gebäude ganz anders aus als ein Gartenhäuschen. Außer der großen Terrasse gab es unten auch ein geräumiges Wohnzimmer und eine Küche. Im ersten Stock lagen drei Schlafzimmer und ein recht elegantes Bad. Ada wollte lieber nicht darüber nachdenken, wie es ihrem Vater gelungen war, im sozialistischen Polen der Achtzigerjahre das Geld und die Baugenehmigung für ein solches Haus zu bekommen. Fest stand, dass er die Villa schon vor längerer Zeit verkauft hatte. Sie waren gar nicht in Rembertów verabredet gewesen. Ada vermied persönliche Treffen lieber, wenn es irgend möglich war. Deswegen hatte sie ihren Vater nur angerufen und ihm erklärt, dass sie Informationen über einen bestimmten Verlag brauchte, der von einem Mann namens Stanisław Czarnota geführt wurde.

»Ich würde gern wissen, ob dieser Verlag in letzter Zeit staatliche Fördergelder bekommen oder sich auf irgendeine Ausschreibung von Regierungsseite beworben hat. Vor allem interessiert mich dabei ein bestimmter Politiker: Unterstaatssekretär Jan Algierski.« Sie sprach den Namen langsam und betont aus. »Ich muss so schnell wie möglich wissen, ob dieser Mann irgendwelche Verbindungen zu dem Verlag hat.«

»In Ordnung. Ich rufe dich morgen früh zurück«, lautete die knappe Antwort.

Sie wusste, ihr Vater würde alle Hebel in Bewegung setzen und sich am nächsten Tag sicher melden. Da konnte sie sich auf ihn verlassen. Er kam allen ihren Bitten sofort nach. Schließlich war er klug genug, um zu wissen, dass er keine Wahl hatte.

Sie stand auf. Streifte die Müdigkeit ab wie ein totes Insekt. Dann kippte sie das Fenster und ging in die Küche, machte sich einen Tee. Setzte sich mit der Tasse an den Küchentisch und analysierte ihren Traum von der nächtlichen Fahrt zur Datsche. Wie immer wenn Ermittlungen sich zuspitzten, wurden ihre Träume intensiver. Die Visionen kamen meistens nachts, aber manchmal auch mitten am Tag. Jeder dieser Träume hatte eine Bedeutung, jeder enthielt Elemente, die sie beachten sollte, wichtige Zeichen, die sich Ada in einem entrückten Zustand zwischen Schlafen und Wachen mitteilten. Es war fast eine Art Trance. Schwierig war nur, Wahrheit von Illusion zu trennen und in dem verwirrenden Labyrinth den richtigen Pfad zu finden.

Sie stützte das Kinn in die Hand und klopfte nachdenklich mit einem Fuß auf den Boden. Noch vor Kurzem war sie sich sicher gewesen, dass solche Traumzustände sie nie wieder überkommen würden und sie ihnen nie wieder Beachtung schenken müsste. Zu hoch war das Risiko – nicht nur für ihr eigenes Leben, ihre eigene Gesundheit, sondern auch für das Leben anderer Leute. Schon einmal hatte eine ihrer Visionen zu einer Katastrophe geführt. Doch je tiefer sie sich in die Ermittlungen um den Mord an Zofia Wagner verstrickte, desto schmerzlicher wurde ihr bewusst, dass nicht sie es war, die ihre Träume lenkte, sondern dass die Träume sie beherrschten. Sie konnte ihnen nicht entrinnen. Es gab nur zwei Möglichkeiten: sie zu ignorieren – oder sie für sich zu nutzen. Seit zwei Wochen schlug sie sich nun mit diesen Gedanken herum. Erst Karol Zalewskis

Selbstmord hatte den Ausschlag gegeben. Die Waagschale hatte sich gesenkt, die rationale Ada war ihren eigenen Argumenten erlegen und endlich bereit, nicht gegen, sondern mit ihrer unberechenbaren Seite zu arbeiten.

»Bienen«, sagte sie leise. »Ein Bienenschwarm, Insekten ...«

Häufig erwiesen sich jedoch nicht die unheimlichsten, stärksten Elemente aus ihren Visionen als die wichtigsten, sondern die scheinbar unbedeutenden.

»Das Auto, die Fahrt, das Gartenhaus?«, überlegte sie weiter.

»Das Haus«, sagte sie dann lauter. »Die Datsche.«

Der Tee duftete nach Orangenschalen und Winteräpfeln. Sie hob die Tasse und lächelte zufrieden. Jetzt wusste sie es – sie würde die richtige Spur finden.

57

Am Mittwochmorgen zeigte das Thermometer zwei Grad Celsius. Marcin brachte seinen Wecker mit einem kräftigen Hieb zum Verstummen. Noch halb benommen hievte er sich aus dem Bett, angelte nach Hemd und Hose. Die Sachen fühlten sich durchgeschwitzt und schmuddelig an. Verflixt, er hatte schon wieder vergessen, seine Wäsche zu machen.

Seit mehreren Tagen wohnte er jetzt bei seinen Eltern, und weil er immer so früh wie möglich aus dem Haus ging und so spät wie möglich zurückkam, war es ihm gelungen, ihnen noch nicht zu begegnen. Sie würden eine Erklärung von ihm erwarten. Einen Plan für die Zukunft. Wollte er sich eine eigene Wohnung nehmen? Gab es eine Chance, dass er und Olga sich wieder zusammenrauften? Was würde jetzt kommen? Hatte er wenigsten irgendeine nebulöse Idee, wie es weitergehen sollte in seinem Leben? Auf diese Fragen hatte Marcin im Moment selbst keine Antwort. Manchmal glaubte er, durch zähen, stinkenden Schlamm zu waten, der schwer an seinen Beinen zerrte, ihn festhielt und lähmte. In diesen Momenten packte ihn die Verzweiflung, und die Sehnsucht nach Olga durchfuhr ihn mit einem scharfen Schmerz, sodass er auf die Knie fiel und hilflos schluchzte wie ein kleines Kind. Dann wieder wollte er aufspringen, sofort nach Grochów fahren und Olga anflehen, ihn wieder aufzunehmen. Es ist meine Schuld, dachte er, ich allein habe alles kaputtgemacht, ich habe es so weit kommen lassen. Hunderte Male führte er in Gedanken dasselbe Gespräch, in dem er sich erklärte, wütend wurde, weinte und schrie, sich abwechselnd selbst kleinmachte und Olga mit Vorwürfen überschüttete. Doch nie kamen diese Gespräche zu einem Ende. Immer blieb es bei einem langen, wirren Monolog, den er im Geiste wieder und wieder vor sich hin sprach.

Wenn er die Wohnung in Grochów betrat, hielt er angestrengt Ausschau nach den Anzeichen eines anderen Mannes. Dennoch konnte er nie irgendetwas entdecken. Als er Hanna fragte, ob Mama Besuch gehabt habe, antwortete sie, klar, am Sonntag sei Oma da gewesen. Auch Olga selbst wirkte nicht wie jemand, der gerade voller Elan in ein neues Leben startete. Als er am Montag die Kinder vom Schwimmbad abgeholt und zu ihr zurückgebracht hatte, sah sie blass und traurig aus, ihre Augen waren gerötet. Ihr Blick schien fragend, als warte sie auf etwas. Doch er brachte kein Wort heraus, nickte ihr nur zu und eilte die Treppe wieder hinunter. Der Gedanke, noch einmal zurückgewiesen zu werden, war zu schrecklich, und so verharrte er lieber in diesem unerträglichen Schwebezustand, als ihr auch nur den kleinsten Schritt entgegenzukommen. Manchmal dachte er, es wäre besser, wenn er sich ohne Reue und ohne einen Blick zurück in ein neues Abenteuer stürzen würde, in eine Zukunft, die offen vor ihm lag ... Die zart und süßlich nach Jasmin duftete ... Dann befielen ihn sofort heftige Gewissensbisse, und er verstrickte sich in ein Karussell aus peinigenden Selbstvorwürfen, die unweigerlich den altbekannten Druck in der Brust und eine Panikattacke auslösten. Er fühlte sich wie zerschlagen. Nur bei der Arbeit fand er mehr schlecht als recht zu einem wackligen Gleichgewicht zurück.

Zwar hatte der Mordfall Wagner sich noch weiter verkompliziert, trotzdem glaubte Marcin fest, dass sie kurz vor der Aufklärung standen. Und an diesen Gedanken klammerte er sich, verbiss sich geradezu darin, um bloß das fürchterliche Gefühlschaos nicht hochkommen zu lassen.

Leicht angeekelt zog er sich das schmuddelige Hemd über und schlich sich so leise wie möglich aus der Wohnung.

Um zwanzig vor neun parkte er vor Adas Haus. Sie wollten die neuesten Entwicklungen lieber noch geheim halten und gingen deshalb beide nicht ins Präsidium. Ohne hieb- und stichfeste Beweise hätten sie bei Modzelewski keine Chance, und dann würde der Fall mit Sicherheit nicht wieder aufgerollt.

Er rieb sich die Augen. Zwar hatte er in einer Bäckerei ganze drei Becher Kaffee getrunken, trotzdem fühlte er sich bleiern müde, und ein dumpfer Kopfschmerz kündigte sich an.

Ada öffnete ihm mit der gleichen stoischen Miene wie immer, doch irgendetwas an ihr – ein kaum merkliches Lächeln um ihre Mundwinkel, die blitzenden Augen oder die schwungvolle Bewegung, mit der sie die Tür aufriss – verriet ihm, dass etwas Besonderes vorgefallen sein musste. Hatte das Gespräch mit ihrem Vater etwas gebracht? Schlagartig waren Müdigkeit und Kopfschmerzen wie weggeblasen.

»Und?«, fragte er wie elektrisiert.

»Willst du einen Kaffee?«

»Nein, nein ... Ich hab heute schon hundert Kaffee getrunken.«

»Dann also einen Tee?«

»Ada!«

»Tee – ja oder nein?«

»Jetzt komm schon, Ada! Was hast du rausgekriegt?«

Sie blieb stehen, drehte sich um. Ihre Augen blitzten fröhlich, sie lächelte. So guter Stimmung hatte er sie noch nie gesehen.

»Letzten September hat die Regierung ein Projekt ins Leben gerufen, es heißt ›Programm zur Prävention von kriminellem und sozial auffälligem Verhalten bei Kindern und Jugendlichen‹«, sagte sie triumphierend. »Da fließen Riesensummen von Geld, zum Beispiel für die Gründung von Jugendzentren und Betreuungseinrichtungen für Minderjährige, Therapiezentren und so weiter. Und dazu gehört eine groß angelegte öffentliche Kampagne – Werbeplakate, Infobroschüren, Flyer ...«

»Ja ... und?«

»Und deswegen gab es eine Ausschreibung. Für den Entwurf, das Design, den Druck all dieser Materialien. Es geht um rund acht Millionen Złoty. Unter den Firmen, die sich beworben haben, ist auch ... dreimal darfst du raten ... richtig: der Verlag von Czarnota! Und in der zuständigen Kommission sitzt – wie sollte es auch anders sein – Unterstaatssekretär Jan Algierski.«

»Sehr schön.« Er pfiff durch die Zähne. »Jetzt haben wir sie!«

»Noch nicht.« Ada schüttelte den Kopf. »Die Entscheidung wird erst in fünf Tagen bekannt gegeben. Und denk dran, dass es nur ein schwaches Motiv gibt.« Sie lachte bitter auf. »Wenn es um tschetschenische Flüchtlinge geht, gelten schon viertausend Złoty als Summe, für die jemand töten würde – aber bei einer kirchlichen Organisation sind selbst acht Millionen noch ein Klacks.«

»Aber wir wissen doch, dass das Geld nur ein Zusatzargument ist. Du hast gestern selbst gesagt, es geht ihnen vor allem um ihr Imperium. Um die Machtstrukturen, die sie sich aufgebaut haben. Ich bin derselben Meinung wie du. Sie haben Zofia

Wagner umgebracht, weil sie Angst hatten, entlarvt zu werden.«

»Das heißt leider noch lange nicht, dass auch Modzelewski mit mir einer Meinung sein muss ... Aber so oder so sind wir gezwungen, das Ergebnis der Ausschreibung abzuwarten. Sonst haben wir nicht die geringste Chance, dass er uns auch nur anhört.«

Sie gingen in die Küche. Marcin ließ sich schwerfällig auf einen Hocker bei der Fensterbank sinken.

»Wir können aber nicht die ganze Woche tatenlos rumhocken.«

»Das weiß ich.« Ada goss grünen Tee auf. »Vielleicht sollten wir Algierski in die Zange nehmen?«

»Glaubst du etwa, der bekennt sich dazu, pädophil zu sein?«

»Muss er ja gar nicht.« Sie reichte Marcin eine Tasse. »Wir haben das Foto.«

Marcin runzelte die Stirn und klopfte gedankenverloren mit dem Löffel rhythmisch gegen seine Untertasse.

»Hm«, meinte er dann zögernd. »Wenn wir jetzt anfangen, Druck auf Algierski zu machen, dann zieht die Sekte ihr Angebot zurück. Warte!« Ada hatte den Mund aufgemacht, um etwas einzuwenden. »Lass mich erst mal ausreden. Ich weiß, dass Martyna Algierskas Akte und Jan Algierskis Aussage reichen würden, um der Sekte Erpressung nachzuweisen. Aber was dann? Wir suchen doch nach dem Mörder von Zofia Wagner. Überleg dir gut, ob du jetzt schon alle deine Karten offenlegen willst.«

»Na schön«, willigte Ada ein. »Halten wir also still und beobachten sie genau. Karol Zalewskis Selbstmord hat ordentlich für Wirbel gesorgt. Es besteht die Chance, dass sie es mit der Angst zu tun bekommen, überstürzt handeln und irgendeinen Fehler machen.«

»Vor allem müsste man eine Wanze in Czarnotas Haus anbringen«, brummte Marcin. »Aber das setzt wieder voraus, dass wir Modzelewski einweihen und die Ermittlungen offiziell wieder aufnehmen. Ich traue ihm nicht, der Kerl ist auf Algierskis Seite. Keine Ahnung, welche Interessen die beiden verbinden und was Algierski Modzelewski versprochen hat, wenn der den Fall schnell abwickelt.«

»Und damit stecken wir in der Zwickmühle«, meinte Ada und wiegte ratlos den Kopf hin und her.

»Weißt du was?«, meinte sie dann. »Früher oder später müssen wir Modzelewski sowieso informieren. Daran führt kein Weg vorbei. Trotzdem gibt es noch eine Fährte, die wir bisher nicht verfolgt haben und die wichtig sein könnte: das rätselhafte Verschwinden von Magda Orłowska. Wir sollten jetzt erst einmal versuchen, sie zu finden. Ich wette mit dir, dass sie uns viel zu erzählen hat.«

»Aber wie finden wir sie?« Marcin seufzte resigniert. »Sie ist schon seit zwei Wochen verschwunden, und ich habe die ganze Sache heruntergespielt, um die Eltern zu beruhigen.«

»Dass jemand spurlos verschwindet, gibt es nicht«, entgegnete Ada entschieden. »Wir müssen nur gründlich nachforschen. Dann finden wir sie auch.«

Marcin nickte und dachte schweigend über ihre Worte nach.

»Ich denke, wir können auch ohne Genehmigung von Modzelewski eine Wanze bei Czarnota installieren«, meinte er schließlich. »Ich wüsste da zwei Leute, die sich bestens mit diesem technischen Schnickschnack auskennen ...« Er lächelte flüchtig.

»Illegal installierte Wanzen gelten nicht als Beweismittel ...«

»Weiß ich. Aber du sagst ja selbst: Wir sollten uns jetzt darauf konzentrieren, Magda Orłowska zu finden. Das denke ich auch. Trotzdem wäre es gut zu wissen, was währenddessen in Czarnotas Haus so los ist. Ich rede mal mit dem Duo, die helfen uns bestimmt. Sie drehen gern solche halblegalen Dinger. Jakub Orłowski rufe ich auch an. Also – womit sollen wir loslegen?«

»Lass uns zuerst die Zwillinge fragen, dann sehen wir uns in Magdas Wohnung um.«

»Okay. Ich sage Orłowski Bescheid, dass wir uns die Schlüssel holen kommen.«

Das Duo von Mokotów wohnte im obersten Stock eines Hochhauses mitten im Warschauer Stadtzentrum, Ecke Jasna- und Moniuszko-Straße. Offenbar funktionierte ihre Klingel nicht – es kam keinerlei Reaktion. Geduldig läuteten Marcin und Ada bei einem Nachbarn nach dem anderen, bis schließlich einer den Summer betätigte. Dann fuhren sie in einem blitzsauberen, offenbar kürzlich erst generalüberholten Aufzug nach oben. Die Wohnungstür öffnete ihnen Wojtek – oder jedenfalls stellte er sich ihnen so vor, als Marcin fragte, welchen der Zwillingsbrüder sie vor sich hätten. Ada warf einen verstohlenen Blick in eines der beiden leeren Zimmer hinter ihm. Das einzige Möbelstück darin war ein schmales Bett mit nackter Matratze. Darüber hing, mit bunten Heftzwecken an der Wand befestigt, ein Stadtplan von Warschau. In der recht großen, nahezu quadratischen Küche standen weder Tisch noch Stühle. Auf der Fensterbank saß Marek und rauchte. Als sie hereinkamen, schmiss er den Zigarettenstummel aus dem Fenster.

»Ah, Sawicki«, brummte er und ignorierte Ada völlig. »Willst uns schon wieder auf die Nerven gehen. Bin mal gespannt, warum sich das nicht über Telefon erledigen ließ.«

»Über Telefon«, echote Wojtek.

»Ist 'ne komplizierte Sache.« Ratlos blickte Marcin sich in dem leeren Raum um. »Dazu müsste ich euch was Längeres erklären ...«

»Gott bewahre. Lange Reden kriegen wir auch ohne dich schon jeden Tag zu hören. Von deiner übergeschnappten Bekannten da, der Mutter von dem Mädel, das abgehauen ist.«

»Magda Orłowska?«

»Orłowska, Orłowska. Ja, genau die. Für 'ne Weile hat sie Ruhe gegeben, jetzt dreht sie wieder am Rad. Hockt seit zwei Tagen nur noch bei uns auf der Wache.«

»Ist ja auch kein Wunder, dass sie sich Sorgen macht«, hielt Marcin dagegen. »Außer der einen kryptischen Postkarte gibt es seit zwei Wochen kein Lebenszeichen von ihrer Tochter.«

»Was laberst du da für 'ne Scheiße? Erstens ist das Mädel erwachsen. Eine erwachsene Frau, die tun und lassen kann, was ihr passt.«

»Lasst uns doch erklären ...«

»Einen Scheißdreck lass ich euch. Und zweitens stachelst du die Alte auch noch an! Wer war denn vor Kurzem noch bei ihr zu Hause und hat sich *persönlich* nach dem Töchterchen erkundigt, hä? Ihr vom Hauptpräsidium müsst eure vorwitzigen Nasen auch überall reinstecken!«

Ada hob die Brauen. Marek warf ihr einen kurzen Blick zu.

»Na schön«, mischte sich der andere Bruder ein. »Wo sie schon mal da sind, sollen sie auch loswerden, was ihnen auf den Nägeln brennt. Sawicki?«

»Ich erkläre das«, sagte Ada schnell.

Wie auf Kommando richteten die Zwillinge ihre finsteren Blicke auf sie.

»Fangen wir beim Freitag, dem ersten März, an, als wir uns das erste Mal in Zofia Wagners Wohnung getroffen haben ...«

Das Gespräch war alles andere als leicht. Vor allem, weil sie die ganze Zeit stehen mussten. Nach zwei Stunden taten Ada und Marcin die Beine weh. Wojtek ging zwar irgendwann ins Nebenzimmer und kam mit einem niedrigen Hocker wieder, aber der war, wie sich herausstellte, nicht für die Besucher gedacht. Marek unterbrach Ada am laufenden Band und schimpfte lautstark über alles, was seiner Meinung nach bei den Ermittlungen schiefgelaufen war. Allerdings stellte er auch treffende Fragen. Bald war Ada trotz ihres mühsam unterdrückten Ärgers über sein arrogantes Verhalten klar, dass sie einen äußerst erfahrenen, klugen Ermittler vor sich hatte. Je länger sie sprach und je verwickelter der Fall sich darstellte, desto gebannter lauschten die beiden Brüder.

»Marcin und ich denken, dass wir Staatsanwalt Modzelewski im Moment besser noch nicht über die Neuigkeiten informieren«, schloss sie ihren Bericht. »Erst einmal müssten wir beobachten, was im Hause Czarnota genau vor sich geht. Und dafür brauchen wir eure Hilfe.« Sie sah die beiden fragend an.

»Ich hab's ja immer schon gesagt, der Modzelewski ist ein Stück Scheiße.« Marek rutschte von der Fensterbank. »Alter Speichellecker. Kriecht sämtlichen Ministern in den Arsch ...«

»Wir wollen jedenfalls nicht warten, bis die Ausschreibung für das Projekt entschieden ist. Deswegen dachten wir, dass wir jetzt die Suche nach Magda Orłowska weiter vorantreiben könnten. Wäre doch möglich, dass sie was Entscheidendes zu unserem Fall beiträgt, wenn sie aussagt«, nahm Marcin den Faden wieder auf. »Ihr habt also noch nichts Neues rausgefunden?«

Wojtek hatte seinen Blick auf eine Zimmerecke geheftet. Marek wand sich ein wenig, blies eine Rauchwolke aus.

»Nein«, gab er dann widerwillig zu. »Nichts außer dem, was ich euch schon gesagt habe. Die Kleine ist verschwunden, aber in ihrer Wohnung ist alles noch da.«

»Irgendeine Idee, wo sie stecken könnte?«

Schweigen.

»Wenn das so ist, dann würden wir ihre Wohnung noch mal durchsuchen. Falls ihr nichts dagegen habt.«

»Klar haben wir nichts dagegen.« Wojtek streckte den Rücken.

Marek ließ sich wieder auf der Fensterbank nieder.

»Eine Wanze in das Haus zu schmuggeln sollte nicht weiter schwer sein«, sagte er dann. Offenbar hatte er erraten, was der eigentliche Zweck ihres Besuches war. »Sowas machen wir doch immer gern.«

»Machen wir immer gern«, echote Wojtek.

»Und Modzelewski geht uns sowieso auf die Eier.«

»Sowieso.«

»Dazu müssen wir erst mal in die Hütte reinkommen. Klappt meistens mit der Schornsteinfegernummer. Wir checken die Abluftleitungen und lassen dabei ganz zufällig was zurück. So weit, so gut. Aber« – er hob warnend die Stimme – »nur Wojtek und ich. Und wir hören uns die Aufzeichnungen als Erste an. Wenn was dabei ist, lassen wir's euch wissen.«

Ada blickte zu Marcin, aber der wirkte weder überrascht noch besorgt. Offenbar vertraute er dem Duo blind.

»Abgemacht«, willigte er auch gleich ein.

»Die Wanze kriegen wir in zwei Stunden installiert«, meinte Marek. »Und jetzt sei so gut und teil deiner Orłowska mit, dass ihr den Fall übernehmt. Ich will diese Glucke nie wieder bei uns auf der Wache sehen.«

»Aber ruft uns sofort an, wenn sich irgendwas Ungewöhnliches tut, okay? Und wenn es noch so unbedeutend scheint«, sagte Marcin zum Abschied. »Wir sind rund um die Uhr erreichbar.«

Ada drückte den beiden Brüdern die Hand. Eben in der Küche hatte sie noch geglaubt, sie leicht auseinanderhalten zu können. Aber jetzt war sie sich schon wieder nicht mehr sicher, wer wer war. Sie musterte die beiden mit zusammengekniffenen Augen.

»Versuch's erst gar nicht«, brummte Marcin, als sie zum Aufzug gingen. »Die beiden wechseln sich ab.«

»Wie bitte?«

»Sie tauschen die Rollen«, wiederholte er. »Angeblich schon seit der Grundschule. Marek war gut in Mathe, und Wojtek konnte sich alles andere merken. Deswegen ist bei Klassenarbeiten immer nur einer hingegangen. Der andere war rein zufällig krank und hat die Arbeit an einem anderen Tag nachgeschrieben. Später haben sie es auch mit ihren Kumpels und Freundinnen so gemacht. Und dabei ist es dann geblieben. Theoretisch ist wohl Marek der Intelligentere und Dominante, nur dass man eben nie weiß, ob Marek gerade Marek ist oder Wojtek – wenn du verstehst, was ich meine.«

58

Das neue Apartmenthaus, in dem Magda wohnte, lag zwischen einem Parkplatz und einem Schulhof. Von der Grażyna-Straße trennte es ein hoher Zaun, an dessen Pforte Überwachungskameras installiert waren.

»Schwachsinn«, schimpfte Marcin, während er versuchte, den passenden Schlüssel für das Tor zu finden. »Die verbarrikadieren sich, als lebten wir hier mitten in der Wildnis! Wirst schon sehen, bald kaufen sie hier alles auf, sperren uns ein, hängen ein Schloss davor und zeichnen rund um die Uhr auf, was wir machen ...«

»Hätte die Hausverwaltung im Haus von Zofia Wagner eine Kamera installiert, dann hätten wir den Mörder längst«, entgegnete Ada ruhig.

»Und du und ich hätten keine Arbeit mehr«, konterte er und rüttelte an den Gitterstäben.

Wenige Minuten später standen sie in einem geräumigen Studio. Das breite Fenster ging nach Süden, die Balkontür führte auf eine große Terrasse. Links neben der Wohnungstür war mit Glasbausteinen eine kleine Nische abgetrennt. Hier befand sich das Bad. Rechts neben der Tür stand ein Garderobenständer, an dem ein Mantel, zwei Jacken und ein Wollpullover hingen.

Ada öffnete den Kleiderschrank.

»Hatte sie ganz sicher keine anderen Sachen?«

»Ich denke nicht.« Marcin schüttelte den Kopf. »Die Mutter sagt, sie kennt die Garderobe ihrer Tochter genau. Und das glaube ich ihr auch aufs Wort«, setzte er bissig hinzu. »Es wundert mich ehrlich gesagt kaum, dass Magda an eine Sekte geraten ist. Bei so einer Glucke drehst du ja am Rad!«

Ada ging weiter ins Zimmer hinein. Marcin wusste, dass sie ihn nicht hörte. Gedankenverloren strich sie mit ihren Fingern über die Möbel und die Gegenstände in den Regalen. Sie trug eine weiche graublaue Bluse mit weiten Ärmeln. Marcin betrachtete verstohlen ihren flaumigen Nacken, der im Kragen der Bluse verschwand, und zum wiederholten Mal an diesem Tag ergriff ihn eine seltsame Rührung. Hinter ihrem rechten Ohr war die Haut von mehreren winzigen Leberflecken gesprenkelt, als hätte ein Fliegenschwarm sich auf ihrem Hals niedergelassen. Marcin spürte, wie seine Kehle merkwürdig eng wurde. Schnell wandte er den Blick ab.

»Überprüf du Schreibtisch und Regal«, schlug Ada vor. »Ich durchsuche den Schrank und dann das Bad.«

Anderthalb Stunden später sanken sie erschöpft auf das Sofa. Sie hatten das Zimmer nicht so genau unter die Lupe genommen wie Zofia Wagners Wohnung, aber dennoch sehr gründlich durchforstet. Trotzdem hatte sich nichts ergeben. Auch der Suchverlauf des Computers enthielt keine Spur, dass Magda Orłowska etwa zuletzt nach Zugverbindungen gesucht, Fahrkarten oder Hotelzimmer reserviert hätte. Resigniert starrte Marcin aus dem Fenster.

»Was für ein beschissenes Wetter«, seufzte er. »Sowas habe ich im Leben noch nicht mitgemacht. Wahrscheinlich eine Folge der Erderwärmung oder irgend 'ner anderen Scheiße. Und morgen soll's noch schlimmer werden. Im Radio haben sie gesagt, man soll wegen der schlechten Sicht nicht Auto fahren ...«

»Wir müssen jetzt schnellstens die Freunde von Magda Orłowska befragen«, unterbrach Ada ihn ungeduldig.

»Sie hat doch keine. Als sie in die Sekte eingetreten ist, hat sie alle ihre alten Bekanntschaften gekappt«, erinnerte Marcin sie. »Du könntest höchstens mit Pater Gdański sprechen.«

»Aber irgendwer muss schließlich wissen, wo sie steckt. Irgendjemand muss sie gesehen haben«, beharrte Ada. Ihre Mundwinkel zitterten. Mit einem Mal sah sie aus wie ein trotziges kleines Mädchen. Marcin musste lachen.

»Ich weiß nicht, wie es dir geht, aber ich sterbe fast vor Hunger. Hab seit heute Morgen nichts mehr zwischen die Rippen gekriegt. Außerdem werde ich, wenn wir so weitermachen, noch zum Nichtraucher. Es ist fast vier, und ich habe erst zwei Kippen geraucht!«

Ada sah ihn bloß stirnrunzelnd an.

»Ich kann nicht mehr denken. Ich brauche eine Pause«, erklärte er geduldig.

Sie blinzelte.

»Gut. Du hast recht. Also eine Pause«, willigte sie ein, doch es klang abwesend. »Vielleicht melden die Zwillinge sich ja morgen schon. Oder einer von uns hat noch eine andere Idee.«

Nervös verhakte sie ihre Finger ineinander, sodass die Knöchel weiß wurden.

»Ich kann dich nach Hause fahren«, bot er an.

»Danke.«

Sie stand auf und ließ noch einmal ihren Blick durch den Raum schweifen, nahm ihren Mantel und ging rasch ins Treppenhaus.

Es war die Zeit der nachmittäglichen Rushhour. Erst standen sie lange in der Rakowiecka-Straße, brauchten fünfundzwanzig Minuten bis zum Unia-Platz. Als sie den Konstytucja-Platz überquerten, überlegte Marcin, Ada zu fragen, ob sie mit ihm zu Mittag essen wolle. Sie saß schweigend und in Gedanken versunken auf dem Beifahrersitz. Ihre Hände hatte sie in den Ärmeln vergraben.

»Lass mich bei der Wilcza-Straße raus, okay?«, sagte sie plötzlich, als hätte sie seine Gedanken gelesen und wollte seinem Vorschlag zuvorkommen. »Ich hab dort noch was zu erledigen.«

»Das ist doch schon hier.« Er bremste abrupt und fuhr rechts an den Straßenrand.

»Genau«, meinte sie gleichgültig und setzte ihre Mütze auf. »Wir sehen uns morgen. Neun Uhr bei mir?«

»Alles klar. Neun Uhr«, echote er verdutzt.

Sie hängte sich ihre Tasche um und stieg aus. Marcin folgte ihrer zierlichen, energischen Gestalt eine Weile mit den Augen. Dann fuhr er wieder an. Während er noch trübsinnig nachgrübelte, was er nun mit dem angebrochenen Nachmittag anfangen sollte, erreichte er schon den Bankowy-Platz und bog mechanisch rechts in die Straße ein, an der der Mostowski-Palast lag. Da kam ihm plötzlich ein Gedanke: Er könnte den Tag doch gewinnbringend nutzen und eine Runde im polizeieigenen Fitnessraum trainieren. Hinten im Auto hatte er sowieso eine Tasche mit Sachen von zu Hause, eine Jogginghose und mehrere T-Shirts waren auch darin. Sportschuhe standen unten im Schrank in seinem Büro. Entschlossen fuhr er auf den Parkplatz im Innenhof, zog den Reißverschluss seiner Jacke hoch und huschte, in der Hoffnung, niemandem und vor allem nicht Rogowski zu begegnen, die Treppe hinauf in den zweiten Stock.

Die Sportschuhe waren noch schmutzig vom Joggingeinsatz im Łazienki-Park. Hirnrissige Aktion. Er klopfte den Schlamm ab, und als er sich aufrichtete, zog sich sein Magen schmerzhaft zusammen. Es hilft nichts, ich muss doch erst etwas essen, dachte er und eilte zurück zur Tür.

Draußen auf dem Korridor aber spielte sich eine so seltsame Szene ab, dass er seinen Hunger sofort wieder vergaß. Vor einer offenen Bürotür stand in der triumphalen Pose eines siegreichen Stierkämpfers Wiktor Pawlak. Er hatte eine Hand in die Hüfte gestemmt, das kantige Kinn hochgereckt und stellte ein zufriedenes Grinsen zur Schau.

»Was ist los?«, fragte ihn Marcin.

»Tja, was ist los?«, knurrte Pawlak durch die Zähne. »Los ist, was schon längst hätte los sein sollen!«

In diesem Moment kam Kapusta mit hängenden Schultern aus dem Zimmer gestolpert, die Kapuze tief ins Gesicht gezogen. Über einer Schulter trug er eine vollgestopfte Tasche, unter dem anderen Arm einen Pappkarton. Wortlos schlich er mit gesenktem Blick an Marcin und Pawlak vorbei.

»Hau bloß ab, du Wichser!«, rief ihm Pawlak nach. »Und lass dich ja nicht mehr blicken! Weder hier noch auf irgendeiner anderen Wache! Security kannst du vielleicht noch machen, wenn du Glück hast!«

Marcin stand wie angewurzelt da.

»Aber was ist denn passiert?«

Wiktor Pawlak grinste wieder breit.

»Noch nichts davon gehört? Kapusta ist rausgeflogen. Nicht nur aus unserer Abteilung, sondern komplett! Hat die Mimose dir gar nichts erzählt?«

»Nein. Ich habe keine Ahnung«, bekannte Marcin verlegen.

Pawlak wischte sich über den Mund und erklärte kopfschüttelnd: »Ich weiß nicht, wie dein Mimöschen das spitzgekriegt hat. Und wie sie Dagmara dazu gebracht hat mitzuziehen. Jedenfalls sind die beiden Mädels am Montag zusammen beim Alten gewesen.«

»Am Montag?«, wunderte sich Marcin. »Wieso denn? Und wann soll das gewesen sein?«

»Abends, soweit ich weiß. Ja, und da hat Dagmara wohl rausgelassen, dass Kapusta sie gezwungen hat, Kollegen nachzuspionieren, ihre Berichte durchzuwühlen und heimlich Fotos von ihnen zu schießen«, fuhr Pawlak selbstzufrieden fort. »Und wen, glaubst du, hatte er dabei besonders auf dem Kieker? Mich!«

»Ich versteh gar nichts mehr. Gezwungen? Wie denn?«

»Na, wie wohl? Erpresst hat er sie. Weißt du noch, Rogowskis Geburtstag im Januar? Ach nein«, verbesserte er sich sofort, »du gehst ja nie mit. Jedenfalls hatte der Chef einen Klub gemietet. Das halbe Präsidium war eingeladen, es gab Essen und frei Saufen. Tja, der Alte macht eben gern einen auf dicke Hose. Muss seiner Neuen imponieren. Aber egal. Das ist jetzt nicht das Thema.« Er winkte ab. »Entscheidend ist, dass Dagmara sich voll die Kante gegeben hat. Um eins lag sie quer überm Tisch und jammerte, dass sie sterben muss und so weiter. Und Kapusta, unser verkannter Held, hat sich gentlemanlike bereit erklärt, sie nach Hause zu fahren. Da war's dann aber wohl vorbei mit Gentleman. Er hat sich angeblich mit ihr in die Wohnung gedrängt und ihren hilflosen Zustand ausgenutzt. Soll heißen: Er hat sie vergewaltigt. Und danach hat er dann ein paar hübsche, eindeutige Fotos geschossen.«

»Was? Das kann nicht wahr sein!«

»Ich erzähl dir nur, was ich weiß«, schnappte Pawlak beleidigt. »Was hast du, bist du wirklich so naiv?«

»Und was war dann?«

»Was war dann, was war dann ... Dreimal darfste raten.«

»Also wollte Kapusta, dass du rausfliegst ...«, setzte Marcin an. Auf einmal fühlte er sich ganz schwach. Vor seinen Augen tanzten schwarze Pünktchen.

»Ganz genau. Und da hat er sich eben gedacht, unser Intelligenzbolzen, dass er zu diesem Zweck doch das Dummerchen Dagmara erpressen könnte. Und hat den richtigen Moment abgepasst, bis die Mimose zur Arbeit kam, damit der Verdacht auf sie fallen würde. Später brauchte er dann nur noch an die Journalisten zu kabeln. An diesen Marczyński wahrscheinlich. Der ist euch doch von Anfang an auf die Pelle gerückt.«

Marcin lehnte sich gegen die Wand.

»Gibt's ein Strafverfahren?«

»Nein.« Pawlak zuckte mit den Schultern. »Der Alte hat sich Kapusta ordentlich zur Brust genommen. Musste ihm angeblich nicht mal drohen. Er hat ganz freiwillig seine Suspendierung unterzeichnet.«

»Aber es müsste doch ...«

»Alter, bist du durcheinander?«, schnitt Pawlak ihm das Wort ab. »Ein Strafverfahren? Hier? Presse, Skandal, Rufmord – und das bei der Warschauer Kripo? Welcher Idiot würde sich da ranwagen?«

»Aber Dagmara ...?«, wandte Marcin schwach ein.

»Sie wollte nicht offiziell Anzeige erstatten. Wundert dich das? Stattdessen hat sie um Versetzung gebeten. Tjaaa ...« Er haute Marcin auf die Schulter. »Ohne dein Mimöschen hätte

Dagmara nie die Klappe aufgemacht. Du hattest recht. Deine Kleine ist in Ordnung. Schwer in Ordnung.«

Vergewaltigte Frauen, Intrigen, Erpressung, Kindesmissbrauch in Thailand – Marcin schwirrte der Kopf. Er brauchte ein bisschen frische Luft ...

»Sawicki!«, rief Pawlak hinter ihm her.

»Was?«

»Hast du schon mit Olga geredet?«

Marcin blieb überrascht stehen.

»Nein. Wieso?«

»Solltest du aber. Sie wartet drauf. Ist wohl doch noch nicht Hopfen und Malz verloren ...«

»Hat die Mimose dir das gezwitschert, oder was?«, fragte er verärgert.

»Dass die uns nicht verpfeift, steht jetzt ja wohl fest. Nein – ich hab Olga im Supermarkt getroffen.«

»Die Sache geht dich gar nichts an.«

»Ich kenn dich doch, Alter. Bin vielleicht nicht der Experte in Sachen Ehe, trotzdem rate ich dir: Steck jetzt nicht den Kopf in den Sand, sondern geh hin und rede mit ihr. Solange der Zug noch nicht abgefahren ist.«

Marcin biss die Zähne zusammen und ließ Pawlak einfach stehen.

59

Ada ging fast unter in dem nicht enden wollenden Fußgängerstrom, der durch die Straße trieb wie eine riesige Schar von Aufziehfiguren. Von allen Seiten bedrängte die Menschenmenge sie, trug sie mit sich über einen Zebrastreifen, vorbei an Zeitungsläden, Schaufenstern, weiter und weiter über den holprigen Gehsteig. Durch die Maschen des Zauns an seinem Rand sprießten gelbliche Halme. Der dichte drückende Nebel ließ alle Geräusche verschwimmen, die Welt schien sich aufzulösen. Ada wusste nicht mehr, wo sie war. In einem plötzlichen Impuls bog sie in einen dunklen Hinterhof, setzte sich auf eine Bank bei den Müllcontainern. Unter ihren Fingern ertastete sie die rissige Struktur der abblätternden Farbe. Das Gefühl beruhigte sie. Ein Farbplättchen löste sich, sie zerbröselte es zwischen den Fingern. Marcin hatte recht. Sie brauchte eine Pause, einen freien Nachmittag, um wenigstens für ein paar Stunden loszulassen und Kraft zu tanken. Aus einem Hof weiter hinten drang Hundegebell, es klang hohl wie aus einem tiefen Brunnen.

Ada hob den Kopf. Direkt über ihr schwebte langsam ein grauer Nebelfetzen vorüber. Sie stand auf und fühlte sich plötzlich ganz klar. Entschlossen zog sie ihren Schal straffer und die Handschuhe wieder an. Jetzt wusste sie, wie sie den Rest des Nachmittags verbringen würde.

Der Besuch im Friseur- und Kosmetiksalon dauerte mehrere Stunden. Ada ließ sich die Haare im Nacken stutzen und den Pony nachschneiden. Sie buchte eine reinigende Gesichtsbehandlung, eine Feuchtigkeitsmaske und eine Handpflege mit Wachs. Als sie den Salon um acht Uhr verließ, fühlte sie sich wie neugeboren. Im Einkaufszentrum erstand sie neue Ohrringe und eine Yogahose in einem angenehm warmen Ziegelton. Als sie an einem Spiegel vorbeikam, nickte sie ihrem eigenen Spiegelbild anerkennend zu. Dann fuhr sie mit der Rolltreppe ins Untergeschoss, kaufte im Bioladen zwei dunkelrote Stücke Thunfisch. Um kurz vor zehn erreichte sie, eine Weinflasche unter dem Arm, ihre Wohnung. Filip-Oleńka bedachte sie zur Begrüßung mit einem feindseligen Blick. Sein Miauen klang eindeutig vorwurfsvoll. Sie bückte sich, um ihn zu streicheln, doch er fauchte nur und entzog sich ihrer Hand.

»Du hörst schon auf zu schmollen, wenn du siehst, was ich dir zum Abendessen mitgebracht habe«, trällerte sie fröhlich, während sie aus ihren Stiefeln schlüpfte. »Mein Vater würde sich bestimmt freuen, wenn er sähe, was ich dir Schönes von seinem Geld gekauft habe.« Sie lächelte und warf dem Kater ein Stück Fisch hin.

Nach dem Abendessen nahm sie ein langes Entspannungsbad. Danach öffnete sie die Weinflasche und machte es sich mit dem Kater auf dem Schoß vor dem Laptop bequem, um einen Film zu schauen. Die Handlung war aber so wenig fesselnd, dass sie schläfrig wurde, und bald sank ihr Kopf herab. Von ferne hörte sie noch die monotone Stimme eines der Schauspieler, doch auch sie wurde langsam leiser, während Adas Füße in dichtem, kühlem Farn versanken. Der Duft von Fichtennadeln lag in der Luft. Sonnenstrahlen malten Lichtpunkte auf das dunkle Grün, irgendwo rechts plätscherte Wasser. Auf einem Ast ließ sich ein bräunlicher Vogel nieder und beäugte sie mit schräg geneigtem Kopf. Sie ging, ohne zu wissen, wohin, und war sich doch sicher, dass es die richtige Richtung war. Nach wenigen Schritten hatte sie den Pfad gefunden. Er führte zu einem Steg über den Bach, dann weiter zum Rand des Waldes und über eine Wiese. Die Luft war erfüllt vom zufriedenen Summen satter Insekten. Rings um Ada wogten rötliche Federbüsche von Gräsern. Das Gelände stieg sanft an, in einem weiten Bogen führte der Pfad um eine Böschung herum. Oben am blauen Himmel tanzte einsam ein weißes Wölkchen.

Ada erreichte einen sandigen Weg und bog, ohne nachzudenken, links ein. Sie kam an einer Gruppe Kiefern und einem Haselnusshain vorbei und blieb vor einem grün gestrichenen Zaun stehen. Hinter dem Zaun war ein Holzhaus, vor dem ein dunkelhaariges Mädchen saß. Es hatte eine Katze auf dem Schoß.

»Was machst du denn hier so ganz alleine?«

Das Mädchen drehte den Kopf.

»Sie haben ihn im Bach ertränkt«, sagte sie.

Erst jetzt fiel Ada auf, dass die Katze völlig schlaff dalag. Ihr Fell war nass und klebte am Körper.

»Wo sind denn deine Eltern?«

»Die sind immer gekommen, als ich noch klein war«, antwortete das Kind ruhig und hob das tote Tier an seine Wange. »Ich habe sie schon ganz lange nicht mehr gesehen.«

Ada ließ sich auf die Knie nieder, streckte den Arm durch den Zaun und fasste das Mädchen an der Schulter.

»Wirf sie weg! Wirf die Katze weg!«, rief sie und spürte, wie sich scharfe Krallen in ihre Hand bohrten.

Lautes Maunzen. Filip-Olenka versuchte verzweifelt, sich ihrem Klammergriff zu entwinden.

»Ach, entschuldige«, murmelte Ada schlaftrunken. »Ich war wieder auf der Datsche. Und es scheint ganz so, als müsste ich morgen noch mal hin ...«

60

Wie es der Wetterbericht vorhergesagt hatte, waren Warschau und ein großer Teil Masowiens in einem so dicken und zähen Nebel gefangen, dass man kaum zwei Meter weit sehen konnte. Die riesige, regenschwere Wolke hing knapp über dem Boden, und die Menschen tasteten sich hindurch, als wateten sie durch kühle Milch. Vor dem Haus seiner Eltern stieß Marcin fast mit einem Nachbarn zusammen, der wie ein Geist aus dem Nichts auftauchte.

Marcin konnte sich nicht erinnern, wo er am Vorabend sein Auto geparkt hatte. Zum Glück stand der alte Opel aber, wie sonst auch, vor dem Alkoholgeschäft.

Er drehte den Schlüssel im Zündschloss und stellte das Radio an. Die Prognosen klangen wenig ermutigend. Das fürchterliche Wetter sollte sich noch den ganzen nächsten Tag halten, weswegen dringend dazu geraten wurde, die öffentlichen Verkehrsmittel zu nutzen. Seit dem frühen Morgen hatte es in Warschau schon zwei schlimme Verkehrsunfälle und mehrere kleine Zusammenstöße gegeben. Marcin ignorierte die alarmierenden Nachrichten, fuhr vom Bordstein und machte sich langsam auf den Weg nach Żoliborz. Seine Waden- und Armmuskeln schmerzten. Am gestrigen Abend hatte er noch ganze zwei Stunden im Fitnessraum trainiert. Danach hatte er kaum noch das Steuerrad drehen können. Trotzdem fühlte er sich besser, viel besser. Die Kopfschmerzen und auch das Ziehen im Nacken, das ihn die letzten Tage geplagt hatte, waren verschwunden. Nach dem Training war er ins Bett gefallen wie ein Stein und erst früh um acht wieder aufgewacht. Er hatte einen Kaffee getrunken und es geschafft, ein kurzes, nichtssagendes Gespräch mit seinem Vater zu führen. Jetzt fühlte er sich einigermaßen frisch und wieder in der Lage, sich an die Ermittlungen zu machen.

Eine halbe Stunde später saß er in Adas Küche und sah etwas angeekelt zu, wie ihr verwöhntes Katzenvieh einen leeren Sahnebecher ausschleckte. Ada lehnte sich an das Fensterbrett. Sie hatte einen neuen, kürzeren Haarschnitt, der ihr ausgesprochen gut stand.

»Irgendwelche Neuigkeiten?«, fragte sie.

»Ich habe mit Marek telefoniert. Sie haben die Wanze installiert, hat angeblich problemlos geklappt. Dieser junge Priester, der immer da ist, hat sie reingelassen. Und er hat das Schornsteinfegermärchen sofort geschluckt. Zu unserem Glück haben die Zwillinge gerade einen längeren Fall abgeschlossen und sind jetzt auf Urlaub, deswegen können sie sich ganz auf die Sache konzentrieren. Bis jetzt gibt's allerdings noch nichts zu vermelden. Wegen Karol Zalewskis Tod hat Gdański alle Termine abgesagt, bis auf ein Treffen mit Piotr Zalewski, dem jüngeren Bruder. Gdański hat angeblich gesagt, dass er ihn so schnell wie möglich sprechen muss. Deswegen soll er heute Nachmittag zu ihm in die Pawlaczyk-Straße kommen.«

Ada stemmte sich hoch auf die Fensterbank und zog die Knie unters Kinn.

»Und warum muss er den jüngsten Zalewski so unbedingt sprechen?«

»Immerhin hat sein älterer Bruder Selbstmord begangen. Der Junge braucht jetzt bestimmt Zuspruch. Oder was auch immer – wir erfahren es ja bald.« Marcin griff nach dem Wasserkessel. Er fühlte sich in Adas Wohnung fast schon wie zu Hause. »Übrigens habe ich gestern mit Wiktor Pawlak gesprochen.« Er wechselte das Thema, bemühte sich um einen neutralen Tonfall. »Er hat mir gesagt, dass Kapusta rausgeflogen ist.«

Er fühlte sich ein wenig getroffen, dass Ada ihm nicht selbst von der ganzen Sache erzählt hatte.

»Ach ja, stimmt«, brummte sie ohne besonderes Interesse.

»Er hat mir auch gesagt, warum. Und dass du daran nicht ganz unbeteiligt bist.«

Ada zuckte kaum merklich zusammen.

»Wiktor Pawlak sollte eigentlich niemandem davon erzählen. Aus Rücksicht auf Dagmara. Ich hoffe doch, seine Intelligenz reicht aus, um das zu begreifen«, sagte sie scharf.

»Dagmara hat um Versetzung gebeten. Seit Dienstag ist sie nicht mehr in der Firma gewesen«, sprach Marcin weiter.

Sie sah ihn unverwandt an.

»Es wird keine Ermittlungen geben, nicht mal ein Disziplinarverfahren. Der Alte hat Kapusta einfach nur vom Dienst enthoben und in die Welt geschickt.«

Ihr Gesichtsausdruck blieb unverändert, aber sie erbleichte sichtlich.

»Dieser Typ ist gefährlich«, fuhr Marcin fort. »Es war nicht das erste Mal, dass er eine Frau belästigt, misshandelt und vergewaltigt hat. Aber die Polizei ...« Er korrigierte sich. »*Wir* lassen ihn ungestraft davonkommen. Die Sache wird im Sande verlaufen.«

Ada schüttelte verständnislos den Kopf.

»Ich habe doch mit Dagmara gesprochen.« Sie seufzte. »Und ich hatte den Eindruck ... Nein, ich bin mir absolut sicher, dass sie am Montag noch fest entschlossen war, offiziell Anzeige zu erstatten. Keine Ahnung, warum sie ihre Meinung geändert hat. Aber ich vermute, der Chef hat ihr in lebhaften Farben ausgemalt, wie solche Verfahren aussehen. Wahrscheinlich hat er ihr auch gesagt, es gebe nicht genug Beweise. Tatsächlich entgehen die meisten Gewalttäter gegen Frauen einer Strafe. Glaub mir, ich habe das schon viele Male miterlebt«, setzte sie leiser hinzu.

»Aber ...«, begann Marcin, doch irgendetwas an Adas Gesichtsausdruck ließ ihn verstummen.

»Ich gieß dann mal den Tee auf«, nuschelte er und holte eine Kanne aus dem Schrank über der Spüle.

»Leider habe ich nicht die geringste Idee, wie wir im Fall Magda Orłowska weiterkommen sollen«, wechselte er das Thema. Er spürte, dass er an eine Grenze gestoßen war, die er auf keinen Fall überschreiten sollte. »Wir könnten nachprüfen, wo sie ihre EC- oder Kreditkarte zum letzten Mal benutzt hat – aber dafür brauchen wir auch wieder Unterstützung von Modzelewski.«

Ada goss sich eine Tasse Tee ein und senkte den Kopf. Sie schien konzentriert nachzudenken.

»Ich habe mir noch eine Sache überlegt ...«, begann sie zögernd. »Ich frage mich, ob es nicht vielleicht eine Entführung gewesen sein könnte. Natürlich weist im Moment wenig darauf hin: keine Einbruchsspuren, kein Chaos in der Wohnung ... Meistens hinterlässt der Entführer ja doch irgendeine Spur. Es sei denn, er hat sie sich auf der Straße geschnappt, aber dann müsste sie ohne Jacke und Schuhe draußen gewesen sein. Dass sie tot ist, glaube ich nicht. Dafür ist schon zu viel Zeit vergangen. Jemand hätte die Leiche gefunden.«

»Ich vermute, dass sie sich versteckt. Vielleicht hat sie sich neue Klamotten gekauft, ihr Aussehen komplett verändert und alle Spuren verwischt? Dass sie verschwunden ist, hat doch wahrscheinlich was mit Zofia Wagners Tod zu tun.«

Ada nickte nachdenklich.

»Zofia Wagner ist am Donnerstagabend ermordet worden«, fuhr Marcin fort. »Am Freitag hat Magda Orłowska noch mit ihrer Mutter telefoniert, am Samstag ist sie nicht mehr aufgetaucht.«

»Das heißt, sie hat sich sehr beeilt«, unterbrach ihn Ada. »Wenn sie wirklich in der kurzen Zeit ihre Frisur verändert und sich komplett neu eingekleidet hat, muss sie große Angst gehabt haben.«

»Was willst du damit sagen?«

»Nun ja, wenn das tatsächlich alles in solcher Eile abgelaufen ist, dann ist ihr doch bestimmt als Erstes ein Ort eingefallen, den sie gut kennt. Wo sie sich sicher fühlt ...«

»Ja und?«, fiel Marcin ihr ungeduldig ins Wort.

Ada stellte ihre Tasse ab.

»Haben die Orłowskis eine Datsche?«

Marcin zog erstaunt die Brauen hoch. Dann holte er sein Handy hervor und wählte Jakub Orłowskis Nummer.

»Ja?«, meldete der sich sogleich.

Marcin stellte seine Frage.

»Nein«, antwortete der nach einer überraschten Pause. »So etwas haben wir nicht. Obwohl wir tatsächlich mal darüber nachgedacht haben, uns ein Grundstück zu kaufen.«

»Hat denn jemand aus der engeren Familie eine Datsche oder Wochenendhaus?« Marcin gab sich nicht geschlagen.

»Ja«, meinte Orłowski nach kurzem Überlegen. »Meine

Schwester hat ein Grundstück mit einem alten Sommerhäuschen, in Osieck, das ist etwa fünfzig Kilometer von hier ...«

»Und Magda war schon einmal dort?«

»Ja, natürlich. Als sie noch klein war, sind wir sogar öfters hingefahren. Aber jetzt steht das Grundstück schon längere Zeit zum Verkauf, niemand fährt mehr hin.«

»Hat Magda einen Schlüssel zu dem Häuschen?«

»Nein«, kam es ohne Zögern. »Es ist dort auch nicht mehr sehr schön. Direkt daneben stehen jetzt riesige Lagerhallen von Lidl. Deswegen findet sich auch kein Käufer.«

»Meine Kollegin und ich würden uns das Ganze gern einmal ansehen. Am besten gleich heute Nachmittag.«

»Da müsste ich erst meine Schwester nach den Schlüsseln fragen.« Orłowskis Stimme klang müde. »Das kann ein bisschen dauern ...«

»Wir fahren ohne Schlüssel hin.«

»Wie du willst. Ich bekomme gleich eine Lieferung. Aber ich sage Małgorzata Bescheid, dass sie euch eine Wegbeschreibung mitgeben soll.«

Małgorzata Orłowska schien bereits hinter der Wohnungstür gelauert zu haben, denn kaum dass Adas Finger den Klingelknopf berührte, riss sie die Tür auch schon auf. Sie trug eine Art Hausmantel und hatte das Haar zu einem losen Knoten aufgesteckt, aus dem sich einzelne Strähnen gelöst hatten. Die Haut an ihren Wangen hing schlaff und weich herab, als wären gar keine Knochen darunter. Marcin fiel auf, dass sie sehr abgenommen hatte.

»Hier.« Sie hielt den beiden eine von Hand gezeichnete Wegbeschreibung hin.

Ada wollte den Zettel nehmen, doch Małgorzata Orłowska zog ihn rasch zurück.

»Erst muss ich Ihnen noch etwas erklären«, sagte sie in herrischem Ton.

Die Sorge um ihre Tochter hatte ihr zwar die Körperfülle genommen, ihren Charakter aber offenbar nicht im Geringsten beeinflusst.

»Kommen Sie bitte mit ins Wohnzimmer.«

Höflich setzten Ada und Marcin sich an den Tisch.

»Die Gartenpforte ist nicht abgeschlossen. Meine Schwägerin hat so ihre Eigenarten. Sie kann keine Schlösser und Schlüssel ertragen, angeblich verursachen sie ihr Beklemmungen.« Verächtlich verzog sie die Mundwinkel. »Nun, wie dem auch sei – bitte parken Sie nicht mitten auf dem Weg und auch nicht direkt vor der Einfahrt. Platz zum Parken ist seitlich neben dem Zaun, aber auch nur auf der rechten Seite, denn links stehen Obstbäume. Jakub hat damals geholfen, sie zu pflanzen ...«

Marcin seufzte und schaltete ab. Er wusste, Einwände nützten hier nichts. Die Einweisung in die Benutzungsordnung des Gärtchens würde so lange dauern, wie Małgorzata Orłowska es für richtig hielt.

Zehn Minuten später hatte sie ihnen alles aus ihrer Sicht Notwendige mitgeteilt und legte den Zettel mit der Zeichnung auf den Tisch.

»Ich habe Ihnen ein paar charakteristische Punkte eingezeichnet. Kurz vor Osieck fahren Sie bitte vorsichtig. Dort ist eine scharfe, schlecht asphaltierte Abzweigung, und man kann leicht die Kontrolle über das Steuer verlieren. Dass Sie mir bloß keinen Unfall bauen.«

»Vielen Dank, Frau Orłowska.« Ada faltete den Zettel zusammen, steckte ihn in ihre Handtasche.

Małgorzata Orłowska sah sie scharf an.

»Magda ist nicht dort«, sagte sie entschieden. »Sie können gerne nachsehen, aber ich weiß, dass sie nicht dort ist. Als Kind mochte sie die Datsche, doch jetzt stehen dort nur diese hässlichen Lagerhäuser, und den Lärm von der Landstraße hört man sogar nachts. Magda ist vor zwei Jahren zum letzten Mal dort gewesen, zusammen mit Jakub und meiner Schwägerin. Aber statt übers Wochenende zu bleiben, ist sie noch am selben Tag ganz enttäuscht wieder zurückgekommen.«

Um Punkt elf überquerten sie die Warschauer Stadtgrenze. Auf Małgorzata Orłowskas Wegzeichnung sah alles ganz einfach aus, wahrscheinlich würden sie nicht länger als vierzig Minuten brauchen. Marcin trat aufs Gaspedal, bremste aber sofort wieder, weil knapp vor ihnen die Hinterseite eines LKW aus dem Nebel auftauchte. Also schlichen sie langsam weiter. Es war, als führen sie durch einen Tunnel aus Milch. Zu beiden Seiten zogen gedämpfte, unwirkliche Formen vorbei. Der Motor des alten Opel röhrte immer lauter, offenbar setzte ihm die Feuchtigkeit zu.

Ada und Marcin hatten keine Lust zu reden. Schweigend starrten sie in das wattige Grau. Und was ist, wenn wir sie nicht finden, fragte sich Marcin. Was, wenn Małgorzata Orłowska recht hat und ihre Tochter sich nicht auf der Datsche versteckt? Was bleibt uns dann noch? Ich sehe schon ein fruchtloses Gespräch mit Modzelewski auf uns zukommen, eine Rüge für eigenmächtige Ermittlungen ... Und wenn wir Magda Orłowska finden, hilft uns das dann überhaupt weiter? Wer ist dieser rätselhafte Mörder? Was verbindet ihn mit der Sekte?

Ada hatte den Kopf ans Fenster gelehnt. Marcin wusste, dass sie dieselben Gedanken hatte.

»Hier müssen wir rein«, sagte Ada plötzlich und zeigte auf eine Abzweigung.

Marcin setzte den Blinker, schaltete in den Zweiten und stieß zischend die Luft durch die Zähne aus. Bei der kleinsten Bewegung schmerzte ihn jeder Muskel. Die nächsten zwei Kilometer ging es über eine holprige Landstraße, die schmaler und schmaler wurde, bis schließlich die gelb gestrichenen Lidl-Lagerhallen auftauchten. Nun endete auch der asphaltierte Teil der Straße, weiter führte sie als schlammiger Sandweg. Linker Hand lag die Datsche. Sie schlugen die Anweisungen von Małgorzata Orłowska in den Wind und parkten direkt vor der Pforte.

Reflexartig warf Marcin einen Blick auf sein Handy. Sieben verpasste Anrufe! Er musste wegen des röhrenden Motors den Klingelton überhört haben.

»Das war das Duo«, brummte er. »Mist – hier draußen ist kein Empfang. Lass uns erst mal die Hütte hier überprüfen. Dann fahre ich zurück zur Landstraße und rufe die beiden an.«

Ada stieß die Gartenpforte auf. Hintereinander stiegen sie ein paar Stufen hinauf, die auf eine kleine Veranda führten. Auf ihr Klopfen meldete sich niemand. Das Häuschen wirkte völlig verlassen. Sie umrundeten es einmal. Der Nebel dämpfte ihre Schritte. Plötzlich zeigte Ada leise, ohne ein Wort, auf eines der Fenster. Jemand hatte den Rahmen samt der hölzernen Fensterläden aus den rostigen Angeln gehoben und ihn unten abgestellt. Die Fensteröffnung verschloss notdürftig ein Stück Pappe.

Marcin zog seinen Revolver. Sie wechselten einen Blick und gingen zurück auf die Veranda. Ada drückte die Klinke herunter, Marcin rammte eine Schulter gegen die Tür. Sie war von innen nur mit einem Haken verschlossen, der sofort nachgab und mit einem klirrenden Geräusch zu Boden fiel. Die Tür schwang auf.

Marcin trat als Erster in den dämmrigen Raum. Irgendjemand war dort, das spürte er. In einer Ecke hatte sich etwas bewegt.

»Polizei!« Er zielte mit dem Lauf in die Zimmerecke. Dann ließ er den Revolver sinken.

Im Dämmerlicht erkannte er, dass sich auf dem Sofa eine junge Frau zusammenduckte. Sie hatte die Arme um die Knie geschlungen und starrte ihm mit erschrockenen Augen entgegen.

»Magda Orłowska?«, fragte er mit scharfer Stimme, obwohl er sie gleich erkannt hatte.

»Ja. Das bin ich«, kam es leise mit zitternder Stimme.

Ada schloss die Tür und schaltete das Licht an. Die Lampe über dem Tisch flackerte und summte. Magda verkroch sich noch tiefer in die Sofaecke.

»Kennen Sie mich noch? Wir sind uns einmal im Geschäft Ihres Vaters begegnet.«

Sie nickte.

»Ihre Eltern suchen Sie. Sie machen sich große Sorgen ...«

Keine Antwort.

»Warum verstecken Sie sich hier?«

Die junge Frau schüttelte den Kopf. Sie setzte sich aufrechter hin, schlug die Beine übereinander.

»Ich habe meinen Eltern doch geschrieben. Haben sie meine Postkarte etwa nicht bekommen?«

»Doch, das haben sie.«

»Na also. Dann wissen sie auch, dass ich eine Zeitlang allein sein möchte.« Sie straffte den Rücken. »Ich bin ein erwachsener Mensch, und ich habe kein Verbrechen begangen. Die Polizei hat nicht das Recht, gegen meinen Willen nach mir zu suchen.«

Ihr trotziger Tonfall verschlug Marcin die Sprache. Er merkte, dass es ihm schwerfiel, jemanden zu verhören, den er persönlich kannte.

Ada blinzelte. Sie zog ihren Mantel aus, hängte ihn an einen Haken neben der Tür, zog sich einen Stuhl heran und setzte sich Magda gegenüber.

»Richtig, die Polizei hat kein Recht, nach Ihnen zu suchen«, begann sie sanft. »Es sei denn«, fuhr sie mit sachlicher Stimme fort, »es geht um einen Mordfall. Frau Orłowska, wir sind nicht aus Sorge um Sie hier. Obwohl ich es sinnvoller fände, Sie würden sich nach einem sichereren Versteck umsehen. Wenn wir Sie so leicht gefunden haben, heißt das, dass auch andere es können ...«

Magda machte eine unruhige Bewegung.

»Wir ermitteln im Mordfall Zofia Wagner. Kannten Sie sie?«

Die junge Frau wurde blass und wollte reflexartig verneinen, doch Ada brachte sie mit einer Handbewegung zum Schweigen.

»Das Blindekuh-Spiel lassen wir aus. Ich weiß, dass Sie mit Frau Wagner befreundet waren. Sie waren die letzte Person, die auf ihrem Handy angerufen hat, bevor sie starb. Zwar ließ die Nummer sich nicht identifizieren, aber Sie haben eine Nachricht auf der Mailbox hinterlassen. Ihre Eltern haben Ihre Stimme erkannt.«

»Ich weiß nicht, wovon Sie reden.«

Ada biss sich auf die Lippen.

»Wir können die Aufnahme auch analysieren lassen, wenn Ihnen das lieber ist. Aber Sie erwähnen in der Nachricht die

Weinhandlung Ihres Vaters. Wissen Sie immer noch nicht, wovon ich rede?«

Magda Orłowska schwieg.

»Wovor haben Sie Angst?«

Stille.

»Ich gehe davon aus, dass die Nachricht von Zofia Wagners Tod nicht überraschend für Sie kam. Wussten Sie, dass Zofia schwanger war? Vor zwei Tagen hat der Vater des Kindes, Karol Zalewski, Selbstmord begangen.«

Magda warf ihr einen raschen Blick zu. Dann sah sie wieder auf ihre Füße.

»Magda«, begann Ada langsam, aber bestimmt. »Wir wissen, dass die religiöse Gruppe, der Sie angehören, die *Kinder der Immaculata*, in den Mord an Zofia Wagner verstrickt ist. Sie waren mit Zofia befreundet, und kurz nach dem Mord sind Sie untergetaucht. Da fällt es schwer, keinen Verdacht zu schöpfen.« Adas Tonfall klang jetzt scharf. »Denken Sie gut nach. Das ist eine ernste Sache.«

Magda Orłowska schlug die Hände vors Gesicht.

»Sie könnten wegen Beihilfe zum Mord angeklagt werden.«

»Aber ich weiß doch nichts! Ich habe keine Ahnung, wer Zofia umgebracht hat!«

»Hören Sie mir gut zu.« Ada rückte näher an sie heran. »Wie lange haben Sie noch vor, sich hier zu verstecken? Allein, ohne Schutz? Was ist, wenn die Leute, vor denen Sie sich fürchten, Sie hier finden?«

Magdas Blick irrte durch den Raum wie ein aufgescheuchter Vogel.

»Wenn Sie mit uns kooperieren, bekommen Sie Polizeischutz.«

Adas Stimme klang jetzt weich, beinahe freundschaftlich.

Magda fasste Ada beim Arm.

»Versprechen Sie mir das?«

»Ich verspreche es«, erwiderte Ada fest.

Marcin atmete auf.

Magda Orłowska schossen die Tränen in die Augen. Sie wandte sich von Ada ab und umklammerte die Armlehne des Sofas. Ihre Schultern bebten. Sie schluchzte krampfartig.

Ada wartete eine Weile geduldig. Dann beugte sie sich zu Magda herüber und strich ihr über das Haar.

»Alles wird gut, alles wird gut. Jetzt haben Sie ja nichts mehr zu befürchten.«

Magda richtete sich auf, schnappte, immer noch schluchzend, nach Luft.

»Ich kann nicht mehr ...«, flüsterte sie.

»Das verstehe ich.« Ada setzte sich aufrecht hin. »Sie brauchen uns einfach nur zu sagen, was passiert ist. Von Anfang an. Wie haben Sie und Zofia Wagner sich kennengelernt?«

»In einem Internetforum ... Das heißt, am Anfang haben wir uns nur geschrieben, und dann hat sich Pater Gdański gemeldet und ...«

Von draußen ertönte ein markerschütternder Schrei, gellend, lang gezogen, wie das irre Kreischen einer Besessenen. Marcin sprang auf und hastete ans Fenster.

»Das ist eine Schleiereule«, erklärte Magda schon etwas ruhiger. »Sie lebt drüben am Waldrand. Normalerweise hört man sie erst abends. Vielleicht hat der Nebel ihren Rhythmus durcheinandergebracht.«

»Gut. Kommen wir jetzt zu Zofia Wagner zurück«, unterbrach Ada sie und warf Marcin einen tadelnden Blick zu.

»Das Internetforum heißt *Neuer Glaube.*« Magda klang jetzt einigermaßen gefasst, der Schrei der Eule hatte sie abgelenkt. »Man darf dort keine Nicknames benutzen. Der Administrator will, dass alle Nutzer ganz offen und ehrlich sind. Deshalb melden sich – jedenfalls theoretisch – alle mit ihren echten Namen an. Zofia und ich hatten dasselbe Thema: die *Kinder der Immaculata*. Ich hatte damals eine Krise, weil die Gruppe mich ausgeschlossen hatte und ich unbedingt wieder dabei sein wollte. Bei Zofia war es umgekehrt: Sie war wütend, weil ihr Freund ins Priesterseminar gegangen war ...«

Sie warf Ada und Marcin einen fragenden Blick zu.

»Die Geschichte kennen wir. Diesen Teil können Sie auslassen.« Ada stützte einen Ellenbogen auf den Tisch.

»Wir haben uns ein paar Wochen lang geschrieben. Ich habe die *Kinder der Immaculata* verteidigt, Zofia wollte mich davon abbringen. Irgendwann hatte ich es satt. Sie schrieb mir jeden Tag mehrere Nachrichten. Es war fast, als wäre sie besessen. Als wollte sie mich um jeden Preis bekehren. Ich habe mich deswegen gar nicht mehr in das Forum eingeloggt, aber dann hat Pater Gdański mich angerufen ...«

Wieder ein fragender Blick.

Marcin nickte auffordernd.

»Das hat mich total überrascht. Ich hatte davor ja noch nie mit Pater Gdański persönlich gesprochen. Alle hatten immer gesagt, er sei schwer krank und würde deswegen nur selten zu den Treffen kommen. Mit seiner Krankheit würde er für unsere Sünden büßen.« Sie holte tief Luft. »Na ja – jedenfalls hat er angerufen und mich zu sich nach Hause eingeladen.«

»In die Pawlaczyk-Straße?«

»Ja.«

»Und worüber wollte er mit Ihnen sprechen?«

»Das ist ja das Seltsame.« Nachdenklich schüttelte Magda den Kopf. »Ich kann mich nicht mehr genau an das Gespräch erinnern, obwohl ich es immer wieder versuche. Ich weiß nur noch, dass ich mich nachher viel besser gefühlt habe. Erleichtert. Es ging mir auf einmal richtig gut. Es war, als würde er alles über mich wissen. Als würde er meine Probleme verstehen und mir helfen. Und ich fand es auch gar nicht mehr schlimm, dass die Gruppe mich vorher ausgegrenzt hatte. Er hat mir nämlich erklärt, dass das nur eine Glaubensprobe gewesen war. Und diese Probe hätte ich bestanden, sagte er. Einen Satz habe ich mir genau gemerkt: ›Die Pforte zur Heiligkeit steht dir nun offen.‹«

»Wann war das denn, dieses Gespräch?«

»Im Januar«, kam es ohne Zögern. »Anfang Januar.«

»Und was hat das Ganze mit Zofia Wagner zu tun?«

Magda wischte sich mit dem Ärmel ihrer Bluse das Gesicht. »Ja, also ... Ganz am Ende hat Pater Gdański gesagt, er hätte schon von meiner Internetbekanntschaft gehört. Komischerweise hat mich das gar nicht gewundert. Wahrscheinlich dachte ich, er wäre mit einer besonderen Gabe gesegnet ... Wie auch immer. Er hat Zofia ein ›verirrtes Schäfchen‹ genannt, dem ich helfen müsse. ›Triff dich mit ihr. Du wohnst doch bei ihr in der Nähe‹, hat er gesagt. Daran erinnere ich mich noch ganz genau, es klang nämlich fast wie ein Befehl. Ich sollte aber nicht versuchen, sie zu überreden, in unsere Gruppe einzutreten, sondern erst mal so tun, als hätte ich selbst Zweifel bekommen. Und wenn sie mir dann vertrauen würde, sollte ich alles, was sie gesagt hat, an Pater Gdański weitergeben. Er wollte sich eine Strategie überlegen. Und er meinte auch, dass ich damit einen wichtigen Beitrag zur Gemeinschaft leisten könnte. Er würde nämlich nicht jedem die Aufgabe geben, verirrte Schäfchen zurückzuholen. Ich wäre eine Ausnahme, denn mir könnte er voll und ganz vertrauen.«

Marcin wollte etwas fragen. In dem Moment knallte draußen die Gartenpforte.

Dann ging alles ganz schnell.

»Stehen bleiben! Polizei!«, ertönte eine scharfe Stimme.

Marcin sprang auf. Ada zog blitzschnell ihren Revolver. Kurz wunderte er sich, denn er hatte nie eine Waffe bei ihr gesehen, dann stürzte er aus der Tür. Draußen, beim Fenster, erkannte er schemenhaft eine große, kräftige Gestalt, die sich abstieß und die Flucht ergriff. Von links tauchten die Silhouetten der Zwillingsbrüder aus dem Nebel auf.

»Halt ihn!«, riefen beide gleichzeitig. Schon waren sie an ihm vorbei und wieder im dichten Weiß verschwunden.

Marcin setzte ihnen nach. Wie Milchsuppe stand der Nebel zwischen den Bäumen. Ihre Stämme malten verschwommene Schatten auf den Boden, länger, kürzer, länger. Der Nebeldunst schien zu dicken Tropfen anzuschwellen, als hinge ein Vorhang aus Regen in der Luft.

»Da drüben!«, hörte er einen der Zwillinge rufen.

Er stolperte über einen herumliegenden Eimer und landete im dornigen Dickicht, rappelte sich wieder auf. Unerwartet ragte ein Zaun vor ihm in die Höhe. Er packte die Pfähle, stieß sich ab und setzte zu seiner eigenen Verwunderung seitlich darüber. Seine vom gestrigen Training geplagten Muskeln zitterten warnend, machten aber nicht schlapp. Nun war er in einem Föhrenwäldchen. Die drei Polizisten verteilten sich zwischen den locker stehenden Bäumen und versuchten, den Flüchtenden einzukreisen. Der dicke Nebel spielte ihren Sinnen Streiche. Mal sah Marcin den jungen Mann knapp vor sich rennen, brüllte: »Stopp!«, hob den Revolver. Dann war der Rennende wieder zwanzig Meter entfernt. Irgendwo rechts knackte es im Geäst. Aber wo, direkt neben ihm? Oder doch tiefer im Wald? Da, jemand duckte sich in den Schatten der Bäume. Marcin sah einen gebeugten Rücken, Schultern, einen gesenkten Kopf. Er spannte seinen Körper an, schlich sich näher ... Blätter raschelten, schon hörte er den fliegenden Atem des Gegners. Er holte Luft, stürzte sich auf ihn – und landete mit dem Fuß im eisernen Griff eines morschen Baumstumpfs. Einen knappen Meter neben ihm sprang ein Mann in kurzer Lodenjacke aus einem Graben und rannte los. Fluchend setzte Marcin ihm nach. Von links kamen die Zwillinge gerannt. Der Mann in Lodenjacke war wie vom Erdboden verschluckt.

»Verdammte Scheiße!«, brüllte Marek oder Wojtek.

Sie waren einen Bogen gelaufen. Schon leuchteten die gelben Lagerhäuser durch das Nebelgrau, weiter rechts zeichnete sich dunkel das Wochenendhaus ab.

Plötzlich rutschte Marcin aus und stolperte in eine Kuhle. Seine erschöpften Muskeln versagten den Dienst, er verlor das Gleichgewicht. Sein Fuß steckte zwischen Baumwurzeln fest. Er zerrte, konnte ihn nicht befreien. Von Weitem hörte er die Brüder seinen Namen rufen. Er biss die Zähne zusammen, riss heftiger an dem Fuß. Etwas knirschte beängstigend, doch er bekam ihn frei. Im letzten Moment erreichte er den Sandweg, stürzte dem davonfahrenden Auto nach. Die Tür ging ein Stück auf.

»Mach schon, steig ein!«

Mit einem letzten verzweifelten Sprung landete er auf dem Rücksitz.

»Marek?«, fragte er mit schwacher Stimme.

»Nein, Wojtek. Marek sitzt am Steuer. Verflucht, in dieser Waschküche sieht man ja die eigene Hand nicht vor Augen!«

Zwei rote Lichter leuchteten auf. Vor ihnen drängte sich ein Auto mit quietschenden Reifen auf den Weg und raste weiter, auf die Landstraße zu. Marek trat das Gaspedal durch.

»Warum gehst du nicht ans Telefon, verdammt noch mal?«

»Kein Empfang.«

Das Auto hüpfte über Schlaglöcher.

»Der haut ab, Richtung Warschau!«

Wojtek drehte Marcin sein angespanntes, schweißüberströmtes Gesicht zu.

»Los, schnall dich an, Mann!«

Marek ließ die Scheibe herunter und setzte das Blaulicht aufs Dach. Sie waren dem flüchtenden Wagen direkt auf den Fersen. Marcin erkannte, dass es ein Sportwagen war, ein Honda. Trotzdem konnte er das Nummernschild nicht ganz entziffern.

»WZ 2 ... WZ 2 ...«, murmelte er vor sich hin.

Die Straße wand sich durch die graue Landschaft. Nach wenigen Minuten zeichneten sich eine Reihe dunkler Gebäude und ein Kirchturm im Nebel ab. Erschreckend dicht beim Auto schrie jemand auf. Sie rasten in unvermindertem Tempo weiter, durchquerten die kleine Ortschaft. Trotzdem vergrößerte sich der Abstand zwischen dem Honda und ihnen langsam und unaufhaltsam.

»Scheiße, Jungs, er geht uns durch die Lappen!«, ächzte Wojtek.

Es war ein ungleiches Rennen. Gegen einen guten Sportwagen hatten sie keine Chance. Die vorbeiflitzende Landschaft war unwirklich und menschenleer wie in einem Albtraum. Im grauweißen Nebel verzerrten sich die Formen von Häusern und Scheunen, blähten sich auf zu fantastischen Gebilden, huschten vorüber und versanken dann gleich wieder wie in Watte. Das Martinshorn jaulte klagend. Es war das einzige Geräusch in dieser krankhaften Stille.

Plötzlich machte die Straße eine scharfe Kurve. Marek riss heftig das Lenkrad herum, und der Wagen schlingerte auf die Gegenspur. Bedrohlich näherte sich die Front eines LKW.

»Ach du heilige Scheiße!«, jammerte Wojtek.

Marek stemmte sich gegen die Bremse. Auf der nassen Fahrbahn geriet der Wagen ins Schleudern. Knapp neben ihnen schob sich der LKW dröhnend vorbei wie ein schwimmender Eisberg. Sie schlitterten seitlich auf den Straßenrand zu, wo sich ein breites Gebäude abzeichnete. Marcin kniff die Augen zusammen und wartete auf den Aufprall. Doch nichts geschah. Wie durch ein Wunder hatten die Reifen wieder Haftung gefunden. Langsam rollten sie aus.

Marek startete den Wagen und lenkte ihn zurück auf die Fahrbahn. Wie durch eine grauweiße Röhre fuhren sie vorsichtig weiter. Keiner sagte ein Wort. Marcin hörte die Zwillinge schnell atmen. Auch er selbst war außer Atem, über die Stirn rollte ihm ein dicker Schweißtropfen.

Die Rücklichter des Honda waren längst in weiter Ferne verschwunden. Zwecklos, ihn noch einholen zu wollen. Trotzdem gab Marek Gas. Er saß tief über das Lenkrad gebeugt und starrte angestrengt durch die Windschutzscheibe. Die Gebäude am Straßenrand huschten schneller vorbei. Sie kamen über eine Kreuzung, von Weitem ertönte der lang gezogene Pfiff einer Lokomotive. Gerade wollte Marcin sagen, dass sie es aufgeben und umkehren sollten, als plötzlich wieder die roten Rücklichter vor ihnen auftauchten. Der Sportwagen schien zu schlingern. Er drehte sich um seine eigene Achse und wurde aus der Fahrbahn geschleudert. Mit entsetzlichem Krachen prallte er gegen einen Baum am Straßenrand und kam zum Stehen. Die Motorhaube hatte sich zusammengefaltet, als wäre der Wagen ein Blechspielzeug.

Marek bremste mitten auf der Straße. Die Tür des rauchenden Wracks öffnete sich, jemand taumelte heraus und wankte langsam, schleppend auf sie zu. Ein Schritt, noch einer – dann stürzte er lang zu Boden und blieb regungslos liegen. Die Polizisten starrten fassungslos. Marcin kam als Erster zu sich. Mit einem undeutlichen Laut sprang er aus dem Auto und rannte zu der liegenden Gestalt. Eine verbogene Felge rollte über den Asphalt. Beißender Benzingeruch stieg ihm in die Nase. Er kniete sich neben den Liegenden – und zuckte im nächsten Moment zurück. Karol Zalewski! Nein, das war ja unmöglich. Außerdem hatte dieser Mann ein jüngeres, schmaleres Gesicht und ein ausgeprägteres Kinn. Und einen Dreitagebart. Blut sickerte aus seinem Mundwinkel. Er bemerkte den neben ihm knienden Polizisten gar nicht, sondern sah erstaunt hinauf zum Himmel. Sein Körper zuckte krampfartig, die Finger krallten sich in die Erde. Dann entspannte er sich plötzlich, erschlaffte. Holte Luft, als wolle er etwas sagen. Seine Brust hob sich zum letzten Mal. Dann wurde sein Blick starr und leer.

Marcin kniete neben ihm wie betäubt.

»Ist er tot?« Marek oder Wojtek legte ihm von hinten die Hand auf die Schulter.

»Ja. Ich fürchte, ja.«

Vorsichtig tastete Marcin die Taschen der Lodenjacke ab. Aus der linken zog er einen nagelneuen Führerschein. *»Piotr Zalew-*

ski«, las er laut vor, während er sich langsam aufrichtete. »Kein Wunder, dass er bei diesem Wetter einen Unfall gebaut hat. Der Führerschein ist drei Tage alt.« Er seufzte tief.

Erst jetzt bemerkte er den stechenden, an- und abschwellenden Schmerz in seiner rechten Wade.

61

Marcin saß neben dem zerbeulten Autowrack, das verletzte Bein von sich gestreckt. Es lag schlaff da wie ein Fremdkörper und sandte wütend pulsierende Schmerzsignale aus. Er biss die Zähne zusammen, ächzte leise. Die Zwillingsbrüder überhäuften ihn mit Fragen, die er nicht verstand und nicht beantworten konnte. Schließlich trollten sie sich, um einen Krankenwagen zu rufen.

Halb ohnmächtig vor Schmerzen sah Marcin die schrecklichsten Bilder vor seinem inneren Auge vorbeiziehen. Zofia Wagners aufgedunsene Leiche lag mit unnatürlich verdrehten Armen da, ihr wirres Haar blutverklebt, neben ihr der besudelte Hammer. Die besoffene Beata aus dem vierten Stock lehnte sich im Badeanzug über das Treppengeländer und streckte winkend den mageren Arm aus. In einer Tür erschien der Ex-Soldat und sagte mit starrem Gesicht: »Wie ich höre, ist es Ihre Schuld, dass die Kleine verbrannt ist ... Ihre Schuld ... Ihre Schuld ...«

Marcin heulte auf und ballte die Hand so fest zur Faust, dass die Kanten von Piotr Zalewskis Führerschein, den er immer noch umklammert hielt, ihm schmerzhaft in die Handfläche schnitten. In einem kurzen lichten Moment erinnerte er sich, dass Zula Demilowa am Leben war. Sie war aus dem Krankenhaus entlassen worden und wieder bei ihrer Familie, die sich versöhnt hatte. Dann überfiel ihn ein Zittern, und wieder schwanden ihm die Sinne.

»Der Krankenwagen ist gleich da.« Marek oder Wojtek beugte sich mit besorgtem Gesicht über ihn. »Es ist vorbei.«

Es ist vorbei, dachte er erschöpft, aber etwas klarer. Nach zwei Wochen Ermittlungen voller Ungereimtheiten und seltsamer Verwicklungen, nach zwei Wochen Herumtappen im Nebel war urplötzlich ein Mann aufgetaucht, von dessen Existenz er nur ein einziges Mal gehört hatte – als Ada ihm ihr Gespräch mit Karol Zalewskis älterem Bruder Mikołaj zusammenfasste. Da hatte er von dem jüngeren Bruder der beiden erfahren, der im Dunstkreis der Sekte aufgewachsen war und offenbar gar nichts anderes kannte. Nur hatte Marcin dieser – wie ihm damals schien – Randfigur keinerlei Beachtung geschenkt. Dabei war genau dieser jüngere Bruder das fehlende Bindeglied, der geheimnisvolle Akteur, den der Regisseur des ganzen Dramas erst im letzten Akt auf die Bühne treten ließ.

Die Ermittlungen waren zu Ende. Zofia Wagners Mörder lebte nicht mehr. Normalerweise erfüllte ihn in solchen Momenten Befriedigung, das schöne Gefühl, seiner Verantwortung gerecht geworden zu sein. Dieses Mal war es anders. Alles kam ihm seltsam schal vor. Immer noch stand ihm das blasse Gesicht des jungen Mannes vor Augen, der mit grenzenlosem Erstaunen an ihm vorbei in den Himmel starrte, hoch hinauf, bis über den dicken Nebel, dahin, wo sich über den Wolken der klare blaue Himmel erstreckte.

»Hat einer von euch ein Messer?«, fragte er die Zwillinge. »Mein Bein schwillt an. Ich muss die Hose aufschneiden.«

62

Die Zwillinge hatten sich in der Polizeikantine ein paar belegte Sandwiches geholt. Es war fast fünf, der zweite Stock des Präsidiums lag im Halbdunkel. Mit spitzen Fingern zog Wojtek ein Stück Schinken zwischen den Brotscheiben hervor und warf es in den Mülleimer.

»Ich hasse Aas«, zischte er.

Ada goss allen Kaffee ein. Sie stellte die drei dampfenden Tassen auf den Tisch und warf einen Blick auf ihr Handy.

»In einer Stunde spreche ich noch mal mit Magda Orłowska. Da wüsste ich vorher gern, was eigentlich genau passiert ist.«

»Der Mörder ist über den Jordan.« Marek zuckte mit den Schultern. »Wir haben das Plauderstündchen zwischen Gdański und Zalewski junior belauscht, Sawicki ging nicht ans Handy, also ...«

»Moment, Moment, immer der Reihe nach«, unterbrach sie ihn. »Was genau kam euch verdächtig vor, und warum?«

»Es fing um kurz nach neun an. Wir saßen gerade beim Frühstück und hörten ganz gemütlich mit.« Angewidert musterte Wojtek sein angebissenes Sandwich und legte es auf den Tisch. »Und plötzlich kam uns zu Ohren, wie sich diese beiden schrägen Vögel, Czarnota und Gdański, unterhielten. Gdański war nervös wegen irgendetwas, Czarnota versuchte, ihn zu beruhigen. Der Fall sei doch jetzt abgeschlossen, Algierski hätte die

Sache im Griff. Klar, dass wir unsere Lauscher da noch weiter aufgesperrt haben.«

Ada beugte sich gespannt vor.

»Dann nannte Gdański Czarnota einen Idioten und sagte, das hätte doch keiner ahnen können. Wahrscheinlich meinte er den Selbstmord dieses Karol Zalewski. Jedenfalls sagte er, dass jetzt keine weiteren Fehler passieren dürften. Und dann wollte er Piotr Zalewski anrufen.«

»Nein«, unterbrach ihn Marek. »Das war schon vorher. Noch vor unserem Frühstück.«

»Ach ja, richtig.« Wojtek zog sich seine Kaffeetasse heran. »Zalewski junior kreuzte dann auch bald auf, und Gdański ging mit ihm ins andere Zimmer. Müssen direkt neben der Abluftleitung gesessen haben, die beiden, denn wir haben jedes einzelne Wort klar und deutlich mitgekriegt. Die saßen wie auf dem Präsentierteller.«

»Erst schwafelte der Pater 'ne halbe Ewigkeit davon, welche wichtige Rolle Karol für ihre Organisation gespielt hätte«, nahm Marek den Faden auf. »Dann fingen die beiden auch noch an, für seine Seele zu beten! Das wurde uns dann doch ein bisschen öde, und ich wollte schon runter und Bier holen, aber dann ging's endlich ans Eingemachte. Ich muss schon sagen, dieser Gdański hat das schlau eingefädelt. Hat das arme Kerlchen gute vierzig Minuten lang bearbeitet.«

»›Du weißt selbst, wie schwer Gott unseren Glauben bisweilen auf die Probe stellt‹«, ahmte Wojtek den milden, salbungsvollen Ton des Paters nach. »›Du bist auserwählt, mein Sohn. Gott in seiner unendlichen Gnade hat dich mit einer Aufgabe bedacht. Und du hast diese Aufgabe angenommen. Du hast deinen Bruder vor Satans Wirken bewahrt. Du bist nicht zurückgeschreckt vor einer Aufgabe, die manch anderen mit Schrecken erfüllt hätte. Und wenn es auch schwer zu glauben ist, dass Gott der Herr den Tod einer Schwangeren befohlen haben soll, so weiß ich doch, und du weißt es auch, dass Gott ein Gott der unglaublichen Dinge ist. Unser Menschenverstand vermag sie nicht zu erfassen. Du hast deinen Bruder gerettet, und doch hat Gott ihn zu sich gerufen. Gottes Wege sind eben unergründlich.‹ Und so weiter, und so weiter. Das Bürschchen ließ diesen ganzen Sermon über sich ergehen. Ohne ein Wort des Protests. Ohne eine Zwischenfrage.«

»Wir wurden allmählich richtig nervös. Haben tausendmal bei Sawicki angerufen. Und der ging einfach nicht ran! Na, ich muss schon sagen, da haben wir uns ein tolles Ding geleistet, wir vier.« Marek warf Ada einen forschenden Blick zu. »Keiner hat dran gedacht, dass wir deine Nummer auch brauchen.«

Ada lächelte leicht.

»Und weiter?«

»Gdański fing dann mit irgendwelchen verschwurbelten Erklärungen an.« Marek versuchte stirnrunzelnd, sich an den genauen Wortlaut zu erinnern. »›Je unverständlicher der Befehl des Himmels, desto größer ist das Verdienst unseres Vertrauens.‹ Ja, irgendwie so war es. Jedenfalls sollte das heißen, Piotr Zalewski hatte eine neue Aufgabe. Und der antwortete immer nur lammfromm: ›Ja, Pater, natürlich, Pater.‹ Vielleicht hat er ja noch salutiert, wie so 'n schafsdämlicher Soldat beim Appell. Und dann kam Gdański zum Kern der Sache. Das Böse, das vorher nur auf Karol gelauert hätte, würde jetzt die ganze Organisation bedrohen. Und dabei hat er ganz geschickt einfließen lassen, dass Piotr als Einziger vor Gericht käme, wenn die kleine Orłowska eine Aussage bei der Polizei machen würde. Dann müsste Piotr jahrelang ins Gefängnis. Uns wurde allmählich klar, dass die Sekte schon längst wusste, wo die Orłowska sich versteckte. Die Kleine ist dumm wie Dosenbrot. Hatte einer ihrer Sektenfreundinnen von der Datsche erzählt. Klar, dass sie den Ort problemlos gefunden haben. ›Es ist ein Holzhaus. In solchen alten Datschen bricht ja allzu leicht ein Feuer aus‹, meinte Gdański dann wie nebenbei. ›Nur keine Eile, mein Kind. Du hast viel Zeit. Hör auf Gottes Stimme.‹ Und das war alles. Er hat nichts Konkretes gesagt, trotzdem war die Botschaft glasklar. Und dieser Piotr sagte wieder lammfromm: ›Ja, Pater.‹ Und dann ist er los.«

»Wir hatten Glück«, brummte Wojtek. »Denn Gdański hat ihm haargenau diktiert, wie er zu der Datsche hinkommt. Und dann haben wir wieder versucht, euch zu erreichen. Damit haben wir an die zwanzig Minuten verplempert, und schließlich dachten wir uns, fahren wir halt selber hin. Hat bei diesem Scheißnebel fast 'ne ganze Stunde gedauert. Als wir endlich da waren, stand der Junge schon am Fenster und lauschte. Tja, der Rest ist euch bekannt.«

Ada nickte.

»Danke. Ohne eure Hilfe wäre die ganze Sache bestimmt anders verlaufen ...«

»Wieso denn? Du und Sawicki wart doch vor Ort.«

Die Zwillinge wirkten verlegen. Marek trommelte mit den Fingern auf den Tisch.

»Wir packen's dann«, meinte Wojtek. »Haben noch ein paar Tage Urlaub, und die wollen wir nicht auf Schnitzeljagd verbringen.«

Beide standen auf und wandten sich zur Tür, ohne sich noch einmal nach Ada umzusehen.

Ada ging ins Bad und wusch sich das Gesicht mit kaltem Wasser, um sich vor dem Gespräch mit Magda Orłowska etwas abzukühlen. Die junge Frau wartete schon im Vernehmungsraum. Sie war sehr blass, ihr Haar zerzaust, das Gesicht wirkte aufgequollen und schmutzig.

Ada legte die Protokollzettel auf den Tisch.

»Bereit?«, fragte sie.

Magda nickte.

»Wenn ich mich recht erinnere, sind wir bei Anfang Januar unterbrochen worden. Genau gesagt, in dem Moment, als Pater Gdański Ihnen eine ganz bestimmte Mission vorschlug.« Ada setzte sich und schaltete das Diktafon ein. »Er wollte, dass Sie Zofia Wagner bespitzeln.«

»Ich habe Zofia nicht bespitzelt«, protestierte Magda und brach in Tränen aus.

Sie kreuzte die Arme auf dem Tisch, legte ihre Stirn darauf und begann so heftig zu schluchzen, dass ihre Schultern bebten. Das Schluchzen ging bald in einen hysterischen Weinkrampf über. Ada machte eine unruhige Bewegung.

»Sie müssen sich beherrschen, Frau Orłowska.« Sie hob ihre Stimme nicht. Trotzdem klangen die Worte fest und klar. »Wir sind hier nicht im Kindergarten. Das ist eine polizeiliche Vernehmung.«

Magda Orłowska hob den Kopf.

»Es gibt keinen Grund für Selbstmitleid«, fuhr Ada kühl fort. »Denken Sie daran: Es sind drei Menschen ums Leben gekommen. Aber Sie haben es geschafft. Und jetzt sind Sie in Sicherheit.«

»Ich tue mir nicht selbst leid.« Magda sah sie böse an.

»Erzählen Sie mir jetzt bitte genau, was geschehen ist.« Adas

Tonfall wurde kein bisschen milder. »Ich gebe Ihnen etwas Zeit, sich zu sammeln. Währenddessen setze ich Wasser auf.« Sie schaltete das Diktafon ab. »Wenn ich wiederkomme, möchte ich Sie ruhig und gesprächsbereit hier sitzen sehen. Haben Sie das verstanden?«

Magda sagte nichts.

Zehn Minuten später saß sie gerade aufgerichtet auf ihrem Stuhl, ein zerknülltes Taschentuch in der Hand. Ada stellte eine Tasse Tee vor sie hin.

»Was ist im Januar geschehen?«, fragte sie knapp.

»Ich habe mich mit Zofia angefreundet«, gab Magda ihr mit schwacher, aber beherrschter Stimme zur Antwort. »Ich habe alles so gemacht, wie Pater Gdański es mir gesagt hat. Über das Internetforum habe ich Zofia angeschrieben. Sie hat sich sehr gefreut und zurückgeschrieben, dass es ihr wichtig sei, mit mir in Kontakt zu bleiben. Also habe ich ihr vorgeschlagen, dass wir uns persönlich treffen. Sie hat sofort Ja gesagt.« Magda stützte ihre Stirn in die Hand. »Ich glaube, sie brauchte zu der Zeit jemanden, mit dem sie reden konnte«, fuhr sie noch leiser fort. »Und dann hat sie mich ausgewählt, weil ich so getan habe, als wäre ich auch enttäuscht von den *Kindern der Immaculata*.« Wieder rollte eine Träne ihre Wange herab, doch sie wischte sie sofort weg. »Zuerst habe ich Pater Gdański alles weitererzählt, worüber wir gesprochen haben. Er wollte aber immer nur wissen, was sie über die Organisation gesagt hatte. Das war eigentlich immer dasselbe: dass die *Kinder der Immaculata* Karols Willen gebrochen hätten, dass das eine illegale Sekte sei, die ihre Mitglieder kontrolliere und überwache. Der Pater hat mich immer wieder gefragt, wie Zofia auf diese Gedanken gekommen sei. Aber das wusste ich ja auch nicht.«

»Hat es Sie nicht gewundert, dass Zofia so hartnäckig war? Hatten Sie nie das Gefühl, es könnte doch etwas Wichtiges dahinterstecken?«

»Nein«, kam die entschiedene Antwort. »Ich weiß, was Sie denken: dass Pater Gdański mich manipuliert hat und dass ich dumm und schwach bin«, setzte sie heftig hinzu. »Aber Zofia war wirklich wie besessen. Sie redete stundenlang über nichts anderes, erzählte mir immer wieder in allen Einzelheiten, wie Karol sich angeblich verändert hatte. Ich habe die Geschichte bestimmt zwanzigmal gehört. Nichts anderes hat sie interessiert. Manchmal habe ich fast geglaubt, sie ist geisteskrank.« Sie machte eine unbestimmte Handbewegung. »Wir haben nur ein paarmal über etwas anderes geredet. Einmal waren wir im Kino, einmal auf einem Konzert, und an einem Abend habe ich eine Flasche Wein aus dem Geschäft meines Vaters mitgenommen und sie zu Hause besucht. Da war sie einfach nur nett und lustig, ganz normal, es hat Spaß gemacht. Vielleicht ...« Sie stockte. »Vielleicht hatte sie sich niemandem außer mir anvertraut und wollte deswegen die ganze Zeit nur darüber reden ...« Das Blut wich aus Magdas Lippen.

»Gut«, unterbrach Ada sie rasch. »Sie haben sich also getroffen. Zofia sprach immer nur über dasselbe Thema, und Sie haben alles an Pater Gdański weitergegeben. Wie lange ging das so?«

Magda atmete stockend. Offenbar hielt sie nur mit Mühe das Schluchzen zurück.

»Einen Monat lang ... Ja, bis Anfang Februar«, sagte sie schließlich. »Da ist schlagartig alles anders geworden. Ich erinnere mich noch so genau, weil ich gerade an dem Tag ein Honorar für eine Übersetzung bekommen habe, auf das ich lange gewartet hatte. Natürlich war ich gut gelaunt. Und wahrscheinlich hatte ich deswegen plötzlich die Idee, Zofia spontan zu besuchen. Ich hoffte, wir würden vielleicht einmal einen ganz normalen Abend haben, ohne über Karol zu reden. Ich glaube, ich hatte angefangen, sie wirklich zu mögen ... Jedenfalls habe ich Weintrauben und Schokolade gekauft und bin zu ihr gegangen.« Magda war wieder blass geworden und drückte sich das Taschentuch an die Lippen. »Aber an dem Tag ...« Sie schluchzte auf. »An dem Tag war Zofia gar nicht lustig, sondern bedrückt und still. Ich wusste sofort, dass etwas Schlimmes passiert war. Also habe ich sie direkt gefragt, ob das etwas mit Karol zu tun hätte. ›Ja und nein‹, sagte sie. Und dann, mit einer ganz seltsamen emotionslosen Stimme: ›Ich bin schwanger.‹«

Magda nahm die Tasse und trank in kleinen Schlucken ihren Tee.

»Und weiter?«, ermunterte Ada sie.

»Da habe ich von diesem Jurek erfahren. Diesem Typen, den sie bei der Gruppentherapie kennengelernt hatte und mit dem sie ein paar Monate zusammen gewesen war. Zofia sagte, dass sie diese Sache nie richtig ernst genommen habe. Es war eher so eine Bettgeschichte. Aber sie hatten wohl nicht immer richtig verhütet.«

»Das Kind war nicht von Jurek Wójcik«, fiel Ada ihr ins Wort. »Der Vater war Karol Zalewski. Hat Zofia Ihnen denn nichts davon erzählt, dass Karol und sie sich Ende Januar getroffen hatten?«

»Nein«, kam die erstaunte Antwort wie aus der Pistole geschossen. »Davon hatte ich keine Ahnung.«

»Seltsam.« Ada drehte ihren Kugelschreiber zwischen den

Fingern. »Sie muss doch diese Möglichkeit auch in Betracht gezogen haben.«

»Vielleicht hatte sie mit Karol ja verhütet«, schlug Magda vor. »Verhütungsmittel sind schließlich auch nicht hundertprozentig sicher. Oder sie hatte völlig verdrängt, dass sie ihm wieder begegnet war?«

»Lassen wir diese Sache.« Ada schob den Gedanken beiseite. »Zofia lebt nicht mehr, und wir werden nie erfahren, was sie sich gedacht hat. Kommen wir zu den Dingen zurück, die Sie sicher wissen. Hat Zofia Ihnen gegenüber erwähnt, dass sie abtreiben wollte?«

»Ja. Aber noch nicht bei dem Treffen. Erst ein paar Tage später. Und sie hat noch etwas gesagt ... Das fand ich seltsam. Sie sagte, dass sie schon viel zu lange in diesem lethargischen Zustand gelebt hätte. Aber jetzt würde sie ihr Leben ändern. Und von da an hörte sie tatsächlich mit ihrem Dauerthema auf. Weil ich ja wusste, dass Pater Gdański etwas von mir erfahren wollte, habe ich noch ein paarmal versucht, das Gespräch darauf zu lenken. Aber Zofia würgte mich jedes Mal ab. ›Schluss mit dem ewigen Gerede‹, hat sie einmal gesagt. ›Ich habe Beweise gegen ihn gesammelt, und die werde ich jetzt nutzen.‹«

Ada spitzte die Ohren.

»Haben Sie das auch an Gdański weitergegeben?«

»Ja.«

»Und was hat er dazu gesagt?«

»Er war ziemlich aufgebracht, glaube ich. Ich habe mir Vorwürfe gemacht und ihn gefragt, was Zofia denn gemeint haben könnte, aber er sagte nur, das sei doch wieder eines ihrer Hirngespinste. Und er wollte, dass ich sie dazu bringe, mit Jurek Wójcik zu sprechen. ›Es geht hier um ein ungeborenes Leben.

Wenn du sie nicht umstimmen kannst, dann kann es vielleicht der Vater des Kindes. Versuch Zofia zu erklären, dass es auch sein Problem ist. So nimmt sie ihm doch das Recht, bei einer der wichtigsten Entscheidungen des Lebens mitzuentscheiden.‹ Das hat er zu mir gesagt.«

»Da hat er Ihnen aber eine schwierige Mission aufgebürdet«, meinte Ada missbilligend.

»Ach, so schwierig war das gar nicht«, erwiderte Magda seufzend. »Zofia war ja gläubig. Sie hat mir sogar erzählt, dass sie in den ersten Jahren als Studentin bei der *Pro-Life*-Bewegung war.«

»Da hat sie sich aber sehr verändert.« Ada runzelte nachdenklich die Stirn. »Erst *Pro-Life*, und nur wenige Jahre später dann eine reine Bettgeschichte ohne Verhütung ...«

»So radikal wie im Studium war sie sicher nicht mehr. Aber trotzdem war Abtreibung noch ein Tabu für sie. Sie hatte ein großes Problem damit, hat den Termin immer wieder nach hinten verschoben. Irgendwann war sie dann schon im dritten Monat und musste eine Entscheidung treffen. Und da habe ich mir gedacht, ich muss das Eisen schmieden, solange es heiß ist.«

Magda verstummte, als wäre es ihr peinlich, dass ihr diese lässige Redewendung herausgerutscht war. Unvermittelt brach sie wieder in Tränen aus. Diesmal versuchte Ada nicht, sie zur Ordnung zu rufen. Sie wartete geduldig, bis Magda weitersprechen konnte.

»Ich habe immer wieder von diesem Jurek angefangen«, schluchzte sie. »Bis Zofia völlig genervt war. ›Es gibt jetzt wirklich wichtigere Probleme. Ich muss endlich etwas gegen diese Sekte unternehmen‹, hat sie gesagt. Pater Gdański wurde immer nervöser. Er drängte mich furchtbar und schrie mich einmal fast an, Zofia müsse endlich mit Jurek reden. Ich habe Angst bekommen. Ich dachte, vielleicht steckt irgendwas Schlimmes dahinter. Es war, als wäre ich zwei völlig verschiedene Personen. Die eine hat versucht, alles zu tun, was Pater Gdański verlangte – als hätte ich keinen eigenen Willen! Die andere wollte das alles nicht mehr, dieses Nachspionieren und ...«

»Kommen wir auf Zofia zurück«, unterbrach Ada sie harsch. »Wie ging es weiter?«

»Meine schlechte Seite hat gewonnen«, gab Magda verlegen zu. »Ich habe Zofia überzeugt. Weil ich an ihr Gewissen appelliert habe. Weil ich ihr gesagt habe, dass sie Jurek seinen eigenen Willen und seine Menschenwürde nimmt, wenn sie es ihm nicht sagt. Ich habe tagelang auf sie eingeredet und nicht mehr lockergelassen. Obwohl ...« Sie zögerte. »Wer weiß, vielleicht hätte Zofia ja auch ohne mich mit Jurek geredet. Und dann nicht abgetrieben ...«

»Was geschehen wäre, wissen wir nicht«, fiel Ada ihr wieder ins Wort. »Und es hat auch keinen Sinn, darüber nachzugrübeln. Wir wissen nur, dass Zofia in der Arztpraxis bereits im Vorhinein bezahlt hatte. Wann haben Sie erfahren, dass sie sich mit Wójcik treffen wollte?«

»Zofia hat mich am Mittwoch angerufen. Das muss ... Ja, es muss der 27. Februar gewesen sein. Den Termin für die Abtreibung hatte sie am 1. März, aber vorher, das hat sie mir versichert, wollte sie noch mit Jurek sprechen. Ich habe gefragt, wann und wo sie sich treffen wollen, und das habe ich dann an Pater Gdański weitergegeben. Und am Samstagmorgen habe ich in der Zeitung von dem Mordfall in Mokotów gelesen ...«

Magda schluchzte auf und warf sich, hysterisch weinend, vornüber auf die Tischplatte. Konsterniert sah Ada ihr zu und beschloss, dass es Zeit für eine weitere kleine Pause war.

63

Um neun Uhr abends schloss Ada das Verhörprotokoll Magda Orłowska.

»Das wäre dann alles«, sagte sie und fügte hinzu: »Ich glaube zwar nicht, dass Ihnen Gefahr droht, aber vielleicht übernachten Sie heute doch besser bei Ihren Eltern. Sie haben viel durchgemacht in den letzten Tagen ...«

Magda nickte und fuhr sich mit der Hand über das verweinte Gesicht.

»Ich habe sie benachrichtigen lassen«, fuhr Ada fort. »Sie warten unten in der Eingangshalle. Kommen Sie, ich bringe Sie hin.«

Sie schlüpfte in ihren Mantel, öffnete die Tür und ließ Magda vorangehen. Unten in der Halle liefen ihnen die Eltern schon entgegen. Małgorzata Orłowska fasste ihre Tochter bei den Schultern und sah ihr lange ins Gesicht. Jakub Orłowski stand daneben. Er hatte Tränen in den Augen.

»Danke«, flüsterte er und streckte Ada die Hände hin.

»Nichts zu danken.« Sie erwiderte steif seinen Händedruck. »Das ist unsere Arbeit. Ich freue mich, dass Sie Ihre Tochter zurückhaben.« Sie nickte den Orłowskis knapp zu und wandte sich dann rasch zum Ausgang.

Nina Wagners graues, schmerzstarres Gesicht stand ihr vor Augen. Für sie war es nicht gut ausgegangen. Und für Mikołaj Zalewski auch nicht.

Draußen auf dem Hinterhof atmete sie gierig die kühle Luft ein. Anders als die Wettervorhersage behauptet hatte, war es dem Wind gelungen, noch vor Anbruch der Nacht den Nebel zu vertreiben. Zum ersten Mal seit einer gefühlten Ewigkeit wölbte sich ein klarer Himmel hoch über der Stadt.

Ada setzte sich in Marcins alten Opel, mit dem sie vor mehreren Stunden nach Warschau zurückgefahren war, drehte den Zündschlüssel und machte sich auf den Weg zum Krankenhaus des Innenministeriums. Bei den Röntgenaufnahmen von Marcins Bein hatte sich ein komplizierter Schienbeinbruch gezeigt. Nun mussten die Ärzte entscheiden, ob eine Operation nötig war.

In der Wołowska-Straße parkte sie neben einem Asia-Imbiss, aus dem es nach gebratenen Frühlingsrollen roch. Sie warf die Autotür zu, ging quer über den Parkplatz und betrat die Eingangshalle.

»Kriminalkommissarin Adela Rochniewicz.« Sie zeigte ihren Dienstausweis. »Ich möchte zu Kriminalkommissar Marcin Sawicki.«

Die Krankenschwester hob die Brauen, schlug aber ohne Einwände das Patientenverzeichnis auf.

»Zweiter Stock, Zimmer Nummer drei.«

Ada durchquerte energischen Schrittes die Halle, blieb dann aber bei einem Süßigkeitenautomaten stehen. Nach kurzem Zögern nahm sie etwas Kleingeld aus ihrem Portemonnaie und zog ein Snickers.

Marcin saß, gegen einen hohen Kissenberg gelehnt, im Bett. Sein Bein hing in einem kompliziert aussehenden Streckverband.

»Hallo!« Er lächelte schwach bei Adas Anblick.

»Wie geht es dir?«

»Geht so.«

»Was ist denn eigentlich passiert?«

»Ach, ich bin gestolpert und mit dem Fuß zwischen ein paar Wurzeln hängen geblieben. Und das war zu viel für mein Schienbein. Ich hab erst gar nichts davon gemerkt. Angeblich kann sowas passieren, wenn der Adrenalinspiegel ganz plötzlich ansteigt. Als ich dann weitergerannt bin, hat der Knochen endgültig den Geist aufgegeben ...«

»Wie – aufgegeben? Einfach so?«

»Na ja.« Er zuckte mit den Schultern. »Zu hohe Belastung. Der Arzt sagt, ich soll regelmäßig trainieren und mindestens zehn Kilo abnehmen.« Er verzog das Gesicht. »Also bin ich wohl jetzt auf Diät.«

»Hm ... Da habe ich ja das Snickers ganz umsonst gekauft ...«

»Was? Gib her!«

»Und deine Diät?«

»Morgen. Damit fange ich morgen an.«

Ada lachte und gab ihm den Schokoriegel. Dann sah sie sich auf der Suche nach einem Stuhl im Zimmer um und setzte sich, als sie keinen fand, auf die Bettkante.

»Und jetzt berichte.« Marcin riss mit den Zähnen das Snickers-Papier auf. »Wie war das Verhör?«

Ada zog sich die Ärmel ihres weichen Wollpullovers über die Hände, verschränkte die Arme und lehnte sich ans Fußende des Bettes.

»Die Zwillinge haben mir das Gespräch zwischen Gdański und Piotr Zalewski wiedergegeben, das sie mitgehört haben.«

»Mir auch, als wir auf den Krankenwagen gewartet haben«,

nuschelte Marcin mit vollem Mund. »Wie geht's denn Magda Orłowska?«

»Die ist fast zusammengebrochen, hat nur noch geweint. Drei Stunden habe ich sie verhört, mit Pausen – in denen sie zwei Packungen Taschentücher verbraucht hat.«

»Und was hat sie ausgesagt?«

»Also.« Ada setzte sich bequemer hin. »Anfang Januar hat Gdański ihr den Auftrag gegeben, Zofia Wagner zu bespitzeln. Das heißt, ungefähr zu der Zeit, in der die Akte von Martyna Algierska verschwunden ist ...«, begann sie.

Marcin hörte ihr mit halb geschlossenen Augen zu. Ein paarmal horchte er auf und stellte eine Frage, die meiste Zeit aber lag er nur still da und atmete schwer. Ada betrachtete ihn besorgt.

»Weiter ist dann alles so verlaufen, wie wir es vermutet haben.« Adas Bericht endete mit dem Mord an Zofia und Magdas Flucht. »Magda hat einen furchtbaren Schrecken bekommen. Sie hat ihr Handy weggeworfen und sich voller Panik neue Klamotten, eine Perücke und eine dunkle Sonnenbrille besorgt. In diesem Aufzug ist sie dann auf die Datsche gefahren.«

»Und was ist mit der Postkarte ohne Stempel?«

»Das ist eigentlich sogar witzig.« Ada lachte auf. »Magda ist gar nicht auf die Idee gekommen, dass die Sekte die Diskussionen auf den Internetportalen mitverfolgt hat und Gdański daher wusste, dass sie und Zofia Wagner sich kannten. Sie dachte, die besäßen Zugriff auf ihren Computer und hätten ihren Mailaccount gehackt. Deswegen hatte sie Angst, eine E-Mail an ihre Eltern zu schicken. Die Arme hat wohl zu viele Krimis gelesen ... Daher auch die idiotische Verkleidung. Sie hat geglaubt, ein ganzer Spionagering wäre ihr auf den Fersen.«

»Da lag sie ja auch nicht völlig falsch«, brummte Marcin.

»Trotzdem wollte sie ihre Eltern beruhigen. Und deswegen hat sie jemandem aus Osieck ein bisschen Geld zugesteckt, damit der ihre Postkarte in Warschau direkt in den Briefkasten ihrer Eltern wirft.«

Sie streifte ihre Schuhe ab und zog die Knie unters Kinn. Marcin ächzte leise. Seine Augen glänzten fiebrig. Er sieht wirklich krank aus, dachte Ada.

»Wenn es dir lieber ist, komme ich morgen wieder, und wir setzen alles zusammen«, schlug sie so einfühlsam wie möglich vor.

»Nein, nein.« Er versuchte eine lebhafte Bewegung. »Lass uns das jetzt machen.«

»Also gut.« Ada nickte. »Es fehlen noch ein paar Bausteine, aber in meinen Augen ist die ganze Geschichte so abgelaufen: Ende Dezember musste Karol Zalewski Pater Gdański gestehen, dass Zofia Wagner Martyna Algierskas Akte in die Finger bekommen hatte. Wahrscheinlich hat Gdański ab da schon angefangen, Piotr Zalewski zu bearbeiten. Er muss ihm mehr oder weniger subtil suggeriert haben, dass sein Bruder Karol in Gefahr sei. Und er hat ihm erzählt, dass Karol eine Nacht mit Zofia verbracht hatte. Als Gdański dann erfuhr, dass Wagner schwanger geworden war, kam ihm das natürlich gelegen: Böse, durchtriebene Frau will angehenden Priester hinterhältig vom rechten Pfad abbringen und dem Priesterseminar abspenstig machen. Und hat auch noch schlagende Argumente zur Hand ...«

»Moment, Moment.« Marcin stützte sich auf den Ellenbogen. »Es fehlt uns jede Grundlage, Zofia Wagners Schwangerschaft damit in Verbindung zu bringen.«

»Schon, aber ich überlege ja auch bloß, wie es abgelaufen sein könnte«, räumte Ada ein. »Möglicherweise hat Gdański Piotr suggeriert, dass Karol der Kindsvater ist – was sich am Ende ja auch als wahr herausgestellt hat.«

»Na schön«, willigte Marcin zögernd ein. »Nehmen wir mal an, du hast recht. Und was kam dann?«

»Der Termin, an dem über die Ausschreibung für das millionenschwere Projekt entschieden werden sollte, rückte näher«, fuhr Ada fort. »Gdański befürchtete, dass Zofia Wagner kurz vor diesem Termin auffliegen lassen würde, was Martyna Algierskas Akte enthält. Und tatsächlich hatte Wagner ja vor, ihre Beweisstücke zu nutzen – was wir, so wie auch Gdański, von Magda Orłowska wissen. Das Schicksal der *Kinder der Immaculata* hing also am seidenen Faden. Deswegen machte Gdański dem jüngsten Zalewski-Bruder immer mehr Druck. Bis der Ärmste endlich einknickte.«

»Und genau diesen Punkt begreife ich nicht«, unterbrach Marcin sie. »Was müssen das für Argumente sein, mit denen man einen normalen Menschen dazu bringt, einen Mord zu begehen?«

»Piotr Zalewski war eben nicht *normal*.« Ada lächelte traurig. »Vergiss nicht, dass die Sekte ihn sein Leben lang begleitet hatte. Seit dem Kleinkindalter wurde ihm eingeimpft, blind zu gehorchen, ohne nachzudenken. Mikołaj Zalewski spricht sogar von Gehirnwäsche.« Sie hielt inne. »Aber in erster Linie liebte Piotr seinen älteren Bruder abgöttisch. Schließlich war Karol für ihn eine Art Vaterersatz. Wir wissen nicht, ob Gdański Piotr diese drastische Lösung nahegelegt hat oder ob Piotr am Ende von selbst darauf verfallen ist.«

Marcin nickte.

»*Wie* Gdański ihn genau dazu gebracht hat, ist nicht weiter von Bedeutung«, stimmte er zu und lehnte sich in seinen Kissen zurück. »Wichtig ist, *dass* er jemanden für diesen Auftrag gefunden hatte.«

»Richtig. Und dann musste der Mord nur noch minutiös geplant werden«, kam Ada auf den vermutlichen Lauf der Dinge zurück. »Unser Pater achtete wie stets darauf, selbst hübsch im Verborgenen zu bleiben. Schlimmstenfalls würde Piotr Zalewski vor Gericht kommen. Allerdings – wenn Piotr aufflöge oder einen Fehler machte, würde automatisch die Organisation in den Fokus geraten. Und genau da, glaube ich, kam Jurek Wójcik ins Spiel.«

»Und Magda Orłowska«, fügte Marcin seufzend hinzu.

»Eben. Sie hat Gdański von Zofia Wagners ungewollter Schwangerschaft erzählt. Und von der Affäre mit dem viel jüngeren Mann aus den Therapiesitzungen, den Zofia ihr gegenüber als den Vater des Kindes bezeichnete. Magda war es, die Zofia überzeugte, sich noch einmal mit Jurek zu treffen. Den Termin für diese Verabredung hat sie an Gdański weitergegeben. Was ich allerdings nicht weiß, ist, wie sie es geschafft haben, dass am Ende alles so wunderbar zusammenpasste ...«

»Das war eben einfach Glück«, brummte Marcin. »Sowas kommt leider vor. Gdański konnte nicht wissen, wo genau Zofia sich mit Jurek Wójcik verabreden würde. Aber er rechnete sich aus, dass Wójcik die Nachricht, Vater zu werden, einen Schock versetzen würde. Und dass er dann etwas Unbedachtes täte, etwas, das den Verdacht der Polizei auf ihn lenken würde. Nicht wahr?«

»Genau.«

»Und hier kam ihm der Zufall zu Hilfe. Zofia bat Jurek zu sich nach Hause. Da hieß es, sofort zu handeln.«

Eine Weile schwiegen sie beide bedrückt.

»Und dann kam der unglückselige Donnerstag«, meldete Ada

sich wieder zu Wort. »Piotr packt den Hammer und die Handschuhe ein und geht auf die Rechten-Demo, um ein Alibi zu haben. Und dann? Ich weiß! Aus irgendeinem Grund steht er viel zu früh vor Zofias Haus, vielleicht wegen der großen Anspannung. Ja, so muss es gewesen sein. Deswegen setzt er sich nämlich noch eine Weile in das Bistro. Und weil Piotr und Karol sich so ähnlich sahen, glaubte der Mann hinterm Tresen, als ich ihm Karols Foto zeigte, er hätte Karol dort gesehen! Dann zahlt Piotr um kurz vor sieben seinen Kaffee und geht. Er klingelt bei Zofia Wagner, sie lässt ihn herein. Und was passiert dann in der Wohnung? Reden die beiden? Setzen sie sich zusammen an den Tisch? Jedenfalls geht Zofia irgendwann ins Bad, um sich die Hände zu waschen. Oder um ihre Haare in Ordnung zu bringen. Wie auch immer. Sieht sie noch im Spiegel, dass Piotr sich von hinten nähert? Das werden wir nie erfahren. Wir wissen nur, dass sie sich nicht mehr umdreht und sich auch nicht zur Wehr setzt. Piotr versetzt ihr zwei heftige Schläge mit dem Hammer und tötet sie. Den Hammer lässt er liegen. Er muss sich beeilen, denn gleich kommt Jurek Wójcik, und vorher soll er noch irgendeine Mappe finden ... Aber das ist nicht mehr so wichtig. Das Wichtigste ist, dass er seinen Bruder gerettet hat. Hat Jurek ihn wirklich aufgescheucht? Oder hat Piotr nur kurz die Papiere auf dem Schreibtisch durchwühlt, die Schubladen aufgezogen und ist dann abgehauen, ohne den zweitwichtigsten Teil des Auftrags erfüllt zu haben? Ich tippe fast auf Letzteres ...«

»Eines muss man Gdański lassen«, warf Marcin ein. »Er hat eine wahrhaft satanische Intrige ersonnen.«

Ada kaute auf ihrer Unterlippe.

»Umso seltsamer finde ich den unbeholfenen Versuch, Magda Orłowska zu beseitigen ...«

Marcin lächelte angestrengt. Er erlebte es nicht zum ersten Mal, dass ein Mörder letztlich von Fehlern zu Fall gebracht wurde, die er nach und nicht während seines minutiös geplanten Mordes begangen hatte. Das Spiel zwischen Polizei und Verbrechern glich häufig einem Nervenkrieg.

»Was ich mir nicht vorstellen kann, ist, wie Piotr sich gefühlt haben muss, als Karol sich wegen Zofias Tod dann ebenfalls umgebracht hat. In sowas bist du besser als ich ...« Er verzog leicht den Mund. »Allerdings glaube ich, dass der Junge spätestens da an einem Punkt angelangt war, an dem es kein Zurück mehr gab. Es blieb ihm nichts anderes übrig, als weiter zu tun, was Gdański ihm sagte. Und fest daran zu glauben, dass es schon richtig sein würde. Sonst wäre er doch wahnsinnig geworden. Oder hätte sich auch noch umgebracht. Pater Gdański aber ist schlicht und ergreifend in Panik verfallen. Hätte Karol nicht Selbstmord begangen – und das ausgerechnet im Hauptsitz der Sekte –, dann hätte Gdański sich stumpf an seinen Plan gehalten. Und wir hätten uns im Kreis gedreht. Dieser Unglücksrabe von Karol, so leid er mir tut, hat uns tatsächlich auf die richtige Spur gebracht ...«

Sie hatten es geschafft. Trotzdem fühlte Marcin sich alles andere als euphorisch. Er war am Ende seiner Kräfte.

»Ada?«, fragte er leise.

»Ja?«

»Es ist nur eine Kleinigkeit, ich weiß. Trotzdem lässt sie mir keine Ruhe. Zofia Wagner hatte doch das Treffen mit Jurek Wójcik in der Mailboxnachricht abgesagt. Aber sie muss noch jemand anderen erwartet haben. Es stand doch der Teller mit Gebäck auf dem Küchentisch, erinnerst du dich?«

»Stimmt. Vielleicht wollte sie Piotr etwas anbieten? Ich

fürchte, wie es tatsächlich war, werden wir nie erfahren. Und das ist nicht das einzige Geheimnis, das Zofia mit ins Grab genommen hat.«

Ada stand auf und beugte sich über das Bett. Ein trockener, süßlicher Geruch von fiebrigem Atem schlug ihr entgegen.

»Der Mörder ist tot«, flüsterte Marcin. »Aber war es das, was wir wollten?«

Ada nickte traurig.

»Brauchst du noch etwas? Vielleicht Wasser?«

»Ich fühle mich ganz schwach ... Ich glaube, ich muss mich ein bisschen ausruhen.«

»Ja. Schlaf jetzt erst einmal.«

Sie hob ihre Schuhe auf und verließ leise, auf Socken, das Zimmer. Kaum dass sie gegangen war, dämmerte Marcin schon ein.

Erst draußen bemerkte Ada, dass sie sich selbst kaum noch auf den Beinen halten konnte. Sie ließ sich auf eine Bank sinken, legte den Kopf in den Nacken und starrte wie betäubt in den Himmel. Filip-Oleńka, dachte sie. Der Kater wartete schon wieder seit Stunden auf sie, trotzdem konnte sie sich nicht aufraffen, nach Hause zu gehen. Unheimliche Erinnerungsfetzen wirbelten ihr im Kopf herum, kribbelten auf ihrer Haut wie tausend Ameisen. *Haus Sonnenschein*, die Tschetschenen, Minister Algierski, die drei Zalewski-Brüder ...

Vom Weichselfluss trug der Wind einen Frühlingshauch herüber, ein zartes und sehnsuchtsvolles Versprechen. Irgendwo kreischten ein paar zankende Katzen. Dunkelviolett breitete die Nacht ihre Flügel aus.

Da klingelte Adas Handy.

»Hallo?«

Sie konnte kaum sprechen.

»Hab ich dich etwa geweckt?« Wie aus weiter Ferne drang Kasias Stimme an ihr Ohr.

»Nein, nein. Wir haben nur gerade die Ermittlungen abgeschlossen.«

»Aha! Gratuliere. Weißt du was«, fuhr sie wie aufgezogen fort, »ich gehe für zwei Monate nach Paris. Hab ein Stipendium von der Batory-Stiftung gekriegt. Da werde ich mich bei allen französischen Datingportalen anmelden. Ich meine natürlich, bei allen Portalen für Casual Sex.«

»Und warum machst du das nicht hier?«, fragte Ada verwundert.

»Spinnst du?« Kasia tat entrüstet. »Da würde ich ja hundertpro meine eigenen Studentinnen treffen!«

»Versteh ich nicht.«

»Na, ist doch logo«, begann Kasia geduldig. Im Hintergrund hörte Ada jetzt Musik und leises Stimmengewirr. »Wer hat Casual Sex?«

»Keine Ahnung ...«

»Ach ja, du bist ja nicht vom Fach. Na, das ist eine ganz bestimmte Community. *Meine* Community«, betonte sie. »Wenn ich mich also in Polen bei so einem Portal anmelde, werde ich über kurz oder lang irgendwem begegnen, den ich kenne. Und außerdem hab ich nicht vor, mich mit Männern zu treffen.«

»Warum nicht?« Ada schwirrte der Kopf.

»Grundgütiger ... Was ist, wenn mich einer von denen vergewaltigt?«

»Aber du willst dich doch zum Sex verabreden?«

»Trotzdem behalte ich mir vor, Nein zu sagen. Frauen akzeptieren das. Männer weniger.«

»Mir ist immer noch nicht ganz klar, warum du dort ausgerechnet deinen Studentinnen begegnen solltest ...«

»Egal«, winkte Kasia genervt ab. »Jedenfalls hab ich jetzt wieder Geld. Schick mir deine Kontonummer, dann zahl ich dir meine Schulden zurück. Ach, und noch was«, setzte sie im selben Atemzug hinzu. »Ich war neulich im *Press Enter*. In diesem Bistro, erinnerst du dich?«

Bevor Ada antworten konnte, plapperte Kasia weiter: »Ist ein nettes Lokal. Ich kenn dort so einen Typen. Irgendwie muss ich erwähnt haben, dass meine Schwester bei der Kripo arbeitet. Deswegen wollte der Typ deine Nummer. Ich hab sie ihm gegeben, also geh ran, wenn du eine unbekannte Nummer siehst. Hat ein ernstes Problem, der Arme.«

»Okay«, bejahte Ada reflexartig.

»Versprochen?«

»Versprochen.«

»Dann also ciao.«

»Warte!«

»Ja?«

»Ich wollte dir bloß noch sagen ...«

»Mach schnell, ich hab's eilig.«

»Weißt du noch, der weibliche Gott bei dieser Sekte? Die große Königin Maria, die dich so fasziniert hat?«

»Klar. Und?«

»Diese Göttin ist in Wirklichkeit ein Mann. Eine Madonna mit Glatze und Vollbart.«

»Hätt ich mir ja denken können«, erwiderte Kasia seufzend und legte auf.

64

Der Bankowy-Platz lag in hellem Sonnenlicht. Ein frühlingshaftes Lüftchen ließ eine Zeitung aufflattern. Sie stieg in die Höhe, bis sie sich in den Zweigen einer blühenden Forsythie verfing. Auf dem Ast eines Ahornbaums zwitscherte ein Vogel gegen den Straßenlärm an. Eine Lerche? Nein, wohl kaum, dachte Marcin. Lerchen lebten doch nicht in Städten. Auf seine Krücken gestützt stand er vor dem Eingang zum Präsidium. Gerade hatte er ein weiteres Attest abgegeben. Nach der Operation heilte sein Schienbein nur zögerlich, erst nach einem vollen Monat hatte Marcin zum ersten Mal das Haus verlassen können.

Jetzt stand der langersehnte Frühling endlich in voller Blüte. Überall in Parks und auf Plätzen sprießte zartes Grün. Trunken von neu erwachter Lebensfreude hoben die Vögel jeden Morgen ein fröhliches Gezwitscher und Getriller an, das bis in die späten Abendstunden anzudauern schien.

Im Sekretariat arbeitete jetzt eine braunhaarige Frau mit breitem Gesicht und leicht vorstehenden Augen. Schweigend und etwas verlegen reichte er ihr das zerknitterte Attest und ging eilig wieder. Von Rogowski erfuhr er, dass Ada und Wiktor Pawlak in einem neuen Fall ermittelten. Heute waren allerdings beide nicht da, sie hatten sich einen freien Tag genommen. Marcin ging auch in sein Büro. Auf dem Schreibtisch lagen ein ordentlich aufgeschichteter Stapel Papier und ein gespitzter Bleistift bereit. Über Adas Stuhllehne hing ihr bunter Schal.

Ada selbst hatte Marcin seit Abschluss ihres gemeinsamen Falls nicht mehr gesehen. Aber sie hatten ein paar hektische Telefonate geführt. Alle Proteste, schriftlichen Beschwerden, ja selbst Rogowskis mehrmalige Intervention waren vergeblich gewesen: Der Nebel, der die *Kinder der Immaculata* einhüllte, hatte sich nicht gelichtet. Außer den illegalen Gesprächsaufzeichnungen besaß die Polizei keinerlei Beweise, dass Gdański und Czarnota irgendwie in den Mordfall Wagner verwickelt waren. In den Verhören hatten die hohen Herren sich geschickt herausgewunden, indem sie andeuteten, die Zalewski-Brüder hätten schon immer zu Gewalttätigkeit geneigt und seien außerdem psychisch sehr labil gewesen, wofür Karols Selbstmord wohl der beste Beweis sei. Dass die Organisation Akten angelegt und ihre Mitglieder manipuliert hatte, wurde als »innere Angelegenheit der Kirche« heruntergespielt, wie Modzelewski mit fester Stimme verkündete.

Czarnotas Verlag hatte sein Angebot für den Entwurf und Druck der Infomaterialien einen Tag vor der Verkündung des Ergebnisses zurückgezogen. Jan Algierski hatte keine Klage wegen Erpressung erhoben, sondern war stattdessen mit sofortiger Wirkung in ein Konsulat nach Brasilien versetzt worden. Er hatte Polen längst verlassen. Der drohende Pädophilieskandal war irgendwie abgewendet worden, offenbar hatte man die verfänglichen Fotos vor der Presse geheim gehalten. Ada hatte zwar ihren Vater benachrichtigt, doch in den Polizeiarchiven keine Bilder von Algierski finden können. Selbst die Akte von Algierskis Frau, die Zofia Wagner entwendet hatte, war spurlos verschwunden – und mit ihr die letzte Hoffnung, die Schuldigen zu bestrafen.

Nach diesen Erkenntnissen hatte Ada um eine Woche Urlaub gebeten und sich in ihrer Wohnung verkrochen. Marcin hatte plötzlich hohes Fieber bekommen, sodass er noch einmal ins Krankenhaus musste. Drei Wochen später kehrte das Leben jedoch langsam wieder in die alten Bahnen zurück. Ins Sekretariat der Abteilung Terrorbekämpfung und Tötungsdelikte zog die neue dunkelhaarige Sekretärin ein. An die *Kinder der Immaculata* dachte niemand mehr.

Urplötzlich überkam Marcin, der noch immer vor dem Präsidium stand, eine unbändige Sehnsucht nach dem süßen Duft von Jasmin. Er nahm den Aufzug hinunter zur Metro und stieg ein. Vom Wilson-Platz aus humpelte er langsam auf Adas Wohnung zu. Ungefähr auf Höhe des 24-Stunden-Ladens fiel ihm ein, dass sie möglicherweise gar nicht zu Hause war. Zögernd drückte er den Klingelknopf und wartete eine ganze Weile. Gerade wollte er wieder gehen, als er die bekannte Stimme hörte.

»Wer ist da?«

»Ich bin's«, antwortete er etwas unsicher. »Ich war ein bisschen spazieren, und da dachte ich ... Ich dachte, wir könnten vielleicht einen Kaffee trinken gehen ...«

Schweigen.

»Willst du ... Kannst du raufkommen?«, fragte sie schließlich.

»Klar.«

Der Türöffner summte, die Tür ließ sich aufdrücken. Oben wartete Ada wie immer schon in der Wohnungstür. Sie trug ein leichtes Kleid, ihr Haar war etwas wirr, und ihr Gesicht wirkte seltsam abwesend.

»Ich bin ein bisschen beschäftigt.« Sie lächelte verlegen. »Aber komm rein. Ich mach uns einen Kaffee.«

Marcin trat auf seinen Krücken vorsichtig über die Schwelle. Schnaufend erreichte er die wohlbekannte Küche und ließ sich erleichtert auf einen Stuhl plumpsen. Ada setzte den Espressokocher auf.

»Du arbeitest jetzt mit Wiktor zusammen?«

»Ja. Okruschwili hat keine Anzeige erstattet, deswegen ist Pawlak immer noch bei uns.«

»Und wie läuft es so?«

»Ganz okay«, meinte sie achselzuckend und stellte eine Tasse vor ihn hin. »Nichts Besonderes. Ein Fall von Hehlerei. Ehrlich gesagt bin ich im Moment auch wenig motiviert ...« Sie warf ihm einen resignierten Blick zu.

Marcin wollte nach dem Zucker greifen, zog aber sofort die Hand wieder zurück. Schließlich hielt er strenge Diät.

»Ich wollte ...«, begann er leise. »Ada, ich wollte dir sagen ...«

»Wie geht es dir denn?«, unterbrach sie ihn eilig mit lauter Stimme.

»Besser«, antwortete er leicht konsterniert. »Allerdings wird das Ganze wohl noch dauern. Aber ich bin eigentlich hier, um dir ...«

Auf dem Flur näherten sich Schritte.

»Guten Tag, Kommissar«, sagte eine unbekannte Stimme.

»Guten Tag«, erwiderte Marcin überrascht und drehte sich um.

In der Küchentür stand ein junger Mann. Er trug nur Jeans. Marcin sah einen muskulösen Oberkörper, tätowierte Oberarme, breite Tunnels in den Ohrläppchen. Lächelnd zeigte der Mann zwei gleichmäßige Zahnreihen.

Fast verschluckte sich Marcin an seinem Kaffee. Hastig stellte er die Tasse weg.

»Ich ... ähm ... Mein Bein tut jetzt doch wieder ziemlich weh. Bin ja auch zum ersten Mal spazieren. Dann geh ich wohl mal lieber«, brachte er heraus.

»Du willst doch wohl nicht zu Fuß bis nach Chomiczówka gehen«, hielt Ada ihn zurück. »Warte, ich bestell dir ein Taxi.«

Der junge Mann setzte sich zu ihnen an den Tisch. Marcin wusste, irgendwo hatte er ihn schon einmal gesehen – er wusste nur nicht, wo.

»Nein, nein«, beeilte er sich zu sagen. »Nicht nötig. Ich ruf mir unten selbst eins. Hab ja mein Handy dabei.«

Unbeholfen sammelte er seine Krücken auf und humpelte zur Tür.

»Marcin!« Ada holte ihn ein. Das Frühlingskleid bauschte sich luftig, doch ihr Gesicht trug den gleichen verschlossenen Winterausdruck wie stets. »Marcin.« Sie senkte die Stimme. »Das da« – mit dem Kopf deutete sie zur Küche – »bedeutet mir nichts. Ich suche keine feste Beziehung.«

Verwirrt runzelte er die Stirn und griff nach der Klinke.

»Warte.« Sie packte sein Handgelenk.

Er hielt inne. Noch nie hatte sie ihn einfach so, ganz unumwunden berührt.

»Das ist nicht das, was du brauchst«, flüsterte sie eindringlich. »Du brauchst niemanden wie mich. Sprich dich endlich mit deiner Frau aus.«

Er riss sich los und knurrte unwillig, doch ihre dunklen Augen blickten ihn fest an. Die Luft erzitterte. Im selben Moment spürte er, wie etwas Hartes, Verkrustetes in ihm aufbrach und tausend kleine kühle Ströme freisetzte, die in schnellem Zickzack durch seine Brust nach unten sausten. Er schluckte.

»Na gut«, sagte er leise. Dann öffnete er die Tür und trat hinaus in den Flur.

Durch das staubige Fenster fiel ein Sonnenstrahl. Schaukelnd stieß der Zweig einer Kastanie gegen die Scheibe. Unten bellte ein Hund.

»Frühling«, murmelte Marcin.

Er klemmte sich die Krücken unter den Arm und stieg vorsichtig, eine Hand am Geländer, die Stufen hinab.

Schlussbemerkungen der Autorin

Mein herzlicher Dank gilt Maciek für das wie stets fundierte und eingehende Lektorat meines Buches sowie Kinga und Alek für ihre Unterstützung, die inspirierenden Gespräche und ihr ansteckendes Faible für Popkultur. Des Weiteren möchte ich all jenen meinen Dank aussprechen, die es mir ermöglicht haben, einen kleinen Einblick in die geschlossene Welt der polnischen Polizei zu erhalten. Weitere wichtige Anregungen zum Thema Polizeiarbeit, Religion oder außerirdische Zivilisationen habe ich mir in verschiedenen Internetforen geholt, weswegen ich außerdem allen danken möchte, die das Internet zu so einer wertvollen Informationsquelle machen.

***

Als Schriftstellerin erzähle ich fiktive Geschichten und bin nicht so sehr an Fakten gebunden wie eine Sachbuchautorin. Von meinem Recht auf erzählerische Freiheiten habe ich unter anderem Gebrauch gemacht, als ich im Warschauer Mostowski-Palast keinen Stein auf dem anderen ließ und mir erlaubte, die Topografie des Polizeipräsidiums wie auch die dortigen Gepflogenheiten den Bedürfnissen meines Romans anzupassen. Dennoch hoffe ich, die Arbeitsatmosphäre bei der polnischen Polizei im Großen und Ganzen treffend wiedergegeben zu haben. Ebenso wie die Gepflogenheiten auf dem Hauptpräsidium sind sämtliche Figuren und Ereignisse in diesem Buch selbstverständlich frei erdacht.